U0658610

文学讲稿

纳博科夫文学讲稿三种

弗拉基米尔·纳博科夫

申慧辉等——译

LECTURES ON LITERATURE Vladimir Nabokov

上海译文出版社

Vladimir Nabokov

LECTURES ON LITERATURE

图字：09-2015-042 号

图书在版编目（CIP）数据

文学讲稿 /（美）弗拉基米尔·纳博科夫（Vladimir Nabokov）著；申慧辉等译．—上海：上海译文出版社，2024.4（2025.11重印）
（纳博科夫精选集．V）
书名原文：Lectures on Literature
ISBN 978-7-5327-9525-3

Ⅰ．①文… Ⅱ．①弗… ②申… Ⅲ．①小说评论—国外—文集 Ⅳ．①I106.4-53

中国国家版本馆 CIP 数据核字（2024）第 020735 号

文学讲稿 Lectures on Literature	Vladimir Nabokov 弗拉基米尔·纳博科夫 著 申慧辉等 译	出版统筹 赵武平 责任编辑 陈飞雪 装帧设计 山 川

上海译文出版社有限公司出版、发行
网址：www.yiwen.com.cn
201101 上海市闵行区号景路 159 弄 B 座
浙江中恒世纪印务有限公司印刷

开本 787×1092 1/32 印张 17.75 插页 5 字数 322,000
2024 年 4 月第 1 版 2025 年11月第 3 次印刷

ISBN 978-7-5327-9525-3
定价：88.00 元

目　录

原编者前言

弗莱德森·鲍尔斯

> 一九四〇年，在开始我的美国学术生涯之前，我有幸从事了这份繁琐的写作工作：大约两千页，一百篇的俄罗斯文学讲稿，后来又写了一百篇从简·奥斯丁到詹姆斯·乔伊斯的小说名家讲稿。这些写作使我愉快地度过了在韦尔斯利和康奈尔的二十年教学生涯。[1]

弗拉基米尔·纳博科夫于一九四〇年五月到达美国。一路上，他从国际教育学院教到斯坦福大学暑期课程的俄罗斯文学，然后又从一九四一年到一九四八年，在韦尔斯利学院教学。起初他在韦尔斯利的俄文系讲授语言及文法，还创设了俄文二〇一号课程，即英译俄罗斯文学概况。一九四八年，纳博科夫应聘康奈尔大学斯拉夫文学副教授，讲授文学三一一——三一二号课程，即欧洲文学大师课，以及文学三二五——三二六号课程，英译俄罗斯文学课。几乎可以肯定，文学三一一——三一二号课程的简介是由纳博科夫亲自撰写的："阅读精选的十九世纪及二十世纪英国、俄国、法国和德国的长篇小说及短篇小说，特别关注天才的个体与结构的问题。所有外国作品均以英译形式阅读。"这门课包括了《安娜·卡列尼娜》[2]《伊万·伊里奇之死》《死魂灵》《外套》《父与子》《包法利夫人》《曼斯菲尔德庄园》《荒凉山庄》《化身博士》《去斯万家那边》《变形记》，以及《尤利西斯》。[3] 在康奈尔，纳博科夫是被禁止讲授美国文学的，因为他不是英文系的成员。一九五二年春，他去哈佛大学任访问讲师。

一九五八年离开教职后，纳博科夫曾计划出版一部以讲稿为基础的书，却从未实施这个计划。（关于《死魂灵》和《外套》的讲稿则被收入《尼古拉·果戈理》一书［一九四四年］[4]。）这套书保留了讲稿的课堂形式。令人高兴的是，我们这里收集的不仅是一位重要作家对四国文学经典作品的感想，此外，这些讲稿的功绩还在于提供了广泛的帮助，因为它们是对小说艺术恒久不变的指导。纳博科夫看不起那些文学流派-运动的方法论，不屑于那些将文学当作社会-政治信息的批评家，他试图揭示经典名作是如何运作的："在我的教学生涯中，

1　引自纳博科夫《独抒己见》（*Strong Opinions*），麦克格罗-希尔出版社，纽约，1973 年，第 5 页。——原编者注

2　关于安娜·卡列尼娜的译法，纳博科夫有一段评注，在《俄罗斯文学讲稿》中被引用："译者普遍感到女主人公名字的翻译是个棘手的问题。在俄语中，当指称一位女士时，姓氏的结尾如果是辅音就要求加一个'a'（有些词尾没有变化的名字例外）；但是只有在指舞台女演员时，才应该在英语里使这一俄语姓氏女性化（遵循法语的习惯：la Pavlova，'the Pavlova'）。伊凡诺夫与卡列宁的妻子在英国和美国的称呼分别是伊凡诺夫夫人与卡列宁夫人——而不是'伊凡诺夫娜夫人'与'卡列尼娜夫人'。译者在写'卡列尼娜'时，会发现他们不得不称安娜的丈夫'卡列尼娜先生'，这就跟称玛丽亚勋爵夫人的丈夫为'玛丽亚勋爵'一样荒唐。"

3　纳博科夫夫人肯定文学 311—312 号课程讲授过契诃夫，但是我们所参考的学生课堂笔记中却没有契诃夫。可能契诃夫不是每年都讲。——原编者注

4　方括号中的文字都为纳博科夫所加。

我设法向学生们提供有关文学的准确信息：关于细节，关于细节如此这般地组合是怎样产生情感的火花的，没有了它们，一本书就没有了生命。就此而言，总体的思想毫不重要。任何傻瓜都能看出托尔斯泰对通奸的态度，但是要想欣赏托尔斯泰的艺术，优秀的读者必须乐意去想象，例如一百年前从莫斯科开往彼得堡的夜班火车的布置。图表在此帮助极大。老师不必去自命不凡地滔滔不绝于那些关于荷马、色彩和本能的章节标题的废话，他们应当准备几份都柏林的地图，清楚地标明布鲁姆和斯蒂芬那些相互交织的旅行路线。如果没有落叶松组成的曲径的视觉概念，《曼斯菲尔德庄园》将会失去某些立体的魅力；而学生如果没能在脑海里清晰地建起一座杰基尔医生家的立体外观，那么对斯蒂文森作品的欣赏也将不会完美。”[1]

这部两卷本的文学讲稿收入了弗拉基米尔·纳博科夫在韦尔斯利和康奈尔的讲课稿，还有四篇为了特殊场合而准备的讲稿。为了方便读者，这些讲稿被分为两卷：第一卷，英国、法国和德国作家；第二卷，俄罗斯作家。[2]

一九五三年九月，在“文学三一一号”的第一堂课上，弗拉基米尔·纳博科夫让学生书面说明他们为什么选修这门课。在第二堂课上，他赞赏地转述道，有一位学生回答说：“因为我喜欢故事。”

1 《独抒己见》，第 156—157 页。

2 第二卷中文版即另行单独出版的《俄罗斯文学讲稿》。

编辑方法

这些文章的文字只是弗拉基米尔·纳博科夫为了在教室里讲课而手写出来的笔记，所以它们不能被视为已经完成的作品，例如像他曾经为了出书而修改关于果戈理的教学讲稿那样，这个事实是无法也不必回避的。这些讲稿从准备到润色，乃至结构，均状况迥异。多数是他的亲手誊写稿，只有偶尔几部分是为了方便讲课，由他的夫人薇拉打字出来的。可是，还有一些讲稿完全是原始手稿，例如斯蒂文森、卡夫卡，以及乔伊斯系列中的相当一部分。《荒凉山庄》系列实际上是一个混合体，但以原始手稿为主。通常来讲，手写部分所提供的都只是粗糙的原始写作，而最终纳博科夫很可能大范围地重新修改，不仅在第一次誊写的过程中，还在检查时，有些时候他还对风格及内容做进一步的修改。此外，这些改动，不论是单纯的增添还是替换，并不都能够依据句法规则恰当地插入文中，或者说，不改动部分所应进行的必要调整尚未进行。结果是，修改重大的部分，那些手写的文字，便需要较多的编辑上的干预，这样原本容易调整而口头讲述却很可能被忽略的文字，就能够适合阅读了。

另一方面，打字出来的那部分篇幅能够代表讲稿的相当一部分，例如《曼斯菲尔德庄园》《包法利夫人》诸讲中的篇幅则更大。经常将手写部分即使修改过但多数仍嫌粗糙的文字，同打字篇幅中相对流畅的文字加以对照，可以得出这样的暗示：在为夫君文稿打字的过程中，纳博科夫夫人履行了正常的编辑处理权，以使打字部分适合授课。不过即使如此，纳博科夫仍有可能对打字部分的某些篇幅加以修订，从而增加一些新的评论或为了措辞而修改一些词句。

就整体而言，不论是在结构上抑或是风格上，将这些手稿一字不改地呈现给读者大众都是不现实的。斯蒂文森讲稿只能被称作粗略的笔记，因此对这些素材进行现在这样的整理就几乎完全是编辑的责任了。然而，其他讲稿的总体讲授顺序通常没有问题，因为它们都是以惯常的时间顺序来讲述作品的。不过也会出现一些问题，这时编辑的工作就是综合与修订的过程。案卷中各种各样的、一组组独立的篇幅显示，它们不过是一些在备课的最初阶段所做的简单的背景笔记，有的并没有被使用，有的则经过修改后加入讲稿正文。另外还有一些独立的篇幅就更加含糊不清了，它们反映的是在年复一年的授课过程中一步步的扩充，抑或是为了将来用在讲课中而做的笔记，这一点始终不够明了。由于一些讲稿可能为了不同听众的需要，进行了部分的补充或调整，结果在组织上就似乎出现了一些问题。除非是明显的背景方面和准备目的的文字，只要有可能，编辑对这类材料全部加以利用，并将它们融入讲稿的适当之处。但是，对于那些长达数页的评论家的引文，则有意省略了，这些文字是纳博科夫夫人为方便夫君在讲授普鲁斯特、简·奥斯丁、狄更斯和乔伊斯时引用原文，而打字出来的。此外还有纳博科夫为了便于自己参考而设计的小说动作的时间顺序。

然而，比起那些把可以称为纳氏文卷的有关材料加以组合的工作，结构方面的问题则又深了一层。纳博科夫在讲稿各处点缀着他的编年表式的叙述，以及关于主题、风格或影响的独立评论。作者想把这些插入的文字加到哪里却往往不甚清楚，不仅如此，它们还常常不完整，顶多算是一些简短的笔记，尽管实际上有一些可以拿来用作极好的独立短文。有些时候可以使用简短的过渡性文字来把这些段落加入讲稿中，或者当这些材料只是以这样或那样的片段形式存在时，为了能够将它们加入讲稿的适当地方，就需要对其独立成分进行分解，这项工作已然移交给了编辑。例如，讲稿里《尤利西斯》第二章第一部分中关于斯蒂芬和戴汐先生会晤的相关叙述，是从手稿中三个不同部分集合而成的。主要引文（此处由编者提供）似乎不必在课堂上读出来，因为学生们的书本都翻开着，有关的观点均会得到提示，此外还有下面关于圣詹姆斯扇贝的一个段落（参见第二九九页[1]）。文中的其他部分则来自另外一部分的两小部分，这部分以关于结构的笔记开始，接下去是对小说中的美与缺陷以及平行主题的各色评论，然后是一些参考性注释，例如和戴汐的对话如何说明了福楼拜式的对照法，而另一个注释则是以戴汐的信件为例来说明乔伊斯的滑稽模仿风格。通过这样的方法，编者得以在任何材料允许的情况下，赋予这些叙述文字以血肉，将纳博科夫对作者、作品以及文学艺术的总体讨论在相互关联的文本中，最大限度地加以保留。

在纳博科夫的教学方法中，引文作为他用来传达文学技巧的辅助手段，占去了相当大的篇幅。因为这些引文在唤起读者对一部作品的记忆时十分有益，还可以帮助新的读者在纳博科

1　此处指原英文版页码，即本书第 412 页。

夫的指导下了解一部作品，所以，在用讲稿来建构目前这部阅读版本的过程中，纳博科夫的方法始终得到遵循，只有个别的例外，例如删减了一些过长的叙述性引文。为了使读者达到像在场的听众一样参与对话的效果，引文通常遵循纳博科夫关于阅读某些章节的具体指示（一般都已在他本人的教学笔记中注明）。在某些情况下，纳博科夫本人的教学笔记在一些地方注明了引文，但在他的课堂文本中却没有提及。只要这些引文能够植入文本来帮助读者，就都被收入了书中。此外，还有一些引文既未在讲课稿里也未在教学笔记中提到，但是却由编者选入，因为这些地方似乎需要对纳博科夫正在讲述的观点加以说明。纳博科夫期望他的学生在听讲时都打开书本，这样他们才能够明白引指的是作品中的什么，而这对于此书的读者来说几乎是不可能的，因此必须为读者提供额外的引文加以补充。《尤利西斯》中莫莉的独白就是一例。不过另一个独特的例子出现在普鲁斯特讲稿的结尾。纳博科夫选择的作品是《追寻逝去的时光》的第一卷《去斯万家那边》。关于普鲁斯特的最后一讲则以一大段引文结束，这段引文是马塞尔在布洛涅森林就他对过去的记忆所做的沉思，也是小说的结束。对小说来讲，这是一个效果极佳的结尾，但是却将马塞尔和读者抛在了充分理解记忆作为认识现实的钥匙所具有的种种功能及其运作方式的半路上，而这又是全书的意义所在。那些在森林所做的沉思，实际上只是观察过去的不同侧面当中的一个，而正是所有这些对过去的观察，在逐渐构筑起马塞尔获得启示的那次最后经历中，为他起到了铺垫的作用，也正是这个经历揭示了他在前几卷作品中一直寻找的那个现实。这件事发生在最后一卷《寻回的时光》中那个了不起的第三章，“盖尔芒特公爵夫人收到了”。由于这一章所揭示的正是这部多卷本作品不断积累的整体意义的关键，任何关于普鲁斯特的思考如果尚未得到准确明了的分析，如果在《去斯万家那边》中早已撒下的种子及其同完全成熟之间的差别尚未讲解清楚，它就将失去其根本的目的。尽管纳博科夫关于普鲁斯特的讲稿是以森林一节的引文结束的，但是同其讲稿并不直接相关的一两句漫评则显示，他很可能对学生着重谈起过此事，尤其是戴瑞克·利昂关于普鲁斯特的书被大篇幅地以打字形式引用，更倾向于说明最后一节以及对这一节的解说是一个重点。纳博科夫写道：“此刻对一个花束的感觉以及对彼时一个事件或感受的想象，这就是感觉同记忆走到一起而失去的时光又被找回。”这句与讲稿不连贯的评论不仅相当准确，而且是对普鲁斯特主题的精彩概括；但是，对于没有读过这最后一卷，不知道普鲁斯特本人在《寻回的时光》当中所提供的充分解说的读者，这段话就不会那么说明问题。因此，对于这个格外特殊的情况，编者感到有必要用《去斯万家那边》最后一卷的引文来加强纳博科夫不完整的笔记，并通过提供普鲁斯特本人对记忆化为现实、素材化为文学的言论摘录，来扩充纳博科夫的结尾，以突出强调马塞尔所获启示的实质。编者的增添使纳博科夫原始笔记的精神更加完满，而这又反过来有助于充分理解《去斯万家那边》，因为《去斯万家那边》毕竟只是作为这部多卷本作品的开篇而设计的。

这些讲稿的读者尤其应该注意到，讲稿中对福楼拜的引文反映出纳博科夫对这部小说的英译本教材进行了频繁的订正，而关于卡夫卡和普鲁斯特的英译教材选本，正如书中所注明的那样，系统性的改变不那么多。

本书保留了所有小说的教材选本。这些翻译作品均像标明的那样，或是在字里行间加入或是在空白处注出了纳博科夫本人所译的字词或短句。这些作品也均标明加入文中何处并包含注释，多数注释也出现在手写的文稿中，另外其他一些注释则提供了纳博科夫对某些文字的风格或内容所做的口头评论。只要有可能，这些带注释的书中评论都在适当的地方被融入讲稿的结构中。

纳博科夫敏锐地意识到，必须按照有限的教学时间来计划这些分数次讲授的课程，因此经常可以在页边空白处发现一些提示，例如在某一时间应当讲到某一点。在讲稿的行文中，相当数量的段落甚至单独的句子或短语都用方括号括了起来。这些括号有的似乎是表示如果时间紧迫就可以省略不讲，其他的则可能表示他对是否省略这些内容尚存疑虑，原因与其说是时间有限不如说是为了内容与表达的需要。因此，当随后发现一些方括号中的疑问有的后来被删除了，便没什么不寻常了。与此相似的另一种情况，是还有一些方括号后来被圆括号所取代，疑虑的状况便也不复存在了。所有这些括号内的资料均未被删除，并且都被忠实地再现，只是没有标出括号，因为这可能会干扰读者。当然，删节还是有的，但被控制在少许的情况下，当编者认为出于时间或者有时是安排角度的考虑，才进行删除，而安排的考虑指的是被删段落已被移至更合适的行文当中了。另一方面，还有一些评论是完全针对学生的，通常是一些关于教学法的话题，这些评论由于和阅读版的目的不符，也被删除了，尽管保留下来会体现纳博科夫授课的韵味。这些删除中还应提及一个过于明显的例子，那就是在乔伊斯讲稿中向本科生做的这类说明："特里斯特（意大利）、苏黎世（瑞士），以及巴黎（法国）"，以及告诫学生要使用字典查阅不熟悉的字词等诸如此类的评论，只适合学生听讲而不适合印刷的书页，诸如"你们"一类对班上同学的称呼，因其对读者来讲在一些场合并非不妥，书中亦加以保留，但在其他一些地方则被改为更加中性的称呼。

就风格而言，如果是纳博科夫本人亲自编辑此书的话，这些文字绝大部分都不能代表他的语言和文法，因为这些课堂讲义的总体风格和他已经出版的几部讲稿的经过润色的质量之间，尚存在明显的不同。由于纳博科夫写下这些以讲课为目的的讲稿和笔记时，并没有想过此书会不经修改就付诸出版，因此若将文本从时而粗糙的手稿中逐字逐句地[1]抄录所有的细节，将是极为迂腐的。应该允许阅读本的编辑较为自由地处理那些前后的矛盾、疏忽性错误，以及不完整的标题，包括有时为了联系引文而添加过渡性段落的需要。但另一方面，任何读者都绝对不想要一部以任何侵扰的方式试图"改进"纳博科夫的写作而被篡改的文本，即使是对一些未经润色的部分。因此，综合性的处理方式受到坚决的否定，纳博科夫的语言得以忠实地再现，除了因未完成的修订所难免的那些偶尔漏掉的字词以及无意的重复。一些语言和句法的混乱偶尔需要理顺，这主要出现在纳博科夫在字里行间加入或替换一些文字，但却忽略了删

1　原文为拉丁文。——译者注（本书注释未特意说明者，皆为译者注。）

除原文中的一些文字以使修改后的文字相一致。还有几处口头讲授时可能会被忽略的句法结构，也为读者做了调整。诸如单数和复数，拼写错误，被忽略的开头或结尾处的引号，漏掉的标点符号，不合规则的大写，无意的动词重复等不经意的小错，均一一加以不唐突的订正。为了这个美国版本的出版目的，纳博科夫的个别英式拼写及标点符号用法得到更改，不过有时又不尽然。个别的英国习惯用语被矫正，但难以确定的两可状况则被保留下来，例如纳博科夫对动词“grade”所特有的使用风格。不过多数情况下，那些读者想要问个究竟的用法则都会被发现具有词典的权威性，因为纳博科夫是一位细心的作家。书名都以斜体字标出，短篇作品都置于括号内。如果把纳博科夫画线的词句都用斜体字标出，读者可能会感到厌烦，因为这些画线的词句是提示他自己在口吻上要加以强调，对此并不必要转换成印刷形式。与此相类似的是，他在讲课时用作标点的破折号，也在不同程度上由更为传统的标点符号所取替，减少了一些他对破折号的依赖。

校订和修正都是在默默中进行的。因为让一位读者了解这些情况似乎并没有实际价值。例如，纳博科夫在乔伊斯讲稿某处有一笔误，在应写单数的爱尔兰人处写了复数的形式，还有一处他忘记了布卢姆曾经住在City Arms，将其写成King's Arms，还有，他通常写Blaze而非Blaze BoyLan，经常写斯蒂芬而非斯台芬·迪达勒斯。因此脚注要么是纳博科夫本人的，要么是编者对某些引起兴趣的观点所做的偶尔评论，例如某些加入书中的独立笔记是出自手稿，还是教学用书的注释本，抑或是手头这部讲稿。讲稿结构中还有纳博科夫为自己做的笔记，通常是俄文，均被略去，因为这些笔记是为了他在拼读某些姓名和特殊词汇时正确发出所有元音数量以及音节里的重音所做的记号。即使脚注是向读者说明编者已在某一特定之处加入了一段并非作者指定的文字，却并不干扰读者所期待的讲课的语流。

开篇文章“优秀读者和优秀作家”，是由学期的第一部作品《曼斯菲尔德庄园》开讲之前，纳博科夫在班上讲授的那些已经写出来却未加标题的开场讲稿中几个部分组成的。最后一篇“跋”则是从学期末讲完《尤利西斯》最后一讲之后，讨论期末考试的性质之前，所做的未加标题的结束语中摘出的。

纳博科夫选作教学用书的作品版本是因其廉价和方便学生。纳博科夫对这些翻译评价不高，不觉得非用不可，如他所言，当他大声朗读这些外文作者的作品时，他会随意加以更改。书中所用的引文出自以下版本：简·奥斯丁的《曼斯菲尔德庄园》（伦敦：丹特；纽约：达顿，一九四八年），人人丛书第二十三种；查尔斯·狄更斯的《荒凉山庄》（伦敦：丹特；纽约：达顿，一九四八年），人人丛书第二三六种；居斯塔夫·福楼拜的《包法利夫人》，伊丽诺·马可思·艾夫凌译（纽约和多伦多：莱因哈特，一九四八年）；罗伯特·路易斯·斯蒂文森的《化身博士》（纽约：袖珍图书，一九四一年）；马塞尔·普鲁斯特的《去斯万家那边》，C. K. 司各特，芒克里夫译（纽约：现代图书，一九五六年）；弗朗茨·卡夫卡的《弗朗茨·卡夫卡短篇小说选》，薇拉和艾德温穆尔译（纽约：现代图书，一九五二年）；詹姆斯·乔伊斯的《尤利西斯》（纽约：兰登书屋，一九三四年）。

致　谢

弗拉基米尔·纳博科夫的夫人薇拉及公子德米特里，在本书的出版准备过程中提供了大量的帮助，此处难以尽述。从酝酿出书起，纳氏母子便投入无数的时间，就编辑过程中的方方面面给予编辑和出版者具体的建议。他们耐心而不倦地回答了大量的问题，诸如纳博科夫讲稿的结构，以及遣词造句方面的偏好等。他们煞费苦心的帮助使得此书比起没有帮助增色许多。

对以下诸君亦致以衷心的谢意：新方向出版公司版权编辑艾尔思·阿尔布莱特–卡里；西北大学英文教授阿尔弗莱德·阿贝尔；奥克兰大学英文教授布莱恩·鲍依德；康奈尔大学英文教授唐纳尔德·D. 艾狄；牛津大学英文教授理查德·艾尔曼；国会图书馆手稿部代理主任保罗·T. 海夫隆；康奈尔大学图书馆的凯瑟琳·杰克林；儿童医院医疗中心的乔安妮·麦克米兰；妮娜·W. 麦瑟森；米拉·奥瑟；《弗拉基米尔·纳博科夫研究通讯》编辑斯蒂芬·简·派克，以及韦尔斯利学院的斯蒂芬妮·威尔奇。

申慧辉　译

导　言

约翰·厄普代克

弗拉基米尔·纳博科夫出生于一八九九年，生日与莎士比亚相同[1]。他的家庭是圣彼得堡的一户富裕的贵族。实际上，他家族的姓氏可能出自阿拉伯文中与此词同根的“nabob”一词，这个姓氏是十四世纪时由鞑靼王子纳博科·穆尔扎带入俄国的。十八世纪以来，纳博科夫家族的成员一直出任军界及政界中的高级官员。我们这位作家的祖父德米特里·尼科拉耶维奇是沙皇亚历山大二世和三世的司法大臣；其子弗拉基米尔·德米特里耶维奇放弃了可能在宫廷里任职的前途，却以政治家和新闻记者的身份参加了那场注定要失败的俄国立宪民主的斗争。这位富有战斗精神的勇敢的自由主义者于一九〇八年被捕入狱，被关押了三个月。然而他一如既往，依旧将他和他的小家庭的生活维持在上等社会的奢侈水平上：他们或住在他父亲在圣彼得堡上流社会的海军部大楼地区盖的那幢市内宅第，或住在乡间别墅维拉，这幢别墅是他的妻子作为嫁妆的一部分，从极其富有的娘家鲁卡维什尼科夫家族带过来的。弗拉基米尔是他们的第一个活下来的孩子。他的弟弟妹妹们证明说，他从父母那里得到的爱护和关心是最多的，无人可及的。他年少早慧，活泼而有生气，儿时多病但后来体格强健。他家的一位友人还记得，他是一个“身材细长、比例匀称的少年，生着一张富有表情、充满生气的脸，一双追根问底的慧眼，眼中总闪着嘲弄人的火花”。

弗·德·纳博科夫是一位有些亲英的人，他的子女不仅学习法文，还学习英文。他的儿子在回忆录《说吧，记忆》中自称：“我在能够阅读俄文之前就学会阅读英文了。”他还记得小时候那“一连串的英国保姆和家庭教师”，以及从不间断的、有趣的盎格鲁－撒克逊手工制品：“各种各样好吃好玩的东西从涅瓦大街上的英国店铺里源源不断地来到家中：水果蛋糕、鼻盐、扑克牌、拼图游戏、带条纹的运动夹克、滑石粉色的网球。”在这部《文学讲稿》里所提及的作家当中，狄更斯可能是他最早接触的一位。四十年之后，纳博科夫在给埃德蒙·威尔逊[2]的信中这样写道：“我父亲是一位狄更斯专家。有一阵子，他大段大段地对我们这些孩子朗读狄更斯的作品，当然是英文本的。”“也许当我还是一个十二三岁的孩子时……在乡间别墅度过的阴雨连绵的夜晚里，他对我们朗读《远大前程》，使我后来从精神上抵制重读狄更斯。”是威尔逊在一九五〇年将他的注意力转向《荒凉山庄》的。纳博科夫曾对《花花公子》的一位采访记者谈起他在少年时代所阅读的书籍：“在圣彼得堡度过的十岁到十五岁之间的五年时间里，我所读过的英文、俄文和法文的小说及诗歌肯定比我一生中任何一个其他五年当中都读得多。我特别欣赏威尔斯、坡、布朗宁、济慈、福楼拜、魏尔伦、兰波、契诃夫、托尔斯泰，以及亚历山大·勃

1　即4月23日。

2　Edmund Wilson（1895—1972），二十世纪美国著名文学与文化评论家。

洛克[1]。对于另一个层次的作品，我的英雄人物是斯卡利特·平珀乃尔、菲利斯·福格[2]和夏洛克·福尔摩斯。”这后一类作品可以有助于说明为什么纳博科夫在他所讲授的欧洲经典作品的课程中，包括了斯蒂文森的《化身博士》，他选择了这个维多利亚晚期的雾气缭绕的哥特式作品尽管很让人惊讶，但讲稿却是十分引人入胜的。

那位身体强壮、一直受到怀念的家庭教师“法国小姐”，在小弗拉基米尔六岁的时候就来到纳博科夫家居住。她用流畅的语调向她的学生朗读法国小说（“她那纤细的声音极快地读着，从不减弱，从不停顿，也从不出错”），虽然《包法利夫人》不在她开列的书单上。“我们读了所有的作品:《苏菲的烦恼》[3]《八十天环游地球》《小东西》[4]《悲惨世界》《基督山伯爵》，以及其他许多。”毫无疑问，《包法利夫人》是家中藏书之一。一九二二年在柏林一家剧院里，弗·德·纳博科夫被毫无意义地杀害了，[5]这之后，“一位和他一起骑自行车去黑森林旅行的同学把《包法利夫人》寄给我的寡居的母亲。我父亲当时一直把这本书带在身边。书的衬页上写着‘法国文学中一颗卓绝无比的珍珠’——这个评价至今仍然适用”。此外，在《说吧，记忆》中的另一处，纳博科夫提到他阅读描写美国西部人的爱尔兰作家梅恩·里德的作品时的欢喜心情，并提到梅恩笔下一

---

1 Aleksandr Blok（1880—1921），俄国象征派诗人、戏剧家。

2 菲·福格，法国作家儒勒·凡尔纳《八十天环游地球》（1873）中的人物。

3 法国女作家塞居尔伯爵夫人（1799—1874）的作品，作于1859年。

4 法国作家阿尔丰斯·都德的作品，作于1868年。

5 弗·德·纳博科夫系为右翼君主主义分子所暗杀。

位被围的女主人公手里拿着长柄眼镜："后来我发现，那个长柄眼镜在包法利夫人手里，然后安娜·卡列尼娜又拿了它，再之后它成为契诃夫笔下那位有叭儿狗的女士的财产，并且被她丢在雅尔塔的码头上。"他大约是在什么年纪首次阅读福楼拜研究通奸的经典作品[1]的，对此我们只能加以猜测，可能年纪并不大。他第一次阅读《战争与和平》时才十一岁，那是"在柏林，我们那套昏暗的洛可可风格的公寓里，门窗对着黑暗潮湿的后花园，花园里长着落叶松，我坐在土耳其式沙发上，落叶和书中的格言一起，永远保留在书页中间，就像一张旧明信片"。

就在十一岁这一年，一直只在家中由家庭教师教育的弗拉基米尔，被送进圣彼得堡一所相对而言还算进步的铁尼塞夫学校。在那里，老师指责他"不适应环境，'好表现自己'（主要是在俄文作业里处处点缀上英文和法文字眼，这些字眼是我自然而然想到的），以及拒绝使用洗手间里又脏又湿的手巾和打架时用指节击人，而不像俄国职业拳击手用拳头的下侧像打耳光那样挥拳"。铁尼塞夫学校的另一位名叫奥西普·曼德尔斯塔姆的男学生，称那里的学生是"小苦行者，专为孩子们办的修道院里的小修道士"。俄国文学的学习重点是中世纪俄文：拜占庭的影响，古代的编年史，接下来是对普希金的深入学习，及至果戈理、莱蒙托夫、费特[2]、屠格涅夫。托尔斯泰和陀思妥耶夫斯基不在教学大纲之列。至少有一位教师给这位年轻

1 此指《包法利夫人》。
2 Afanasy Fet（1820—1892），俄国诗人。

的学生留下了强烈的印象：弗拉基米尔·希皮厄斯，“一位尽管有点深奥但却是第一流的诗人，我极为钦佩他”。十六岁时，纳博科夫收集出版了一本他自己创作的诗歌集，希皮厄斯“把一本诗集带到课堂里来，对我所写的那些最为浪漫的诗行进行激烈的嘲笑挖苦（他是一个生着红头发、精力旺盛的人），引起大多数同学狂欢般的起哄”。

正当纳博科夫的世界土崩瓦解的时候，他的中级教育结束了。一九一九年，他的家庭成员都成为流亡者。“我和弟弟被安排去剑桥上大学，我们得到的奖学金不是对才智的承认，更多的是对政治磨难的补偿。”与在铁尼塞夫学校的学习很相似，他学俄国文学和法国文学，还踢英式足球，写诗，和数位年轻小姐谈情说爱，而且一次也未曾光顾大学图书馆。在对大学生活的散乱回忆里，他记得有一个同学“彼·姆猛地冲进我的房间，带来一本刚刚从巴黎走私来的《尤利西斯》”。在《巴黎评论》的一次访问记中，纳博科夫说出了这位同学的姓名，他叫彼得·姆洛索夫斯基；并承认说，直到十五年之后，他才把那本书读完，那时他已“极其喜爱它”。三十年代中期，他和乔伊斯在巴黎见过几次面。乔伊斯还曾参加过一次纳博科夫的朗读会。这位俄国人是临时顶替一位生了病的匈牙利小说家的，听众是一群稀稀拉拉、成分杂乱的人：“令人难忘的安慰来自这样一幅奇观：乔伊斯坐在匈牙利足球队员当中，交叉双臂，眼镜片闪着微光。”另一次不吉利的会面是在一九三八年，他们两人与其共同的朋友保罗和露西·雷昂夫妇一起吃饭。纳博科夫没有记住他们谈话的内容，他的妻子薇拉回忆说：“乔伊斯询问俄国‘蜂蜜酒’（myod）的确切成分，每个人的回答都不一样。”纳博科夫怀疑作家间的这类社交联系，并在他早期给薇拉的一封信里，详细描述了传说中乔伊斯和普鲁斯特间唯一一次毫无成果的会面，是怎样被描写得走了样。纳博科夫是在何时首次阅读普鲁斯特的？英国小说家亨利·格林在回忆录《打起行李》[1]中写到二十年代初期的牛津：“所有的人都装作关心优秀文学，懂法文的人都知道普鲁斯特。”剑桥好像也一样，尽管大学生纳博科夫对他的俄罗斯人身份已经着迷到了无法摆脱的程度：“我害怕由于异国的影响而失去或玷污我从俄国带出来的唯一财产——她的语言，这种恐惧变得极为可怕……”在一九三二年，当他首次同意由里加报纸的一名记者刊登访问记的时候，他否定了在柏林居住的数年给他的作品以任何德国影响的暗示，他说：“谈谈法国的影响更为恰当：我喜爱福楼拜和普鲁斯特。”

尽管纳博科夫在柏林居住了十五年之久，按照他本人对语言的高标准，他从来没有学习德文。“我说德文和阅读德文的能力都很差”，他对里加的来访者这样说。三十年后，在为巴伐利亚广播公司拍摄电影访问记时，他详细地谈到了这个问题：“初到柏林时，我被一种莫名的恐慌所困扰，唯恐学会了流畅地讲德文，就会以某种方式给我的珍贵的俄文根基带来缺陷。事实上，我生活在一个封闭的俄国流亡者的圈子里，接触的是俄国友人，阅读的全部是俄文报纸、杂志和书籍。我对当地语言的唯一侵扰是那些客套话，即和我的房东或女房

1 Henry Green（1905—1973），英国小说家、戏剧家。《打起行李》出版于1940年。

主，以及买东西时必须说的那套常规语言：我想要一点火腿肉[1]，等等。当时我没有学好德语，现在颇感遗憾，这种遗憾出自文化角度。”然而，他在少年时代已经接触了德文的昆虫学著作，他的第一项文学成就是为一位俄国的音乐会歌唱家将海涅的几首诗译成克里米亚语。在他的后半生里，在懂德文的妻子的帮助下，他核对他本人作品的德文版本，并在他关于《变形记》的讲稿中大胆地改进薇拉和埃德温·米尔的英文译本。在他的那本颇具卡夫卡风格的小说《斩首之邀》的译本前言中，他宣称在一九三五年创作这部作品之前，他没有读过卡夫卡的作品，对此是没有理由表示怀疑的。一九六九年，他对英国广播公司的采访者说：“我不懂德文，因此，在二十世纪三十年代之前，当卡夫卡的《变形记》在《新法兰西评论》上登出之前，我无法阅读他的作品。”两年后，他对巴伐利亚广播电台说：“我像读荷马和贺拉斯的作品一样读歌德和卡夫卡。”

在这部讲稿中，纳博科夫讲到的第一位作家是他最后选中的题目。通过《纳博科夫—威尔逊通信集》（哈波及罗出版公司，一九七八年）可以较准确地了解这件事的前前后后。一九五〇年四月十七日，纳博科夫在康奈尔给艾德蒙·威尔逊写信，当时他刚刚在康奈尔大学开始学术生涯：“明年我要开一门‘欧洲小说’课（十九及二十世纪）。你会建议教哪些英国（长篇或短篇）小说家？我起码得讲两位作家。”威尔逊马上回信说：“关于英国小说家：依我之见，两位无可比拟的

1　此句原文为德文。

最伟大的（乔伊斯是爱尔兰人，故不在此列）小说家是狄更斯和简·奥斯丁。如果你没有重读过他们的作品，设法重读一次。读狄更斯的晚期作品《荒凉山庄》和《小杜丽》。简·奥斯丁的作品值得全部重读一遍——即使她的小作品也是出色的。”五月五日，纳博科夫回信道：“谢谢你对我的小说课提出的建议。我不喜欢简，事实上，我对所有的女作家都抱有偏见。她们属于另一类作家。怎么也看不出《傲慢与偏见》有什么意义……我准备用斯蒂文森代替简·奥。”威尔逊反对道：“你对简·奥斯丁的看法是错误的。我看你应该读《曼斯菲尔德庄园》……我认为她是六位最伟大的英国作家之一（其他五位是莎士比亚、弥尔顿、斯威夫特、济慈和狄更斯）。斯蒂文森是二流作家。我不懂你为什么这么喜欢他——尽管他确实写过一些相当优秀的短篇小说。”而纳博科夫则一反其个性，缴械投降了。他在五月十五日写信道：“我已经读了一半《荒凉山庄》——速度很慢，因为我必须为课堂讨论作许多笔记。了不起的作品……我已经搞到一本《曼斯菲尔德庄园》，我想我也会在我的课上用它。感谢这些极其有益的建议。”六个月后，他带着几分欣喜给威尔逊写信：

> 我想就你曾建议我和学生讨论的两本书作一个期中汇报。关于《曼斯菲尔德庄园》，我要学生阅读书中人物提到的作品：《最末一个行吟诗人之歌》[1]的前两个诗章，

1 《最末一个行吟诗人之歌》（1805），英国小说家、诗人沃尔特·司各特的长篇叙事诗。

库珀的《任务》[1]《亨利六世》的几个段落，克雷布[2]的故事《分离时刻》，约翰生的《好闲者》[3]数篇，布朗[4]关于《一斗烟》(对蒲柏的模仿）的通信的几个片段，斯特恩的《感伤旅行》(整个“大门——无锁”的段落出自这里，以及燕八哥等），当然还有英奇博尔德夫人的那个无与伦比的译本《情人的誓约》[5]（一声尖叫)……我想我所得到的乐趣比我的全班学生所得的还多。

在初到柏林的几年里，纳博科夫靠教授五门互不相干的课程维持生活：英文，法文，拳击，网球和诗体学。在流亡生活的后几年里，他在柏林和布拉格、巴黎、布鲁塞尔等流亡者集居的中心举行公开朗读会，所赚的钱比他的作品在俄国销售所赚的还多。因此，正是由于他缺乏高级学历，当他一九四〇年来美国时，他对以讲师职位作为收入的主要来源并非毫无准备，这种情形一直持续到《洛丽塔》出版。一九四一年，他在韦尔斯利学院首次发表了内容多样的系列文学讲座，其中包括《关于读者的几个确凿事实》《流放的世纪》《俄国文学的奇异命运》，以及此书附录收入的《文学艺术与常识》。一九四八年以前，他和他的家人住在坎布里奇（在克雷吉广场八号，这是蒙

1 《任务》(1785)，威廉·库珀（1731—1800）应友人奥斯丁的建议，以他房中的沙发为题所写的六篇无韵长诗。

2 George Crabbe（1754—1832），英国诗人、小说家。

3 《好闲者》为约翰生博士于1758年4月15日至1760年4月5日为《宇宙纪事》所写的系列文章。

4 William Browne（1591—1645），英国诗人。

5 Elizabeth Inchbald（1753—1821），英国小说家、剧作家、演员。她翻译的德国感伤剧作《情人的誓约》因《曼斯菲尔德庄园》的提及而著名。

特勒城[1]的豪华旅馆在一九六一年允许他永久居住之前使用最久的地址），他的时间则分别用在两项学术职务上：韦尔斯利学院的永久讲师，以及哈佛大学比较动物学博物馆的昆虫学研究员。在这些年当中，他工作极为努力，曾经两次住院治疗。除了把俄文语法的成分一点一滴地灌输到年轻姑娘的头脑里和思考蝴蝶的生殖器[2]的细微构造之外，他也在将他自己塑造成一名美国作家。他出版了两部小说（有一部是在巴黎用英文创作的），一本关于果戈理的古怪而机智的书[3]，以及在《大西洋月刊》和《纽约客》上刊登的短篇小说、回忆录和诗歌，这些作品充满独创性和热忱，引人注目。对他的英文作品表示赞赏的人数不断增加，莫里斯·毕晓普是其中之一。这位轻松诗歌的鉴赏家是康奈尔大学拉丁语系语言系的系主任。他发动了一场将纳博科夫从韦尔斯利学院招聘过来的成功运动。纳博科夫在韦尔斯利的讲师职位既不安稳，报酬也不高。根据毕晓普的回忆《纳博科夫在康奈尔》(《三合一季刊》，一九七〇年冬季号，第十七期；纳博科夫七十寿辰专辑），纳博科夫被授予斯拉夫语副教授职务，先讲授“俄国文学的中级阅读课以及高级专题课，通常是普希金，或者是俄国文学的现代主义运动……由于他的俄文班人数必然很少，甚至少到不起眼的程度，他便又被指定讲授一门英文课：欧洲的小说大师”。按照纳博科夫的话，第三一一——三一二号文学课素来以诨号“脏文”著称，这“是一个遗留下来的笑话：这个诨号被用来描述我的前

1 蒙特勒是瑞士一城市。
2 原文为拉丁文。
3 指《果戈理传》(1944)。

任的讲课。这个忧伤、耐心、贪杯的家伙对作者的性生活比对他们的作品更感兴趣”。

罗斯·韦茨斯蒂昂是一个曾经听过这门课的学生，他为《三合一季刊》的专辑写了一篇回忆老师纳博科夫的深情文章：“纳博科夫总是将‘r’发成卷舌音，他说：‘拥抱全部细节吧，那些不平凡的细节！’”他的嗓音就像猫舌头的那种带倒刺的舔吻。这位老师坚持说每个译本都有改动，总要在黑板上画一个古怪的图，然后装出一副恳求的样子，要学生们“精确地临摹我画的这个图”。他的口音使全班半数的学生把他说的“简练的”记成“剧前的”[1]。韦茨斯蒂昂得出这样的结论：“纳博科夫是一位了不起的老师，这不仅因为他把这门课教得很好，而且还因为他善于举例说明问题，并能激发起学生对这门课的极大兴趣和喜爱。”另一位听过第三一一——三一二号文学课的学生回忆了纳博科夫在开学时总要说的话：“座位都已经排了号。我希望各位选好座位，不再更换。这是因为我想把你们的名字和你们的相貌联系起来。大家对各自的座位都满意了吗？很好。不说话，不吸烟，不编织，不读报，也不要睡觉，看在上帝的分上，请记笔记。”考试之前，他会说：“一副清醒的头脑，一份试卷，加上墨水和思考，简写熟悉的姓名，例如包法利夫人。不要用修辞掩饰无知。除非有医生的证明，否则任何人也不得上厕所。”他是一个热情洋溢、热心教学、富有感染力的老师。我本人的妻子曾经是纳博科夫最后教的、即一九五八年春秋两个学期的那班学生中的一个；这之后，《洛

---

1 这两个英文词（epidramatic，epigrammatic）发音相近。

丽塔》使他突然富裕起来，他就此告假，一去不复返。她被他深深地吸引了，有一次她发着高烧去听课，课后马上就被送进了学校医院。“我觉得他能教会我如何读书。我相信他能给我足以让我终身受益的东西，而事实确是如此。”直至今日，她仍然不能认真阅读托马斯·曼的作品，而且丝毫也没有放弃她从第三一一 ——三一二号文学课上学到的主要教义：“风格和结构是一部书的精华，伟大的思想不过是空洞的废话。”

即使是纳博科夫为数极少的得意门生，也会成为他的恶作剧的牺牲品。当我们的拉格尔斯小姐还是二十岁的温柔姑娘时，一次下课后，她走回教室，在一堆散扔在那里的标着“预考”的试卷中寻找她的答卷。她没有找到，最后不得不走到老师面前。纳博科夫高高地站在讲台上，过分专注地收拾着讲课稿，似乎没有注意到她。她说了句“对不起、打扰您”了，然后说她的答卷好像不见了。他弯下腰，扬起眉毛：“你叫什么名字？”她告诉了他，然后他就像变戏法一样，突然从背后拿出她的答卷。答卷上批着九十七分。他告诉她：“我想看看天才长什么样。”随后他冷静地上下打量她一番，她满脸通红。这就是他们谈话的内容。顺便说一句，她并不记得这门课被叫作“脏文”。在校园里，这门课被简单地称为“纳博科夫”。

在他退休七年之后，纳博科夫带着复杂的感情回忆他的教学生涯：

> 我的教学方法妨碍我与学生之间的真正接触。他们最多不过是在考试时还给我一些我的思想……我曾试图通过在大学广播中播放我的讲课录音来重现我在讲台前

> 的形象，但这只是徒劳。另一方面，我深为欣赏在我讲课的某一时刻，从课堂的此处或彼处热心的人群中，传来表示赞赏的轻轻笑声。我所得到的最好报偿，是那些在十年或十五年之后给我写信来的学生，他们在信中说，他们现在明白了，当时我给他们上课时，要他们设想一下翻译错了的爱玛·包法利的发型和萨姆沙[1]家中房间的布局等是什么用意……

从蒙特勒豪华旅馆遗留下来的五厘米长、三厘米宽的卡片上可以见出，他不止一次地在接受采访时允诺，出版一本以在康奈尔大学讲课的讲稿为基础的书，但是（由于他正在写作其他著作，如带插图的论文《艺术蝴蝶》、小说《劳拉的原型》），直到一九七七年夏天，当这位伟人逝世的时候，这项计划仍然悬而未竟。

现在，这些讲稿已经精彩地收集在此了。它们依然带着课堂的气息，这种气息一经作者本人修改便可能被删去。无论以前听说过或是读到过多少关于这些讲稿的情况，谁也无法预言它们所显示的那种引人注目、统帅一切的教学热情。那些年轻人，那些女性听众，集合在一起，聆听教员那急切而热烈的讲话。“和这班同学一起研习，我的声音源泉与你们的耳朵花园之间互动特别愉快。这些耳朵有的倾听着，有的紧关着，大多数具有很强的接受能力，少数几个则仅仅是摆设，但是所有的都颇通人情，神圣不凡。”我们常常会听到大段的朗读，就像

1　卡夫卡小说《变形记》中的主人公。

小弗拉基米尔·弗拉基米诺维奇听他的父亲、母亲和法国小姐给他朗读一样。在阅读这些引文的时候，我们必须想象朗读者的音调，那富有感染力的低沉的话语所带来的愉快，以及这位后来虽已谢顶、身材魁梧，但过去却曾是一位运动员的教师的戏剧才能，他继承了俄国人华丽的口语表达的传统。在书中的其他地方，文字的抑扬、闪光的机智、嘲弄，以及令人兴奋的细致分析俯拾皆是，这是一种清澈流畅的口语散文，毫不费力便已经才气四溢，并常常充满了隐喻和双关语：在遥远而线条分明的五十年代，对于康奈尔那些幸运的大学生们来说，这种对不可抗拒的艺术感受力的表现是多么的令人眼花缭乱。作为文学批评家，纳博科夫在英语世界中的声望是建立在他对普希金的作品颇费功力的不朽译介，以及傲慢地对弗洛伊德、福克纳和曼的不予考虑之上，这一声望如前所述，也受益于这些丰富而耐心的正确评价所提供的证据。这些评价涉及广泛，从他对简·奥斯丁"带笑靥的"风格的描写、他对狄更斯的嗜好的衷心的认同，到他对福楼拜的对照法所进行的虔诚的细致解释，以及他以可爱而又可敬的态度把乔伊斯那繁忙但分秒不差的时间上的同步展示出来——就像一个男孩子第一次拆开手表时所表现的那样。纳博科夫很早以前就不断地从精密科学中获取快乐，他在灯光照耀下消磨在显微镜检查上的极乐时刻延续到他对《包法利夫人》中关于马的主题以及对布卢姆和代达勒斯两人相连的梦境的精妙描绘。昆虫的鳞翅目使他超于常识世界之上，在这个领域里，蝴蝶后翼上的"一个大的眼状斑点模仿着一滴液体，这一模仿尽善尽美，达到不可思议的程度，以至于一条横穿翅膀的线条在其通过的精确部位也微微有些移位”，在这个领域里，“当一只蝴蝶不得不扮成一片叶子时，不仅一片叶子的所有细目都得到了美妙的表现，就连被蛴螬咬破了边儿的洞的斑纹也被模仿得淋漓尽致”。然后，他向他所从事的艺术以及其他人所从事的艺术提出一个额外的要求：要具有善于模仿的魔力或蒙骗人的双重性，在超自然、超现实这两个价值下降的词的根本意义上来说，这一要求是超自然、超现实的。当缺乏这种无偿的以及非凡的、非功利的闪光品质时，他就变得既苛刻又急躁，并用暗示缺乏特征以及缺乏生气所独有的单调言语来说：“对于我来说，许多得到公认的作家根本就不存在。他们的姓名被雕刻在空洞的墓碑上，他们的作品都是虚设之物……”然而，只要他确实发现了这种闪光的东西，心灵受到了震颤，他的热情就会远远超出学术范围，使他成为一位富有灵感、鼓舞人心的老师。

这些讲稿情趣横溢地展现在读者面前，丝毫不隐讳它们的成见和观点，因此不需要进一步的介绍。五十年代强调个人的位置，藐视公众事物，只感受脱离一切的单纯的艺术效果，信仰新批评理论，即全部基本信息都包含在作品本身之中，因此，较之以后的六七十年代，五十年代对于纳博科夫的思想来说，是一个更为情趣相投的活动场所。但是，无论何时，就其将现实与想象的艺术相割裂的程度而言，纳博科夫的方法似乎都是激进的。“实际情况是，伟大的小说都是了不起的神话故事——这个系列讲座中的小说则是最了不起的神话故事……在一个孩子边跑边喊狼来了、狼来了，而他后面根本没有狼的那一天，就诞生了文学。”但是，叫喊狼来了的孩子惹恼了他的部落，人们听凭他死去。另一位鼓吹想象的祭司是华莱士·斯蒂文斯[1]，他却能够这样宣称："如果我们想准确、系统地阐述诗歌理论，我们就会发现有必要考察一下现实的构造，因为现实是诗歌的主要出处。"然而，对于纳博科夫来说，现实只是骗术的一种形式和外衣："所有伟大的作家都是大骗子，而头号骗子大自然也是一样。大自然总是欺骗。"认识生活所带来的平凡乐趣，实实在在的事物所具有的率直的长处，在他的美学中几乎都不被注意。对于纳博科夫，世界这个艺术的原材料本身就是一件艺术产物，他似乎在暗示，一部杰作仅仅以艺术家那帝王般威严的意志行为，便可以幻想般、魔术般地在薄薄的空气中编织出来。然而，《包法利夫人》和《尤利西斯》一类的作品洋溢着反抗的热情，这种热情和操纵一切的意志与大量的、平庸的实际问题同时并存着。我们对自身肉体和命运的了解、憎恶以及赋予它的无用的爱，与都柏林和鲁昂那些变了形的场景连接在一起；然而，在其他作品中，例如《萨朗宝》和《芬尼根的守灵夜》，乔伊斯和福楼拜屈从了好梦想的、花花公子的本性，完全沉浸在他们的业余癖好中。在热情地阅读《变形记》时，纳博科夫反对格里高尔·萨姆沙的庸俗的资产阶级家庭，把这个家庭称为"包围天才的平庸之辈"，他不承认，正是在卡夫卡的辛辣的中心，格里高尔是多么需要、多么喜爱这些也许愚钝、但也生动鲜明的世间凡人。在卡夫卡内容丰富的悲喜剧中无所不在的矛盾心理，在纳博科夫的信条中却毫无地位，尽管在艺术实践中，《洛丽塔》这类的作品充满了这种矛盾心理，而且都是通过观察而得到的细节，并多得令人

1 Wallace Stevens（1879—1955），美国诗人。

咋舌——用他本人的习惯用语来说，是“经过选择、分类，并且渗透全书的感知资料”。

在康奈尔度过的岁月是纳博科夫的多产时期。到达康奈尔之后，他完成了《说吧，记忆》。就在伊萨卡[1]的后院里，他的妻子阻止他烧毁《洛丽塔》中那些艰难的开头部分，此书在一九五三年才完成。《普宁》中那些愉快的故事全部是在康奈尔写成的，为翻译《叶甫盖尼·奥涅金》，他进行了大量的研究，研究工作主要是在康奈尔大学的图书馆中进行的，而康奈尔大学本身则在《微暗的火》中的大学环境里面得到了充满感情的表现。人们也许会想象，他从东部海岸向内地迁移两百英里之后，夏天常常去遥远的西部游览，这使他对收养他的“可爱的、信任他的、梦幻般的巨大国度”（引用亨伯特之语）更加依恋。纳博科夫初到伊萨卡时已经快五十岁了，他有充分的理由在艺术创作方面才力枯竭。他曾经两次被流放，一次是被布尔什维克主义从俄国赶出来，一次是被希特勒从欧洲赶出来。然而他却用相当于正在死亡的语言，为正在无情地消失的流亡读者们创作了一批才华横溢的作品。在定居美国后的第二个十年里，他竟然给美国文学带来了一种全新的冒险精神和炫耀精神，帮助恢复了它天生的幻想气质，也给他自己带来了财富和国际声誉。猜想一下五十年代初期，他为了准备讲课而必须重读一遍这些作品的情景，每年讲课时所重复的劝告和重温的陶醉，以及它们给纳博科夫的创造力所带来的飞光流彩般的优美，将是令人愉快的。还有，去到他在这些年里创作的作品

1　伊萨卡位于美国纽约州。

中查一查奥斯丁的优美，狄更斯的生动活泼，以及斯蒂文森的“令人沉醉的可爱味道”，都是如何使纳博科夫本人的那种无与伦比的风格更增添了一番风韵的，也将给人带来愉快。他有一次承认说，他特别喜爱的美国作家是梅尔维尔和霍桑，很遗憾他从来没有在课上讲过他们。但是，我们应该感到喜悦，因为那些已经印刷成书、有了永久形式的讲稿就收集在此，而且另一卷[1]也即将问世了。这些眺望七部名作的彩色窗口，就像“彩窗上五颜六色的图案”一样具有美化作用：正是通过这种窗口，孩提时代的纳博科夫在夏季住宅的走廊上，一面聆听着朗朗的读书声，一面凝视窗外的花园。

申慧辉　译

1　指《文学讲稿》的第二卷，其中收入了关于俄国作家的文学讲稿，即《俄罗斯文学讲稿》。

文学讲稿

我的课程是对神秘的文学结构的一种侦察。

优秀读者与优秀作家

我的计划是找几部欧洲名家作品来进行研究。做的时候想本着一种爱慕的心情，细细把玩，反复品味。因此，“怎样做一个好读者”或“善待作家”这类标题或可作为这些针对不同作家的不同讨论的副题。早在一百年前，福楼拜就在给他情妇的一封信里说过这样的话：谁要能熟读五六本书，就可成为大学问家了。[1]

我们在阅读的时候，应当注意和欣赏细节。如果书里明朗的细节都一一品味理解了之后再做出某种朦胧暗淡的概括倒也无可非议。但是，谁要是带着先入为主的思想来看书，那么第一步就走错了，而且只能越走越偏，再也无法看懂这部书了。拿《包法利夫人》来说吧。如果翻开小说只想到这是一部“谴责资产阶级”的作品，那就太扫兴，也太对不起作者了。我们应当时刻记住，没有一件艺术品不是独创一个新天地的，所以我们读书的时候第一件事就是要研究这个新天地，研究得越周密越好。我们要把它当作一件同我们所了解的世界没有任何明显联系的崭新的东西来对待。我们只有仔细了解了这个新天地之后，才能来研究它跟其他世界以及其他知识领域之间的联系。

另外一个问题，是我们能不能指望通过一部小说来了解世界，了解时代？当然谁也不至于天真到以为只要看看由那些新书俱乐部四处兜售的装帧漂亮的标以历史小说的畅销书，就能对过去有所了解。但是文学名著又当怎样看呢？比如简·奥斯丁，她只了解牧师家庭的生活，而她书中描写的却是英格兰地主阶层的缙绅生活和田园风光，我们可以相信她所描绘的这幅图画吗？再如《荒凉山庄》，这本书写的是荒唐的伦敦城里的荒唐传奇，难道我们可以称其为百年前的伦敦大观吗？当然不行。这里所讨论的其他同类小说也当如是看。事实上，好小说都是好神话，并且这里选的小说更是最上乘的神话了。

就天才作家（就我们能猜测到的而言，而我相信我们的猜测是正确的）而言，时间、空间、四季的变化，人们的行为、思想，凡此种种，都已不是授引自常识的古已有之的老概念了，而是艺术大师懂得以其独特方式表达的一连串独特的令人惊奇的物事。至于平庸的作家，可做的只是粉饰平凡的事物：这些人不去操心创造新天地，而只想从旧家当，从做小说的老程式里找出几件得用的家伙来炮制作品，如此而已。不过，他们的天地虽小，倒也能导出一些有点趣味的花样来，招得平庸的读者一时的喜爱，因为这些读者喜欢看到自家的心思在小说里于一种令人愉快的伪装下得到反映，但是一个真正的作家会发射星球上天，会仿制一个睡觉的人，并急不可待地用手去搔他的肋骨逗他笑。这样的作家手中是没有现成的观念可用的，他们必须自己创造。写作的艺术首先应将这个世界视为潜在的小说来观察，不然这门艺术就成了无所作为的行当。我们这个世界上的材料当然是很真实的（只要现实还存在），但却根本不是一般所公认的整体，而是一摊杂乱无章的东西。作家

---

1 原文是法文。

对这摊杂乱无章的东西大喝一声："开始！"霎时只见整个世界在开始发光、熔化，又重新组合，不仅仅是外表，就连每一粒原子都经过了重新组合。作家是第一个为这个奇妙的天地绘制地图的人，其间的一草一木都得由他定名。那里结的浆果是可以吃的；那只从我身边窜过，身上带斑点的动物也许能被驯服，树木环绕的湖可以叫做"蛋白石湖"，或者更艺术味一点，叫"洗盘水湖"。那云雾是一座山峰，而且是注定要被征服的山峰。在那无路可循的山坡上攀援的是艺术大师，只是他登上山顶，当风而立。你猜他在那里遇见了谁？是气喘吁吁却又兴高采烈的读者。两人自然而然拥抱起来了。如果这本书永垂不朽，他们就永不分离。

在一次巡回讲学途中，某天晚上我到了一所偏远的地方学院。讲课的时候，我提出了一道小测验题，列举"优秀读者十大条件"，让学生从中选四项足以使人成为优秀读者的条件。原题不在手边，现在记得大体是这样的。请从下面的答案中选出四条作为一个优秀读者所应具备的条件：

1　须参加一个图书俱乐部。

2　须与作品中的主人公认同。

3　须着重从社会—经济角度来看书。

4　须喜欢有情节有对话的小说，而不喜欢没有情节、对话少的。

5　须事先看过根据本书改编的电影。

6　须自己也在开始写东西。

7　须有想象力。

8　须有记性。

9　手头应有一本词典。

10　须有一定的艺术感。

当时，学生对作品大多看重感情上的认同、情节、社会—经济角度、历史眼光。当然，你可能已经猜到了，一个优秀读者应该有想象力，有记性，有字典，还要有一些艺术感——这个艺术感很重要，我自己也在不断培养，而一有机会就向别人宣传。

顺便说一句，我这里所指的“读者”是一种泛泛的说法。奇怪的是我们不能读一本书，只能重读一本书。一个优秀读者，一个成熟的读者，一个思路活泼、追求新意的读者只能是一个“反复读者”。听我说是怎么回事。我们第一次读一本书的时候，两只眼左右移动，一行接一行，一页接一页，又复杂又费劲，还要跟着小说情节转，出入于不同的时间空间——这一切使我们同艺术欣赏不无隔阂。但是，我们在看一幅画的时候，并不需要按照特别方式来移动眼光，即使这幅画像一本书一样有深度、有发展也不必这样。我们第一次接触到一幅画的时候，时间的因素并不介入。可看书就必须要有时间去熟悉书里的内容，没有一种生理器官（像看画时用眼睛）可以让我们先把全书一览无余，然后来细细品味其间的细节。但是，等我们看书看到两遍、三遍、四遍时情况就跟看画差不多了。不过，总也不要把视觉这一自然进化而来的怪异的杰作跟思想这个更为怪异的东西混为一谈。一本书，无论什么书，虚构作品也罢，科学作品也罢（这两类书的界限也并不如人们一般想的那么清楚），无一不是先打动读者的心。所以，心灵，脑筋，敏感的脊椎骨，这些才是看书时候真正用得着的东西。

好，既然如此，就让我们来研究一下这样一个问题：闷闷不乐的人看一本轻松愉快的书，他的心理活动会怎么样？首先，他的闷气消了，然后好歹便踏进了这本书的精神世界。但是，要开始看一本书，尤其在年轻人倘若又听到他们私下认为太保守、太正统的人称赞过这本书，往往下不了这个决心。不过，决心既下，随后的收获也是丰富多彩的。文学巨匠当初运用想象写出了一本书，后来读这本书的人也要善于运用想象去体会他的书才是。

但是，读者的想象各不相同，至少有两种。读书的时候哪一种合适？一种属于比较低的层次：只从书里寻找个人情感上的寄托（在这类寄情读书法名下还可以分列许多细目），这种读者常常为书里某一个情节所深深打动是因为它勾起了他对往事的回忆。也有人特别钟爱某一本书，只因为其中提到某国某地、某处风景、某种生活方式，使他顿兴恋旧之情。还有一些读者就更糟了，只顾把自己比作书里某一个人物。这些不同种类的等而下之的想象，当然绝不是我所期望于读者的。

那么，一个人读书，究竟应该怎样读才合适呢？要有不掺杂个人感情的想象力和艺术审美趣味。我以为，需要在读者作者双方心灵之间形成一种艺术上的和谐平衡关系。我们要学得超脱一些，并以此为乐才好，同时又要善于享受——尽情享受，无妨声泪俱下，感情激越地享受伟大作品的真谛所在。当然这种事情要做到非常客观是不可能的，因为真有价值的东西无不带有若干主观成分。譬如，分明你们坐在这里，却可能只是我的幻觉；而我也许只是你的一个噩梦。但是，这儿我要说的是：读者应该知道他在什么时候，在哪一处得收拾起他的想象，这需要他弄清楚作者笔下是一种什么样的天地。我们必须用眼睛看，用耳朵听；必须设想小说人物的起居、衣着、举止。《曼斯菲尔德庄园》里范妮·普赖斯的眼珠是什么颜色，她那间阴冷的小屋子是怎么布置的，都不是小事。

气质人人不同，但是我可以马上告诉你：读书人的最佳气质在于既富艺术味，又重科学性。单凭艺术家的一片赤诚，往往会对一部作品偏于主观，唯有用冷静的科学态度来冲淡一下直感的热情。不过如果一个读者既无艺术家的热情，又无科学家的韧性，那么他是很难欣赏什么伟大的文学作品的。

一个孩子从尼安德特峡谷[1]里跑出来大叫“狼来了”，而背后果然紧跟一只大灰狼——这不成其为文学，孩子大叫“狼来了”而背后并没有狼——这才是文学。那个可怜的小家伙因为扯谎次数太多，最后真的被狼吃掉了纯属偶然，而重要的是下面这一点：在丛生的野草中的狼和夸张的故事中的狼之间有一个五光十色的过滤片，一副棱镜，这就是文学的艺术手段。

文学是创造。小说是虚构。说某一篇小说是真人真事，这简直侮辱了艺术，也侮辱了真实。其实，大作家无不具有高超的骗术，不过骗术最高的应首推大自然。大自然总是蒙骗人们。从简单的因物借力进行撒种繁殖的伎俩，到蝴蝶、鸟儿的各种巧妙复杂的保护色，都可以窥见大自然无穷的神机妙算。小说家只是效法大自然罢了。

回头再来看看那个孩子叫狼的故事。我们也许可以这样

---

1 位于德国杜塞尔多夫城以东，人们在此曾发现史前人类化石。

说：艺术的魔力在于孩子有意捏造出来的那只狼身上，也就是他对狼的幻觉；于是他的恶作剧就构成了一篇成功的故事。他终于被狼吃了，从此，坐在篝火旁边讲这个故事，就带上了一层警世危言的色彩。但那个孩子是小魔法师，是发明家。

我们可以从三个方面来看待一个作家：他是讲故事的人、教育家和魔法师。一个大作家集三者于一身，但魔法师是其中最重要的因素，他之所以成为大作家，得力于此。

我们期望于讲故事的人的是娱乐性，是那种最简单不过的精神上的兴奋，是感情上介入的兴致以及不受时空限制的神游。另一种稍有不同倒也未必一定高明的读者是：把作家看作教育家，进而逐步升格为宣传家、道学家、预言家。我们从教育家那里不一定只能得到道德教育，也可以求到直接知识、简单的事实。说来可笑，我就知道有些人看法国小说或俄罗斯小说，目的只在于从中了解巴黎有多快活，俄国有多悲惨。最后，而且顶重要的还是这句话：大作家总归是大魔法师。从这点出发，我们才能努力领悟他的天才之作的神妙魅力，研究他诗文、小说的风格、意象、体裁，也就能深入接触到作品最有兴味的部分了。

艺术的魅力可以存在于故事的骨骼里，思想的精髓里。因此一个大作家的三相——魔法、故事、教育意义往往会合而为一进而大放异彩。有些名著，虽然也只是内容平实清晰，结构谨严，但给我们在艺术上冲击之大，不亚于《曼斯菲尔德庄园》，或是狄更斯式的富于感官意象的跌宕文字。在我看来，从一个长远的眼光来看，衡量一部小说的质量如何，最终要看它能不能兼备诗道的精微与科学的直觉。聪明的读者在欣赏一部天才之作的时候，为了充分领略其中的艺术魅力，不只是用心灵，也不全是脑筋，而是用脊椎骨去读的。只有这样才能真正领悟作品的真谛，并切实体验到这种领悟给你带来的兴奋与激动。虽然读书的时候总还要与作品保持一定的距离，超脱些。如果能做到这一点，我们就可以带着一种既是感官的，又是理智的快感，欣然瞧着艺术家怎样用纸板搭城堡，这座城堡又怎样变成一座钢骨加玻璃的漂亮建筑。

范伟丽　译

简·奥斯丁

（一七七五—— 一八一七）

《曼斯菲尔德庄园》

（一八一四）

《曼斯菲尔德庄园》写于汉普郡的肖顿。写作始于一八一一年二月，于一八一三年六月后完成；也就是说，简·奥斯丁用了二十八个月的时间完成了一部共四十八章，约十六万字[1]的小说。小说于一八一四年分三卷出版（与司各特的《威弗利》和拜伦的《海盗》同年出版）。作品分三部分出版是当时传统的出版方式，但是实际上该书的三部分突出了小说的结构，即其类似戏剧的形式，这是一出反映社会风俗人情、道德是非曲直、人物喜怒哀乐的三幕喜剧，各幕分别由十八、十三及十七个章节组成。

我很反对将内容与形式区分对待，把传统的情节结构同主题倾向混为一体。在我们深入到作品内部尽情欣赏研究（而不是走马观花地看上一遍）之前，我只需要说明一点，即《曼斯菲尔德庄园》的表面情节是两个乡村绅士家庭之间的感情纠葛。一家是托马斯·伯特伦爵士及其妻子，以及他们身材高大、体格健壮的子女汤姆、埃德蒙、玛丽亚、朱莉娅，以及他们温文尔雅的外甥女范妮·普赖斯。范妮是作者宠爱的人物，而且故事是通过她的眼光筛选组织的。范妮不仅是个不名

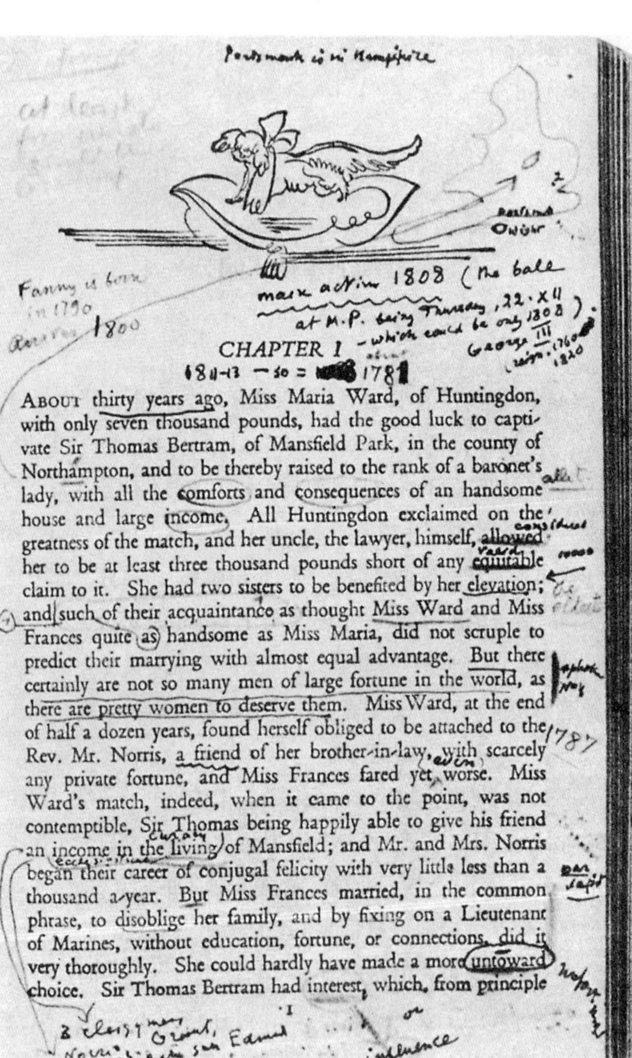

CHAPTER I

About thirty years ago, Miss Maria Ward, of Huntingdon, with only seven thousand pounds, had the good luck to captivate Sir Thomas Bertram, of Mansfield Park, in the county of Northampton, and to be thereby raised to the rank of a baronet's lady, with all the comforts and consequences of an handsome house and large income. All Huntingdon exclaimed on the greatness of the match, and her uncle, the lawyer, himself, allowed her to be at least three thousand pounds short of any equitable claim to it. She had two sisters to be benefited by her elevation; and such of their acquaintance as thought Miss Ward and Miss Frances quite as handsome as Miss Maria, did not scruple to predict their marrying with almost equal advantage. But there certainly are not so many men of large fortune in the world, as there are pretty women to deserve them. Miss Ward, at the end of half a dozen years, found herself obliged to be attached to the Rev. Mr. Norris, a friend of her brother-in-law, with scarcely any private fortune, and Miss Frances fared yet worse. Miss Ward's match, indeed, when it came to the point, was not contemptible, Sir Thomas being happily able to give his friend an income in the living of Mansfield; and Mr. and Mrs. Norris began their career of conjugal felicity with very little less than a thousand a-year. But Miss Frances married, in the common phrase, to disoblige her family, and by fixing on a Lieutenant of Marines, without education, fortune, or connections, did it very thoroughly. She could hardly have made a more untoward choice. Sir Thomas Bertram had interest, which, from principle

1

纳博科夫《曼斯菲尔德庄园》讲稿的开篇摹本

一文的外甥女，也是个性格温和的被监护人（注意，她母亲婚前的姓是沃德[2]）和养女。这种人物在十八、十九世纪小说里是最常见的。小说家容易选择这样一个被监护人的角色来做文章是有种种原因的。作为生活在一个从根本上说与其陌生且不冷不热的家庭氛围中的外姓人，她的地位赋予她一种常常牵动人们恻隐之心的特性，此其一。这个小小的外来人也很容易同主人家的儿子浪漫一番，明显的冲突便由此产生，此其二。作为这个家庭日常生活的超然的观察者与参加者的双重身份又使她成为作者便利的代表，此其三。因此，这样一个性格温和的被监护人不仅只出现在女作家的笔下，在狄更斯、陀思妥耶夫斯基、托尔斯泰及许多其他作家的作品中也同样存在。这些文静的少女们具有一种羞涩的美，在谦卑、自我隐没的面纱下更显出动人的光彩，它在美德的威力终于战胜生活的机遇时越发光彩动人。这些文静的少女的典型自然当属灰姑娘。寄人篱下，无援无助，无亲无友，受冷落，被遗忘，后来却与主人公成婚。

《曼斯菲尔德庄园》是一个神话故事，不过，所有的小说从某种意义上说都是神话。乍一看，简·奥斯丁的手法和题材也许会显得过时，做作，不真实。但这是水平差的读者不得不接受的错觉，高水平的读者知道，就书而言，从中寻求真实的生活、真实的人物，以及诸如此类的真实是毫无意义的。一本

1　此为英文字数，据秭佩译、湖南人民出版社 1984 年 5 月版的中译本，约合中文 33.3 万字。本文中《曼斯菲尔德庄园》部分引文的翻译，亦参考此译本。

2　沃德原文为“Ward”，与“被监护人”为同一词。

书中，或人或物或环境的真实完全取决于该书自成一体的那个天地。一个善于创新的作者总是创造一个充满新意的天地。如果某个人物或某个事件与那个天地的格局相吻合，我们就会惊喜地体验到艺术真实的快感，不管这个人物或事件一旦被搬到书评作者、劣等文人笔下的“真实生活”中会显得多么不真实。对于一个天才的作家来说，所谓的真实生活是不存在的：他必须创造一个真实以及它的必然后果。我们只有接受了《曼斯菲尔德庄园》的习俗、规则及其中经作者之手编造的种种有趣事件，才能充分欣赏领略到作品的魅力。曼斯菲尔德庄园是根本不存在的，那儿的人们也是不曾存在的。

奥斯丁小姐的作品并不像这一系列课程中讨论的另外几本小说那样称得上极为生动的杰作。像《包法利夫人》《安娜·卡列尼娜》这样的小说是作者的生花妙笔控制下的给人快乐的炸弹。而《曼斯菲尔德庄园》则出自一位小姐的纤手，是一个孩子的游戏。不过，从那个针线筐里诞生的是一件精美的刺绣艺术品，那个孩子身上焕发着一丝奇妙的才华。

“大约三十年前……”小说是这样开始的。奥斯丁小姐写书的时间是一八一一年至一八一三年间，所以小说开篇提到的“三十年前”就是指一七八一年了。那么就是大约在一七八一年的时候，“亨廷顿的玛丽亚·沃德小姐仅靠七千英镑［作嫁妆］就幸运地赢得了北安普敦郡曼斯菲尔德庄园的托马斯·伯特伦爵士的钟情……”这里，中产阶级对此事所表现出的兴奋

与兴趣（“幸运地赢得了”）非常轻松愉快地转达给了读者，同时也为下面几页所要叙述的事态发展添加了一种适宜的气氛，下面几页涉及了浪漫式爱情及宗教事件，而有关钱财方面的事情则带着忸怩的天真占据支配地位。[1]在这开首的几页中，每一句话都简洁明了，恰如其分。

不过我们还是先来解决时间和空间的问题。“大约三十年前”——让我们再回到这开篇第一句。简·奥斯丁开始写书的时候，她的主要人物，也就是书中年轻一代的各自前途都已成定局，他们或缔结良缘，前途充满希望；或前景凄凉，必将孤独终身；大局既定，他们已不再为人注意，渐渐被岁月湮没。我们会发现，小说的主要事件发生在一八〇八年。曼斯菲尔德庄园举行舞会的那天是十二月二十二日，星期四，如果我们查一下以前的日历，就会发现只有一八〇八年的十二月二十二日是星期四。小说中的女主人公范妮·普赖斯那时就十八岁了。她在一八〇〇年十岁的时候来到曼斯菲尔德庄园，当时在位的国王是乔治三世，一个奇怪的人物。他当朝时间很长，从一七六〇年到一八二〇年，而到一八〇二年时，这个老实人已经基本上神经错乱了，当时的摄政者，另一位乔治接任国王。在法国，一八〇八年正是拿破仑当政登峰造极的时候，大英帝国正同他作战，而在我们这个国家，杰斐逊刚刚使国会通过了

1 “毫无疑问，简·奥斯丁身上略有一丝庸俗气味。这一庸俗气明显表现在她对收入的关注以及对风流韵事和自然界的富于理性的处理上。只有当这种庸俗表现得古怪可笑时，比如诺里斯太太的那种庸俗、小气，奥斯丁小姐才能真正有所体会并将其用于她的艺术讥讽中。”弗·纳博科夫在奥斯丁卷宗中的另一处做了这样的注解。——原编者注

禁运法案，禁止一切美国船只离开美国，驶往被英法封锁的外国港口。（如果你把“禁运”一词从后往前读，它就成了“噢，抓牢我”[1]。）但是历史的风云几乎波及不到隐蔽的曼斯菲尔德庄园，虽然有一次托马斯爵士在小安的列斯群岛料理生意的时候受到了一点贸易之风的影响。

我们现在把时间问题解决了。空间又如何呢？曼斯菲尔德庄园是伯特伦家产的名字，是一个虚构的地方，位于英格兰中心的北安普敦（一个真实的地方）。

“大约三十年前，亨廷顿的玛丽亚·沃德小姐……”我们还停留在第一句。沃德家有三姐妹，根据当时的风俗，老大可以简单地，也是非常正式地被称作沃德小姐，而两个妹妹则要连名带姓一起称呼。玛丽亚·沃德是三姐妹中最小的，而且看起来也是最漂亮的。她是位慢吞吞、懒洋洋、无精打采的小姐，正是她在一七八一年当上了男爵托马斯·伯特伦的妻子，从此便被称作伯特伦夫人，成了四个孩子的母亲。四个孩子中两儿两女，是他们的表妹范妮·普赖斯的伙伴。范妮的母亲，那个乏味的弗朗西丝·沃德小姐，也叫做范妮[2]，为了发泄妒恨于一七八一年嫁给了一个既贫穷又酗酒的中尉，她一共生了十个孩子，本书的主人公范妮排行老二。最后是老大沃德小姐，她是三姐妹中长得最丑的一个，也在一七八一年结婚，嫁给了一个患痛风病的牧师，但没有生育。她就是诺里斯太太，书中最有趣、最可笑的一个人物。

---

1 “禁运”一词的原文是“embargo”，“噢，抓牢我”的原文是“O grab me”。

2 范妮为弗朗西丝的昵称。

这些问题都解决了之后，我们再看看简·奥斯丁对这些人物的表现手法。一个读者若能了解一本书的设计构造，若能把它拆开，他就能更深地体味到该书的美。在小说的开始，简·奥斯丁用了四种方法刻画人物。第一种是穿插着作者的冷言妙语的直接描写。有关诺里斯太太的描述大多属于这一类，不过作者对那些愚蠢、无聊的人物的塑造是始终如一的。比如下面讨论去拉什沃思的乡间宅第萨瑟顿之行的一段："的确，要谈到其他的事情是不太可能的，因为诺里斯太太对萨瑟顿之行兴致勃勃，而拉什沃思太太又是个好心肠、讲礼貌、爱客套、讲排场，又对什么事情都不计后果的人，但是鉴于这件事关系到自己和儿子，也一直在不停地劝伯特伦夫人同大家一道去。伯特伦夫人虽然一再谢绝，但她说话的态度平静安详，使拉什沃思太太仍然觉得她心里想去，最后还是诺里斯太太用更多的话、更大的嗓门使她相信了伯特伦夫人是真心拒绝。"

另一种方法是通过直接引用人物的谈话来刻画人物性格。读者不仅通过说话者表达的思想，而且通过他说话的方式，通过他特有的习惯了解他的性格。托马斯爵士的这段话就是一个好例子："我决不会想出任何稀奇古怪的理由来阻挠一个于彼此境况都很合适的计划。"他谈论的是让他的外甥女范妮到曼斯菲尔德庄园来的计划。这是一种烦冗的表达方式，他想说的无非是"我不想对这一计划制造任何障碍，它很适合于目前的情况"。接下去，这位绅士在他笨拙别扭的谈话中说道："要使之［这一计划］真正对普赖斯太太有所帮助，对我们自己值得称道，我们必须确保这孩子［逗号］或者认为我们自己有义务确保她从此之后［逗号］能生活得像一个富贵人家的小姐［逗号］正像情势需要的那样［逗号］如果不像你乐观估计的那样会有这样一个体面人家娶她。”（还是如此——这般的套语）对我们现在的目的来说，他想表达的究竟是什么并不重要，我们所感兴趣的是他说话的方式，我举出这个例子是为了说明简·奥斯丁是怎样通过他的谈话巧妙地表现了这个人物。一个说话啰嗦、庄重严肃的人（用演戏的术语说，还是一位严肃的父亲）。

第三种方法是通过间接引语刻画人物。我指的是人物的谈话被间接提及，部分引用，同时带有对该人物说话风格的描写。诺里斯太太挑剔新来的牧师那一段便是一个很好的例子。格兰特博士是代替诺里斯太太已故的丈夫的新牧师，他非常好吃，而格兰特太太“不是设法尽量以少量的花费来满足他的胃口，反而付给厨子很高的工钱，竟同曼斯菲尔德庄园的厨子工钱一样高”。奥斯丁小姐说道：“诺里斯太太一埋怨起这些事，或者一提起那家人每天消费的大量的黄油鸡蛋，就不能不动气。”接下来就出现了这种间接引语。“谁也比不上她好客大方［诺里斯太太说——这本身就含有讥讽的意味，因为诺里斯太太喜欢靠破费别人来自充大方］——谁也没有她那么憎恨小家子气——她确信她在牧师公馆住的时候，该享受的东西从未缺过一样，也从来没人说过他们的不是，但现在的这种过日子的方式她实在不能理解。在乡下的牧师公馆摆阔太太的气派挺不合适。她认为格兰特太太能走进她原来那样的贮藏室就够不错的了。她四处打听，从未听说格兰特太太的财产曾超过五千镑。”

第四种方法是谈及某个人物时就模仿这个人物的原话，但是这种方法除了在谈话中直接引用他人言语时使用过之外，作者很少使用。在埃德蒙告诉范妮·克劳福德小姐对她的那些赞扬的大意时就用了这种方法。

诺里斯太太是个可笑的人物，一个不怀好意、爱管闲事，又很有心计的女人。她也并非心肠十分残忍，但她的心脏是个很粗糙的器官。对她来说，外甥女玛丽亚和朱莉娅是两个生活优裕、身体健康、惹人喜爱的大孩子，而她自己却没有这样的孩子，因此她有点宠爱这姐妹俩而瞧不起范妮。故事一开始，奥斯丁小姐就以微妙的笔触写道，诺里斯太太“无论如何也不能不说出”她妹妹——范妮的母亲——在一封充满怨恨的信中所说的那些对托马斯爵士极其无礼的话。诺里斯太太这个人物不仅本身就是一件艺术品，而且在故事中还具有实际作用，因为正是她的好管闲事的本性才使得范妮终于为托马斯爵士收养，这一人物特性渐次融于整个作品的结构。她为什么这么急于让伯特伦夫妇收养范妮呢？答案很清楚：“一切都算安排妥了，大家也都为要实施这样一个慈善仁义的计划而沾沾自喜。公公平平地说，各人心满意足的程度是不同的，因为托马斯爵士已完全下定决心做这个挑选出来的孩子永久不变的真正的扶养人，而诺里斯太太却毫无意思为扶养这个孩子破费分文。就跑跑腿、卖卖嘴、出出主意而言，她倒十分乐善好施，谁都比不上她更会支使别人做慷慨大方的事情：但她爱钱的程度不亚

于她爱指挥别人，她很懂得怎样花费朋友的钱，也同样懂得怎样节省自己的钱……她这样迷恋钱财，加之对这位妹妹没有一点真正的感情，对这一费用可观的慈善之举她至多能给出出主意，作作安排，再多她是不会干的。不过她也许很缺乏自知之明，甚至会在这次谈话之后回牧师公馆的路上沾沾自喜地认为自己是天底下最宽宏大方的姐姐和姨妈。”这样，尽管她对妹妹普赖斯太太没有一点真情实感，而且也无须为她迫使妹夫收养的这个孩子破费分文，多操一点心，却能够以为范妮安排好了将来的生活而居功自得。

她自称是一个寡言少语的女人，但滔滔不绝的陈词滥调却不断从这个好女人的大嘴巴里涌出。她还是个大嗓门。奥斯丁小姐想出了一个办法来突出她的大嗓门。诺里斯太太正在同伯特伦夫妇讨论把范妮接到曼斯菲尔德庄园的计划：“‘说得太对了，’诺里斯太太叫道，‘[这两条]都很重要：对李小姐来说教三个女孩或教两个都一样——不会有什么差别。我真希望能帮上更多的忙；不过你们知道我是尽力而为的。我可不是个把麻烦推给别人的人……’”她继续说下去，然后伯特伦夫妇说话了，接着又是诺里斯太太：“‘这和我想的一模一样，’诺里斯太太叫道，‘和我今早上对我丈夫说的那番话完全一致。’”早些时候，还有一段她同托马斯爵士的谈话：“‘我完全理解你，’诺里斯太太叫道，‘你真是慷慨大方，体贴入微……’”靠反复使用“叫”这个动词，奥斯丁暗示了这个令人讨厌的女人吵吵嚷嚷的特点。读者会注意到，可怜的小范妮真的到了曼斯菲尔德庄园后，一听到诺里斯太太的大嗓门就特别害怕不安。

第一章结束时，故事正式开张前的准备已全部就绪。我们认识了多嘴多舌、小题大做、俗不可耐的诺里斯太太，不动声色的托马斯爵士，愠怒、穷困的普赖斯太太，我们也知道了怠惰、懒散的伯特伦夫人和她的哈巴狗。接范妮到曼斯菲尔德庄园居住的计划也已经拍板。奥斯丁笔下的人物塑造常常自然而然地融进作品结构。[1]例如，伯特伦夫人的怠惰使她总待在乡村。他们在伦敦有一所房子，起初，在范妮到来之前，他们总是去伦敦度过上流社会喜欢的季节——春天。但现在“由于身体欠佳及过于怠惰，伯特伦夫人放弃了伦敦的住宅，过去每到春天她都要去那里住上一阵的，现在则一年到头住在乡下，让托马斯爵士一个人去出席议会，履行职责，根本不理会由于她不在身边，爵士的日子会过得好还是糟”。我们必须明白，简·奥斯丁需要作出这样的安排，这样就可以让范妮住在乡村，避免一次次的伦敦之行会带来的复杂情况。

范妮的教育稳步进展，到十五岁时，家庭教师已教了她法语和历史。她的表哥埃德蒙·伯特伦比较关心她，“给她推荐

1 在奥斯丁卷宗里的另一处注解中，弗·纳博科夫把情节解释为“假想的故事”。主题和主线是“小说中反复出现的形象或思想，就像赋格曲中重复出现的一段旋律”。结构是“一本书的构成，包括事件的发展及各个事件之间的因果关系，一个主题到另一个主题的过渡，人物出场的巧妙安排，或是引出一段新的错综复杂的情节，或是将各个主题连接起来，或利用它们推动小说的发展”。风格是“作者的手法，是他所特有的语调，他的词汇，以及那足以让读者读到一个片段就能认出这是奥斯丁的手笔而非狄更斯所为的特点”。——原编者注

了一些有趣的书在闲暇时阅读；他培养她的情趣，纠正她的看法，同她谈论她读过的书，使她感到开卷有益，颇有见地地为她指出书的价值，使她更爱读书”。范妮的心一半给了哥哥威廉，一半给了埃德蒙。在奥斯丁的时代及她那个阶层，孩子们受到什么样的教育是值得注意的。范妮刚到曼斯菲尔德庄园时，伯特伦姐妹俩“觉得她笨得出奇，在头两三个星期里不断地到客厅里去汇报她们的新发现，‘亲爱的妈妈，你想象得到吗，我表妹连欧洲地图都拼不到一起——我表妹说不出俄国有哪些主要河流——她从来没听说过小亚细亚——她分不清水彩画和蜡笔画！——多奇怪呵！——你听说过这么笨的人吗？’”这里提到的一点是用来学地理的图画拼板——拼板游戏，就是切成一块一块的地图。而这是一百五十年前的事。历史也是当时重要的课程。两个女孩子继续往下说：“‘姨妈，我们按历史顺序背诵历代英国国王的名字、他们登基的日期，以及他们统治期间所发生的重大事件，这都是很久以前的事情了吧！’”

“‘是的，’另一个姑娘补充道，‘还背诵了罗马帝国皇帝的名字，一直背到塞佛留[1]；除此之外还记住了许多异教的神话故事，所有金属、半金属的名称，行星的名字，还知道杰出的哲学家。’”

罗马皇帝塞佛留生活于三世纪初，所以“一直背到塞佛留”指的是时间上的久远，也就是古时候。

诺里斯先生的死使牧师职位空缺，因此而带来了一个重要

1 Severus（146—211），罗马皇帝，193—211 年在位。

的变化。这个职位本来是为埃德蒙保留的，准备等到他能担任圣职的时候交给他。但是托马斯爵士的事务进展得并不顺利，他现在不得不为这个空缺的职位安排一个永久的牧师而不是临时的。这样做势必大大减少埃德蒙将来的收入，因为他将不得不只靠一份牧师俸禄生活，那是另一个由托马斯爵士安排的牧师职位，在附近的桑顿莱西。这里联系曼斯菲尔德庄园的牧师公馆谈一下“牧师俸禄”一词，这也许会对大家有所帮助。教区牧师是一个拥有教产的牧师，享有圣俸，也称作“神俸”。这样的牧师代表一个教区，而且其牧师职位是永久不变的。牧师公馆包括一份地产和一所房子，供牧师享用。他的收入来自教区的一种税收，是根据本教区内的地产及一些工业交纳的什一税。经过长期的历史演变，选择牧师有时候竟成了俗人[1]的特权，对托马斯爵士来说就是如此。挑选的牧师需要经过主教同意，但这种同意只是一种形式。一般说来，托马斯爵士是期望从他委派牧师的权力中获取一点利益的。这是问题的关键。托马斯爵士现在需要为这个职位安排一个人。如果这个牧师职位仍然为这个家族的某个成员所占有，如果埃德蒙现在可以接任牧师，那么来自曼斯菲尔德教区的这笔收入就会归他所有，他的将来就有了保证。但是埃德蒙现在还不能接受任命，成为牧师。如果不是因为大儿子汤姆挥霍成性，打赌负债，托马斯爵士就会委托一个朋友临时担任牧师，直到埃德蒙被委任圣职。但现在他不能这样做，他必须对牧师公馆另作安排。我们从作者间接引用的一段汤姆的话中得知，他只希望格兰特博

1 “俗人”在此是与僧侣相对而言的普通人。

士尽快“死掉”[1]，这段话也恰到好处地表现了汤姆好用俚语的特点及他对埃德蒙的未来漫不经心的态度。

至于这笔收入的具体数目，我们只知道诺里斯太太嫁给诺里斯先生后得到了一年近一千镑的收入。如果我们为了论证的需要，假定她自己的财产同她妹妹伯特伦夫人的财产相当，或者说有七千英镑，我们也许就可以假定诺里斯家的收入中她自己的那一份约有二百五十镑，而诺里斯先生从教区得来的收入约每年七百镑。

我们通过另一个例子，看看一位作家为了让他的故事发展下去，如何引出一些新的事件。诺里斯牧师死了，格兰特取代了他。诺里斯先生的死就使格兰特夫妇得以住进牧师公馆。而格兰特的到来又把年轻的克劳福德姐弟，他妻子的亲戚，引进了曼斯菲尔德，这两个人物将在小说中起很大的作用。奥斯丁小姐进而计划让托马斯爵士离开曼斯菲尔德庄园，以便让书中的年轻人能自由放纵，无拘无束。她计划的第二步是让托马斯爵士在他们还算温和的狂欢高潮时，即正在排演一出戏的时候，回到曼斯菲尔德庄园。

那么她的计划是如何进行的呢？将要继承全部财产的大儿子汤姆一直挥霍无度。伯特伦家中的情况并不很好。奥斯丁小姐早在第三章里就把托马斯爵士调离了曼斯菲尔德庄园。那是一八〇六年。托马斯爵士觉得他最好亲自到安提瓜走一趟，以便更好地管理他在那儿的事务，他准备离开将近一年。安提瓜

1 “死掉”一词原文为“pop off”，系俚语。

远离北安普敦，是位于西印度群岛的一个岛屿，那时归属英国，是小安的列斯群岛之一岛，大约在委内瑞拉北面五百英里左右。那儿的种植园大概使用的是廉价的奴隶劳动力，是伯特伦家的财源。

于是，克劳福德姐弟俩在托马斯爵士不在的时候出场了。“七月份里事情就是这么一种情形，范妮刚满十八岁，这时，村子里的交际场上又增加了格兰特太太的弟弟妹妹，一位克劳福德先生和克劳福德小姐，他们是格兰特太太的母亲第二次婚姻所生的孩子。两个年轻人都很富有。儿子在诺福克有一大笔产业，女儿有两万英镑。在他们小的时候，姐姐一直很喜爱他们，但是，她出嫁不久他们的母亲就死了，把姐弟俩留给了他们的一个叔叔照管，而格兰特太太并不认识他们的这位叔叔，所以从那以后她很少见到他们。两个孩子在叔叔家找到了自己温暖的窝。尽管克劳福德将军和太太在别的事情上意见从不一致，但对两个孩子的疼爱却是一致的，只是夫妇俩对两个孩子各宠一个，各自对自己宠爱的百般疼爱，极为上心，除此之外再无更大的分歧。将军喜欢男孩，克劳福德太太宠爱女孩；而克劳福德太太去世后，受她保护的女孩[1]在叔叔家又试住了几个月，觉得不得不另找地方投靠。克劳福德将军是个行为不端的人，他不愿把侄女留下，却想把情妇领回家来；格兰特太太倒应感激这一点，正因为如此，妹妹才提出要来投奔她，这正合她的心意，也方便了将军那边……”读者也许会注意到，奥斯丁小姐在介绍这一系列引起克劳福德姐弟俩到来的事件中对

1　原文为法文。

钱的问题始终保持着清晰的记录。实用观念掺和着神话色彩，这是神话故事中常有的现象。

我们现在可以跳到刚站住脚的玛丽·克劳福德给范妮带来的第一次真正的痛苦那一段。这件事涉及关于马的主题。范妮从十二岁起就骑一匹衰老的灰色矮种马锻炼身体，这匹可爱的马在一八〇七年的春天死去了，那时范妮十七岁，仍然需要锻炼。这是书中的第二个具有实际作用的死亡，第一个是诺里斯先生的死。我之所以说具有实际作用的，是因为两次死亡都影响到小说的发展，都是为了小说的结构、故事情节的发展而安排的。[1] 诺里斯先生的死促成了格兰特夫妇的出场，而格兰特太太又引出了亨利和玛丽·克劳福德，这两个人很快就为小说添加了一层邪恶的浪漫色彩。第四章中这匹小马的死促使埃德蒙从自己的三匹马中选出了一匹温顺的母马给范妮骑，这匹马

1 “在《曼斯菲尔德庄园》中，没有一个人像狄更斯、福楼拜或托尔斯泰的小说中的人物那样，在作者与读者的怀抱中死去。《曼斯菲尔德庄园》中的死亡都发生在幕后，不会引起激动悲伤的情绪。但这些平淡的死亡都对小说情节的发展有着奇妙的深刻影响，对小说的结构都有重要的作用。小马的死引出了一段涉及埃德蒙、克劳福德小姐和范妮之间的感情纠葛的马的主题。牧师诺里斯先生的死引出了格兰特夫妇的到来，通过格兰特夫妇又引出了克劳福德姐弟——小说中一对有趣的反面人物。小说结尾部分发生的第二个牧师的死又使第三个牧师——埃德蒙——得以住进位于曼斯菲尔德庄园的舒适的牧师公馆，使埃德蒙得以‘获得’曼斯菲尔德的牧师俸禄。正像奥斯丁所写的，格兰特博士的死恰恰发生在‘他们［埃德蒙和范妮］结婚已有一段时间，正需要收入有所增加’时，这是告诉读者范妮已有身孕的一种很微妙的说法。书中还有一位老妇人死去，她是耶茨的朋友的外婆，这直接导致汤姆把耶茨带到曼斯菲尔德，引出了戏剧主题，这是小说中极为重要的一个主题。最后，小玛丽·普赖斯的死使朴次茅斯插曲中发生在普赖斯姊妹间的生动的小银刀事件成为可能。”弗·纳博科夫在奥斯丁卷宗中另一处作了这样的注解。——原编者注

后来被克劳福德小姐称为亲爱的、漂亮的、令人愉快的动物。诺里斯太太对这一事件的反应是颇为有趣的，生动地表现了她的性格特征。这一切都是奥斯丁小姐为将在第七章中展开的一幕精彩的感情波澜所做的铺垫。克劳福德小姐长得很漂亮，身材小巧，皮肤黝黑，一头黑发。她的兴趣渐渐从弹竖琴转向了骑马。埃德蒙借给玛丽学骑马用的正是范妮新得到的那匹马，而且他还主动提出亲自教她骑马——不仅如此，教她的时候还确确实实触摸了克劳福德小姐那双纤小、敏感的手。范妮利用有利的地势目睹了这一场面，作者微妙、细腻地描写了她当时的感情活动。那一次的骑马课延长了，马没有按时还给范妮，误了她每天骑马的时间，范妮走出去找埃德蒙。"两家的房子，虽然相距不到半英里，却彼此望不见。不过，从过厅门口走出五十码，她就能俯视园林，将牧师公馆及其伸展到村子里大路那边地势渐高的园地尽收眼底。她马上在格兰特博士的草地上发现了这群人——埃德蒙和克劳福德小姐骑在马上，并肩而行，格兰特博士和太太，还有克劳福德先生，带着两三个马夫站在一边观看。在她看来，这伙人很高兴——大家的兴趣都集中于一点——毫无疑问个个都很开心，因为嬉笑之声甚至都传到了她的耳边，这是一种让她不能高兴的声音。埃德蒙居然忘掉了她，这使她想不通，而且感到痛苦。她无法把眼睛从草坪上移开，她不能不去张望那里发生的一切。起初，克劳福德小姐和她的同伴绕着场地徐步而行，那一圈可不小。然而，显然是由于她的建议，他们催马小跑起来。范妮生性胆小，看到她骑得那么好，很是吃惊。几分钟后，他们完全停了下来，埃德蒙离她很近，在对她说话，很明显他在教她怎样控制缰绳，他抓着她的手；范妮看见了，或者说，目力不及之处她是靠想象力看见的。她不该对这一切想不通，不论对谁，埃德蒙都应该帮助，都应该心肠好，这难道不是再自然不过的吗？她只是不能不想克劳福德先生满可以省去埃德蒙的这些麻烦，弟弟亲自来教姐姐，那会非常适当，非常得体的。但克劳福德先生，虽然他吹嘘自己的天性如何之好，又很会骑马赶车，却很可能根本不懂得这个道理，而且同埃德蒙比起来，他也根本没有主动助人的好意。她开始觉得让这匹母马承受这样的双重负担有点残酷；就算她自己给人忘了，这匹可怜的母马也该有人想着才是。"

但是，这件事情并没有就此结束。马的主题又引出了另一个题目。我们已经见过拉什沃思先生了，他打算娶玛丽亚·伯特伦。实际上，我们大约是在遇见那匹马的同时见到他的。现在故事的发展从马的主题转向了我们称为萨瑟顿的恶作剧主题。由于埃德蒙堕入情网，迷上了玛丽这个小悍妇，他几乎使范妮完全失去了那匹倒霉的母马。玛丽骑着那匹母马，埃德蒙骑着他的乘马，一同作了一次远至曼斯菲尔德公用草地的长途旅行。主题是这样转换的："这类计划成功之后往往会又引出另一个计划。现在去过了曼斯菲尔德公用草地，大家又想第二天再去个别的地方。还有许多景致有待游览参观，尽管天气挺热，但不管想去哪里都会有林荫小道。一群年轻人总会找到一条林荫小道的。"拉什沃思的庄园萨瑟顿比曼斯菲尔德公用草地还要远。就这样，一个主题接着另一个主题，如同一朵家栽的玫瑰花，一瓣一瓣地展开了。

萨瑟顿庭园这个题目在拉什沃思极力称赞他的朋友对庭园

的改建时就已经提了出来，他宣称自己也要请这位改建专家改建一下他的庄园。于是，大家就这个问题展开了讨论，最后决定由亨利·克劳福德负责这件事，而不请专家，而且大家都要陪伴亨利一起去萨瑟顿庄园。第八章到第十章是这帮人对萨瑟顿的参观访问，萨瑟顿的恶作剧就正式开始了，并且为下一个越轨之举——排演戏剧作了准备。这几个主题相互牵连，互为因果，一个推动一个地逐渐展开。这就是结构。

现在让我们再回到萨瑟顿主题的开始。这是书中首次出现的包括众多人物的大段会话。亨利·克劳福德，他的姐姐，年轻的拉什沃思，拉什沃思的未婚妻玛丽亚·伯特伦，格兰特夫妇，以及其他所有的人都在谈话中得到了表现。话题是改建庄园，也就是指庄园的自然美化——大致根据"景色如画"的原则对房屋、庭园加以改造和装饰。从蒲柏[1]的时代到亨利·克劳福德的时代，这种庭园改造一直是那些富有闲情逸致的风雅人士的主要乐趣。汉弗莱·雷普顿先生是当时改建行业的一流专家，书中仅是提到了他的名字。奥斯丁小姐一定在她访问过的乡村绅士家的客厅桌子上见过他写的书。简·奥斯丁总是利用一切机会对某些人物作讽刺的画像。诺里斯太太喋喋不休地大谈若不是因为诺里斯先生身体不好，他们就会如何如何改建牧师公馆。"'他真可怜，几乎不能走出房门享受任何乐趣，这使我很丧气，原先同托马斯爵士说过要做的几件事也无心去干了。若不是因为这个，我们就会把花园的墙继续砌下去，也像

---

1 Alexander Pope（1688—1744），英国诗人。

格兰特博士那样用一片造林地遮住教堂基地。其实我们一直在做点事情。就在诺里斯先生去世前一年的春天，我们挨着马厩的墙栽下了那棵杏树，这棵树现在已长得这么繁茂高大，这么完美无缺，先生’，她这时是对着格兰特博士说的。

“‘那棵树确实长得很茂盛，太太，’格兰特博士回答道，‘树下的土质很好，可树上结的果子却不值得采，我每次从树旁走过都为此感到遗憾。’

“‘先生，那是一棵摩尔·帕克杏树，我们是当作摩尔·帕克杏买的，我们买时花了——这是说，这棵树是托马斯爵士送给我们的礼物，不过我看到了账单，我知道买这棵树花了七先令，是按摩尔·帕克的价付的钱。’

“‘你们上当了，太太，’格兰特博士答道，‘这些土豆的味道都能比得上那棵树结的摩尔·帕克杏。充其量也只能称它是没有味道的果子；真正的杏子总还是可以吃的，可我园子里的杏没一个是能吃的。’”

这样，不能吃的杏子很巧妙地同死去的不能生育的诺里斯先生对应了起来。诺里斯太太关于她改造庭园的滔滔不绝的长篇演说以及她已故丈夫的辛勤努力的唯一结果，就是这枚苦涩的小杏子。

至于拉什沃思，这个年轻人在讲话中总是不知所措，语无伦次。作者通过讽刺地描写他想极力表达自己的意思，间接地表现了他的谈吐风格。“拉什沃思先生很想向尊敬的夫人表示听从她［关于种植灌木林］的意见，而且试图说点什么恭维的话，但是他既想表现出顺从她的爱好，又想表明自己一直也是这样想的，此外，他又既想向所有的女士们卖乖讨好，又想暗示他急于取悦的只是她们当中的一个，这便使他越来越不知如何是好；埃德蒙很乐意地提议大家干杯，以此结束他的这番话。”作者在小说的其他地方也用了这种手法，比如在伯特伦夫人谈论舞会的那段话里。作者不是直接引用人物的原话，而是对其作一番描述。这里关键的一点是：用来表现所描写的那段谈话特色的不仅是这一描述的内容，而且还有作者描写时所用的语气腔调、句子结构及节奏。

关于改造庭园的谈话由于玛丽·克劳福德喋喋不休地谈起了她的竖琴和那位当将军的叔叔而被打断，这是玛丽的主要话题。后来格兰特太太暗示说亨利·克劳福德曾经有过一点儿改建庭园的经验，也许可以帮助拉什沃思。亨利先是对自己的能力谦虚了一番，然后接受了拉什沃思的提议。而且大家同往萨瑟顿聚会的计划也在诺里斯太太的怂恿下通过了。第六章是小说结构上的一个转折点。亨利·克劳福德在同拉什沃思的未婚妻玛丽亚·伯特伦调情取乐。书中的道德典范埃德蒙听到了整个计划安排，但“一言未发”。从全书来看，这伙没有合适的长者陪伴的年轻人到盲目愚钝的拉什沃思的庄园游览的计划，带有朦朦胧胧的邪恶色彩。这场萨瑟顿恶作剧是从第十三章到第二十章的几个重要章节的前奏和铺垫，后面这几章写的是年轻人排演的剧。

在关于改建庭园的讨论中，拉什沃思说他相信，为了使景色更为开阔，雷普顿一定会把始自房子正面西部的那条林荫路

上的老橡树砍掉。“范妮坐在埃德蒙的另一侧，正好与克劳福德小姐相对，她一直在专心听别人讲话，这时看了看埃德蒙，低声说道：‘砍去林荫道上的大树！多可惜呵！这不正令人想起库珀[1]的诗句吗？“林荫道上倾倒的大树呵，我再次为你的不平遭遇哀伤。”’”我们需要记住，在范妮那个时代，读诗、知诗远比现在普通、寻常、自然。我们的文化或者说所谓的文化媒介与上个世纪初叶比起来数目更多，种类更繁，但每当我想到如今广播、电视的庸俗不堪，或者那些平庸、荒诞的妇女杂志，就觉得是否应该好好谈一谈范妮对诗的专注，尽管这些诗也许比较冗长和乏味。

《沙发》是威廉·库珀所作的长诗《任务》(一七八五)的一部分。这个例子很能说明简或范妮那个时代及阶层的年轻小姐所熟悉的是什么样的诗。库珀把一个伦理评论家的说教口吻同浪漫的想象及自然描写结合了起来，后者是随后几十年的诗风特色。《沙发》是一首很长的诗。诗的开始风趣地叙述了家具的历史，然后是对大自然带给人们的种种快乐的描写。我们将会注意到，在对城市生活的舒适、艺术和科学，以及城市的腐败，同不舒适的大自然的道德力量、森林和田野的衡量中，库珀选择了自然。下面是《沙发》第一部分中的一段，在这段里他赞赏朋友的庄园中原封未动的林荫大树，并为当时热衷于用开阔的草坪及形状奇特的灌木丛取代旧有的林荫道的倾向感到痛心。

---

1 William Cowper（1731—1800），英国诗人。

看前面不远，两行绿树成荫
招手相迎。这是古代的流风余韵，
如今虽受轻蔑，却理应得到珍爱。
我们的祖先最爱护绿荫屏障，
它遮住灼灼骄阳；在那林荫的幽径上，
在那树下的凉亭里，尽管烈日当空，
却如薄暮时分一样地幽静阴凉。
我们却自己遮阳，剥夺了自己的
那些天然屏障，撑着薄薄的阳伞，
漫步于荒无一木的印度原野。

这就是说，我们把乡村庄园里的树木砍掉，而不得不打着阳伞走路。下面是拉什沃思同克劳福德讨论美化园林时范妮引用的诗句：

林荫道上倾倒的大树呵，我再次
为你们的不平遭遇哀伤，可我又要
为你们幸存的同伴们欣幸。
那优雅的穹隆，多么袅娜，多么轻盈，
而它又像神圣的殿堂那么庄严，
回荡着虔诚的歌声！树底下
光影交错，好像微风吹动的水面
闪闪烁烁。嬉戏的阳光
透过树枝，一齐翩翩起舞，
阳光树影，相互交错，织成一片……

这是很美妙的一段，富有优美的光线效果，这在十八世纪的诗歌或散文中是很少见的。

在萨瑟顿，范妮看到的礼拜堂同她不切实际的设想中的府邸礼拜堂的样子完全不同，她很失望，这“只是一个长方形的大房间，为做礼拜作了一些必要的布置——摆了许多红木家具，祖先画像下的壁架上铺着深红色的天鹅绒的垫子，此外再无一点更醒目、更庄严的东西了”。她的想象破灭了，她低声对埃德蒙说：“我想象的礼拜堂不是这样的，这里虽没有什么让人恐惧，没有什么令人感伤，但也没有什么使人感到庄严。没有耳堂，没有拱形门，没有铭文，没有横幅，表哥，没有横幅，在‘天国的夜风中飘动’。也没有迹象表明‘下面安息着一位苏格兰的君王’。”范妮的这两句诗引自瓦尔特·司各特爵士的长诗《最末一个行吟诗人之歌》(一八〇五)中第二章里描写一座教堂的一段，只是略有变动：

十

无数的徽章与横幅，撕裂了，
在天国寒冷的夜风中颤抖……

然后是术士的瓮：

十一

月光照着突出的东窗，
穿过亭亭耸立的石柱，

同叶饰窗花格相互辉映……

窗玻璃上绘着各种各样的形象，而

月光亲吻神圣的玻璃，
在路面上撒下斑驳的血影。

十二

他们坐在一块大理石的墓碑上，
下面安息着一位苏格兰的君王

等等，等等。库珀的日光图同司各特的月亮图相映成趣，恰到好处。

比直接引经据典更妙的是引人联想（reminiscence），这个词用于讨论文学手法时具有一种专门的意义。文学上的引人联想指的是作品中的一个短语，或是一个形象、一个场面，使人联想起某位早期作家，觉得作者是在无意识地模仿他。作者想起曾在某本书中读到的什么东西，于是对它加以利用，以自己的方式对其进行再创造。第十章中就有一个好例子。在萨瑟顿，一道门锁着，钥匙没带，于是拉什沃思回去取钥匙，剩下玛丽亚和亨利·克劳福德单独在一起，调情逗乐。玛丽亚说："'是的，眼前的景色的确不错，阳光灿烂，园林令人心旷神怡。但不幸的是这道铁门，这道暗墙使我感到束缚，感到压制。正如燕八哥说的，我无法冲出去。'她面带表情，边说边向铁门走去；他跟在她后边。'拉什沃思先生取钥匙用的时间可真够长的！’”玛丽亚引用了劳伦斯·斯特恩[1]所著《游历法兰西和意大利的感伤旅行》（一七六八）中一个著名段落里的一句话。在这段中，小说的叙述者，即书中叫约里克的“我”，在巴黎听到一只关在笼里的燕八哥朝他这样叫。这句话引用得恰到好处，很贴切地表现了玛丽亚因为同拉什沃思订婚而感到的紧张与不快，这正是她的意图。但这里面还有一层意思，《感伤旅行》中燕八哥的那句话似乎与斯特恩书中前面的一段有关，这段故事在奥斯丁的头脑深处留下了模糊的记忆，而这段模糊的记忆又似乎从作者的头脑走进了书中人物聪明的脑袋里，并在那里发展成清晰准确的回忆。约里克从英国到法国旅行，在加来[2]登陆，他开始寻找出租或出售的四轮马车，以便乘马车去巴黎。这种能找到马车的地方叫作马车行。正是在加来的这样一个马车行门口，发生了下面这件小事。马车行的主人名叫德桑先生，是当时的一个真实人物，十八世纪初本杰明·贡斯当[3]所著的法国著名小说《阿道尔夫》中也提到过他。德桑领约里克到他的马车行去参观他搜集的马车，那是些叫做驿递马车的四轮封闭式马车。约里克被一个同行的旅伴、一位年轻的小姐迷住了，她“戴着一副只露拇指和食指的黑丝手套……”他让她挽住自己的胳膊，一同走到马车行门口；但是，在德桑一遍又一遍地咒骂了那把不好使的钥匙之后，才发现他带错了钥匙。这时约里克先生说道：“我一直在不知不觉

1 Laurence Sterne（1713—1768），英国小说家，感伤主义文学的主要代表。

2 加来是法国北部的一个海港。

3 Benjamin Constant（1767—1830），法国政治家、作家。

地握着她的手：结果德桑先生说他过五分钟就回来，留下了我们两个单独在一起，手拉着手，面对着马车行的大门。”

这里，我们也遇到了一段没有钥匙的小插曲，给年轻的恋人提供了一个交谈的机会。

萨瑟顿恶作剧不仅为玛丽亚和亨利·克劳福德提供了一次平日难得的单独亲密谈话的机会，也为玛丽·克劳福德和埃德蒙提供了这样一个机会。他们都利用这一时机撇开了别人：玛丽亚和亨利在拉什沃思回去寻找钥匙的时候从锁着的铁门旁的一个缺口溜了过去，走进对面的树林里不见了；玛丽和埃德蒙假称去步量一下那片小树林的长度，双双漫步而去，丢下可怜的范妮一人坐在长凳上。至此，奥斯丁小姐已经巧妙利落地安排好了小说的布局。而且小说在这几章中将像戏剧一样展开。可以说共有三班人轮番出场：

1. 埃德蒙、玛丽·克劳福德和范妮；

2. 亨利·克劳福德、玛丽亚·伯特伦和拉什沃思；

3. 朱莉娅，她甩下了诺里斯太太和拉什沃思太太去寻找亨利·克劳福德。

朱莉娅想同亨利一起信步漫游；玛丽想和埃德蒙一起闲逛，而埃德蒙也喜欢这样；玛丽亚则愿意同亨利一起散步；亨利也喜欢和玛丽亚一块散步，而范妮温柔的心灵深处当然想的是埃德蒙。

事情的全过程可以分为几场：

1. 埃德蒙、玛丽，还有范妮走进了所谓的荒地，实际上是一片整齐的小树林，并一起谈论起了牧师的职业。（玛丽在礼拜堂里听说埃德蒙期待接受圣职任命，大吃一惊：她不知道他打算做牧师，她无法想象未来的丈夫从事这样的职业。）范妮提出再看到长凳就坐下来休息一会儿，他们于是来到一条长凳前。

2. 范妮一人继续坐在凳子上，而埃德蒙和玛丽则走开去查看一下荒地的范围。她将在那条粗糙的凳子上整整坐上一个小时。

3. 由亨利、玛丽亚、拉什沃思组成的第二组走到她面前来。

4. 拉什沃思离开他们去取开铁门的钥匙。亨利和伯特伦小姐留下了，但很快又离开范妮去探索树林深处。

5. 伯特伦小姐和亨利绕着紧锁的大门爬了过去，消失在园林中，孤零零地留下了范妮一人。

6. 朱莉娅——第三组的先锋——赶到了这里，来的路上还遇见了回房子去的拉什沃思，她同范妮讲了几句话，然后"急切地向园林深处张望着"，也爬过了铁门。克劳福德在来萨瑟顿的路上一直对她献殷勤，而现在她真嫉妒玛丽亚。

7. 又剩下了范妮一个人，直到拉什沃思手持铁门的钥匙，气喘吁吁地跑来，两个被丢弃的人儿相遇。

8. 拉什沃思进了园林，范妮又是孤独一人。

9. 范妮决定沿着玛丽和埃德蒙离去的路走，结果遇见他们从园林西边那条有名的林荫道的方向走来。

10. 他们一起走回宅子，遇上了第三组的其余两人，诺里斯太太和拉什沃思太太，她们正准备动身去园林。

在伯特伦姐妹的眼里，十一月是“令人沮丧的月份”，因为不受欢迎的父亲定于那时回家。他打算乘九月份的邮船回来，所以这些年轻人在他到家之前还有十三个星期的时间——从八月中旬到十一月中旬。（实际上托马斯爵士是在十月份乘一艘私人轮船回来的。）父亲的归来，正如克劳福德小姐对埃德蒙说的那样，“会带来其他的好事情：你妹妹出嫁，你接受圣职任命”，这进一步引出了涉及埃德蒙、克劳福德小姐和范妮三人的接受圣职的主题。他们是站在暮色笼罩的曼斯菲尔德庄园的窗户旁说这番话的。当时两位伯特伦小姐和拉什沃思、克劳福德都忙着在钢琴旁边点蜡烛，他们则进一步就做牧师的动机及他对收入问题的关心是否妥当展开了热烈的讨论。在第十一章末尾，克劳福德小姐加入了钢琴旁的三重唱；埃德蒙随后也被音乐之声吸引了过去，丢下范妮自己观赏星星，范妮独自一人待在窗前发抖，这是丢弃范妮这一主题的又一次出现。埃德蒙处于一种无意识的犹豫与选择之中：一边是小巧活泼的玛丽·克劳福德小姐，她性情欢快，举止优雅，容貌美丽；一边是纤弱的范妮，她感情细腻，温文尔雅，娴静可爱。埃德蒙的犹豫通过音乐室这一场中年轻人的各种举动象征性地得到了表现。

萨瑟顿之行使年轻人摆脱了托马斯爵士的行为准则的约束，变得无法无天，还直接促成了在他回来之前排演一出戏的建议。这个戏剧主题是《曼斯菲尔德庄园》中尤为成功的一部分。从十二章到二十章，戏剧主题按照神话的魔法及命运的摆布发展着。戏剧主题是以一个新人物的出场开始的——他是这一主题中第一个出场、最后一个消失的人物——一个叫耶茨的年轻人，汤姆·伯特伦的朋友。“他来时满腹失望，满脑子都是演戏的事情。原来他参加的是一次戏剧集会［他刚从那儿来］，他们排了一出戏，两天之内就要上演，他还在剧中担任一个角色，可是突然那家的一个近亲去世，使演戏的计划告吹，演戏的人也散了。”他对伯特伦家这帮年轻人大谈排戏的事，“从最初选派角色到最后的闭幕词，无一不让人着魔”（注意这一神秘的口气）。耶茨认为，单调乏味的生活，或确切点说，一次偶然的死亡事件阻止了这出戏的演出，他对此深表同情。“这事倒也不值得抱怨，不过那可怜的老寡妇也实在死得不是时候，你不能不想，要是她去世的消息根据我们的需要晚公布三天该有多好。把死讯只压三天，再说她不过是这家的一个什么外婆，又死在二百英里以外，这样做本不会有多大关系的，而且据我所知，的确有人提出了这个建议；但雷文肖勋爵根本不同意，据我看他是全英国最循规蹈矩的人之一。”

汤姆·伯特伦说老太太的死从某种意义上说也是一种剧终余兴，这就是雷文肖夫妇要独自演出的葬礼。（在主剧结束之后演出一段轻松、滑稽的剧终余兴是当时的习惯做法。）注意，我们在这里发现，这出戏的排演注定要中断一事在这里已有预示，父亲托马斯爵士的归来是中断排戏的原因，他正当《情人的誓约》在曼斯菲尔德庄园排演之际归来，恰好成为一段极富戏剧性的剧终余兴。

耶茨对他的演戏经历富有魔力的描述激发了这帮年轻人的想象。亨利·克劳福德宣称，此时此刻就是出丑他也要扮演随便哪个剧本中的一个角色，任何角色，从夏洛克或理查德三世到滑稽剧里的唱歌的主人公都行。而且正是他，鉴于演戏是“从未尝试过的乐趣”，建议他们排演点什么，演一场，或半个剧，多少都成。汤姆说他们必须弄一块绿色粗纺呢幕布；耶茨漫不经心地提出了各种需要置办的布景。埃德蒙对此感到吃惊，有意冷嘲热讽地对这一计划泼冷水，他说：“不，……我们不能办事不彻底。如果要演戏，那就到有正厅、有包厢、有楼座的设备齐全的剧院去演，并从头至尾完完整整地演出一个剧目；就算是演个德国剧，不管演哪个，都要有花样，有随机应变的剧终余兴，幕间要有花式步舞蹈，有号角舞，有歌唱。如果我们的演出不能超过埃克尔斯福特［这是那次未成功的戏剧聚会的地方］那班人马，那我们干脆就什么也别演。”这里提到的花样和随机应变的剧终余兴是具有预言性的一句话，是一种咒语，因为它一语道中了将会发生的事情：父亲的归来将为戏剧带来一种意想不到的结局，一段随机应变的剧终余兴。

接下来他们开始找一间房子作剧场，最后选中了弹子房，但他们必须把托马斯爵士书房的书柜移开，以便使弹子房两边的门都能打开。在那个时代改变家具的位置非同小可，埃德蒙越来越感到担心害怕，但懒洋洋的母亲和溺爱两个姑娘的姨妈对此事并不反对。实际上，诺里斯太太靠她注重实用的头脑亲自承担了裁剪幕布、管理道具的任务。但是演戏的条件仍不完备。请注意，这里又表现出一层神秘的色彩，一个艺术之神玩弄的戏法：原来耶茨提到的剧目《情人的誓约》表面上好像被忘掉了，实际上却潜伏在大家心里，是一个尚未引起注意的宝贝。他们讨论了演出其他剧目的可能性，但发现这些剧目不是角色太多，就是太少，而且关于究竟排演悲剧还是喜剧，大家意见也不统一。这时魔力突然出现了。汤姆·伯特伦“从桌上的许多剧本中拿起一本，翻过来一看，突然叫道：‘情人的誓约！雷文肖家的人能演情人的誓约，我们为什么就不能演呢？我们怎么会一直没想到这个剧呢？’”。

《情人的誓约》(一七九八）是伊丽莎白·英奇博尔德夫人根据奥古斯特·弗里德利希·费迪南德·冯·科泽毕[1]的《爱之子》翻译改编的英语剧本。这个剧很无聊，但并不比许多轰动一时的现代剧更无聊。该剧的情节是围绕弗雷德里克的命运展开的。弗雷德里克是怀尔德海姆男爵同他母亲的贴身女仆阿加莎·弗里伯的私生子。自从这对情人分手后，阿加莎恪守贞操，过着清白的生活，把儿子扶养成人；而年轻的男爵则娶了阿尔萨斯地方的一个有钱的小姐，并搬到了她的庄园上居住。该剧开场的时候，阿尔萨斯地方的男爵的妻子已经去世，他同独生女儿阿米莉亚一起回到了他自己在德国的城堡。与此同时，由于巧合，由于一种或促成悲剧或促成喜剧都必不可少的巧合，阿加莎也回到了城堡附近她所出生的那个村庄。在那里，我们看到她由于付不起账单被从乡村客店里赶了出来。这时又发生了第二个巧合，她恰巧被儿子弗雷德里克发现了。他曾出征作战五年，现在返回故里，寻找文职工作。找工作需要

1 August Friedrich Ferdinand von Kotzebue（1761—1819），德国戏剧作家。

有出生证明，这一要求把阿加莎吓坏了，她不得不把隐瞒至今的他的真实出身告诉了他。把这些一五一十地交待了之后她便昏倒了，弗雷德里克先为她在一所村舍里找到一个栖身之地，又出去讨钱买食物。巧的是他在田间遇见了男爵和卡斯尔伯爵（阿米莉亚的一个有钱但没头脑的追求者），这是又一个巧合。他们只给了他一点钱，根本不够买食物，弗雷德里克威胁他尚不认识的父亲，结果被送进城堡关了起来。

弗雷德里克的故事被阿米莉亚和她的家庭教师安霍尔特神父之间发生的一件事打断了。安霍尔特受男爵之托为卡斯尔伯爵求情，但阿米莉亚爱的是安霍尔特，同时也为他所爱，她设法通过一番急切唐突的话迫使他宣布了他的爱情。对这段台词玛丽·克劳福德还故作羞怯地表示反感。后来他们俩听到弗雷德里克被监禁的消息，都想法去帮助他：阿米莉亚去地牢给他送吃的，安霍尔特为他求得了一次同男爵见面的机会。弗雷德里克从同安霍尔特的谈话中发现男爵就是他的父亲，便在他们俩见面的时候揭开了他们之间的秘密。结局是大团圆。男爵为弥补年轻时的过失，娶了他的受害者为妻，并认弗雷德里克为子；卡斯尔伯爵情场上大败，狼狈地退了出去，阿米莉亚嫁给了缺乏自信的安霍尔特。（这一剧情梗概主要引自克拉拉·林克莱特·托马森的《简·奥斯丁概论》，一九二九年。）

奥斯丁小姐选择这个剧并不是因为剧本本身很不道德，而主要是因为该剧中的一组关系复杂的角色特别适合小说的需要，便于在她的人物中分配。不过，她不赞成伯特伦家这帮年轻人排演这个剧显然不仅仅是因为它牵涉私生子，也不仅仅因为剧中有许多谈情做爱的言谈举止太公开露骨，根本不适合这些出身上层的年轻人，而且还因为阿加莎——不论她多么悔恨——不正当的恋爱并生了一个私生子这一事实使她这个角色不适合一个未婚的姑娘扮演。作者虽然从未明确表明这些异议，但这些想法无疑是造成范妮阅读剧本时苦恼不安的主要因素；至少也是一开始使埃德蒙认为该剧的主题和情节不道德的主要原因。“剩下她［范妮］一个人之后，她做的第一件事就是从桌上拿起他们留下的那本书，开始亲自阅读那个大家谈论了那么多的剧本。她的好奇心被彻底唤醒了，她急切地从头看到尾，其间只是因为吃惊才间或停顿一下。她吃惊的是刚才居然选中了这么一个剧本——居然有人建议在家里演这样的戏，而且这样的建议居然被接受了！阿加莎和阿米莉亚这两个人物在她看来都极不适合在家里演，原因各不相同。——一个的经历处境，另一个的语言，都非常不适合一个端庄正派的女人来表现。她几乎不能相信她的表姐们知道她们要演的是什么，她一心盼望，埃德蒙一定会劝告她们，而他的劝告能使她们尽早觉醒。”[1]我们没有理由认为简·奥斯丁的观点与范妮的观点不同。但是，问题的关键并不在于剧本本身，作为一出戏，它无须被扣上一顶不道德的帽子并受到谴责，问题的关键是这一剧目只适宜于职业演员在正规剧院中演出，对伯特伦家的这帮年轻人来说是极不合适的。

下面就开始分配角色了。艺术之神的安排将使小说中人物之间的真正关系通过剧中人物之间的关系表现出来。亨利·克

1　在纳博科夫加了注释的书中，这一段有一个注解：“她是对的。阿米莉亚这个角色有点淫荡。”——原编者注

劳福德非常狡猾，很顺利地使自己和玛丽亚得到了合适的角色，即两个能使他们经常在一起，经常互相拥抱的角色（弗雷德里克和她的母亲阿加莎）。而已经对朱莉娅有所动心的耶茨为朱莉娅只得到一个次要角色很恼火，朱莉娅也拒绝扮演这个角色。"'村民的妻子！'耶茨先生大叫道，'你在说些什么呀？这是个最无聊、最微不足道、最没有意思的角色，再平庸不过了——全剧中没一段像样的台词。叫你妹妹演这么个角色！提这样的建议是对她的侮辱。在埃克尔斯福特这个角色是由家庭教师扮演的。当时我们大家都认为除她之外，这个角色谁也不能派给。'"但是汤姆很固执。"不，不，朱莉娅不能演阿米莉亚，这个角色根本不适合她演。她不会喜欢这个角色，也演不好。她个子太高，也太壮。阿米莉亚应该是个小巧、轻盈、蹦蹦跳跳、充满孩子气的人物。这个人物适合克劳福德小姐，只适合克劳福德小姐。她长得就像这个角色，而且我相信她会演得很出色。"亨利·克劳福德由于强调玛丽亚适合演阿加莎而使朱莉娅没能得到这个角色，现在又极力主张由朱莉娅扮演阿米莉亚，以求弥补对她的伤害。但嫉妒心很强的朱莉娅怀疑他的动机不纯，"因此她勃然大怒，声音都气得颤抖起来"，对他大加指责。当汤姆坚持说只有克劳福德小姐适合演这个角色时，"朱莉娅气得连珠炮似的叫起来，'别担心我会要这个角色，不演阿加莎，别的什么角色我也不演，至于阿米莉亚，这是天底下最让我恶心的角色，我憎恶她。'……她一边说着，一边匆匆走出了房间，使在场的人不止一个感到尴尬，但除了范妮外，倒也没人对她有所同情。范妮一直在静静地听着这一切，一想到朱莉娅被妒火烧得如此焦躁，怜悯之情便油然而生。”

关于其他角色的讨论，尤其是汤姆急急攫取滑稽的角色，使读者对这帮年轻人有了更清楚的了解。拉什沃思这个高贵的傻瓜得到了卡斯尔伯爵这个角色，这对他适合极了。他从未这样盛装打扮过，穿着粉色和蓝色的缎子衣服，还为他的四十二段台词颇感骄傲，可实际上他根本记不住这些台词。一种激动迷狂的情绪正在渐渐攫住这帮年轻人，这让范妮很苦恼。演戏将成为一场无拘无束的狂欢作乐，对玛丽亚·伯特伦和亨利·克劳福德来说尤其如此，他们不规矩的激情将得到解放。可是他们又遇到了一个关系重大的问题——谁来扮演安霍尔特这个兼家庭教师和牧师二职于一身的年轻人？命运显然是在驱使埃德蒙，驱使不愿演戏的埃德蒙接受这个角色。扮演这个角色将使他不得不接受阿米莉亚，也就是玛丽·克劳福德小姐的爱情进攻。她在他心中激起的一种昏昏然的激情终于战胜了他的重重顾忌。他之所以同意扮演这个角色是因为他无法容忍邀请一个他们这个圈子以外的年轻人——查尔斯·马多克斯——来扮演安霍尔特，来听玛丽吐露爱的衷肠。他别别扭扭地对范妮说，为了把演戏这一愚蠢之举限制在自家范围之内，不至于大肆张扬出去，尽量不引起公众注意，他准备接受这个角色。他的哥哥和妹妹见终于把他拉下了水，兴高采烈地欢迎他的转变，同时也满不在乎地不理会他不要张扬到外面去的规定。他们开始邀请周围所有的郡中世家来看戏。一个类似幕布的东西被悬挂起来，同时整个演戏活动的小目击者范妮不得不在她的房间里听玛丽·克劳福德小姐练习她的台词，随后又听埃德蒙练习。她的房间成了他们相会的地方，而她则是他们之间的

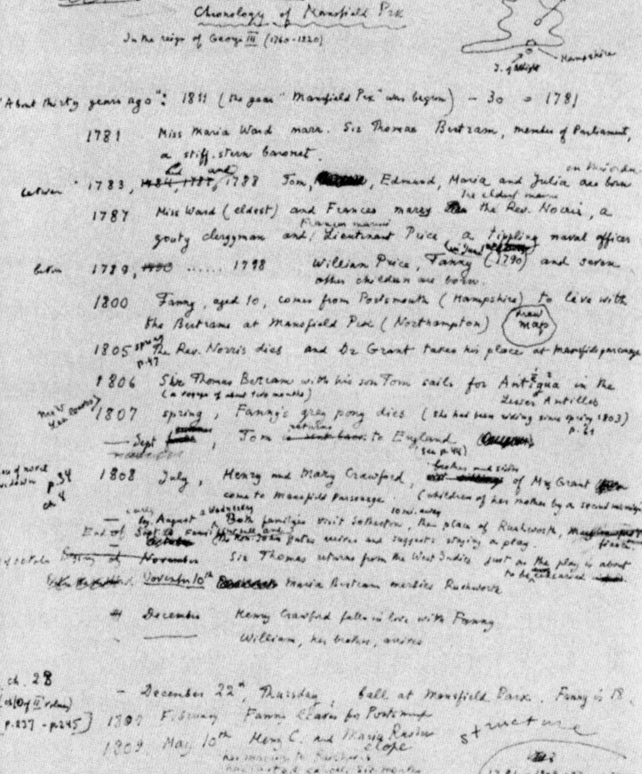

Structure

Chronology of Mansfield Park

In the reign of George III (1760-1820)

"About thirty years ago": 1811 (the year "Mansfield Park" was begun) − 30 = 1781

1781 Miss Maria Ward marr. Sir Thomas Bertram, member of Parliament, a stiff, stern baronet.

between 1783, 1784, 1787, 1788 Tom, Edmund, Maria and Julia are born

1787 Miss Ward (eldest) and Frances marry the Rev. Norris, a gouty clergyman and Lieutenant Price, a tippling naval officer

between 1789, ... 1798 William Price, Fanny (1790) and seven other children are born.

1800 Fanny, aged 10, comes from Portsmouth (Hampshire) to live with the Bertrams at Mansfield Park (Northampton) draw map

1805 The Rev. Norris dies and Dr Grant takes his place at Mansfield parsonage.

1806 Sir Thomas Bertram with his son Tom sails for Antigua in the Lesser Antilles (a voyage of about two months)

1807 spring, Fanny's grey pony dies (she had been riding since spring 1803) p. 21

— Sept, Tom returns to England (see p. 44)

1808 July, Henry and Mary Crawford, brother and sister of Mrs Grant come to Mansfield Parsonage. (children of her mother by a second marriage)

— by August Both families visit Sotherton, the place of Rushworth

End of Sept the Hon. John Yates arrives and suggests staging a play.

November Sir Thomas returns from the West Indies just as the play is about to be rehearsed

November 10th Maria Bertram marries Rushworth

December Henry Crawford falls in love with Fanny

William, her brother, arrives

p. ch. 28 [p. 237 - p. 245] — December 22nd, Thursday, ball at Mansfield Park. Fanny is 18.

1809 February Fanny leaves for Portsmouth

1809 May 10th Henry C. and Maria Rushworth elope

1809 Summer Edmund opens his heart to Fanny

structure

1781 − 1808 = 27 yrs = 24 pp.

1808 − 1809 = 1 year = 370 pps

Read first pages to p. 3 "a child"

纳博科夫为《曼斯菲尔德庄园》绘制的年表

纽带：文雅、秀丽的灰姑娘，前途无望，只能一心照顾别人的需要。

还差一个角色，就可以完整地排演全剧的前三幕了。起初范妮断然推辞了被朱莉娅嗤之以鼻、拒绝扮演的村民妻这一角色；她对自己的表演才能没有丝毫信心，而且她的直觉也告诫她不要介入。格兰特太太接受了这个角色，但是排练的那天晚上她却不能来了。大家都要求范妮替她读台词，尤其是埃德蒙。她的被迫答应破除了魔力。她的天真无邪一旦介入到这场胡闹中便驱散了那些挑动邪念歪情、调情作乐的鬼怪。排戏没有完成。“他们正式开始了——大家一心热热闹闹地演戏，竟没有听到房子的另一端传来的不寻常的忙乱声，他们已经排了一会儿，突然房门大开，朱莉娅站在门口，大惊失色地叫道：‘我父亲回来了！他现在正在门厅里。’”由此，朱莉娅终究得到了那最重要的角色，而小说的第一卷也到此为止。

在奥斯丁小姐的导演下，两个严肃的父亲，两个笨重的家长在弹子房相遇了——耶茨扮演的角色怀尔德海姆，托马斯爵士扮演的托马斯爵士。耶茨点头哈腰，笑容可掬地将威严的父亲一角交给了托马斯爵士。这完全是一种剧终余兴。“他［汤姆］向剧场走去，到那儿的时候刚好看到他父亲同他朋友第一次见面的情形。托马斯爵士看到自己房间里烛光辉煌，吃惊不小；再往四下一看，只见家具摆放得乱七八糟，房间里有种种近来被人占用的迹象。尤其让他吃惊的是弹子房门前的书柜被挪走了，他对这一切还大惊未定，弹子房里传出的声音又使他更为震惊。有人在那里大声说话——是一个陌生的声音——而且不止是在说话——几乎是在喊叫。他朝门走去，很高兴门现在是通的，直接就能走进去，门一推开，他发现自己来到了一个剧场的舞台上，迎面站着一个高声大喊的年轻人，看起来好像要把他仰面打倒。耶茨一下发现了托马斯爵士，表现出的惊恐状比哪一次排练表演的都好，就在这时，汤姆从房间的另一头走了进来，他有生以来还从未像现在这样难以不动声色。只见父亲生平头一次走上舞台，一脸严肃与吃惊；慷慨激昂的怀尔德海姆男爵逐渐变成了文质彬彬、随和温厚的耶茨先生，向托马斯爵士又鞠躬，又道歉。这真是一场好戏，一场活灵活现的表演，他无论如何都不会放掉的。这将是最后的一场，完全可能是在这个舞台上演出的最后一场戏，但他相信这是最精彩的一场。这会是一场博得满堂喝彩的压轴戏。”

托马斯爵士没做任何指责，打发走了布景画师，让木匠把在弹子房里搭起来的一切都统统拆掉了。“又过了一两天，耶茨先生也走了。他的离开最让托马斯爵士感到称心；他很想同家人单独在一起……克劳福德先生是去是留，托马斯爵士倒觉得无所谓——不过他把耶茨先生送到门口，祝他一路平安时，他可是真心祝愿，并且心满意足。耶茨先生待在曼斯菲尔德目睹了为演戏准备的一切被毁坏，有关演戏的每一样东西被清除；他走的时候家里已经完全恢复了清醒冷静的常态。看到他走出房门，托马斯爵士希望这是除掉了与演戏有关的最坏的一个人[1]，除掉了最后一个总会使他想起这里曾经演过戏的人。

“诺里斯太太开动脑筋，把一件会惹他生气的东西从他眼

1 “耶茨，剧中的最后一件道具，被清除了。”这是纳博科夫在他的注释本中的注解。——原编者注

皮底下搬走了。她把她一手操办、充分显示了她的精明才干的幕布拿回家了，她家里恰好特别需要绿色的粗纺呢。”

亨利·克劳福德突然终结了他与玛丽亚的调情，趁他还没有过深地陷入其中之前动身去了巴斯。托马斯爵士起初挺赞赏拉什沃思，但很快就对他大失所望。他向玛丽亚提出，只要她愿意，就为她解除婚约。他看出她很瞧不起拉什沃思。然而她谢绝了父亲的好意：“她内心由于自己已经绝对地把握住了自己的命运而高兴——她已经再次发誓要做萨瑟顿的主人——她再也不会让克劳福德因为能支配她的行动，毁掉她的前程而得意洋洋；她怀着骄傲的决心回到自己的房间，决定今后对待拉什沃思要更谨慎些，以免父亲再生疑心。”婚礼如期举行，然后这对年轻夫妇前往布赖顿度蜜月，并带着朱莉娅同他们一起去。

范妮赢得了托马斯爵士的充分赏识，成了他的宠儿。有一次，范妮在外突遇暴雨，到牧师公馆避雨，她同玛丽·克劳福德的关系开始变得亲近起来，尽管范妮本身还有所保留。她听她弹竖琴，演奏埃德蒙最心爱的曲子。进一步的接触发展到范妮和埃德蒙应邀去牧师公馆吃饭，在那里她遇见了亨利·克劳福德，他刚回来，只打算逗留几天。接着，小说的结构上又出现了新的转折。原来，亨利深为越长越美的范妮吸引，于是决定在这里住上半个月，以设法让范妮爱上他好从中取乐。姐弟俩愉快地讨论了他的计划。亨利很肯定地对玛丽说：“你天天见她，所以并未注意到她的变化，但我告诉你，她和秋天相比完全判若两人。那时她只是一个少言寡语，安稳腼腆，样子还说得过去的姑娘，但现在她绝对很漂亮。我过去认为她肤色不好看，表情也呆板；但她那细嫩的皮肤常常带着一点红晕，就像昨天那样，那确实很美。根据我对她的眼睛和嘴的观察，我认为，当她心有所感的时候，她的眼睛和嘴完全能充分表达感情。还有——她的神态、她的举止、她的一切都大大地长进了：自十月以来，她至少已长高了两英寸。”

姐姐责怪他想入非非，不过她也承认范妮具有“一种让人越看越喜欢的美”。亨利承认范妮对他的挑战很有吸引力。“我这一生中还不曾遇到过这样的姑娘，和她在一起这么长时间——求她欢心——却这么不成功。我还从未遇到过一个姑娘这样板着脸看我！我一定要扭转这个局面。她的表情在说：‘我不会喜欢你的，我也绝不喜欢你。’而我要说，她一定得喜欢我。”玛丽反对说，她不想让范妮受到伤害。“我诚心诚意地要求你不要把她弄得真伤心起来。燃起一点点爱情也许会给她带来生气，对她有好处，但我不许你使她陷得太深。”亨利回答说只不过两个星期：“‘不，我不会伤害她的，这个可爱的小妞！我只求她以亲切、和善的眼光看我，对我报以微笑，还要为我脸红，无论我们在哪里，她都在身旁为我留一把椅子，当我坐到那把椅子上，同她说话时，她都兴致勃勃；我要她想我所想，要她对我所拥有的财产和令我快乐的事情感兴趣，要她想尽力留我在曼斯菲尔德多住一些日子，而且要感到我一旦离开，她就永远不会再有快乐。我的要求仅此而已。’

“‘要求真不算高！’玛丽说，‘我现在不必再顾虑什么了。’……

“她没有进一步表示反对，便丢下范妮听凭命运的摆布。若不是范妮的心已经受到了一种克劳福德小姐不曾料到的保护，这一命运对她会有点过于残酷的……”

范妮的哥哥威廉在海外服役几年，现在返回英国，并且应托马斯爵士的邀请，前来曼斯菲尔德庄园访问。“托马斯爵士看到七年前他给装备起来的被保护人如今完全变了样子，出落成了一个大大方方、眉清目秀的小伙子，坦率、自然，又有感情、懂礼貌，很是高兴，愉快地接待了他。”范妮同她亲爱的威廉在一起，真是快活极了，威廉也深深爱着他的妹妹。亨利·克劳福德羡慕地看着，“听哥哥讲七年间必定会在海上经历过的种种危急险情、可怖场面的范妮，只见她两颊容光焕发，双眸明亮，兴致勃勃，全神贯注”。

“对这一形象，亨利·克劳福德所具有的道德情趣是足可以欣赏的。范妮的吸引力增强了——成倍地增强了——因为多情善感本身就是一种吸引力，它使她的气色变美，面容增艳。他不再怀疑她感情麻木。她有感情，有纯真的感情。去获取这样一位姑娘的爱，去在她那颗年轻、质朴的心灵中燃起初恋的热情该是一件值得一做的事。他对她的兴趣超出了他当初的预料，只待两个星期太短了，他逗留的时间无限期地延长了下去。”

伯特伦一家都被请到牧师公馆吃饭，饭后几位长者玩惠斯特[1]，年轻人和伯特伦夫人玩投机[2]。亨利有一次偶然骑马经过了

1 一种两对参加者玩的纸牌戏，桥牌的前身。

2 一种纸牌戏，其主要特点为相互买卖王牌，最后谁拥有最大王牌谁取胜。

埃德蒙在桑顿莱西的未来的牧师公馆，那所房子和周围园林都给他留下了很深的印象，因此谈话中他也像对待拉什沃思改建园林一事那样，力劝埃德蒙对园林做种种改建。奇怪的是改建园林怎么总跟亨利·克劳福德的调情取乐联系在一起。两次都起到了实现设计、策划的主意的作用。头一次他要改建的是拉什沃思的庄园，而且计划引诱拉什沃思的未婚妻玛丽亚；现在则是埃德蒙未来的住宅，而他又在策划征服埃德蒙未来的妻子范妮·普赖斯。他极力要求能被允许租用那所房子，这样“他便可以和曼斯菲尔德庄园的一家人继续保持、增进和完善他日益珍视的友谊和亲密关系”。托马斯爵士很客气地拒绝了他的这一要求，解释说再过几个星期埃德蒙就要接受圣职，此后就不会再住在曼斯菲尔德，他要住在桑顿莱西以便为他的教民服务。(亨利绝没有想到埃德蒙并不准备委托代理人来履行他的牧师职责。)他坚持认为那所房子不能仅仅成为一所牧师公馆，还应该成为一所绅士宅第，这一想法引起了玛丽·克劳福德的兴趣。整个谈话都很艺术地同他们玩的纸牌游戏——投机——连结在一起，克劳福德小姐一边叫牌，一边算计着她是否应当嫁给埃德蒙，一个牧师。她转的念头在牌戏中回响，令人想起排练戏剧一章中她在范妮面前扮阿米莉亚，与扮安霍尔特的埃德蒙对台词，当时虚构与现实同样交叉起来。关于策划、计谋的主题同改建园林、排练戏剧、纸牌游戏联结在一起，在小说中形成了一个巧妙有趣的格局。

第二十六章中的舞会是结构上的又一步发展。舞会的准备引起了各种各样的感情活动和行为举动，从而进一步推动故事的发展与形成。托马斯爵士很为范妮越长越美的容貌感到欢心，同时又急于让她和威廉快乐高兴，便决定为范妮举办一场舞会，其热情之高丝毫不亚于他儿子汤姆准备演戏的热情。埃德蒙此时正忙于考虑眼下面临的两件将决定他终生命运的大事：一件是接受圣职，他将在圣诞节那一周完成这件事；一件是同玛丽·克劳福德小姐的婚姻，这还仅仅是个希望。事先约定和克劳福德小姐跳头两场舞是保持故事不断发展、使舞会成为小说结构上的重要事件的计划之一。对范妮为舞会所做的准备也可以作如是看。奥斯丁小姐在这一章中采用了同我们在萨瑟顿一段及演戏的几个场面中所观察到的同样的连结手法。威廉送给范妮一个从西西里岛带回来的琥珀十字架，这是她所拥有的唯一的一件装饰品。但她只有一条缎带可以系这个十字架，她担心这样搭配不合适，可是要戴十字架的话她只能如此搭配。关于穿什么服装，她也拿不定主意，于是她去请教克劳福德小姐。克劳福德小姐听说了十字架的问题，便连哄带骗地把亨利·克劳福德为范妮买的一条项链硬送给了她，并一再声称这是她弟弟以前送给她的一件礼物。尽管范妮对项链的来历满腹狐疑，最终还是被玛丽说服接受了项链。事后她才知道埃德蒙买了一条质朴的金链来配十字架，她提出要退还克劳福德的项链。但埃德蒙却为这次巧合，为在他看来足以表明克劳福德小姐天性善良的新迹象而高兴万分，他坚持让范妮留下这件礼物。范妮后来发现项链太粗，穿不进十字架的小环，因此大为高兴；她于是决定在舞会上把系十字架的金链和项链都戴上，从而解决了这个问题。项链这一主题很成功地把五个人——范妮、埃德蒙、亨利、玛丽和威廉——联系了起来。

舞会是又一项充分展示书中人物的性格特点的活动。我们瞥见粗俗、多事的诺里斯太太“全神贯注地重新调理并毁坏管家生起的腾腾炉火”。奥斯丁的风格在毁坏[1]一词上得到了充分的体现，这确实是书中独具匠心的一个隐喻。还有伯特伦夫人，只听她心平气和地一口认定范妮的美丽动人全是由于她的女佣查普曼太太帮助范妮穿着打扮的结果（实际上她派查普曼去得太晚，范妮已经自己穿戴完毕）；托马斯爵士仍然那么高贵庄严，举止拘谨，说话慢条斯理；所有的年轻人都各行其是。克劳福德小姐万万没有想到范妮真正爱着的是埃德蒙，而对亨利不感兴趣。她别有用心地询问范妮是否想象得出为什么亨利第二天要用他的马车带威廉去伦敦，那时威廉归队回舰的时间已经到了，这下她可犯了个大错误。克劳福德小姐“本想给她那颗小小的心灵带来一点幸福的激动，使她为自己目前的重要地位而高兴”；但范妮申明自己什么都不知道时，“‘那么，好吧，’克劳福德小姐边笑边回答道，‘我想必定是专程送你哥哥，顺便也谈谈你。’”可范妮不但没有高兴，反而心慌意乱，有点生气了。“然而，克劳福德小姐还在为她不露笑容纳罕，以为她过分担忧，以为她性情古怪，对她作了种种猜测，却唯独没有想到亨利的殷勤丝毫没有引起她的欢心。”舞会几乎没有给埃德蒙带来多少乐趣，他和克劳福德小姐又为他接受圣职一事争论了起来，“她谈论起他即将从事的职业时的那副神态和口气使他伤透了心。他们谈论——他们沉默——他论证——她嘲弄——最后两人不欢而散”。

---

1 “毁坏”的原文为“injure”。

托马斯爵士注意到亨利对范妮大献殷勤，开始考虑这桩婚姻也许会很有利。伦敦之行定在舞会后的第二天早晨，在此之前，“托马斯爵士略经考虑，提出克劳福德先生第二天清早不必一个人吃早饭，他可以过来同他们一起吃，他自己也来作陪。对这一邀请克劳福德先生欣然接受，其爽快劲使托马斯先生确信自己原来的猜测是有充分根据的，他私下里承认，他突然举办这次舞会主要是为了什么。克劳福德爱上范妮了。他对事情的前景很乐观。可是他的外甥女当时对他刚才的安排还不领情呢。她原希望最后一个早晨能单独跟威廉在一起。那样才能表达那无法形容的依依别情。尽管她的愿望给破坏了，她心里也没有埋怨。相反，她还根本没有让别人根据她的喜好行事的习惯，从来没有以为哪件事情的发生、发展应当随己所欲，因此，她为能使自己的意图满足到这一程度［她将同他们一起吃早饭，而不是继续睡觉］而感到惊诧和欣幸，并不为接踵而来的违背自己愿望的又一安排抱怨不满”。托马斯爵士让她去睡觉，当时已是凌晨三点，但舞会还在继续，有几对舞伴决心跳到底。“托马斯爵士也许不仅仅是出于对她身体的考虑才这样把她打发走。他可能觉得克劳福德先生在她身旁坐的时间已经不短，也可能他是想从她的温顺听话来表明她可以做个好妻子。”这真是一个绝妙的尾声！

埃德蒙外出一周到彼得区去拜访一位朋友。他的离去使克劳福德小姐很烦恼，她对自己在舞会上的举动感到懊悔，并设

法从范妮那里盘问出埃德蒙的想法。亨利从伦敦归来，带回了一条令他姐姐吃惊的消息。他已断定自己确确实实地爱上了范妮，不再是想玩弄一下她的感情，他想娶她。他也给范妮带来了一条足以使她大吃一惊的消息，那是一些信件，证实他叔叔克劳福德海军上将的势力已经起了作用——是他求叔叔这样做的——威廉早已绝望的晋升中尉的愿望将得以实现。紧接着他便向范妮求婚，这是范妮完全没有料到的一举，而且对此也很讨厌，她只能心慌意乱地退避。克劳福德小姐就此事写来了一封短信："我亲爱的范妮，为了从今以后可以永远地这样称呼你，使我的舌头彻底解放，不至于再像至少六个星期以来那样别别扭扭地称呼'普赖斯小姐'——我不能不写上几句话让我弟弟带去向你表示祝贺，并且万分高兴地表示我的赞同与支持。向前进吧，我亲爱的范妮，不要顾虑；不会有任何值得一提的困难。我自揣我表明赞同会起一定的作用；因此，今天下午你可以向他张开最甜蜜的笑脸，让他回来的时候比去的时候更觉得幸福。你的亲爱的，玛·克。"克劳福德小姐的文笔粗粗一看还挺文雅，但仔细读来便显得陈腐、俗气。信中尽是些动听的陈词滥调，如希望范妮露出"最甜蜜的笑脸"，而范妮可不是这种人。亨利那天晚上来访时，又强使范妮给他姐姐写回信，并且立即就写。"她［范妮］只有一个明确的想法，那就是希望信中不要表现出她有任何意图，她开始写信，心灵和拿笔的手都在剧烈地颤抖。

"'我非常感激你，亲爱的克劳福德小姐，就你为我最亲爱的威廉表示的好心祝贺感激你。我知道信的其余部分并没有什么意思；不过对这类事我深感不配，希望你能原谅我要求你今后别再提及。我与克劳福德先生相识已久，完全了解他的为人；如果他也同样了解我，我想他便不会如此举动。我不知自己写了些什么，但倘能不再提及此事，我当万分感激。承蒙来信，谨致谢忱，此致，亲爱的克劳福德小姐，等等，等等。’”

对比之下，她的文笔总的说来有力、纯净、准确。第二卷以这封信结束。

就在这个关头，托马斯爵士，作为严厉的姨父，想运用他的权力和影响使脆弱的范妮嫁给克劳福德。这进一步促进了小说结构的发展。“他能把女儿嫁给拉什沃思先生，当然心中不会想到罗曼蒂克的柔情蜜意。”第三十二章中托马斯爵士在东屋同范妮谈话的整个场面精彩极了，是全书最妙的一场。托马斯爵士极不高兴，并对范妮表现出的极度痛苦表示不满，但他无法从她嘴里得到同意的表示。对克劳福德的爱心之认真她根本不相信，一心抱着自己的错觉不放，认为他的求婚只是献献殷勤罢了。而且她坚信他们不同的性格只能造成一桩不幸的婚姻。托马斯爵士心头掠过一丝担心，以为对埃德蒙的特殊感情是使范妮退避此事的原因，但他又排除了这一想法。然而范妮还是感到了他的非难的巨大压力。“他停住了，这时范妮已经哭得很伤心。因此，尽管他很生气，也不再强求下去。在他眼里，她竟是这样一种人，这让她伤心极了。对她的责备居然这样重，这样多，这样急剧升级！任性、固执、自私，忘恩负义。他认为她就是这样的人。她辜负了他的期望；她失去了他的好感。她以后的境况将会怎样呢？”

在托马斯爵士的支持下，她继续受到来自克劳福德的压力以及他经常的关心和陪伴。埃德蒙回来后的一天晚上，亨利·克劳福德在朗读《亨利八世》中的段落——当然，这是莎士比亚写得最差的一个剧本，这时书中戏剧主题的一种延续和升级出现了。在一八〇八年的时候，一个普通读者喜欢莎士比亚的历史剧胜过像《李尔王》、《哈姆雷特》这样充满辉煌诗篇的杰出伟大的悲剧，是很自然的。两个男子关于朗读的艺术与布道的艺术的讨论巧妙地将戏剧主题同圣职授任的主题联系起来（埃德蒙已经接受圣职）。埃德蒙同克劳福德讨论起他第一次主持礼拜的情况，“克劳福德就他的感受及主持得是否成功等向他提出了种种问题；虽然由于友好关心和性急嘴快，这些问题问得轻松愉快，但却丝毫没有取笑之意，也没有显得态度轻浮，若真是那样的话，埃德蒙知道一定会让范妮讨厌；因此他也很乐意回答这些问题。克劳福德进一步问到主持礼拜时的某些具体段落怎样诵读最得体，并发表了自己的意见，表明他以前考虑过这个问题，并且很有见地，埃德蒙越发高兴起来。这才是通向范妮心灵的道路。靠献殷勤、耍小聪明和好脾气，并把这一切加在一起也是不能赢得她的心的；至少光靠这些，而没有情操、感情以及对待严肃问题的严肃态度，是不能很快就赢得她的心的。”[1]

1 “像林克莱特·托马森这样的批评家们对他们的这一发现很惊奇：简·奥斯丁年轻时曾嘲弄过那种培养人崇尚感情脆弱、多愁善感的‘感伤’脾性——其特点是推崇哭泣、昏厥、颤抖，对任何可怜的东西不加区别地一律同情，或者自视为有品德、有教养。而她却偏偏选择以这样的感情特点来突出她的女主人公，一个全书中她最喜欢的人物，甚至以她宠爱的侄女的名字命名……不过范妮把这种当时时髦的感伤情调表现得如此楚楚动人，她的感情活动与小说中浅灰色的天空如此协调一致，所以我们可以不必理会托马森的惊奇。”这是纳博科夫在奥斯丁卷宗中另一处的注解。——原编者注克劳福德一贯轻浮易变，现在又把自己想象成一个深受欢迎的伦敦讲道者："一篇十分好的布道文，讲得又十分好，能给人以极大的满足。我每听到一次这样的讲道，内心就禁不住涌起深深的钦佩与敬意，大半颗心都想去接受圣职，亲自讲道。……不过，那样的话我必须有一班伦敦听众。我只能向那些受过良好教育的人们布道，讲给那些有能力评价我的文章的人们听。我不知道我是否会喜欢经常讲道；也许只是等大家急切地盼我来讲道，一连盼上五六个星期天后，才偶尔讲一讲，一春天讲上一两次；但不是经常讲；经常讲可不行。"这段意在炫示自己的表演并没有引起埃德蒙的不快，因为克劳福德是玛丽的弟弟，但范妮却对此摇了摇头。

严肃的托马斯爵士让此时也已略显严肃的埃德蒙和范妮谈谈亨利·克劳福德。埃德蒙先承认范妮确实不爱克劳福德，但他的主要议题是如果她能允许他求爱，她将学会重视他，爱上他而逐渐松开把她同曼斯菲尔德连结在一起、阻止她考虑从这里离开的纽带。这次会谈很快就变成了陷入迷恋的埃德蒙对玛丽·克劳福德的赞美，他幻想着自己成了她的姐夫。这场谈话最后涉及后面将出现的观察等待的主题：求婚过于出乎预料，因此不受欢迎。"'我告诉他们［格兰特夫妇和克劳福德姐弟］你是世界上最受习惯支配，最不受新奇事影响的一个人：克劳福德这种新奇的求婚方式恰恰是对他不利的。这事太新鲜，又是新近才发生的，是不利于他达到目的的；你不能容忍任何你不习惯的东西；我还对他们说了许多其他的事，都是为了让他们对你的性格有所了解。克劳福德小姐告诉了我们她为弟弟作出的计划，鼓励他的追求，使我们听后大笑。她的目的是鞭策

他抱定迟早会得到爱的回报的希望，坚持不懈地追求下去，认定他的求婚经过大约十年的幸福的婚姻生活之后会被十分乐意地接受。’

“范妮极其勉强地笑了一下，不笑未免扫兴。但她心里非常反感。她担心自己已经把事情做错，话说得太多，把她以为对于防范一种邪念［泄露她对埃德蒙的爱］很有必要的谨慎表现得过了头，把自己完全暴露给了另外一个人，而且此时此刻，正当谈论这样一个问题的时候，让埃德蒙把克劳福德小姐的活泼举动告诉给她，这使她非常生气。”

埃德蒙确信范妮拒绝克劳福德的唯一原因是由于整个情况的新奇，这是涉及小说结构的一个问题，因为小说的进一步发展必须具备一个条件，即克劳福德继续留在周围，并且被允许继续他的追求。这样，埃德蒙这一简单的解释就使他得以在托马斯爵士和埃德蒙的完全赞同下继续他的求爱。许多读者，尤其是女性读者，永远不会原谅细腻、敏感的范妮爱上埃德蒙这样一个迟钝的家伙，但我只能再次申明，读书时幼稚地把自己同书中人物混为一体，把他们当作生活中的真人，是最坏的读书方法。当然了，实际生活中我们也常常听说一些敏感的女孩子忠实地爱上了某个令人讨厌的家伙或一本正经的人。但是，有必要指出的是，埃德蒙毕竟是一个诚实正直、彬彬有礼、和气善良的人。好了，人们对这种事情的关心就谈到这里。

玛丽·克劳福德是那些试图转变可怜的范妮的人之一，她的方法是求助于她的自尊心。亨利是一个妙不可言的追逐对象，曾经引起过许多女人的渴慕。可玛丽如此麻木，竟没有意识到她的一番话已完全泄露了秘密。她先承认他有个“喜欢让女孩子爱上他”的缺点，然后说：“我真诚地、确确实实地相信，他对你的爱慕是以前对任何女人不曾有过的；他全心全意地爱你，他将尽可能永远地爱你。如果世上真有过一个男人永远爱着一个女人，我想亨利对你也会做到这一步的。”范妮禁不住淡淡一笑，但什么也没说。

至于有什么心理上的原因使埃德蒙至今没有向克劳福德小姐表明自己的感情，我们并不太清楚——但在这件事情上，又是小说的结构需要埃德蒙的求爱缓慢进行。不管怎么说，克劳福德姐弟俩都没有从范妮或埃德蒙那里得到令人满意的结果就动身去了伦敦，按早先的安排访问一些朋友。

有一次，在托马斯爵士又陷入他的“庄重的思考”的时候，他突然想到让范妮回朴次茅斯同家里人住上几个月也许是个好办法。这时是一八〇九年二月，她已经将近九年没有见到她的父母了。这老头无疑是个会算计的人：“他当然希望她会非常愿意回去，也同样希望她回去还没住到时候就已经十分讨厌自己的家了；让她暂时失去曼斯菲尔德庄园那种优雅、奢侈的生活，会使她的头脑清醒起来，从而能较为正确地估价人家向她提供的那个与曼斯菲尔德庄园同样舒适，却比曼斯菲尔德这个家更加永久的家的价值。”这是指克劳福德的宅第，诺福克的埃弗林厄姆。这里有一段关于诺里斯太太的有趣的小插曲。她想既然有二十年没有见到她妹妹了，这次倒不妨利用一下托马斯爵士提供的车子和旅费。但是，“事情的结果倒使

威廉和范妮大为欢心，因为她想到眼下曼斯菲尔德庄园不能没有她……

“事实上，她是想到虽然去朴次茅斯可以不花分文，但回来的时候就不可能不自付旅费。因此，她那可怜的、亲爱的普赖斯妹妹就只好为失去这样一个见面的机会而大为失望了，也许一等又要二十年。”

关于埃德蒙的一段描写有些缺乏说服力：“埃德蒙的计划由于范妮的这次朴次茅斯之行，由于她的离开而受到了影响。他像他姨妈一样得为曼斯菲尔德庄园做出些牺牲。他原打算在这个时候去伦敦，但现在其他最能给父母安慰的人都走了，他不能在这种时候离开他们。他暗自克制自己，把他一心盼望的，满怀希望能确定自己终生幸福的伦敦之行又推迟了一两个星期。”这样，为了故事的需要，他向玛丽·克劳福德小姐的求婚又一次被推迟了。

简·奥斯丁在安排了托马斯爵士、埃德蒙和玛丽·克劳福德相继对可怜的范妮作了有关亨利的谈话之后，便很聪明地在范妮同哥哥威廉一起去朴次茅斯旅行期间取消了一切有关这个问题的谈话。范妮和威廉于一八〇九年二月六日，星期一，离开曼斯菲尔德庄园，第二天到达朴次茅斯，英格兰南部的一个海军基地。范妮将不是在原定的两个月之后，而是三个月后，即一八〇九年五月四日，星期四，她满十九岁那天返回曼斯菲尔德。刚刚到家，威廉就接到了出航的命令，留下了范妮一个人同家人待在一起。“托马斯爵士若能知道他的外甥女给姨妈写第一封信时的种种感情，他就不至于失望了……

“威廉走了；把她一个人留在家里，她不能不承认，这个家在各个方面都与她所希望的相反。这是一个吵吵闹闹、乱七八糟、没规没矩的人家。没有一个人行其该行的职责，没有一件事做得像样子。她无法像她曾经希望的那样敬重父母。对于父亲，她从来就没抱多大信心，但他比她原来想象的还要糟糕，他对家庭不负责任的程度，习惯之坏，举止之粗鲁都是她不曾料到的……他骂人、酗酒，他肮脏而且粗鲁……他几乎从不理会她，除非拿她开个粗俗的玩笑。

“她对母亲更失望；她在*母亲身上*寄托了很大希望，但她的希望几乎一无所获……普赖斯太太并非冷漠无情——但是，她没有使女儿对她越来越依恋、信任，越来越亲，她女儿从她那里也再没有得到她到来的第一天时那样多的关心。母性的本能很快就得到了满足，普赖斯太太的情感再没有其他来源。她的心和她的时间都已经满荷，她既没有闲暇，也没有爱心来用到范妮身上……她的日子是在一种慢吞吞的忙乱中度过的；她总是忙而无效，该做的事总是不能按时做完而只好空埋怨，可她又不想改弦易辙；她想做个会过日子的人，可既没有主意，又没有条理；她嫌仆人不好，却又没本事改变他们，不论是帮助他们，责备他们，还是由着他们，她都无法得到他们的尊敬。”

家里的吵闹，房子的狭小，环境的肮脏，以及饭菜烧得不可口，女佣邋里邋遢，母亲不停抱怨，这一切都让范妮头痛。生活在无休无止的吵闹声中对于范妮这样一个身心都很脆弱的人来说简直是莫大的不幸。……这里人人都吵吵嚷嚷，个个都是大嗓门，（也许她妈妈是个例外，她说起话来像伯特伦夫人那样软绵绵的，声音单调，只不过生活的磨难使她的声音充满了烦躁不安。）——“不论要什么东西都是大声呼叫，仆人们回话解释也是从厨房里大声向外喊。门不停地砰砰作响，楼梯上总有人上上下下，做什么事情都得弄出声响，没有一个人能安安静静地坐一会儿，没有一个人说话时别人能认真听。”范妮只在她十一岁的妹妹苏珊身上看到了一点希望，她开始一心一意地教苏珊各种礼貌规矩，培养她读书的习惯。苏珊学得很快，并开始喜欢她了。

范妮外出去朴次茅斯破坏了小说的统一性。到此为止，除了范妮和玛丽·克劳福德之间最初很自然，也是很有必要的书信交流之外，小说并没有表现出十八世纪英、法小说所特有的那种乏味无聊的特征，即通过书信传达消息，这一点倒令人欣慰。但是，范妮到达朴次茅斯从而同其他人隔离之后，小说的结构便随之出现了一个新的变化，即故事情节将通过人物的书信往来、消息交流来发展进行。玛丽·克劳福德从伦敦写信给范妮，暗示玛丽亚·拉什沃思听到她提起范妮的名字时变得局促不安。耶茨仍然对朱莉娅感兴趣。克劳福德姐弟俩准备二月二十八日到拉什沃思夫妇的住所（指他们在伦敦的住所——译者按）参加一个聚会。她谈到埃德蒙“行动缓慢”，也许是教区的事物使他脱不开身，“也许是桑顿莱西的哪位老太婆正需他劝导皈依。我可不愿意设想他是因为一个年轻姑娘而把我忘了”。

克劳福德出人意料地来到了朴次茅斯，他是为赢得范妮来作最后一次努力。令范妮欣慰的是，在这件事的激励下，家里人的情况有所改善，他们对待来访者的态度举止还算说得过去。范妮发现亨利大有长进。他开始关心他的产业了：“他结识了一些过去从未见过面的佃户；他还访查了一些农舍，这些农舍虽然就在他的地产上，他却一直都不知道。这些话是说给范妮听的，而且说得恰到好处。他话说得颇为得体，让人听了很高兴。在那里，他做着正正当当的事情。做受压迫的穷人们的朋友！对她来说，没有什么比听到这些更叫她欣慰了，她正想向他投以赞赏的目光，却被吓了回去，因为他又加了一句露骨的话，说他希望不久就能在制订实施关于埃弗林厄姆的公用事业和慈善事业的每一项计划中有一位助手、一位朋友、一位向导，希望会有一个人使埃弗林厄姆及其周围的一切变得比以往任何时候都更加可亲可爱。

“她把脸转向一边，希望他不要说这类事情。她愿意承认他身上的好品质也许比她过去一贯认为的要多。她开始觉得最终他也许会变好……”在他的访问快要结束时，“她觉得自从分别以来，他各方面都有改进，比起在曼斯菲尔德的时候，他文雅多了，更乐于助人了，对别人的感情也注意关心多了；她还从未见他这么讨人喜欢——这么近乎讨人喜欢。他对她父亲的态度无可指摘，他对苏珊的态度表现得尤为亲切、得体。他确实长进了……这次会面并不像她预料的那么糟糕；谈起在曼斯菲尔德的日子是那么令人愉快！”他很关心她的身体，要求她一旦身体状况再有所不好就告诉他姐姐，他们可以带她回曼斯菲尔德。此处和别处都有这样的一点暗示：如果埃德蒙娶了玛丽，而且亨利把他的温存体贴和规规矩矩的行为一直保持下去，范妮也许终究会嫁给他。

邮差的敲门声代替了需要更多的精心考虑和周密策划的结

构设计。小说已经显露出结构分裂松散的迹象，现在愈发变成轻松容易的书信体式了，作者求助于这样一种简易的形式，无疑表现了她本身的一种厌倦情绪。从另一方面来说，我们也愈来愈接近整个故事中最令人震惊的事件了。从玛丽的一封闲话连篇的信中我们得知埃德蒙已去过伦敦，“而且他那很有绅士风度的外貌给我在这里的朋友们留下了极其深刻的印象。弗雷泽太太（她是个有眼力的人）声称，在伦敦城里她只见过三个人在容貌、个头、风度方面能与他媲美；我必须承认，前两天他在我们这吃饭的时候，席间没有一个人能与他相比，而当时一共有十六人在座。幸运的是如今没有服装的差别来显示一个人的身份，但是——但是——但是——”亨利准备去埃弗林厄姆料理一些事务，这是范妮赞成他做的。但他必须在他们姐弟俩准备举办的一次聚会之后才能动身：“他将见到拉什沃思夫妇，对此我并不觉得有什么不好——只不过有点好奇——而且我认为他也是有点好奇，尽管他自己不会承认。”很显然，埃德蒙还没有表白自己的爱情，他的迟缓变得有点可笑荒唐。在朴次茅斯的两个月的时间中，七个星期已经过去了，范妮才收到埃德蒙从曼斯菲尔德写来的信。玛丽·克劳福德对待严肃问题的轻佻态度以及她那些伦敦朋友的风气使埃德蒙很烦恼。“我的希望更加渺茫了……当我一想到她对你的深厚情谊，想到她完全像一个姐姐那么通达事理，正直诚恳，她就变成了另外一个完全不同的人 [不同于处在她的伦敦朋友之中的她]，一个能有高尚作为的人。我准备责备自己把她的行为看得过于严重，她只不过活泼好乐罢了。我不能放弃对她的希望，范妮。她是这个世界上唯一一个我想娶之为妻的女人。”他决定不下究竟是写信向她求婚还是等她六月里返回曼斯菲尔德再说，总的说来，一封信还不能带来满意的结果。他在弗雷泽太太家的聚会上见到了克劳福德。“根据我的耳闻目睹，我对他越来越满意。他丝毫没有动摇。他完全了解自己心之所向，并且坚定地按照自己的决心去做——这是多么难能可贵的品质。我一看到他同我大妹妹出现在同一房间里，就不免想起你告诉我的那些话。可以说他们见面时并不像朋友那样，她这边显然态度冷淡。他们几乎话都不说。我看到他吃惊地退了回去，拉什沃思太太对做伯特伦小姐时受到的一点自以为是侮辱的待遇竟仍然记恨在心，这使我很遗憾。”范妮还得到了一条令人失望的消息，托马斯爵士要到复活节以后去伦敦办事时才接她回去（比原定计划推迟了一个月）。

范妮对埃德蒙迷糊的恋情所作出的反应通过我们今天称之为“意识流”或“内心独白”的形式表现出来，这种形式一百五十年后在詹姆斯·乔伊斯笔下得到了极为精彩的运用。“这封信烦恼得她几乎对埃德蒙不满、生气起来。‘这样拖延下去没有什么好处，’她说，‘为什么定不下来？——他瞎了眼睛，事实摆在他面前这么长时间都毫无用处，什么也不能开启他的双眼，什么也不能。——他将娶她，而后将过着可怜、悲惨的生活。愿上帝保佑他不要在她的影响下失去他高尚的品格！’——她把信又看了一遍，‘那么喜欢我！真是瞎说。她除了爱她自己和她弟弟之外，谁都不爱。多年来她的那些朋友一直把她往歪道上领！倒很可能是她把他们领上了歪道。也许他们在互相腐蚀；不过，如果他们喜欢她的程度远远胜过她喜欢他们，她倒不太可能是受害者，除非受到他们恭维奉承的影响。“这个世界上唯一一个他想娶之为妻的女人。”这一点我深信不疑。这种痴情能影响他一辈子。不管是被接受还是遭拒绝，他的心已经永远给了她了。“我一定会把失去玛丽看作是同时失去了克劳福德和范妮。”埃德蒙，你不了解我。如果你自己不把这两家联成亲戚，它们就永远不会联结起来。啊呀，写呵，写呵。马上结束这一切吧。让这令人忧虑的悬念快点有个结果吧。定下来，陷进去，自作自受吧。'

“不过，这种情绪几乎近于怨恨，不会对她的自言自语支配多久。很快她就心肠软了，难过起来。”

她从伯特伦夫人的来信中得知，汤姆在伦敦病得很厉害，他的朋友们也没有好好照料他，所以情况很严重，但现在已经被送回曼斯菲尔德了。汤姆的病又阻止了埃德蒙写信向克劳福德小姐表白爱情；仿佛他尽在自己的道路上设置障碍，妨碍他们的关系。克劳福德小姐在一封信中暗示说，如果是埃德蒙爵士继承托马斯爵士的话[1]，伯特伦家的财产会掌握在更合适的人手中。亨利近来经常与玛丽亚·拉什沃思见面，不过范妮不必为此惊慌。信的大部分内容都让范妮反感。但是，关于汤姆以及关于玛丽亚的来信仍源源不断。后来玛丽·克劳福德又写来一信让她警惕一个坏极了的谣言：“我刚刚听到一个极其丑恶无耻、用心恶毒的谣言，我写这封信，亲爱的范妮，就是为了让你有个准备，如果谣言一旦传到乡下，千万不要信以为真。请相信我，这里面有些误会，只要一两天就会澄清——不管怎

1　如果长子死去，次子将继承家产及爵士头衔。

么说，这事不能怪亨利。尽管他一时轻率[1]，可他心里想的只有你，没有别人。对此事只字勿提——什么都不要听，不要乱猜测，也不要传，只等我下封信。我相信这件事会平息下去，不会出什么事的，都是拉什沃思太愚蠢。如果他们走了，我敢担保他们准是去了曼斯菲尔德庄园，而且朱莉娅与他们同行。可是为什么你不让我们来接你？但愿你不会为此后悔。谨此。"

范妮给吓呆了，不明白究竟出了什么事。两天后她坐在客厅里，照进客厅的阳光"不仅不使她振奋，反而令她更加忧伤；在她看来，城镇里的阳光与乡村的完全不同。在这里，太阳的能量只表现为刺目的强光，一种让人感到压抑、令人讨厌的强光，只能把本来可以悄然睡去的污垢暴露无遗。城镇里的阳光既不能给你健康，也不能给你快乐。她坐在闷热的阳光之下，坐在飞舞的尘埃之中，双目所及的只有四周的墙壁和一张桌子，墙上有父亲头靠的痕迹，桌子被弟弟们刻画得坑坑洼洼，上面放着从未擦洗干净过的茶盘，茶杯、茶碟上留有一道道擦拭的痕迹；牛奶上漂着一层淡蓝色的灰尘，经丽贝卡的手做好的涂黄油的面包本来就已经油污，放到桌上后油污的程度更是与时俱增"。就在这个肮脏的房间里，她听到了那条肮脏的消息。他父亲从报上读到了一条新闻，报道亨利和玛丽亚·拉什沃思私奔了。我们应该注意，通过报纸上的文章得知这一消息与通过信件得知本质上是一样的。这仍然属于书信体形式。

故事情节现在变得紧张激烈了。埃德蒙从伦敦来信，告诉范妮那一对通奸男女已经无影无踪，而且他们又遭到一个

1　原文是法语。

新的打击：朱莉娅同耶茨私奔到苏格兰了。埃德蒙第二天要来朴次茅斯接范妮，并带上苏珊一起回曼斯菲尔德庄园，他来了，"范妮容貌的变化之大使他尤为震惊，他并不知道在她父亲家里的生活给她带来的磨难，因此把这一变化的大部分原因甚至全部原因，都归于最近发生的这件事。他拿起她的手，低声地但却意味深长地说，'不难想象——你一定为此感到难过——你一定很痛苦。一个曾经爱你的人怎么能够把你抛弃！不过，你——你对他的感情比较起来只不过是新近的事——范妮，想想我吧！'"很显然，他觉得由于这件丑闻他必须放弃对玛丽的追求。他一到达朴次茅斯"就把范妮紧搂在胸前，只是喃喃地说，'我的范妮——我唯一的妹妹——我现在唯一的安慰。'"。

朴次茅斯插曲——范妮一生中的三个月——现在结束了。小说的书信体形式也就此结束。可以说我们又回到了原先的地方，只是克劳福德姐弟俩现在被除去了。如果奥斯丁小姐想象讲述范妮去朴次茅斯之前发生在曼斯菲尔德庄园的那些把戏和调情那样，以同样直接、详尽的方法来叙述这两次私奔，那她差不多还需要再写上五百页的一卷。书信体式在这个时候帮助支撑起了小说的结构，不过，毫无疑问，许许多多的事情发生在幕后，而写信这一手段绝对算不上艺术高超的捷径。

现在全书只剩下两章了，而剩下的也只不过是一道扫尾工序，诺里斯太太由于自己最宠爱的玛丽亚做出了这样的事

情，以及经她一手促成，并为之洋洋自得的婚姻很快以离婚告终而受到了很大刺激，据说她变成了一个完全不同的人。我们是间接地得知她的情况的。她变得安静了，对周围发生的一切都无动于衷了，她离开曼斯菲尔德去陪玛丽亚住在一个偏僻的地方。我们并没有直接看到这些变化，因此在我们的记忆中她还是小说主体部分的一个始终如一的可笑人物。埃德蒙对克劳福德小姐的幻想终于破灭了。她丝毫没有表示出她认识到这一事件所牵涉的道德问题，而只把她弟弟和玛丽亚的所作所为说成是“愚蠢”。他感到非常震惊。“听到这个女人只说他们做了件蠢事，连个重一点的词都没用！——自己主动这么说，说得那么轻率，说起来那么冷静！——没有一点羞怯，没有一点惊恐，没有一点女子气——可以说连一点最起码的厌恶都没有！——世人都会这么做的呵！范妮，我们哪里去找一个女人有这么好的天资？——给毁了，毁了！”

“她指责的是有人侦察，而不是他们的罪过，”埃德蒙哽咽着说。他向范妮描述了克劳福德小姐的叫喊：“她［范妮］为什么不要他？这都怪她。不懂事的丫头！——我永远都不原谅她。她要是照理答应了他，他们现在可能正准备结婚呢。亨利一定会非常幸福，非常忙，而顾不上去想别人。他就不会费尽心思再去和拉什沃思太太往来。最后的结果也只不过会是定期地每年在萨瑟顿和埃弗林厄姆聚会时调调情。”埃德蒙又说，“魔力被驱除了，我的眼睛睁开了。”他告诉克劳福德小姐，说她的态度很让他吃惊，尤其是她希望托马斯爵士若能不干预，亨利有可能娶玛丽亚这一想法。她的回答彻底结束了他们关于接受圣职的一场争论：“她的脸唰地一下子红了……她想大笑一声。那勉强算得上一笑。她回答道：‘哎呀，真是一场不错的演讲。这是不是你上次讲道的一部分？这样下去，你会很快把曼斯菲尔德和桑顿莱西的每个人都改造过来的；等我下次再听到你的时候，你也许已经成了卫理公会哪个大教团的著名讲道者了，要不就是派驻国外的传教士。’”他与她告别，然后转身便走。“我刚走出几步，范妮，就听到身后的门开了，‘伯特伦先生，’她说，我回过头去。‘伯特伦先生，’她说，脸上带着微笑——但是这一笑容与刚才的谈话极不相适，这是一副献媚的嬉皮笑脸，似乎在邀请，是为了征服我；至少我觉得是这样的。我克制住了自己，继续往前走去。后来我曾经——只是有时候——只有短暂的一刻——为当时没有走回去后悔过；但我知道我当时做对了；我们相识一场就这么分手了！”在这一章结束时，埃德蒙认为他将永远不结婚——不过读者比他知道得更清楚。

在最后一章中，罪恶受到了惩罚，美德得到了公正的报偿，罪人也改弦易辙。

耶茨的财产比托马斯爵士预料的要多，而欠的债比他预料的少，所以他也就被接纳了。

汤姆身体渐好，品行也有长进。他吃了苦头。他学会了思考。戏剧主题在这里最后一次被提及。他觉得自己是妹妹和克劳福德之间的风流事件的帮凶，都是因为“他办的那个不正当的剧院造成了他们之间危险的亲密接触，这件事深深地印在他心里，这对一个能通达事理，又不乏良师益友的二十六岁的年轻人来说，会长久地起着好的作用。他变了，变得规矩了，懂事了；变得稳重安详了，能为父亲帮忙效力，不再只为了自己活着。”

托马斯爵士亲眼看到自己的判断决定在许多问题上都失败了，在对子女的教育计划上尤其如此：“缺乏原则，缺乏积极的原则。”

拉什沃思先生的愚蠢受到了惩罚，如果他再结婚，也许还会受骗。

玛丽亚和亨利这两个通奸者也分手了，两人的下场都很悲惨。

诺里斯太太离开曼斯菲尔德，“去了在异乡他地［即另一个郡］为她们建的一所住宅，她要悉心照料她的不幸的玛丽亚。她们在那个偏远、幽僻的地方，过着足不出户，没有社交往来的生活。两个人一个冷漠无情，一个则没有头脑，不难想象，她们各自的性格在她们的共同生活中会成为彼此的惩罚。”

朱莉娅只是学了玛丽亚的样子，因而得到了宽恕。

亨利·克劳福德“由于小小的年纪就独持家业，再加上家里有坏的榜样，就学坏了，长时间来醉心于追求虚荣，尽做些薄情寡义的荒唐事……倘若他坚持下来，正正派派，他一定会得到报答，赢得范妮——在埃德蒙和玛丽结婚之后，经过适当的一段时间，范妮就会自觉自愿地回报他的爱。”但是，当他在伦敦与玛丽亚相见的时候，玛丽亚对他的明显的冷淡大大伤害了他。“他无法忍受被一个曾经在感情上由他摆布的女人甩掉；他一定要尽己所能，压下她显示怨恨的傲慢气焰；她是为范妮的缘故而气愤；他一定要征服她，要让拉什沃思太太还像过去的玛丽亚·伯特伦那样对待他。”虽然社会对这一丑闻的男主角的处罚不像对女主角的处罚那样重，但“我们完全可以认为像亨利·克劳福德这样一个明白人定会为此事大为烦恼和悔恨——烦恼有时必定会上升为自我谴责，悔恨升级为极度痛苦——因为他竟如此报答了人家对他的热情款待，就这样破坏了一个家庭的安宁，就这样丧失了他的最好的、最尊贵、最珍视的友情，就这样失去了他既理智又狂热地爱着的女人”。

克劳福德小姐同格兰特夫妇一起生活，他们已经搬到了伦敦。“这半年来，玛丽已经厌倦了她的那些朋友，受够了虚荣、野心、爱情和失意，现在正需要她姐姐的真正的友爱和关怀，正需要她那种理智、安宁的生活方式。她和姐姐住在一起；后来，格兰特博士由于一周内参加了三次授受圣职的盛大宴会，中风而死，她们还是继续生活在一起；因为她已下定决心不再追随弟弟，可又在那些爱慕她的美貌和两万镑财产而来的风度翩翩的代理人和游手好闲的法定继承人当中一直找不到一个合适的人。在曼斯菲尔德的生活拔高了她的鉴赏力，所以这些人中没有一个符合她的标准；没有一个的人品和行为能让她看到对未来家庭幸福的希望，而这种幸福也是她在曼斯菲尔德才学会珍视的；更没有一个能把埃德蒙·伯特伦从她心中抹掉。”

埃德蒙发现范妮就是一个理想的妻子，不过这一想法的产生稍稍让人觉得有点乱伦：“他刚刚还在为失去玛丽·克劳福德感到惋惜，刚刚才对范妮说了他再也不会遇到一个这样的女人，便突然想到，一个完全不同类型的女人是否也可以，或许会更好；范妮本身是不是正在像玛丽·克劳福德过去那样，在他心中变得越来越可爱、重要起来，她的微笑，她的举止都越来越引起他的注意；他是否有可能、有希望说服她，她对他的妹妹一般的亲密感情足以构成夫妻之爱的基础。……当一个年轻女子听到她一直默默地爱着却又不敢奢望得到的男人向她吐露爱情时，那心情、那滋味，谁也不要冒昧地去猜测形容吧。”

伯特伦夫人现在有苏珊代替范妮，作她的“常驻外甥女”。灰姑娘的主题仍在继续。“有这么多真实的优点，有这么多真正的爱，又不缺财产，不乏朋友，这对表兄妹婚后的幸福一定会是世间最坚实牢固的。——两人的习性都同样地适宜于家庭生活，两人都同样地喜爱田园乐趣，他们的家是一个恩爱温暖、安乐舒适的家；而且就在他们结婚已有一段时间，正需要收入有所增加，同时又觉得离父母家较远不便时，格兰特博士去世了，埃德蒙得到了曼斯菲尔德的牧师俸禄，使这个幸福家庭又锦上添花。

“这样，他们又搬回了曼斯菲尔德。这里的牧师公馆在前两个主人手中时，范妮每每走近就要产生一种拘束、恐慌的痛苦感，但现在，没过多久，它在范妮的心目中就变得像曼斯菲尔德庄园视野之内，并由曼斯菲尔德庄园赞助扶持的其他事物一样的亲切，一样的完美。”

在作者详述的故事之外及其后，书中所有人物的生活都进展得平稳顺利，这是一个奇怪的会引起争论的问题。也许可以说，是上帝接管了他们。

研究一下奥斯丁小姐的写作方法，我们也许会注意到《曼斯菲尔德庄园》的一些特点（在她的其他小说中也能发现）在《荒凉山庄》中得到了很大的发展（这也表现在狄更斯的其他

小说中)。不过并不能说这是奥斯丁对狄更斯的直接影响。这两部作品的特点都属于喜剧的范围——确切点说是社会风俗喜剧——是十八、十九世纪感伤小说的典型代表。

简·奥斯丁和狄更斯共有的第一个特点是选择一个年轻姑娘在小说中起筛选作用—— 一个灰姑娘式的人物，孤儿、被监护者、家庭教师等诸如此类的人物——读者是通过她或她的观察来认识了解其他人物的。

就第二点来说，两个作家的联系是很特别、很鲜明的。简·奥斯丁的方法是赋予她不喜欢或不太喜欢的人物某种行为、举止或态度方面的古怪可笑的癖好，而且每次都伴随人物出场。诺里斯太太同钱的问题，伯特伦夫人和她的巴儿狗就是两个很明显的例子。奥斯丁小姐对这一方法的运用是颇为艺术的，可以说她是通过变化光线而使这一表现手法花样翻新，即通过书中情节的变化予以这个或那个人物的惯常表现某种新色彩。不过，总的来说，这些喜剧人物正像剧中人物一样，自始至终，每幕每场都带着他们滑稽可笑的缺陷出现在小说中。我们将会发现狄更斯也采用了同样的方法。

我想提出的第三点与朴次茅斯的几个场面有关。如果狄更斯先于奥斯丁，我们一定会说普赖斯一家肯定出自狄更斯的手笔，普赖斯家的孩子们同贯穿《荒凉山庄》的儿童主题有着密切的关系。

简·奥斯丁的风格还有几个更显著的特色值得一提。她很

会控制比喻的使用。尽管她以细腻微妙的笔触在一小块象牙上（正如她自己说的）描绘出的雅致的文字画在作品中处处可见，可她对与风景、动作、色彩等有关的比喻的运用是严格限制的。在认识了细腻文雅、秀丽乖巧、苍白柔弱的简之后，再去见高声大嗓、红光满面、强壮刚健的狄更斯，一定会使你大吃一惊。她很少使用明喻或暗喻的比较手法。在朴次茅斯，大海“欢快地舞着，拍打着堤坝”，这种描写是很例外的。同样，传统或陈腐的比喻，如比较普赖斯和伯特伦两家时用的一滴水的比喻，也是很少见的：“至于诺里斯姨妈有时引起的小小不快，都是短暂的、微不足道的，与她现在这个家中无休无止的吵闹混乱相比，简直好比水滴与大海。”在描写人物的态度、动作时，她对分词（如“微笑着”、“望着”等）或类似“带着一丝狡黠的微笑”这样的短语，运用得很贴切，而且把它们像插入语一样插进句子，没有“他”或“她说”之类的字，就像剧本中的舞台说明。这一手法虽说是她从塞缪尔·约翰生[1]那里学来的，但用在《曼斯菲尔德庄园》一书中却是非常巧妙得当的，因为整个小说就像一出戏剧。此外，将人物谈话的结构和语气处理成间接的描写，如第六章中间接叙述的拉什沃思对伯特伦夫人说的话，很可能也来自约翰生的影响。情节发展与人物刻画都通过对话或独白进行。玛丽亚在他们一行人接近萨瑟顿——她未来的家园时说的一番旨在显示她的所有权的话就是一个极好的例子：“现在，克劳福德小姐，我们面前再不会有

1　Samuel Johnson（1709—1784），英国作家、文学批评家和词典编纂家。

崎岖不平的道路了，困难已经过去。剩下的路都很合乎要求。拉什沃思先生继承了这份家业后修了这条路。从这儿开始就是村子。那些农舍的确有失体面。那座教堂的尖顶大家都认为非常漂亮。教堂与府邸之间不像别的古老庄园那样距离很近，这让我很高兴。不然的话，钟声的搅扰一定不得了。那边是牧师公馆，房子看上去很整洁，我想牧师和他的妻子都是挺不错的正派人。那些房子是济贫院，是这个家族的什么人物盖的。右边是管家的房子，这位管家是个挺有身份的人。现在我们快到庄园大门了，不过进了园林还得再走上一英里。”

奥斯丁有一种手法，特别用于描写范妮对事情的反应，我称这种手法为*马头棋步*，这是从国际象棋借来的一个术语，用来描述在范妮变化多端的感情棋盘上忽而向一边或另一边的突然偏转。在托马斯爵士准备离家去安提瓜时，“范妮的解脱感和欣慰感丝毫不亚于她的两个表姐，不过她心肠比她们软，觉得自己有这种心情是忘恩负义，而且［*马头棋步*：］她真的为自己没能伤心而大感伤心起来”。在她未被邀请加入他们的萨瑟顿之行的时候，她非常渴望能在萨瑟顿的林荫路未被改造之前看上它一眼，不过，既然那地方太远，她去不了，她说道：“噢，没什么关系，将来不管什么时候我看到那地方，［*这里又是一步马头棋步*］你［*埃德蒙*］会告诉我都发生了哪些变化。”简言之，她将通过他的回忆看到原来的林荫路。当玛丽·克劳福德说她弟弟亨利从巴斯写来的信都很短时，范妮说：“‘当他们离家相当远的时候，’范妮答道，［*马头棋步*：］并为威廉的缘故有些脸红，‘他们就会写长信了。’”埃德蒙追求玛丽时，范妮并没有意识到自己在嫉妒，她也不沉溺于自我怜悯，但当朱莉娅因为角色分配中亨利推举玛丽亚而怒气冲冲地走掉时，范妮“一想到朱莉娅被妒火烧得如此焦躁，[马头棋步：] 怜悯之情便油然而生”。正当她出于对真诚、纯洁的考虑，犹豫不决，不知该不该参加演戏时，她倒真“有点怀疑 [马头棋步：] 自己的重重顾虑的真诚与纯洁”了。她“如此高兴”地接受了到格兰特家吃饭的邀请，但她转而又问自己 [马头棋步：]，“我为什么要高兴呢？难道我能肯定不会在那里看到或听到什么使自己痛苦的事情吗？”在挑选项链的时候，她觉得“其中有一条项链一次再次地摆到她眼前”，因此，“她希望选中这一条，选择 [马头棋步：] 一条克劳福德小姐最不希望保留的项链。”

构成奥斯丁风格的几要素中有一点特别显著，我称之为特殊笑靥，这是一种通过在简单的陈述事实、报告消息的语句中悄悄插入一点微妙的讽刺而达到的特殊效果。我将把下面的例子中我认为关键的语句用楷体标出。“普赖斯太太也被激怒了，她回了一封信，把两个姐姐都痛骂了一顿，并且还极其无礼地指摘了一通托马斯爵士的傲慢。既然诺里斯太太无论如何也不能不把这些说出去，这封信就使她们之间的联系断绝了相当长时间。”这三姐妹的故事继续进行：“她们的家相距非常遥远，她们活动的圈子又十分不同，因此，此后的十一年里双方几乎无从得到关于对方的任何消息，可是有件事至少使托马斯爵士非常惊奇，诺里斯太太竟能够隔不多久就气呼呼地告诉他们范妮又生了一个孩子。”当小范妮被介绍给伯特伦家的孩子们时，“她们由于非常习惯于应酬客人，又惯受表扬，所以没有表现出一点女孩子生就的羞怯，看到表妹毫无信心，她们倒越发自信了，她们很快就能从容自在，满不在乎地仔细端详她的面庞和衣装。”第二天，两个女儿“发现她只有两条饰带，而且从未学过法语，便不由得瞧不起她；当她们发现她们好心好意地为她表演的二重奏几乎没有引起任何反应，她们也就没别的好做了，只好把一些她们认为最没有价值的玩具大大方方地送给了她，由她自己玩去……”伯特伦夫人“一天到晚穿戴得整整齐齐，坐在沙发上，做着做不完的针线活，既不好看，又没什么用处，心里想的常常是她的巴儿狗，而不是她的儿女们……”我们可以把这类句子叫做带笑靥的句子，它是作者白皙纯净的面颊上一个具有微妙的讽刺意味的笑靥。

还有一个要素我称为警句式语调，这是一种内容有点自相矛盾，措词诙谐巧妙的句子所具有的一种简洁的节奏。这种声调，简洁而柔和，平淡却富有乐感，既扼要有力，又明晰轻巧。作者对刚刚到达曼斯菲尔德的十岁的范妮的描写就是一个例子。“就年龄而论，她的个子小了些，她既没有容光焕发的气色，也没有其他引人注目的美丽之处；而且非常胆怯害羞，畏缩怕人；但她的神态举止，虽有些局促不安，却并不俗气，她的声音甜美，一说起话来，小脸还挺好看。”初到曼斯菲尔德的日子里，范妮“从汤姆那里倒也没有受到什么不好的待遇，他只是好逗乐取笑，以他一个十七岁的青年自认为正经的方式对待一个十岁的孩子。他刚刚踏入生活，血气方刚，并且具有长子们素有的那种豁达大度。……他对小表妹的友好亲切符合他的身份和权利：他送给她一些非常可爱的礼物，却又取笑她”。尽管克劳福德小姐初来时，心里盘算的是长子的种种诱人之处，但是“这位小姐有一点还是值得称道的，虽然他

［埃德蒙］并不老于世故，也不是长子，丝毫不会恭维奉承，也不会谈笑风生，她却开始喜欢他了。她觉得是这样的，不过她事先不曾料到，现在也不能理解；因为按照常规，他并不讨人喜欢，从不说废话，也不恭维人，他坚持自己的意见，毫不退让；他对女人的殷勤，安稳自然。也许在他的真诚、坚定与正直的品质中有一种魅力，这种魅力克劳福德小姐可以感觉到，却不能去分析。不过，她也并不多去想它；他眼下讨她欢心，她愿意让他待在身旁，这就足够了”。

这样的风格并不是奥斯丁的发明，甚至也不能说是英国人的发明。我觉得这种风格的真正渊源是法国文学，它充分表现于十八世纪及十九世纪初期的法国文学。奥斯丁并没有读过法国作品，但却从当时流行的活泼、清晰、精练的风格中学到了这种警句式的节奏。而且，她把这一手法运用得尽善尽美。

风格不是一种工具，也不是一种方法，也不仅仅是一个措词问题。风格的含意远远超出这一切，它是作家人格的一个内在组成部分或特性。因此，当我们谈到风格时，我们指的是一位作为单个人艺术家的独特品质及其他在他的艺术作品中的表现方式。有必要记住的是，尽管每一个活着的人都有他或她的风格，但只有这个或那个独特的天才作家所特有的风格才值得讨论。这种天才如果不存在于作家的灵魂中，便不可能表现于他的文学风格中。一个作家可以发展完善一种表现方式。在一个作家的文学生涯中，他的风格会变得愈来愈精练准确，愈来

愈令人难忘，正像简·奥斯丁的风格发展一样，这是寻常可见的。但是，一个没有天资的作家是不能开创出有任何价值的文学风格的；他写出的东西充其量也只能是一个硬拼凑在一起的不自然的结构，没有一丝天才的闪光。

这就是我之所以不相信人人都能被教会写小说的原因，除非他本身已具备了文学天资。只有具备了文学天资，一个年轻的作者才能被扶上路子，发现自己的能力，摆脱陈腐的语言，消除臃肿的文体，养成不找到合适的词语绝不罢休的习惯，非找到那个能极其精确地表达思想，那个既能准确表现它的细微层次，又能确切表达它的感情强度的唯一一个恰当的词。在这几方面，简·奥斯丁算得上一个好榜样。

伟丽　译

查尔斯·狄更斯

（一八一二—— 一八七〇）

《荒凉山庄》

（一八五二—— 一八五三）

我们现在可以和狄更斯打交道了，我们现在可以拥抱狄更斯了，我们现在可以惬意地沉湎在狄更斯的光照中了。讨论简·奥斯丁的时候，我们不得不提起精神，走到客厅中太太小姐们的身边去。而谈论狄更斯时，我们仍坐在桌边，喝着茶色的葡萄酒。我们不得不找一条通向奥斯丁和《曼斯菲尔德庄园》的小径。我以为我们也确实找到了路，对她那些纤巧的花样，对那些卧在棉花垫中的细瓷易碎品，我们的确感到有点意思。但那不是油然而生的兴趣。我们必须进入某种情绪，必须用一定的方式凝神观察。我个人并不喜欢瓷器和小玩艺儿，但我常常强使自己用行家的眼光去审视一件小而晶莹的瓷器珍品，从中倒也尝到过内行人似的欣悦之情。不要忘记有些人终生研究简，把覆盖着常春藤的一生奉献给了她。[1] 我深信，和我相比，有些读者对奥斯丁小姐有更好的鉴赏力。然而，我力图做到客观。我的客观方法尤指用棱镜分析文化——从十八世纪和十九世纪初期的清冽泉源中流出、被奥斯丁笔下的绅士淑女们所汲取的文化。我们还追随着简那有点像蜘蛛结网似的造文：请回忆一下《曼斯菲尔德庄园》那张网，排戏在其中起了

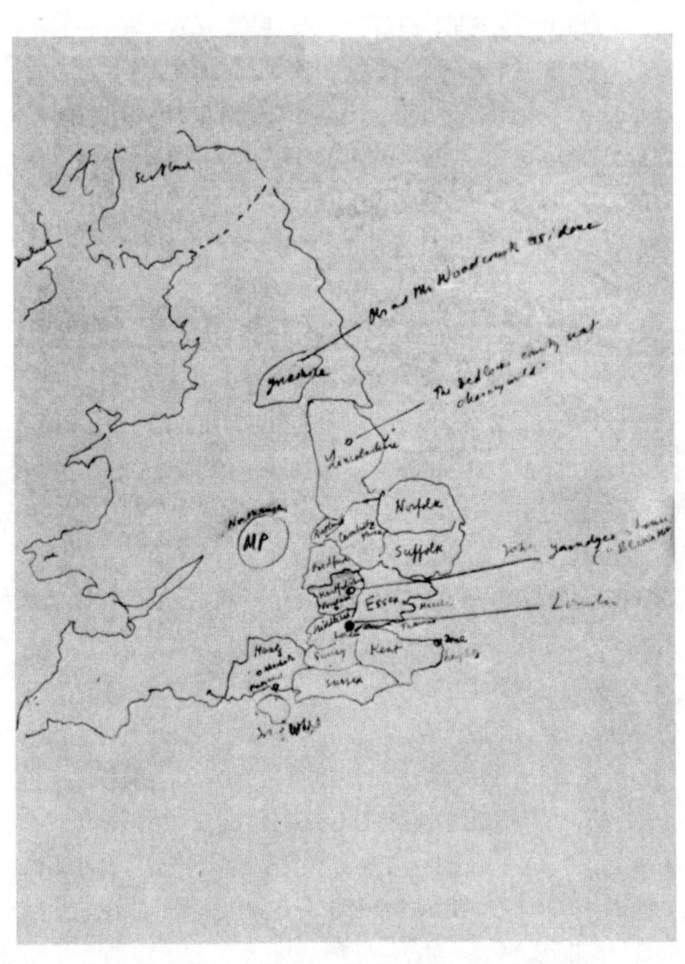

纳博科夫手绘大不列颠地图，标明《荒凉山庄》事件发生地

核心作用。

到了狄更斯这里，我们可以放开手脚，无羁无束。在我看来，简·奥斯丁的小说仿佛是将旧时的价值重新做了娇巧的排列组合。狄更斯的价值则是全新的。现代作家们依旧痛饮狄更斯至酣醉。这里不像对付奥斯丁那样，不存在什么路不路的问题，无须求欢，不必进进退退，踌躇不前。只要把我们自己交托给狄更斯，一切听凭他的声音摆布，就行了。如若办得到，我真想把每堂课的五十分钟都用来默默地思考、潜心地研究狄更斯，赞叹狄更斯。然而，我的工作却是对那些冥想和赞美加以引导，给予理性的说明。读《荒凉山庄》的时候，我们只要浑身放松，让脊梁骨来指挥。虽然读书时用的是头脑，可真正领略艺术带来的欣悦的部位却在两块肩胛骨之间。可以相当肯定地说，那背脊的微微震颤是人类发展纯艺术、纯科学的过程中所达到的最高的情感宣泄形式。让我们崇拜自己的脊椎和脊椎的刺激感吧。让我们为自己是脊椎动物而感到骄傲吧，因为我们本来就是头部燃着圣火的脊椎动物。人脑只是脊柱的延续，就像烛芯穿过整根蜡烛一样。要是消受不了那种震颤，欣赏不了文学，还是趁早罢休，回过来看我们的连环漫画、录像磁带和一周新书吧。不过我想，狄更斯一定更有吸引力。

讨论《荒凉山庄》时我们很快就会注意到，小说的浪漫故事是幻觉，艺术上也并不重要。书中有比戴德洛克夫人的悲惨故事更好的东西。我们需要了解一些英国法律诉讼方面的事情，但除此以外，一切都将是愉快的游戏。

1　常春藤有学院，学究式的意思，其花语喻指忠诚，至死不渝。

乍一看，《荒凉山庄》好像是讽刺作品。但别忙下结论：一篇讽刺，纵欲痛下针砭，假如自身审美价值不高，也是心余力绌，达不到目的的。反之，对一篇盈溢着艺术才华的讽刺来说，它的对象、目的又算得了什么，那会随着时代一起消失的，但令人炫目的讽刺本身隽永深久，作为艺术品而常存。所以，干吗非谈论讽刺不可呢？

研究文学作品的社会学效应或政治影响这种方法之所以被设计出来，主要是有些人因性情或所受教育的关系，对真正文学之美的震撼力麻木不仁，从未尝到过肩胛骨之间宣泄心曲的酥麻滋味。（我一而再、再而三地说，不用背脊读书，读书还有何用。）有些说法，如狄更斯锐意鞭笞大法官庭的不义不公，亦无不可。庄迪斯遗产讼案那一类的事情在十九世纪中叶也时有发生。不过，如法学史家所指出的，我们这位作家在法律方面的知识见闻大多来自十九世纪二三十年代，在《荒凉山庄》的写作年代中，这些靶子已不复存在。靶子没有了，我们就尽情地赏玩他那武器的雕刻美吧。再者，有关戴德洛克之流的描写作为对贵族的诉状，那是既乏味，也无足轻重：说起来，我们这位作家对贵族社会的了解和见解不过一鳞半爪，十分粗糙。作为艺术刻画，恕我直言，戴德洛克夫妇就像门上的饰钉或门锁一样毫无生气（开不了的锁就是死锁）。[1] 因此，就让我

1　纳博科夫和狄更斯一样，在这里玩弄着文字游戏。英语中，戴德洛克（Dedlock），门上的饰钉（doornail）和门锁（doorlock）的起首字母相同，押头韵；戴德洛克姓氏的前半部分与死亡（Ded-/dead）（转下页）

们感激那张网吧，不要去管什么蜘蛛。让我们赞叹犯罪主题的结构之巧妙吧，别去计较什么讽刺不力和夸饰的舞台腔。

最后，社会学家尽可以写上一整部书，谈谈史学家会称之为工业时代阴暗的黎明那个时期中儿童所遭受的摧残凌辱，诸如童工之类的问题。但坦率地说，《荒凉山庄》中不幸的孩子们的境况与其说反映了十九世纪五十年代的社会情况，不如说同更早的时期以及各式各样的时期相关。从文学技巧方面看，这本书中的孩子更像从前小说中的孩子，即十八世纪后期、十九世纪初期感伤小说中的孩子。应该再读读《曼斯菲尔德庄园》中描写朴次茅斯的普赖斯家的那些段落，艺术上的承继关系便一目了然了：奥斯丁小姐的可怜孩子和《荒凉山庄》的可怜孩子分明是串在一条线上的。当然，文学上还可溯源到其他方面。技巧就谈这些。即便从书中的情感来看也很难说我们置身于十九世纪五十年代——不如说，我们随狄更斯回到了他的童年——于是历史框架又一次断裂了。

相对于一般的讲故事人或说教者来说，我更喜欢能施妖法幻术的人，这已是十分清楚的了。就狄更斯而言，我以为唯有这样看待他，才能使他超越改良人士、廉价小说、感伤的无聊货和做作的戏剧腔，而永远显得虎虎有生气。他永久地在峰巅放射异彩。我们了解高峰的确切海拔，外围形状和地层构造，

（接上页）谐音，后半部分是“锁”（lock），合起来就是“死锁”的意思。纳博科夫遂利用英语俗语“死寂”（dead as a doornail），巧妙地把“门钉”（doornails）换成了戴德洛克的半谐音“门锁”（door locks），再把“戴德—”（Ded-）部分换成其谐音“死的”（Dead），于是得出“死锁（戴德洛克氏）废了”的说法，意即狄更斯对贵族的描写极不成功。

还有那穿过浓雾逶迤伸向巅峰的山间小径。狄更斯的伟大正在于他所创造的形象。

读《荒凉山庄》的时候要注意这样一些情况：

1. 小说最醒目的主题之一是关于儿童的：写他们的苦恼，生活的无着落无保障，他们卑微的快乐，及他们给予别人的快乐等，但主要写他们的悲惨境遇。借用豪斯曼[1]的话来说："我，一个陌生人，在一个非我所造的世界上，真是害怕。"书中父母与子女的关系也很有意思，这里涉及"孤儿"主题：父母或子女中总有一方丧生；善良的母亲抱着死婴，或自己也死去了；还有些孩子照料着别的孩子。我心底里很喜欢有关狄更斯在伦敦的一个故事。那还是在他颇为困苦的青年时代：一天他走在一个工人的身后，工人背着个大脑袋的孩子；那人不回头地走着，狄更斯跟在后面，那人背上的孩子看着狄更斯。狄更斯本来边走边从纸袋子里取樱桃吃，这时便不作声地把樱桃一个接一个地塞到默不作声的孩子的嘴里，三个人谁也没想一想自己干了什么，或从中悟出什么道理。

2. 大法官庭——雾——疯狂，这是又一个主题。

3. 人物各有特征，就像彩色的影子，总随着人物的出现而出现。

4. 画、房子、马车等"东西"均扮演一定的角色。

---

1 A. E. Housman（1859—1936），英国诗人、古籍学家。

5. 书中的社会学一面，如埃德蒙·威尔逊在其论文集《创伤和神弓》中鲜明突出的部分，反而是乏味的，而且也无甚重要。

6. 小说第二部分中的探案故事（有个前福尔摩斯式的侦探）。

7. 善恶两极的对立贯穿全书。恶几乎如善一样强大。大法官庭就是恶的化身，它像地狱，其中塔尔金霍恩和霍尔士是鬼使，还有一群小鬼，连他们身上破烂不堪的黑色衣着都显出一副魔鬼相。善的一边有庄迪斯、埃丝塔、伍德考特、艾达和巴格涅特太太。善恶之间是受到诱惑的人，有时通过爱赎了罪，如莱斯特爵士，爱征服了他的虚荣心和偏见，但转变得不自然。理查也得到拯救，他有过失，但本质上是好人。戴德洛克夫人经受了苦难，从而得到赎救，然而背后是陀思妥耶夫斯基在使劲地指手画脚。哪怕最微小的善行也能拯救灵魂。斯金坡尔，当然还有斯摩尔维德一家和克鲁克，则完完全全是魔鬼的同盟。慈善家也是魔鬼同盟，如杰勒比太太，她们一面在自己的四周播种不幸，一面自欺地认为自己在行善，其实不过是纵容自私利己的本能罢了。杰勒比太太也好，派迪格尔太太也好，这种人把时间精力花在各种各样异想天开的计划上，自己的孩子却被抛在一边无人理睬、管教，可怜可悲，这就是有关慈善家的全部描写所表达的意思（这条线索和大法官庭的徒劳线索平行，律师的至福却是受害人的苦难）。勃克特和“柯文塞斯”或许仍有得到拯救的希望（他们履行职责又避免不必要地加害于人）；但像切德班这样的伪传教士则没有得到拯救的希望。“好人”通常是“坏人”的牺牲品，但也正因为这一点，好人得到拯救，坏人万劫不复。互相对立冲突的人和力量（常常裹挟在大法官庭主题中）象征着更大更普遍的力量。克鲁克在（自燃引起的）火中丧生，火本是魔鬼所处的天然环境，他的死便有了象征意义。这类冲突斗争是小说的“骨架”，然而狄更斯是大手笔，写来让人不觉滞涩，也不那么一目了然。他的人物不是穿着衣服的思想或象征，而是活生生的人。

《荒凉山庄》有三大主题线：

1. 围绕庄迪斯诉庄迪斯这桩枯燥的讼案展开的大法官庭主题，其象征为伦敦的浊雾和弗莱特小姐[1]的笼中鸟。律师和发疯的当事人是这一主题的代表人物。

2. 不幸的儿童，他们和自己所帮助的人以及和父母之间关系的主题，家长多为骗子或异想天开的怪人。最不幸的孩子要数无家可归的裘，他在大法官庭污秽的阴影中长大，又无意中推动了神秘情节的进展。

3. 悬疑主题。戈匹、塔尔金霍恩、勃克特这三个侦探和他们的帮手一个接一个地跟踪着乱麻一团的桃色事件，一步步追查出不幸的戴德洛克夫人的秘密，她曾未婚生下女儿埃丝塔。

狄更斯全力以赴表演的戏法就是平衡这三个球体，把它们轮番抛掷到空中又接住，玩出连贯的花样，让三个气球都浮在

1 “Miss Flite”，名字与“飞翔”（flight）谐音。

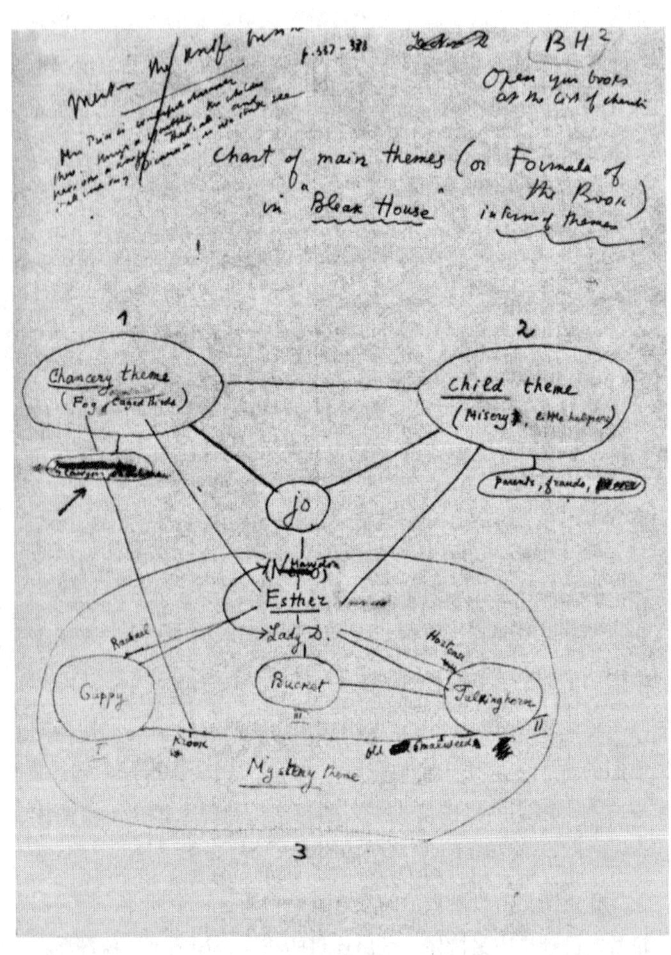

纳博科夫手绘《荒凉山庄》主题线图示

空中，又不让绳线互相缠结起来。

关于三条主线和主线人物在故事的曲折进程中互相衔接的种种手段，我已试着在图表中用连线的方式表示出来了。我只点了几个人物，其实可以列出一张长长的单子，单说“孩子”，就可举出三十来种情况。或许我应把埃丝塔幼时的保姆、了解她身世秘密的雷契尔和一个骗子——娶了雷契尔的切德班牧师——联结起来。（书中又称尼摩的）霍顿是戴德洛克夫人从前的情人，埃丝塔的父亲。莱斯特·戴德洛克爵士的律师塔尔金霍恩和侦探勃克特企图挖出那个小小的秘密，其努力不谓不成功，捎带着就把戴德洛克夫人逼死了。这些侦探找到各式各样的帮手，如夫人的法国女仆奥尔当斯，老痞子斯摩尔维德等。后者和书中最最怪诞、最像一团雾的人物克鲁克又是连襟。

我的计划是顺着这三条主题线一条条清理。先从大法官庭——雾——鸟——疯起诉人开始，在诸多的人和事物中，提出小个子疯女人弗莱特小姐和怪诞的克鲁克作为这条主线的代表来讨论。然后，我将详细论述儿童主题，指出可怜的孩子裘的最动人之处，还要谈谈面目可憎的骗子、假儿童斯金坡尔。再下一步讨论悬疑主题。请注意，在布下大法官庭迷雾的时候，狄更斯是个魔术师，是个艺术家；在孩童主题中，他是个改革斗士兼艺术家；在推进、引导整个故事的悬疑主题中，他是个绝妙的说书人。吸引我们的是身为艺术家的狄更斯。因此，在勾勒三大主题和一些主题人物的个性后，我将分析小说的形式、结构、风格、意象及语词的魔力。书中有埃丝塔和她的两个情人：一个简直是十全十美的伍德考特，另一个是刻画得很可信的堂吉诃德式人物约翰·庄迪斯；还有莱斯特·戴德洛克爵士等贵人名流。和这些人物在一起我们将享受到莫大的乐趣。

《荒凉山庄》中有关大法官庭主题的基本情况十分简单。一桩讼案，庄迪斯家族遗产案，拖沓多年，悬而不决。大批打官司的人盼着分得财产，却捞不到分文。庄迪斯家族的一个成员约翰·庄迪斯是个善良正直的人，他平心静气地看待整个事情，认为自己的有生之年案子不大可能了结，他从不期望从中得到些什么。他有个年轻的被监护人埃丝塔·萨默森。埃丝塔与大法官庭的事务无直接联系，然而她在书中起着筛选的作用。庄迪斯还担任艾达和理查的监护人，两个年轻人是表兄妹，在讼案中正好是庄迪斯的对立面。理查一门心思地卷入了案子，越陷越深，终致疯狂。另有两个打官司的人，老小姐弗莱特和格里德利先生，则早已发疯。

小说以大法官庭主题开场。但是在谈论开头之前，请允许我指出狄更斯创作法中的一个妙处。书中这样描写旷日持久的诉讼案和大法官："从'庄迪斯诉庄迪斯'案中伸出的龌龊手究竟糟蹋了腐蚀了多少人，这是个大得无边的问题。上至推事（他那汇订的案卷上，大把积满尘垢的案件凭证已卷曲得奇形怪状），下至六书记处[1]的誊写员（在那条永久不变的标题下他

1　六书记处是旧时大法官庭的别名，由掌管最高法院诉讼程序的六位书记而得名，每个书记有十名下属。1842年六书记职取消。

已抄录了数万张大法官庭的对开纸），谁的本性也没有因此变得稍好一些。在各种虚伪陈述下进行的欺诈、逃遁、延宕、毁证、搅扰等种种勾当，这其中的支配力哪能生出好结果呢……

“就这样在泥泞之中，在浓雾的中央，大法官阁下端坐在大法官庭。”

现在我们回过去看全书的第一段：“伦敦。米迦勒开庭期[1]刚过，大法官阁下端坐在林肯法学会[2]的大厅内。十一月的天气，一副坏脾气相。满街的泥泞，仿佛大水刚刚从地表退下去……狗滚在泥淖里，一个个辨不出模样来。马比狗好不了多少，泥浆啪啪地直溅到眼罩上。路上行人个个染上了坏脾气，挤来碰去，伞撞伞的，在街的拐角处，一个个滴溜、刺溜地滑倒在天亮以后（假如这天天亮过的话）成千上万人打滑摔跤的地方，结成硬壳的泥浆表层不断添加着新的泥浆，新的硬壳，泥牢牢地粘在人行道上的那几处，利滚利似的越发增厚了。”“利滚利似的越发增厚了”[3]，这个比喻把真正的泥淖和雾同大法官庭的泥淖和稀里糊涂联系起来了。端坐在大雾、泥淖和混乱中央的大法官被唐戈尔先生[4]尊称为“阁下您”（Mlud）。假如我们把律师唐戈尔没有咬准的音扳正的话，在泥泞与浓雾中央的“阁下”本人就变成一摊“泥”（Mud）了。阁下，您，

1　米迦勒开庭期，大法官庭的四个开庭期之一，12 月 2 日至 25 日。

2　林肯法学会是英国四个法学协会之一。另三个为内堂法学会，中堂法学会和格雷法学会。

3　原文为 accumulating at compound interest；“compound”有“复合、重”的意思，泥上重合着泥，泥层加厚了。纳博科夫点出这段应与上面所引的写大法官庭腐败的段落并列起来读，这样“利滚利”就是个隐喻，指地上的泥加上法院的“泥”（污浊，糊涂）。

4　唐戈尔（Tangle），意为纠缠。

泥。[1]我们刚着手研究，立即就会注意到这是一个很典型的狄更斯手法：在语词上花样翻新，使用双关语、俏皮话，不但使无生命的文字灵灵地跃动起来，还使它们超出字面意思变出种种戏法。

小说头几页中还有一个语词关联的例子。起首的一段中，从烟囱管帽爬下的煤烟被比作"柔软的黑色毛毛雨"。书中很后来，克鲁克将销镕在这黑色的毛毛雨中。但更紧接着烟囱冒出煤烟段落的是关于大法官庭和庄迪斯一案的描写，大法官庭中办案律师的名字都有象征意义："屈士尔吃了亏，锲士尔、迷士尔等辈已习惯于茫然地期待着去查查这件未了的小事，看看有朝一日庄迪斯案了结后可以给屈士尔帮点什么忙。"锲士尔，迷士尔，屈士尔，这些名字的韵脚透出昏惨惨的气息。[2]紧接着是"这桩倒霉的案子撒播下形形色色的推诿耍滑、巧取豪夺……"。"推诿耍滑、巧取豪夺"意即靠玩弄伎俩过日子，就像那些律师在大法官庭的烂泥和毛毛雨中过日子一样。再回

1　原文为 My Lord，Mlud，Mud。英国习惯称最高法院法官为 My Lord（阁下），读作〔miˈlɔ:d〕，而律师常读作〔miˈlʌd〕。狄更斯小说中常用不规则拼写反映人物的方言、独特说话习惯或受教育的程度。律师唐戈尔发音中吞了〔-i〕，于是把 My Lord 念成了〔mˈlʌd〕，反映在拼写上就成了 Mlud。

纳博科夫接过了狄更斯的俏皮文字游戏，如前面把"端坐在泥与雾的中央"扩展成"端坐在泥与雾与混乱的中央"（sitting in the midst of the mist and the mud and the muddle），一连四个词押头韵，双双又各押半韵。在"My Lord，Mlud，Mud"中，纳博科夫着重点明狄更斯巧用文字，把"大法官阁下"（My Lord）通过律师发音的失误（Mlud）与"泥潭"（Mud）重合在一起。

2　屈士尔：Drizzle，毛毛雨。律师的名字锲士尔：Chizzle，谐音 chisel，"凿"，俗语也有欺诈之意；迷士尔：Mizzle，也是蒙蒙细雨，俚语中有逃跑之意。

头看起首第一段，就会发现“推诿耍滑、巧取豪夺”这一对韵和行人在泥淖中“滴溜、刺溜”地滑倒相呼应，是姐妹韵。[1]

现在让我们跟随疯疯癫癫的小个子女人弗莱特小姐走。小说开头她初次出场，就已是个古怪的当事人。空荡荡的法庭闭庭了，她大步走出去。稍顷，小说中的三个年轻人理查、艾达和埃丝塔走来了。理查将娶他的表妹艾达为妻，他的命运将以很奇特的方式和那位疯老太太的命运联系在一起。这三位青年拜访了大法官后，在柱廊里遇见了弗莱特小姐。“一个古怪的小个子老太太，戴着一顶挤扁了的无边帽，手提着网袋，一路行着屈膝礼、满面堆笑地向我们走来，很讲客套的样子。

“‘哦！’她说，‘庄迪斯的受监护人！有幸相会，非——常高兴！青春、希望和美貌来到此地，又不知事情将如何终了，是好兆头！’

“‘疯了！’理查低语道，以为她不会听见。

“‘对！疯了，年轻的先生，’她这么快就接过嘴去，倒把理查闹了个满面通红。‘我也曾经是个受监护人。那时我还不疯，’每说一句话，她就堆起笑，屈膝请安。‘我有过青春和希望。我相信也有过美貌。现在没什么关系了。三样东西中哪样都没给我带来好处，也没救过我。我有幸常常到庭。带着我的文件。我盼着判决。很快的。最后审判日那一天……请接受我的祝福。’

“艾达有点骇怕了，于是我对可怜的老太太讲好话，说多

1　原文中分别为两对头韵：“shirking（逃避责任）and sharking（诳骗，诈欺）”以及“slipping and sliding”。

谢她啦。

“‘是——啊！’她拿腔拿调地说。‘我想也是。健谈先生侃奇来了。带着他的文件！阁下好啊？’

“‘很好，很好！别吵了，乖乖！’侃奇先生说，一路领头往回走去。

“‘哪里吵了，’可怜的老太太又对我和艾达说下去。‘根本没吵。我要把财产赠给你们俩——这不算吵吧，我想？我盼着判决。很快的。最后审判日那一天。这是你们的好兆头。接受我的祝福！’

“她在宽而陡的阶梯底下停了下来。我们走上去时回头看看，她还站在那里，一句一笑一请安地叨叨着：‘青春。还有希望。还有美貌。还有法庭。还有健谈先生侃奇！哈！请接受我的祝福！’”

她反复地说，青春，希望，美貌。以后我们会看到，这些词很重要。翌日，这三个青年和另一个年轻人在伦敦漫步时，又一次遇到弗莱特小姐。她的话中又渐渐引入一个新的主题，即鸟的主题：歌曲，双翼，飞翔。弗莱特小姐对飞翔和歌曲饶有兴趣，爱听林肯法学会园内鸟雀啭鸣。然后我们去看了她的寓所，就在克鲁克的楼上。那儿还有一个房客，叫尼摩，也是书中的一位重要人物，我们以后再详细谈他。弗莱特小姐卖弄着她那二十笼鸟。“她说道：‘头先我养这些小生灵是为什么呢，身为被监护人的都懂。我有意将它们放生。等我的判决下来的时候。是——啊，话虽这么说，它们却死在牢里了。傻东西，可怜见的，它们的命比法庭程序短得多，于是一个个地死去，一笼笼地死去，不知死了多少了。知道吗，这些个鸟儿虽说还小，我寻思它们哪一个都活不到自由的那天！真——是伤心，是不?’”

她放进亮光来，好让鸟儿为客人唱歌，但是她不肯说出鸟儿的名字。“下一次，我会把它们的名字告诉你们。”这句话含着深意，内中有个凄惨的秘密。她又一次重复那三个词：青春，希望，美貌。这些词现在同鸟儿联系在一起，而鸟笼的围杆仿佛投下阴影，把青春、希望和美貌的象征拦在樊笼中。埃丝塔十三四岁离家去上学时所带的唯一伙伴是一只笼中鸟，从这件事你们可以进一步看到埃丝塔和弗莱特小姐之间的微妙联系。讲到这里，我想提请大家回忆一下我在讲《曼斯菲尔德庄园》时提到过的另一只笼中鸟。我要强调这一点。当时我说斯特恩的《感伤旅行》中有一段关于燕八哥的文字，也是写自由与囚禁的。而现在我们谈的正是同一主题。笼子，鸟笼子，笼子的围杆，围杆的阴影遮挡了一切幸福。最后，还应看到弗莱特小姐的鸟是云雀、红雀和金翅雀，各自相当于青春、希望和美貌。

客人们走过那位古怪的房客尼摩的门口时，弗莱特小姐说嘘，别出声。后来这位古怪的房客果然不出声了，死了，而且是自杀身死的。弗莱特小姐被派去叫医生，回来后站在他的门边，瑟瑟发抖。我们将听到，死去的房客同埃丝塔和戴德洛克夫人都有关系，他是前者的父亲，后者的情人。像弗莱特小姐这样的主题线索是很有魅力的，很说明问题的。不久，书中又提到一个可怜的孩子，身陷牢笼的孩子——书中身陷牢笼的可怜孩子颇多——凯蒂·杰勒比在弗莱特小姐的屋里和情人普林斯幽会。这以后，几个年轻人由庄迪斯先生陪着来看弗莱特小姐，我们从克鲁克嘴里了解到鸟儿的名字：希望，快乐，青春，和平，憩息，生命，尘埃，灰烬，废物，贫乏，破产，绝望，疯狂，死亡，狡猾，愚蠢，文字，假发，破布，羊皮纸，掠夺，判例，行话，梦呓，瞎扯。但老克鲁克略去了“美貌”。这里附带说一下，小说中埃丝塔后来生了病，便失去了美貌。

当理查迷上这场官司的时候，他和弗莱特小姐之间，他俩的疯癫之间，也就开始有了主题上的联系。下面这段话很重要：“他（指理查——译者按）告诉我们他已钻入那桩神秘案子的深处了，说事情再清楚不过，只要……大法官庭还讲理，还有公道的话，那份将使他和艾达继承数千英镑财产的遗嘱最终一定会得到确认的，而且这个美好结局不会拖延太久便会到来。他读了那一边的所有枯燥论证，证实了上面那个结论。越读陷得越深。他甚至经常上法庭去了。他告诉我们在法庭天天见到弗莱特小姐，他们在一起谈话，他常帮她一点小忙。还说他虽常笑话她，心底里却很可怜她。我那可怜的、亲爱的、快活的理查啊，那时的他可望获得那么巨大的幸福，有如此美好的事物在他眼前，然而他根本没想到，也从来不会想到，他的青春年华竟和弗莱特小姐凋零的晚年那么不吉利地铆合在一起，他那不受羁束的希望竟不幸向她樊笼中的生灵、空荡荡的阁楼和错乱的神志一步步靠拢。”

弗莱特小姐认识另一位疯子当事人格里德利先生。小说开始时他就出场了：“另一个倒运的起诉人，每隔一段时间就从希罗普郡赶来，到了一天事务将结束时就突然提起精神想同大法官说话。他怎么也弄不明白，大法官怎么可能在二十多年中把他的生活搞得无比悲惨，却在法律上不知道他的存在。这时，他挑了个显眼的地方站着，眼睛直勾勾地盯住法官，准备在他站起来的一刹那间扯起洪亮的嗓子，申冤般地叫一声：‘阁下！’一些律师手下的办事员和别的人曾见过他，便磨磨蹭蹭地不急于退庭，等着看好戏，也算在哭丧脸的天气中找点乐子。”后来这位格里德利先生对庄迪斯先生长篇大论地谈自己的情况。他因一桩遗产诉讼而破产，诉讼费用已达遗产总额的三倍，可案子还没了结，他认为自己受到莫大的伤害，这意识已经提升为他死死咬住的一条原则：“‘我因蔑视法庭坐过牢，因恫吓律师坐过牢。我惹过这样那样的麻烦，今后免不了还要惹麻烦。我是那个从希罗普郡来的人，有时我可不仅会给他们逗乐，虽说他们看着我被判监禁呀，受到传讯呀什么的觉得挺开心。他们对我说，假如我克制一点，情形会好些。我就说，假如我真那么克制自己，就变白痴了。从前我脾气好得很，真的。我那乡里的人都记得我脾气好。可现在，我一定要把这个受伤害的感觉发泄出来，不然我肯定神志不清了……而且，’他突然又火冒三丈地说道，‘我要让他们感到耻辱，活一天，我就要在那法庭露面，让它羞愧难当。’”正如埃丝塔所说，“他发起火来真骇人，要不是亲眼见到，真不敢相信有这么厉害的脾气”。可是他死在乔治的打靶场里，当时在场的有骑兵乔治，有勃克特、埃丝塔和理查，还有弗莱特小姐。他死时，“在她（指弗莱特小姐——译者按）面前沉重地平静地倒下去，她高叫起来：‘哎呀，不行啊，格里德利！已经这么多年的相识了，没有我的祝福，你不能走啊！’”

书中还有一段，作者让弗莱特小姐对埃丝塔讲述伍德考特医生在东印度海上船只失事时的英勇行为。这段写得软弱无力，很不成功，但从中仍可看出作者的胆识。他不仅把小个子疯老太太同理查悲剧性的疾病联系起来，同时也使她和埃丝塔未来的幸福挂上钩。弗莱特小姐和理查的关系这根弦越绷越紧，到最后，理查死了，埃丝塔写道：“夜深了，万籁寂静，可怜的疯癫癫的弗莱特小姐哭着跑来告诉我，她已将全部的鸟放生了。”

埃丝塔和朋友们去看弗莱特小姐时，在克鲁克的店门口停了一下，于是就引入了大法官庭主题中的另一个人物。弗莱特小姐住在克鲁克铺子的楼上：“铺子上方写着：‘克鲁克破布旧瓶栈房’，又有几个细长字体写着：‘克鲁克旧船具铺’。窗上贴着一张画，画着一家红色的造纸厂，厂门口有一辆大车正卸下一包包碎布头。窗上还东一条西一条地写着‘收购骨头’，‘收购炊具’，‘收购废铁’，‘收购废纸’，‘收购男女旧衣服’等字样。那儿好像什么东西都买，什么东西都不卖。橱窗里摆满了脏瓶子：黑鞋油瓶，药瓶，姜汁啤酒和苏打水瓶，泡菜瓶，酒瓶，墨水瓶——说到墨水瓶，倒提醒了我，这铺子里有那么些细部颇有点和司法部门当街坊邻居的架势，好像它是法律的一个肮脏的食客或人家翻脸不认的一门亲戚。店里有一大堆墨水瓶子。门外一条摇摇晃晃的小板凳上放着些破烂书，标着‘法律书，每本九便士’的字样。”

这里确立了克鲁克与大法官庭主题中法的象征和腐败法律之间的联系。请大家把“收购骨头”和“收购男女旧衣服”这两个用语并列在一起，想一想，大法官庭案子中的当事人是什么呢？只不过是一把骨头和一堆烂衣服，还有克鲁克同样收购的法官律师们穿烂的袍子——这叫法的破烂——和废纸。这正是埃丝塔本人在受到理查·卡斯通和查尔斯·狄更斯的点拨后向读者指出的："破衣烂衫胡乱扔在独腿秤的木秤盘上，有的散落在秤盘外，搭在缺秤砣的秤杆上。这些破布很可能就是高级法律顾问们穿烂了的宽领带和袍子。我们站在那里往铺子里看时，理查对我和艾达说着悄悄话。他说的也真是，只要再想象一下，那堆放在屋角的剔得干干净净的骨头就是当事人的尸骨，那么这家铺子的全貌就清楚了。"悄悄说出这一切的理查，注定要成为大法官庭的牺牲品：他的性格缺陷使他干一行丢一行，样样都是浅尝辄止，终于落入大法官庭那桩疯狂遗产案的泥潭，深受继承财产的虚幻前景之毒害。

克鲁克本人仿佛是从浊雾深处冒出来的。(记住，他提到大法官阁下时总是称兄道弟的——他那在锈蚀、尘埃、疯狂和泥泞之中的大兄弟。) 克鲁克"长得很矮，像死尸似的形容枯槁，浑身干瘪。脑袋歪着，塌陷在两肩之间，嘴里喷出一团团气，仿佛体内着了火一般。他的喉咙、下巴和眉毛上长满白毛，像结了霜似的，青筋盘结，皮肤皱巴，乃至从胸部往上看去，他活像是雪天里的老树根"。这就是克鲁克，歪曲不正的克鲁克。[1] 雪天里盘根错节的老树根这个明喻应该添加到狄更斯越来越丰富的喻象收藏之中；比喻问题以后会专门讨论。刚才这段文字中出现的另一个主题是火，这里不很明显，以后却还会发展。"仿佛体内着了火一般"，仿佛两字是个不祥的预兆。

1　克鲁克原文为 Krook，与 crook（弯曲，欺诈，骗子）谐音。

书中后来有一段写克鲁克一连串报出弗莱特小姐的鸟的名字，它们象征着大法官庭和不幸，这一点我们已经提过。在接着上面描写克鲁克外貌的一段中，写了克鲁克那只可怕的猫。它用老虎似的爪子，撕扯着一捆破布，发出的声音让埃丝塔心里发毛，直咬她那副漂亮的牙齿。顺便指出，在悬疑主题线上的老斯摩尔维德长着绿眼睛和瘦骨伶仃的手。他不仅是克鲁克的妹夫，还是长着人模样的克鲁克的猫。鸟的主题和猫的主题渐渐合在一起：克鲁克和他那绿眼睛的灰色老虎都等着鸟儿离开笼子。象征后面的思想是，只有死亡才能真正使大法官庭的诉讼人得到解脱。格里德利死了，于是解脱了。理查死了，于是自由了。克鲁克讲了汤姆·庄迪斯自杀的故事，听者很受震惊。汤姆也是在大法官庭起诉的人，克鲁克引他的话说："这就像在磨中慢慢地被碾得粉碎，像放在煴火上慢慢地受炙烤。"注意"煴火"两字。扭曲、怪诞的克鲁克自身也是大法官庭的牺牲品——他也将会烧焦。事实上，我们得到了有关他下场的明确暗示。此人总是灌满一肚子杜松子酒。字典上说杜松子酒是蒸馏粮食浆液，尤其是裸麦浆液所得的烈性酒。这好比说，克鲁克不管走到哪里，都随身携带着一座地狱。便携式地狱——这可是纳博科夫先生说的，不是狄更斯先生的话。

克鲁克不仅同大法官庭主题相关，还与悬疑主题相连。尼摩死后，给律师当差的戈匹和他的朋友托尼·卓布林（又叫微伏尔）来到克鲁克的家。戈匹想从克鲁克处得到有关戴德洛克夫人从前风流轶事的信件，他向往一场浪漫爱情又要进行讹诈，为此感到兴奋又紧张。他们把克鲁克的空酒瓶灌得满满的，克鲁克就像"搂住亲爱的小孙子似的"把酒瓶抱在怀里。

老天，这“孙子”不如叫做肚子里的寄居者更合适。现在我们来看三十二章描写的克鲁克之死。他死得精彩，文字写得也精彩。他的死是大法官庭的煴火与浊雾之有形象征。请大家再回想一下小说开头几页中的形象——烟雾，柔软的黑色毛毛雨和煤烟星子。那是个基调，阴郁的主题从那里开端，现在又加上杜松子酒，故事便走向合乎逻辑的结局了。

戈匹和微伏尔正要到后者的寓所去（就是戴德洛克夫人的情人霍顿在里面自杀的那间屋子，和弗莱特小姐及克鲁克的住处在同一栋房子里）。已约好午夜时分克鲁克将交出信件，他俩要去微伏尔的房间等着。半道上遇到一个叫斯耐格斯比的人，他开法律文具铺。雾很重，空气凝浊，而且气味、滋味都有点怪。“‘像我似的，睡觉前出来透透气吗？’文具商问道。

“‘啊，这儿可没什么空气，有的话也不提神，’微伏尔答道，一面朝短巷两边张望着。

“‘千真万确，先生。你注意到了吗，’斯耐格斯比说着停下来，做出嗅一嗅、尝一尝空气味道的样子，‘你感觉到没有，微伏尔先生，你们——我就直说了吧——你们这里怪油腻的，先生？’

“‘是啊，我也觉得这地方今天晚上有股特别的味道，’微伏尔先生答道，‘想来是太阳神店里的排骨味道吧。’

“‘排骨？你说排骨吗？哦，排骨，嗯？’斯耐格斯比又翕动鼻子嘴巴品尝一番。‘是的，先生，我想就是排骨，没错。不过，说实在的太阳神那个厨子还欠调教，她把排骨烤焦了吧，先生？我觉得，’斯耐格斯比先生又闻着尝着空气，然后啐了一口唾沫，抹抹嘴巴说，‘我想——我又要照直说了——

这些排骨上烤架的时候想必就是不新鲜的。’”

两位朋友走上楼，进了微伏尔的房间，谈论着神秘的克鲁克，以及微伏尔住在这所房子、这间屋里所感到的恐怖。微伏尔对戈匹诉说这儿空气如何不好，气氛如何不对头。请大家注意，蜡烛艰难地燃烧着，烛油结成了“一棵硕大的卷心菜和一条老长的裹尸布”。如果想象不出那蜡烛的模样，就别读狄更斯的小说了。

戈匹正巧看了看自己的上衣袖口。“怎么啦，托尼，今天晚上你们这房子里究竟搞的什么名堂？烟囱着火了？”

“‘烟囱着火了！’

“‘啊！’戈匹先生说道，‘你瞧煤烟星子直往下掉，瞧这儿，我胳膊上！还有这儿，桌子上！该死的东西，吹都吹不掉，油腻腻的，像黑的猪油！’”

微伏尔走到楼梯下察看一番，但四周静悄悄的，“他便把方才对斯耐格斯比先生说过的那番话重述了一遍，说是太阳神店在烤排骨。

“‘那么说来，’戈匹先生接着原先的话题说，一面仍很厌恶地看着自己的袖口；他们在火边，面对面靠桌子坐着，两个脑袋几乎碰在一起，‘他是在那个时候告诉你他从房客的皮箱里取出那札信件的？’”

他们谈了一会儿。可是当微伏尔拨弄火的时候，戈匹又一惊。“‘呸，又是可恨的煤烟，哪儿都是，’他说，‘把窗子打开一点，透上一口气吧，太闷了。’”他们靠在窗台上，继续谈话，戈匹的手在窗台上轻轻敲着。突然，他把手抽了回去。“‘见鬼了，这到底是什么玩艺儿，’他说，‘瞧我的手指！’

“他的手指粘着黄色的浓浊液体，摸上去看上去都恶心，闻起来更恶心。那是一种令人作呕的粘得流不动的油，里头有着让人本能产生厌恶的东西，使两个人都打了个寒颤。

“‘你在这儿都干了些什么？往窗外倒什么东西啦？’

“‘我往窗外倒东西？我起誓绝对没有。我到这儿来后从来没有过这样的事！’房客嚷道。

“可是看看这儿——再看看这儿吧！他拿来蜡烛，这儿，从窗台的角那儿，这东西慢慢往下滴，顺着砖墙不断淌下来；这儿，已积起厚厚的一小摊，真让人恶心。

“‘真是一座可怕的房子，’戈匹先生说着，关了窗子。‘给点水，要不然我就把手剁掉。’

“他一个劲地洗呀，搓呀，擦呀的，闻了闻手，又洗。后来他喝了杯白兰地，恢复了常态，默默地站在炉火前，不一会儿，圣保罗教堂的钟就敲了十二下。黑夜里，所有别的钟也从各自高高低低的钟塔上敲响了各种音调的十二下。”

微伏尔走下楼去践约，去取克鲁克答应给他的那札尼摩的文件。但他惊恐万状地回来了。“‘我怎么叫门他也听不见，我就轻轻打开门朝里看。那里有糊焦味儿——有煤烟，有烟油——就是没有他！’——托尼说完，呻吟了一下。

“戈匹先生拿了蜡烛。两人吓得半死不活的，互相搀扶着走下楼去，推开了铺子的后门。猫已退到门边，站在那里高声叫着——不是冲着来人，而是对着炉火前面地上的什么东西叫。炉里已没什么火了，但屋里弥漫着令人窒息的浓浊气体，墙上、天花板上则是一层黑糊糊的油腻。”老头的衣帽挂在椅背上，用来捆文件的红带子在地上，可找不到文件。地板上只

有一团黑东西。"'这猫怎么啦?'戈匹先生说道。'你看她!'

"'我想她是疯了。也难怪,在这么个鬼地方。'

"他们慢慢朝前移动,看着所有这些东西。猫一直待在门边,还是朝壁火前面两把椅子之间的地上那摊东西嗷嗷叫。那是什么?把蜡烛举高点。

"这儿有一小块烧焦的地板;有一小捆烧焦的纸留下的残片,但不像焦纸片那么轻飘,好像浸泡在什么东西中似的。啊,这儿有——这是一段烧成焦炭的木头,上面浮着白灰?还是一块煤?嘀,太吓人了,是他呀!我们撒腿逃出去,烛火也扑灭了,我们互相磕绊着逃到街上,而留在身后的那一摊,就算是他,是能称作克鲁克的一切了。

"救命,救命,救命啊!天哪,快到这座房子里来啊!

"很多人会来的,但谁来也无济于事。那位小巷的[1]大法官阁下到最终一刻做的仍是忠于自己头衔的事:他死得和所有法庭的所有大法官一模一样,死得和普天下不管叫什么名堂的所有权势人物一模一样——那些都是行欺诈之实、干不公正勾当的地方。殿下,不管您把这种死法叫做什么,不管您将它归咎于何人,或说如此这般本可避免这场死亡,它却永不变地成为同一种死法——自燃:它从堕落的身体内腐败的液汁中带来,在那里滋生,酿就,并且只有自燃这一种死法——而不是所有其他种种可以致死的死法。"

---

1 原文为 that Court:克鲁克住在一个小巷(court)内,其紧邻大法官庭也是"court",邻居们戏称克鲁克为大法官阁下,他的铺子为大法官庭,他本人也十分认可,并称真正的大法官为"我那高贵博学的兄弟",故这里的"court"一语双关。关于克鲁克及其废品店的隐喻意义,详见第五章。

于是，比喻成了一个有形的事实，人自身内部的恶造成了自己的灭亡。老克鲁克消散了，他是从迷雾中钻出来的，现在又融入迷雾中——从雾到雾，从泥到泥，从疯狂到疯狂，黑色毛毛雨和油腻腻的脂膏。这都是妖法巫术变出来的，但我们实实在在地感觉到了。至于一个人因体内充满杜松子酒就内燃致死，这是否合乎科学情理，自然不是什么重要问题。在序言和小说正文中，狄更斯绷着胡子拉碴的脸，一本正经地辩白说，他开列的全是自燃的真实例子：人体内的酒与罪[1]着了火，人就完全被焚化了。

有一件事比可能性的问题更重要，那就是，我们应该把这一长段中的两种风格对比一下：戈匹和微伏尔的风格是快速的，很通俗，有跃动感；结尾时则是雄辩的呼语式风格，如敲响了丧钟。呼语法来自“呼语”(apostrophe)一词，是一种修辞法，意即“假装从对听众说话转向直接对一个人或一件东西、事情，或一个虚设的对象说话”。现在的问题是，狄更斯这种激昂的直呼式的调子像谁的风格呢？答案是像托马斯·卡莱尔（一七九五—— 一八八一），这里尤其指他那部一八三七年问世的《法国革命史》。很有意思的是，信手打开这部辉煌的著作，就会发现那种呼语式调子，环绕着命运、徒劳、报应的主题轰鸣回旋。只举两个例子就够了。“高居于上起草协议、发表宣言、安抚人类的殿下！假如千年中有那么一次，你们的羊皮纸公文、规则汇编和国家理性被抛到九霄云外，……而由

1　酒与罪，原文是“gin and sin”，为半谐音。前一句“狄更斯绷着胡子拉碴的脸一本正经地辩白说”，用的是“tongue in cheek”这个习语，在此意为挖苦地说。

人类自己说出安抚自身的办法，那会是怎样的情景呢？”（第四章，“马赛曲”）

“不幸的法兰西；因有国王、王后和宪法而不幸；不知其中的哪一个造成了最大的不幸。如此辉煌的法国革命，其意义是否只在于以下这一点，而非其他——当长期以来扼杀心灵的欺骗与谬见转为直接屠戮生命的时候，……一个伟大的人民站起来了，”等等。（第九章，瓦雷纳）

我们现在可以小结一下大法官庭主题了。线索的始端描述了伴随大法官庭事务的迷雾，这既是自然界的雾，也指大法官庭的昏庸、糊涂。头几页中“阁下”变成了烂泥，我们还听到了尽干坑蒙骗的大法官庭中滑溜溜的泥浆声响。我们发现了象征性的字义，象征性的境遇，象征性的名字。疯子弗莱特小姐和她的鸟儿联系着大法官庭另外两个诉讼人的遭际：格里德利和理查在小说进程中都死了。然后是克鲁克——大法官庭迷雾、煴火、泥泞、疯狂的象征，在他可怖的命途中，这一切都变得实实在在，触手可及。但是那桩讼案本身，即拖沓了无数年，滋养了魔鬼，杀戮了天使的庄迪斯遗产案，它到头来有什么结果呢？如果说克鲁克的下场在狄更斯的魔幻世界显得十分合乎情理，那么大法官庭案也同样，它的结局完全顺应了那个荒诞世界的荒诞逻辑。

一天，又要审理这桩案子了。埃丝塔和朋友们途中耽搁了一会儿，所以“我们来到威斯敏斯特大厅时，当日的案子已开始审理了。更糟糕的是，大法官庭门庭若市，人多得一直挤到门边，我们根本无法看清听清里面的情形。事情好像还很可笑，有时里面一阵哄笑声，又有人喊‘肃静！’事情好像还很有趣，人人都推推搡搡地想往前挤。事情好像让干法律行的先生们觉得开心，几个戴着假发、蓄着胡子的年轻律师站在人群外，一个人把情况告诉了另外几个，他们把手插在衣袋里，笑得直不起腰来，在大厅的石面地上来回跺脚。

“我们问身旁的一位先生，他可知道现在审什么案？他说是庄迪斯诉庄迪斯案。我们问他可了解案子怎么了？他回说真的不了解，没有人了解；他只知道案子结束了。我们又问，是当日的审理结束了吗？不，他说，永远结束了。

“永远结束了！

“我们听到这个不可思议的回答时，面面相觑，惊诧不已。难道那份遗嘱终于把一切事情都扳正过来了，从此艾达和理查将富有起来了吗？[1] 简直太好了，好得不像是真的。唉，果然！

“没容我们疑惑多久，人群就散了。人们潮水般涌出来，脸色绯红，情绪热烈，还带出一阵阵臭气。他们仍然乐呵呵的，不像从法庭里走出来，倒像刚看完滑稽演出或要把戏似的。我们站在一旁，想找找有没有熟悉的脸。这时大捆大捆的公文搬出来了，有的装在袋子里，有的捆太大，干脆什么袋子也塞不下，数量巨大的各种形状以及不辨形状的文件把搬运者压得摇摇晃晃，他们到了大厅的石面地上先扔下包袱，又返身

1　此前不久，在勃克特先生的策动下，老斯摩尔维德交出一份在克鲁克废纸堆里找到的庄迪斯遗嘱。这份遗嘱将产业大部分留给艾达和理查，日期在当时争议的遗嘱之后。那时认为这份新遗嘱将迅速了结此案。——原编者注

进去搬。甚至这些搬文件的办事员都在笑。我们见那堆文件上到处写着庄迪斯诉庄迪斯的字样，便问站在文件堆中一个官员模样的人，案子是不是结束了。‘是啊，’他说，‘总算全部了结了！’然后也大笑起来。”

诉讼费用吞去了牵在整个案子里的全部财产。于是，大法官庭那团怪诞的雾驱散了——只有死去的人才没有笑。

下面谈狄更斯很重要的儿童主题；在谈真儿童之前，我们必须先见识一下骗子哈罗德·斯金坡尔。第六章中，庄迪斯把貌似鲜亮可人的家伙斯金坡尔介绍给我们。他说，“[我家里]没别人，只有一件世上最美好的东西——孩子”。这个关于孩子的定义对理解整部小说十分重要，因为小说内层的实质性部分主要写孩子的悲苦，童年的酸楚。这是狄更斯最拿手的题材。所以，正直善良的约翰·庄迪斯下的定义就行文来说是完全正确的：在狄更斯看来，孩子确是世上最美好的生灵。但有趣的是，“孩子”的定义和斯金坡尔其人并不能真正对上号。斯金坡尔欺骗了众人，欺骗了庄迪斯先生，使他相信他斯金坡尔如孩童般天真烂漫、无忧无虑。实际情况全非如此，然而他虚假的稚气却鲜明地衬托出书的其他部分中真实的童年美德。

庄迪斯对理查解释说，斯金坡尔是成年人，至少和他本人同样年纪了，“‘然而他单纯，稚嫩，热情，不谙人情，不通世故，完全是个小孩子。’

“‘……他是个音乐家，业余的，不过本来也可能成为专业音乐家的。他还是个画家，业余的，不过本来也可能成为专业画家的。他多才多艺，很有魅力。在实际事务方面他很不幸，在爱好方面他很不幸，在家庭方面他很不幸，可却满不在乎——是个孩子嘛！'

"'先生，你是说他自己也有孩子吗？'理查问道。

"'是的，理克，有半打孩子。比半打还多，我想将近一打吧。但他从来没有照看过他们。他怎么可能呢，自己还需要别人照看呢。你知道，他还是个孩子啊！'"

通过埃丝塔的眼睛，我们见到了斯金坡尔。"他是个小个子，一副聪明相，长着个大脑袋，但脸庞很纤巧，嗓子甜润润的，身上确有一种魅力。他说起话来自如大方，毫无矫饰，那欢乐的神态又是如此动人心弦，大家都听得入了迷。和庄迪斯先生相比，他的个子瘦小一些，面色却更红润，头发更偏褐色，所以看上去他比庄迪斯年轻。真的，从一切方面来说，他的外貌更像一个遭过殃的青年，而不是保养得很好的上年纪人。他总是漫不经心的样子，也不修边幅（头发随便地一梳，围巾系得很松，飘来飘去的，就像我在画家自画像中看见的那样），所以我总也免不了把他想成一个遇到过什么特别的倒霉事而显老的翩翩少年。一般岁数大的人，随着年龄增长而饱尝忧患，阅历渐丰，可他的举止外表一点看不出这种痕迹。"他曾在一个德国亲王家当医生，却很不成功，因为"他永远只是个孩子，不识数，对长短啦分量啦这些事一窍不通（只知道那些真让他讨厌）"。每当有人来叫他去给亲王或亲王的家人看病时，"他总是躺在床上看报纸，或是在画想入非非的铅笔速写，所以不能去履责。后来亲王受不了了，'这件事么，'斯金坡尔先生流露出最最率真的神情说道，‘亲王完全在理。’他被辞退了。斯金坡尔先生（接着欢快地说）‘既然断了别的谋生法，便只有干爱的营生了。于是他爱了，结婚了，四周有了一圈红扑扑的脸蛋’。他的好朋友庄迪斯，还有别的好朋友，接连为他张罗谋差事，却完全是徒劳，因为他不得不承认，人世上最根深蒂固的弱点中，他就占了两个：一无时间观念，二无金钱观念。所以，他从不守约，从来不会做生意，从来不懂任何东西的价值！……他要求于社会的只是让他活着。这点要求不算过分。他只要一点点东西，只要给他报纸，让他谈天，玩音乐，吃羊肉，喝咖啡，赏风景，尝时令鲜果，给他几张上等的绘画纸板，一点点法国红葡萄酒，他就别无所求了。他只是活在世上的一个小孩子，然而却不会哭闹着要月亮。他对人们说：‘大家太太平平的，爱干什么就干什么吧。穿红衣服，穿蓝衣服，穿上等亚麻细布袖，把笔架在耳朵上，穿上围裙；[1]辉煌也好，神圣也好，经商做买卖也好，各自奔自己的目标去吧，只是——让哈罗德·斯金坡尔活着就行！’

“就这样，他对我们说了上面这番话，还有许多别的话。说得眉飞色舞，神采飞扬，而且带着一副襟怀坦荡的神情。他说到自己的时候仿佛在说与己无关的事，好像斯金坡尔是另一个人。他了解斯金坡尔颇有些怪癖，但斯金坡尔也有自己的要求，那是社会上人人都应加以关照而万不可忽视的。他挺迷人。”当然，埃丝塔心中仍有些疑惑不解：为什么他无须尽自己的本分、义务，无须负任何责任呢？

1　分别指加入陆军、海军、当主教、职员或匠人。

翌日用早餐时，斯金坡尔又发表了关于蜜蜂与雄蜂的宏论，大家听得津津有味。他坦诚地说，和蜜蜂相比，雄蜂体现出一种更为明智和愉快的观念。然而斯金坡尔并非真是一只不带刺的雄蜂，而这正是他人格中的秘密：其实他有刺，只不过很长时间内一直暗藏着罢了。他即兴表演的稚气和无忧无虑使庄迪斯先生感到十分愉快，他欣慰地感到，在这个尔虞我诈的世界上总算找到了一个诚实的人。但是，诚实人斯金坡尔先生却利用老好人庄迪斯的善良达到自己的目的。不久后，在伦敦，掩藏在斯金坡尔孩子气的说笑背后那阴冷邪恶的一面越来越明显了。治安官手下有个来自柯文塞斯事务所、名叫奈克特的人曾于某日上门来逮捕欠债的斯金坡尔，现在他死了。斯金坡尔说起此事的态度令埃丝塔大为震惊："'柯文塞斯叫大管家逮去啦，'斯金坡尔先生说，'他再也不能对阳光为非作歹了。'"[1]斯金坡尔坐在钢琴旁，轻松地弹着琴键，说说笑笑地聊着奈克特留下的那个没有母亲的家庭。"'他[2]告诉我，'他说，一面弹下了一些小和弦，而［叙述人说］在那些和弦响起的地方我会使用句号。'柯文塞斯留下了［句号］三个孩子［句号］没有母亲［句号］而且柯文塞斯的行当［句号］又不受欢迎［句号］所以小柯文塞斯们［句号］的处境就大不妙啦。'"注意这段所用的手法——那个欢乐的无赖说着毫无新鲜感的笑话，同时懒洋洋地把钢琴弹得叮咚作响。

1　斯金坡尔曾对前来逮捕他的奈克特说自己喜欢阳光，逮捕他等于剥夺他应得的财产。以上对斯金坡尔的初步印象及柯文塞斯上门讨债的描述见小说第六章，柯文塞斯之死及斯金坡尔的反应见第十五章。

2　指奈克特的继任人，此人日前已经去斯金坡尔家查封了后者的财产。

现在狄更斯要做一件非常聪明的事了。他要把我们带到死者那没有母亲的家里去，让我们看看这家孩子们的艰难处境。在他们的苦难面前，斯金坡尔先生所谓的孩子气的伪善本质将无处遁迹。这段由埃丝塔叙述："我敲敲门，一个细细尖尖的声音在里面说道：'我们被锁在里面了。勃兰特太太拿着钥匙！'

"我听了就用钥匙开了门。在一间天花板倾斜、又没多少家具的贫寒屋子里，有个个子极小的男孩，约莫五六岁光景，他抱着哄着一个一岁半的沉重的孩子。[我喜欢"沉重"这个词，它使句子恰到好处地在那一点上沉下去了。]天气很冷，可屋里没生火。为了抵挡寒气，两个孩子身上都裹着破破烂烂的围巾和披肩。他们的衣服却并不保暖，男孩在屋里走来走去，抱着哄着头搭在他肩上的小小孩，他俩的鼻子都红红的，被掐了一把似的，小小的身体缩作一团。

"'谁把你们俩锁在这里的？'我们当然要发问。

"'查利，'男孩说，停下脚步盯着我们看。

"'查利是你哥哥吗？'

"'不，她是姐姐夏洛蒂。[1]爸爸叫她查利。'……

"'查利现在在哪儿？'

"'出去洗衣服了，'男孩说。……

"我们面面相觑，又看着那两个孩子。这时一个个子瘦小的女孩走进屋来。从身材看她完全是个孩子，脸部却显得精明

1　查利（Charley）同是夏洛蒂（Charlotte，女子名）和查尔斯（Charles，男子名）的爱称。

老成，还很漂亮，头戴一顶大大的成人女帽，用成年女子的围裙擦着裸露的胳膊。她刚才在洗衣服，手指头泡白了，皱巴巴的，手臂上残留着的肥皂泡在冒着气，她擦了擦胳膊。要不是她这副神态，真可以把她当成个玩水的小机灵，在逼真地模仿着穷苦的洗衣妇呢。”可以说，斯金坡尔卑劣地学小孩腔，而这小姑娘则令人哀怜地模仿着成年女子。“那［男孩］哄着的小孩子伸出双臂，哭叫着要查利抱。小姑娘就像系着围裙、戴着帽子的妇人那样接过幼儿，孩子亲热地贴着她，她隔着怀里的孩子望着我们。

“‘难道是这样的吗，’［庄迪斯先生］悄声地说道……‘难道这孩子在养活那两个孩子吗？瞧瞧吧！看在上帝的分上，瞧瞧吧！’

“确实值得一瞧。三个孩子紧紧地靠在一起，其中两个完全依傍着另一个，而这另一个自己还这么年幼，可她那孩子般的身躯却奇特地透出沉稳的成人气息。”

请大家注意庄迪斯先生说话时流露出的怜爱、温柔和敬畏：“‘查利，查利！’我的监护人说。‘你多大了？’

“‘过了十三岁了，先生，’孩子答道。

“‘哦！多了不起的年纪！’我的监护人说。‘多了不起的年纪啊，查利！’

“我无法形容他对她说话时的那份温柔。他的口吻像在打趣，可语气却因此更富含同情和哀怜。

“‘就是你和这两个孩子住在一起吗，查利？’我的监护人说。

“‘是的，先生，’孩子稳稳地回答道，抬头看着他，‘爸爸

死了以后就这样。’

“‘你们怎么生活呢，查利？哦，查利，’我的监护人把脸转过去了一会儿，‘你们怎么生活呢？’”

我可不愿听人们指责贯穿《荒凉山庄》始末的感伤语调。我想提出这样一种看法，即贬斥感伤情调的人往往并不懂什么是感情。当然，一个书生为少女去当牧羊人的故事是感伤的，也显得愚蠢、平庸、老套。但我们也应想一想，狄更斯的技法和旧时的作家是不是有点不同。比如说，狄更斯的世界和荷马的或塞万提斯的有哪些差别。荷马的英雄曾经感受过怜悯的神圣悸动吗？是的，他们感受过恐惧——还有一种泛泛的千篇一律的同情，然而在史诗的时代里，[1]有敏锐的怜悯意识吗？那种我们如今所理解的有针对性的怜悯之情？说来下面这点大家不必再心存疑虑：尽管我们有种种回到野蛮状态的恶行，但总的来说现代人比荷马史诗人（*homo homericus*）或中世纪的人更为完善。在亚美利加人（*americus*）同荷马史诗人的一场虚构的交战中，是前者赢得了人性的奖赏。我当然意识到《奥德赛》中并不乏悲怆的温情搏动。奥德修斯和老父亲一别多年后重逢，寒暄了几句后，他们突然抬起头，呼天抢地地痛嚎起来，笼统地咒骂着命运，好像他们对自身的悲伤反倒没感觉似的。事情就是这样，当时的同情怜悯还不大有自我意识。我再重复刚才说过的话：在到处是血泊、大理石上堆着粪便的古老世界中，同情只是一种浮泛的情感；那个世界唯一可取的是它

1　原文为 in the dactylic past，荷马史诗用六音步长短短格写成（dactylic hexameter）。

给我们留下了几部辉煌的史诗篇章，开创了诗歌的无穷天地。好了，关于那个世界的艰难险阻，我已对你们讲得够多的了。至于堂吉诃德，他在一个孩子挨打的时候确实挺身而出，但堂吉诃德是个疯子。塞万提斯轻轻巧巧地打发了残酷的世界，同情怜悯一露头立刻被令人捧腹的好笑事冲得无影无踪。

假如我们把描写奈克特家孩子们的一段文字当作狄更斯用伦敦腔在表达感伤之情，那就误解了狄更斯的伟大艺术。这是真正的感情，强烈的、细腻的、具体的同情，是深浅浓淡各种色调的融合，在话语中传出浑厚浓重的怜悯之音，那些精选的最易触发视觉、听觉、触觉的词语，饱含着艺术家的匠心。

现在，斯金坡尔主题很快将和苦孩子裘的主题迎面相碰，那是书中最悲惨的一个主题。这个孤儿，这个身染重病的小小的裘，在一个天气恶劣的寒夜，被埃丝塔和现在当了她小侍女的查利[1]接到庄迪斯家避风雨。我们看到裘蜷缩在庄迪斯宅邸前厅的窗台一角，注视着四周舒适明亮的环境，神情漠然，简直说不上有什么好奇心。又是埃丝塔在叙述："我的监护人问了裘一两个问题，摸摸他，又检查了他的眼睛，说：'真是个可怜的病人，你说呢，哈罗德？'

"'你最好把他赶出去，'斯金坡尔先生说。

"'什么意思？'我的监护人几乎厉声问道。

1 纳博科夫在稿件的某处有注说："来当埃丝塔侍女的查利是个'可爱的小影子'，而不是奥尔当斯那样的黑暗的影子。"奥尔当斯被戴德洛克夫人解雇后也要求当埃丝塔的女佣，但埃丝塔没有收下她。——原编者注

"'亲爱的庄迪斯,'斯金坡尔先生说,'你知道我是什么人:我是个小孩子。假如我不对,惹你发火,你对我发火好了。但我的体质使我讨厌这种东西。当医生的时候我就一直厌恶病人。你知道,他在这里会传染人,不安全。他在发高烧,这很危险。'

"斯金坡尔先生已从前厅回到客厅,坐在琴凳上,对站在一旁的我们轻松地说话。

"'你们会说这是幼稚',斯金坡尔先生活泼愉快地看着我们说。'好吧,也许是幼稚,但我本来就是孩子呀,我从来没有装过别的什么人。你们把他赶到街上去,只不过是让他回到原来待的地方罢了。他的情况比原先坏不到哪儿去,你们知道的。要是乐意的话,还可以使他过得比以前更好。给他六便士或五先令什么的,再不就是五镑十先令——你们会算,我不会——然后叫他走开!'

"'他走了又怎么办呢?'我的监护人问道。

"斯金坡尔先生耸耸肩,迷人地微笑着说:'我起誓我一点也想不出他该怎么办,但我相信他总有办法的。'"

这话里的意思当然是说,可怜的裘能做的只不过像染疾的畜生一样束手待毙。然而,裘当时被安顿在一间干净的阁楼里休息。过了很久,读者才了解到,斯金坡尔轻而易举地被一个暗探收买,说出裘住的房间。裘被带走了,很长时间内不知去向。

斯金坡尔主题又关系到理查。斯金坡尔开始榨取理查的钱了。一次收礼后,竟还为理查介绍了一个新的律师,去打那永无结果的财产官司。庄迪斯先生带着埃丝塔到斯金坡尔的住处去看他，想给他一个忠告。那时庄迪斯仍相信他是天真无邪的。“屋子又黑又脏，室内的摆设虽不配套，却显出一种苦作乐、穷讲究的派头。屋里有一张很大的垫脚凳，一张沙发，铺满靠垫，一把安乐椅，堆着花边垫子，一架钢琴，还有书，绘画纸张颜料，乐谱，报纸，几张写生，几幅画。肮脏的窗子上有一块玻璃碎了，已用纸糊上；可是桌子上却摆着一盘温室种的油桃，一盘葡萄，一盘松糕，还有一瓶清淡的葡萄酒。斯金坡尔先生穿着睡衣，靠在沙发上，端着旧瓷杯在喝很香的咖啡——当时已是中午光景——一面看着阳台上的桂竹香。

“对我们的到来他一点也没显出慌乱，还是用平时那种轻松自如的态度站起身接待我们。

“‘你们瞧，我就住在这儿！’我们坐下后——大部分椅子都坏了，我们费了些功夫才坐下来——他说：‘我就住在这儿！这是我的早餐，很简单。有人早饭时想吃牛腿羊腿，我可不。来一个桃子，一杯咖啡，一点红葡萄酒，我就心满意足了。我也不是真要这些东西，只是它们让我想起了太阳。牛羊的腿肉里却吃不出阳光滋味，不过满足肉欲罢了！’

“‘这是我们朋友的诊室（如他真的行医开处方的话），也是他的私室，他的画室，’监护人对我们说。[下医嘱是对伍德考特医生行医主题的戏仿。]

“‘是啊，’斯金坡尔先生说着，满面生辉地朝四下里看看。‘这是个鸟笼，鸟儿就在这里生活歌唱。他们常常拔它的羽毛，剪它的翅膀，可它还是唱啊唱啊。’

“他给我们递过葡萄，容光焕发地反复说道：‘它歌唱！并不是唱什么了不起的曲子，可它仍唱啊唱。’……

"'今天这日子,'斯金坡尔先生喝了一口平底玻璃杯里的葡萄酒,高兴地说,'这里的人会永远记住的。我们把它叫做圣克莱尔和圣萨默森日吧。[1]你们一定要见见我的女儿。我有个蓝眼睛的女儿,是我的美人儿[阿里修莎],我有个多愁善感的女儿[劳拉],还有个滑稽的女儿[吉蒂]。你们一定要见见她们三个。她们会乐坏的。'"

从主题方面来看,这里所说的很有意义。音乐中的赋格曲往往模仿一个主题以讽喻另一个主题。这里同样,和疯女人弗莱特小姐联系在一起的笼中鸟主题诙谐地重现了。斯金坡尔并没有关在笼中,他是一只精心装扮起来的假鸟,安上发条后,发出机械的歌声。他的笼子是仿制品,正如他的孩子气是冒牌的一样。比较一下弗莱特小姐的主题中鸟儿的名字,可以看出他给女儿们取的名字[2]也有主题上的讽刺意义。小孩子斯金坡尔其实是骗子斯金坡尔,狄更斯用高度的艺术手法揭示了斯金坡尔的本性。如果我这么讲下来,你们都能听懂的话,那我们已在理解文学艺术秘密的方向上跨出了一大步。可以说我的课程特别像侦探活动,要查出文字构造的奥秘。但是请记住,我在这儿所能讨论的远非问题的全部。有许多事情——各个主题和主题的各个侧面——是需要你们自己去发掘的。一本书就像一口结结实实塞满了东西的大箱子。海关官员不过插进一只手去,例行公事般地掏一下,而觅宝的人则不会放过每一根线头。

1 艾达姓克莱尔,埃丝塔姓萨默森。

2 斯金坡尔给三个女儿分别取名为美貌(Beauty)、多情(Sentiment)、喜剧(Comedy)。

书近结尾时，埃丝塔去找斯金坡尔。她很担心斯金坡尔把理查榨干了，想劝他不要再和理查来往。当斯金坡尔知道理查没有钱了，就很痛快地答应了埃丝塔。从他俩的谈话中，裘失踪的秘密得到了解答：当裘在庄迪斯的安排下上床睡觉后，正是斯金坡尔插手才使裘被人带走。斯金坡尔又用他的典型风格为自己辩白说："请听事情经过，亲爱的萨默森小姐。有个处在我十分反感状况中的男孩被带回这所房子并被弄上了床。男孩上床睡觉后来了一个人——就像这是杰克造的房子[1]一样。这就是来要那个处在我十分反感状况中被带回这所房子并被弄上床的男孩的男人。这就是来要那个处在我十分反感状况中被带回这所房子并被弄上床的男孩的男人拿出的那张钞票。这里就是收下了那个来要那处在我十分反感状况中被带回这所房子并被弄上床的男孩的男人拿出来的那张钞票的斯金坡尔。那些就是事实。那好。难道这位斯金坡尔当时应拒不接受钞票吗？为什么这位斯金坡尔就该拒不接受钞票呢？斯金坡尔对勃克特不乐意了；'这是干什么？我不懂这东西，它对我没什么用，拿走吧。'勃克特呢还是要求斯金坡尔收下它吧。斯金坡尔是没什么偏见的，那么他有没有理由收下呢？是的，斯金坡尔看到了这些理由。什么理由呢？"

他的理由可以简略地归纳为这样一个事实：身为警官、担

1 "This is the house that Jack built"是耳熟能详的英语歌谣，语气滑稽可笑，内容有时会有点悲催。歌谣有不同版本，但都以"这就是杰克造的房子"开头，然后以 this is . . . that 带出新的名词及新的定语从句，并滚雪球似的把已经出现的名词和定语从句全部带着，语句越滚越长，往往可以拖上十多个定语从句。斯金坡尔这个假冒的儿童对埃丝塔说出的"事实"就是在模仿这首累进式童谣，他当然是别有用心。

负执法重任的勃克特对金钱有不可动摇的信念。如果斯金坡尔拒绝接受他给的钱，就会动摇勃克特的信念，勃克特也就不可能再当好侦探了。再说了，如果斯金坡尔收钱要受责，那么勃克特给钱就更应受责了。“不过斯金坡尔愿意往好里想勃克特；斯金坡尔认为，他应该往好里想勃克特这件事本身虽不足道，对于大局整体来说却是根本问题。国家明确地要求他信任勃克特。于是他就信任勃克特。他所做的不过就是这些呀！”

最后埃丝塔对斯金坡尔做了个简要的总结：“他和我的监护人的关系渐渐冷淡了。主要是以上原因，也因为我的监护人为理查而对他提出的一些请求，他竟置若罔闻（这还是后来我们从艾达那儿了解到的）。至于他欠了我的监护人一大笔债，倒不是他们分手的原因。大约五年后他死了，留下一部日记和信件等生平传记材料。他的生平后来出版了，书中说人类联合起来迫害一个可爱的孩子，他就是受害者。据认为书很好看，但我只是翻开书时偶然读到过这样一句话：‘庄迪斯同我认识的许多人一样，是自私的化身。’从此我再也没有读它。”事实上，在小说创造的人物形象中，哪还有比庄迪斯更好更善良的人呢。

现在总结一下。在这部小说的对位声部安排中，斯金坡尔刚出现时是个活泼、无忧无虑、满身稚气的人，一个招人爱的婴儿，天真坦诚的孩童。好心的约翰·庄迪斯——也可以说他才是书中真正的孩子——完全上了他的当，和伪儿童斯金坡尔来往频繁。狄更斯让埃丝塔叙述有关斯金坡尔的部分，写出了他浅薄却又讨人喜欢的机智，低廉却又逗趣的魅力。然而我们很快就透过这层迷人的外表，开始看清此人残酷、粗俗不堪、极不诚实的本质。同时，作为对儿童的讽刺模仿，他又鲜明地反衬出书中那些作为小帮手的真儿童之美：他们担当起成年人的责任，那么年幼就学着当监护人，挣钱养家活口，看着真令人心酸。斯金坡尔和裘的相遇对故事的内在发展具有极端重要的意义。斯金坡尔出卖了裘，假孩子出卖了真孩子。斯金坡尔主题中又讽刺地再现了笼中鸟主题。理查这个不幸的诉讼人是真正的笼中鸟。把理查当做猎物的斯金坡尔充其量是涂着鲜亮颜料的禽类，往坏里说他就是一头兀鹫。最后还有一个几乎没怎么展开的真假医生对比。伍德考特是真医生，用他的知识帮助人们，而斯金坡尔却不肯行医治病。他接受咨询的唯一一次是被问及裘的病情，他正确地诊断出裘害着危险的热病，却主张把裘扔到街上去，毫无疑问是让裘去死。

小说中最动人的部分是写儿童的。你们都会注意到埃丝塔的童年忍辱负重，她的教母（实际上是姨母）芭巴莉不断地把负罪意识灌输给她。我们读到慈善家杰勒比太太的孩子们无人照顾；奈克特家的孩子们成了孤儿，单独支撑着门户；还有“穿着薄纱裙、肮脏柔弱的小女孩们”（以及那个独自在厨房里跳舞的小男孩）在特维切罗普舞蹈学校习艺。我们还随着那位冷冰冰地热衷慈善事业的派迪格尔太太去访问一个烧砖工人的家，看到了死去的婴儿。然而在所有这些死了的、活着的或半死不活的可怜孩子中，在所有这些“又可怜又迟钝的受苦受难的孩子”中，最不幸的要数裘了。裘是那么深深地也是盲目地卷入了悬疑主题。

给死去的房客尼摩验尸时，有人说曾看见他和扫巷口十字路的男孩说过话。于是男孩被带进来了。“啊，先生们，孩子来了！

“就是他，沾满泥巴，嗓子沙哑，穿得破破烂烂。嗨，小孩！——啊，等一等。注意！必须先问他几个预备性的问题。

“姓名，裘。不知道还有别的名字。不知道每个人有两个名字。从没听说过这等事。不知道裘是一个更长的名字的简称。还以为‘裘’对他来说够长的了。他不找这名字的碴儿。怎么拼？不知道。他拼不出来。没爹，没妈，没朋友。这辈子没上过学。什么叫家？知道笤帚是笤帚，还知道撒谎有罪。不记得谁告诉他笤帚如何、撒谎如何的了，只是这两样都知道。假如他对这里的先生们撒谎，死后会怎么样，这可说不好，不过相信那总不是什么好事，他会挨罚，并且活该倒霉。所以呢，他要说老实话。”

验尸时不让裘作证。验尸后，律师塔尔金霍恩先生私下里盘问他。裘只知道，“一个很冷的冬夜，他——孩子——在十字路口附近的一个门前冻得发抖，那人转过身看他一眼，走回来，问了他一些问题，听说他一个朋友也没有，便说：‘我也没有，一个也没有！’给了他买晚饭和过夜的钱。后来那人常对他说话，问他夜里睡得好吗，怎么打发饥寒，想不想死，还有一些差不多的怪问题……

“‘他对我可好啦，’孩子用破袖子抹抹眼睛说，‘方才见他那么直挺挺地躺着，真巴不得他听到我告诉他这句话。他待我真好，真的！’”

接着狄更斯用卡莱尔式丧钟回响般的笔调写道，房客的尸体，“我们这位已谢世的至爱兄弟的尸体［被抬］到一个围起来的墓地去了。那是个污秽不洁、瘟疫传播的处所，恶性疾病从那里又流窜到我们那些尚未谢世的至爱兄弟姐妹的身体里……他们把我们已谢世的至爱兄弟带到一块龌龊不堪的土地上——连突厥人都不肯进入的荒蛮可憎之地、非洲土人见了都会颤栗的地方——去接受为他举行的基督教葬礼。

“周围的房子行着注目礼，只有一条臭烘烘的隧道样短街通向墓地的铁门。无恶不作的生包围着死，毒菌弥漫的死也包围着生——就在此地，他们把我们的至爱兄弟往下放了一二英尺，把他种进腐烂的土中，在腐烂的土中培育他，以便有朝一日将他召唤起来，充当降临无数病榻的复仇之魂，并作为令人羞愧的证据向未来的时代言说：文明和野蛮曾并肩走在这个爱夸大口的岛国上。”

夜雾中出现了裘的模糊身影。“一个人影随着夜幕拖拖沓沓地穿过隧道样的短街，来到铁门外。他用手扶着铁门，从铁栏杆中间向里面张望，就这样站着往里面看了一会儿。

“接着他用带来的旧笤帚，轻轻地扫台阶，把拱道扫得干干净净。活儿干得十分起劲，利索。然后他又朝里张望了一会儿，就离开了。

“裘，是你吗？[又是卡莱尔式的雄浑]啊，是啊！你‘说不清’到了高于人的神明那里会有什么遭际，所以人家就不许你作证。但是你并不完全处在混沌蒙昧之中。在你嘟哝着说出‘他待我真好，真的！’的时候，好像天边有一线光芒照亮了你的心智。”

裘一直被警察赶着“向前走”。他走出伦敦，在刚出天花时，被埃丝塔和查利收容，致使她俩也染上天花。然后他神秘地失踪了，杳无音信。他重又在伦敦出现时，病魔和穷困已耗尽了他的生命，弥留之际他躺在乔治先生的打靶场里。他的心脏被比作载重的大车。“这辆大车已接近旅程终点，很难拉动了；它在石路上拖沓缓行。时钟走完了一圈，病骨支离的车一直步履艰难地走在坎坷的路上。还能有几多朝阳照在这疲惫行路的车身上？……庄迪斯先生多次来探望裘，阿伦·伍德考特几乎一直守在他身旁。他俩想了许多，思考着命运为何如此乖谬，[在狄更斯适切的帮助下]竟将这个风餐露宿的弃儿和另一些完全不同的人生纠缠在一起……现在裘睡着了，或说昏迷不醒，阿伦·伍德考特刚到，站在他身旁，看着他消瘦的身子。过了一会儿，他轻轻坐在床沿上，脸向着裘……并按了按他的胸部和心脏。大车已不行了，可还在勉强朝前挪步。……

“‘喂，裘！怎么啦？别怕。’

“‘我以为，’裘刚刚惊醒，向四周张望着说，‘我以为自个儿又回到汤姆独院了［一个可怕的贫民窟，他本来住在那儿］。就你一人吗，伍德刻特先生？’［请注意裘把医生的名字念成伍德刻特：一座小木屋，一个棺材，这一错误富有象征意义。］[1]

“‘没别人。’

“‘不把我送回汤姆独院吧，是不是，先生？’

“‘不会的。’裘闭上眼睛，咕哝道，‘我好感激。’

1　医生名字为“Woodcourt”（-court 发长音），裘读成“Woodcot”（-cot 发短音）。“Wood”是树林，木之意，“cot”可视为“cottage”（小屋，小舍）。

“阿伦仔细地看了他一小会儿，把嘴凑到他耳旁，清晰地小声说道：

“‘裘！你懂得祈祷吗？’

“‘从来一点也不懂，先生。’

“‘连一句短短的祷告都不会吗？’

“‘是的，先生，什么也不会。……我从来不知道那是什么。’……他又睡着或昏迷了一刻，然后突然挣扎着想爬起来。

“‘别动，裘！又怎么啦？’

“‘我该到那边坟场去了，先生。’他神色惊恐地回答。

“‘躺下来，告诉我，什么坟场，裘？’

“‘就是他们埋了那个待我很好的人的地方，真的，他待我真好。我该去了，到那边的坟场去，先生，去求他们把我埋在他身边。我要去那儿，埋在……’

“‘过一会儿，裘，等一等。’……

“‘谢谢了，先生。谢谢了，先生。他们取了钥匙才能把我送进去，那门老是锁着。那儿有个石阶，我常用笤帚去扫的。——天很黑了，先生。很快会有亮光吗？’

“‘很快会有亮光的，裘。’

“很快。大车已支离破碎，崎岖的路马上要到尽头。

“‘裘，可怜的孩子！’

“‘我在暗中听见了，先生。但我在摸——在摸——让我拉着你的手。’

“‘裘，你能重复我的话吗？’

“‘你随便说什么我都跟你说，先生，我知道那一定是好话。’

"'我们的父亲。'[1]

"'我们的父亲！——啊，这话真好，先生。'[父亲，这是个他从未用过的词。]

"'在天有灵。'

"'在天——有亮光了吗，先生？'

"'马上就有了。尔名见圣！'

"'尔名——见——'"

现在请听卡莱尔呼语式的轰鸣钟声："亮光照在黑暗的夜路上。死了！

"死了，陛下。死了，阁下，贵人们。死了，大大小小的可敬的不可敬的主教大人们。死了，天生有悲天悯人之心的男男女女们。就这样每天在我们的周围有人死去。"

这一段是在教授文体，而不是教人分享人物的情感。

犯罪与悬疑主题提供了小说的主要行动，是全书的中枢、纽带。从结构上说，它是小说中神秘、苦难、大法官庭和偶然性等一系列主题中最重要的一环。

庄迪斯家族中有一个支系，共有两姐妹。年长的那个和波依桑——约翰·庄迪斯那怪脾气的邻人——订了婚，妹妹则和

1　伍德考特在念病人临终前由牧师领病人念的主祷文。"我们的父亲"，小说原文"Our Father"，大写，指上帝，主；祷文接下去便是"Which art in Heaven"；这两行在基督教经文的中文译本中一般合译为一行："我们在天（上）的父"。为使读者领略纳博科夫指出的狄更斯的手法，在此用直译，不用中文调节词序。

霍顿上尉相好，非婚生下一个女儿。姐姐骗了刚当母亲的妹妹，说孩子一生下就死了。然后她只身带着妹妹的私生女隐居在一个小城，与未婚夫波依桑及自己的亲友断绝了一切来往。她认为，既然孩子罪孽深重地来到人世，就应对之严加管束，于是对孩子动辄训斥，十分严厉。那位年轻的母亲后来嫁给了莱斯特·戴德洛克爵士。多年舒适而又死气沉沉的婚姻生活之后，这位戴德洛克夫人从家庭律师塔尔金霍恩处看到一些涉及庄迪斯案的新宣誓书；文件本身无足轻重，然而夫人看到其中一份的手抄笔体时却表现异常。她解释说自己只是有点好奇才问了些问题，说完随即昏厥过去。对塔尔金霍恩来说，这就足以让他开始私下的调查了。他追查出誊写文件者名叫尼摩（在拉丁文中是“无人”、“什么也不是”之意）。但是找到此人时，他因吞服过量鸦片——不像现在，那时很容易搞到鸦片——已死在克鲁克院内一间脏兮兮的屋子里。屋内一张纸片都找不到。克鲁克把塔尔金霍恩带到房客的屋子里来之前，早就人不知鬼不觉地把一札极为重要的信件拿走了。给死去的尼摩验尸时才发现，谁也不认识他，唯有扫街的小孩裘和尼摩之间有过一些私下的友好过往，可是权威人士又拒不接受裘的证词。塔尔金霍恩私下向裘作了调查。

戴德洛克夫人从报上读到关于裘的消息，就隐去真实身份，穿着她法国女佣的衣服来找裘。裘带她去看了与尼摩有关联的几个地方，她付钱给裘，因为她已从文件的笔体上看出誊写人就是霍顿上尉，特别是裘带她去看了尼摩下葬的地方——那个装着铁门的乌烟瘴气的墓地。裘的奇遇传开去，传到塔尔金霍恩的耳中。他把法国女佣奥尔当斯带到裘那里对证。女佣穿着戴德洛克夫人偷偷来找裘时借穿的那身衣服。裘认出了衣服，但十分肯定地说，眼前这个女人的声音，这手，还有手上的戒指和那个女人的很不同。于是，塔尔金霍恩证实了自己的想法：裘的神秘来访者就是戴德洛克夫人。塔尔金霍恩继续调查，他又不希望别人从裘那儿了解过多的情况，所以就让警察务必赶他“向前走”。（因此，裘才会在赫特福德郡病倒，勃克特才会在斯金坡尔的暗中帮助下又把裘从庄迪斯家转移出去。）塔尔金霍恩逐渐地将尼摩和霍顿上尉对上了号，颇费周折地从骑兵乔治那里搞到一封上尉的亲笔信就是其中的一个步骤。塔尔金霍恩把事情来龙去脉都搞清楚了，就当着戴德洛克夫人的面，如同讲别人的事那样讲了这个故事。夫人明白秘密已揭穿，自己已捏在律师手中，就来到塔尔金霍恩在她乡下邸宅契斯尼山庄中的房间，问他打算怎么办。她准备出走，离开家，离开丈夫，隐去自己的踪迹。塔尔金霍恩却说在他拿定主意，选定公布此事的时机前，她应当留下，继续当社交界的时髦女子，莱斯特爵士的夫人。后来有一天，他通知她将向她丈夫披露她的过去，她在夜间出门散步，久久未归。当晚塔尔金霍恩在自己的住处被杀。是她杀的吗？

侦探勃克特受雇于莱斯特爵士，追查杀害他律师的凶手。勃克特最初怀疑骑兵乔治。有人听到乔治威胁过塔尔金霍恩，他就逮捕了乔治。后来又有许多事情似乎指向了戴德洛克夫人，但这些都是假线索。真正的凶手是法国女佣奥尔当斯。她曾心甘情愿地帮着塔尔金霍恩探出从前的女主人戴德洛克夫人的隐私，可是律师没有好好地报答她，甚至还威胁要送她去坐牢，几乎把她赶出门去，这就大大得罪了她，让她怀恨在心。

一个律师事务所的职员戈匹却也在自行调查此事。出于个人的原因（他爱着埃丝塔），他正设法从克鲁克那儿搞一批信件，他怀疑在霍顿上尉死后，这些信件就落到这个老头手里了。他差点儿就要成功，但不巧克鲁克突然蹊跷地死去了。于是，这些信件，连同上尉和戴德洛克夫人的私情及埃丝塔的身世之谜，一起落入了以老斯摩尔维德为首的一伙敲诈勒索者的掌心。虽然塔尔金霍恩已向他们买下这批信件，可他死后斯摩尔维德们又以此讹诈莱斯特爵士。除了塔尔金霍恩和戈匹外，还有一位追查者，即勃克特侦探。他是个阅历丰富的人，想使事情解决得对戴德洛克家有利，可因此又不得不对莱斯特爵士说出了他夫人的隐私。爵士极爱夫人，不可能不原谅她。可是戴德洛克夫人却从戈匹处了解到她的情书的遭遇，认为复仇之神插手了。她并不知道丈夫对她的“秘密”的反应，就离家出走，一去不复返。

莱斯特爵士派勃克特紧紧地追踪夫人，勃克特知道埃丝塔是夫人的私生女，就带她一起去寻找夫人。在寒气逼人的风雪中，他们追随戴德洛克夫人的踪迹，来到赫特福德郡的烧砖人小屋，那儿离荒凉山庄不远，夫人想来此找埃丝塔，却不知埃丝塔其实一直在伦敦。勃克特了解到，他进屋前不久有两个女人离开了小屋，一个朝北走，一个朝南走，去伦敦。勃克特和埃丝塔向北走了很长一段时间。突然，精明的勃克特先生决定穿越风雪走回头路，去跟踪另一个女人。朝北走的女人穿着戴德洛克夫人的衣服，去伦敦的女人是烧砖人妻子的打扮，勃克特猛然想到两个女人一定交换了衣服。他猜对了，可是他和埃丝塔来得太迟了。穷女子打扮的戴德洛克夫人已到达伦敦，到了霍顿上尉的墓地。她冒着严酷的风雪，几乎不停顿地走了上百英里，终于精力衰竭、冻馁而死，死时牢牢地抓着墓地铁门的栏杆。

从以上粗线条的梗概可以看出，悬疑主题的情节和小说的诗情颇不相称。

居斯塔夫·福楼拜说过，作者在书中应该像上帝在他的世界里一样，既无处可寻又无所不在，既看不见又处处可见。这番话生动地表达了他对理想小说家的看法。也确实有一些大作品，真如福楼拜所希望的那样，作家隐在其中，一点不招人注目，虽说福楼拜本人在《包法利夫人》中并没达到这样的理想境界。然而，即使是理想作品，作家虽说不怎么抛头露面，其实仍扩散在全书中，所以他的不出场反倒成了耀眼的抛头露面了。这就像法国人说的，il brille par son absence——“他因不在场而放射光芒”。我们所论的《荒凉山庄》的作者并不在所谓既无处不在又高高在上的真神之列，而属于半人半神的那种类型。他们拖拖拉拉，磨磨蹭蹭，和蔼可亲，富于同情；他们装扮成各种角色降临到书中，或者派遣各种各样的中间人、代言人、经纪人、奴仆、密探、帮腔人等到书中进行活动。

大致有三种代理人。就让我们仔细看看哪三种。

第一种是用第一人称说话的叙述人，推动故事前进的顶梁柱——大写的“我”(I)。叙述人可以以各种形式出现：他可以是作者本人，或第一人称的主人公；作家也可以制造出另一个作者，好像自己在引那位作者的话，塞万提斯就是那样的，他引用阿拉伯历史学家的记载。有时书中第三人称的人物也可充当一段时间的叙述人，然后又让主要叙述人接下去。不管用什么方法，这种类型的要点是总有一个大写的“我”在讲一个故事。

第二种，是作者的一种代表，我称之为筛选人。这位管筛选的可以和叙述人重合，也可以不重合。事实上，就我所知，最典型的筛选人并不是第一人称叙述者，而是第三人称人物，如《曼斯菲尔德庄园》中的范妮·普赖斯或《包法利夫人》舞会一场中的爱玛·包法利。而且，筛选人可以代表作者自己的想法，也可以不代表。他们的主要特点是不论书中发生了什么，总是通过一个主要人物的眼睛和感官去观察、感受一切事件、形象、景色和人物。这位他或她就像过筛子一样，让故事经过他或她的感情和观念的筛选。

第三种是所谓的杂勤。[1]这个字或许是从“潜望镜”派生出来的，尽管它含有两个“r”。或许它来自“挡开，回避”这个词，和击剑时挡开的动作有点隐隐约约的联系。不过这都无关紧要，不管怎么说，这是我多年前发明的一个用语，它代表作者的最低等仆役：就好比说这个人物或这些人物在全书中，或至少在书的某些章节中“值勤”。他们之所以存在的唯一理由和目的是去访问那些作者希望读者去访问的地方，遇到作者希望读者遇到的人。在这样的章节中，“杂勤”几乎没有自己

1　原文为“perry”，是纳博科夫生造的字，下文有解释。潜望镜为“periscope”，挡开为“parry”。

的身份。他没有意志，没有灵魂，没有心肝，什么也没有——他只是一个东跑西颠的打杂人，当然在书里的其他部分他仍可重新获得自我。杂勤进了某家家门，只因为作者想写写那家的人。杂勤是很有用的。没有杂勤，有时很难引导故事，推动故事。不过，与其让杂勤像折了腿的昆虫拉着灰蒙蒙的蜘蛛网那样把故事的线头拖来拖去，还不如舍弃这个故事。

在《荒凉山庄》中，埃丝塔起了上述一切作用：她担任部分叙述，像保姆照顾孩子似的，代替了作者的工作。这我下面就会说明。她也是——至少在部分章节中是——筛选人，她以自己的方式观察事物，虽然她以第一人称说话时，主人的声音也常常会淹没了她的声音。再者，唉，她也充当杂勤，当这样那样的人物或事件需要描述的时候，她就要到这样那样的场所去。

《荒凉山庄》中有八个需要注意的结构性特点。

1. 埃丝塔的书

小说第三章，由教母（实为戴德洛克夫人的姐姐）抚养的埃丝塔第一次作为叙述人露面。狄更斯在此犯了个小小的错误，他将为此付出惨重代价。开始时，他让埃丝塔用一种小姑娘的口吻讲故事，一开口就叨叨地说“我的宝贝儿好娃娃”啦这样一些十分孩子气的话。但是他很快就会看到，这种腔调根本不可能讲述一个强劲有力的故事，而我们也很快注意到，他本人雄健、绚丽的风格冲破做作的娃娃腔显现出来了。下面一段文字是娃娃腔的：“我的宝贝儿好娃娃啊！我是那么个害羞的小东西，简直不敢对别的什么人开口，更是从来不敢对别人说心底的话。从前我放学回家来，就赶快奔上楼，进屋对你说：‘啊，你这可亲的忠实的娃娃，我就知道你在等我！’，然后坐在地上，靠着她的大椅子扶手，一五一十地告诉她我们分手后我看到的所有事情。这对我真是莫大的安慰，现在回想起来我几乎要哭。我那时总是很注意周围发生的事——我并不机灵，啊不！——我只是不声不响地观察着眼前发生的事，想更好地理解这些事情。我完全不是个一下子就能领悟出什么来的聪明人，可当我柔柔地爱着一个人的时候，我仿佛就变得耳聪目明起来。不过，就连这么说也可能是我的虚荣心作怪。”大家看到，在埃丝塔的故事最初几页中，简直没有动用什么修辞手法，也没有生动的比喻。但是，当埃丝塔和教母坐在炉火前时，“时钟嘀嗒嘀嗒，炉火噼啪噼啪”，句子中狄更斯式的韵和埃丝塔的女学生气显得很不协调，这时，娃娃腔就有点不能自持了。

及至教母（实为姨母）芭巴莉小姐去世，由律师侃奇处理遗留事务时，埃丝塔的叙事风格便完全统一到狄更斯风格上去了。例如侃奇抚弄他的眼镜这段：“‘没听说过庄迪斯诉庄迪斯案？’侃奇先生越过眼镜看着我说，一面把个眼镜盒轻轻地摆弄来摆弄去，好像在爱抚什么东西似的。”大家都明白是怎么回事：狄更斯开始给侃奇画讨喜的肖像，刻画出一个圆润流畅的侃奇，“健谈的侃奇”（他的绰号）；他差不多忘了本来应该由一个天真烂漫的小姑娘来写这一切。仅几页之内，我们就发现她的叙述中掺进了狄更斯才写得出的形象，如丰满的比喻等。“告别时，［雷契尔太太］在我额头上丢下冰冷的一吻，好像石门廊上落下的一滴融雪——那是个霜冻天——我感到悲戚”；又如，“我坐着……看着挂霜的树，真像美丽的晶石柱；昨夜下大雪，地里平平整整的一片白色；太阳血红血红的，却放射不出什么热量；滑冰溜冰的人已将雪掠去了，露出的冰如金属般黯淡”。又如，埃丝塔这样描绘杰勒比太太的邋遢相：“我们没法不注意到，她的裙子后背合不拢，豁开的地方用紧身褡的带子抽来抽去，拉出格栅花样来，像凉亭似的。”她描写皮皮·杰勒比的脑袋夹在栏杆中时的语调和讽刺的口吻更是彻头彻尾的狄更斯：“我朝可怜的孩子走去，那真是个顶顶肮脏的小可怜。他的脖子卡在两根铁栏杆之间，我见他又急又怕，大声哭叫着。一个送奶的和一个地保怀着十足的慈善心肠，正用力地抓住他的腿向后拽，以为这样一来他的头颅骨就会压缩。我安慰了孩子，发现他是个很小的小孩，长着个大脑袋。我想，他的头能通过的地方，或许身子也能过去，就提议说，要将他解脱出来最好还是往前推他的身子。送奶人和地保十分赞同，立即用力一推，就在理查和戈匹先生经过厨房跑到下面、准备在他被推出来时接住他的当口，要不是我拉住了他的围涎，他就会一下子给推到地下室前的采光井里去了。

在有些段落中，狄更斯那念符咒似的一气呵成的风格更是突出，如埃丝塔写她与母亲戴德洛克夫人会面的一幕：“我竭尽自己当时所能——或者说，竭尽现在所能回忆起的——对她解释；见面时我始终那么激动，那么悲伤，简直不明白自己在说些什么；可母亲的嗓音说出的每一个字都久久地铭刻在我的记忆中，母亲的嗓音听上去那么陌生，那么凄切，幼时我从未听到这个嗓音从而学会热爱它、辨认出它，从未听着它唱歌催我入眠，从未听到它对我祝福，从未被它鼓起任何一点希望——我在讲我对母亲说，或只是企图对她说，我只希望那待我如慈父般的庄迪斯先生或许能出些主意，帮助她。可我的母亲说不，不可能。任何人帮不了她的忙。她必须独自走过横在她面前的荒漠。”

小说中段，狄更斯通过埃丝塔出面，便于使用一种较为流畅、柔顺，也较为程式化的叙述风格。如果用作者本人名义叙述，反而不能这么做。流畅、柔顺、程式化，加上行文中缺乏小说起首两章开头时那一长串生动的细节描摹，这些构成了他们叙述风格之间仅有的真正差异。埃丝塔和作者多少适应了各自的风格所体现的不同视角：狄更斯惯于调动各种手段，达到富有音乐感的、幽默的、隐喻的、演说的、铿锵有力的效果，也擅长风格的突变；而埃丝塔则用流利的谈话开始她的叙述。然而在刚才引过的威斯敏斯特大厅那一段描写中，写到庄迪斯案结束了，整个遗产已被诉讼费耗尽时，狄更斯最终与埃丝塔几乎完全融合在一起。从风格而论，整部小说是两种风格逐渐互相靠拢而结合的过程。当它们进行生动的文字描述或处理谈话的场面时，两者间并无差异。

从第六十四章，我们得知事隔七年后，埃丝塔才写书，全书六十七章，她写了三十三章，占了半部书。多么惊人的记忆！我要说，不管这本书设计得多么巧妙，让埃丝塔讲述一部分故事总是个大错。换了我，是不会让这姑娘沾边的！

2. 埃丝塔的相貌

埃丝塔长得极像她的母亲。戈匹先生一次在乡间游览时，来到林肯郡的契斯尼山庄，看到戴德洛克夫人的肖像，觉得极为面熟，只是想不起夫人和谁相像。乔治先生看到埃丝塔也心绪不宁，只不过他没意识到埃丝塔长得像她的父亲，即他的亡友霍顿上尉罢了。裘曾为一个不知名的夫人指过尼摩的住处和墓地；后来他被赶着“向前走”，艰难地穿过暴风雨，在荒凉山庄遇救。裘见了埃丝塔十分惊恐，无论如何不相信她并非那位不知名的夫人。但是埃丝塔遭遇了一场悲剧。她在三十一章中回顾道，裘生病那天她就有预感，而且不无道理。查利从裘那儿传染上天花，埃丝塔照顾查利，查利恢复了健康，容貌无损，而天花却又传给了埃丝塔。埃丝塔不及查利幸运，当她终于康复时，却留下满脸丑陋的疤痕，彻底毁坏了容颜。她恢复了健康，见所有的镜子都已从她屋里搬走了，便知其中原委。但是后来，她到了林肯郡，在与契斯尼山庄相邻的波依桑先生的乡居小住时，终于看到了自己。“我还没照过镜子，也从不曾要求把镜子还给我，我懂得这是软弱的，我必须克服这种软弱。但我总对自己说，到了现在这个地方，我就从头开始。因而我希望独自待着。当我现在单独在自己房中时，我便说：‘埃丝塔，假如你想得到幸福，假如你想得到祈求上帝、做诚实人的权利，那么亲爱的，你就必须遵守自己的诺言。’我颇有决心照自己的话去做。但我还是先坐了一小会儿，默念着神对我的恩赐；说了祷词后，又默想了一会儿。

“我不止一次差点剪头发，可终于没剪。头发又长又浓密，我把它放下来，抖松，走到梳妆台的镜子前。镜子上罩着一小块细布帘子，我一把掀开帘子，可头发像面纱似的挡着视线，我面对镜子站着，一时间除头发外什么也看不见。我把头发撩到一边，注视着镜中的像，它平静地注视着我，这使我受到了鼓励。我的模样变了许多——啊，变得太厉害了。乍一看，我的脸变得那么陌生，如果不是因为刚才提到的那个平静的镜中人的感染，我觉得自己会用手遮住脸惊退回去的。很快地，这张脸变得熟悉起来，我也比开始时更了解它变到什么程度。它不像我原先想象的那样，但我本来就没有明确的期待。我敢说任何确定无疑的形象都会让我大吃一惊的。

“我从来不是个美人儿，也从不把自己当成美人儿。可我从前的模样和现在很不同。那都成为过去了。上天宽厚，我没有感到悲不自胜，只不过流了几滴眼泪，便平静下来，站着整理头发，准备睡觉，心存感激。”

她对自己坦白道，她本会爱上阿伦·伍德考特，忠实于他，可这一切现在必须了结。她对着他送的、被她制成干花的花瓣发愁。“最后我拿定主意，只要我把它们当作逝而不复的往昔的珍贵纪念，不再眷恋回顾，不再想入非非，我就可以保留这些花瓣。我不希望这决定看上去只是小事一桩，我那时是十分认真的。”这使读者对她后来接受庄迪斯的求婚有了思想准备。她已坚决地摒弃了有关伍德考特的一切梦想。

这个场面狄更斯处理得很有分寸，进退适度。埃丝塔变化的容颜必须写得隐晦一些，有所遮掩，这样就不至于让读者后来在想象中感到局促不安：小说结尾时埃丝塔成为伍德考特的新娘，而且就在最后几页中，富有魅力的字句间又闪出疑团：埃丝塔真的失去姣好容颜了吗？于是，埃丝塔在镜子中看见了自己的脸，而读者却没有看到。后来书中也没提供任何有关的细节。当母女终于相认时，戴德洛克夫人把埃丝塔拥入怀中，吻她，哭泣着。在埃丝塔的奇特思索中，肖似主题达到高潮：“我感到……心中涌起了对上帝的感激之情。我变化这么大，再也不会因为和她有任何相像之处而使她蒙受耻辱了；再也不会有人看着我和她时，哪怕只是隐隐约约地想到我俩的亲缘关系。”这一切在小说限度内显得很不真实。人们不禁要问，为这么个抽象目的真有必要让可怜的少女毁容吗？何况，天花真能够扼杀血亲间的肖似？不过，使读者最近似于看清埃丝塔相貌变化的只有一处：艾达将自己可爱的面颊紧挨着埃丝塔“有疤痕的［麻］脸”。

看来作者好像对埃丝塔容貌变化这一自己的发明有点厌烦了，因为埃丝塔不久就替作者说道，她再也不提此事了。于是，她再次与朋友们相见时，行文中已不怎么提她的外貌，只稍稍写了别人看到她后的反应，如村童看到她的变化时显出惊讶，又如理查看到她撩起面纱——起初她在公开场合戴面纱——时心中慨叹：“永远是那个亲爱的姑娘！”后来，容貌主题又起了结构上的作用：戈匹先生看到她后便不再爱她了，所以，很可能她看上去还是相当丑陋的。但或许后来又变好看了呢？或许疤痕消失了？我们反复琢磨着。再后来，她和艾达一起去看理查，就是艾达终于说出自己秘密结婚的消息那次。理查说，她那悲天悯人的脸多像往日的那张脸啊，她笑了，摇摇头，理查又重复道：“——真和往日的脸一模一样。”于是我们又想知道。是否她的心灵之美隐去了那些伤疤。我以为就从这里开始，她的容貌不知怎么的开始变得好看起来了——至少在读者心目中如此。这一幕近尾声时，她谈到自己“原先相貌平平的脸”；相貌平平毕竟不是破相。再者，我仍认为，小说结束时，已事隔七年，埃丝塔已二十八岁，伤疤已无声无息地长好了。埃丝塔正忙得团团转，准备接待来访的艾达、她的儿子小理查和庄迪斯先生。忙碌完毕，她静静地坐在门廊上。阿伦回来，问她在那儿干什么，她回答道自己在想心事："'我真不好意思告诉你，但我要说。我一直在想着自己原先的模样——尽管那时我长得并不起眼。'

"'那你对自己原先的模样都想了些什么呢，辛勤的蜜蜂[1]？'阿伦说。

"'我在想，我觉得你那么爱我，哪怕我还像原先那样，你也不可能比现在更爱我了。'

"'——那长得不起眼的你？'阿伦笑着说。

"'长得不起眼，当然啦。'

"'亲爱的德登大娘[2]，'阿伦说着，拉住我的胳膊，拥抱住我，'你照不照镜子？'

"'你知道我照的；你看见我照的。'

"'那你不知道自己比从前更漂亮了吗？'

"当时我并不知道，就是现在也没有把握。但我知道我最亲爱的小家伙们非常漂亮，我的宝贝儿［艾达］美极了，我的丈夫非常英俊，我的监护人有一张最最明朗、慈祥的脸；"我就算不怎么美，他们也都会过得好好的——即使假定——"

3. 阿伦·伍德考特的巧遇

第十一章中，"一个肤色黝黑的青年"外科医生第一次出现在死去的尼摩（即埃丝塔的生父霍顿上尉）的床边。两章后，出现了理查和艾达相爱的温情而又严肃的场面。而同一刻——事情就如此巧妙地联系起来了——肤色黝黑的年轻外科

---

1 常出入庄迪斯家的人对埃丝塔的昵称。
2 出入庄迪斯家的人对埃丝塔的昵称。

医生伍德考特在这章结尾时作为客人出现在晚宴上。当埃丝塔被问到她是否认为大夫“秀外慧中”时，她回答说是的，也许颇怀着一股渴望的心情。后来书中暗示，头发花白的庄迪斯爱上了埃丝塔，可对自己的爱保持缄默。这时候，伍德考特又出现了。他要去中国，将离开很长一段时间。他给埃丝塔留下了花。后来，弗莱特小姐给埃丝塔看了一份剪报，上面报道了伍德考特在轮船失事事件中的英勇行为。埃丝塔出天花破相后，舍弃了对伍德考特的爱。埃丝塔和查利来到海港第尔，告诉理查艾达要赠予他自己继承的一小笔遗产。这时，埃丝塔与从印度回来的伍德考特不期相遇。而此前有一段对海洋的愉快描写，我想就是这艺术形象使人宽恕了讨厌的巧合。对那张无法形容的脸，埃丝塔这样说道：“他为我感到难过，几乎说不出话。”这章结尾时，她说：“我们坐车离开，我从他告别的目光中看出他很为我感到难受。见他这样，我很高兴。我对过去的自己怀着死者重返人世似的感情，看到有人深情地缅怀自己，同情自己，没有忘了自己，甚觉欣慰。”——这是一首小巧的抒情诗，有点使我们想起范妮·普赖斯。

另一个值得注意的巧遇是伍德考特撞见了睡在汤姆独院中的烧砖人妻子。还有一次巧合，他在汤姆独院遇到裘，那女人也在场，她一直在打听裘的下落。伍德考特把生重病的裘带到乔治的靶场。裘之死写得很精彩，使读者又一次宽恕了通过杂勤伍德考特把我们带到裘病榻边的生硬手法。第五十一章中，伍德考特去拜访律师霍尔士，然后去看望理查。这里有点名堂：写这一章的是埃丝塔，可是伍德考特与霍尔士及后来与理查见面时她并不在场，两场会见却写得很详细。问题是她怎么知道这两处的情况的？聪明的读者便能断定，这是她后来成了伍德考特的妻子后，从他那里听来的。如果伍德考特和她之间不存在相当亲密的关系，就不会把一切都告诉她，她也就不可能如此周详地了解这些以往的事件。换言之，有头脑的读者应觉察到她最终会嫁给伍德考特，并从他那儿听到所有这些情况。

4. 约翰·庄迪斯古怪的求婚

芭巴莉小姐去世后，埃丝塔被送往伦敦。车上有位不知名的先生企图安慰她，让她高兴起来。他好像知道雷契尔太太。雷契尔是芭巴莉小姐雇的保姆，她冷冰冰地送走了埃丝塔。这位先生对她很有意见。他给埃丝塔一块涂了一厚层糖的葡萄干糕饼，还有一块肥鹅肝馅饼，她不肯吃，说太油腻了，他嘟哝道："又输了！"随手把糕和馅饼扔出窗外，后来他也这样轻而易举地抛弃了自己的幸福。以后我们了解到这位先生就是正直、善良，也相当富有的约翰·庄迪斯。他像块磁铁一样，吸引着各种各样的人物——苦命的孩子们，无赖，骗子，傻瓜，假慈悲的女人，以及疯子。我看，假如堂吉诃德来到狄更斯笔下的伦敦的话，他那善良高尚的心也会同样吸引各色人。

庄迪斯，那头发已花白的庄迪斯爱上了二十一岁的埃丝塔，但没有表达自己的爱，这是早在第十七章中我们就得到的初次暗示。那时庄迪斯一行正探望戴德洛克夫人的邻居波依桑先生，夫人遇见他们时，点出了堂吉诃德主题。年轻人被一一介绍给夫人，当介绍到可爱的艾达时，"戴德洛克夫人又转过头去对庄迪斯雅趣盎然地说道：'要是你只为这样的美人儿打抱不平的话，你可当不了那个公正无私的堂吉诃德了。'"她指的是这样一件事：尽管讼案的主要争议点在于庄迪斯和理查、艾达各方享有的财产权，庄迪斯仍提请大法官指定他当理查和艾达的监护人。庇护、抚养两个在法律上是他对立面的年轻人，这很像堂吉诃德；戴德洛克夫人的话有赞扬他的意思。他对埃丝塔的监护则是在收到戴德洛克夫人的姐姐、埃丝塔的姨母芭巴莉小姐的信后，他本人作出的决定。

埃丝塔病愈后，约翰·庄迪斯决定写信向她求婚。然而，问题也正在此。书里的意思好像是，庄迪斯作为比埃丝塔至少年长三十岁的人提议用婚姻的办法保护她，使她免受残酷世道的伤害，而他将对她始终如一，当她的朋友，不会成为情人。如我的猜疑不幸而言中，那么不仅这种态度是堂吉诃德式的，而且他让埃丝塔做好收信的精神准备这整个计划也是堂吉诃德式的（埃丝塔能猜出他将在信中写什么）：他让她只有在考虑一周后才可以派查利去取信。他说，"'小妇人，自从公共马车上的那个冬日以来，你使我变了。从那时起你对我的好处说不尽！'

"'啊，监护人，从那时以来你对我做的事呢！'

"'但是，'他说，'那是现在不应去想的。'

"'那却是永远不可能忘记的。'

"'啊，埃丝塔，'他说，严肃中含着温柔。'现在该把它忘却了；忘却一会儿吧。现在你只要记住，我永远是你所了解的我，没有任何事会使我改变。你能坚信这一点吗，亲爱的？'

"'我能，我的确坚信。'我说。

"'那足够了，'他答道，'那已是一切。但我不可以因为你说相信我，就自行其是。你再好好想想，在你确有把握，觉得我不会变，将永远是你所了解的我之前，我不会把自己头脑里的事写出来。只要你还存在一丝疑虑，我就绝不会写。如果你三思后觉得确有把握了，过一周后，晚上叫查利到我那儿去——“取信。”但你没有十分把握的话，千万别叫她来。记住了，在这件事上，如同其他一切事情一样，我信任你的诚实。你在那一点上没有十分把握的话，千万别叫查利来。’

“‘监护人，’我说，‘我已有十分把握。我所坚信的不会变，正如你对我不会变一样。我会让查利去取信的。’

“他握握我的手，没有再说话。”

对一个挚爱着年轻女子的有点上年纪的男人来说，这样的求婚条件自然是很大的自我牺牲，自我克制，也是具有悲剧诱惑力的行为。而埃丝塔接受了这条件，因为她很天真地认为，“他那么慷慨，不在乎我毁坏的面容，不在乎我可耻的出身”。可狄更斯在最后几章中对破相一事越来越轻描淡写。有个问题似乎三位有关的人——埃丝塔·萨默森、约翰·庄迪斯和查尔斯·狄更斯——都不曾想到过。事实上，对于埃丝塔来说，这桩婚事自然不像看上去那么公平：因其纯洁婚姻[1]的意味，它将剥夺埃丝塔当母亲的正常权利，而反过来也使她对任何其他男子的爱变得非法、不道德。这里很可能出现了笼中鸟主题的回声：埃丝塔尽管感到幸福，充满感激，她仍对镜中的自己哭着道，“你当了荒凉山庄的女主人，要像鸟儿那样高高兴兴的。事实上，你永远要高高兴兴的。我们从现在开始就一直高高兴兴吧！”

1　原文为 white-marriage, 意即没有“圆房”、只有友情的婚姻。

庄迪斯和伍德考特之间的微妙关系始于凯蒂·特维德洛普的病。"'啊，'我的监护人很快地回答说，'可以请伍德考特。'"我很欣赏他那一掠而过的做法。他是否已隐隐约约地直觉到了什么？那时候伍德考特正计划去美洲——在英、法作品中，失恋的人常常去美洲。大约十章以后，我们了解到青年医生的母亲伍德考特太太态度变了。她本来猜疑儿子倾心于埃丝塔，企图阻止这门亲事。而现在她变得好些了，不那么古怪了，不张口闭口谈门第了。狄更斯为他的女读者们准备了一个说得过去的婆婆。请注意庄迪斯的高尚行为。他提出，如伍德考特太太来和埃丝塔一起住，那么伍德考特便可以同时看望她们两人了。我们还听说，伍德考特终于决定不去美洲了，而将在英国当个乡村医生，给穷苦人治病。

于是埃丝塔从伍德考特本人口中听说他爱她，她那"有伤疤的脸"对他来说依然如故。太晚了！她已和庄迪斯订婚，她以为只是因为自己在为母亲服丧，婚礼才没有举行。但是狄更斯和庄迪斯在暗中串通一气，玩弄愉快的把戏。这场戏整体说来挺糟糕，却会讨好易动感情的读者。读者不甚明白的是，在那个时刻伍德考特是否听说过埃丝塔订婚的事。假如他听说过，就实在不应该插进来，不管他做得多么体面。然而，狄更斯也好，作为事后叙述者的埃丝塔也好，都在骗人——他们一直知道庄迪斯会演一出崇高的"退避"戏。于是，现在埃丝塔和狄更斯可以开个温和的小玩笑，乐一乐，让读者难堪一下了。她告诉庄迪斯她已准备好当"荒凉山庄的女主人"了。"下个月吧，"庄迪斯说。好，埃丝塔和狄更斯要让可怜的读者吃一惊了。庄迪斯去约克郡帮助伍德考特物色房子。然后他把埃丝塔叫来看他找到的房子。炸弹爆炸了。这所房子也叫荒凉山庄，她将成为其女主人，因为高尚的庄迪斯把埃丝塔让给了伍德考特。出让一幕准备得力，甚至还对伍德考特太太来了一番迟到的赞扬：她什么都知道，现在很赞同这门亲事。最后我们才明白，当伍德考特向埃丝塔披露心迹时，是得到了庄迪斯的首肯的。理查死后，约翰·庄迪斯也许将会娶理查的未亡人、年轻的艾达为妻；对此，书中或许可找到些微暗示。但至少可以说，庄迪斯在象征意义上是小说中一切不幸者的保护人。

5. 假面与伪装

向裘询问尼摩情况的人是不是戴德洛克夫人？为了证实这一点，塔尔金霍恩作了一番安排，让裘看到戴了面纱的已被夫人解雇的法国女佣奥尔当斯。裘认出了衣服，但说这不是那只戴着戒指的手，声音也不对。后来，狄更斯为了把塔尔金霍恩被奥尔当斯谋杀一事安排得顺理成章将会煞费苦心，但不管怎么说，两者的联系是在这个时候建立起来的。探子们已知道，企图从裘那里打听尼摩种种情况的正是戴德洛克夫人。另一场假面戏发生在埃丝塔出天花后的恢复期。弗莱特小姐到荒凉山庄看望她，告诉她有个戴面纱的夫人（戴德洛克夫人）到烧砖人的小屋去打听埃丝塔的身体情况。（我们知道夫人现已了解埃丝塔就是她的女儿——了解了，就产生了温情。）戴面纱的夫人从小屋中拿走了埃丝塔曾盖在死婴身上的手帕，留作纪念。这是个有象征意义的举动。狄更斯已不止一次地利用弗莱特小姐一箭双雕：一方面用她取悦读者，再者用她来通报情况，这时她的神志清朗，与平时性格颇不相符。

侦探勃克特有几种伪装，特别是在巴格涅特家扮傻瓜那次

（对谁都极为友好就是其伪装），但他始终警惕地注视着乔治的一举一动。两人离开巴格涅特家后，他就拘捕了乔治。勃克特本人既是伪装的专家，自然也善于识破他人的伪装。当他和埃丝塔走向在墓地门口已死去的戴德洛克夫人时，他以最出色的福尔摩斯姿态，详述自己如何开始生疑，推测出戴德洛克夫人和烧砖人妻子詹妮已互换衣服，并只身回到了伦敦。埃丝塔却一直蒙在鼓里，直到她举起“那沉重的脑袋”，才发现“那是我的母亲，浑身冰凉，已死去了”。这是一出惊悚夸张的通俗剧，不过演得有声有色。

6. 真假线索

从开头几章愈演愈烈的浊雾主题来看，似乎约翰·庄迪斯的家——“荒凉山庄”——应是一个再荒凉不过的阴惨去处了。但是不然。小说在结构上迈出了极富有艺术性的一步，我们随之跨入明媚的阳光，暂时把大雾抛在身后。荒凉山庄是座美丽的、充满阳光的住宅。精明的读者会回想起，早在大法官庭一幕中就对此转折提供过线索：“‘这里说的庄迪斯，’大法官继续翻着案卷说道，‘就是荒凉山庄的庄迪斯。’

“‘荒凉山庄的庄迪斯，阁下。’侃奇先生说。

“‘一个凄凉的名字’，大法官阁下说。

“‘目前却不是个凄凉的地方，阁下。’侃奇先生说。”

受监护人被送往荒凉山庄前在伦敦等候。这时理查对艾达说他模模糊糊地记得庄迪斯是个“痛快的高高兴兴的家伙”。不过，山庄的阳光和欢乐气氛仍给人带来美妙的意外之喜。

是谁杀了塔尔金霍恩？指向凶手的各条线索娴熟地交织在一起。狄更斯巧妙地让乔治随口说，一个法国女人到他的打靶场去了。（奥尔当斯需要射击训练，但多数读者想不到其间的联系。）戴德洛克夫人呢？她的表妹伏龙尼亚因为受到塔尔金霍恩的冷淡，愤愤然地说："我几乎已认定他死了。"这时戴德洛克夫人想："我但愿他死了！"让戴德洛克夫人对自己说出这样的话，就为塔尔金霍恩的谋杀布下了悬念和疑点。她的心思可能引导读者相信她想去杀他，不过读侦探故事的人很愿意上当。塔尔金霍恩同戴德洛克夫人谈话后去睡了，而夫人则在自己的屋里心烦意乱地来回踱步，达数小时之久。文中又暗示塔尔金霍恩也许很快会死去（"星星不再闪烁，一丝苍白的光透进塔楼上这间屋子，照着他，说实在这时他显得特别苍老，似乎掘坟人和铲子都已准备就绪，一会儿就要开挖似的"）。至此，上当的读者头脑中已把他的死和戴德洛克夫人紧紧联系起来，而真正的凶手奥尔当斯已有多时不曾提及了。

奥尔当斯上门来见塔尔金霍恩，发泄不满情绪。她在裘面前装扮成戴德洛克夫人，却没得到足够的报酬；她恨夫人；她要一份条件相当的差事。这显得有些勉强；狄更斯企图让她像法国女子那样说英文，本身也荒唐可笑。塔尔金霍恩威胁说，假如她再来打扰他，就要将她送去坐牢。她对此话的反应当时无人知晓，但不管怎么说，她就是一只雌老虎。

塔尔金霍恩警告戴德洛克夫人说，她放走女佣露莎一事已违背了他们之间"维持现状"的协定，因此他必须向莱斯特爵士公布她的秘密了。说完他就回家了——如狄更斯所提示的，向死亡走去了。戴德洛克夫人走出自己的房子，在月光下散步，就像在跟踪他似的。读者会想：啊哈，这可太现成了，写书的人在骗我呢，真正的凶手是别的什么人。或许是乔治先生？虽说他是个好人，但脾气暴躁。再说，在巴格涅特家那个沉闷的生日聚会上，他们的朋友乔治先生来到时脸色惨白。（啊哈，读者说。）脸色不好，他解释说是因为裘死了，不过读者心存疑惑。后来他就被捕了。埃丝塔、庄迪斯、巴格涅特夫妇都到狱中去看望他。这时出现了巧妙的转折：乔治说差不多就在塔尔金霍恩被杀的那一会儿，他在塔尔金霍恩的楼梯上遇到过一个女人。他形容说，论身高体形，她看上去——像……埃丝塔，披着有流苏饰边的宽松黑斗篷。这时迟钝的读者立即会想：乔治是好人，不可能干那事。当然是戴德洛克夫人了，她和她女儿惊人地相像。然而聪明的读者会反驳道，不是已经有另一个女人装扮过戴德洛克夫人，还十分成功吗？

还有一个小秘密就要揭穿。巴格涅特太太知道乔治的母亲是谁，遂步行去契斯尼山庄接她。（两位母亲在一处——埃丝塔和乔治的情况何其相似。）

塔尔金霍恩的葬礼写得很有声色。前面几章文字平平淡淡，相比之下，这章是个高潮。侦探勃克特坐在封闭式马车内，注视着他的太太和房客（他的房客是谁？就是奥尔当斯！）在葬礼上的一举一动。勃克特在小说结构中的地位显得越来越重要了。跟着他走到悬疑主线的尽头是件很有趣的事。莱斯特爵士还是自以为了不起的傻瓜，可后来的一场中风将使他转变。勃克特和一个高个子男仆进行了一场福尔摩斯式的有趣谈话。谈话中泄露了一个秘密，即在罪行发生的当晚，戴德洛克夫人曾离开家两个多小时，她披着的斗篷正是乔治所描述的、在谋杀发生的当口他看见从塔尔金霍恩的楼梯走下来的那女人穿的斗篷。（勃克特知道是奥尔当斯而非戴德洛克夫人杀了塔尔金霍恩，所以，这个场面是故意安排用以迷惑读者的。）到了这一刻，读者信不信戴德洛克夫人是凶手则是另一个问题了——那是因人而异的。然而，没有哪个悬疑故事的作者会让任何人通过收到匿名信的方式指向真正的凶手：这些匿名信（后来知道是奥尔当斯寄的）指控戴德洛克夫人犯罪。勃克特张开网终于将奥尔当斯套住。他的太太受他的指使监视奥尔当斯，她在后者屋里发现一份契斯尼山庄的印刷图示，其中有一片不见了，恰恰就是用来做手枪填弹纸的那片；而手枪也找到了，是从奥尔当斯和勃克特太太假日远足到过的池塘里面打捞出来的。勃克特和莱斯特爵士的谈话又是引人上当的一幕。勃克特把进行讹诈的斯摩尔维德赶走后，戏剧性地宣布："要逮捕的那人现在正在这所宅中……我将当您的面逮捕她。"读者以为宅里的女人只有戴德洛克夫人，但勃克特指的却是奥尔当斯。读者不知道她已随他来了，在外听候他的吩咐，还以为自己能得到什么好处。戴德洛克夫人一直不知道罪案已了结。她逃走了，埃丝塔和勃克特沿途追踪，最后发现她回了伦敦，紧紧抓住坟地门上的栏杆死去了。大门后面掩埋着霍顿上尉。

7. 意想不到的关系

小说中有个一再发生的情况——其实也是很多悬疑小说的特点，即不少"关系"像是突然冒出来的。例如：

（1）抚养埃丝塔的芭巴莉小姐原来是戴德洛克夫人的姐姐，后来发现她还是波依桑钟爱过的女子。

（2）埃丝塔原来是戴德洛克夫人的女儿。

（3）尼摩（即霍顿上尉）原来是埃丝塔的父亲。

（4）乔治先生原来是戴德洛克的管家朗斯威尔太太的儿

子。乔治还是霍顿的朋友。

（5）切德班太太原来是埃丝塔小时候的保姆雷契尔。

（6）奥尔当斯原来是勃克特的神秘的房客。

（7）克鲁克原来是斯摩尔维德太太的兄弟。

8. 坏人或不甚好的人物变好了

埃丝塔请戈匹不必再费心“去探明种种关系到我的事情，以助长我的利益，改善我的命运。……我了解自己的身世，”她说。这一段有结构上的意义。我想作者的意图是要排除戈匹这条线索（失去克鲁克那批信件早已抹去了一半），不让它干扰塔尔金霍恩主题。戈匹听后“面有愧色”——和他的性格不甚相符。他本是个流氓，这时反被狄更斯写好了。他看到埃丝塔破了相，大惊失色，立即退缩，说明他并不真爱她（这表现给他减分了）；但他不愿娶一个丑姑娘，哪怕已证实她出身贵族并且富有，这点又给他加分了。不过，这段还是写得不怎么样。

从勃克特嘴里听到可怕的事实后，“莱斯特爵士用双手捂住脸，呻吟了一声，求他停一停，别说下去。慢慢地他把手移开，尽管他的脸色变得和头发一样白，却仍维持着尊严和外表的平静。勃克特先生感到有点儿被他镇住了”。这是莱斯特爵士的转折点。不管从艺术上说是好还是糟，他从这时起不再是假模假式的空架子，而成了一个深陷痛苦的人了。其实，这时他已中风了。震惊之余，莱斯特爵士原谅了戴德洛克夫人，表现了他为人的可爱之处：他高尚地承受着痛苦；他同乔治相见的场面以及等待夫人回家的情状都很动人。他说自己对夫人的态度一如既往，他所用的“一串堂皇的字眼”这时显得“庄严而动人”。他几乎快变成又一个约翰·庄迪斯了。至此贵族和可敬的平民无甚区别了。

我们说到一个故事的形式时，指的是什么呢？指结构，亦即某个故事的发展，为什么故事沿着这条线或那条线写下去；也指人物的选择，作者对他笔下人物的利用；指人物之间的互相作用，各种人物主题，各种主题线及其相互交叉；指作者牵着故事变化多端地进展时所期望产生的这样那样直接或间接的效果；也指制造效果和印象。简言之，我们指经过精心设计的艺术作品的样式。这就是结构。

形式的另一个方面是风格。风格指结构如何起作用；指作者的手法，他的癖好，各种专用的技巧；如他的风格很生动，那么他用了什么样的意象，有哪些形象的描绘，又是如何着手的；如他用了比喻，那么他又是如何使用隐喻、明喻及其组合等修辞手法，并加以变化。风格的功效是通向文学的关键，是叩开狄更斯、果戈理、福楼拜、托尔斯泰和一切大师作品之门的万能钥匙。

形式（结构＋风格）＝题材：为什么写＋怎样写＝写了什么。

在狄更斯的风格中，我们首先注意到对感官有强烈冲击力的意象，他那唤起逼真感觉的艺术。

1. 用修辞或非修辞手段唤起逼真的感觉

鲜明的意象并非接连不断使用的，它们的出现间歇有致，而其间又聚积了许多细腻详尽的描绘。狄更斯想通过谈话或思考把一些情况或消息告诉读者的时候，往往并不使用显眼的比喻。但书中有一些精彩的段落，如描写大法官庭的一段，就将浓雾主题神化了："话说在这样的一个下午，大法官阁下应当高坐在此——如他此刻一样——头上罩着雾蒙蒙的光圈，软软地围在红桌布和红帷幔之间，一边听大个子、大胡子、细嗓子的律师没完没了地陈述简明案情摘要，一边把他的心思都集中到屋顶的天窗，可他除了雾什么也看不见。"

"曾得到许诺说在庄迪斯案了结时会得到一台崭新摇木马的年幼原告或被告，已长大成人，获得了一匹真马，骑上了一路小跑到另一个世界去了。"两位受监护人由法庭指定与他们的亲戚同住。第一章中自然界的雾和人世间的雾奇妙地混合，凝聚成团，所以这三言两语的交待也像充了气似的。主要人物（两位受监护人和庄迪斯）被引进故事了，但此刻人们尚不知他们的姓名，也没留下有血有肉的印象。他们仿佛从雾中冒出来，在又一次被雾淹没之际，作者把他们拽了出来，这一章结束了。

对契斯尼山庄及其女主人戴德洛克夫人的初次描写真是天才的手笔："林肯郡发大水了。猎园里的一个桥拱浸垮了，泡塌了。近旁半英里宽的低地成了浊流，哀哀树木是水中之岛，大片水面竟日被雨水打得麻麻点点。戴德洛克夫人的'所在'一派沉郁的气象。多少昼夜来，淫雨霏霏，树木湿透了，樵夫斧子砍上去软软的，枝杈砍落时再不会噼啪、咔嚓地作响。鹿儿浑身湿漉漉的，所过之处留下一个个泥潭。出膛的子弹在潮湿的空气中不再锐声呼啸；硝烟聚成一小团云，缓缓地朝冠戴着树丛的绿色小丘移去，那儿便成了雨天的远景了。从戴德洛克夫人自己的窗口望出去，是一幅铅灰与黛色交替的景象。近处，石坛上的花瓶整日接着雨水；沉重的雨珠又整夜滴答、滴答、滴答地落在那一向被称为鬼行道的石板路上。礼拜天，猎园的小教堂发出一股霉味，橡木的讲经坛出了一身冷汗，到处嗅着尝着都有一股坟墓里戴德洛克先人们的那种味道。（无后嗣的）戴德洛克夫人在自己的闺房中，透过微明的暮色望着看守人的小屋，看到格子窗上映出的火光，看到烟囱中逸出的烟，看到一个女人追着一个小孩，看到小孩奔向雨中，迎着走进大门来的闪光的身影，那是个浑身裹得严严实实的男人。戴德洛克夫人被惹恼了，她说她'腻死了'。”契斯尼山庄的雨是伦敦雾的乡下版，看守人的孩子是儿童主题的组成部分。

波依桑先生在一个小镇迎接埃丝塔一行，于是我们看到一个阳光绚烂、昏昏欲睡的小镇形象，那描写真是令人叹服。“时近黄昏，我们来到一座市镇，下了马车。这是一座乏味的小镇，只看见教堂的尖塔，集市，竖在市场上的十字架，还有一条给太阳晒得热辣辣的小街，一个小池塘，一匹老马图凉快把腿泡在塘里。只看见很少几个人，就着一块块窄小的阴凉处站着或躺着，都是昏昏欲睡的模样。我们来小镇时一路上树叶飒飒作响，庄稼摇曳起舞，现在可好，这骄阳流火、寂然无声、纹丝不动的地方真是地道的死气沉沉的英国市镇了。”

埃丝塔出天花时，有一次可怖的经历：“我敢提起那段糟糕的时光吗？那时候，在一片广漠漆黑的地方，有一条珠子串成的光焰熠熠的项链，或环，或闪烁发光的星圈，我就是其中的一颗珠子！那时我只祈求把我从项链上取下来，我成了那吓人的东西的一部分，真有难言的痛苦和悲哀。”

埃丝塔派查利去取庄迪斯先生的信那一段，对房子的描述产生了一种效果，仿佛房子在*采取行动*：“指定的晚上到了；一到身边没人时，我便对查利说：‘去敲庄迪斯先生的门，查利，就说你从我这儿来——“取信”。’查利走上楼梯，又走下楼梯，走过通道——那天夜里，我竖起耳朵专心听着，老式房子里迂回曲折的通道显得特别长——她又这么走了回来，沿着通道，下楼梯，上楼梯，带来了信。‘把它放在桌上吧，查利，’我说。于是查利就把信放在桌上，去睡了。我坐着，并不拿起信来，只是朝它看着，想着许多许多事情。”

埃丝塔去第尔海港看望理查时，我们读到一段描写港口的文字：“后来雾宛如帷幕般升起来了，原先不知就在近处的船只出现在眼前，我不知（侍者所说）停泊在锚地的船只一共有多少。有些船的船身巨大，一艘东印度公司的商船刚回到英国。太阳透过云层照射下来，在幽暗的海上凿出了一个个银光粼粼的水潭。这时船只忽明忽暗，变化诡奇，驳船繁忙地在海岸和停泊的船只间来回奔驶；船上生趣萌动，喧哗热闹，周围的一切也是那么生意盎然，这情景真是美妙极了。”[1]

---

1 纳博科夫在一插页上，拿这段与奥斯丁笔下的一段海面描写作比较，贬了奥斯丁。那是范妮·普赖斯访问家人时对朴次茅斯海港的描写：“‘这天天气不同寻常，十分可爱。虽值三月，可温润的空气，清新的和风，偶尔为云彩遮住片刻的骄阳，都已是四月的气象了。在如此晴空覆盖之下，一切都显得这么美好［还有点儿车轱辘话来回说］，只见停靠在斯皮特黑德湾和远处岛屿边的船只上，阴影互相追逐着，颜色变幻无穷的海正值满潮，兴高采烈地跳着舞，冲向壁垒’，等等。颜色并未描绘出来；‘兴高采烈’这类字眼是从二流诗里借来的；整个段落不过是俗套，无精打采。”——原编者注

斯皮特黑德湾（Spithead）以南是英国南部大岛怀特岛（the Isle of Wight）。

有的读者会认为这类唤起感官印象的东西不过是小意思，有什么值得停下来加以称道的呢。然而文学就是由这样的小意思构成的。事实上，文学不是泛泛的思想，而是具体的揭示；不是思想流派，而是一个个有天赋的个人。文学不是关于某事，而是事情的本身，本质。没有文学杰作，文学就不存在。观第尔海港的文字，是埃丝塔去第尔镇看望理查时对海的描述。理查对生活的态度，夹杂在他高贵气质中的见异思迁倾向，盘旋在他头上的黯淡命运，都使埃丝塔深感不安。她想帮助他。狄更斯就在埃丝塔的背后向我们展示了海港景色。港口停泊着许多船，随着浓雾渐渐升起，就像不经意中玩了个把戏似的，大批船只冒出来了。文中提到，其中有一条刚从印度回到本土的大商船："太阳透过云层照射下来，在幽暗的海面上凿出了一个个银光粼粼的水潭……"等一等，我们能看见这情景吗？当然能。我们想象出这幅画面时，如相认般怦然心动了。因为同文学传统中写蔚蓝色海洋的俗套相比，这幽暗的海上一个个银光粼粼的水潭提供了新鲜的东西。狄更斯是个真正的艺术家，他那纯真、易感受美的目光第一次注意到这些细节，并立即用文字记录下来。更确切地说，没有文字，就没有视觉形象。这段形象文字读起来带着轻柔的、飕飕的、微微有些模糊的咝音，[1] 这时人们发现海港的形象还必须有声音的配合才能真正活起来。接着，狄更斯又指出"船只忽明忽暗，变幻

1　狄更斯原文中用了大量 s-，sh- 字头的词，如"some，size，sun，shone，silvery，sea，ship，shadowed，shore"等。纳博科夫在指出狄更斯文字的音乐效果时也模仿了他的咝音："soft，swishing，slightly blurred sound of the sibilants。"

诡奇”。——我觉得，要表现出海上阴影和银辉相映成趣的胜景，再也不可能找到更好的词语、更好的组合了。有些人认为一切魔术不过是游戏，虽然玩得漂亮，终究是可以略去而不影响故事的。请允许我对这些人指出，这就是故事：在那独特的环境中，从印度回来的船正将年轻的伍德考特医生带回到埃丝塔身边。它已将他带回来了。事实上，他俩即将在此重逢。因此，这幽明奇幻的银色气象，连同那些光点跳跃的水潭，喧闹闪光的船只，在回顾中竟都有了一种奇妙的激动不安，一种欣然接受的光辉色调，一种隐在远处的热烈气氛。狄更斯就是想让人们这样来欣赏他的小说。

2. 生硬地罗列细节描写

这样的罗列有着作家笔记本的腔调，像摘记的条条，有的后来又扩展了。这里还有一点意识流的端倪，不连贯地记下一掠而过的想法。

小说开头就是这样罗列了一堆细节，前面已经引过：“伦敦。米迦勒开庭期刚过。……十一月的天气，一副坏脾气相。……狗滚在泥淖里，一个个辨不出模样来。马比狗好不了多少，泥浆啪啪地直溅到马的眼罩上。……到处都是雾。”当尼摩死去时，“地保走进各家店铺和客厅，调查居住在里面的人。……有人看见警察冲着啤酒店的跑堂笑。大众不热心了，产生了逆反情绪。年轻人刺耳地尖声嘲弄地保……最后警察发现必须支持法律”。（卡莱尔也好用这类突兀生硬的叙述。）

“斯耐格斯比出现了：油腻腻、暖烘烘、冒着茶香，在咀嚼着什么。他咽下一口黄油面包，说道：‘哎呀，先生！塔尔金霍恩先生！’”（这里把突兀有力的风格和生动的形容语结合起来了。这也是卡莱尔手法。）

3. 比喻手法：明喻和隐喻

明喻是直接的比较，使用“像”、“如”一类字眼。“[律师] 唐戈尔先生的十八位精通法律的同事，个个携带着一千八百页简短的案情摘要，像钢琴上的十八个琴槌般嗵地弹起，鞠了十八个躬，又掉回到十八个幽暗朦胧的位置上去了。”

载着年轻人到杰勒比太太家过夜的马车拐上了一条“高房子夹着的窄街，犹如一只盛雾的长方形槽”。

在凯蒂的婚礼上，杰勒比太太乱蓬蓬的头发看上去“像清道夫那马的鬃毛”。

黎明时分，上灯夫“巡回着，像暴君的刽子手一般，把一心使黑暗不那么黑的小火头一个个地统统斩去了”。

“霍尔士先生就像一位颇受尊敬的人士所应该的那样，表现得很沉着，很镇定。他好像在剥自己手上的皮似的脱下紧箍着的黑手套，又好像剥自己头皮似的摘下紧箍在脑袋上的帽子，然后在桌边坐下。”

隐喻不用“像”、“如”连接，只唤起另一个形象使要加以描绘的事物显得有生气，有活力。有时狄更斯把隐喻和明喻结合起来运用。

塔尔金霍恩律师衣着体面，总的来说很合乎一个贵人家家臣的身份，“真可谓传神地表达出这位替戴德洛克家族司掌法律奥秘、主管其法律酒窖的职守”。

“［杰勒比家的］孩子到处打滚，在腿上刻下一道道磕碰受伤的备忘印迹，造就了其所遭苦难的完整一览表。”

“孤独张着幽暗的翅膀，阴郁地笼罩着契斯尼山庄。”

埃丝塔同庄迪斯先生一起去一所房子，当年诉讼人汤姆·庄迪斯就在那里开枪把自己的脑袋打开了花。埃丝塔写道：“街上的房子统统瞎了眼，眼珠给砸掉了，一片窗玻璃都没有，连窗框都没有……”

接过了派弗家生意的斯耐格斯比竖起了新漆的招牌，“代替了那块年代久远的老招牌，上面只有‘派弗’一个名字的刻字已很不容易辨认了，因为烟雾——也就是伦敦的常春藤——不断地缭绕着‘派弗’的名字，依恋地纠缠着他的住所，乃至深情的寄生植物终于压倒了母树”。

4. 重复

狄更斯喜好符咒式的语言，那是在反反复复地念诵中变得越来越强有力的言语公式，是法庭演说、司法辩护的手法。“话说在这样的一个下午，大法官阁下应该高坐在此……在这样的一个下午，大法官庭最高法庭律师团的几十个成员应该——如他们现在正做的那样——懵懵懂懂地埋头推敲一桩无尽头讼案中的一万分之一个步骤，互相利用滑溜溜的靠不住的判例给对方使绊子，在没膝的技术性细节和术语中摸索，用马鬃或山羊毛假发护着的脑袋去撞击文字的墙壁，像戏子一样板着一本正经的面孔装公道。在这样的一个下午，讼案中各种各样的事务律师……应该——他们现在不是吗？——在书记员的红案桌和王室律师丝绸袍子之间那长长的、铺着席垫的律师座上一排坐开（但你想在席位尽头找真相也许就瞎子点灯白费蜡了[1])……他们面前，记录着昂贵废话的文件报告堆积如山。如此法庭，四处点着将尽的蜡烛，很可能是昏惨惨的；浓雾很可能盘踞在庭中，永远散不出去了；彩色玻璃窗很可能已辨不出颜色，白天的光亮再也透不进来；未入法庭之门的路人，通过门上玻璃向里张望，看到那黑森森的景象，听到那慢吞吞的声调，很可能慑住脚步，不再推门而入——那慢吞吞的声音从大法官那张铺着软垫的高座上发出，有气无力地在屋顶上回响，高座上的大法官望着那透不进光亮的天窗，同在高座上的一顶顶假发全都陷入一片浓雾之中！”这里应注意三次在这样的一个下午的隆隆声，四次很可能的哀鸣声[2]，以及常常由音的协调重复形成的半谐音和明显的头韵。[3]

竞选时，莱斯特爵士和亲戚们聚集在契斯尼山庄。这之前的一段文字中，那富有乐感的悦耳的也一样啊[4]轰鸣回响：“这座古老的房子显得阴沉又肃穆，居住之需应有尽有，可除了墙上的肖像，却无人居住在此。某位继承了庄园的戴德洛克经过这些肖像时可能会默想道，这些像中人也曾像我一样的来来去去；他们也像我现在一样，看见一条寂然无声的画廊；他们也

---

1 英文中，法庭上律师席位叫“well”。狄更斯接着用“well”的普通意义即“井”，讽刺地说道，若想在“井底”（at the bottom of it）找真相是找不到的。

2 原文系“well may...”，发音较长。

3 此处略去了纳博科夫所列举的半谐音（assonance），它们是：“engaged...stages...tripping... slippery”（“埋头……步骤……使绊子……滑溜溜”），头韵有：“warded...walls of words...door...deterred...drawl... languidly...Lord...looks...lantern...light.”（“护着的……文字的墙……门……踌躇……慢吞吞的声音……有气无力……阁下……看……天窗……亮光。”）

4 原文中一连用了七个发长音的“so”（“同样”、“也”之意）。

像我一样地想到，在他们去世后，将给这片领地留下多大的空白；他们也像我一样，发现没有他们庄园竟会照样存在，是多么难以置信；他们从我面前消失了，像我砰然关门时，也一样从他们面前消失了；就这样的，他们身后并没留下空白，供人缅怀，就这样他们死去了。”

5. 雄辩式的问句与回答

这一手段常与重复一起使用。“在这个阴暗的下午，除了大法官阁下、办案的辩护士、两三位从不办案的辩护士，以及刚才提到的律师席上的法务律师们外，还有谁在大法官的法庭上呢？有书记官，他穿着袍子，戴着假发，坐在法官下首；还有两三个穿法庭制服的执权标人，或拎公文包的小吏，或掌管国王私人钱袋子的官吏，或不管是什么身份的人。”

勃克特在等庄迪斯把埃丝塔带来，他要和她一起去搜寻在逃的戴德洛克夫人。这时狄更斯想象自己钻进了勃克特的脑子：“她在哪儿？不管活着还是死了，她在哪儿？他折起手绢，小心翼翼地将它收好。假如手绢有魔力，能将她发现它的地方展示在他面前，让他看到那个小屋附近的夜色——屋内，手绢曾盖在死婴身上——他会在那儿发现她吗？荒地上，砖窑中燃着火苗……一个满心悲楚的孤独身影，穿过这荒芜凄凉的地方，一路上任凭风吹雪打，仿佛已被世上一切可以为伴者所抛弃。这也是一个女人的身影；但她衣衫褴褛，戴德洛克公馆中从不会有人穿着这样的衣衫穿过门厅，走出大门。”

这里，在对问题的回答中，狄更斯已向读者暗示戴德洛克夫人和詹妮互换衣服的情节，而勃克特却还将迷惑一阵后，才会猜出真相。

6. 卡莱尔式的呼语手法

呼语这一修辞手法的对象好比是一群惊呆了的听众，或一组罪逆深重者的雕塑，或某种大自然力，或不法行为的受害人。当裘拖拖沓沓地走到坟地为尼摩扫墓时，狄更斯用直呼式写道："来吧夜色，来吧黑暗，在这样的一块地方，你来得再早、待得再久也不会过分！来吧，照进丑陋房子窗户中的零落稀疏的光线；还有你们这些在房子里干着犯罪勾当的人，这种时候你们至少该把那骇人的景色拒之窗外！来吧，煤气灯的火焰，你在铁门上发出阴森森的光，铁门上乌烟瘴气，好像涂了巫婆的油膏，摸上去那么黏乎乎！"已经引过的裘之死一段中的呼语也应注意。在这之前，还有戈匹和微伏尔发现克鲁克奇特的死状后，一路奔跑呼叫救命那段文字中的呼语。

7. 形容语

狄更斯培植了丰富的形容词、动词或名词，用于描述人和事物的性状；就生动的意象而言，这类词语是基本的先决条件：它们是饱满的种子，枝杈繁茂、开花结实的隐喻从中孕育出来。小说开头时，我们看到人们靠着泰晤士河上桥的护栏，朝下看河，"窥见了下界的雾天"。大法官庭的办事员在一桩荒唐的案子上"磨练出自己的聪明才智"。[1] 艾达形容派迪格尔太太那暴出的眼睛时说，这是一对"噎人的眼睛"。戈匹劝微伏尔在租住克鲁克的屋子里住下去时，"心烦意乱地大口咬着拇

---

1 原文为"flesh their wit"（狄更斯的小说原文为"Articled clerks have been in the habit of fleshing their legal wit upon..."）；"flesh"（肉）在此用作动词，拿荒唐的案件使自己"长出"法律智慧"之肉"，讽刺意味赫然。

指”。莱斯特爵士在等待夫人回家，夜深的街上已无响动，只有个别“醉得家都认不得的人”才游荡到这一带，[1] 一路叫嚷着走过。

有敏锐视觉感知力的大作家都善于通过底色的衬托使一个平淡无奇的形容语获得非凡的生命力和新鲜感。“受欢迎的烛光很快就照到墙上了，这时［刚刚下去找点燃的蜡烛的］克鲁克慢慢走了上来，那只绿眼睛的猫跟在他后面。”猫的眼睛都发绿，但想一想，这只猫的眼睛为什么特别绿？那是由于缓缓移上楼来的烛光的缘故。形容语在句中的位置，它周围的词的折光，这些因素使形容语产生魅力，显得生动、逼真。

8. 唤起形象的名字

这里当然有克鲁克，还有珠宝商布雷兹和斯巴克尔，律师布洛沃先生和唐戈尔先生，政治家卜德尔、库德尔、都德尔等。这是旧式喜剧的手法。[2]

9. 头韵与半谐音

谈“重复”时已论过这种手法，我们却仍不妨欣赏一下斯摩尔维德对妻子说的一段话：“你这跳跳、蹦蹦、跌跌、爬爬，

1　原文为“...so very nomadically drunk”，副词 nomadically 意为游牧，一般来说这个词与“醉”（drunk）并无关系，但醉汉认不得回家的路，像有游牧习惯的人无固定的家一样，到处游荡。狄更斯将两词联用，生动又富有幽默感地描绘出醉汉的形象。在上面戈匹的例子中，原文写他咬起拇指来“with the appetite of vexation”，好像他的烦恼成就了他啃咬手指的“好胃口”。

2　克鲁克“Krook”，谐音“crook”，歪曲，骗子之意；布雷兹和斯巴克尔：“Blaze and Sparkle”，光焰、闪光的意思；布洛沃“Blower”，吹牛皮的人，唐戈尔“Tangle”，纠缠不清；政治家们“Boodle，Coodle，Doodle”，表示了狄更斯对他们的轻蔑。

瞎说八道的东西！”这是个谐音的例子。[1] 在林肯郡，戴德洛克夫人生活的那个“死寂”的世界中，有个桥拱“浸垮了，泡塌了”，用了头韵。[2]“庄迪斯诉庄迪斯案”可以说是彻头彻尾的韵，以致变得荒诞不经了。

10. 以及——以及——以及 [3]

这已成为埃丝塔表达情绪的特有方式。例如，她这样描写自己在荒凉山庄与艾达和理查为伴的日子：“我和他们一起坐着，以及一起散步，以及一起谈话，以及日复一日地留意着他们的交往，他们如何越来越深地堕入情网，以及他们对此缄口不提，以及两人都羞涩地把这种爱当成最大的秘密，这时我确信……”还有个例子。她接受庄迪斯的求婚时写道：“我用双臂勾住他的脖子并吻了他；然后他说这位是荒凉山庄的女主人吗；然后我说是的；然后又过了一会儿，一切还是照旧，然后我们就一起出去了，并且我什么也没告诉亲爱的姑娘[艾达]。”

11. 幽默，诙谐，讽喻，古怪的腔调

“他的门庭如山岳一般古老，名望却比山岳高得多。”还有，“养鸡场里的火鸡总有一股愤愤不平的阶级情绪（很可能圣诞到了）”。又如，“在科西特街小小牛奶房的地窖里，快活

---

1 原文为“You dancing, prancing, shambling, scrambling, poll-parrot”，前四个词有两对半谐音。

2 “Deadlock”，与“死寂的”deadened，有相同的辅音“d”；浸、泡“sapped and sopped away”，s 是头韵。

3 原文小标题为“The *And-And-And* Device”。第一个例子为突出原文中使用 and 的频度，一律将 and 译为“以及”，第二个例子视情况将 and 译成“然后”或“并／并且”。

自信的公鸡在啼晨，它怎么知道天亮没亮，这件事考证起来一定很稀奇，因为就经验范围而言，它对白昼几乎一无所知”。又如：“一个矮小、精干的侄女，腰勒得细细的，鼻子尖尖的，好比寒气逼人的秋夜，夜越深霜冻越厉害。”[1]

12. 文字游戏

举几个例子。“验尸—墨水这个”（与雾相连）[2]；“医院—马的唾沫”；[3] 文具商讲述他“同裘来往的悲喜经历”；[4] 卓布林先生又说：“人总要吃饭，不是吗”，他把吃饭这个词说得像英国马厩里必需的设备。[5] 狄更斯的文字游戏比乔伊斯《芬尼根的守灵夜》中那种镇定复杂意义的超级双关语还差得远，但它已上了这条路。

13. 间接地描述谈话

这里进一步发挥了塞缪尔·约翰逊和简·奥斯丁的手法，在描述中含有更大量的言谈内容。尼摩死后，在验尸查询时，

1 尖是“sharp”，但“sharp autumn evening”中，sharp 就有寒冷，风刀霜剑的意思。秋夜越到尽头越冷，鼻子越到头上越尖，这里很可能还在影射派弗的侄女（斯耐格斯比太太）年纪越大脾气越尖刻。

2 原文“Inquest-Inkwhich”，后者是狄更斯生造的词，词形、读音与前者相近，表明不识字的裘不懂得“验尸”（inquest）的意思，只是模糊地模仿了该词的发音。

3 原文“Hospital-Horsepittle”，后者缩合了“horse”和“spittle”两个词，与“医院”音、形相近。

4 原文“Joful and woful experience”使用了谐音。“Joful”可以理解为 full of Jo, 斯耐格斯比一直同情裘，有时偷偷给他塞点小钱，但是不敢告诉爱吃醋的妻子，怕引起她的误会。另外，与 woful（悲伤的）相对的 Joful 也可能含有 joyful 的意思，表明与裘的来往让他感到愉快和温暖。

5 原文为“Ill fo manger.”正确的法文是“Il faut manger.”说话人却把“manger”读成了英文中的“manger［5meindVE］”，意即“马槽”。

派泼太太出来作证，这一段用间接转述写出：[1]“嗨，派泼太太有的是话要说，她动不动扯开去，不停顿地一口气往下说，可到底也没说出什么名堂。派泼太太就住在这个小巷子里（她男人在这儿做橱柜家什）。这里的街坊邻居老早就知道晓得了（从给亚历山大·詹姆斯·派泼现在十八个月零四天了私下行洗礼的上上天算起没想到能活下来的所以就私下给他洗礼了嘛唷遭那份罪啊先生们那孩子的牙床）原告——派泼太太总是管死者叫原告——大家都传他把自家卖给魔鬼了。觉得是原告那神气使大伙这么传来讲去的。常看见原告也觉得他挺凶相所以不能让他走来走去的接近小孩子胆子小（要是不信希望传珀金斯太太来她就在这儿呢会给她男人她本人和她家的人作保的）。看到过原告很光火很苦恼的样子小孩子们惹的（小孩么他们总是小孩子你总没法盼他们特别假如是调皮捣蛋的当麦修色拉[2]连你们自个儿从前也不是的）”，等等，等等。

不大古怪的人物的谈话也常常采用间接表述方法，可以加快速度，或大大加强某种情绪，有时还伴以抒情的重复，如下面这段：埃丝塔正在劝说已秘密结婚的艾达和她一起去看望理查：“‘亲爱的，’我说，‘我近来老外出，你没和理查闹别扭吧？’

“‘没有，埃丝塔。’

“‘也许没得到他的消息？’我说。

1　原文中派泼太太的废话多用括号表示，且不加标点，常有语法和拼写错误。

2　指《圣经·旧约》中最长寿的人玛土撒拉（Methuselah），据说他活了 969 岁。

“‘不，有消息的’，艾达说。

“她的眼里充满泪水，脸上充满柔情。我不明白我的宝贝儿怎么了。我一个人去理查那儿？我说。不，艾达觉得我最好别一个人去。她和我一起去？是的，艾达觉得她最好和我一起去。我们现在就去？是的，现在就去吧。哎，我真不明白我的宝贝儿，眼里充满泪水，脸上充满柔情！”

一个作家可能是个很好的说书人或说教家，但他同时应是个魔法师、艺术家，否则他就不是个伟大的作家。狄更斯循循善诱，擅讲故事，又是个出色的魔法师，但相对他的各种才能而言，在讲故事方面他稍逊一筹，或者说，他能把处在任何情形中的人物和场合写得活灵活现，但他的作品仍有不足之处，他不善于在一个行动模式中建立人物之间的各种联系。

一部伟大的艺术作品给我们（这里说的“我们”，指善于阅读者）留下什么关联的印象呢？是诗的精确和科学的激奋。而这正是《荒凉山庄》在最佳状态下产生的冲击力。狄更斯发挥得最好的时候，他作为魔法师，作为艺术家的一面也体现得最充分。即使不在最佳状态，《荒凉山庄》中道德教诲的一面也显而易见，而且他的说教常常富有艺术性。在最糟糕的情形下，《荒凉山庄》让我们看到了一个时而会打磕绊的说书人，当然，书的整体结构还是出色的。

尽管在讲述故事时有这样那样的毛病，狄更斯仍不失为一个伟大的作家。对书中群星般纷繁的人物与主题的把控，将人物和事件串联在一起或是通过谈话唤起不在场人物之鲜活形象的技巧——换言之，那种不仅创造出人物，而且能在一部长长的小说中维持所有人物在读者头脑中栩栩如生的形象的艺术——这当然是伟大的显著标志。斯摩尔维德老头坐在椅子上，被人抬到乔治的打靶场。他上那儿去，是想取得霍顿上尉的手迹。抬他去的是马车夫和另一个人。[他说]"'这个人[指另一个抬他的人]是我们在街上花一品脱啤酒雇来的。一品脱啤酒，两个便士呐……朱迪，孩子[他对女儿说]，给那人两便士。才干这么点事就得给这么多。'

"此人属于一种人形模样的奇特菌类，眼下在伦敦西面的街头自发滋生，迅速繁殖，总是穿着旧红外套，其'使命'就是替人牵马或叫马车。这个人收下了两便士，没露出一点心花怒放的样子，只是把钱往空中一扔，又手心朝下一把抓住，走了。"这个姿势，就这一个姿势，加上形容语"手心朝下"—— 一个无关紧要的枝节——这个人就永远留在善于品读者的脑海中了。

大作家的世界确实是个魔幻般的民主世界，哪怕是很小的小人物，哪怕像这个向空中抛两便士又接住的过场人物，在那个民主世界中都有生存、繁衍的权利。

韩敏中　译

二〇一七年三月　修订

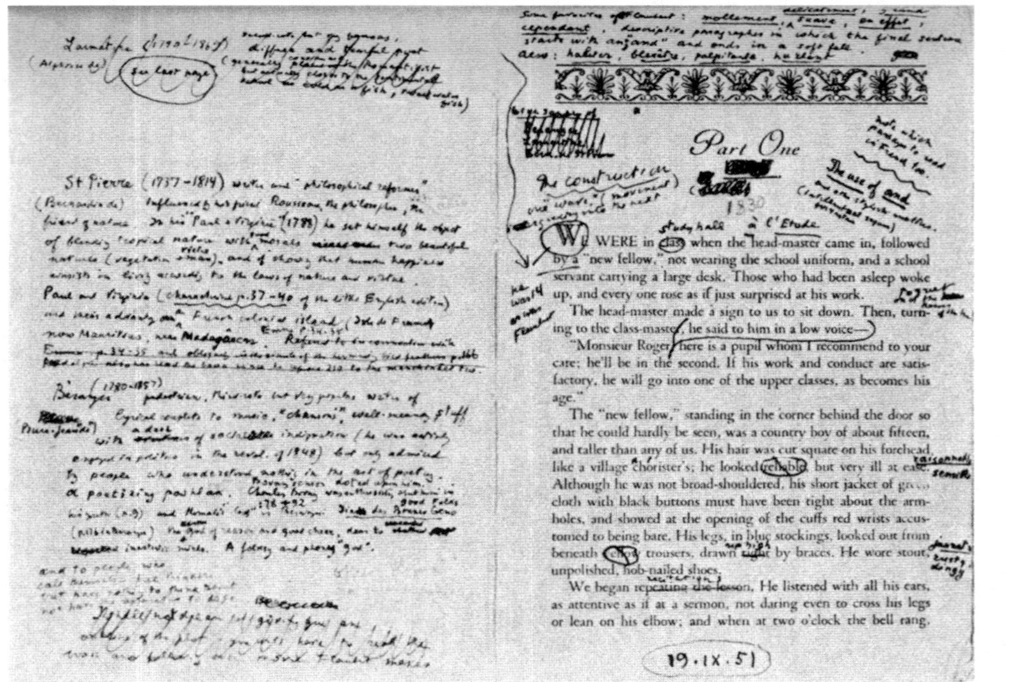

Part One

WE WERE in class when the head-master came in, followed by a "new fellow," not wearing the school uniform, and a school servant carrying a large desk. Those who had been asleep woke up, and every one rose as if just surprised at his work.

The head-master made a sign to us to sit down. Then, turning to the class-master, he said to him in a low voice—

"Monsieur Roger, here is a pupil whom I recommend to your care; he'll be in the second. If his work and conduct are satisfactory, he will go into one of the upper classes, as becomes his age."

The "new fellow," standing in the corner behind the door so that he could hardly be seen, was a country boy of about fifteen, and taller than any of us. His hair was cut square on his forehead like a village chorister's; he looked reliable, but very ill at ease. Although he was not broad-shouldered, his short jacket of green cloth with black buttons must have been tight about the arm-holes, and showed at the opening of the cuffs red wrists accustomed to being bare. His legs, in blue stockings, looked out from beneath yellow trousers, drawn tight by braces. He wore stout, unpolished, hob-nailed shoes.

We began repeating the lesson. He listened with all his ears, as attentive as if at a sermon, not daring even to cross his legs or lean on his elbow; and when at two o'clock the bell rang,

纳博科夫《包法利夫人》讲稿的开篇摹本

居斯塔夫·福楼拜

（一八二一——一八八〇）

《包法利夫人》

（一八五六）

现在我们来欣赏另一部名作，也是一个童话故事。我们赏析的这一组童话故事中，福楼拜的《包法利夫人》是最富浪漫色彩的一篇。从文体上讲，这部小说以散文担当了诗歌的职责。[1]

小孩子听你读故事的时候往往会问，这故事是真的吗？如果不是真的，他会缠着要你讲一个真故事。我们读书的时候最好不要采取孩童般执拗的态度。当然，如果有人告诉你，史密斯先生看见一个绿脸人驾着蓝色飞碟嗖地从空中掠过，你一定会问：那是真的吗？因为这件事如果是真的，必会以某种方式对你的生活发生影响，必会产生一系列具体的后果。但是，对一首诗或是一部小说，请不要追究它是否真实。我们不要自欺欺人。请记住，文学没有任何实用价值。只有一种情况例外，那就是，如果有人不想干别的，偏偏要当开文学课的教授。世间从未有过爱玛·包法利这个女人，小说《包法利夫人》却将万古流芳。一本书的生命远远超过一个女子的寿命。

这部小说涉及通奸，书中某些情节和话语使庸俗浅陋却又假充正经的拿破仑第三政府大感震惊。事实上，这部小说的确曾被当作淫书拿到法庭上受审。多么离奇，好像一件艺术品也能诲淫似的。好在福楼拜打赢了官司。这件事发生在整整一百年以前。今天，在我们生活的时代……我还是不要扯得太远了。

我们对《包法利夫人》的分析应当与福楼拜本人的创作意图相符——从下面几个方面进行讨论：小说的结构（他本人称作*动作*[2]）、主题线索、风格、意境、人物。小说共有三十五章，每章长度约为十页，全书分上中下三卷。三卷中故事发生的地点分别为鲁昂、道特；永镇；永镇、鲁昂、永镇。除了鲁昂，所有地名都是虚构的。鲁昂是法国北部一座有大教堂的城市。

小说里的故事主要发生在十九世纪三四十年代，路易·菲力浦国王当政时期（一八三〇—— 一八四八）。第一章始于一八二七年冬天。在小说的“尾声”部分，某些人物的故事已经进展到一八五六年拿破仑第三统治时期，实际上福楼拜这部小说就是那时完成的。作者于一八五一年九月十九日在鲁昂附近的克鲁瓦塞动手写《包法利夫人》，一八五六年四月完稿，六月付梓，同年年底开始在《巴黎杂志》上连载。在鲁昂北边一百英里处的布洛涅，查尔斯·狄更斯于一八五三年夏天写完《荒凉山庄》，当时福楼拜刚写到《包法利夫人》第二卷；此前一年，在俄国，果戈理去世了，托尔斯泰则已经发表了他的第一部重要著作《童年》。

1　关于福楼拜文体的某些特点，请看纳博科夫在本篇末尾的评注。——原编者注

2　原文为法文。

三种因素造就一个人：遗传因素、环境因素，还有未知因素X。这三种因素相比，环境因素的影响力远远弱于另两种因素，而未知因素X的力量则大大超过其他因素。谈到小说中的各种人物，当然是作者在控制、指挥和运用这三种因素。像包法利夫人这个人物一样，包法利夫人所生活的社会环境也是福楼拜精心创造出来的。所以，说福楼拜式的社会影响了福楼拜式的人物，就是在作无意义的循环论证。小说中的每件事都发生在福楼拜的头脑中，不管最初那微小的动因是什么，也不管当时法国的社会环境或是福楼拜心目中的法国社会环境究竟如何。基于这一看法，我反对人们在女主角爱玛·包法利受到客观社会环境影响的论题上纠缠不休。福楼拜的小说表现的是人类命运的精妙的微积分，不是社会环境影响的加减乘除。

据说《包法利夫人》中多数人物都属于布尔乔亚[1]。但我们首先应当弄清楚的是，福楼拜本人使用的“布尔乔亚”这个词具有什么含义。除了在法文中常见的“城镇居民”这个字面含义之外，福楼拜笔下的“布尔乔亚”这个词指的是“庸人”，就是只关心物质生活，只相信传统道德的那些人。福楼拜使用的“布尔乔亚”这个词从来不具有马克思主义政治经济学上的内涵。福楼拜的“布尔乔亚”指的是人的心灵状态，而不是经济状况。这部小说中有一个著名的场面：一个勤劳的老妇人由于像牛马般卖力地为农场主干活而获得一枚奖章。评判委员会由一伙怡然自得的布尔乔亚组成，他们笑容可掬地望着老

1 此词通常译为“资产阶级”，因是多义词，故音译。

妇人。请注意，在这里，笑容满面的政客和迷信的老农妇都是“庸人”，也都是福楼拜所指的那种“布尔乔亚”。若要十分清楚地划定这个词的含义，我可以举下面的例子。今天在俄国，苏维埃文学，苏维埃艺术，苏维埃音乐，苏维埃的理想抱负，都十足地带着沾沾自喜的布尔乔亚的特征，像是在铁幕后边衬着一道华丽而又俗气的花边网眼纱幕。一个苏维埃官员无论职位高低，在精神上都是典型的布尔乔亚和庸人。要想把握福楼拜赋予这个词的真正含义，市井小人郝麦先生的行为就是最好的注脚。……

与十九世纪初拿破仑的礼花庆典时代和五彩斑斓的当代相比，路易·菲力普这位“公民国王”（布尔乔亚国王）从一八三〇年到一八四八年的统治是一段色彩雅淡的时期。十九世纪四十年代，“在基佐内阁冷峻的治理下，法国经历了一段平静的历史时期”。然而“一八四七年初法国政府开始遇到各种棘手的问题：公众的不满情绪，贫困的问题，人们要求由一个更能代表民众，或者也更明智的政府来掌权……达官要员中似乎盛行着阴谋与欺诈”。一八四八年二月爆发了一场革命。路易·菲力普“化名威廉·史密斯先生，乘一辆出租马车仓皇出逃，灰溜溜地结束了一个不光彩的王朝”（《大英百科全书》第九版，一八七九年）。我提到这段历史，是因为乘马车、带雨伞的路易·菲力普是个十足的福楼拜式的人物。小说中另一个人物查理·包法利，根据我的推算，生于一八一五

年；一八二八年进学校；一八三五年当了“医士”（比医生低一级）；同年娶了他的第一位太太——寡妇杜比克夫人，地点在道特，那也是他开始行医的地方。妻子死后，他于一八三八年娶了爱玛·卢欧（本书之女主角）；一八四〇年迁往另一城市——永镇；第二个妻子死于一八四六年，他本人于一八四七年去世，死时三十二岁。

这便是这部小说的简要大事年表。

在小说第一章，我们找到了第一条主题线：层次或千层饼主题。这是一八二八年秋天。查理十三岁，上学第一天，坐在教室里，帽子仍然放在两个膝盖上。“这是一种混合式的帽子，具有熊皮水獭皮帽、骑兵盔［一种平顶盔］圆筒帽和布便帽的成分。总而言之，这是一种不三不四的寒碜东西，它那不声不响的丑样子，活像一个表情莫名其妙的傻子的脸。帽子外貌像鸡蛋，里面用鲸鱼骨支开，帽口有三道粗圆绲边；往上是交错的菱形丝绒和兔子皮，一条红带子在中间隔开；再往上，是口袋似的帽筒，和硬纸板剪成的多角形的帽顶；帽顶蒙着一幅图案复杂的彩绣，上面垂下一条过分细的长绳，末端系着一个金线结成十字形花纹的坠子。崭新的帽子，帽檐闪闪发光。”[1]（我们可以对照果戈理《死魂灵》中对乞乞科夫的旅行提箱和科罗

1　引文主要根据李健吾所译《包法利夫人》（人民文学出版社，1979年），并参照纳博科夫之英译文。

皤契卡的马车的描述——也是千层饼主题！）

在上面这段描写及将要谈到的另外三个例子中，一层又一层，一级又一级，房套房，椁套棺，意象层次分明地展现出来。那顶帽子既寒碜又俗气，象征着查理未来的生活——同样寒碜而又庸碌。

查理失去了第一个妻子。一八三八年他二十三岁的时候和爱玛结婚，举行了盛大的农庄婚筵。点心师傅初次在当地献技，格外卖力。他做了一盘点心—— 一个多层蛋糕，也是既寒碜又俗气。“首先，底层是方方一块蓝硬纸板［似乎正好与硬纸板剪成的帽顶遥相呼应］，剪成一座有门廊有柱子的庙宇，四周龛子撒了金纸星宿，当中塑着小神像；其次，二层是一座萨瓦蛋糕望楼，周围是糖渍白芷屑、杏仁、葡萄干、四分之一瓣橘子做的玲珑碉堡；最后，上层平台，绿油油一片草地，有山石，有果酱湖泊，有榛子船只，就见一位小爱神在打秋千：巧克力秋千架，两边柱头一边放着一个真玫瑰花球。”

这里的果酱湖泊是一种先兆，象征着富有浪漫情调的瑞士湖泊，崭露头角的风流妇人爱玛·包法利将伴着拉马丁[1]的流行抒情诗，怀着美妙的梦想在湖上漂流；在鲁昂旅馆里爱玛与第二个情夫赖昂幽会的那个轻狎可意的房间里，我们又会看到铜钟上小爱神的雕像。

时间仍在一八三八年六月，但地点已移至道特。从一八三五年底查理就一直住在那里。先是和第一个妻子相伴，

1 Lamartine（1790—1869），法国浪漫主义诗人，著有《孤独》、《回忆》、《湖》、《秋》等诗篇。参见李健吾译本注。

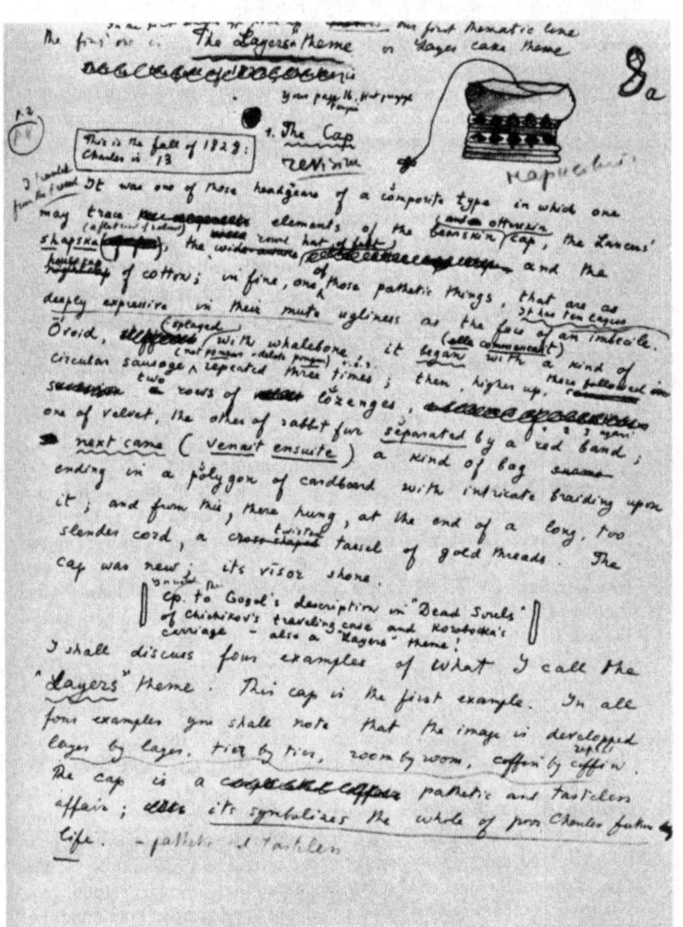

The first one is The Layers theme or Layer cake theme

This is the fall of 1828: Charles is 13

1. The Cap

It was one of those headgears of a composite type in which one may trace elements of the bearskin and otterskin cap, the Lancers' shapska, the round hat of felt, and the housecap of cotton; in fine, one of those pathetic things, that are as deeply expressive in their mute ugliness as the face of an imbecile. Ovoid, splayed with whalebone, it began (elle commençait) with a kind of circular sausage repeated three times; then, higher up, there followed two rows of lozenges, one of velvet, the other of rabbit fur separated by a red band; next came (Venait ensuite) a kind of bag ending in a polygon of cardboard with intricate braiding upon it; and from this, there hung, at the end of a long, too slender cord, a twisted tassel of gold threads. The cap was new; its visor shone.

Cp. to Gogol's description in "Dead Souls" of Chichikov's traveling case and Korobochka's carriage – also a "Layers" theme!

I shall discuss four examples of what I call the "Layers" theme. This cap is the first example. In all four examples you shall note that the image is developped layer by layer, tier by tier, room by room, coffin by coffin. The cap is a pathetic and tasteless affair; its symbolizes the whole of poor Charles' future life. – pathetic and tasteless

纳博科夫对《包法利夫人》千层饼主题注解及查理帽子的手绘

一八三七年二月妻子去世，他便独自鳏居。在迁往永镇之前，他和新娶的妻子爱玛将在道特度过两个年头（直到一八四〇年三月）。第一层：“房子前脸，一砖到顶，正好沿街，或者不如说是沿路。［第二层：］门后挂一件小领斗篷、一副马笼头、一顶黑皮便帽。角落地上扔一双皮裹腿，上面还有干泥。［第三层：］右手是厅房，就是说，饮食起居所在。金丝雀黄糊墙纸，高头滚一道暗花，由于帆布底子没有铺平，整个都在颤摆；红压边白布帘，错开挂在窗口；壁炉板架窄窄的，上面放着一只明光闪闪的座钟。样式是希波克拉特[1]的头，一边一支椭圆形罩子扣着的包银蜡烛台。［第四层：］过道对面是查理的诊室、六步来宽的小屋，里头有一张桌子、三张椅子和一张大靠背扶手椅。一个六格松木书橱，单是《医学辞典》差不多就占满了。辞典没有裁开，但是一次一次出卖，几经转手，装订早已损坏。［第五层：］看病时候，隔墙透过牛油融化的味道。人在厨房，同样听见病人在诊室咳嗽，讲说他们的病历。［第六层：］再往里去［原著用‘venait ensuite’，和描写帽子的一段采用完全相同的格式］，正对院子和马棚，是一间有灶的破烂大屋，现在当柴房、堆房、库房用。”

爱玛·包法利过了八年婚姻生活，其中包括两场如癫似狂的风流韵事——她丈夫竟一无所知。最后，她负债如山，无力偿还，于一八四六年三月自杀。在安排妻子的丧事时，可怜的查理一生中唯有这一次发挥了浪漫的想象力：“他把自己关在诊室，拿起笔来，呜咽了半晌，这才写道：‘我希望她入殓时，

1　希波克拉特，古希腊最有名的医生。见李健吾译本。

身穿她的新嫁衣，脚着白鞋，头戴花冠。头发披在两肩。[下面开始出现层次]一棺两椁：一个用栎木，一个用桃花心木，一个用铅……拿一大幅绿丝绒盖在她身上。’”

全书所有的“层次”主题都汇聚在这里。我们会清晰地回想起查理上学第一天戴的那顶寒碜帽子的细节，回想起婚筵上的多层蛋糕。

第一位包法利夫人是一位法警的遗孀。可以说她是假包法利夫人。小说第二章，第一位夫人还健在，第二位夫人就出现了。正像查理作为继承人搬到老医生对门住下来一样，头一个包法利夫人没死，未来的夫人就出场了。福楼拜不能描写第一位夫人的婚礼，因为那会妨碍对第二位夫人的婚筵的描述。福楼拜对第一位夫人采用了如下称谓：杜比克夫人（她原夫的姓氏），然后是包法利夫人，小包法利夫人（以区别于查理的母亲），然后是艾洛伊丝。然而当她的财产保管人卷款逃走的时候，福楼拜又称她为杜比克寡妇。最后她又被称作杜比克夫人。

换言之，在头脑简单的查理看来，在他爱上爱玛·卢欧之后，他的第一个妻子便一步步倒退到原来的状况。她死之后查理·包法利娶了爱玛，于是可怜的艾洛伊丝完全返回最初的位置，又成了杜比克夫人。现在查理成了鳏夫，但他的孤苦寂寞都以某种方式转移给了受骗后死去的艾洛伊丝。爱玛似乎从未同情过艾洛伊丝·包法利的不幸遭遇。凑巧的是，导致两位太太死亡的原因之一都是一场经济变故。

浪漫这个词有好几层涵义。讨论《包法利夫人》这本书和包法利夫人这个人物时，我将使用浪漫的下列涵义："一种梦幻式的，富于想象力的心态，主要由于受到文学作品的影响，时常沉湎于美妙的幻想之中。"（浪漫的，不是浪漫主义文学的。）[1] 一个浪漫的人，在精神上或感情上生活在一个非现实的世界之中。这个人是深沉还是浅薄，取决于他（或她）的心灵的素质。爱玛·包法利聪慧、机敏，受过比较良好的教育，但她的心灵却是浅陋的：她的魅力、美貌和教养都无法抵消她那致命的庸俗趣味。她对异国情调的向往无法驱除心灵中小市民的俗气。她墨守传统观念，有时以传统的方式触犯一下传统的清规戒律。通奸不过是逾越传统规范的一种最传统的方式。她一心向往荣华富贵，却也偶尔流露出福楼拜所说的那种村妇的愚顽和庄户人的粗俗。然而她那美丽出众的姿容和风韵，她那小鸟一般，像蜂鸟一般的轻盈活泼，迷住了书中的三个男子：她丈夫及两个接踵而至的情人——两人都是卑劣小人。与他曾经狎戏的妓女们相比，罗道耳弗尤其欣赏她那孩童般浪漫的稚气；赖昂这个庸才则因攀得一位真正有身份的太太作情妇而受宠若惊。

1　纳博科夫原文中，此处使用了"romanesque"和"romanticist"两个词。

那么她的丈夫查理·包法利又怎么样呢？他愚钝、笨拙、迟缓、毫无魅力、没有头脑、缺乏教养，信守着一整套传统观念和习俗。他是个鄙俗之辈，可也是个令人怜悯的人。下面的两点极为重要。他迷恋爱玛、欣赏爱玛的，正是爱玛本人在浪漫的幻想中百般寻求却无法获得的那些东西。查理朦胧却又深沉地从爱玛的性格中体味到一种五彩缤纷的美，一种雍容华贵，一种梦幻般的冷峻高雅，一种诗意和浪漫情调。这是第一点，后边我会举出几个例证。第二点，查理几乎是不知不觉地爱上了爱玛，那是一种发自内心的真挚感情，完全不同于她那两个卑鄙庸俗的情夫罗道耳弗和赖昂的那种肉欲、轻薄的感情。于是我们看到了福楼拜童话中的一个有趣的矛盾：书中唯有这个最迟钝笨拙的人物，通过对爱玛——不论生前还是死后——的宽宏大量、坚贞不渝、力量无穷的爱，得到了神灵的赎救。小说中还有第四个爱上了爱玛的人物，名叫朱斯丹。他还是个孩子，像狄更斯小说中描写的那种孩童。但我感到他是个令人同情的人物。

让我们回到查理还在和艾洛伊丝做夫妻的时候。小说第二章，包法利迷迷糊糊地骑着马——马在这部小说里扮演了重要的角色，成了一个独立的小主题[1]——朝爱玛家中走去。爱玛是他的一个农夫病人的女儿。然而爱玛却不是一个普通的农

1　关于马的主题，请参看纳博科夫在本篇末尾的评注。——原编者注

家女，她是个窈窕淑女，一位“大家闺秀”，和富贵人家的小姐们一道在一所体面的寄宿学校里长大。查理·包法利出场了，被人从冷冰冰的双人床上叫起来。（他从来不爱第一个妻子，这不幸的女人已经有了一把年纪，干瘦，像春季草木发芽一样长了一脸疙瘩——她是另一个男人的寡妻，福楼拜让查理这样看待她。）于是年轻的乡村医生查理被一个报信人从冰冷的卧榻上唤醒，然后出发去拜尔斗田庄，为一个庄户人医腿。快到田庄的时候，他那匹驯良的马忽然受惊，来了个大闪失。这是个微妙的先兆，预示这年轻人平静的生活将掀起波澜。

查理第一次去拜尔斗时，我们通过他的眼睛看到田庄，然后又看到爱玛。当时查理的妻子还是那不幸的寡妇。院子里的五六只孔雀似乎是一个隐约的征兆，以彩虹般的色彩暗示查理未来的生活。让我们看看这一章结尾处关于爱玛的阳伞的一段插曲。几天之后，时逢化冻。院里树木的皮在渗水，房顶的雪在融化。爱玛站在门槛边；她去找来阳伞，撑开了。阳伞是缎子做的，阳光透过来，闪闪烁烁，照亮脸上的白净皮肤。天气不冷不热，她在伞底下微笑。能够听见水点声，一滴又一滴，打着紧绷绷的闪缎。

通过包法利的眼睛我们看到爱玛外貌的美：她那镶了三道花边的美利奴蓝袍，秀丽的指甲，还有她的发式。各种译本中描写爱玛发式的一段都译得很糟，必须加以纠正，否则会得出错误的印象：“一条中缝顺着脑壳的弧线，轻轻下去，分开头发［这是年轻医生的观察］；头发乌黑乌黑的，光溜溜的，两半边都像一块整东西一样，几乎盖住了耳垂［各种译本都将“耳垂”译成了“耳朵尖”。她那乌黑的头发当然会盖住耳朵尖，那是不言而喻的］[1]，盘到后头，挽成一个大髻，又像波浪一样起伏，朝鬓角推了出去。她的脸蛋是玫瑰红颜色。”

夏日房中的一段描写更强调了爱玛给予年轻医生的一种肉感的印象。这景象是从起居室中观察到的：“外头放下窗板，阳光穿过板缝，在石板地上，变成一道一道又长又亮的细线，碰到家具犄角，一折为二，在天花板上颤抖。桌上放着用过的玻璃杯，有些苍蝇顺着杯壁往上走，反而淹入杯底的残苹果酒，嘤嘤作响。亮光从烟囱下来，掠过壁炉铁板上的烟灰，烟灰变成天鹅绒，冷却的灰烬映成淡蓝颜色。爱玛在窗、灶之间缝东西，没有披肩巾，就见光肩膀冒小汗珠子。”请注意，阳光透过窗缝射进来，变成一道道又长又亮的细线，苍蝇顺着玻璃杯壁往上走（各种译本作“爬”，不对。苍蝇不是爬，而是用脚走，边走边搓着手）[2]，反而淹入杯底的残苹果酒。请注意，阳光阴险地溜进来，把壁炉铁板上的烟灰变成天鹅绒，冷却的灰烬变成淡蓝颜色。爱玛的裸肩上冒小汗珠子（她穿着敞领衫），这一点也请注意。这是最完美的意象。

在田野中穿行的迎亲行列可与小说结尾时穿行于另一片田野的为爱玛送葬的队伍相对照。迎亲时：“行列起初齐齐整整，走在绿油油小麦之间的狭窄阡陌上，曲曲折折，好似一条花披肩，在田野动荡起伏，不久拉长了，三三两两，放慢步子闲

1　李健吾中译本此处亦作“耳朵尖”。

2　李健吾中译本此处作“往上爬”。

谈。前面走着提琴手，提琴的卷轴扎了彩带；新人跟在后头，亲友随便走动；孩子们待在末尾，掐荞麦秆子尖尖的花儿玩，要不然就瞒着大人，自己玩耍。爱玛的袍子太长，下摆有些拖来拖去，她不时停住往上拉拉，然后用戴手套的手指，灵巧敏捷，除去野草和蓟的小刺，而查理两手空空，等她完事。卢欧老爹戴一顶新缎帽，青燕尾服的硬袖连手指甲也盖住了，挽着包法利太太。至于包法利老爷，心下看不起这群人，来时只穿一件一排纽扣的军式大衣，对一个金黄色头发乡下姑娘，卖弄咖啡馆流行的情话。她行着礼，红着脸，不知如何回答才好。别的贺客谈自己的事，要不然就是兴致勃勃，彼此在背后捣乱；提琴手一直在田野拉琴，吱扭吱扭的声音［像蟋蟀唱歌］总在大家耳边响。”

爱玛要下葬了。“六个杠夫，一边三个，迈开小步，微微气喘。教士、唱经队队员和两个唱经的小孩子，吟诵‘我从深处’[1]，声音抑扬高低，散在田野。有时候他们走进小路拐弯处，看不见了，不过大银十字架总在树木之间举着。［比较迎亲时关于小提琴手的一段描写。］

“妇女跟在后头，披着风帽朝下翻的黑斗篷，每人拿着一支点亮的大蜡烛。查理听见祷告翻来覆去，看见蜡烛络绎不绝，闻见蜡油和道袍的恶心气味，觉得自己软绵绵没有气力。一阵清风吹来。裸麦和菜籽［油菜籽］发绿；露珠在道旁荆棘篱笆上颤抖。天边是一片欢乐的声音：一辆大车在车辙上走

1　原文为 De Profundis，见于《旧约 · 诗篇》一百三十。——李健吾注

动，远远传来鞭子噼啪的响声；一只公鸡啼个不住，要不然就见一匹马驹，跳跳蹦蹦，逃到苹果树底下。晴空飘着几点玫瑰色红云；淡蓝色浮光笼罩着蝴蝶花盖住的茅屋；查理走过，认出一所一所院落。他记得有些早晨如同今天一样，他看完病人，走出院落，回去看她。[奇怪的是，他居然不记得迎亲的那一天；读者比他记得更清楚。]

“黑布棺罩绣了好些眼泪似的白点子，不时被风吹开，露出灵柩。杠夫走累了，放慢脚步。灵柩忽高忽低，仿佛一条小船，一个浪头打来，上下摆动。”

另一段以含蓄笔调表现肉感美的文字描述了年轻的查理婚后的幸福生活。我们又不得不对拙劣的译文作一些修正：“早晨他躺在床上，枕着枕头，在她旁边，看阳光射过她可爱的脸蛋的汗毛，睡帽带子有齿形缀饰，遮住一半她的脸蛋。看得这样近，他觉得她的眼睛大了，特别是她醒过来，一连几次睁开眼睑的时候；阴影过来，眼睛是黑的，阳光过来，成了深蓝；仿佛具有层层叠叠的颜色，深处最浓，越近珐琅质表面越淡。”（与“层次”主题的一次小小呼应。）

第六章中以追忆的形式描写了爱玛的童年，她如何受到浅薄的浪漫主义文化熏陶，读了些什么书，从书里学到了什么。爱玛读了许多传奇故事，许多带有异国情调的小说，许多浪漫派诗歌。她熟悉的作家中有些是第一流的，如沃尔特·司各特

和维克多·雨果；有的却不怎么高明，如贝尔纳丹[1]和拉马丁。作家好坏倒无关紧要，我要说的是，爱玛不是一个善于读书的人。她读书太动感情，以浅薄无知的孩子的方式，让自己去充当小说里某个女角色。福楼拜使用了十分微妙的手法。在好几个段落中福楼拜列举了爱玛十分喜爱的那些浪漫主义陈腔滥调；然而他巧妙地选择了一些浅俗的意象，用声调铿锵的词汇和起伏跌宕的句式，写出一段段相当美妙和谐的文字。爱玛在修道院读的书中“无非是恋爱、情男、情女、在冷清的亭子晕倒的落难命妇、站站遇害的驿夫、夜夜倒毙的马匹、阴暗的森林、心乱、立誓、呜咽、眼泪与吻、月下小艇、林中夜莺，公子勇敢如狮，温柔如羔羊，人品无双，永远衣冠修整，哭起来泪如泉涌。爱玛就这样在十五岁上，有半年之久，一双手沾满了古老书报租阅处的灰尘。后来她读司各特，醉心历史事物，悬想大皮柜、警卫室和行吟诗人。她巴不得自己也住在一所古老庄园，如同那些腰身细长的女庄主一样，整天在三叶形穹窿底下，胳膊肘支着石头，手托住下巴，遥望一位白羽骑士，胯下一匹黑马，从田野远处疾驰而来。”

在描述郝麦的粗鄙言行时，福楼拜运用了同样的艺术手法。内容也许粗俗低下，作者却用悦耳而又和谐的文字表现出来。这就是风格。这就是艺术。唯有这一点才是一本书真正的价值。

爱玛浪漫的幻想与那条意大利种小猎犬有着某种关联。那

1 Bernardin de Saint-Pierre（1737—1814），法国作家。

条狗是一位猎警送的，她带着狗“去散步［在道特］，因为她有时候出去走走，独自待上一时，避免老看日久生厌的花园和尘土飞扬的大路……她的思想起初漫无目的，忽来忽去，就像她的猎犬一样，在田野兜圈子，吠黄蝴蝶，追鼩鼱，咬小麦地边的野罂粟。随后，思绪渐渐集中了，于是爱玛坐在草地，拿阳伞的小尖头轻轻刨土，向自己重复道：‘我的上帝！我为什么结婚？’

“她问自己，她有没有方法，在其他巧合的机会，邂逅另外一个男子。她试着想象那些可能发生的事件、那种不同的生活、那个她不相识的丈夫。人人一定不如他。他想必漂亮、聪明、英俊、夺目，不用说，就像他们一样，像她那些修道院的老同学嫁的那些人一样。她们如今在干什么？住在城里，市声喧杂，剧场一片音响，舞会灯火辉煌，她们过着心旷神怡的生活。可是她呀，生活好似天窗朝北的阁楼那样冷，而烦闷就像默不作声的蜘蛛，在暗地结网，爬过她的心的每个角落。”

在从道特去永镇的路上猎犬丢失了，这预示着她在道特的那种温和的浪漫情调和哀婉的空想时期已经结束，取而代之的是发生在永镇——那决定她命运的市镇——的那些热烈的恋爱经历。

然而早在去永镇之前，有一次从渥毕萨尔沿着空旷的乡村土路回家，爱玛拾得一个丝绸面的雪茄匣，这匣子引起了她对巴黎的浪漫幻想。[1]这很像普鲁斯特写的《追寻逝去的时光》。

1　查理停下来修理马鞦的时候，爱玛发现了雪茄匣。在她眼里，烟匣成了时髦的巴黎生活的象征。后来，罗道耳弗也曾修理断了的缰绳，那是在她与罗道耳弗发生恋爱关系之后。——纳博科夫注

在这部本世纪上半叶最伟大的小说中，一杯茶引起了对小城贡布雷及城中花园的一系列回忆。爱玛对巴黎的憧憬是贯穿全书的一系列幻想中的一个。有一个没多久就破灭了的梦，那就是，爱玛想通过查理使“包法利”这个姓闻名天下：“她怎么连那样一个人也嫁不到：勤奋寡言，夜晚埋头著述，最后熬到六十岁上，风湿病的年龄来了，可是不合身的青燕尾服挂着一串勋章。她巴不得包法利这个姓——她现在姓这个姓，赫赫有名，在书店公开陈列，在报上经常出现，全法兰西都知道。可是查理没有野心！”

梦幻的主题自然地融入了欺骗的主题。爱玛将引起她无限遐想的那只雪茄匣藏了起来。她一开始就欺骗查理，好让丈夫带她去别的地方。她装病，于是他们迁到了永镇，据说那里气候更好：“这可怜的情形，真就永远下去？她有没有跳出的一日？其实，生活快乐的妇女，她哪一个比不上！她在渥毕萨尔，也见过几个公爵夫人，腰身比她粗笨，举止比她伧俗；她恨上帝不公道，头顶住墙哭；她歆羡动乱的生涯、戴假面具的晚会、闻所未闻的欢娱、一切她没有经见然而应当经见的疯狂爱情。

“她脸色苍白，心跳也不正常。查理要她服败酱汤，洗樟脑澡，种种努力，似乎只是使她格外有气罢了……

“因为她一直抱怨道特不好，查理心想，她生病一定是受了当地气候感应的缘故；他存了这种心思，当真想着换一个地方行医了。

“她从这时候起，喝醋要自己瘦，得了干咳的小毛病，一点胃口也没有了。”

到永镇之后，命运就要开始摆布她了。爱玛的婚礼花束的下场预示着几年后爱玛将自尽。爱玛发现了包法利第一个妻子的婚礼花束，便猜测别人会怎样处置她自己的花束。现在即将离开道特，她自己把花烧掉。这一段写得很精彩："有一天，预备动身，她归理抽屉，有什么东西扎了手指。原来是一根铁丝，捆扎她的结婚的花用的。橘花已经在灰尘之中变黄了，银绲条缎带沿边也绽了线。她拿花扔进火里。它烧起来，比干草还快，随后在灰烬里，仿佛一堆小红树，慢慢销毁。她望着它燃烧。小纸果裂开，铜丝弯弯扭扭，金银花带熔解；纸花瓣烧硬了，好像一只一只黑蝴蝶，沿着壁炉，飘飘摇摇，最后，飞出烟囱去了。"福楼拜一八五二年七月二十二日前后写的一封信里的话可以为上面那段描写作注脚："真正好的散文句子应当像好的诗句，好得不可易一字，而且像诗一样节奏分明，音调铿锵。"

爱玛想为女儿取一个浪漫的名字——幻想的主题又出现了。"她最先考虑所有那些有意大利字尾的名字，例如克娜拉、路易莎、阿芒达、阿达娜；她相当喜欢嘉耳徐安德这个名字，尤其喜欢意色和莱奥卡狄这两个名字。"其他角色提出的建议忠实地反映了他们各自的性格。"查理愿意小孩子叫母亲的名字；爱玛不赞成。"郝麦说，赖昂先生"'弄不懂你们为什么不取玛德兰这个名字，眼下非常时髦。'

"但是包法利老太太坚决反对用这有罪女人的名字。至于郝麦先生，凡足以纪念大人物、光荣事件或者高贵思想的，他都特别喜爱……"我们应当注意爱玛最后为什么选择了白尔特。"最后还是爱玛想起，她在渥毕萨尔庄园听见侯爵夫人喊一个年轻女人白尔特，就选定了这个名字……"

给孩子取一个浪漫的名字与孩子受人乳养的环境形成了对比。寄养孩子是当时流行的一种特殊的习俗。爱玛和赖昂一道步行着去看望孩子。“他们看见一棵老胡桃树，知道到了。老胡桃树荫下，有一所棕色瓦房，矮矮的，阁楼天窗底下挂着一串大葱。一捆一捆小树枝，竖直了，靠住荆棘篱笆，围着一畦生菜、一小片香草和架子支起、正在开花的豌豆。泼在草上的脏水，东一摊，西一摊，房子周围有几件叫不出名堂的破衣烂裤、编织的袜子、一件红印花布短袖女袄和一大幅晾在篱笆上的厚帆布。奶妈听见栅栏响，抱着一个吃奶的孩子出来，另一只手还牵着一个可怜的小瘦家伙，一脸瘰疬：他是鲁昂一个帽商的儿子，父母忙于做生意，把他撇在了乡下。”

爱玛感情的波动——她的渴望、激情、挫折、情欲、失望——这兴衰无常的变化，最后以自戕告终，而且死得很惨。不过在结束对爱玛的分析之前，我们还要讨论一下她的性格本质中粗俗的一面。她肉体上的一个小缺陷象征着这种粗俗：她的双手线条欠柔，带着生硬的棱角。那双手很整洁、纤细、白净，也许算得上标致，却并不美。

她不诚实，说谎成了她的秉性：还没有与人发生奸情的时候，她就开始欺骗查理了。她生活在庸俗的人们之中，自己也是个庸人。她在精神上的鄙俗表现得不像郝麦那样明显。郝麦那种陈腐不堪的伪科学的态度正好与爱玛那种女性的伪浪漫情调相匹配。这种说法也许对爱玛责之过严，但人们总会觉得，郝麦和爱玛两人不仅名字读音相近，[1] 两人的性情也有相通

1 爱玛（Emma）和郝麦（Homais）在法语中发音近似。

之处—— 一种冷酷的粗俗。对于爱玛来说，她的风韵、聪颖、美貌，她那漫无目的的智慧，她的想象力，她偶尔流露的温柔体贴，以及她小鸟般短暂生命的悲剧式结束，这一切掩盖了她的鄙俗。

郝麦可不是这样。他是个成功的庸人。小说的末尾，可怜的爱玛躺在床上，已经死去。照料她的是好事之徒郝麦和索然无趣的教士布尔尼贤。这两人凑在一起，形成了有趣的一幕：医药的信徒和上帝的信徒守在爱玛的尸身旁边，两人相对而坐，肚子鼓出，下巴低垂，鼾声大作，终于在人类同一弱点——睡眠之中携手了。郝麦找到的碑铭对于可怜的爱玛的命运简直是一种侮辱！他的脑子里装满了拉丁文的陈腔滥调，但起初他竟找不到比“行人止步”更好的词句。止步，止在哪儿？这句拉丁文的末尾两个词是“英雄的骸骨”——你践踏了英雄的骸骨。郝麦则像往常一样轻率地把“英雄的骸骨”换成了“你爱妻的骸骨”。这句话就成了“止步，行人，你践踏了你爱妻的骸骨”[1]——可怜的查理断不会说这样的话。查理虽然蠢，却一往情深地爱着爱玛。她在死前不久确曾意识到查理的爱心。查理死在哪里？他正是死在罗道耳弗和爱玛常去调情的花棚之下。

（顺便说一下，在查理生命的最后一刻，花丛里是“浅绿色甲虫”在绕着百合花嗡嗡地飞，不是“大野蜂”。小说的这些译者多么无耻、卑劣、庸俗！让人觉得似乎郝麦——他懂一

1　这段碑文的拉丁文是“Sta viator，amabilem conjugem calcas”，完全抄袭德国十七世纪初麦尔席将军的碑铭“Sta viator，heroem calcas”（行人止步，勿践英雄）。见李健吾译本注。

点英文——在充当福楼拜小说的英文翻译。）

郝麦这个人物在堂皇的外表下掩盖着如下的缺陷：

1. 他的科学知识来自各种小册子，他的文化修养来自报纸；他的文学趣味低劣得可怕，他所引用的作家的名字是最好的证明。有一次郝麦说，"'这是个问题'，正像我最近读过的报纸所说的"。无知的郝麦竟不知道他引用的不是鲁昂某个新闻记者的话，而是莎士比亚剧中的台词[1]——也许那篇政论文的作者也不知道自己引用了莎士比亚的话。

2. 有一次用错药造成的事故差点让他坐了监，从此他时常怀着一种恐惧。

3. 他是一个叛徒、无赖，一个惹人恨的人物，为了生意兴隆，为了获得勋章，他不在乎出卖自己的尊严。

4. 他是个懦夫，尽管他爱说大话，却怕血，怕死，怕尸体。

5. 他从不宽恕人，报复起来冷酷无情。

6. 他是个傲慢的蠢货，一个沾沾自喜的骗子，十足的市侩，也是社会的栋梁——像别的许多市侩们一样。

7. 在小说的末尾，他的确于一八五六年如愿以偿，得到了勋章。福楼拜认为他自己生活在"庸人时代"，他使用了"muflisme"这个词来形容那个时代。然而这并不是某个政府或政权所独有的特征。可以说，庸人风气更盛行于革命时期和警察国家。闹乱子的庸人总比不声不响坐在电视机前消遣的庸

1　此处谈到的是《哈姆雷特》中的台词："To be or not to be，that is the question."

人要危险得多。

现在我们来总结一下爱玛的恋爱经历，不管是柏拉图式的精神恋爱还是其他形式的恋爱：

1. 在小说倒叙过去生活的段落中，学生时期的爱玛也许爱上了她的音乐教师，那教师提着小提琴匣消失了。

2. 作为查理的年轻妻子（她一开始就不爱他），她的第一个情郎是赖昂·迪皮伊，一个公证处职员。从定义上分析，这是一次典型的柏拉图式精神恋爱。

3. 她第一次“私通”是与当地乡绅罗道耳弗·布朗热。

4. 在这场恋爱中，爱玛发现罗道耳弗比她幻想中的浪漫情人粗暴得多，于是她转而寄希望于她的丈夫。她希望丈夫成为名医。在这段短暂的时间里，她变得较为温柔、自信。

5. 查理为可怜的马夫医腿，手术完全失败——这是小说中写得最精彩的部分之一——之后，爱玛以更热烈的激情回到罗道耳弗的怀中。

6. 罗道耳弗毁掉了她最后一个美梦——和他私奔到意大利去过世外桃源的生活——在重病一场之后，她把上帝当作了她浪漫的崇拜对象。

7. 她曾对歌剧演员拉嘉尔狄想入非非，但这只延续了几分钟。

8. 她再遇胆怯、乏味的赖昂，他俩的恋爱以怪诞而又哀婉的方式实现了她所有的浪漫幻想。

9. 临死前她发现了查理身上人和神的一面，发现了他对自己深情的爱——她失去了这一切。

So let us list — Emma's loves, platonic and otherwise

? have ten points

1) As a schoolgirl she may have had a crush on her music teacher at school (he who passes with his uncanny violin in one of the retrospective paragraphs of the book)

2) As a young woman married to Charles (with whom she was not in love), she had at the beginning an amorous friendship, a perfectly platonic one technically, with Leon Dupuis, a notary clerk.

3) Her first affair is with Rodolphe Boulanger, the local squire.

4) In the middle of it, since Rodolphe turns out to be more brutal than the romantic ideal she longed for, Emma tries to discover an ideal in her husband, tries to see him as a great physician, and begins a brief phase of tenderness and tentative pride.

ch. XI

5) After poor Charles had completely botched the operation on the poor stableboy's clubfoot — one of the greatest episodes in the book — she goes back to Rodolphe with more passion than before.

6) When Rodolphe dealt abolished her last romantic dream (of eloping) after a serious illness, she finds a subject of romantic adoration in God

7) a few minutes of daydreaming about the singer Lagardy

8) Her affair with Leon when she meets him again is a grotesque and pathetic materialization of all her romantic dreams

9) In Charles just before her death she sees his human and divine side, his perfect love for her — all that she had missed

10) The ivory body of Jesus Christ on the cross that she kisses a few minutes before her death.

all the misery of her life takes over again when she hears the awful song of the vagabond as she dies.

Why are the people in the book?

纳博科夫关于包法利夫人爱情的笔记

10. 临终前几分钟，她亲吻了十字架上基督洁白的身体。但对基督的爱也可以说得到了和先前一样悲剧式的结局，因为在死亡的一刹那她听见丑陋的乞丐唱起那首怪歌，歌声又将她带回到生活的苦难之中。

小说里谁是“好”人呢？勒乐显然是坏人，但除了查理之外，这本书里的正面人物还有谁呢？爱玛的父亲卢欧老爹应该算一个；男孩朱斯丹勉强算一个，我们看见他在爱玛坟头哭泣，那是凄凉的一幕；提到小说中狄更斯式的格调，我们不要忘记另外两个不幸的孩子：一个是爱玛的小女儿；另一个狄更斯式的女孩自然就是那个十三岁的驼背女孩，可怜的小女佣，衣衫褴褛的少女——她是勒乐的帮手，是个值得留意的人物。小说里还有好人吗？剩下的人物中最好的是那第三位大夫，声名赫赫的拉里维耶尔博士，尽管我很不喜欢他为垂死的爱玛流下的那滴清泪。有人也许会说，福楼拜的父亲是个医生，这里也许是老福楼拜在为儿子笔下人物的悲惨命运垂泪呢。

有一个问题:《包法利夫人》可以算作一部现实主义或是自然主义小说吗？我很怀疑。

在这部小说里，一个年轻健康的丈夫从未在夜间醒来发现妻子那一半床铺空着；从来听不见妻子的情夫往窗上掷沙石；从未收到好事者写来告发奸情的匿名信；

在这部小说里，最爱管闲事的一位好事之徒——郝麦先生，很可能会密切注视发生在他所热爱的永镇的一切通奸案，却从未发现，从未听说爱玛的风流韵事；

在这部小说里，小朱斯丹——那个十四岁的胆小男孩，看见血会晕倒，紧张的时候会把杯盘全摔到地上——居然敢在漆黑的夜里跑到（哪里?）一个女人的坟头去哭，也不怕那女人从坟里爬出来责怪他不曾拒绝向她提供死亡的钥匙；

在这部小说里，一个几年没骑过马的年轻妇女——如果她在父亲的农庄里的确骑过马的话——现在却能以完全正确的姿势骑马飞奔到树林中去，事后一点也不觉得关节酸痛；

这部小说里充满了其他令人难以置信的细节——那马车夫如此老实天真，就令人难以相信——这样一部小说居然被称作所谓现实主义的里程碑，我不知道这现实主义的含义究竟是什么。

其实，所有的小说都是虚构的。所有的艺术都是骗术。福楼拜创造的世界，像其他所有大作家创造的世界一样，是想象中的世界。这世界有自己的逻辑、自己的规律和自己的例外。我列举的那些疑点与小说的结构并不矛盾——只有缺乏想象力的教授或是要小聪明的学生才会提出那样的问题。请记住，从《曼斯菲尔德庄园》往后，我们赏析过的所有童话故事都只是被它们的作者松懈地置入了某些历史背景的框架。所有的现实都只是相对的现实，因为某一特定的现实，例如你看见的窗户，嗅到的气味，听到的声音，不仅仅取决于感官接收到的原始讯号，还要取决于不同层次的信息。一百年前的读者熟悉的是描写爱玛所崇拜的那些伤感的绅士淑女的作品。在当时的读者看来，福楼拜的作品也许是现实主义或自然主义的。但现实主义，自然主义，都只是相对概念。某一代人认为一位作家的作品属于自然主义，前一代人也许会认为那位作家过于夸张了冗赘的细节，而更年轻的一代人或许会认为那细节描写还应当更细一些。主义过时了，主义者们去世了，艺术却永远存留。

请认真思考下面这个事实：一个具有福楼拜那种艺术才华的大师，构想出一个肮脏的世界，里边居住着骗子、市侩、庸人、恶棍和喜怒无常的太太们。这位大师将这样一个世界写成一部富有诗意的小说，一部最完美的作品。他靠的是艺术风格的内在力量，靠的是各种艺术形式和手法，包括从一个主题过渡到另一主题的多声部配合法[1]，预示法和呼应法。他运用这些手法，将零星的部件结合成一个和谐的整体。没有福楼拜就不会有法国的普鲁斯特，不会有爱尔兰的詹姆斯·乔伊斯，俄国的契诃夫也不会成为真正的契诃夫。关于福楼拜的文学影响就先说到这里。

福楼拜有一种特殊手法，可以称作多声部配合法，也可称作平行插入法，或打断两个或多个对话或思路的手法。第一个例子是在赖昂·迪皮伊出场之后。赖昂是个青年男子，是公证人手下的职员。作者通过描述他眼里见到的爱玛来将他介绍给读者。他看见壁炉的红色火光照着爱玛，似乎照透了她的身子。后来，当另一个男子罗道耳弗·布朗热与爱玛相遇时，作者也是通过他的眼睛来描述爱玛。与赖昂看到的那个纯洁的形

1 原文“counterpoint”系音乐术语，意为旋律配合法，多声部音乐，或对照法。

象相比，罗道耳弗眼里的爱玛要肉感得多。顺便说一句，书中后来把赖昂的头发写成棕色，这里却说他长着金黄色头发。或许在特地为爱玛设计的炉火光芒映照下，福楼拜眼里的赖昂生着金发。

爱玛和查理第一次来到永镇客店，这里我们听到一场平行交叉式谈话。在动笔写这部小说整整一年之后（一年写八九十页——这速度很合我的心意），福楼拜于一八五二年九月十九日写信给他所爱慕的路易丝·高莱夫人说："包法利真把我给害苦了……客店这一节也许得写三个月，真说不准。有时候我真急得想哭——简直觉得束手无策。不过我宁肯把脑汁绞尽也不愿放弃这段描写。在这场谈话中我必须同时写五六个人（参加谈话者），还有另一些人物（被谈及的人们），还要描写整个地区，既要写人又要写物。与此同时，我必须描写一对男女因为志趣相投而开始坠入情网。可篇幅有限，哪挤得进这么多内容！但是，这一幕必须进展迅速而又不枯燥，内容充实而又不臃肿。"

于是，在客店宽敞的大厅里，一场谈话开始了。四个人参加谈话。爱玛在和初次见面的赖昂谈话，他们的谈话常被郝麦的独白和偶尔插言所打断。郝麦的主要谈话对象是查理·包法利，他很想赢得新来的这位医生的好感。

在这场戏中，第一个"动作"是四人都参加的一场活跃的交叉对话："郝麦怕伤风，请大家许他戴他的希腊小帽，然后转向旁边的包法利夫人——

"'夫人，不用说，有点累了吧？我们这辆"燕子"[1]，真要

1 燕子，马车的名字。

把人颠死！’

“‘是呵，’爱玛答道，‘不过我一向就喜欢走动。我喜欢出门。’

“‘老待在一个地方，’公证处办事员叹一口气说，‘简直把人腻死！’

“‘你要是也像我，’查理说，‘经常非马来马去不可……’

“‘不过，’赖昂转向包法利夫人，接下去道，‘我觉得，[骑马]真是最有意思的事情——’他添上一句道：‘只要办得到。’”(马的主题潜入又潜出了。)

第二个动作包括郝麦的一大段发言，最后他向查理建议该买怎样一所房子。“药剂师讲：‘其实，在我们这地方行医，并不怎么辛苦……因为人们宁可求救于九天敬礼、先圣骨头、教堂堂长，也不按照常情，来看医生或者药剂师。不过说实话，气候不坏，本乡就有几个九十岁的人。寒暑表（我观察过），冬季降到摄氏表四度，大夏天高到二十五度，顶多三十度，合成列氏表，最大限度也就是二十四度，或者华氏表（英国算法）五十四度，不会再高啦！而且实际上，我们一方面有阿格伊森林，挡住北风，另一方面，又有圣约翰岭，挡住西风；不过河水蒸发，变成水汽，草原又有许多牲畜存在，你们知道，牲畜呼出大量阿莫尼亚，就是说，呼出氮气、氢气和氧气（不对，只有氮气和氢气），其所以热，就因为吸收了土地的腐烂植物，混合了所有这些不同种类的发散出来的东西，好比说，绑成一捆东西，遇到空气有电的时候，自动同电化合，时间久了，就像在热带一样，产生出来妨害卫生的瘴气；——这种热，我说，在来的那边，或者不如说是可能来的那边，就是说，南方，经东南风一吹，也就好受了；风过塞纳河，已经凉爽了，有时候冷不防自天而降，就像俄罗斯小风一样。'”

说这番话当中，郝麦犯了个错误。市侩穿的盔甲上总会有小裂缝的。他的温度计上的读数应当是华氏八十六度，不是五十四度；在换算测量温度的单位制时，他忘了加三十二。谈到牲畜呼出的空气时，他差点又说错了，不过这次他自己救起了险球。他想把他了解的所有物理、化学知识都塞进一个冗长不堪的句子；从报纸和小册子上读到的一鳞半爪零星知识，他倒是记得挺牢。不过他的学问就到此为止了。

正像郝麦的谈话是伪科学的胡诌和报章杂志上的滥调的杂烩一样，第三个动作中爱玛和赖昂的对话不过是故作风雅的无病呻吟。“包法利夫人继续问年轻人道：‘附近总该有散步的地方吧？’

“他回答道：‘简直没有！有一个地方，叫做牧场，在山顶上，森林旁边。星期天，我有时候去，带了一本书，待在那边看日落。’

“她接下去道：‘我以为世上就数落日好看了，尤其是海边。’

“赖昂道：‘啊，我就爱海！’

“包法利夫人回答道：‘汪洋一片，无边无涯，心游其上，你不觉得分外自由？同时一眼望去，精神高扬，不也引起你对无限、理想的憧憬？’

“赖昂接下去道：‘山景也是一样。’”

必须指出，赖昂和爱玛故作风雅，与自高自大而又不学无术的郝麦侈谈科学，两者同样浅薄、平庸、陈腐。假艺术与伪科学在这里会合了。一八五二年十月九日福楼拜写信给他的情妇说：“我正在写一对青年男女谈论文学、海、山、音乐和其他所谓富有诗意的题目。在一般读者看来，这像是一段严肃的描写，但我的真实意图是要画一幅漫画。我认为小说家拿女主角和她的情郎开玩笑，这是第一次。但讽刺并不妨碍同情——正相反，讽刺加强了故事哀戚的一面。”

谈到钢琴家的时候，赖昂暴露了他的无知——这是他的盔甲上的裂缝：“我有一位表兄，去年在瑞士旅行，对我讲：湖泊的诗意、瀑布的瑰丽、冰河的巨观，人就不能想象得出。松树高大无比，挺立湍流当中；有些泥草房屋，挂在深谷之上；在你底下一千步的地方，层云微开，溪谷全部在望。这些景象一定使人感动、使人神往、使人想到祷告！所以那位出名的音乐家，为了激发想象，经常对着惊心动魄的景色弹琴，现在看来，也就不足为奇了。”瑞士的景色怎么能把人感动得欣喜若狂，想祈祷上苍！难怪一位著名音乐家要对着壮丽的景色弹琴，以激发想象力。真是妙笔！

我们马上就能看到坏读者是怎么读书的——好读者绝不会有那样的习惯。“查理道：‘内人对这［园艺］不感兴趣。人家劝她活动活动，可是她就爱老待在房里看书。’

“赖昂插话道：‘我也是这样的，说实话，风吹打玻璃窗，灯点着，晚上在火旁一坐，拿起一本书……还有什么比这称心的？’

“她睁大了她的大黑眼睛，看着他道：‘可不是！’

“他继续道：‘你什么也不想，时间就过去了。你一步也不移，就在你恍惚看见的地方散步，你的思想和小说融成一体，

不是玩味细节，就是探索奇遇的轮廓。思想化入人物，就像是你的心在他们的服装里面跳动一样。’

“她说：‘太对了！太对了！’”

那些专好读催人泪下的诗歌的人，那些崇拜赖昂和爱玛认为高尚的小说人物的人，根本就不配读书。孩童们常将自己与书中的人物等同起来，这情有可原；他们爱读文笔拙劣的冒险故事，也是可以原谅的。但爱玛和赖昂也这样读书，则是另一码事了。赖昂接着说：“‘你有没有这种经验：有时候看书，模模糊糊，遇见你也有过的想法，或者人影幢幢，遇见一个来自远方的形象，就像陈列出来的，全是你的最入微的感情一样？’

“她回答道：‘我有过这种体会。’

“他说：‘所以我特别喜爱诗人。我觉得诗歌比散文温柔，更容易感人下泪。’

“爱玛接下去道：‘可是读久了也起腻；如今我就爱一气呵成、惊心动魄的故事。我就恨人物庸俗、感情和缓，和日常见到的一样。’

“公证处办事员说：‘的确也是。这些作品既然不感动人，依我看来，就离开了艺术的真正目的。人生每多失望，能把思想寄托在高贵的性格、纯洁的感情和幸福的境界上，也就大可自慰了。’”

福楼拜决意为这部小说设计一种高度精巧的艺术结构。除

了多声部配合法之外，他还运用了另一种技法，使叙述主题在同一章内以尽量自然、流畅的方式进行转换。在《荒凉山庄》中，大致说来叙述主题的转换是以小说的章节为分界的，比如从“大法官庭”一章转换到“德洛克爵士夫妇”一章。但在《包法利夫人》中，转换是在章节内连续进行的。我把这种手法称作结构式转换，下面将举几个例子来分析。如果把《荒凉山庄》中的叙述主题转换比作阶梯式运动，《包法利夫人》中的转换则是柔和的波浪式运动。

第一次转换很简单，发生在小说的开头。故事开始时假定作者是七岁的孩子，和十三岁的查理·包法利是同学，地点在鲁昂，时间是一八二八年。叙述方式是自述，使用第一人称“我们”。这当然只是一种文学手法，因为查理从头到脚都是福楼拜虚构出来的。这种假托的第一人称持续了三页之久，才从主观陈述转换到客观叙述，从对当时情景的直接印象的描写转换成对包法利过去身世的一般小说式客观叙述。叙述主题的转换由下面这句话引导出来：“他的拉丁文是本村堂长开的蒙。”接着便谈到他父母的过去，他本人的出世，又谈到他的幼年，一直到他上学的时候。随后的两个段落又回到第一人称，叙述他上三年级时的情形。这以后，讲述者的声音消失了，我们又继续读到包法利上大学和医学院的情景。

在永镇，就在赖昂赴巴黎前夕，作者运用更为复杂的结构式转换手法，从描述爱玛和她的心境转向描写赖昂和他的心境，又转向描写赖昂的离别。福楼拜在处理这一转换时，像在小说中其他几处一样，利用了结构式转换手法的便利，让另几个人物依次出场，似乎为了迅速查验一遍他们各自的性格特征。这一段从爱玛由教堂回家开始。她从堂长那里一无所获（她本想平息一下被赖昂激起的情欲），心绪异常不宁，而家中却如此平静，使她感到懊恼。幼小的女儿白尔特过来亲近她，却被她一把推开。白尔特摔倒，划破了脸。查理赶到药剂师郝麦那里取来橡皮膏，贴到小白尔特脸上。他告诉爱玛用不着担心，爱玛却决定不下楼吃晚饭，留在孩子身边，哄她睡着。晚饭后查理把橡皮膏送回药房，在那里待了一阵。郝麦和他妻子与查理谈论威胁儿童的危险。查理把赖昂叫到一边，请他到鲁昂打听一下，用暗匣照相机照一张相得花多少钱。这可怜的人沾沾自喜地打算照这张相送给太太。郝麦疑心赖昂在鲁昂拈花惹草，客店女主人勒福朗丝瓦太太向税务员毕耐打听底细。与毕耐的谈话也许使赖昂更清楚地意识到，他和爱玛的恋爱不过是一场徒劳，使他厌倦。对改变环境他感到畏惧，后来他终于下决心去巴黎。福楼拜的目的达到了。小说从描写爱玛的心绪不着痕迹地转向赖昂的心境，再转向他如何决心离开永镇。后面罗道耳弗·布朗热出场的时候，我们还会看到同样精心设计的叙述转换。

一八五三年一月十五日，在着手写小说第二卷之前，福楼拜给路易丝·高莱写信说："我花五天时间才写了一页……写这本书的困难是缺乏所谓趣味性。这里没有什么情节。不过我坚持认为，人物形象就是情节。靠这种手法来保持一本书的趣味性就更不容易做到了，但如果失败了便是艺术风格的失败。

第二卷一连五章，情节一点没有进展，只是连续地描写小镇的生活，描写一场没有多少行动的恋爱。这场恋爱特别难写，因为这爱情既胆怯，又深沉，可惜它缺乏那种蕴藏于心底的野性的激情。年轻的情郎赖昂是个性格沉稳的人。小说第一卷里我已经有过类似的描写：我的故事中那位丈夫爱他太太的方式和太太的情郎差不多。两人都是生活在同一环境中的庸才，不过两人仍应当有区别。如果我能达到目的，这一段一定相当精彩，因为我是在色彩上添加色彩，而且没有使用人们熟知的色调。”福楼拜说，一切都可以归结于艺术风格；确切地说，一切都取决于作家赋予事物怎样的特性和风貌。

爱玛心中隐约地企盼着她对赖昂的感情能为她带来幸福。怀着这种心情，她毫无戒备地遇上了勒乐（这名字取得极妙，具有讽刺意味——把这位厄运煞神称作“幸运者”[1]）。服装商兼放债者勒乐登场了，为幸福布下了陷阱。他先悄悄告诉爱玛可以向他借钱，接着又问起咖啡店老板泰里耶的健康状况。他猜测她丈夫正在为泰里耶治病。勒乐说，他后背有一个地方疼，哪天也要来找大夫看看。从艺术结构上讲，这些描写都带有预示性。福楼拜将这样处理故事的结构：勒乐借钱给爱玛，就像借钱给泰里耶一样；勒乐将使爱玛破产，就像他使老泰里耶在死前破产一样；另外，他将把自己精神上的不安转嫁给那位著名的医学博士——爱玛服毒后人们束手无策，便请来了博士。这就是艺术构思。

---

1 勒乐，法文为 L Heureux，意思是“幸福的人”。

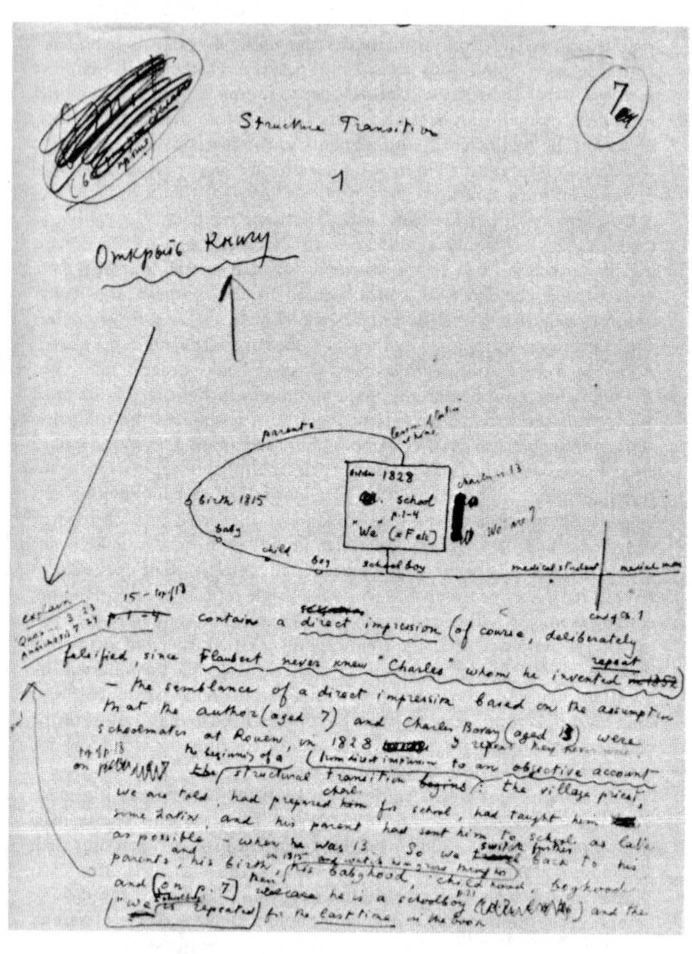

纳博科夫对《包法利夫人》结构转换的笔记

对赖昂的爱折磨着爱玛，“家庭生活的庸俗使她神往奢华，夫妇之间的恩爱使她缅想奸淫”。她恍惚忆起在修道院读书的日子，“觉得自己柔荏少力，四无着落，好像一根鸟毛一样，在狂风暴雨之中打转。她于是身不由己，不知不觉，去了教堂，准备虔心信教，什么方式也行，只求她的灵魂俯首帖耳，人间烦恼不再存在”。一八五三年四月中旬福楼拜写信给路易丝·高莱，谈起关于教堂堂长的一幕：“与堂长谈话的该死的一幕总算有了眉目……我想表现这样一种情景：我那个年轻的妇人忽然动了信教的念头，便到了乡村教堂；在教堂门口她见到教堂堂长。尽管堂长既愚昧又庸俗，但他是一个好人，甚至可以说，是个极善良的人；但他脑子里只想着物质方面的东西（穷人的困难，缺乏食物、柴火之类），对精神痛苦和一些模糊、神秘的想法则麻木不仁，他为人廉洁，忠于职守。这一段将有六七页长，而且一点也不插入作者的感想和解释（全是直接对话）。”我们将会看到，这段描写采用了多声部配合法：堂长按自己的理解回答着爱玛的问题，或者说，他像是在和一些普通教区居民谈话一样，回答着他想象中的家常问题；爱玛在倾诉一种内心的哀怨，他却毫无觉察——这段时间里，孩子们一直在教堂里打闹，多次分散这善良教士的注意力，打断这场本无多少话好说的谈话。

爱玛表面的贞洁吓走了赖昂。他去巴黎之后，就为一个更率直胆大的情人扫清了道路。小说将从赖昂离去后爱玛生病转换到她与罗道耳弗见面，再转换到州农业展览会。爱玛与罗道耳弗的会面是结构式转换的绝好例子，福楼拜花了许多天才写出这一场面。他的目的是介绍罗道耳弗·布朗热这位乡绅。像爱玛的前任情人一样，罗道耳弗也是个庸俗之辈，不过他另有一种果敢、鲁莽的魅力。转换是这样进行的：查理请母亲到永镇来商议对爱玛该怎么办——她的身体要垮了。母亲来了，认为爱玛读书太多，尽读坏小说。老太太答应路过鲁昂回家时去租书店声明爱玛停止订阅。母亲星期三离去，那天永镇有集市。爱玛倚在窗旁观看赶集的人群，看见一位绅士，穿一件绿绒大衣（查理后来为爱玛选的棺罩也是绿绒的），同一个打算放血的庄稼汉一道来到包法利房前。在楼下厅房，病人晕倒，查理喊爱玛下楼来。（请注意，真像是受命运指使一样，查理总在帮助爱玛认识她的情人，并继续与他们会面。）罗道耳弗（与读者一道）观看着这引人入胜的一幕："包法利夫人解开他的领带。衬衫系带挽了一个死结；她的灵活的手指在年轻人的颈项上忙碌了几分钟。然后她拿醋倒在她的麻纱手绢上，轻轻拍湿他的太阳穴，还小心在意，嘘气过去。赶大车的乡下人醒过来了……

"包法利夫人拿起脸盆，放到桌子底下。她一弯腰，袍子（一件夏天袍子，滚了四道花边，黄颜色，腰身长，裙幅宽大）就在周围的方石板上摊开；同时，爱玛弯腰，伸开胳膊，有一点摇晃，衣服原来鼓鼓囊囊的，有些地方随着腰身的曲线，陷下去了。"

州农业展览会的一段为罗道耳弗和爱玛的会面提供了机会。福楼拜在一八五三年七月十五日的一封信里写道："今天晚上我为描写州农展会的盛况拟定了一个提纲。这段文字篇幅将很长——大约要写三十页稿纸。这就是我的意图。在写这乡村场面的同时（小说里所有主要的配角都将出场，发言，行动），我将在细节之间插入，或在前台正面描写一位妇人和一位绅士之间连续的谈话；那先生正在向妇人献殷勤呢。另外，我还要在州行政委员的一段庄严的讲演当中和末尾插进我即将写出的一段文字，也就是郝麦用他最富于哲理性、艺术性和进步性的文笔写出的一篇关于展览会的新闻报道。”这三十页的手稿福楼拜写了三个月。九月七日福楼拜在另一封信里说：“真难哪……相当棘手的一章。我把所有人物都摆进了这一章，他们在行动和对话中相互交往，发生各种联系，……我还要写出这些人物活动于其中的大环境。如果我预期的目的达到了，这一章将产生交响乐般的效果。”十月十二日福楼拜写道：“如果交响乐的艺术特性可以移植到文学中来，那么我的小说的这一章就是例证。那将是多种音响的综合。可以同时听见牛儿哞哞叫，情人窃窃私语，政治家慷慨陈词。阳光明媚，一阵风吹来，掀动了妇女们头上松宽的白帽……我完全靠对话交流与性格对比的手段来取得戏剧性效果。”

这像是专为年轻的恋人举行的一场演出。福楼拜把全体人物都聚集到展览会来，以便展示自己的艺术风格：这就是他写作这一章的真正意图。罗道耳弗（象征虚假的爱情）和爱玛（牺牲品）这一对情侣与郝麦（致爱玛于死命的毒药的虚假守护人）和勒乐（他的职责是让爱玛破产，受辱，然后服毒）发生了联系，此外还有查理这个人物（象征安怡的夫妇之爱）。

在展览会一幕的开头，为了交代各个角色间的相互关系，福楼拜对兼放高利贷的时装商勒乐和爱玛的关系作了十分重要的处理。我们还记得，在召开展览会前不久，勒乐主动提出愿为爱玛效劳——卖给她衣物，或者借给她钱，如果需要的话。与此同时，勒乐还关切地询问了泰里耶老爷的病况。泰里耶是旅店对面咖啡馆的老板。现在女店家不无欣喜地告诉郝麦，对门的咖啡馆要倒闭了。勒乐显然发现咖啡馆老板的身体每况愈下，应该去收回那笔巨额借款了。于是，可怜的泰里耶破了产。郝麦惊呼道："有这等惊人的祸事！"福楼拜评论说，世上任何情况，郝麦都能想出词句来配合。然而在这具有讽刺意味的评论背后，隐藏着深刻的寓意。因为正当郝麦以他那愚蠢、夸张、大惊小怪的语气呼喊"有这等惊人的祸事"时，女店家指着广场另一边说："你看，勒乐在那儿，冲包法利太太行礼呢。包法利太太挎着布朗热先生的胳膊。"这精彩的一句话在结构转换上的作用是：曾经使咖啡店主破产的勒乐现在又和爱玛发生了联系。对爱玛的死，勒乐当负的责任不下于她的那些情夫们，她的死也确将是一场"惊人的祸事"。福楼拜的小说将讽刺与悲悯相当精妙地融会在一起。

展览会一节再次使用了平行插入法或称多声部配合法。罗道耳弗找到三张凳子，排成一个长凳，和爱玛坐在市政厅阳台上观看主席台上各种人物的表演，边听人发言，边絮絮叨叨，情话绵绵。严格地讲，他俩还没有成为情侣。结构转换的头一个动作：州行政委员发言，他口才拙劣，用词草率，以至比喻前后不符，自相矛盾："诸位先生，首先允许我（在没有和你们谈起今天这场盛会的目的之前，我相信你们全有这种感情），我说，请允许我赞扬一下最高当局、政府、国君，诸位先生，赞扬一下我们的主上，万民爱戴的国王。大家知道，事关繁荣，不问公私，圣上一律关怀，即使是怒海狂涛，危险百出，圣上也坚定审慎，稳步行车。何况圣上讲求和平，就像他重视战争、工业、商业、农业与艺术一样。”

起初，罗道耳弗与爱玛的对话一直和官员的讲演交叉进行着。“罗道耳弗道：‘我该退后一点坐。’

“爱玛道：‘为什么？’

“不过州行政委员的声音分外高了，他朗诵道：‘诸位先生：兄弟阋于墙，血染公众广场的时期，已经一去不复返了；业主、商人，甚至于工人，夜晚安眠时听见警钟齐鸣而忽然惊醒的时期，已经一去不复返了；邪说横行，擅敢颠覆社稷的时期，已经一去不复返了……”

“罗道耳弗接下去道：‘因为下面也许有人望见我；这样一来，我就要一连两个星期编造道歉的借口，像我这样的坏名声……’

“爱玛道：‘哎呀！你成心糟蹋自己。’

“‘不，不，你听我讲，坏极了。’

“州行政委员继续道：‘可是，诸位先生，放下这些暗无天日的画面不去回想，转过眼睛，浏览一下我们美丽祖国的现状，我又看见了什么？’”

福楼拜把报刊和政治演说中所有的陈词滥调都搜罗来了。不过最重要的是，如果官员的讲演是陈腐的“官腔”，那么罗道耳弗和爱玛的情意绵绵的对话也只是陈腐的“浪漫腔”了。福楼拜的高明之处在于，这里写的不是善恶之争，而是一种丑恶与另一种丑恶纠结在了一起。正像福楼拜说的，他是在往色彩上添加色彩。

第二个动作是这样开始的：州行政委员廖万先生坐下，德罗兹赖先生起来发言。“他的讲演也许不像州行政委员的讲演那样富丽，不过他也有他的特征：风格切实，就是说，学识比较专门，议论比较高超，少了一些颂扬政府的话，宗教和农业分到更多的地位，二者息息相关，一向就同心协力，促进文化。罗道耳弗和包法利夫人谈着梦、预感、催眠术。”与前一动作相比，第二动作中这对情侣的谈话及台上的发言一开始都是以间接叙述的方式写出，到了第三个动作，直接引语才重新出现。台上发奖的呼唤随风传来，与两人的谈话迅速交错，此时既无作者的评论，也无间接叙述了：“罗道耳弗由催眠术一点一点谈到同感。主席引证：辛辛纳图斯掌犁，戴克里先种菜，中国皇帝立春播种。年轻人这期间向少妇解释：吸引之所以难于抗拒，就是前生的缘故。他说：

“‘所以就拿你我来说，我们为什么相识？出于什么机缘？我们各自的天性，你朝我推，我朝你推，毫无疑问，像两条河一样，经过千山万水，合流为一。’

“他握住她的手；她没有抽回手去。

“主席喊道：‘一般种植奖！’

“‘比如说，刚才我到府上……’

“‘甘冈普瓦的毕日先生。’

“‘我怎么晓得我会陪您？’

“‘七十法郎！’

“‘有许多回，我想走开，可是我跟着您，待了下来。’

“‘肥料奖。’

“‘既然今天黄昏会待了下来，明天、别的日子、我一辈子，也会待下来！’

“‘阿格伊的卡隆先生，金质奖章一枚！’

“‘因为我和别人在一道，从来没有感到这样大的魅力。’

“‘基弗里-圣马丹的班先生！’

“‘所以我呐，我要永远想念您的。’

“‘一只美利奴种公羊……’

“‘不过您要忘记我的，我会像影子一样消失的。’

“‘圣母……的柏劳先生。’

“‘哎呀！不会的。我会不会成为您的思想、您的生命的一部分？’

“‘猪种奖两名：勒害里塞先生与居朗布尔先生；平分六十法郎！’

“罗道耳弗捏住她的手，觉得又温暖，又颤抖，如同一只斑鸠，虽然被捉住了，还想飞走；但是不知道是她试着抽出手来，还是响应这种压抑，她动了动手指；他喊道：

“‘谢谢！您不拒绝我！您真好！您明白我是您的！让我看您，让我端详您！’

“一阵风飘进窗户，吹皱了桌毯，同时底下广场中乡下女人的大帽子像白蝴蝶扇动翅膀一样，个个翘了起来。

“主席继续说道：‘豆饼的使用。’他加快了讲话的速度：‘养粪池，——种麻，——排水，长期租赁，——家庭服务。’”

现在第四个动作开始了：两人沉默下来，只听见主席台上宣布颁发特别奖的声音——这回引用了整句话，还加入了作者的评述：“罗道耳弗不再说话。两个人你望我，我望你，欲火如焚，干嘴唇直打哆嗦，于是心旌摇曳，手指不用力，就揉在一道。

"'萨司陶-拉-盖里耶尔的卡特琳-妮开丝-艾莉萨白·勒鲁，在一家田庄连续服务五十四年，银质奖章一枚——值二十五法郎！'……

"于是就见一个矮老妇人走上主席台，神色畏缩，好像和身上的破烂衣服皱成了一团一样……脸上的表情，如同一个修行的道姑那样呆滞。任何哀、乐事件也软化不了她那黯淡的视线。她和牲畜待在一起，也像它们一样喑哑、安详……这干了半世纪劳役的苦婆子，就这样站在这些喜笑颜开的布尔乔亚面前……

"'过来，过来！'

"杜法赦从扶手椅上跳起来说：'您聋了吗？'他朝她的耳朵喊道：'五十四年服务！银质奖章一枚！二十五法郎！是给您的！'

"她接过奖章，仔细打量，随即一脸幸福的微笑，径自走开；大家听见她咕哝道：

"'我拿这送给我们的教堂堂长，给我做弥撒！'

"药剂师朝公证人俯过身子，喊道：'信教信到这步田地！'"

这多声部配合的一章写得很精彩，但最妙的一笔却是鲁昂报纸上登载的郝麦关于展览会和宴会的一篇报道："'为什么张灯？为什么悬花？为什么结彩？一种热带的太阳光，直射我们的阡陌。这群人仿佛怒海巨涛，冒着头上的热流，朝什么地方跑？'……

"他列举重要的评判委员，还说到自己；甚至于他在一个小注里，也提醒读者：药剂师郝麦先生，曾经给农学会送去一篇关于苹果酒的论文。他写到赠奖，形容得奖者的喜悦，文之以抒情笔调：'"父亲吻抱儿子，哥哥吻抱兄弟，丈夫吻抱妻子。许多人傲形于色，指着他们的小小奖章，不用说，回到家里，在贤内助身旁，边哭，边拿它挂到茅庐的缄默的墙头。'

"'六点钟左右，酒席摆在索艾加尔先生的牧场，参加大会的主要人物聚在一道，自始至终，充满着发自衷心的最大热忱。宴会中间，不时举杯致敬：廖万先生提议，为国君的健康干杯！杜法赦先生提议，为州长的健康干杯！德罗兹赖先生提议，为农业干杯！郝麦先生提议，为工业和艺术这一对姊妹干杯！勒普里谢先生提议，为改善干杯！到了夜晚，明光四射，烟火忽然照亮天空。这简直可以说成真正的万花筒、真实的歌剧布景。当时我们这小地方，还以为是处在《天方夜谭》的梦境。'"

从某种意义上说，工业和艺术这一对孪生姊妹象征着牛郎猪倌们与这对情侣的荒谬混合。这一章写得极妙。这种写法对詹姆斯·乔伊斯产生了很大影响；依我看，尽管表面上乔伊斯有一些小的创新，从根本上讲，他并没有超越福楼拜。

一八五三年十二月二十三日福楼拜写信给路易丝·高莱夫人时这样谈到著名的第二卷第九章——罗道耳弗引诱爱玛："今天……我既是男人又是女人，既是情夫又是情妇［在想象中］。我骑着马，在秋日午后穿过一片树林，头顶上是金黄的

树叶。我是马，是树叶，是风，是两人交谈的话语，是绯红的太阳……我是我那两个恋人。”

按照十九世纪小说的一般结构，这类场面从技术上说应称作一个女子的堕落[1]，贞操的沦丧。在这写得十分优美的一幕中，我们特别要留意爱玛的蓝面纱——它像蛇一般蜿蜒柔软，成了故事中一个独立的角色。[2]下马之后，两人开始步行。“再走了百步来远。她又站住。她戴一顶男人帽子，面纱拖下来，斜搭在臀部，如同她在碧波底下游泳一样，隔着透明的浅蓝颜色，他依稀认出她的面容。”他们从树林回家之后，她在房间里缅想这段幽会：“一照镜子，她惊异起来了。她从没有见过她的眼睛这样大，这样黑，这样深。她像服过什么仙方一样，人变美了。她三番两次自言自语道：‘我有一个情人！一个情人！’她一想到这上头，就心花怒放，她像刹那之间，又变成了十几岁的姑娘。她想不到的那种神仙欢愉，那种风月乐趣，终于就要到手。她走进一个只有热情、销魂、酩酊的神奇世界，周围是一望无涯的碧空，感情的极峰在心头明光闪闪，而日常生活只在遥远、低洼、阴暗的山隙出现。”请不要忘记，后来那毒药是装在蓝罐里的；出殡的时候田野里也笼罩着蓝色雾霭。

对于使爱玛回味无穷的这次幽会，书中只作了简洁的描

1　此处纳博科夫使用了“a woman’s fall”，使人联想到“the fall of man”，即《圣经》中说的亚当偷食禁果后堕落人间，是“人类堕落”的起源。下文又用了蛇的譬喻，也是在暗示偷食禁果的故事。

2　在罗列马的主题的具体细节时（参见本文后附的评注），纳博科夫写道：“这一场景可以说是透过她的亚马孙式服装的长蓝面纱看到的。”——原编者注

述，但其中一个细节却是意味深长的："她的布袍贴牢他的丝绒燕尾服。她仰起白生生的颈项，颈项由于叹息，也胀圆了。她于是软弱无力，满脸眼泪，浑身打颤，将脸藏起，依顺了他。

"天已薄暮，落日穿过树枝，照花她的眼睛。周围或远或近，有些亮点子在树叶当中或者地面晃来晃去，好像蜂鸟[1]飞翔，抖落羽毛。一片幽静，树木像有香气散到外头。她觉得心又开始跳跃，血液仿佛一条奶河，在皮肤底下流动。她听见一种模糊而又悠长的叫喊、一种拉长的声音，从树林外面、别的丘陵传出，她静静听来，就像音乐一样，配合她的神经的最后激动。断了一根络绳，罗道耳弗噙着雪茄，拿小刀修理。"

请注意爱玛从幽会处返回时从静谧的树林另一端传到她耳中的一个遥远的声音——像是远方的音乐。这富有魅力的音乐只不过是一个丑陋乞丐的沙哑歌声引起的美化了的回声。爱玛和罗道耳弗骑马回家——作者含着微笑观望着他们。在这里和在鲁昂听到的沙哑歌声，在将近五年之后将与爱玛临死的呓语发生恐怖的共鸣。

正当爱玛期望罗道耳弗跟她私奔，一道逃入碧绿朦胧的浪漫幻境时，罗道耳弗抛弃了她。在爱玛与罗道耳弗的这段韵事

1 "这是一个假定爱玛必定会想到的一个明喻。蜂鸟不会在欧洲出现。可能源自夏多布里昂的作品。"纳博科夫在他的评注本中写道。——原编者注

结束之后，福楼拜紧接着又运用他喜爱的多声部配合结构写了两个互相关联的场面。第一个场面是，赖昂从巴黎返回之后，在看歌剧《吕西·德·拉麦穆尔》的夜晚爱玛又遇见了他。爱玛看到一些洋洋自得的美少年戴着手套，身上倚住金色手杖，在前厅炫耀他们的丰采。这便引出各种乐器的咿呀试奏——乐队的演出要开始了。

这一场面的第一个动作是：爱玛陶醉在男高音的哀歌中，那歌声使她回想起许久以前与罗道耳弗的恋情。查理乏味的问话打断了引起她强烈共鸣的音乐。在他看来这出歌剧不过是演员们在那里胡乱比画，但爱玛却懂得，她读过那部法文小说。[1]在第二个动作中，她一边观赏舞台上的吕西的故事，一边回想着自己的命运。她将自己与舞台上的姑娘等同起来，随时准备献身于她认为可以与那男高音歌手等同的男子。然而在第三个动作中，情况发生了变化。歌剧、演唱，都成了不必要的干扰，她真正感兴趣的是与赖昂谈话。查理刚开始看得有趣，她却拉他去咖啡馆。第四个动作：赖昂建议星期天一道回来补看误掉的最后一幕。若干个等式勾画出结构的脉络：对爱玛来说，歌剧起初等于现实；歌手最初等于罗道耳弗，随后变成演员自己——拉嘉尔狄，是一名候选的恋人；这候选的恋人变成了赖昂；最后赖昂与现实等同起来，爱玛便对歌剧失去兴趣，打算和他一道去喝咖啡，逃出燥热难当的剧院。

多声部配合主题的另一个例子是礼拜堂的一幕。在爱玛与赖昂去礼堂约会之前，赖昂去旅店看她，两人发生了争论。这

1　这出歌剧是根据司各特的小说《拉麦穆尔的新娘》(1819)改编的。

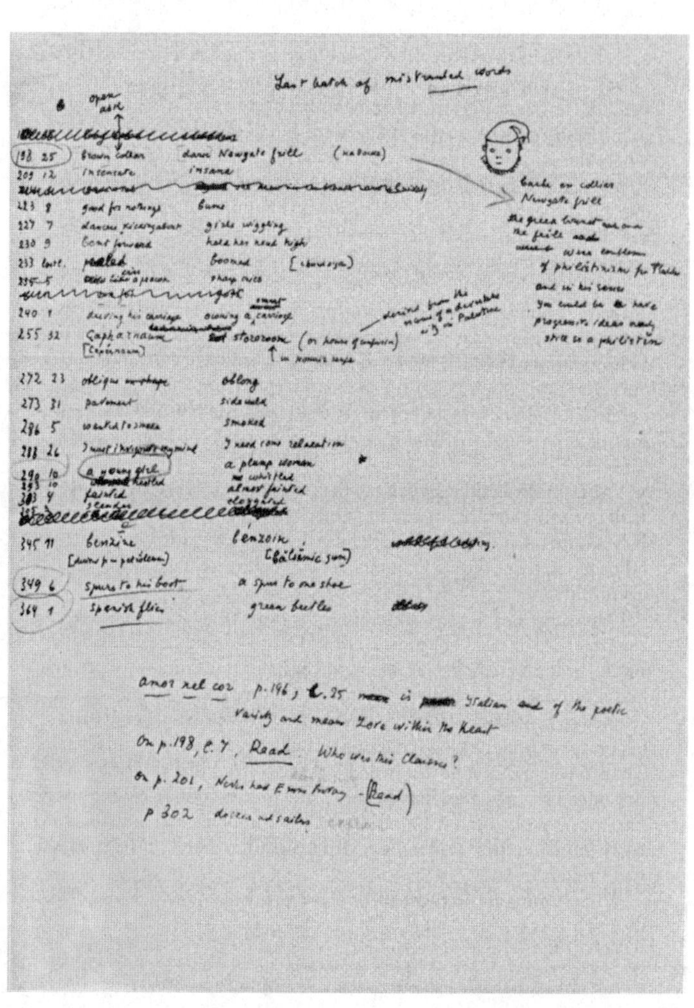

纳博科夫手制《包法利夫人》埃夫林译本译错字词一览表

场谈话与在州展览会时与罗道耳弗的那次谈话遥相呼应，不过这时候的爱玛已经成熟得多了。礼拜堂一幕的第一个动作中，赖昂先去教堂等候爱玛。这场戏先在两个人之间进行：一个是穿守卫服装的教堂杂役（是观光客的永久性向导）；另一个是赖昂，他不想参观教堂。赖昂眼里看到的只是彩虹般的光线给教堂地板铺上了一层花纹，因为他一心思念着爱玛。他想象爱玛是法国诗人缪塞咏唱的那种被好妒忌的丈夫严加看管的西班牙贵妇，她们跑到教堂去向爱慕者递情书。[1]守卫看到这观光客居然独自观赏教堂，感到义愤填膺。

第二个动作从爱玛进入教堂开始。她匆匆将一张纸（一封拒绝他的信）塞到他手里，然后走进圣母堂去祈祷。"她站起来。他们正要走出，就见守卫急忙凑近道：'太太想必不是本地人吧？太太有意观光教堂吗？'

"公证处职员喊道：'不要！'

"她回答道：'为什么不？'因为眼看贞节要守不住，她只好求助于圣母、雕像、墓冢，任何机缘。"

教堂守卫滔滔不绝地作介绍，赖昂烦躁难忍，胸中窝着一股无名火。赖昂拉着爱玛离开教堂的时候，守卫居然还要领他们参观宝塔。等到他们走出教堂，守卫又抱着一大堆书追出来向他们推销，那些书全是关于教堂的著述。最后，狂怒的赖昂想叫一辆马车，然后设法让爱玛坐上马车。她游移不决，他便说巴黎人就这么做。对爱玛来说，巴黎就是绿绸面雪茄匣所象

1 此处指 Musset（1810—1857）的诗作《安达卢西亚》（1829），曾风行一时。安达卢西亚是西班牙南部地区的通称。见李健吾原注。

征的那个城市。赖昂既然那么说，就是无可辩驳的证据。她信服了。“马车还不见来。赖昂直怕她再进教堂。马车终于来了。

“守卫站在门口，朝他们喊道：‘再怎么也该走北门出去，看看‘复活’、‘最后审判’、‘天堂’、‘大卫王’和‘火焰地狱的罪人’。

“车夫问道：‘先生去什么地方？’

“赖昂推爱玛上车道：‘随你！’

“笨重的马车出发了。”

展览会上讨论的农业问题（牲畜呀，肥料呀）预示着爱玛从情夫罗道耳弗住处步行回家后鞋上沾的泥土——男孩朱斯丹替她擦干净了；同样，教堂守卫最后鹦鹉学舌般喊的一段话预示着地狱的火焰——假若爱玛没有和赖昂一道坐进马车，她还来得及逃脱下地狱的厄运。

到这里，多声部配合中“礼拜堂”这一部就结束了。紧接着是与这一部相呼应的“马车”一幕。[1]像先前一样，头脑简单的车夫错把这一对男女当作了游客，首先打算送他们去参观鲁昂的名胜，比如某诗人的雕像。随后，车夫又自作主张地放马跑到车站，后来又这样跑到另几个地点。但每次都从门窗紧闭的神秘的车厢中传出让他继续前进的命令。我不必细说关于马车的这一节十分有趣的描写，只需一段引文便可说明问题。然而，人们会说，现在是一辆形状怪异的出租马车，闭着窗

---

1 “出租马车的这一段，从马车夫问‘先生去什么地方？’至该章末尾，当《包法利夫人》在《巴黎杂志》上连载时，被编辑压住未发。而在一八五六年十二月一日，《包法利夫人》一书发行时，这一段出现在书中，并加了一个注告诉读者这一遗漏。”——纳博科夫注

帘，当着鲁昂市民们的面在城里兜来兜去，而当初则是在金黄的树林里踏着石南丛生的紫褐色荒地和罗道耳弗骑马散步。两相比较，相差太远。爱玛的风流韵事越来越粗俗了。“笨重的马车出发了。它下了大桥街，走过艺术广场、拿破仑码头、新桥，在彼耶·高乃依的雕像前面停住。

“车里发出声音道：‘走下去！’

“马车又走动，穿过拉法耶特十字路口，一直奔向车站。同一声音喊道：‘不，照直走！’

“马车走出栅栏门，不久就来到林荫道，走近大榆树，放慢速度。车夫揩揩额头，皮帽夹在腿当中，把车吆到草地一旁水边横道外头……

“但是它猛然加快速度，驰过四塘、扫特镇、大坝、艾耳玻夫街，在植物园前，第三次停了下来。

“车里的声音越发暴躁了，喊道：‘走啊！’

“它立刻就又上路，走过圣赛韦尔……它走上布弗勒依路，驰过苟什瓦兹，兜了一圈里布代岭，一直来到德镇岭。

“它往回走，漫无目的，由着马走。有人在圣波、莱斯居尔、嘉尔刚岭、红塘和快活林见到它；有人在癞病医院街、铜器街、圣罗曼教堂前面、圣维维安教堂前面、圣马克路教堂前面、圣尼凯斯教堂前面，——海关前面，——下老三塔、三烟斗和纪念公墓见到它。车夫坐在车座上，不时望望小酒馆，懊恼万状。他不明白，这两位乘客犯了什么转运迷，不要车停。他有时候想停停看，马上听见背后狂喊怒叫。于是他不管两匹驽马流不流汗，拼命抽打，也不管颠不颠，心不在焉，由着它东一撞、西一撞，垂头丧气，又渴，又倦，又愁，简直要哭出来了。

“码头上，货车和大车之间，街头，拐角，市民睁大眼睛，望着这个外省罕见的怪物发愣：一辆马车，放下窗帘，一直这样行走，比坟墓还严密，像船一样摇晃。

“有一回，时当中午，马车来到田野，太阳直射着包银的旧灯，就见黄布小帘里探出一只未戴手套的手，扔掉一些碎纸片，随风散开，远远飘下，好像白蝴蝶落在绚烂一片红三叶田上一样。[这就是爱玛在教堂里递给赖昂的那封拒绝他求爱的信。]

“最后，六点钟左右，马车停在保如瓦新区一条小巷，下来一位妇人，面纱下垂，头也不回，照直走了下去。”

回到永镇之后，女佣正等着告诉爱玛一个消息——郝麦先生让她赶紧去他家一趟。走进药房，她感到那里有一种古怪的凶兆——例如，她头一眼看到的就是一把大扶手椅翻倒在地上——其实引起这混乱的原因是郝麦一家人正忙着做果酱。爱玛隐隐担心有什么祸事在等着她；然而郝麦全然想不起打算告诉爱玛什么消息。后来才知道，查理央求郝麦尽量婉转地告诉爱玛，她的公公去世了。郝麦在痛骂小朱斯丹之后，果然冒失地说出了这个消息，爱玛的反应却相当冷漠。朱斯丹奉命去另取一只锅来做酱，他从旧物堆藏室里拿出一只锅，那锅的旁边是一个危险的蓝玻璃瓶，里面盛着砒霜。这精彩的一幕的妙处在于，向爱玛传递的真正信息，她心里留下的真正印象是：有

那么一瓶砒霜，存放砒霜瓶的地点，堆藏室的钥匙在小朱斯丹手里；尽管她这时还沉浸在偷情的欢愉之中，不会想到死，但这个信息与老包法利之死交织在一起，将长期留存在她的记忆之中。

我不打算细说爱玛使用了一些什么手段骗得她可怜的丈夫同意她去鲁昂会赖昂。他们在最合心意的一家旅馆的卧室中幽会。没有多久他们就感到那旅馆成了他们的家。这时爱玛与赖昂的恋爱已经处于幸福的最高峰：她那伤感的湖畔幽梦，少女时期对拉马丁诗句引起的遐想，所有这些都实现了——这里有水，有船，有恋人，还有船夫。船上发现一条丝绸带子。船夫提到一个人名——阿道耳弗，多道耳弗——是个快活荒唐的青年，最近曾和一群男女游伴乘过这条船。爱玛哆嗦起来。

然而像用旧了的布景片一样，她的生活慢慢出现裂痕，开始破碎。从第三卷第四章起，命运——在福楼拜驱使下——开始以精确的步骤毁灭爱玛。从写作的技巧上讲，结构在这里收拢，艺术与科学相遇了。爱玛设法使她去鲁昂学钢琴的谎话没有露出马脚；有一段时间，她也设法在扯别的债来抵欠勒乐的巨债，暂时没出纰漏。在另一个也可被称作“多声部配合”的场面中，忽然闯入了郝麦。他一定要赖昂带他在鲁昂消遣。这时爱玛正在旅馆里等待赖昂。这是十分奇特有趣的一幕，令人回想起礼拜堂那场戏，不过现在郝麦扮演了教堂守卫的角色。对爱玛来说，鲁昂那场放荡的化装舞会开得并不成功，她意识到一起参加舞会的都是末流社会的角色。最后，她自己的厄运到了。一天从城里回家，她发现一纸公文，通知她二十四小时内清偿全部八千法郎债务，否则将拍卖她的家具。从这里她开始了生命的最后旅程：逐一求人借贷。所有的角色都在这悲剧性高潮中出场了。

她的第一个步骤是争取时间。"'我求你了，勒乐先生，再宽限几天吧！'

"她呜咽了。

"'嘿！眼泪也使出来啦！'

"'你是朝死路逼我！'

"他关了门道：'关我屁事！'"

离开勒乐之后她来到鲁昂，可赖昂现在一心想甩掉她。爱玛居然鼓动他去事务所偷钱："她的火热的瞳孔显出一种魔鬼似的胆量，眯缝着眼，模样又淫荡，又挑唆；这勾引他犯罪的女人的意志顽强无比，虽然喑哑无声，也有力量鼓动年轻人。"赖昂的许诺一文不值，当天下午也没有赴约会。"他握她的手，觉得毫无生气。爱玛已经没有气力感受了。

"钟打四点；她站起来，想回永镇，机器人一样，服从习惯的动力。"

离开鲁昂回家，她不得不为渥毕萨尔子爵让路——也许不是子爵，是别的什么人，驾着一匹神气的黑马。她与郝麦同乘一辆车回家，路上遇到那个讨厌的瞎乞丐，使她心灰意懒。到了永镇，爱玛去找公证人居由曼，公证人向她求欢。"他不管便衣会不会脏，朝她跪着膝行过来。

"'求求你，待下来！我爱你！'

“他搂她的腰。爱玛立刻脸红了。她一面神情可怕，往后倒退，一面嚷道：‘先生，你丧尽天良，欺负我这落难的人！我可怜，但是并不出卖自己！’

“她出去了。”

随后她去找毕耐，这时福楼拜改换了观察角度：我们和两位太太一道，从一扇窗户里观看这一幕，尽管什么也听不到。“税务员的样子仿佛在听，可是睁大眼睛，又像听不明白一样。她讲话的姿态又动人，又可怜。她走近了，胸脯忽上忽下。他们不言语了。

“杜法赦太太道：‘她是不是在勾搭他？’

“毕耐连耳梢也红了。她抓住他的手。

“‘啊！太不像话！’

“毫无疑问，她作出非礼的建议，因为税务员——可是人家勇敢，在保陈和吕陈打过仗，为法兰西而战，还列在‘请奖名单’之中——忽然退得老远，好像看见一条蛇一样，喊道：

“‘夫人！你这是什么意思？’

“杜法赦太太道：‘这种女人就欠鞭子抽！’”

她到罗莱嫂子那里休息了一阵。她幻想着赖昂带了钱来会她。“她猛打自己的额头，叫了起来，因为她想到了罗道耳弗：像一道大亮光，闪过沉沉的黑夜。他那样好，那样体贴，那样慷慨！再说，即使他一时不想帮她这个忙，她也有法子逼他这么做的。她只要眼睛一瞟，他们的爱情就活过来了。这样一想，她就去了于歇特。她看不出同样的事——方才她在公证人家，怒不可遏，现在却跑着送上门去，根本没有理会这是卖淫。”她向自负而又鄙俗的罗道耳弗撒了个谎，这谎言正好与本书开头提到的一件真事相吻合—— 一个真的公证人携款逃走，导致了爱玛之前的第一个包法利夫人的死亡。听到她提出借三千法郎的要求，罗道耳弗停止了爱抚。“罗道耳弗脸色变得十分苍白，寻思道：‘啊！她来是为了这个！’他最后显出非常安详的神气道：

“‘亲爱的夫人，我没有钱。’

“他不是说谎。他要是有钱的话，不用说，他会给的。虽然急人之难，一般说来，并不愉快：摧残爱情的方式很多，不过连根拔起的狂风暴雨，却是借钱。

“她先是盯着他望了几分钟。

“‘你没有钱！’她重复了好几次。‘你没有钱！早知道这样的话，我也不来受这场最后的羞辱了。你从来没有爱过我！你比别人好不了多少！’

“罗道耳弗口气充分镇静，——这种镇静就像盾牌一样，掩护抑制下去的愤怒，回答道：

“‘我没有钱！’

“她出来了……脚底下的土比水还软；犁沟在她看来，成了掀天的棕色大浪。回忆、观念，大大小小，同时涌出，活跃在她的脑内，好像一道烟火放出无数的火花一样。她看见她的父亲、勒乐的小屋、他们的旅馆房间、一种不同的风景。她觉得自己要疯。她开始感到害怕，糊里糊涂地企图恢复神志，真的，她不记得她落到这般可怕的地步到底是为了什么，就是说：金钱问题。她只为爱情而感到痛苦，觉得这种回忆使她灵魂出窍，就像受伤的人临死时觉得生命从流血的伤口走掉一样。”

“她的心头接着涌起舍身的念头，她几乎喜不自胜了，跑下岭来，穿过牛走的便桥、小径、小巷、菜场，来到药房前面。”她从朱斯丹那里拿到堆藏间的钥匙。“钥匙在锁眼转动；她一直走向第三槅架，她记得明明白白，抓起蓝罐，拔掉塞头，伸进手去，捏了满满一把白粉，立时一口吞下。

“‘别吃！’[朱斯丹]扑过去拦她。

“‘别吵！当心有人来。’

“他难过得不得了，打算叫唤。

“‘不要说出去，否则会连累你的主人。’

“她走开了，忽然心平气和，差不多就像完成了任务那样恬适自在。”

书中以冷漠的临床细节描写来表现爱玛死前愈来愈剧烈的痛苦，直到最后才改换了笔调。“她的胸脯立刻迅速起伏，舌头完全伸到嘴外；眼睛转动着，仿佛一对玻璃灯在逐渐发暗，终于熄灭了。不是肋骨拼命抽动，她已经可以说是死了……布尔尼贤又在祈祷，脸靠床沿，黑长道袍拖在背后地上。查理跪在对面，胳膊伸向爱玛。他握她的手，握得紧紧的，她一心跳，他就哆嗦，好像一所破房子在倒塌，把他震哆嗦了一样。喘吼越来越急，教士的祷告也越来越快，和包法利的哽咽打成一片，有时候又像全不响了，只有拉丁字母暗暗哑哑，咿咿唔唔，好像哀祷的钟声一样。

“人行道上忽然传来笨重的木头套鞋和手杖戳戳点点的响声。一个声音传来了，一个沙哑的声音开始在歌唱：

“‘火红的太阳暖烘烘，

小姑娘正做爱情梦。’

“爱玛坐了起来，好像一具尸首中了电一样，头发披散，瞳仁睁大，呆瞪瞪的。

“‘地里麦子结了穗，

忙呀忙坏了大镰刀，

快拾麦穗呀别嫌累，

我的娜奈特弯下腰。’

“她喊道：‘瞎子！’于是爱玛笑了起来，一种疯狂的、绝望的狞笑。她相信自己看见乞丐的丑脸，站在永恒的黑暗里面吓唬她。

‘这一天忽然起大风，

她的短裙哟失了踪。’

“一阵痉挛，她又倒在床褥上。大家走到跟前。她已经咽气了。”

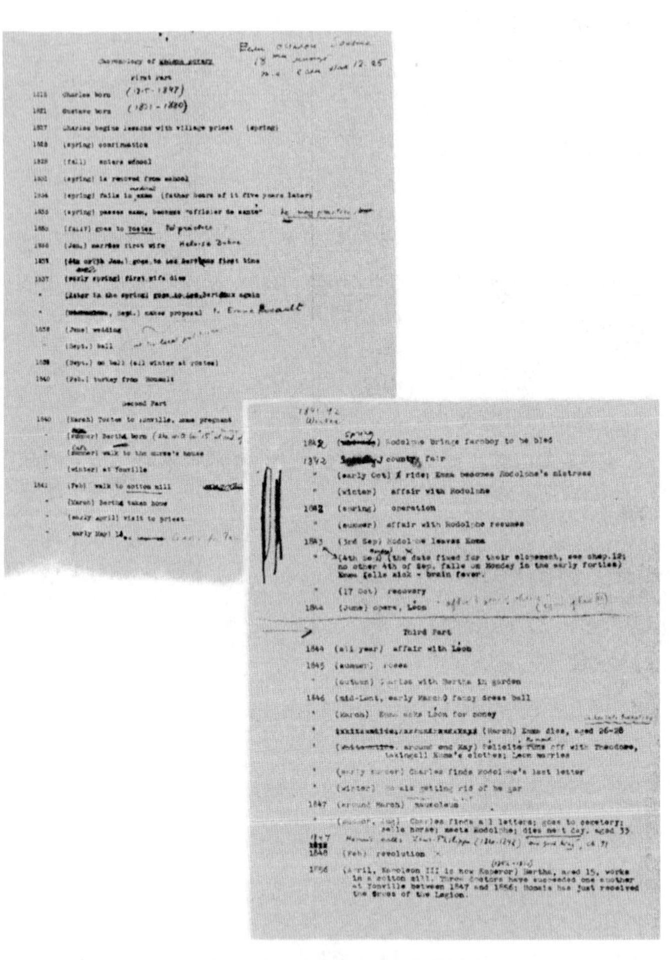

Chronology of Madame Bovary

First Part

1815 Charles born (1815-1847)

1821 Gustave born (1821-1880)

1827 Charles begins lessons with village priest (spring)

1828 (spring) confirmation

1829 (fall) enters school

1831 (spring) is removed from school

1834 (spring) fails in medical exam (father hears of it five years later)

1835 (spring) passes exam, becomes "officier de santé"

1835 (fall) goes to Tostes

1836 (Jan.) marries first wife

1837 (6th or 7th Jan.) goes to Les Bertaux first time

1837 (early spring) first wife dies

" (later in the spring) goes to Les Bertaux again

" (Sept.) makes proposal to Emma Rouault

1838 (June) wedding

" (Sept.) ball

1839 (Sept.) no ball (all winter at Tostes)

1840 (Feb.) turkey from Rouault

Second Part

1840 (March) Tostes to Yonville, Emma pregnant

" (summer) Bertha born

" (summer) walk to the nurse's house

" (winter) at Yonville

1841 (Feb) walk to cotton mill

" (March) Bertha taken home

" (early April) visit to priest

" (early May) Léon

1841-42 Winter

1842 (spring) Rodolphe brings farmboy to be bled

1842 country fair

" (early Oct) ride; Emma becomes Rodolphe's mistress

" (winter) affair with Rodolphe

1842 (spring) operation

" (summer) affair with Rodolphe resumes

1843 (3rd Sep) Rodolphe leaves Emma

" (4th Sep) (the date fixed for their elopement, see chap.12; no other 4th of Sep. falls on Monday in the early forties) Emma falls sick - brain fever.

" (17 Oct) recovery

1844 (June) opera, Léon

Third Part

1844 (all year) affair with Léon

1845 (summer) roses

" (autumn) Charles with Bertha in garden

1846 (mid-Lent, early March) fancy dress ball

" (March) Emma asks Léon for money

" (March) Emma dies, aged 26-28

" (around end May) Félicité runs off with Theodore, taking all Emma's clothes; Léon marries

" (early summer) Charles finds Rodolphe's last letter

" (winter) Homais getting rid of the gar

1847 (around March) mausoleum

" (summer, Aug) Charles finds all letters; goes to cemetery; sells horse; meets Rodolphe; dies next day, aged 33

1848 (Feb) revolution

1856 (April, Napoleon III is now Emperor) Bertha, aged 15, works in a cotton mill. Three doctors have succeeded one another at Yonville between 1847 and 1856; Homais has just received the Cross of the Legion.

纳博科夫为《包法利夫人》所做年表

评　注

文　体

果戈理把他的《死魂灵》称作散文诗；福楼拜的小说也是散文诗，不过写得更好，结构更为严谨、细密。为了开门见山地说明问题，我首先想请你们注意福楼拜是如何使用分号加and——“；and”——这种形式的。（英译本中有时将分号改成一个单薄的逗号，我们要把它还原成分号。）[1] 这种“分号加and”结构出现在一连串动作，或状态，或物件之后；分号表示停顿，“and”则将整句话收拢，聚成一种意象，或是渲染一个描述性的、诗意的、感伤的或有趣的生动细节。这是福楼拜文体的一个突出的特点。

在爱玛婚后不久：“［查理］忍不住摸摸她的篦梳、她的戒指、她的肩巾；有时候，他张开嘴，大吻她的脸蛋，要不然就顺着她的光胳膊，一路小吻下去，从手指尖一直吻到肩膀（；and）[2] 她推开他，半微笑，半腻烦，好像对付一个死跟在你后头的小孩子一样。”

第一卷末尾，爱玛厌倦了与查理的婚姻生活：“她呆呆瞪瞪，细听钟声一下一下地响。日光黯淡，猫在屋顶耸起了背，慢条斯理走动。风在大路扬起一阵一阵尘土。有时候，远远传来一声犬吠（；and）单调的钟声，按着均匀的拍子，响个不停，在田野里消散了。”

赖昂去巴黎之后，爱玛开窗眺望浮云：“西天鲁昂那边，起了乌云，波涛汹涌，前推后拥，太阳放出长线，却又金箭一般。赶过云头，同时天空别的地方，空空落落，如同瓷器一般白净。一阵狂风吹来，白杨弯腰，骤雨急降，滴滴答答，敲打绿叶。太阳跟着就又出来，母鸡啼叫，麻雀在湿漉漉的小树丛拍打翅膀（；and）沙地小水滩朝低处流，带走一棵合欢树的粉红颜色的落花。”

爱玛躺着，已经死去：“爱玛的头歪靠右肩膀。嘴张开了，脸的下部就像开了一个黑洞一样。两个拇指还弯在手心，眼睫毛上仿佛撒了一层白粉。眼睛开始消失，像是蜘蛛在上面结网似的，盖着一种细布似的黏黏的白东西。尸布先在胸脯和膝盖之间凹下去，再在脚趾尖头鼓了起来（；and）查理觉得像有无限的体积，绝大的重量压在她身上一样。”

福楼拜文体的另一个特征——从使用“；and”的结构中已经见出端倪——是他常爱使用的一种可称作“展开式”的手法，即逐一展现连续的视觉印象，以表达某种情感的积聚。第二卷开头有一个好例子——似乎有一架缓缓移动的摄影机，透过逐一展开的景色，将我们带往了永镇：“人在布瓦席耶

1 英语中“and”是连词，通常有“和”、“并”、“与”等含义，表示一种连续性。

2 英文本此处用“；and”，中译本无法表示，只能采用（；and）的形式注明。

尔离开大路，顺着平地，走到狼岭高头，就望见了盆地。河在中间流过，盆地一分为二，成为两块面貌不同的土块：左岸全是牧场，右岸全是农田。丘陵绵绵，草原迤逦蔓延，从山脚绕到后山，接上柏赖地区的牧场，同时平原在东边，一点一点高上去，向外扩展，金黄麦畦，一望无际。水在草边流过，仿佛一条白线，分开草地的颜色和田垄的颜色，整个田野，望过去，就像镶一条银压边绿绒领子的大斗篷摊平了一样。

“走到天边尽头，就有阿格伊森林的栎树和圣约翰岭的巉岩，挡住去路。山坡自上而下，显出一些或宽或窄、又长又红的条纹，全是雨水冲洗的痕迹；许多含有铁质的泉水，朝四外流，流成那些红砖颜色，一道细线又一道细线，衬着山的灰底子，分外触目。”

第三个特点——这特点本该属于诗歌而不是散文——是福楼拜善于通过在对话中插入无意义的空话来表达某种情感或心理状态。查理的妻子刚刚去世，郝麦来给他做伴。“郝麦想找点事做，便拿起摆设架上的水瓶，去浇天竺葵。

“查理道：‘啊！谢谢。你真——’

“他哽咽着没有说完，药剂师的举动引起他满头满脑的回忆。[这些花原先都是爱玛浇的。]

“郝麦心想谈谈园艺，可以分散分散他的悲伤，便说：植物需要湿润。查理低下头来，表示赞成。

“郝麦又说：‘春暖花开的日子眼看又要到了。’

“包法利说：‘哦！’

"药剂师无话可说了，轻轻掀开玻璃窗的小帘。

"'看，杜法赦先生过来啦。'

"查理活像一架机器，重复他的话道：'杜法赦先生来啦。'"

空洞的话语，却多么富有表现力。

分析福楼拜文体的时候还要涉及他使用的法文未完成过去式，用来表示一种连续的动作或状态，表示在过去习惯性地发生着的事情。英语最好用"would"或"used to"来表达：下雨天她 used to（时常——译者注）做某件事；然后教堂的钟 would（会——译者注）敲响；雨 would（会——译者注）停下来。普鲁斯特在某篇文章里说过，福楼拜运用未完成式来表达时间——流动的时间。普鲁斯特说，这种未完成式使福楼拜能表现时间的连续及统一。

小说的译者们根本不下功夫来处理这一文体特征。在许多段落中，爱玛生活中那种重复、厌倦的情调，比如在描写爱玛在道特生活的那一章里，英译本都没有充分地译出，因为译者不愿费神在必要的地方插入"would"或"used to"，或是加入一连串"would"。

在道特，爱玛带着那条赛犬出去散步。"她总是先望望周围［用 would begin，而不是 began］，看和她上次来相比，有没有什么变动。她又在原来地点看到［would find，而不是 found］毛地黄和桂竹香，荨麻一丛一丛环绕大石块，地衣一片一片覆盖三个窗户。窗板永远关闭，腐烂的木屑落满了生锈的铁档。她的思想起初漫无目的，忽来忽去［would wander 而不是 wandered ］……”

福楼拜并不多用譬喻，然而一旦使用，必然与人物的个性与感情相一致：

赖昂走后，爱玛“悲痛沉入心底，低哭轻号，仿佛冬天的风，在荒凉的庄园啸叫”。（爱玛如果有文学才能，必会这样描述自己的哀伤。）

罗道耳弗厌倦了爱玛的娇嗔作态：“因为他听见放荡或者卖淫女子，唧唧哝哝，对他说过相同的话，爱玛那些话是否出自本心，他也就不大相信了。在他看来，言词浮夸，感情贫乏，就该非议；——好像灵魂涨满，就不会偶尔涌出最空洞的隐喻来。因为人对自己的需要，自己的理解，自己的痛苦，永远缺乏准确的尺寸，何况人类语言就像一只破锅，我们敲敲打打，希望音响铿锵，感动星宿，实际只有狗熊闻声起舞而已。”（我听到福楼拜在抱怨创作之难了！）

在准备与爱玛私奔的前夜，罗道耳弗翻看旧日情书，打算给爱玛写封告别信：“最后，罗道耳弗腻了，困了，又拿匣子放进衣橱，自言自语道：‘简直扯淡！’这句话总结了他的见解。因为他志于冶游，欢娱在他的心头踏来踏去，好像小学生在学校院子把地踏硬了一样，什么花草也长不出来了。妇女经过他的心头，比孩子们还冒失，就连名姓也没有留下一个，不像他们，还把姓名刻在墙上。”（我看到福楼拜重返他在鲁昂的母校了。）

意　象

作为艺术家，福楼拜善于通过自己的观察来选择、吸收、归纳并处理感性材料。下面几段描写是最好的例证：

查理骑马去为卢欧老爹医腿，这里有一段冬日风景的描写："平原展开，一望无际，田庄周围一丛一丛树木，远远隔开，在这灰灰的广大地面，形成若干黑紫色斑点。地面在天边没入天的阴暗色调。"

爱玛与罗道耳弗秘密幽会："星光闪闪，映照素馨的枯枝。他们听见背后河水潺湲，堤上枯苇不时拉瑟嘶鸣。黑地影影绰绰，东鼓一堆，西鼓一堆，有时候不约而同，摇曳披拂，忽而竖直，忽而倾斜，仿佛巨大的黑浪，翻滚向前，要淹没他们。夜晚寒冷，他们越发搂紧，叹起气来，也像更深沉了；眼睛隐约可辨，彼此觉得似乎更大了。万籁无声，有些话低低说出，落在心头，水晶声音似的那样响亮，上下回旋，震颤不止。"

看完歌剧的第二天，爱玛在客店房间里会见赖昂："爱玛穿一件条纹布梳妆服，头发靠着扶手椅的椅背；黄墙纸像金底子似的托着她；镜子照出她头上梳的白线似的中缝，耳垂露在头发外面。"

马的主题

如果挑出《包法利夫人》中写到马的段落，放在一起，我们就能得到这部小说的一个完整的故事梗概。在本书的浪漫故事中，马奇怪地扮演着一个重要角色。

马的主题是这样开场的：“有一天夜晚，来了一匹马，当门停住，响声吵醒他们［查理和他的前妻］。”有人带来消息，说卢欧老爹摔断了腿。查理快到农庄了，再过一会他就会见到爱玛。这时他的马一害怕，来了个大闪失，似乎他和她未来命运的阴影惊吓了那匹马。

查理寻找马鞭，慌里慌张地俯在爱玛身上，帮她从一袋小麦背后拾起鞭子来。（弗洛伊德，那个古板守旧的江湖骗子，一定能从这一场面中分析出许多名堂来。［弗洛伊德的著作中把马当作一种性象征。——原编者按］）

婚筵结束，酒醉的客人们在月光下驱车回家，马拉车飞奔，跳进水沟。

为小两口送行的时候，爱玛年迈的父亲回想起当年他怎样把自己年轻的妻子放在马鞍后边的坐垫上带回家去。

请注意爱玛如何咬下一瓣花，靠在窗口，让花瓣落在丈夫那匹马的鬣毛上。

爱玛回忆在修道院时那些规矩的修女们谆谆劝诲应当克制肉体，拯救灵魂，她“就像马一样，你拉紧缰绳，以为不会出事，岂知马猛然站住，马衔滑出嘴来了”。

渥毕萨尔侯爵请她去做客，带她看自己的马匹。

离开侯爵的庄园，她和丈夫看见子爵和别人一道骑马飞驰而过。

查理骑一匹老马四处奔波行医。

爱玛第一次在永镇和赖昂谈话就是以谈马开的头。查理说："你要是也像我，经常非马来马去不可……""不过，"赖昂转向包法利夫人，"我觉得骑马兜风非常有趣……"这一段写得确实有趣。

罗道耳弗向查理建议说，骑马对爱玛一定大有益处。

罗道耳弗与爱玛在树林中骑马幽会的著名场面可以说是透过她的亚马孙式服装长蓝面纱看到的。请注意这个细节：在她骑马出行之前，孩子隔着玻璃窗远远递她一个吻，她的回答是摇摇马鞭。

后来，读父亲从农庄写来的信时，她想起了农庄——马驹在嘶叫，奔驰，奔驰。

包法利想治好马夫那只马蹄般的畸形脚，这是马的主题的荒诞变形。

爱玛送给罗道耳弗一根漂亮的马鞭。（老弗洛伊德在黑暗中发笑了。）

爱玛企盼着与罗道耳弗一起过新的生活，她最先幻想的是"乘了驿车，四匹马放开蹄子，驰往"——意大利。

罗道耳弗乘一辆蓝色提耳玻里马车疾驶而去，离开了她。

另一个著名的情节——爱玛和赖昂坐在关上门窗的马车中。马的主题没有先前高雅了。

最后一章中，来往于永镇和鲁昂之间的公共马车"燕子"在爱玛的生活中扮演着重要角色。

在鲁昂，她依稀看见子爵那匹黑马，这是一个回忆。

爱玛走投无路，最后一次拜访罗道耳弗，向他要钱。罗道耳弗说他没有钱，爱玛讥讽地提到他马鞭杆上昂贵的装饰品。（黑暗中的那个笑声会更加放肆了。）

爱玛死后，有一天查理去卖他的老马——他最后的财路——遇见罗道耳弗。现在他知道罗道耳弗曾与自己的妻子有瓜葛。马的主题在这里结束了。如果用象征主义来分析，马也许并不比今天的敞篷汽车，更具有象征意义。

龚文庠　译

罗伯特·路易斯·斯蒂文森

（一八五〇——一八九四）

《化身博士》

（一八八五）

《化身博士》一书是作者患肺出血期间的卧榻之作，一八八五年写于英吉利海峡的伯恩茅斯。一八八六年一月出版。杰基尔是一个体态丰满的仁慈的内科医生，他并非没有一般人的弱点。他不断地服用一种药液，集中了或者说是沉积了所有的邪恶，使自己突然变成了一个残忍而野兽般凶恶的人，取名海德。在这种性格下，他开始了一种扭曲了的犯罪式生活。曾经有一段时间，他完全能够恢复他的杰基尔原形——既有变为海德的药液，也有恢复成杰基尔的药液——但是，他的善的本性愈来愈弱，终于，恢复杰基尔的药液失效，当真相即将暴露时，他服毒自杀。这是该故事的简单情节。

首先，假如你有我这样一本袖珍版本的《化身博士》，你会憎恶那个荒谬、可恶、恶劣、残忍、污秽而令人作呕并使年轻人堕落的封面——或者确切地说是局限了年轻人思维的封面。你将不去理会这个事实：在猪肉打包商导演下的笨拙演员，表演着歪曲了本书原意的剧作，后来这个改编拙劣的剧本又被搬上了银幕，并且在被称为剧院的地方上演。依我看来，把电影院叫作剧院与称呼那些办丧事的人是承办殡葬者或殡仪

纳博科夫手绘的《化身博士》封面

业者没有什么两样。

现在我要发布一项重要禁令：请完全彻底地忘却这本书的内容，不要回忆什么，要把原有的印象都去掉，要忘掉一切，使你的大脑对这部小说的任何见解呈现完全空白的状态。只有这样，你才能够忘掉《化身博士》是一部具有神秘色彩的故事，是一部侦探小说和一部电影。当然，斯蒂文森一八八五年创作的这部篇幅不长的小说是现代侦探小说的鼻祖之一，这一点的确是事实。但是，今天的侦探小说是对文体的彻底的否定，最多不过是因袭传统的文学作品。坦率地说，我不是那些躲躲闪闪地夸耀自己欣赏侦探小说的大学教授们当中的一个——就我的口味来说，它们都写得太糟，使我厌烦得要死。然而斯蒂文森的作品——愿上帝保佑他纯洁的灵魂——作为侦探小说是有缺陷的。它也不是寓言或讽喻小说，不论作为寓言还是讽喻，它都索然无味。如果我们把这部小说看作一种文体学现象，无疑，它具有特殊的吸引力。它不仅仅像斯蒂文森从梦中醒来后宣称的那样，是一部很好的“鬼怪故事”。我想他的梦中所见，与神秘的思维带给柯尔律治[1]的那个最著名的未完成诗作的想象，是很相似的。更为重要的是，这部小说是：“一个更接近于诗歌，而不是一般散文体小说的虚构故事。”[2]因此，它与《包法利夫人》《死魂灵》等属于同一个艺术档次。

这本书具有一种令人愉快的葡萄酒的味道。事实上，故事

1　Samnel Taylor Coleridge（1772—1834），英国诗人、评论家。

2　弗·纳博科夫说明，本讲稿中的引文均出自斯蒂芬·格温的《罗伯特·路易斯·斯蒂文森》一书（英国麦克米伦出版公司，一九三九年版）。——原编者注

中的人物喝掉了许多陈酿葡萄酒：可以回想一下厄特森惬意呷酒的样子。愉快、安逸的饮酒享受，与变色药液所引起的令人战栗的痛苦形成了鲜明的对照，那种具有魔力的药液是杰基尔在他那满是灰尘的实验室里配制出来的。作者对所有情节的描写都很新颖引人。斯蒂文森借用冈特大街的加布里埃尔·约翰·厄特森之口，对故事作了极为全面的描述。他描述了寒气逼人的伦敦清晨有着迷人的气息；甚至对杰基尔在变形的过程中所经历的种种可怕的感觉，在描写上也具有某种丰富的声色。为了达到他的预期目的，斯蒂文森必须十分依赖于文体，只有这样才能解决他所面临的两个主要难题：（1）用药剂师的配料制出具有魔力的，而且似乎有可能造出来的药液；（2）使人认为杰基尔服药前与服药后的恶的一面真实可信。[1]“正像我

1　在纳博科夫的斯蒂文森文稿中，有四页引自斯蒂文森的《写作艺术论文集》（伦敦查特与温德斯出版公司，一九二〇年）一书的打印文字。纳博科夫曾向他的学生读过这些引文。下面是引文的一部分，引在此处似乎很恰当贴切：“在从老一代编年史作者接连不断的肤浅陈述到具有高度综合性和启发性，且内容充实、文字流畅的叙述文体的转变过程中，潜藏着大量的哲学及才智。其哲学思想是可以明显见出的，因为我们在善于综合的作家那里看到了他的那种较为深刻、较有激励作用的生活观，以为他对种种事物的发生及其密切关系所具有的极为敏锐的感觉力。至于其中的才智，我们则可以想象为已经丢失了，虽然事实并非如此。因为正是这种才智，这些层出不穷的美妙设计，这些被克服了的种种难点，这些得以实现的双重目的，这两个被同时抛在空中舞蹈的橘子，自觉不自觉地向读者提供了快乐。不仅如此，这个极少得到承认的才智正是我们如此钦佩的哲学思想的必要喉舌。因此，文体并非蠢人们所说，是最无需修饰的东西——因为编年史作者那毫无连贯性的胡言乱语用的就是这种最无需修饰的东西——相反，文体是最完美的，它能毫不唐突地达到最高程度的优美、简洁及含蓄；而如果手法唐突，则又能取得最强的感觉及气势。即使打乱了他们的（所谓）正常语序，也会给读者的想象带来启发；（转下页）

曾经说过的，当我沉思默想的时候，实验台上得出的结果给我从侧面提供了线索。我开始有了比以往对这个问题更加深刻的认识，即我们穿着服装、四处行走的躯体表面上是那么坚实，可实际上却是那么的虚弱、不实，像雾一样短暂、无常。我发现了可以有某种力量能够动摇和震撼那有形的肉体，甚至就像一阵风可以把楼阁的窗帘吹得飘荡起来一样。……我不仅意识到了在我的天赋的躯体内存在着某种构成我的精神力量的光点，并且我设法配制出了一种药剂，在这种药力的作用下，这种力量会被迫从它的主宰地位上退下来，并且被第二种形体和相貌来代替。由于它们都表现了我的本性，并且带着我灵魂中的较低级的素质，所以对于我来说仍然是自然的。[1]

"我迟疑了很久才将这一理论用于实践以进行检验。我很清楚我是在冒死的危险，因为有效地控制并动摇个性堡垒的任何一种药物，如果有丝毫的用药过量，或者在展示结果的那一刻稍有不慎，便会将我所期望改变的、无形的灵魂所依附的肉体彻底毁灭。但是，如此神奇的、意义深刻的发现具有强烈的诱惑力，它终于克服了令我恐惧的种种暗示。我用了很长的时间来准备我所需要的药液。我曾经从一家化学药品批发公司那里一次就买来大量的特殊药用盐，根据我的经验，我知道这是

（接上页）正是通过这种有意的颠倒，才能恰当地理顺判断的各个方面，才能把一个复杂情节的各个阶段最明晰地结合成一体。

"这就是那张网，或称格局；一张既给人以美的享受、又富有逻辑性的网，一个既优美又含蓄的结构，这就是文体，就是文学艺术的基础。"——原编者注

1 "两重性在这里不是指'人体和精神'，而是指'善与恶'。"纳博科夫在注释说明中指出。——原编者注

我所需要的最后一种成分。在一个可怕的深夜，我把所有的成分混合到一块儿，看着它们在烧杯里烟雾缭绕地沸腾，当沸腾的药液平息下去以后，在一种极度兴奋的情绪驱使下，我鼓足勇气喝下了这杯药液。

“接着，是一种撕裂五脏六腑的痛楚：浑身的骨骼在嘎吱吱地摩擦，并伴有极度的恶心和一种超越了生死之际的精神上的恐怖感。然后，这种极度的痛苦开始逐渐消失，我终于恢复了自我，就像大病后的初愈。在我的意识中有一种奇怪的感觉，一种难以形容的新奇感，正是由于它太新奇了，所以夹杂着一种令人难以置信的快慰。我觉得自己年轻了，整个身体都洋溢着轻松与活力。在这个躯体内，我感觉到一种兴奋的不顾一切的意念；一种混乱的感觉，仿佛一股推动水车转动的急流在我的幻觉中奔腾；还有一种责任契约的解除感；一种前所未知的但绝不是灵魂获得解脱后的那种毫无邪念的自由感。在第一次呼吸到这种新生命的气息之际，我知道自己变得更邪恶了，而且是十倍于从前的邪恶，把自己出卖给原有的恶性做奴隶了。当时，这种感觉使我像喝了酒似的振奋和愉快。我伸出双手，为有这种新奇的感觉而高兴。正当我这样伸出手的时候，我突然发觉自己的身体变小了。……就像善使人容光焕发一样，恶也被坦率地、丝毫不加掩饰地反映在另一个人的脸上了。而且恶（我仍旧不得不相信它是置人于死地的一面）在那个躯体中还留下了畸形和衰退的印迹。当我面对镜子中的丑陋相貌时，我并没有感到厌恶，反而涌出一种欢欣。这也就是我自己嘛！这一切似乎都是自然的、有人性的。在我看来，它显示了一个更活跃的精神形象，比我至今仍然习惯称之为我的，那个不完美、善恶混杂的相貌似乎更确切、更单纯。在这个意义上说，我无疑是正确的。我观察到，每当我显现出爱德华·海德的外貌时，开始没有人来接近我，这并不是因为对我的身体有什么明显的怀疑，依我看来，这是因为所有的人，我们接触的所有的人都是善与恶的混合体，唯有爱德华·海德一个人是全人类中由纯粹的恶构成的人。”

杰基尔和海德的姓氏来源于斯堪的纳维亚。据我猜测，斯蒂文森选择这两个姓名的那本旧书正是我本人查看的那本书，而且我们都翻阅了书的同一页。海德出自盎格鲁–撒克逊词 *hyd*，在丹麦语中是 *hide*，意思是“避难所”。杰基尔出自丹麦人的名字 *Jökulle*，意思是“冰柱”。即使不了解这些简单的词源，人们也会很容易地发现各种各样的象征性意义，尤其是海德一词，它的最明显的意思之一是杰基尔医生的一个藏身之处，在海德的躯体中，那个诙谐的医生与这个谋杀者同时存在着。

这本鲜为人读的书有三个重要之处往往由于人们的成见而被完全忽略：

1. 杰基尔是善良的吗？不是的，他是一个复合式的人，是一个善与恶的混合体，就像一种经过配制的药液一样，是由百分之九十九的杰基尔液体和百分之一的海德液体混合而成的。（或者叫 *hydatid*，它出自希腊语“水”一词，水在动物学中是一种极小的、里面可以容放人和其他动物身体的育儿袋，是一个容纳着清澈液体的育儿袋，液体中有幼绦虫——对于幼小的绦虫来说，这至少是一种舒适的安排。如此看来，在某种意义上，海德先生是杰基尔大夫的寄生虫——但是我必须声明一点，斯蒂文森在选用这个名字时并没有意识到这一点。）用维多利亚时代的观念来衡量，杰基尔的道德品行是可鄙的。他是一个虚伪的可怜虫，审慎地隐匿着自己的邪恶念头。他又是一个不肯宽容别人的人，他从来没有宽容过与他在科学研究方面持有不同见解的兰尼昂大夫。他鲁莽、蛮干。海德与他混合为一，而且就包含于其中。在杰基尔大夫处于善与恶的混合状态时，恶可以被分离出来作为海德，使他成为纯粹的恶的沉淀物。从化学意义上说，当杰基尔以海德的外貌进行活动时，由于构成杰基尔的那些因素依然存在于这一沉淀物当中，他会对海德极端厌恶，并感到十分惊讶。

2. 杰基尔并非真正转变成了海德，而是使经过沉积的、纯粹的恶突出地表现出来，这个恶才是海德。海德的个子要比身材高大的杰基尔矮许多，这暗示了杰基尔具有较多的善。

3. 确确实实存在着三个人物——杰基尔、海德和一个第三者，即当海德刚刚显现、杰基尔的残余部分依旧存在着的那个时候的人。

这一情形可以用图表形象地加以描绘。

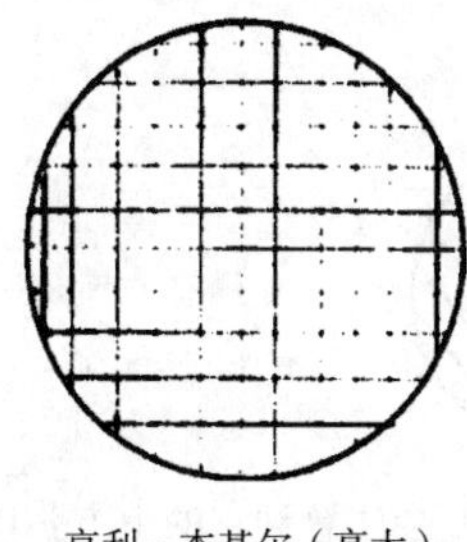

亨利·杰基尔（高大）

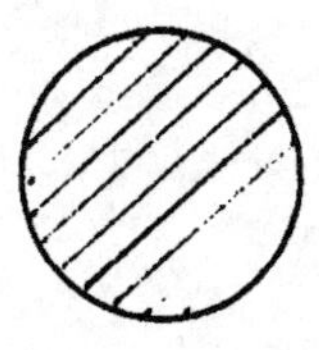

爱德华·海德（矮小）

但是，如果你仔细观察，便可以发现在这个高大、聪明、举止文雅、穿着讲究的杰基尔的内心，散布着零星的恶的雏形。

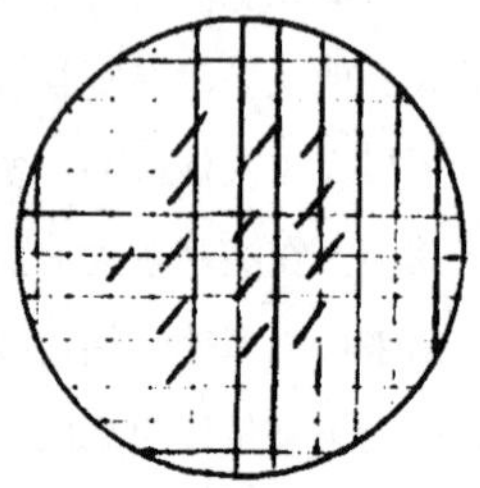

当具有魔力的药液开始起作用的时候，这个恶便开始形成了图中的阴影密集部分。

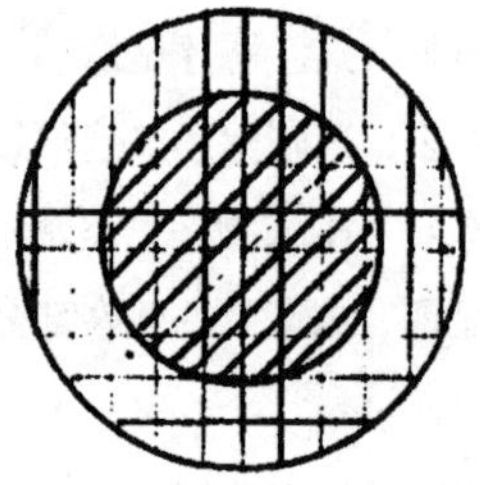

并且使恶突出地表现出来或者被排斥在圈外，成为这样一个图像：

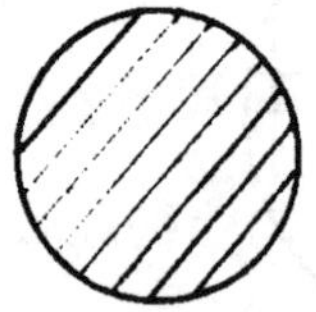

如果你继续仔细地观察海德，便会注意到它的上方弥漫着惊恐，这仅仅是指杰基尔所能够支配的剩余部分，是一种烟环

或者叫晕轮的东西，就好像那个密集了邪恶的阴影脱离开了剩余的、代表着善良的环，然而这个代表善良的环还是被保留下来了，这意味着海德依旧想要变回杰基尔。这一点很是意味深长。

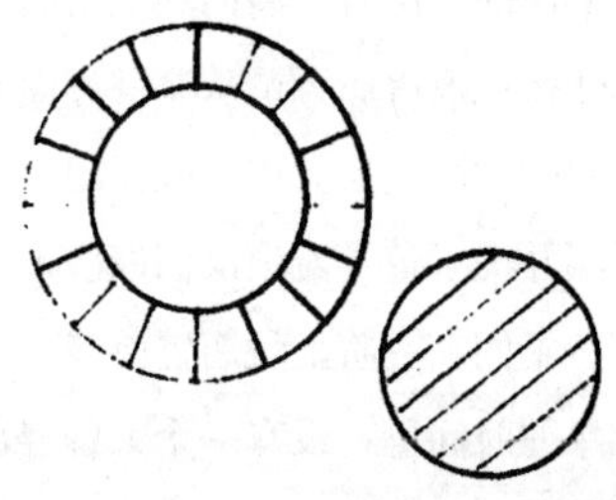

因此可以这样说，杰基尔的转变过程暗示了他的转变是本身就已经存在的恶的聚集，而并非完全彻底的变形。杰基尔并非纯粹的善，海德（杰基尔将其说成是自己的反面）也不是纯粹的恶，就像海德身上不能被人接受的那些部分恰好存在于能够为人接受的杰基尔身上，杰基尔也像晕轮一样旋绕在海德之外，他极度厌恶自己身上恶的一半。

两人的关系由杰基尔的住所加以象征，那幢住宅有一半是杰基尔的，另一半是海德的。一个星期日，厄特森和他的朋友恩菲尔德一起散步，来到了位于伦敦闹区的一条偏街，这条街的街面窄小，倒也称得上安静，平日里一片生意兴隆的景象。“即使在星期天，当它的绚丽多彩的迷人铺面被掩饰起来、过往的行人也比较少的时候，和附近黑暗肮脏的街道相比，这条街就像森林中的一束火光，十分突出；街上那些刚刚被油漆过的窗板，擦得很亮的黄铜装饰以及给人的普遍清洁和愉快的感受，这一切立刻引起了行人的注意并使他们感到很愉快。

“沿着这条路的左首一直向东走，拐一个弯，再走过两户人家，就是一个庭院的入口，就在这里，一幢外观难看的楼房将它的山墙部分伸向街道。这是一幢二层的建筑物，从外面看没有窗户，除了下面的一层有一扇门和上层的一堵褪了色的无窗的墙面以外，什么也没有。无论从哪一方面看，它都显示着一种长期无人过问的污浊迹象。房门既无门铃也无门环，而且门本身已经掉了漆并褪了色。流浪汉们懒散地走进壁凹处，在石墙上划火柴；孩子们在台阶上玩店铺游戏；学童在墙缝上试刀。在将近三十年的时间里，没有一个人曾经出来驱赶这些偶然来去的游客，或者修补被他们毁坏了的残破处。”

恩菲尔德用手杖指给厄特森看的就是这扇门，那手杖是一个令人生厌的残暴的人曾经使用过的，他曾故意从一个急跑的女孩儿身上踏过，后来他被恩菲尔德扭住了衣领，并且同意赔偿那孩子的父母一百英镑。他用一把钥匙打开了这扇门，当他从里面出来的时候，手里拿着十镑金币和一张填写着其余九十镑的支票，上面有杰基尔医生的签字，这证明这张支票是有效的。敲诈，恩菲尔德医生想到。他继续对厄特森说：“那简直就不像一幢房子。没有其他的门，除了我在那奇怪的事件中所遇到的那位先生偶尔进出外，没有一个人出入这个门。二楼上有三扇窗户正对着庭院，下面却没有窗户，窗子总是关着的，但很干净。还有一个烟囱，它通常冒着烟，因此可以断定里面住着人。当然也不能十分肯定，因为庭院周围的建筑十分密集，几乎很难分得清哪儿是一座建筑的尾端，哪儿是另一座建筑的开始。”

在这条偏街的拐角处有一个年代很久的广场和数幢堂皇的

住宅，这些建筑已经有些褪色，并且已经成了分层出租的公寓和律师事务所。“不过，从拐角数起的第二幢宅子里有一间房子一直住着人，并且有着一种极奢华、舒适的气氛。”厄特森就要敲这扇门，打听他的朋友杰基尔大夫。厄特森知道海德先生曾经出入的那幢住宅的门就是通往外科医生原来的解剖室的门。在杰基尔大夫买进那幢房屋之前，它属于外科医生所有，是面向广场的优雅建筑的一部分。杰基尔大夫把这间解剖室改用作进行化学实验的实验室，就在这间屋子里（我们后来才知道），他把自己变成了海德先生，与此同时，海德就住在那边房里。

正像杰基尔是善与恶的混合体一样，他所居住的地方也是一个混合体，这是一个绝妙的象征，是对杰基尔与海德的关系的绝妙描绘。朝东的高贵的正门是杰基尔住宅的一扇门，它面向广场。然而在同一街区的另一侧，在与它相对的偏街上是海德出入的神秘的旁门。它的地形方位很特殊，被各式各样密集的建筑物和庭院所遮掩、迷惑。所以，在杰基尔的这幢前厅色调柔和、富丽堂皇的混合住宅中，有一条走廊直通海德的住处，通往原来用作外科手术室的房间，目前那是杰基尔的实验室，杰基尔大夫在那里进行的解剖远不如化学实验多。斯蒂文森集中了所有可能的写作手法、形形色色的想象、各种各样的声调、各种句型乃至假设等，逐渐组成一个世界，在这个世界里，用杰基尔本人的自述来描绘的那个奇怪的变化，将会对读者产生深刻的影响并增强其艺术真实性的感受——或者更确切地说，将会引起这样一种心理状态：在这种心理状态下，读者不会反问自己，这一变化是否可能。狄更斯在《荒凉山庄》中描述过一件与此类似的事件。他采用了令人惊叹的巧妙手法和变化多端的行文，构思出一个真实可信的故事：一个喝了一肚子杜松子酒的老头儿，体内真的着了火，而且一直烧成灰烬。

———

斯蒂文森的艺术目的是创作“一部在只具有普通判断能力的人们面前能够通过的怪诞而有趣的戏剧文学”，一个为狄更斯时代的读者们所熟悉的环境中展开的故事，它的背景是伦敦的寒雾，庄重的、饮着陈酿的年长绅士，外观丑陋的房屋，家庭律师和尽职的男管家，在杰基尔居住的威严的广场后面，种种不知名的罪恶繁殖滋生，还有寒冷的清晨和双轮马车。厄特森先生是杰基尔的律师，他是“一个体面的、沉默寡言的、令人喜欢的、可信赖的、有胆量并且执拗的正派绅士；是这类绅士可以作为‘真实的’人物所接受的那种人，也是读者们被假定应该作为‘真实的’人所接受的”。厄特森的朋友恩菲尔德被称为“不敏感的人”，一个坚强而迟钝的年轻商人（事实上，正是这种坚强与迟钝使他与厄特森成为朋友）。正是这个迟钝的恩菲尔德—— 一个不善于想象和不大注意观察事物的人——被斯蒂文森选来讲述故事的开头。恩菲尔德没有认出，海德曾经走进并取出有杰基尔签字的支票的那扇位于偏街的门，就是杰基尔住宅内实验室的门。但是，厄特森立刻意识到了这一内在的联系。故事就这样开始的。

尽管厄特森认为随意联想是冒失鲁莽之举，可是恩菲尔德的故事却使得他回到家后就从保险柜里取出杰基尔亲笔写的遗嘱（因为在写这份遗嘱的时候厄特森就曾拒绝给予杰基尔任何帮助），他重又阅读一遍遗嘱的内容："不仅如此，在享有医学博士、民法学博士、法学博士、皇家学会会员等头衔的亨利·杰基尔死亡之际，他的一切财产均由他的'朋友和恩人爱德华·海德'继承；在杰基尔大夫'失踪或未加任何解释而外出超过三个月时'，该爱德华·海德可以立即取代亨利·杰基尔的位置，除了对大夫的家务开支付一点现款外，不承担任何负担和义务。"厄特森对这个遗嘱一直很反感，并且，他的愤慨由于他对海德先生的一无所知而与日俱增："现在，一个突然的转折，使他［从恩菲尔德讲述的恶魄的小个子与孩子的故事中］知道了他。当他对这个名字无法进一步了解时，事情就已经够糟的了，而当这个名字开始罩上种种邪恶的标志时，事情就更糟了。那个一直使他困惑的、变幻不定的、没有实体的迷雾中，却突然跳出了一个实实在在的恶魔般的人物。

"'我认为这是疯狂，'他把那份可憎的遗嘱放回到保险柜，说道，'我现在开始担心这是一件不体面的事。'"

厄特森上床睡觉时，恩菲尔德讲述的那个事件开始引起他的想象。恩菲尔德是这样开始讲述的："在一个漆黑的冬日凌晨，大约三点钟，我从很远很远的地方回家。我所路过的那部分城区除了路灯之外，什么也没有。我走过一条街又一条街，所有的人都在睡梦中—— 一条街又一条街，所有的路灯都亮着，好像一个长长的队列，可又像教堂一样空寂无人……"（恩菲尔德是一个感觉迟钝、平淡无味的年轻人，而艺术家斯蒂文森却不能不借他的口把街道描写成：所有的街道都亮着灯，人们都已入睡，以及四周像教堂一样空寂。）这些句子开始在厄特森昏昏入睡的脑海中逐渐发展、回荡、反射、再反射出来："恩菲尔德先生的故事像是一卷被照亮了的画卷在他的脑海中一幅幅地闪过。他想象得出一个被黑夜笼罩着的城市里的一排排的灯光，然后是一个匆匆赶路的人影；紧接着一个孩子从医生家里跑出，于是，两个相撞，并且那个能够摧毁一切的人撞倒了那个孩子，从她的身体上踏过去，然后毫不理会她的尖叫，径直向前走去。厄特森或许会看到一幢豪华住宅中的一个房间，他的朋友在那里熟睡着，做着梦并且在梦中微笑；随后那个房间的门被打开了，床幔被扯开，睡着的人被叫醒，看哪！他的旁边站着一个人，这个人具有一种力量，即使在那夜深人静的时刻，他也必须起来，依照它的命令行事。这两个事件中的那个人物影像整夜纠缠着律师，即使在他打盹儿的时候，也会看到那个人形更加隐秘地在沉睡的房屋中飘然而行，它越走越快，越走越急，简直让人头昏眼花，它穿过亮着街灯的宽阔的迷宫般的城市，在每一个街角都撞倒一个孩子，抛下她在那里哀号。这个人形依旧没有面孔，使他无法认出它，即使在梦中，它也没有面孔。"

厄特森决心找到他。他利用了所有的闲暇时间，徘徊在那扇门前，最后终于看见了海德先生。"他身材矮小，衣着很一般，不过即使是从远处看他的模样，也会引起观望者的强烈反感。"（恩菲尔德曾经说过："但是有一个奇怪的情形，我看见那位先生的第一眼便讨厌他。"）厄特森走上前去与他讲话，他找了种种托词，要求看一看海德的面孔，而斯蒂文森小心地回避了对其面孔的描述。不过厄特森确实告诉了读者另外一些情况："海德先生面色苍白，身材比较矮小，他没有任何可以指出名来的畸形，但却给人一种畸形的印象，他的脸上挂着一种令人不愉快的微笑，在律师面前表现出一种混杂着胆怯和鲁莽的杀气腾腾的样子，并且用一种沙哑的、耳语般的、不连贯的声音说话。所有这些都使得别人对他反感，但是，把所有这些都加在一起，也不能解释厄特森先生看见他以后，到目前为止所产生的、无名的令人作呕的厌恶和恐惧。……噢！我的可怜的老亨利·杰基尔呵，如果我曾经从哪张脸上看到过魔鬼撒旦的特征，那就是你的那个新朋友的脸。”

厄特森绕到广场一侧，按响门铃，向男管家普尔询问杰基尔大夫是否在家，但是普尔回报说他的主人外出了。厄特森接着问，大夫不在家的时候，海德是否可以从原来的解剖室的门进来，男管家再次使他消除了疑虑：经大夫允许，海德持有一把钥匙，所有的用人都要服从他的命令。“‘我想我从没有遇见过海德先生吧？’厄特森问。

“‘哦，先生，绝没有。他从来不在这儿用饭，’管家回答说，‘实际上，在宅子的这一侧我们几乎见不到他；他主要从实验室进出。’”

厄特森怀疑这是敲诈，并且决定准备帮助杰基尔，只要他允许的话。不久，机会来了，但是杰基尔不愿意接受帮助。“‘你不明白我的处境，’大夫有点语无伦次地回答，‘我处于一种极痛苦的境地，厄特森。我的境况是很奇怪的—— 一种非常奇怪的境况。它属于无法用交谈来补救的那类事情。’”然而，他又补充道：“‘为了使你的好心得到安宁，我愿告诉你一件事：在我愿意的时候，是可以摆脱海德先生的。我向你保证这一点。’”谈话结束时，厄特森勉强同意了杰基尔的要求：“等我不在世上时”，帮助海德得到他的权力。

卡鲁的被杀事件开始把故事引入高潮。当一个生就有点浪漫的使女在月光下沉思冥想的时候，她看到一个和善、漂亮的老先生向一个名叫海德的先生问路。这个海德曾经拜访过她的主人，她对他怀有厌恶感。“他手里拿着一个很重的拐杖，正在玩弄着它。他对问话一言不答，听话时显出一种不可抑制的烦躁。突然间他勃然大怒，跺着双脚，挥舞着手杖，而且（如使女形容的）像疯子一样歇斯底里大发作。那个老人向后退了一步，流露出非常吃惊并且有点被伤害了的神态。这位海德先生已摆脱了所有的约束，用手杖把老人打翻在地上。紧接着，他像个狂怒的粗野猿人，把他的被害对象踏在脚下，拳头像下雹子般打在他身上。在这样的痛击下，老人的骨骼发出嘎嘎的碎裂声，身体在路面上一起一伏。这令人毛骨悚然的景象和声音把使女吓得昏死过去。”

这位老人随身带着一封给厄特森的信，因此厄特森被警察叫来，他辨认出死者是丹弗斯·卡鲁爵士。同时他还认出剩下的半截手杖是他在多年以前送给杰基尔大夫的礼物。接着他主动提出带领警官去海德先生的家，他的家在伦敦最脏乱的街道之一索和。在这一段中，有一些很好的文字效果，特别是这些字母的头韵[1]：“此时已是早晨九点钟左右。巧克力色的大雾幕

1　在纳博科夫的文稿中，有斯蒂文森的《写作艺术论文集》一书的打字引文，其中有下面这段话：“过去常常要所有的青年作家避免使用头韵，认为这是一条好的忠告，这忠告是稳妥的，因为它能避免拙劣的写作方法。尽管如此，这个忠告仍是讨厌的废话，纯粹是那些闭目不视的人当中最最瞎眼的人的胡言乱语。一个短语或是一个句子，其内容是否具有美感，绝对地取决于头韵和半谐音。元音需要重复，辅音需要重复，而且两者都绝对需要不断地有所变化。你可以在你特别喜欢的一段文字中找出一个字母，注意它在这段文字中（转下页）

低低地挂在天空上，这是这个季节的第一场雾，但是风不停地吹袭着，驱散了这些用来设防的雾霭，于是当马车从一条街缓慢地移到另一条街上时，厄特森先生便看到了晨光的奇异层次和斑驳色彩。有的地方像傍晚黄昏时分一样灰暗，而有的地方却又像一片奇怪的大火一样明亮。一会儿这儿的雾散开了，一束无精打采的阳光从盘旋缭绕的云雾间挤出。在这些变化无常，隐约闪现的阳光照射下，阴郁沉闷的街区、泥泞的道路、懒散的行人，以及那从来不曾熄灭的，或者说从未因应付再度袭来的令人沮丧的黑暗而再度拨亮的灯，这一切在律师的眼里，似乎就像噩梦中的某个城市的街区。”

海德不在家，公寓已遭洗劫，一片混乱，很显然，谋杀者逃走了。当天下午厄特森拜访了杰基尔。他被让进了实验室：“壁炉里燃着火，炉架上放着一盏点燃的灯，因为即使在屋里雾也开始浓起来了。杰基尔大夫紧靠温暖的壁炉坐着，脸上显出死人般的病态。他没有站起来迎接他的客人，只是伸出一只冰凉的手，并且以一种变了样的声音对他表示欢迎。”在回答厄特森的问话海德是否隐藏在他那里的时候，大夫大声喊道：“厄特森，我向上帝起誓，我向上帝起誓，我决不会再看他一眼。我用自己的名誉向你保证，在这个世界上我和他断绝往来

(接上页)的种种奇遇。也许你会发现它一时间被否定了，使听觉得不到满足，随后又发现它像连珠炮似的向你开火，或者发现它变成了与其类似的其他各种声音，就像一种液体或唇音化入了另一种液体和唇音。你还会发现另一种更为奇特的现象。文学是由两种感官创作、并为两种感官服务的：一种是内在的听觉，它能敏锐地感受到‘无声的乐曲’；另一种是视觉，它指挥着创作的笔，并解析印刷成文字的字句。”纳博科夫对此加注道：“让我作为读者补充一点，内在的视觉还能将作品的色彩和意义化作画面。”——原编者注

了。一切都了结了。实际上他并不需要我的帮助。你不如我了解他，他很安全，十分安全。记住我的话，不会有人再听到关于他的任何消息了。”他给厄特森看了一封有“爱德华·海德”签字的信，信中表示他的恩人不必为他担心，因为他有逃脱的办法，对此他寄托了全部希望。在厄特森的追问下，杰基尔承认了，是海德强迫他写的那份遗嘱，厄特森为他本人没有被谋杀而对他表示庆贺。“‘我所得到的远远超出了我的目的，’大夫严肃地回答，‘我得到了一个教训——噢上帝啊！厄特森，我所得到的是怎样一个教训！’他用手把脸蒙起了一会儿。”从杰基尔的总管家那里，厄特森了解到，海德的那封信的笔迹尽管向相反的方向倾斜，可是，它太像杰基尔的笔迹了。“‘什么！’他想，‘亨利·杰基尔替杀人犯假造信件！’他的血液在血管里凝住了。”

斯蒂文森给自己带来了一个非常困难的艺术性问题，我们非常想知道他是否有能力解决它。让我们把问题分解成以下几点：

1. 为了使这部幻想作品能够成立，他希望这个故事在实事求是的人物——厄特森和恩菲尔德——的头脑里得以通过，因为尽管他们的逻辑性十分平常而普通，但是海德的稀奇古怪的噩梦般气质一定会给他们以深刻的印象。

2. 这两个感觉迟钝的人物必须向读者传达海德的令人毛骨悚然的气质，然而，他们既不是艺术家也不是科学家，因此作者无法让他们像兰尼昂大夫那样去注意事物的细节。

3. 假如斯蒂文森把恩菲尔德和厄特森描写得太一般、太简单，他们就不可能表达出海德给他们带来的莫明其妙的不安感觉。另一方面，读者不仅对他们的反应感到好奇，而且也希望亲眼看一看海德的面孔。

4. 然而作者本人也没有清楚地看到海德的面孔，他只能通过恩菲尔德或者厄特森，以间接的、富于想象的、暗示的方式来描述它。而对这两个感觉迟钝的人物来说，这种表达方式并非恰当。

我认为对于这个特定的环境和人物，解决问题的唯一方法是，海德的外表不仅使恩菲尔德和厄特森感到厌恶和毛骨悚然，还应该有些其他的感受。我认为海德的出现所引起的震惊使恩菲尔德与厄特森的内在的艺术家气质得以表现。否则在恩菲尔德的故事中，在描写他亲眼目睹海德先生突然袭击那个孩子之前穿过亮着街灯的空旷街道的情景时所反映出的聪明的洞察力，以及厄特森听过那个故事之后在睡梦中对此事的丰富的想象，都只能被看作是作者本人以其个人的艺术价值、他本人的修辞方法及叙述语调来强加于人了。这的确是一个难以解决的问题。

还有另外一个问题。斯蒂文森向我们具体生动地描绘了普通的伦敦绅士所遇到的种种事件。但是与此相对应的却是对隐含在故事情节后面的放荡行为和令人惊骇的罪恶，对此他没有专门提及，只是笼统、简略、间接地描写了一下。一边是“现实世界”，另一边却是“噩梦般的世界”。如果作者的真正用意是造成强烈对比，那么这个故事会使我们感到有些失望。如果我们真的被告知“不必关心罪恶到底是什么——只须相信罪恶是一种十分坏的东西”，那么，我们会感到自己受了欺骗和恐吓。因为故事的背景是如此的真切和实际，所以其中最有趣的部分若是模糊不清，我们就会感到受骗上当了。对该作品不能不提出的问题是：比起神秘的试验以及杰基尔和海德的难以说得清楚的冒险活动，厄特森、雾、出租马车和面色苍白的管家是否更加“真实可信”。

像斯蒂芬·格温这样的评论家业已注意到故事所谓的熟悉、普通的背景中的奇怪漏洞。“作品中存在某种典型的回避态度：随着情节的发展，这个故事或许会成为一个修道士的社会。厄特森先生是一个未婚的单身汉，杰基尔也是独身一人，而所有的迹象都说明恩菲尔德也是一个人生活，他也是第一个把海德的野蛮行为的故事讲给厄特森听的年轻人。至于杰基尔的管家普尔，他同样也是只身一人，故事中有关他的情节并非是无关紧要的。除了两三个略微提及的女仆、一个普通的、丑陋难看的老妇人和一个从医生家里跑出的不明相貌的小女孩外，女性在故事情节中均没有地位。有暗示说，斯蒂文森‘在维多利亚女王统治时期从事创作’，他不愿意给故事增添色彩以违反修道士的模式。相反，他有意识地不在杰基尔放纵沉迷于其中的秘密享乐中安排色彩丰富的女性面具。”

如果打个比方，假设斯蒂文森和另一个维多利亚女王时代的人——托尔斯泰——走得一样远，尽管实际上托尔斯泰走得并不远，如果斯蒂文森像托尔斯泰一样，敢于描写那个法国女子、歌手、弱小的芭蕾舞演员奥布隆斯基的轻浮的爱情，那么从艺术的角度讲，让杰基尔—奥布隆斯基造就一个海德将是件很困难的事。回旋于一个放荡少年的欢欲之中的亲切、快活、无忧无虑的旋律，就像在海德的装束和铅灰色的天空陪衬下的黑衣稻草人一样，是很难与中世纪的反叛相协调的。对艺术家来说比较保险的是不求具体，不明确描写杰基尔的欢欲。但是这种保险，这种捷径，难道不意味着艺术家的某种怯弱吗？我想是的。

首先，这种维多利亚式的言不尽意会促使当代读者去探索究竟，他们得到的结论也许是斯蒂文森根本不打算去探究的。例如，海德被称为杰基尔的被保护人和恩人，但是人们也会对海德另一个称呼所暗示的内容感到迷惑不解，这个称呼的意思是：海德是亨利·杰基尔特别关照的人，这听起来就像宠儿一样。格温所提及的男性模式可以提供这样的暗示：稍稍转一下念头就会认为，杰基尔的秘密冒险是同性恋的行为，在伦敦，在维多利亚时代的伪善的面纱遮盖下，这种事情太普遍了。厄特森首先推测到，海德在敲诈这位善良的医生——但是很难想象敲诈一个单身汉的特殊背景是什么，除非他和举止轻浮的女子有不正当关系。也许厄特森和恩菲尔德怀疑海德是不是杰基尔的私生子？恩菲尔德猜测他“在为年轻时的行为付出代价”。但是，通过他们相貌的不同所暗示的年龄差别来看，海德不可能是杰基尔的儿子。再说，杰基尔在遗嘱中称海德是他的“朋友和恩人”，词汇的选择很特别，也许包含尖刻的讥讽，但是几乎不可能指儿子。

无论如何，对迷雾缭绕的杰基尔的冒险行为，优秀的读者不可能不存疑虑。尤其当海德的冒险行为也同样是不带个性特征、同时又被认为是杰基尔那难以捉摸的怪诞念头的可怕夸张时，它就更加令人不愉快了。现在我们对海德的欢欲确实猜测到的是，它们是虐待狂的——他以使别人遭受肉体上的痛苦为乐。“斯蒂文森希望通过海德这个人物来传达的是，完全同善分离了的恶。在世界上所有的不道德的行为中，斯蒂文森最痛恨的是残酷。他所能想象出来的毫无人性的人面兽心者，并没有被他表现为充满野兽般欲念的人，——不管这些欲望到底是什么——，而是表现在他”对他所伤害和残杀的人们的“野蛮的冷酷无情”。

斯蒂文森在他的论文《浪漫文学漫谈》中，就叙述结构说了这样一段话：“特定的事件应该在特定的地点发生，随之将出现特定的事件，而……一个故事的所有情节都应互相呼应，犹如音乐的音符。故事的线索常常同时展开，在整个网中构成一幅画面。人物也往往与他人或者与自然界形成某种关系，以实例来说明故事。这表明故事的内容就像一幅家庭画卷，有机地结合在一起。鲁宾逊·克鲁索在足迹面前退却，[爱玛在彩虹色的阳伞下微笑，安娜在走向死神的路上观看商店里的装潢] 这些都是故事达到高潮时刻的描写，每一场面都在人的想象中留下了不可磨灭的印记。其他的事情我们也许会忘记；……我们可以忘记作者的评论，尽管这些评论也许既独到

6

Stevenson's artistic purpose was to make "a fantastic drama pass in the presence of plain sensible men", in an atmosphere — familiar to the readers of Dickens, in settings

of London's bleak fog, of solemn elderly gentlemen drinking old port, of ugly faced houses, of family lawyers and devoted butlers, of anonymous vices thriving somewhere behind the solemn square fog and of cold mornings and of hansom cabs.

ASK

As Utterson, Jekyll's cousin, is "a decent, reticent, likeable, trustworthy, courageous and crusty gentleman", and what such people can accept as "real", the readers are supposed also to accept as real. Critics [e.g. Stephen Gwynn, 1939, from whom the quotations come] have noticed, however, a curious flaw in this story's "so-called familiar and commonplace setting". There is a certain characteristic avoidance: the tale, as it develops, might almost be one of a community of monks. Mr Utterson is a bachelor, so is Jekyll himself, so by all indications is Enfield, the young man who first brings to Utterson a tale of Hyde's brutalities. So, for that matter, is Jekyll's butler, Poole, whose part in the story is not negligible... Excluding two or three vague servant maids, a conventional hag and a faceless little girl running for a doctor

纳博科夫关于《化身博士》背景的笔记

又真实，但是唯有那些划时代的描写才能给每一个故事烙上最后的［艺术］真理的印记，并且一下子丰富了我们对［艺术的］情趣的接受能力，我们将它深深地保留在心里，任何时间的流逝都不能抹煞或使我们对其印象淡漠。因而，这是文学［最高的］有创造力的一部分：它使处于某种活动或状态中的人物、思维、情绪形象化，十分明显地打动读者的想象力。”

“化身博士”这个短语已经被收入了词汇，这是因为它那个划时代的场面，那个给人留下了难以忘怀的深刻印象。那个场面当然是指关于杰基尔变形为海德先生的故事，这个场面，也就是关于杰基尔变成海德先生的故事是通过两封信的解释来说明的，有趣的是，这种叙述方式具有强烈的效果。这两封信是在按时间顺序展开的故事结束之后被阅读的，也就是当厄特森被普尔提醒，意识到在实验室里隐居了好几天的那个人不是医生而是另外一个人之后，他们破门而入，发现海德穿着杰基尔那套对他来说过于肥大的衣服，死在地板上，旁边扔着他用牙咬碎了的盛氰化物的瓶子，瓶子里面散发出一股刺鼻的怪味。从海德谋杀丹弗斯先生的事件，到厄特森发现海德倒地而死之间的这段简短描述，只不过为后面的解释作了铺垫。随着时间的推移，海德不再出现了。杰基尔似乎恢复了原来的自我。并且在一月八日举行了一个小型晚宴，厄特森和已经与杰基尔和解了的朋友兰尼昂医生都出席了。但是四天之后，杰基尔不再在家中露面，厄特森见不到他了，尽管两个多月以来他们彼此天天见面。第六天，当厄特森再次被拒之于门外时，他去拜访兰尼昂医生，请求帮助，但是却发现兰尼昂一副要死的样子，拒绝听人提起杰基尔。兰尼昂医生被抬到床上，一个星期之后就去世了。厄特森收到了一封医生的亲笔信，上面写着在亨利·杰基尔死亡或失踪前不许打开。一两天以后，厄特森与再次进入情节的恩菲尔德一块儿散步，在经过偏街旁边的庭院时拐了进去，与坐在实验室窗前的、面带病容的杰基尔简单地交谈了几句。这次见面是这样结束的："笑容突然从［杰基尔的］脸上消失，接着脸上现出如此可怜的恐怖与绝望的神情，使站在下面的两位先生吓得血液都凝固住了，那神情他们仅仅瞥见了一眼，因为窗户立刻被放下了。但是，这一瞥已经足够了。他们转过身去一言不发地离开了那个庭院。"

此后不久，普尔来求见厄特森先生，这以后的情节引出破门而入那个场面。"'厄特森，'那个声音说，'看在上帝的分上，发发慈悲吧！'

"'呵，这不是杰基尔的声音——这是海德的声音！'厄特森喊道，'把门撞开，普尔！'

"普尔抡起斧子，这一击震撼了整幢楼房，那扇红色呢面门的锁和活页上下跳动着。房里发出一阵凄惨、痛苦的尖叫，简直像动物惊恐时发出的哀号声。斧子又挥舞起来，门板再次发出嘎嘎吱吱的断裂响声，门框跳动着。就这样，斧头砍了四次，但是木材坚硬，难以对付，装配的手艺也极高明，直到砍了第五下，锁才裂开，残破的门倒向里面，摔落在地毯上。"

开始厄特森认为是海德杀死了杰基尔，并且把尸体掩藏了起来，可是一阵搜寻之后什么也没有发现。不过，他在桌子上找到了一张杰基尔写的便条，请他看一下兰尼昂大夫的信，如果读后他仍然感到好奇，就去读一读那个封在信袋里面的自白书。厄特森看见，这个自白书装在一个鼓鼓的封了口的袋子里。故事的正文是这样结束的：厄特森回到他的办公室，撕开封条，开始读那封信。那两封信互相联系，以故事套故事的方法解释了事情真相，从而结束了整个故事。

简而言之，兰尼昂大夫的信描述了他如何收到了一封杰基尔的紧急挂号信，杰基尔在信中请他到他的实验室去一趟，打开某个装有各种化学药品的抽屉，并且把这个抽屉交给一个将在深夜到来的送信人。兰尼昂拿到了那个抽屉（普尔也收到一封挂号信），回到了自己家，检查了里面的东西："当我打开其中的一个包裹时，发现一包看起来似乎像是白色的纯结晶盐一样的东西。另外，引起我注意的那个小药瓶里装着大约半瓶血红色的液体，对嗅觉器官有一种强烈的刺激，我看里面似乎含有磷和某种挥发物。其他成分我无法猜测。"午夜时分送信的人来了："正像我曾经说过的，他身材矮小，使我震动的不仅是他的十分吓人的面部表情和十分奇怪的肌肉颤抖，以及明显虚弱的身体，并且还——这最后一点并非最不重要——有一种由于在他的附近所引起的、非常奇怪的、主观意识上的不安。这有些像发烧之前浑身打寒战，并且伴有明显的脉搏衰弱。"这个人的衣服穿在身上显得格外宽大。当兰尼昂大夫指给他那个抽屉时，"他朝抽屉一步跳去，然后又停下来，把手放在心口上：我可以听到他下颚痉挛似的抽搐所发出的嘎嘎吱吱的磨牙声，他的脸看上去像魔鬼似的，我渐渐惊慌起来，既怕他死去，又怕他神经错乱。

"'镇定一下吧'，我说。

"他转过来冲我可怕地微笑了一下，带着像是由绝望而产生的果断，把纸包扯开。一看到里面的东西，他便像得到了莫大的安慰，发出一阵高声的抽泣，看着这一切，我呆若木鸡地坐在那里。过了一会儿，他以一种颇能自控的音调问：‘你有一只带刻度的玻璃杯吗？’

“我吃力地从位子上站起来，递给他所要的东西。

“他微笑着向我点头道谢，量出几滴红色的液体，又加上其中的一包药粉。混合了的药液先是呈微红色，随着结晶体的溶解，药液的颜色开始鲜亮起来，听得见药液沸腾的声音了，并且冒出一阵阵小小的雾气。突然，沸腾一下子停止了，与此同时，化合物变成了深紫色，这深紫色的约液又渐渐变成了淡绿色。我的客人密切地注视着这些变化，微微一笑，把杯子放在桌子上。”

他请兰尼昂离开房间，不过如果他出于好奇，只要“以我们的职业发誓保守秘密”，不把所发生的事泄露出去，也可以留下。兰尼昂留下了。“‘那很好，’我的客人回答说，‘兰尼昂，你记住你的誓言：……你一直恪守着那种最狭隘的物质观点，你否认超自然的药物的效力，你嘲弄比你高明的人，那么现在——你看吧！’

“他把玻璃杯拿到嘴边，一口气喝了下去。随后他一声叫喊，踌躇跚跚，左右摇晃起来，他扶住桌边，牢牢抓住它不放，充血的眼睛睁得大大的，大张着嘴喘气；当我看着他的时候，我感到发生了某种变化——他似乎膨胀起来了——他的脸色突然变黑了，五官也似乎融解、改变了——只一会儿工夫，我就跳了起来向后退去，紧紧靠着墙壁，我抬起胳膊保护着自己避免遭受那个怪物的袭击，我的心沉浸在恐惧之中。

“‘噢，上帝！’我一遍又一遍地尖声叫喊，‘上帝呵！’因为在我的眼前——那个苍白、颤抖、神志不清、用手在自己前方摸索着的人，就像一个死而复生的人一样——亨利·杰基尔站在那里！

“至于后来他告诉我的一切，我还无法说服自己全部写在纸上。我看到了我该看到的一切，也听到了我该听到的一切，一想到这些我就从心里憎恶它，但是现在，当我所见到的一切情景从眼前消失的时候，我自问是否相信它，却又无法回答……那个人甚至流着悔恨的泪水向我坦率地谈出他的道德的堕落。即使在记忆中，一细想起当时的情景我也不禁会恐怖地颤栗起来。厄特森，我只说一件事，（假如你能说服自己相信它）这就足够了。根据杰基尔本人的供认，那天晚上贸然闯入我家的人，就是那个名叫海德的人，他就是全国各地正在搜寻的、杀害卡鲁的凶手。”

兰尼昂医生的信遗留下了足够的悬念，由“亨利·杰基尔关于此事的全部记述”加以补充，厄特森后来读了这份记述，以此结束了这个故事。杰基尔详细叙述了他从未对人说起过的青年时代的欢欲，以及后来他如何冷漠地看待生活，深信生活是一种欺骗。“与其说我的过失是出于某种特殊原因的堕落，倒不如说是出于我的理想中的苛刻天性。这些过失造就了我，并且，用一条甚至比大多数人更深的鸿沟，将我灵魂中的那些区别和构成人的两重性的善与恶分割开来。”他的科学研究使他完全向着神秘的和超越自然的方向发展，并且引导他逐渐接近“实际上人并非一个整体而是两个”的真理。甚至在他的科学实验的进程“开始暗示这样的奇迹有可能出现”之前，“我就开始沉醉在可爱的白日梦般的欢乐里，思考着如何分解这些元素。我对自己说，如果每一类元素都可能存在于分离了的个体中，那么生活就会从所有不能忍受的事物中获得解脱。不正直的人可以按他自己的意愿行事，摆脱掉他自身中较正直的那一面的追求和自责；正直的人则可以坚定地、无所顾忌地在他的向上的路上迈进，做那些可以使他从中获得快乐的善事，并且不会再因控制自身非本质的恶而冒遭受耻辱和悔恨的危险。硬把这些不协调的柴禾捆绑在一起是人类的灾难——在极度痛苦的意识深处，这两类截然相反的双重性格必定会不停地抗争。那么，如何使它们分离呢？”

接下来，我们读到他生动地描绘发现那种使人变形的药剂的过程，以及在用药试验时海德先生的出现，“在整个人类中只有他一个人是纯粹的恶”。“我在镜子前面只踌躇了一下：第二次决定性的实验还有待尝试，还要看一看我是否已经无法恢复失去的自我，是否得在天亮以前离开那所不再属于我的房子。于是我匆匆返回了实验室，再次配药，并且喝了那杯药液，再一次忍受了解除药力的剧痛，于是又一次地成了具有亨利·杰基尔的性格、身材和相貌的自我。”

一段时间内，一切平安。“我是第一个既能够成为一个公众心目中的十分亲切、受人尊敬的人，又能够转瞬间像一个学童一样，剥掉那些外在的东西，一下子跳入自由的海洋。除了对我自身而言，那个在我的不可测知的假面罩隐蔽下的人是绝对安全的。想一想吧——我甚至不存在！只要让我逃入我的实验室的门，给我一两秒钟的时间来把我早已准备好的药调配好，喝下去，那么，无论爱德华·海德做了什么事，他都会像呼在镜子上的哈气一样转瞬消失；代替他的将是安安静静地待在家里、在自己的书房里修剪着午夜的灯芯的亨利·杰基尔，他完全能够对于任何嫌疑一笑置之。”当杰基尔的良心沉睡时，他作为海德先生而一次又一次地体会到的乐趣并没有被详细地描述，只有一点例外：在杰基尔看来是“不严肃的行为；我简直不愿意选择一个更尖刻的词来形容”海德这个人物“开始向极端凶残的方面转变。……我从自己灵魂中唤出了这个受雇佣的魔体，并且派他独自去做他乐意做的事，它是一个生来就存有邪念并随意作恶的人。他的每一个行动和思维都以自我为中心，怀着野兽般的贪婪欲望，从施于他人的不同程度的痛苦中饮欢作乐，无情得像一尊石人”。海德的虐待狂行为就是被这样形容的。

随后情况开始变糟。由海德恢复为杰基尔的变化越来越困难了。有时候需要将关键的药剂加倍，曾经有一次冒着丧生的危险，将药加到三倍。还有一次完全失败了。此后有一天，杰基尔在广场旁边的那幢房子里，在他的床上醒来，懒洋洋地开始思索，不知什么缘故他会有一种在海德位于索和的房间里的幻觉。“我仍然沉思着，在我较为清醒的时候，我的目光落到自己的手上。杰基尔的手（正像你们经常见到的那样）形状、大小都是与他所从事的职业相称的：手很大，坚强有力，皮肤很白而且匀称好看。但是我现在看到的手，在伦敦中部的清晨的金黄色光线的照射下，半握着放在被子上，却明显地十分瘦弱，青筋暴露，关节突起，微黑的灰白色皮肤被稠密的黑色汗毛遮盖着。这是爱德华·海德的手。……是的，我上床睡觉时是亨利·杰基尔，醒来时却成了爱德华·海德。”他吃力地走向实验室，企图恢复杰基尔的形象。但是，那种在不知不觉之中改变了形体的震惊深深地进入了他的意识，他决心抛弃他的双重形态。“是的，我宁愿要年长的，并不满足的医生，他有朋友，也有着真诚的希望［注意观察这一段里的头韵[1]］；我决心永远告别曾在海德的装束下而享受到的自由、青春、轻盈的步履、活跃的冲动以及神秘的欢乐。”

他与海德永远决裂的决心坚持了两个月之久。尽管他没有放弃他在索和的房子，也没有丢弃为海德做的小衣服，这些衣服就保存在他的实验室里。后来他的意志渐渐退让了。“我的魔鬼般的欲念在笼里关得太久，它咆哮着冲出来。甚至在我喝药的时候，我便感受到一种更加放纵、更加强烈的作恶愿望。”在这种强烈的作恶情绪的支配下，他杀死了丹弗斯·卡鲁爵士，仅仅因为老人的谦逊礼貌激起了他的狂怒。在他享受了用棍棒殴打老人身体时的兴奋与快乐之后，一阵恐怖的冷战驱散了迷雾。“我看出我的生命必定要受到处置，于是赶快逃离了实施暴行的现场，既感到得意又感觉恐惧，我的作恶的欲望既得到了满足也受到了强烈的刺激，使我对生命的留恋达到了最高点。我跑进索和的住所，并且（为了确保安全）销毁了我的文件。然后我从那里出来，穿过灯火通明的街道，此时我的内心仍然处于同样复杂的狂喜状态，既为自己所犯下的罪恶而心满意足，又神志癫狂地筹划着未来的作恶行为，同时一边匆忙地赶路一边侧耳倾听身后是否有报仇者的脚步声。海德在调配

1 “不满足的”（discontented）与“医生”（doctor），“自由”（liberty），“轻盈”（light）和“活跃的”（leaping）等词压头韵“d”及“l”。

药液时嘴里还哼着一支歌，甚至在喝药的时候还为死者干杯。然而在变形的剧烈痛苦还没有停止对他的折磨时，亨利·杰基尔就已经流着感激与悔恨的泪水，跪在地上，向上帝举起了合在一起的双手，请求他的宽恕。”

杰基尔带着一丝快乐，高兴地认为他的问题解决了，因为他绝不敢再以被追捕的谋杀者海德的形象出现了。有几个月的时间，他过着一种自我惩罚的生活，做了许多有益的事，但是两重性的矛盾依旧对他作祟，“我那长时间放纵的，最近才有所收敛的低劣的一面又开始酝酿着爆发”。由于他不敢再冒险变成海德，便开始以杰基尔的真实面目去悄悄干坏事。这些短暂的作恶行为，终于打破了他的灵魂的平衡。一天，他坐在摄政公园里，“一阵烦躁不安突然向我袭来，同时伴随着可怕的恶心和最强烈的战栗。这些现象过去之后，留给我的就只有虚弱了。当虚弱的感觉也逐渐消失之后，我开始意识到我的思想情绪中的一种变化，一种更加强烈的冒险欲望，一种毫不顾及任何危险的冲动，完全解除了对自己行为的约束。我向下看去，我的衣服在我的缩小了的身体上不成样子地挂着；放在膝头的手青筋暴露、长满汗毛。我又一次变成了爱德华·海德。刚才我还是一个受人尊敬、为人所爱、富有而安全的人——餐巾在家中的餐厅里等待着我；但是，转眼间我竟成了人们共同查问的目标，一个被人追捕、无家可归的人，一个众所周知的杀人犯，一个绞刑架的奴隶。”作为海德，他不能直接返回他自己的住所，因此他迫不得已采取了紧急措施，请求兰尼昂医生的帮助，这一情形已在兰尼昂医生的信中得到描述。

至此，故事迅速接近尾声。就在第二天早晨，当他穿过自己住处的庭院时，他又一次遭到使其不知所措的形变的袭击，为了使自己恢复原来的形体，他服用了双倍剂量的药。六个小时以后，剧烈的痛苦又一次折磨着他，他不得不再次服药。从那时起，他就再也没有安全过，为了能够使自己保持住杰基尔的形体，他必须不断地服用这种有刺激作用的药物。（正是在这段时间内，恩菲尔德和厄特森站在庭院里，与坐在窗户旁边的杰基尔进行了交谈，这次意外的会见由于一次变形的突然发作而终止。）“无论那天的白天还是夜晚，我每时每刻都会突然出现那预示着变形的战栗。尤其是，如若我睡着了，或者只是在椅子上打一个盹儿，我总是以海德的形貌醒来。在这种预示着不断临近死亡的情况下，现在我只有用不去睡觉来惩罚自己，甚至往往超出了我认为人们所能承受的限度。我亲手把自己变成了一个被极度的兴奋耗尽、榨空了的奴隶，无论是身体还是精神上，都已极度疲乏和虚弱无力，占据我头脑的唯一念头就是：对于我的另一个自我的极端厌恶。但是当我睡着的时候，或者当药物的效力逐渐消逝的时候，我便会突然坠入一种充满恐怖影像的幻觉，灵魂像是被无端的憎恨所激怒，身体似乎也已不能承受那狂野般的生命力了，这一切几乎没有任何过渡（因为形变的痛苦逐渐变得越来越不明显）。随着杰基尔的病态般的衰弱，海德的能量似乎逐渐增强了。显然，将他们分开的憎恶此时对两种形体都是同样的强烈。对于杰基尔来说，这种憎恶是生命本能的一部分。此时他已看出那个绝对畸形的人物与他共有某些意识思维，并且将共同走向死亡：除了他们之间的这些使他最为痛苦的共同联系之外，他认为海德的所有生命力在某种情况下，不仅仅是可憎恶的，而且是非生物的。

这仿佛泥坑里的烂泥居然能发出叫喊和噪声，无形的尘埃居然有了步态姿势，居然也能干犯罪的勾当；这些没有生命，没有形体的东西，竟然要霸占生命的殿堂，这太让人震惊了。还有那汹涌而至的恐怖与他紧紧地连在一起，比妻子和眼睛同他的关系更加密切；而且就封闭在他的体内，他听到了它在体内发出的喃喃声，并且感到它在体内挣扎着，要冲出来。在每一次虚弱之际，并且肯定是在他睡着了的时候，它都战胜了他，把他抛到生命之外。海德对杰基尔的憎恨则属于另一种类型。他对上绞架的恐惧驱使他不断地暂时自杀，而且部分地恢复他所从属的另一形体，而不是完全地恢复成另一个人。但是他厌恶这种由于危急情况所导致的必须的形变，他厌恶杰基尔所陷入的沮丧情绪，他也对自己的自我厌恶感到不满。此后，这个专门模仿他人的类人猿似的人以恶作剧对我进行戏弄，他用我的字体在我的书上胡乱地涂写亵渎神明的话，烧掉了我的信件，并毁掉了我父亲的画像。实际上，要不是因为他怕死，他会为了使我彻底毁灭而早就自我毁灭了。但是，海德对于生活的留恋令人惊叹，我则走得更远：只要一想到他，我便会感到一阵厌恶和一阵刺骨的寒战，可是回想到他对生活的留恋和热爱时，当我知道他是如何害怕我可能会通过自杀来断送他的生命时，我便发觉我在内心里是怜悯他的。”

当他的药物中所必需的特殊药用盐逐渐减少时，最后的灾难终于降临了。他再次派人去买那种特殊盐，并用其配制成药液时，调配好的药液改变了一次颜色，但是没有第二次改变颜色，把药喝下去之后，也没有发生任何形变。普尔向厄特森证实了他绝望地再次寻找药用盐的情形。“‘在最后这整整一个星期中（你一定知道），他，或者它——无论那间密室里住着的是什么东西——日夜叫喊着要一种什么药，可是他又说不出到底是什么。他——我是说我的主人——有时候习惯把他要买的东西写在一张纸上并把它扔在楼梯上。在过去的一周内我们没有干别的事，只有纸条和紧闭着的门，甚至连饭也让我们放在那儿，等没有人看见的时候偷偷地拿进去。先生，每天，唉！有时候一天里能有两次甚至三次，都有写在纸上的吩咐和埋怨，我便以飞快的速度跑遍城里所有的药物批发商店。当我每次拿着买到的药物回来时，总有另外一张纸条命令我将药退回去，因为药不纯。同时还有一个命令，指示我去另一家公司购药。先生，不管这种药是干什么用的，反正它是急需的。

"'你还有那些纸条吗？'厄特森先生问道。

"普尔在口袋里摸索了一阵，掏出了一张揉皱了的纸条，律师弯下身，靠近蜡烛，仔细地辨认着。字条的内容是这样的：杰基尔医生向莫·冒公司的诸位先生致以问候。他向他们证实，他们最后的货样不纯，并且对于他目前的用途来说，是丝毫没有作用的。在一八××年，杰基尔医生曾从贵公司购买过大量的此类药品。现在他请求诸位千方百计地仔细搜寻一下，看看是不是还会有剩余的一点点同等质量的药品，并立刻给他送来。决不计较费用。这种药品对杰基尔医生来说十分重要，无论怎样讲也不会言过其实。到此为止，信的内容一切正常，但是就是在这里，有突然溅出的钢笔水痕迹，显然，写信人的情绪已经失去了控制。'老天在上，'他补充道，'给我找到一些原来的那种药。'

"'这是一张奇怪的纸条。'厄特森先生说，接着他又十分

严厉地问：‘你是怎么打开信的？’

“‘先生，莫公司的人非常生气，他把它扔还给我，就像它是一张废纸似的。’普尔回答说。”

他终于确信是第一次买来的药物成分不纯，而且正是由于这种无人知晓的不纯，才使他调制出来的药剂具有那种使人发生形变的效力。他也终于明白了，他不可能再次搞到那种药了，至此杰基尔才开始写他的自白书，一周以后，在最后剩余的一点点原来的药力作用下，他写完了他的自白。“所以，除非出现奇迹，这是杰基尔最后一次可以想他所想，或者在镜子里看看自己的容貌了（现在有了多么大的变化呵！）。”他匆忙结束了自己的叙述，唯恐海德突然取而代之，把这些纸撕成碎片儿。“从现在起半个小时以后，当我再一次并且将永远被那个令人痛恨的人形完全控制时，我知道我会如何坐在我的椅子里战栗、哭泣，或者怀着极度紧张的情绪，入神地倾听那突然出现的恐怖的袭击，在这个房间里（我在这个世界上的最后的避难所）不停地来回踱步，倾听来自每一种声音的威胁。海德会死在绞刑架上吗？也许，他会找到某种勇气，在最后的一刻使自己得到解脱吗？只有上帝才知道。我对此毫不关心。这是我真正的死亡之际，随后的事就只与另一个人有关而与我没有丝毫关系了。写到这儿，当我放下笔，开始把我的自白书封起的时候，我将结束不幸的亨利·杰基尔的生命。”

我想就斯蒂文森的最后时刻讲几句。正如你们目前所了

解的，在对作品发表评论时，我不是那种对人们所感兴趣的内容特别感兴趣的人。正像沃伦斯基过去常说的那样，人们通常感兴趣的东西并不合我的趣味。但是，用拉丁人的俗语来说，书本都有各自的命运，并且有时候，作者的命运往往与他们的作品命运相同。老托尔斯泰在一九一〇年离家出走，四处漂泊，最后死在车站站长的房间里，旁边就是轰鸣而过的列车，正是那呼啸而过的列车压死了安娜·卡列尼娜。斯蒂文森在一八九四年死于萨摩亚群岛[1]，他的死具有某种意义，它以奇妙的方式模仿了他的幻想作品中的酒的主题和变形的主题。他到地窖里去拿一瓶他最喜欢喝的勃艮第葡萄酒，在厨房里起瓶塞，然后突然大声呼喊他的妻子：我怎么了？这样奇怪的感觉是怎么回事，我的脸是不是变了模样？——接着就摔倒在地板上。他的脑血管破裂了，一两个小时内一切便都结束了。

什么，我的脸变样了吗？斯蒂文森生活中的这最后一幕，与他那最优秀的作品中的毁灭性的变形之间，有着一种多么奇妙的内在联系啊！

齐心智　译

1　萨摩亚群岛位于南太平洋。

马塞尔·普鲁斯特

（一八七一——一九二二）

《去斯万家那边》

（一九一三）

以下是普鲁斯特的名著《追寻逝去的时光》（此书被蒙克里夫译为《往事的追思》）中的七卷，后面括号里的是蒙克里夫的翻译。

《去斯万家那边》（《斯万之路》）

《在少女花影下》（《身在花枝丛中》）

《盖尔芒特家那边》（《盖尔芒特之路》）

《所多玛与蛾摩拉》（《普通人的城市》）

《女囚》（《囚》）

《失踪的阿尔贝蒂娜》（《美梦成空》）

《寻回的时光》（《旧事重温》）[1]

蒙克里夫译书未竟就去世了，这一变故也并非事出突然。因而，这本书的最后一部就由一位叫布劳瑟姆的人来译出，他译得相当不错。这七卷的法文本共分十五部，从一九一三年至一九二七年相继出版。它的英译本有四千页，约一百五十万字。在规模上，这部著作的时间跨度有半个多世纪之长，从一八四〇年直至一九一五年第一次世界大战期间，而且还一共有二百多个人物。总的来讲，普鲁斯特所虚构的，是一个十九

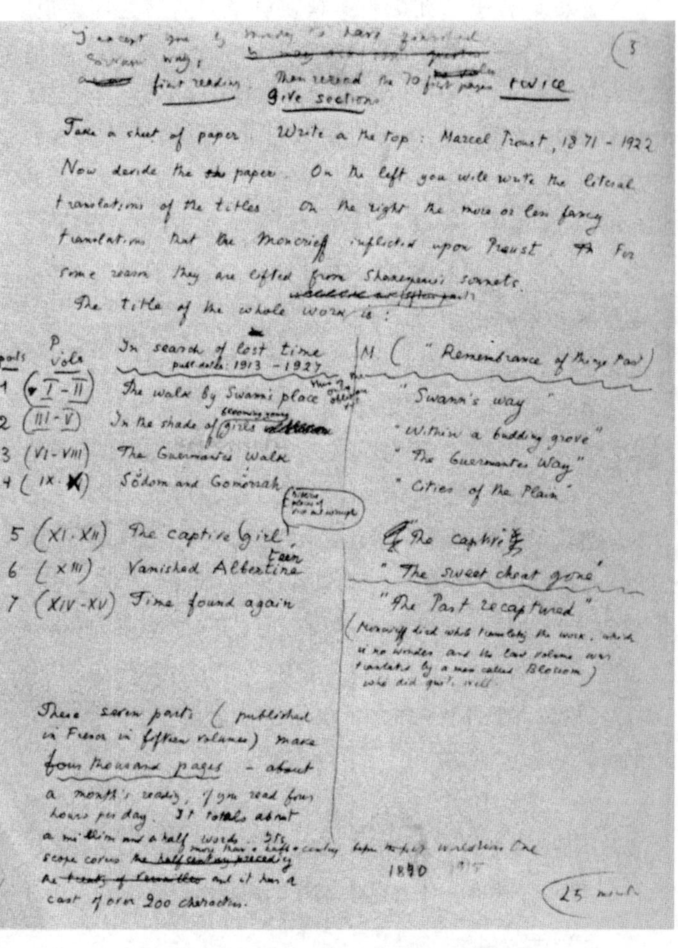

[illegible] Swann's way;

first reading. Then reread the 70 first pages TWICE

give sections

Take a sheet of paper. Write at the top: Marcel Proust, 1871 - 1922

Now divide the paper. On the left you will write the literal translations of the titles. On the right the more or less fancy translation that the Moncrieff inflicted upon Proust. For some reason they are lifted from Shakespeare's sonnets.

The title of the whole work is:

parts	vols	In search of lost time (published: 1913 - 1927)	M. ("Remembrance of Things Past")
1	(I - II)	The walk by Swann's place	"Swann's way"
2	(III - V)	In the shade of blooming young girls	"Within a budding grove"
3	(VI - VIII)	The Guermantes Walk	"The Guermantes Way"
4	(IX - X)	Sodom and Gomorrah	"Cities of the Plain"
5	(XI - XII)	The captive girl	"The captive"
6	(XIII)	Vanished Albertine	"The sweet cheat gone"
7	(XIV - XV)	Time found again	"The Past recaptured"

(Moncrieff died while translating the work, which is no wonder and the last volume was translated by a man called Blossom who did quite well)

These seven parts (published in France in fifteen volumes) make four thousand pages - about a month's reading, if you read four hours per day. It totals about a million and a half words. Its scope covers more than a half a century before the first World War One and it has a cast of over 200 characters.

1840 1915

25 months

纳博科夫《去斯万家那边》讲稿的开篇摹本

世纪九十年代初的社会。

普鲁斯特于一九〇六年秋在巴黎开始写这部小说，一九一二年完成初稿，随后又重写了其中的大部分，并一再地重写和修改，直至他一九二二年去世。这整部作品是对宝贵事物的追寻和求索。这一宝贵事物就是时间，隐藏宝物的地方就是过去，这就是书名“追寻逝去的时光”所包含的深层含义。那由感觉、知觉向情感方向的衍变，那如潮水般在心中涌来、退去的往事，那由渴望、嫉妒和富有诗意的欣喜之情等的绵延起伏所构成的情感波澜，所有这些加在一起，构织成了这部宏伟而又极其空灵，并透现出深邃意蕴的作品。

普鲁斯特在青年时代曾研究过亨利·柏格森[2]的哲学。普鲁斯特关于时间流动的种种基本观念，涉及就其持续性而言始终处于发展变化之中的个性，涉及唯有通过直觉、记忆和无意识联想，才能获得我们阈下意识中的未知宝藏，还涉及纯理性对天才的内心奇妙灵感的从属地位以及把艺术看作世界上唯一的真实存在的看法。这些观点都是带有普鲁斯特色彩的柏格森思想。让·科克托[3]曾称这部小说为“一幅巨型袖珍画，其中尽是幻景，尽是浮置于景物之上的花园，尽是进行于时空之间的嬉戏、运动”。

有一点你们须牢记，这部著作不是一部自传。书中的叙述者并不是普鲁斯特本人，书中那些人物也只有在作者的心里才存在。因此，我们就不要在此讨论作者的生活了，他的生活对

---

1 以上七卷中译卷名从周克希译本。

2 Henri Bergson（1859—1941），法国哲学家。

3 Jean Cocteau（1889—1963），法国诗人、小说家、剧作家。

于我们目前谈的问题来说，非但不重要，而且还会造成混淆，尤其在书中的叙述者与书的作者的确显现出种种相同之处，并处于几乎同样的环境之中时，就更是如此。

普鲁斯特是一个透镜，他的——或说是它的——唯一目的就是将景物缩小，并通过缩小景物的方法重新创造出一个回顾中的世界来。这个世界自身以及这个世界中的人们都并不具有任何社会的和历史的重要性。他们刚好就是报上所说的上流社会人士，也就是有闲的绅士、淑女们。他们富有，但无业。我们从书中读到，那些人从事的唯一职业及其生产成果全都是艺术和学术方面的。在普鲁斯特透镜下的那些人物不操任何职业，他们的工作只是去娱悦作者。他们可以尽情地契阔谈宴，尽情地娱乐，正像我们可以清楚地想象到的那些传说中的古人，他们围坐在堆满水果的桌前，或是闲步在丹墀之上，高谈阔论，这样的人，我们在会计室里，在船坞中，则是从来也见不到的。

恰如法国评论家阿尔诺·当第幼所说，《追寻逝去的时光》是对往日的召唤，而不是对往日的描绘。他接下来还说，小说作者是通过展现若干个经过精心选择并由一连串图景和形象表现出来的时刻去完成这一召唤的。确实，整个这部巨著就像这位评论家的结论所说的，完全是一个围绕着“仿佛”[1]二字扩展开来的比喻。对往日进行再造的结果也就成了艺术问题的关键。对宝物的搜寻最后终于在一个响彻音乐之声的岩洞中，在

1　约翰·米德尔顿·默瑞（John Middletion Murry，1889—1957）曾写道，要想做到精确，就必须善用隐喻。——纳博科夫原注

一座镶满五彩玻璃的庙堂里圆满结束。这里并没有正规宗教中的那些神祇，或许我们应当这样说才对，即这些神已经化入艺术之中了。

阅读普鲁斯特的著作对于一个粗浅的读者来说——此话说来有些矛盾，因为一个粗浅的读者在读这部著作时会感到乏味，会哈欠连天，以致根本无法把它读完——让我们姑且这样说吧，对于一个缺乏经验的读者来说，似乎书中叙述者所最感兴趣的事情之一就是几家贵族间的宗族关系或者联姻，似乎他莫名其妙地把发现某一位他原以为是个小商人的人竟原来经常出入上流社会[1]当作一件乐事，把发现某一重要婚姻以他原先做梦也想不到的方式将两个家庭联合起来当作一件乐事。那些就事论事的读者似乎还会下结论说，这部小说中的主要事件就是由一连串的聚会组成的。比如说吧，书中写一次晚餐就用去了一百五十页的篇幅，写一次晚会就占去了半卷书的长度。在小说的第一部分，读者看到了韦尔迪兰夫人家的那个格调低下的沙龙。当时斯万经常出入这个沙龙。此外读者还看到了在德·桑-欧韦尔特夫人家举行的那次聚会，其间斯万首次认识到他对奥黛特的爱情是徒劳无望的。小说后面的几部分则又描写了其他的客厅、其他的会见，还写了德·盖尔芒特夫人在家里举行的晚宴、韦尔迪兰夫人在家里举行的音乐会，以及这位夫人在通过婚姻而摇身成为德·盖尔芒特公爵夫人之后，在同一住宅里举行的午后聚会——这是在小说末卷《寻回的时光》中所描写的最后一次聚会，在这次聚会上，书中叙述者发现了

1 原文为法文。

时间给他的朋友们带来的变化，并猛然间得到了一个灵感——或者毋宁说是一连串的灵感，使他决计要立刻动手写书，来重建往日的世界。

而这最后一点可以吸引人们去认为，那个叙述者就是普鲁斯特自己，书中写的确实就是他本人的见闻。但我们对此的回答仍旧是否定的。普鲁斯特这本小说中的那位所谓叙述者所写的书，不过就是这个故事中的故事，而并非《追寻逝去的时光》本身——正如那位叙述者并非完全就是普鲁斯特自己一样。这里有一个焦点的转移，它产生出了一截虹晕。这便是那特殊的普鲁斯特式晶体，我们正是透过这个晶体来阅读这本书的。这本书并不是社会风俗的写照，不是自传，也不是史实记录。它纯粹是普鲁斯特的幻想，就像《安娜·卡列尼娜》和卡夫卡的《变形记》都是幻想一样，正像将来如果有那么一天，我要以回顾的形式去写康奈尔大学时，它也会成为一个幻想一样。小说中的那个叙述者是小说中诸多人物之一，他的名字叫马塞尔。换言之，马塞尔是一个隔墙窃听者，而普鲁斯特才是作者。在小说的最后一卷，小说里的那个叙述者在认真地酝酿他将要写的那本理想的小说。普鲁斯特的作品只是那本理想小说的一个抄本——然而这又是怎样的一个抄本呵！

必须从一个正确的角度去看《去斯万家那边》(《斯万之路》)，必须按照普鲁斯特的意愿，将它同全书联系起来看。要

想充分理解第一卷，我们就必须一直陪伴书中的叙述者，直到末卷的那次聚会。关于这一点，我们在后面将作详细讨论。而现在，我们必须倾听当时马塞尔在开始理解了自己所经受的种种震动时所讲的话："我们所称之为现实的，乃是那同时围绕着我们的那些感觉和记忆间的某种关系。这种关系是唯一真实的关系，作者必须对之重新把握，才有可能在自己的语言中，将这两个截然不同的因素永远联结起来。一个人在形容某地时，他尽可以无休无止地去把表现该地特色的事物一一枚举，然而，只有在作者提取出两个不同的事物并确立它们之间的关系，然后以他的风格（艺术）作为必要的环扣将它们拴住时，方始有真实性可言，或甚至，像生活本身那样，在他比较两种感觉的相同性质的过程中，为了使二者脱离时间的偶然性（种种偶然变故）而用隐喻把它们彼此结合，或用不受时间限制的语言将它们互相联系，一旦他用这些方法廓清它们的本质，真实性才会开始存在。从这种艺术真实的观点来看［马塞尔自问道］，自然本身难道就不是艺术的初始吗？这个自然只在事后很长时间，并只有通过其他事物，才让我了解到了某一事物的美——贡布雷正午的美丽是通过它在人们记忆中的花香、钟鸣而被认识的。"

这里提到了贡布雷，从而就引入了书中关于两条路的重要主题。构成小说的气韵而贯穿于书中所有七卷的（这七卷就像是造物主创世的那七天，而在星期天却没有休息），是叙述者从小说第一卷直到末卷里，始终在想象中看到的自己童年时代，在贡布雷小镇所常走的两条小路，一条途经斯万家所在的汤松维耶通往梅泽格利兹，另一条则通往盖尔芒特的乡下住处。在法文版的十五部中，小说整个故事的行进，构成了对与叙述者童年走过的这两条路有着种种联系的人们的一次调查了解。母亲的吻给叙述者所带来的苦恼更是对斯万的爱情和苦恼的一个宣示。同样，那个孩子对吉尔伯特的爱以及后来他同那个叫阿尔贝蒂娜的姑娘之间的那段重要的恋爱经过，也都是对斯万和奥黛特二人间的恋爱关系的扩充。但是这两条小路还有更深一层的含义。正如戴瑞克·利昂在他的《普鲁斯特初探》(一九四〇）中所写的："马塞尔直到在斯万的孙女（吉尔伯特的女儿）身上看到他童年时代两条道路的交会时，才开始认识到，我们所用以拼合成生活的那些片段完全是独立的、自足的，它们不与生活本身的任何一个方面相对应，而它们所真正与之对应的，则仅仅是我们借以从中感受生活的那种残缺不全的意象。在本质上，韦尔迪兰夫人、斯万夫人和德·盖尔芒特夫人的彼此隔绝的世界本是同一个世界，只是由于世俗势利或是某件偶然超乎社交常规的事件才把她们彼此分离。说她们的世界本是同一世界，并不是因为韦尔迪兰夫人最后嫁给了德·盖尔芒特公爵，也不是因为斯万的女儿最后嫁给了德·盖尔芒特夫人的侄子，也不是因为奥黛特本人的生活经历随着她成为德·盖尔芒特先生的情人而达到了顶峰，而是因为她们中的每一个人都各旋转于一个由相似的因素构成的轨道之中，而这正是"——我们从托尔斯泰的著作中看到的那种——"生存的自动性、表面性和机械性"。[1]

1　在这里和其他一些地方，纳博科夫有时将自己的话或插入语夹入他所引述的话内。——原编者注

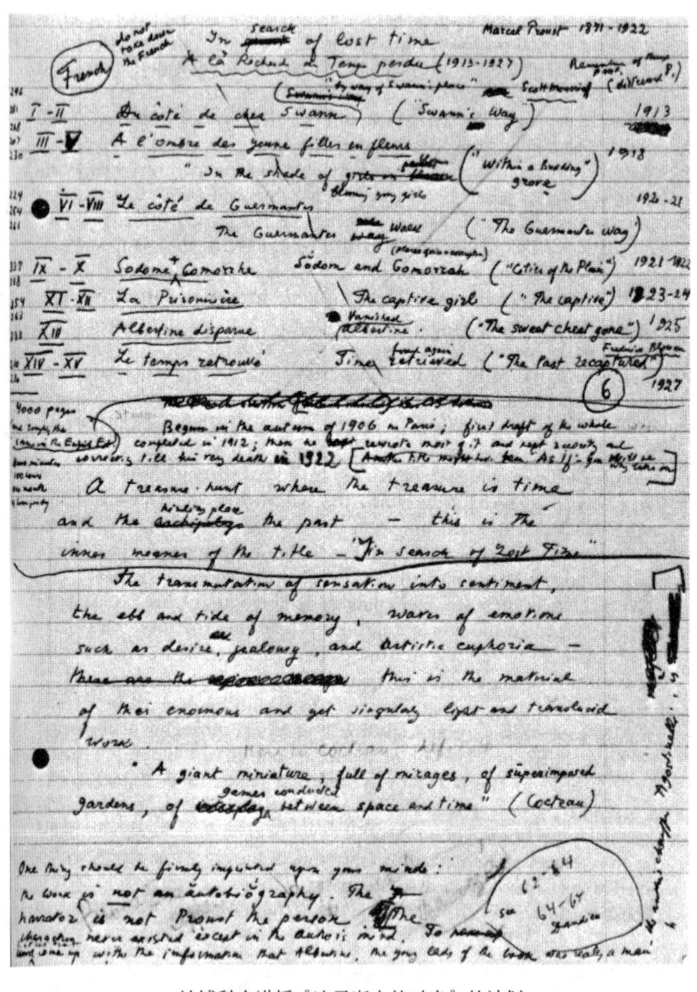

纳博科夫讲授《追寻逝去的时光》的计划

我来提醒一下，风格是一个作者的习惯，是将这个作者区别于其他任何作者的特殊手法。如果我从你们熟悉的三位作家的作品中为你们分别挑出一段来——如果我挑的段落在题材上没有提供任何暗示，而你们却能高兴地肯定道："这个是果戈理，那个是斯蒂文森，而那一个，天哪，是普鲁斯特"——此时，你们就是根据他们的不同风格来进行区别的。普鲁斯特的风格包含着三个特别明显的特点：

1. 极为丰富的隐喻意象，比喻里面还层层套着比喻。我们正是透过这个棱镜才看到了普鲁斯特作品的美。在普鲁斯特那里，隐喻这个词的使用往往是广义上的，是作为混合形式的同义词[1]或是一般性比较的同义词。因为在他那里，明喻常常逐渐转化为隐喻，反之也如此，而多数情况则是隐喻占主要地位。

2. 倾向于把尽可能多的内容填充于句子内，最大限度地拉长句子、增加其容量，并奇迹般地将大量的分句、插入语、从句、次从句等塞入句内。确实，若论起不吝笔墨来，他的慷慨简直不下于圣诞老人。

3. 在前辈小说家那里，描写部分和对话部分之间的区别是确定的：总是先来一段描写，接下来才是对话，诸如此类。当然，这种方法在今天的传统手法的文学作品中仍然被采用，在

1 纳博科夫举例说，"雾像面纱一样"是一个简单的明喻，"一层薄雾"是一个简单的隐喻，而一个混合形式则是："这层薄雾宛如静谧中的沉睡"，其中结合了明喻和隐喻。——原编者注

多如牛毛的二三流文学作品中、在到处泛滥的不入流的文学作品中，也是如此。而普鲁斯特作品中的对话与描写彼此融合在一起，产生出一个新的结合体，在这个结合体中，花、叶和昆虫都归属于同一棵开满鲜花的树木。

“我曾在很长一段时间里，很早就上床睡觉。”小说的这个开卷首句，对于我们理解那个以一个敏感的男孩的卧室为中心展开的主题，是一个关键。这孩子极力想入睡。“我能够听见火车的笛声。这汽笛，时而逼近，时而远去，就像树林中的鸟叫一样，显示出了距离的远近。它在我的脑海里展现出一个远景，那是一个荒凉的郊野，一个赶路人在这里会加快脚步，去找最近的火车站，他那全身心的激动，使他将自己在这郊野中走过的路永远地印入他的记忆中。他激动，是因为他是在一个陌生的地方，是因为他做了不同寻常的事，也是因为谈话中最后的那几句话，以及在一盏陌生的灯下所作的道别，那道别的话语，在夜深人静之际，还时时响在他的耳边；还因为他即将重返家园时心中所感到的喜悦。”火车的汽笛像风中的鸟鸣一样，显示了距离的远近，这是个附加的明喻，一个深层的比喻，这是普鲁斯特的典型手法，它最大限度地渲染了画面的色彩及生动性。然后，作者合乎逻辑地从火车想开去，来了一段对旅行者及其情感的描写。像这样地去展示艺术形象，是典型的普鲁斯特式手法。它因其逻辑性和诗意而有别于果戈理的那些东一笔西一笔写来的种种比喻。果戈理的比喻一向是古怪的，是对荷马的揶揄式模仿，他的隐喻是梦魇，而普鲁斯特的隐喻则是梦境。

不久，我们又看到在男孩的熟睡中，隐喻式地出现了一个女人。“同样，正像夏娃是来自亚当的一条肋骨一样，一个女人会在我的熟睡中出现，她产生于我大腿部位的紧张感……我的身体能感觉到自身的热量在向她的全身传遍，此时变为力图与她合为一体。这时候，我就会醒来。此时此刻，和这个女人相比，人性中的其他因素仿佛都已十分遥远，这是个刚刚才同我分手的女人，我的面颊仍留有她的吻带来的温馨，我的身体仍保持着她的体重造成的弯曲姿势。假若像有时那样，这个女人有一个我在清醒中所认识的某位女人的外貌，那么我就会一心一意，全身心地去追寻她，就像人们为了亲眼看一看某座他们一直渴望去看的城市、为了在现实中亲尝那令他们在幻想中为之陶醉的事物而整装出发、走上征途一样。渐渐地，我对她的记忆便会模糊起来、消失，直到我忘记了我的这位梦的女儿。”我们在此又一次看到了这种展示的手法，即把追寻一个女人比作人们到各处的旅行等。偶然的追寻、探望和失望，构成这整部作品的诸多主线之一。

这种展示能够将许多年的事情统统包容于一个段落之中。从这个孩子做梦、醒来、重新入睡等过程中，我们不知不觉地开始了解他作为成人、进行这番叙述的此刻的睡眠以及醒来后的习惯。“一个人在熟睡时，在他的周围有着不间断的钟点、一连串顺序排列的岁月和事物在环绕着他。当他醒来时，本能地向这些环绕着他的东西望去，一霎时把自己在这片大地上所处的位置一览无余，也看到了有多少时间在自己的睡眠中逝去。……然而对于我［作为一个成人］，只要我在自己的床上能熟睡到使自己的意识完全放松的程度，那也就足够了。因为此时我对自己在何处入睡已经浑然不知了，而且在半夜醒来时，我也不知道我是在哪里，一开始也无法确定我是谁，我只对自身的存在具有最起码的意识，那意识就像是一个动物在它的意识深处对于自身存在所具有的那种时隐时现的感觉一样。我的赤贫程度已甚于史前的穴居人，然而此时，记忆来临了，虽然这记忆尚与我的所在之处无关，而是关于我过去曾居住过，而且现在也很可能就身在其中的那些地方的记忆。这记忆像一根从天而降的绳子，把我从那深不见底的、我永远无法凭个人力量逃脱的混沌虚无之中拽上去。……”

接下来是身体的记忆。说他“首先竭力要从自己感受到疲劳的身体各部分的外形，其次从墙壁以及家具的位置推测出身体肯定所在的房子，并将这些细节拼凑起来，叫出这个房子的名字，身体的记忆是肋骨、双膝、肩胛等的记忆的混合，它提供了这个身体曾经歇息过的房间的所有一系列印象，与此同时，这一堵堵无形的墙壁随着所忆起的一间又一间房屋的形状而不断地变化。一间间房屋旋转着，在黑暗中掠过。甚至在我的大脑还犹疑于时间和形式的门槛之外，还没有收集足够的印象使我的身体能够确认这些房间之前，我的身体便能接二连三地忆起在这些房间内，那些床各是什么样子，门又都各在什么地方，晨晖是怎样射入它们的窗子，屋外是否有条小路，我在入睡之前心中想的是什么，以及我醒来后发现的是什么，等等”。在这里，我们逐一见过了这些房子以及关于它们的隐喻。一时间，他又成了一个睡在一张上有遮篷的床上的孩子，“我立刻会对自己说：‘哟，我到底还是睡着了，可妈妈根本没有来道晚安！’”这时，他的心回到了乡下他那死去多年的祖父身边。而后，他又来到在汤松维耶那所斯万旧宅中的吉尔伯特

（她此时已经是德·桑-路夫人）的家中，以及冬夏之际曾住过的一所又一所房子。最后，他真的在巴黎、在现在（作为成人）的自己的住所里醒来，他的记忆也已经一发而不可止了："通常，我并不想马上就重新入睡，而常常是把夜里的大部分时间都用来进行回忆，回忆当年我和姑婆在贡布雷度过的时光；回忆我在巴尔贝克、巴黎、冬希艾尔、威尼斯和其他一些地方度过的时光；回忆我所熟悉的地方、人们，以及我从他们那里亲眼所见和别人告诉我的事情。"

接下来，随着文中提到贡布雷，他又重新回到了童年，回到了文中叙述的年代："在贡布雷，每天下午一过，离我上楼就寝并辗转反侧于床上的时间尚早；远离我的母亲和祖母，卧室成了一个固定的中心，我那忧伤、焦虑的思绪紧紧萦回于其间。"晚饭前，在一盏魔灯下讲述那个邪恶的戈洛与善良的热内维叶弗·德·布拉邦（德·盖尔芒特公爵夫人的前辈）的故事，这时，他便感到特别沮丧。餐室中的灯这时就开始把这一魔灯"运动"或魔灯"事件"同那间在下雨的晚上全家人于晚饭后相聚的小客厅联系起来。而书中的雨所起的作用，则是将他的祖母（书中最高贵最令人同情的人物）引入故事，这位祖母总是坚持要冒雨到花园里散步。斯万也在这里出现："我们听到从花园尽头传来的、不是由过往的家人在穿行之中'未去摇动'就碰响的那种嘈杂、尖锐、震耳欲聋的，带着冰冷而又锈迹斑斑的金属所特有的声音的、无休无止的铃声，而是来访客人扯响的那个双声铃——听来怯生生的、圆润、明澈的铃声。……然后，很快我祖母就会说：'我听见了斯万的声音。'……虽然斯万要年轻得多，他却非常依恋我的祖父，祖父当年和斯万的父亲是知交，他的父亲是位杰出而又古怪的人，对他来说，似乎哪怕是最小的事情也会影响他的情绪、干扰他的思路。”斯万是个名流绅士，艺术行家，一个在最上层的社会里极为走红的、优雅的巴黎人，然而他在贡布雷的朋友们、本书叙述者的全家人，却对他的地位一无所知，只把他认作是他们的老友，一个证券经纪人的孩子。这本小说的要素之一，就是通过不同人的眼光来看同一个人的种种方式。比如说，从马塞尔的姑婆的印象之中透现出来的斯万是：“有一天，他在巴黎吃过晚饭后来看我们，他还为自己穿了夜礼服道了歉。后来，他走了以后，弗朗索瓦兹［厨娘］对我们说，她从他的车夫那里听说他刚才‘和一位公爵夫人’吃饭来着。‘一个名声不好的公爵夫人，一个高级妓女’，姑婆慢条斯理地说着，耸了耸肩膀，手中编织着，眼皮也没抬一下，安闲之中含着挖苦。”

普鲁斯特和乔伊斯两人在表现人物的手法上有着一种本质的区别。乔伊斯是先选好一个只有上帝和乔伊斯自己才了解的完整的、绝对的人物，然后把这个艺术形象打碎，再将打碎的碎片扬散到他小说中的时空中去。一个有心的读者在重读他的小说时，会将这些谜一般的碎片收集在一处，并把它们拼合好，而普鲁斯特则不然。他满足于使人物和人物性格在读者眼中永远是非绝对型的，永远是相对的。他并不把人物劈开打碎，而是通过它在其他人物眼中的形象来表现它。他希望的是，在经过一连串棱镜映象以及细节表现之后，将它们合成一个艺术的真实体。

书的引子是以马塞尔描述自己在来访者们硬要他在楼下道

晚安，而他母亲又不上楼来到他的卧室同他作睡前吻别时的绝望心情结束的。而小说的正式故事则以斯万的某一次来访为始："当那怯怯的双声门铃响起时，我们全都在花园。大家都知道这一定是斯万，然而大家却都仍彼此交换着询问的目光，只叫我祖母前去探问。"那个关于吻的隐喻是复杂的，它贯穿了全书。"我目不转睛地盯着母亲。我明白，在饭桌前，他们是不会让我在整个晚餐期间都待在那儿的。同时我也知道，妈妈因为怕惹恼爸爸，也不会让我像在我自己房间里那样，当众给她一连串的亲吻。于是，我便指望着在这餐厅里，在他们开始又吃又喝的时候，当我感觉到那个时刻临近的时候，便事先在那些届时必然是短促的和偷偷摸摸的亲吻中倾注进我所能倾注的一切，我将首先仔细看好她脸颊上我将去吻的部位，然后作好思想准备。由于有了这个准备，我才好把妈妈所允许的短暂的分分秒秒全部用来去感受从她脸颊传到我唇上的全部感觉，这就好像是一个画家，他只能让他所要画的对象在他面前坐很短一会儿，所以只好事先准备好他的调色板，并根据他头脑中的印象和一些草图来准备好在被画者不在时他所可能要做的一切事情。但是那天晚上，晚饭铃还未响起，祖父就以他自己不曾意识到的残忍态度说道：'看来这小伙子累了，他最好上床睡觉，再说，咱们今儿晚上晚饭也吃得晚。'……

"我正要去吻妈妈，可是就在这时，晚饭铃响了起来。

"'得了得了，让你母亲清静点儿吧，你那晚安已经说得够多的了。这些表演全都荒唐，上楼去吧。'"

小马塞尔所受到的内心煎熬，以及他给他母亲的短信、他的期望，还有他因母亲没有出现而洒下的泪水，统统预示了那个他将承受绝望的嫉妒的主题，这样一来，他的情感和斯万的情感之间就建立起一个直接的联系。他想象，如果斯万看到了他给他母亲写的那封信，将会敞怀大笑。“然而我后来终于知道，事实刚好相反，一种类似的苦恼多年来一直影响着他的生活，因而恐怕在当时，没有任何人能像他那样理解我的感情，对于他来说这种痛苦是，知道自己所热爱的人正在一个充满欢乐的地方，而自己却既不能与她同在又不能前去——对于他来说，这种痛苦来自爱，从某种意义上讲，有了爱就注定会有这种痛苦，同时它必然为爱所取代，为爱所限制。……斯万也理解，当这一切对我尚属陌生而弗朗索瓦兹回来告诉我说我的信即将发出时我的那股高兴劲儿。同样，斯万也十分清楚，朋友或是我们所爱的女人的某位亲属所可能给我们造成的那种空欢喜。也就是说，当那位亲戚来到一座私人宅邸或是剧院，参加一场她也将到场的舞会、聚会，或是某戏的‘首演’，人们在这里可以见到她。这时，他看见我们正在外面徘徊，并焦急地等待着和她说话的机会。他认出了我们，和我们亲热地打招呼，并且问我们在那里做什么。于是，我们就编出一套假话，说我们有件急事要对她（他的亲戚或朋友）说，他便说只管放心，这事情再简单不过了，然后就把我们带了进去，并保证说五分钟后就能把她叫下楼来见我们。……唉！斯万的亲身经历告诉他，对于一个因发现自己所不爱的男人追至舞厅来找她而生气的女人来说，旁人的好心实在是不足以对她施加影响的。十有八九，这位好心的朋友又是独自一人下楼来的。

“母亲没有来，而我无心去维护自己的自尊（全凭着她始终造成这样一个假象，即她曾要我告诉她我找到东西没有，我的自尊才得以维持)，要弗朗索瓦兹把一切都告诉我。弗朗索瓦兹回答了我这么几个字：‘什么答复。’——自那以后，我曾多少次听见公共舞厅的看门人和赌馆里当差的之类人向某些可怜的姑娘重复这几个字，而姑娘听了这话，则会手足无措地说：‘什么！他什么都没说么？这不可能。你没把我的信交给他吧，是不是？那好吧，那我就再等一会儿。’于是，正像那可怜的姑娘在当时情况下必然要拒绝看门人为她往煤气灯里再多放些汽油照亮，并继续坐在那里……，我也拒绝了弗朗索瓦兹为我泡药茶和陪伴我。我让她重又回到用人待的大厅里去了。而我躺在那里，闭上双眼，尽量不去听花园中家人们在晚餐后喝咖啡时的谈笑声。”

这段情节之后是一段对月光和寂静的描写，它充分展示了普鲁斯特在隐喻之中又有隐喻的手法。

那孩子打开他房间的窗子，坐在床脚上，几乎一动也不敢动，怕被楼下那些人听见。(1)“外面的事物似乎也都固定不动，一声不响地期待着什么。”(2)他们似乎不想“去惊动月光”。(3)那么现在月光在做什么呢？月光复制了所有的物体，而且，由于那向前扩伸出来的影子的作用，月光看起来就好像把所有物体都向后推了似的。那是一种什么影子呢？那是一种看上去“比物体本身更明确、更实在的”影子。(4)由于上述的效果，月光“使整个景色变得既狭长又广阔，就像[一个附加的明喻]一张没有折起过、平铺着的地图”。(5)有些运动：“那些在动的，是些没法不动的东西——比如栗树上的树叶。然而它们那种小心翼翼的抖动[什么样的抖动？]、那种完完全全的抖动、那种连它们最微浅的影子、最细微的部分都牵涉在内的抖动［这种过分讲究的抖动］，却未曾干扰周围的环境、也未曾逐渐融入其间，这抖动的影响显然很有限”——这是因为那树叶恰好被月光照亮，而其余的景色则笼罩在阴影里。（6）宁静以及远处的声响。远处的声音对宁静的表面所起的作用，与那束月光通过摇曳树叶而对天鹅绒般的阴影所起的作用是一样的。最远的声音是来自“镇子末端的那些花园，那声音具有如此高的‘清晰度’，以至于人们所以觉得这些花园距此遥远，［下面是一个明喻］完全是由于这声音的‘极度轻奏乐段’般的效果，［又是一个明喻］就像是在公立音乐学院中，乐队用调低了的弦乐器来进行演奏一样”。然后是一段对调低了弦的乐器演奏的描述：“尽管人们不曾漏掉它的每一个音符”，然而这声音却是“从外面传来的，是从音乐厅之外很远处传来的，因而［现在我们又来到了那座音乐厅］这场音乐会的所有老赞助人总是要尽全力倾听，当斯万把自己的那些座位让给我的姑婆们时，她们也常常这样全力倾听，他们是那样全神贯注，［以下是最后一个明喻］就好像他们已听到了一支正在向此处行进，然而尚未拐过‘街道’拐角的军队似的。”

图画般的月光效果是随着时代和作者的不同而变化的。在一八四〇年写出《死魂灵》的果戈理与大约于一九一〇年写出以上那些描述的普鲁斯特二人之间，存在着某种相似之处。但普鲁斯特的描述使隐喻的体系更为复杂，而且这种隐喻是富有诗意的，而不是怪诞的。果戈理在描写月光下的花园时，也会运用丰富的想象力，然而他那些凌乱的比喻往往容易转变成怪诞的夸张和一些其中稍具美感的非理性的胡说八道。比如说，他可能会像他在写《死魂灵》中的某处那样，把月光照射下的视景比作是从晾衣绳上飘落的一块亚麻布，而后他又可能信口开河，说那地上的月光就像是当洗衣妇还在安然熟睡并梦见她嫂子买来的肥皂水、淀粉和漂亮的新上衣时，被风纷纷吹落的一张张床单或一件件衬衫。而在普鲁斯特的例子中，他的独到之处在于，他的思路从那个苍白的月光的意念那里游离开去，想到了远处的音乐——从视觉转入了听觉。

但是普鲁斯特也有其先行者，在托尔斯泰的《战争与和平》(一八六四—— 一八六九）第六卷第二章中，安德烈公爵在他的熟人劳斯托夫伯爵的庄园小住，他睡不着觉。我在这里稍稍改动了一下加尼特[1]的译文："安德烈公爵从床上起来，走到窗前，把窗子打开。他一打开百叶窗，月光就像在外面久已等候这个机会，一下子涌进房里。他推开窗格子。夜色清凉而明亮，非常寂静。窗子对面是一排修剪整齐的树木，它们一面是黑暗的，另一面带着银色的光。……树木前面是一个有点像房顶的东西，它带着露水，闪闪发亮。右首是一株枝叶繁茂的大树，树的主干和支干现出耀眼的白色。上方是一个近乎浑圆的月亮，它主宰着春季寥无星光的天空。

这时他听到从上面一层房间的窗子里传来的女性的说话声音——说话人之一是纳塔莎·劳斯托夫，那声音反复哼唱着一个乐句。……过了一会儿，纳塔莎尽可能地从楼上的窗子向外探出身来。他听见她的衣服的沙沙声和她的呼吸声"，然后

---

1 Constance Garnett（1861—1946），英国女翻译家，因翻译俄国文学名著而知名。

“这声音像月亮和那些影子一样变得平静了”。

要从托尔斯泰那里看出普鲁斯特手法的端倪，有三点需加注意：

1. 在外久等的月光（这是感情误置）的那种期待。美人随时准备冲进来，那是当时人物在内心感觉到的一个可人的、令人怜爱的人物。

2. 描述上的清晰明确，简直是一幅银色、黑色映衬鲜明的蚀画。毫无陈词老调，对月亮的描写没有因袭前人。那完全是能够激发美感的亲眼所见，真实而生动。

3. 所见与所听的紧密联系，淡影与回声的紧密联系，以及耳与眼的紧密联系。

将这些同普鲁斯特作品中的那种形象衍化作一比较。注意一下普鲁斯特描写月光是怎样地字斟句酌：那些宛如从衣橱中抽出的抽屉一样从光亮中推移出来的阴影，距离的遥远、那音乐之声。

普鲁斯特本人在隐喻方面诸多的感觉层次，通过对他祖母选择礼物方式的描写而得到说明。第一层：“她老是想让我在我的屋子里放些古建筑画的照片或是最美丽的风景画的照片。可是一到买这些照片的时候，尽管那照片的内容本身具有审美价值，她却老是从这些画的摄影复制品的机械性中发现，那些东西中的俗气和功利性都显得过于突出了。[第二层：]于是她就找借口来给艺术似乎又平添了若干个‘档次’，以求即使不能完全去掉那些东西中的商界俗气，也要把这种俗气限制到最少的程度，并以那些仍不失为艺术的内容来取代这浓重的俗气。因此她不是向斯万询问有没有夏特勒大教堂的照片、圣克卢喷泉的照片，或是维苏威火山的照片，而是询问是否有大画家将这些作品复制过，她宁愿送我按照柯罗[1]真迹复制的《夏特勒大教堂》的照片、按于贝尔·罗贝尔[2]的真迹复制品《圣克卢喷泉》照片、按透纳[3]的真迹复制的《维苏威火山》，这样就使她的礼物多了一层艺术性。[第三层：]但即使摄影师无法直接重现艺术杰作或自然之美，但是只要他是一位伟大的艺术家，他就有权力重现这位伟大艺术家对于艺术杰作或自然之美的解释。鉴于这种情况，我祖母不得不谨防俗气，竭力要把俗气赶得更远一些。因此她就会问斯万那幅画是否已被制版。[第四层：]如果可能最好是古一些的制版，此时她的兴趣就与制版本身无关了，她是想让我们看到某件杰作处在一个在今天已通常不复为人所见的状况之中，比方说，就像还未因修复而失去其价值的列·达·芬奇的《最后的晚餐》在摩冈的制版中一样。”在后来描写她赠送古董家具以及送给马塞尔几本乔治·桑（一八〇四—— 一八七六）五十年前写的老派小说时，作者也用了同样的手法。

第一个有关马塞尔在床上的情节以他母亲为他读——乔治·桑的——这些小说而告结束。英译本的前六十页本身就很完整，而且保留了在整个小说中随处可见的文体风格。正如戴瑞克·利昂所说：“由于作者受到一个优秀的、丰富多彩的文化的滋养，加上他对于古典文学、古典音乐、古典美术的深爱

1 Camille Corot（1796—1875），法国画家。
2 Hubert Robert（1733—1808），法国画家。
3 William Turner（1775—1851），英国风景画家。

和透彻理解，这整部作品恰当而便捷地表现了取譬于生物学、物理学、植物学、医药学，乃至数学的丰富比喻。这些比喻永远令我们惊叹不已，快乐无比。”

接下来的六页同样形成一个完整的情节，亦即一个完整的主题。实际上这一段起到了小说中描写贡布雷部分的序言的作用。这一部分可以“林登·布拉瑟姆茶的奇迹”为标题，是对于那种小圆蛋糕的一段著名回忆。这几页的开始，是一段对于第一个主题——也就是床上主题——的隐喻式总结：“就这样，在后来的很长一段时间里，当我夜不能寐，躺在床上重忆贡布雷时，那浮现在我眼前的贡布雷景物仅仅是这样的一种光闪闪的楔形：它在模糊而幽暗的背景里显得轮廓格外分明，就像是由于孟加拉火或是某种电光照在一座除前部外其余部分全隐在黑暗之中的建筑上而造成并分解开来的光的三角形。在这个楔形底部的最宽处是一间小客厅，一间餐厅和那条令人害怕的黑魆魆的小路，斯万先生经常从那里走来。他是不自觉地造成我的痛苦的人。在那最宽处的，还有那间我在开始踏上楼梯的第一级台阶前经常穿过的正厅，那些楼梯是那样的难爬，它独自构成了那个不规则金字塔形的锥状部分，在那尖顶上，就是我的卧室。在它的一条小过道的一端，有一扇装了玻璃的门，妈妈就是从那里进来……”

此刻，就在回忆纷纷聚来之际，叙述者仍未抓住它们的意义，认识到这一点是很重要的。“企图追索［往事］是徒劳之举：我们运用才智所作的一切努力都将被证明是无用的。往事隐藏在我们脑海之外的某个地方，我们的理智无法达到它，它隐藏在某个我们对之不曾想到的具体物体之中（在那个具体物体所给我们带来的感觉之中）。而那个物体则全然有赖于我们在死亡的厄运降临之前是否能偶然发现它。”仅仅是在小说末卷中的最后一次聚会上，已是年过半百的老人的叙述者，才一下子接连受到三次震动，得到三个启示（现今的评论家称其为顿悟），那是对现时的种种感受与过去的种种回忆在心头上的交会——他看见了那些形状不一的鹅卵石，听到了一把调羹的响动，感觉到一块餐巾有些发硬。他第一次认识到了这类经历中的艺术的重要性。

叙述者在他一生中曾几度经历这样的震动，但却不曾认识到它们的重要性。第一次震动来自那块小圆蛋糕。距他在贡布雷的童年时光很久之后的某一天，他已经是个大约三十岁的大人的时候，发生了这样一件事：“冬季里的一天，我回到家，母亲看我很冷，给我倒了杯茶，我通常是不喝茶的。我先是说不要，然后不知何故，我又改变了主意。她叫人去拿来一块那种圆圆鼓鼓的名叫‘小玛德莱娜’的圆蛋糕，这东西看上去就好像是用朝圣者佩戴的扇贝的那种带凹槽的壳为模子做出来的。我已经度过了乏味的一天，而且即将来临的又是一个令人沮丧的明天，因此已不免感到很疲乏，便马上机械地把一勺茶送到唇边，茶里还泡着一小块蛋糕渣。那温茶和那小块蛋糕刚刚触及我的腭部，我就浑身打了一个冷战，我愣住了，全神贯注于那正发生在我身上的变化。一种微妙的快感袭入了我的各个感觉，不过它是从各种感觉渠道一个个分别袭入的，令人丝毫也无从知道它的起因。顿时间，人生的沉浮于我都变得无所谓了，人生的灾难也变得无害，人生的短暂也变得虚渺。这种全新的感觉像爱一样，给我灌注了一种宝贵的实质。或者干脆说，这种实质并非存在于我体内，它本身就是我自己。我不再感到平庸、次要、生命短促了。这种很强的快感会是从哪儿来的呢？我感到它同这茶和蛋糕的味道有关，但它又无限度地远远超越出这些来自食物上的甘美，因而确实不可能在本质上同它们一样。它是从哪儿来的呢？它意味着什么？我怎样才能把握住它并使之落入言诠呢？”

后来再喝的几口茶则开始失去那种魔力。马塞尔放下茶杯，强迫自己分析这种感觉，直到累了才作罢。休息之后，他又集中了全部精力。“我在内心里体味着那第一口茶的未尽余味，只觉得怦然心动，好像有什么东西离开自己原位要浮冒上来，就像一支原先插得深深的锚松动了一样。我还不知道它是什么，但我能感到它正在慢慢地冒上来。我可以感觉出它所迎受的阻力的大小，可以听到它通过一个巨大的空间时所发出嘈杂的回响。”接着就是进一步的努力，以求从这个味觉中理出产生此次经历的某一昔日情景。“于是突然间，记忆回来了，这味道正是当年我在贡布雷每星期天早上（那时我星期天早上从不在作礼拜之前出门）吃的那一点点玛德莱娜蛋糕的味道，那是我到莱奥妮姑妈的卧室向她请安时她常给我吃的，在给我之前，她总是先在她自己的茶里或药茶里浸一下那蛋糕。……

“一旦我确认那是她常给我吃的，用她的药茶浸泡的那小块玛德莱娜蛋糕的味道（尽管我当时并不知道，而且非经过

I want to refresh your memories in regard to the use of such terms as Imagery, metaphor, simile etcetera.

Imagery

comparison   word picture   other

simile   metaphor   combination of both.

Dummies

Simile: the mist was like a veil

(implied simile) metaphor: there was a veil of mist

Hybrid: the veil of the mist was like the sleep of silence

In the case of Proust the term metaphor is often used in a loose sense — as a synonym of hybrid form or, generally, comparison, because in Proust the simile constantly grades into the metaphor and vice versa, with the metaphorical moment predominating

纳博科夫《去斯万家那边》讲稿中对意象的注解

很长一段时间之后才会发现，为什么回忆起它使我那样的高兴），顿时，她的房间所在的那座街边的旧灰房子就像剧院的道具那样直立起来，与那通往花园的小凉亭连成了一体。……如同日本人取乐时往一个瓷碗里倒满水，并往里放入一团团此时还并不成形状的纸那样，一旦那些纸被浸湿，就立刻自行扩展或折叠，现出了颜色和形状，从而变成清晰可辨的花、房子、人物。当年我们家里和斯万先生家花园里的花，以及维旺尼的水莲，还有那众多的村民、他们的窄小住所、教区教堂，整个贡布雷及其四周景物，也都与此相同，全都在我的这杯茶中清楚而持久地变为实物，随着那城镇和那花园，一同现出形状。"

卷中第二个主题以及对贡布雷的部分的神话般的介绍到此结束。然而要了解这整部作品更为深远的意义，我们就必须注意到这一句表白："尽管我当时并不知道，而且非经过很长一段时间之后才会发现，为什么回忆起它使我那样的高兴。"在这部作品中，时时都有对往事的回忆，这些回忆也同样使他高兴，然而不同寻常的是，直到末卷，这些回忆的深意才为他所领悟。在这末一卷里，他的感觉所受到的一连串震动和他的种种回忆融合成一种高度的悟性，因而他成功地——再说一遍——了解到在他的经历中，艺术的重要意义，并能够着手写作这部伟大的记录：《追寻逝去的时光》。

书中以"贡布雷"为题的那一节里，有一部分是写这位莱

奥妮姑妈的，写她的房间，她同厨娘弗朗索瓦兹的关系，还写她作为一个残疾人，对于自己无法投身其中的城镇生活所抱有的兴趣。这些篇幅流畅易懂。请注意普鲁斯特的系统。在写到莱奥妮姑妈偶然死亡之前的那一百五十页里，她是这个网络系统的中心人物，由她身上写开去，才写到花园、街道、教堂，贡布雷周围的小路，而且不时地还折回来，写到莱奥妮姑妈的房间。

马塞尔随父母去教堂，留下他的姑母同弗朗索瓦兹闲聊，于是就有了关于贡布雷的圣 – 伊莱尔教堂及其虹彩般的反光和它那奇妙的玻璃与石头的重要描写。当书中首次提到盖尔芒特的名字时，这个富于传奇性的贵族家庭就透过教堂的内部色彩出现在我们面前。“两块高经挂毯上绣着以斯帖[1]加冕的图案（那上面，织工按照传统做法，把亚哈随鲁[2]绣成法国一位国王的模样，而把以斯帖绣成他的情妇，即盖尔芒特家族某位贵夫人的模样）；挂毯的颜色彼此交融，以加强画面的表现力、立体感和光感。”由于整个盖尔芒特家族都是普鲁斯特杜撰的，因此他不能确指那是哪位国王，对此我们无需赘述。我们看过教堂内部之后，再次出来，于是便引出一个趣味盎然的有关教堂尖顶的情节——那是一个无论你在哪里都可看见的尖顶，当人乘火车接近它时，它“把自己那令人难忘的形体雕刻在贡布雷尚未从中出现的地平线上”，“就在我们从贡布雷出来散步走得最远的那条路上，有一个地方窄窄的小路豁然开阔、与广袤

1 《圣经 · 旧约》中人物（原名哈大沙），后为波斯王后。

2 《圣经 · 旧约》中的波斯王，登基后第三年因故废王后，立以斯帖为后。

平原相接，那平原以天地交接线上的几抹林木远影为屏，超出这道屏障之上卓然挺立的那个小点，就正是那教堂的尖顶，然而它是那样尖、那样粉红，就好像它只不过是画家用指甲在蓝天上勾勒出来的似的，他渴望在一个如此纯粹的‘自然’景色中，画出这样一个风景；这样一个小小的艺术标志，一个人类存在的独特标志。”这一整段描述值得我们仔细研究。在这一整段中，在对这超露于众多建筑顶部之上的紫色尖顶的描写中，活动着一个强有力的诗魂。它是那一连串回忆的某种指示物，是在朦胧记忆中闪现的惊叹号。

一个简单的过渡把我们带到另一个人物面前。我们已经离开了教堂，正在回家的路上，我们经常遇见勒格朗丹先生，他是位土木工程师，常在周末回到他在贡布雷的家中。他不仅搞土木工程，而且还常舞文弄墨，并像他在书中逐渐显现出来的那样，是个十分典型的世俗小人。到家后，我们又看到了莱奥妮姑妈。这时她有客，来人尽管耳聋，却精神旺盛，这个老处女叫尤拉莉。我们已作好吃饭的准备。作者巧妙地将弗朗索瓦兹的烹调手段与十三世纪大教堂门廊中的四叶形艺术装饰相提并论。换句话说，那个教堂尖顶仍和我们在一起，隐现于那些精美的食物之上。我们应注意奶油巧克力。在普鲁斯特重建往昔的一系列方法中，味觉器官起到了增添诗意的作用。这奶油巧克力“就像一曲‘应景而作的’音乐那样轻柔、那样短暂易逝，[弗朗索瓦兹]在其中倾注了她的全部才智。哪怕在碟子里剩下一丁点儿都会显得像在音乐会上，在这首‘即兴曲’未终之际就当着曲作者的面起身而去那样不礼貌”。

接下来的几页中，一个重要的情节开始了，从而引出了书中的女主角之一。我们以后会知道，这位夫人叫奥黛特·斯万，是斯万先生的妻子，但在这几页里，她以马塞尔早年记忆中一个不知姓名的人物身份出现——穿粉红衣的女士。她是这样出场的。有位叔叔曾一度在贡布雷那幢房里住过，他是阿都菲叔叔，不过他已不在那儿了。作者在童年时代曾到巴黎看过他，并喜欢同他讨论戏剧。谈话中不时提到一些著名女演员的名字，其中有一个杜撰的人物，叫贝尔玛。阿都菲叔叔显然是个爱寻欢作乐的家伙，马塞尔在一次颇令人尴尬的场合里碰到一位穿粉红衣裙的妇人，这是个轻佻女人[1]，不大在乎自己的名誉，人家用一颗钻石或珍珠就可换取她的爱情。就是这位迷人的女人后来成为斯万的妻子，然而她的身份对读者来说，曾经一直是个谜。

我们再次回到贡布雷，来到莱奥妮姑妈身边。她作为某种意义上的家中女神，成为书中这一部分里的中心人物。她身患残疾，人有些古怪，但又很可怜，疾患使她与世隔绝，然而对在贡布雷流传的每条小道消息，她都抱有强烈的好奇心。从某一方面来看，对于马塞尔这样一个病态的、正在编织着自己的网，并且用这张网把从他身边呼啸而过的生活抓到手中的作者来说，她是他的一个怪影，一个滑稽的模仿者。正如德·盖尔芒特夫人的形象出现在教堂挂毯上一样，一位怀孕的女仆的相貌也时时被描绘和比喻成乔托[2]某幅画里的寓言人物。值得注意的是，在整部作品中，叙述者斯万，常从这个或那个人物

1　原文为法文。

2　Giotto（1267—1337），意大利文艺复兴初期艺术家、建筑师。

的外貌上看出那些老一代著名画家笔下的形象来，其中许多大师都属于佛罗伦萨画派[1]。这种写法有一主要原因，还有一次要原因。主要原因自不待说，因为对于普鲁斯特来说，艺术是最为本质的生活现实。另一个原因则带有更多的个人色彩：在描绘青年男子的过程中，他以那些为人熟知的名画为掩饰，把自己对男性美的高度欣赏隐藏在其中；而在描绘青年妇女的过程中，他又用同样的掩饰，来掩盖自己对异性的无兴趣以及在形容她们的魅力时，自己在才思上的匮乏。然而读到此处时，我们对于这一事实，即普鲁斯特认为现实就是一具假面时，我们已不因此而感到不安了。

接下来写的是一个炎热的夏日午后，以花园及花园中心的那本书为对象，集中展现了夏季的色彩和炎热。我们应注意那本书是如何同它的读者马塞尔的周围环境融合成一体的。请别忘记，三十五年过去后，马塞尔始终仍在寻求着新的方法，以重建他少年时代的那座小城。在某次类似游行庆祝的活动中，一队士兵从花园外走过，不久，这段在花园读书的主题就引出了一本书的作者，普鲁斯特称这位作者为贝尔戈特。他和书中另一处提到的实有其人的作家阿纳托尔·法朗士[2]有点亲缘关系。不过总的来说，这个贝尔戈特完全是普鲁斯特虚构的人物（在后来的一卷中，有一段文字十分动人地描写了贝尔戈特之死）。我们又一次见到了斯万，而且还首次间接提到了斯万的

---

1 佛罗伦萨画派：意大利文艺复兴时期在佛罗伦萨城形成的重要画派。该派以科学方法探索人体造型规律，将古希腊、罗马雕刻手法运用于绘画，把抽象的神俗化，创造了人物画的新风格。

2 Anatole France（1844—1924），法国小说家。

女儿吉尔伯特，后来马塞尔爱上了她。吉尔伯特同她父亲的朋友贝尔戈特相关联，他向她讲解过大教堂的美感。自己心爱的作家在为一个小姑娘指导学习，引导兴趣，这给马塞尔留下深刻的印象。从这里可略见到作者那富于想象的情节设计与人物关系之一斑，这种匠心的运用引出了普鲁斯特笔下的如此众多的人物。

书中还有个人物上场，他是马塞尔的朋友，名叫布洛赫，这个年轻人有些好浮夸、好挥霍，他把文化教养、世俗习气和好激动的脾气集于一身。从他那里引出了种族歧视的主题。斯万和布洛赫都是犹太人，普鲁斯特的母系家族也有犹太血统。因此，普鲁斯特十分关注他那个时代的资产阶级和贵族社会中的反犹倾向，这个倾向后来在历史上酿成了德雷福斯事件[1]，这是在小说后面的几卷里涉及的一个主要政治事件。

回过来再说莱奥妮姑妈，一个博学的教士正在拜访她。教堂尖顶的主题再次隐现出来。而且，在尤拉莉、弗朗索瓦兹，以及那个怀孕的女仆确定了彼此间的态度，建立了相互间的关系时，有关这几个女人的主题也像钟鸣似的回响。我们发现马塞尔实际上是在偷听他姑妈做梦，这个情节在文学史上可说是绝无仅有的。无需说，偷听是最古老的文学手法之一，但是作者在这里将它运用到了极限。星期六的午饭比平时早些。普鲁斯特相当多地利用了家庭中琐细的传统做法，那些使一个家庭区别于另一个家庭的日常习惯，即那些成为定规的令人愉快的

1　德雷福斯事件：一八九四年法国军事当局指控犹太籍军官德雷福斯向德国泄密的诬告案，后演化为一场反犹运动。

生活方式，在后面几页中，又出现了一个有关山楂花的动人主题，该主题在后来又得到了更为充分的展开。我们又一次进入了教堂，在这里，祭坛被鲜花装饰得绚丽夺目。“花的深色叶子呈扇形，上面有着一小簇一小簇的耀眼的白色嫩芽，好像是人们朝着随新娘而入的行进队列大把大把撒上去的一样，它们使得鲜花更逗人喜爱了。我只有透过自己的手指缝才敢去看它们。我可以感觉到，这形式组合是由各种生物组成的，是大自然通过剪裁叶形，并缀上雪花般的嫩芽以作为最圆满的装饰物，从而亲自完成的既有公共欣赏价值，又有庄严的神秘感的装饰品。在那高高的祭坛上，此处或彼处开放着一枝枝鲜花，带着不刻意打扮的潇洒，又是如此漫不经心，像是戴着最后附加上去的某件几近于俗丽的首饰那样，擎着自己那束纤若游丝的、像给花罩上了一层白雾似的花蕊。那仪态使我的两眼端详它们，并在内心里模仿那花苞开放的动作时，就会想象到一个活生生的、漫不经心的白衣少女投向周围事物的一个不经意的、迷人的瞬间回眸顾盼。”

在教堂，我们见到一个凡特伊先生。在贡布雷这个外省小城中，人人都把凡特伊看作是一个涉猎音乐、让人摸不透脾气的怪人。无论是斯万，还是年幼的马塞尔都不知道，此人的音乐在巴黎竟是极有名气的。这样，一个有关音乐的重要主题就开始了。我们已经谈到过，普鲁斯特对于同一人物以种种假象出现在种种他人面前这一现象十分感兴趣。因而在小说中，斯万在马塞尔一家的眼里，不过是个证券经纪人，而在盖尔芒特一家看来，他则是个有魅力、有传奇色彩、出入于巴黎上流社会的人物。在这部熠熠放光的小说中，还有许多这种人际关系上的价值变化的其他例子。凡特伊不仅像我们后来看到的那样，带出了一个经常出现的乐符的主题，即“小主题”，而且还带出了贯穿于整个小说的同性恋的主题，这个主题为这个或那个人物的性格起到了新的揭示作用。

马塞尔是一个很异想天开的夏洛克·福尔摩斯，而且在耳闻目睹一些细枝末节方面很是走运。（说点题外话，现代文学中首次写到同性恋的是《安娜·卡列尼娜》。那是在第十九章第二节，沃伦斯基正在他的团里那间乱糟糟的屋里吃早点。小说简单而生动地描写了两位军官，这段描写使人对这两位军官之间是什么关系毋庸置疑。）凡特伊家的房子位于一个山谷，周围是一个山丘的陡坡，叙述者藏在那坡面上的一个灌木丛中，距凡特伊休憩室的窗子只有几英尺，看见老凡特伊展开一张乐谱——他自己的曲子，以便使向他身边走来的客人，也就是马塞尔的父母能看见它，可是在最后一刻，他又把谱子拿开了，以免来客疑心他所以高兴见到他们，只是因为这会给他一个演奏自己曲子的机会。在小说此后的八十来页处，叙述者又一次藏在灌木丛中偷看那扇窗子。老凡特伊此时已经死了，他的女儿深陷于哀痛之中。叙述者看见她用和她父亲当年放置那张乐谱时同样的姿势，将她父亲的照片放在一张小桌上。后来才清楚，原来她这样做是出于一种邪恶的、性虐待的心理：她的同性恋人在准备同她厮混时亵渎了这张照片。顺便说一下，从后面即将发生的那些事件来看，这里的整个场面很有些站不住脚。书中关于偷听的交待使这个场面更显得不自然。然而写它的目的是着手透露出那一系列的同性恋情节，并对那些作者在后来数卷中着墨甚多的人物作出一系列新评价，从而揭示书中各色人物身上的一个新的侧面。同样，后来阿尔贝蒂娜与凡特伊女儿间可能存在的关系对马塞尔来说，也将成为一种嫉妒固结。

不过还是让我们顺着那条小路从教堂走回家去吧，回到那个网心的蜘蛛莱奥妮姑妈那里，回到预备晚餐的弗朗索瓦兹那里。在那里，弗朗索瓦兹对待鸡和人的粗俗与残忍得到了暴露。不久，勒格朗丹又出现了。他是个庸人，一个势利小人，此时正向一位公爵夫人献着殷勤，并且不想让她看到他的没有社会地位的朋友，即叙述者的一家。我们且看一看勒格朗丹关于某地美景的议论是怎样地虚话连篇，华而不实，这是很有趣的。

有关这一家人在贡布雷附近常走的两条散步路线的主题现在已发展到了高潮。一条路通往梅泽格利兹，它被称为斯万之路，因为它沿经斯万在汤松维耶庄园的边界，另一条是盖尔芒特之路，它通向盖尔芒特公爵和公爵夫人的庄园。正是在那条斯万之路上，山楂花的主题、爱情的主题，即斯万小女儿吉尔伯特的主题，汇合到了一起，闪现出了一个美妙的艺术奇观。"我发现整条小路到处都散发着山楂花的香气。树篱就像一排其墙壁被祭坛上那群山般的花堆所遮掩住的教堂［这就呼应了前面首次出现的教堂中山楂花的主题］，而太阳又往地面投来一束方形的光柱，仿佛这光是透过彩色玻璃窗照在上面的。从它们那里向我袭来的香气是那样的浓郁，那样的经久不散，就

好像我是站在圣母的祭坛前。……

“但我在山楂花前逗留是不会有任何结果的。我呼吸着花香，整理着自己的心绪（我心中不知如何是好），此时我已失去了对那看不见的、芬芳如一的香味的知觉，然而失去它又是为了重新发现它。我被在这些花的分布中显现出的那种轻松的、充满着青春活力的节奏而深深吸引。而且它们还像某些乐曲那样，时时出人意外地向我呈现出某种持续不断的、永不衰竭的魅力，并且无需我对之研究、玩味，正像有些乐曲，我们可以连续奏它一百遍，但却丝毫也没有接近其深意一步。一时间，我转过身去，以期能带着新的力量转回身来重新看它们。”

但是，他转回身来再看时，那些山楂花仍旧没给他什么新的启发（因为马塞尔只是在末卷中才得到了启示，在此之前，他是不会充分了解这些经历中所包含的深意的），可是当他的祖父给他具体指出一株花时，他就更加着迷了。“这确实是一棵山楂，不过它的花是粉红色的，因而比白色的更显得可爱。它同样也穿着节日的盛装，……然而它穿戴得比起其余那些更为浓艳，因为它枝上的花朵一层叠着一层，浓密得根本露不出光秃秃的树干来，［第一个比喻：］就像在洛可可艺术品中，牧羊女手中那牧杖上的流苏。树上每一朵花的‘颜色都恰到好处’，因此，［第二个比喻：］如果说按照广场上的主要‘商场’或卡缪家的铺子等这些店铺中的价码来看，涂有粉红色糖的糕点是卖得最贵的，那么这些花在贡布雷当地‘老百姓’的审美标准中，也就堪称上品了。而于我个人来说，［第三个比喻：］我则更珍视粉红色的乳脂奶酪，尤其是当我可以在上面用压碎的草莓去着色时。这些花［现在是所有感官的感觉组合］恰好选择了某种可口珍味的颜色，或者说是节日盛装上的精美装饰的颜色，这种颜色足以显示出它们的优良质地，而它们的美丽在孩子们眼里是最明显不过的。……在更盛大的节日里，祭坛上小玫瑰树的纤细树茎林立、为数甚多，它们的花盆裹在纸制花饰之中，和它们一样，这些山楂树的树枝上部，成百上千的蓓蕾正在成长、开放，它们颜色稍浅，但每个正在展开中的蓓蕾都像一个粉红大理石杯的底部一样，呈现出一痕血红色，比起完全盛开的花来，它们更能体现出山楂树那不可抗拒的特殊魅力，因为无论它们在何处含苞开放，都只能是粉红色的。”

现在再来谈谈吉尔伯特，她后来在马塞尔心中永远同山楂花的光华联系在一起。“一位长着一头略微发红的金发的小姑娘，她似乎刚刚散步归来，手里握着一把泥铲。她正在瞧着我们，那张点缀着粉红色雀斑的脸向我们微微仰起……

“我凝视着她。开始时，我的凝视不仅仅是眼睛传递出的一个信息，而且是一个各种含义都会合于此并从中向外流溢出去的闸口。这凝视是痴呆呆的，充满了焦虑，想去触及、抚摸、俘获，乃至赢得它所注视的这个身体，以及存在于其中的灵魂。……这是带着不自觉的渴求的凝视，目的是使她把注意力转向我、看见我、了解我。她向前看了一眼，又向旁看了看，以便看清我爷爷和我爸爸。毫无疑问，他们给她留下的印象是，我们都是些荒唐的人，因为她带着一种冷淡和鄙夷的神情转过身去，好像是要离开这块地方，使自己不致因自己的面孔处于这些人的视线之内而蒙受耻辱。此时他们却只顾走路，赶上并超过了我，始终没注意到她。于是她的目光就越过了她我之间的那块空间向我这边随意扫视了一下，没有任何特别的表示，好像也没看见我，但似乎怀着一种激动的心情，现出一种似笑非笑的样子，令我无法用自己所学到的礼貌教养来解释，只能将它理解为一种无限厌恶的表示。同时，她的手还向空中伸去，作了一个不雅的手势，如果有人当众向一个陌生人作出这种手势的话，那么我那一点点有关社交礼仪的知识告诉我，那只能是侮辱人的表示。

"'吉尔伯特，过来，你干什么哪？'一个白衣夫人用尖厉的嗓音命令道。直到这时，我才注意到这个说话人，还看见距她不远处有一位身穿类似亚麻的'帆布套服'的绅士。这个人我同样不认识，他注视着我，他的那双眼睛就好像长在头顶上。小姑娘的笑容顿然消失了，她拿起她的泥铲，带着一种服从的、不可捉摸的狡黠神情迅速离开了，再没有回头向我这里望一眼。

"就这样，吉尔伯特这个名字如同福音那样传入了我的耳中，……带着她生活的秘密。名字中的那几个音节就已注定了她是属于同她一道生活、散步和旅行的那些幸福生命的。透过那开着粉红色鲜花的弓形山楂树，以及那与我齐肩高的花簇，展示出了他们对她的熟悉（这使我感到极度痛苦）的实质，以及他们对她所生活的那个未知世界的熟悉的实质。而这个未知世界是我永远不会进入的。"当然，马塞尔毕竟进入了这个世界，不仅接触到奥黛特，也接触到了那个叫夏尔路的绅士的世界。此人随着情节的发展，成了文学中突出的同性恋者的形象。马塞尔家人由于不明真相，以为他是斯万夫人的情人，并对孩子生活在这么一个环境里而感到厌恶。直到后来很久，吉尔伯特才向马塞尔吐露实情，原来当时马塞尔一动不动地看着她，没有一点友好表示，使她很生气。如果他当时作了这类表示，她是会有所反应的。

盖尔芒特之路中的一段与一条美丽的河流并行，那是维旺尼河，河流中生长着一簇簇的水莲。当马塞尔看见公爵夫人在那座挂有织着与她形神俱似的女人形象的挂毯的教堂中参加一个仪式的时候，盖尔芒特的主题便开始形成。他发现她的名字比她本人更具有意义。“在演奏弥撒婚礼曲的期间，那位牧师助理将身体向旁边一移，使我忽然间看到坐在私人祈祷处的一位长着一头金发的夫人。她鼻子高高的，一对蓝眼目光锐利，颈围一条亮闪闪的紫色围巾，鼻根的一侧有一个小疹子。……我非常非常失望。因为我过去不曾想到，每当我想到德·盖尔芒特夫人时，我是用挂毯的色彩或漆窗的色彩，来描绘一个生活在另一个世纪的人，她的血肉也不同于人类其他成员。我注视着这个形象，自不待言，这个形象和经常在我梦中出现的、同样被冠以‘德·盖尔芒特夫人’这个名字的形象毫无共同之处。因为这一个形象与其他那些形象不同，不是我自己想象出来的，而是片刻之前，就在这个教堂里，突然第一次跃入我的眼帘的。它与其他那些形象有着本质上的不同，不能任人把它随意想象成什么颜色，不会使它们自己濡染上那音节响亮的橘红色［马塞尔在颜色中看得到声音］，不过这个形象又是那样的真实，以至于它的每个部分，就连那颗挨着鼻根的小红疹，都能证明它是服从于生命的法则的。就像在舞台上演变形一类戏时，戏中天使身上的一个衣褶、纤纤玉指的一个抖动，都令我们看得出一个活生生的女演员的实体存在，然而我们直到此时，才能确定我们看到的并不是一个灰光灯的投影。……但是这个如此经常进入我梦境的德·盖尔芒特夫人，由于我现在看到了独立于我的主观世界而存在的她，她对于我的想象力的诱惑力又有了新的增加，然而这个现实和我的想象如此不同，完全出乎预料，因此在看到这个现实的瞬间，我的想象力失去了功能，随后的反应是对我自己说：'光辉、荣耀都属于查理大帝之前的时代，那时盖尔芒特家族掌握着他们奴仆的生杀大权。德·盖尔芒特公爵夫人是布拉邦特守护女神的后代。'……我凝视着她的金发、她的蓝眼、她的颈部的线条，没有去注意她的那些可能会令我想起其他女人容貌的特征，我一面欣赏着大自然的这幅有意不完成的写生像，一面在大声疾呼：'她多么可爱啊！千真万确的高贵！现在在我眼前的，真真就是个高傲的盖尔芒特家族的成员，一个布拉邦特守护女神的后裔！'"

仪式之后，当公爵夫人站在教堂外，她的目光扫视了一下马塞尔："我就立刻爱上了她。……她那对蓝晶晶的眼睛恰似一朵由她自己奉献给我，而我伸过手去却又根本够不到的常春花。此时太阳再次从那孕育着风雨的乌云背后露了出来，把自己全部的光芒投向广场和教堂圣器收藏室，把那条为婚礼而铺开的红地毯照成天竺葵的颜色。德·盖尔芒特夫人就在这张红地毯上含笑前行，为那地毯的绒面添上一层玫瑰色天鹅绒的绒毛和一抹清新的光辉，赋予它以一段柔情，一种欢乐的盛典所具有的庄重的亲切感。这种柔情和亲切突出地表现在《罗恩格林》[1]的某些部分中以及卡尔帕乔[2]的某些画中，而且使我们理解波德莱尔何以能用‘味美’二字来形容号声。”

正是在朝着盖尔芒特家的方向散步的路上，马塞尔考虑起将来要当作家，并因自己缺乏当作家的资质而感到气馁，因为“每当我想为一部伟大的文学作品寻找一个富有哲理的主题时，我都感到自己无能为力”。而当那最为生动的感觉到来时，他却没能理解其中包含的文学意义。“这时，突然之间，我眼前现出一个屋顶，还有一缕从一块石头上反射回来的阳光，路上闻到的气息会使我驻足不前，去享受它们各自带给我的特殊欢乐。所有这些都与我满脑子要当作家的心事无关，也不与任何具体事物有什么联系。此外，我当时停下脚步，还因为它们在隐藏某种我眼睛不易觉察的东西，它们在吸引着我去接近这东西，并从它们那里攫获它。然而无论我怎样努力，也无法触及它、得到它。由于我感到从它们当中可以找到那神秘的东西，我就站在它们跟前，一动也不动，凝视着，喘息着，力求用我心灵的悟力穿透身边那可见、可闻、可嗅的物体。即使我当时不得不加快脚步去追赶我祖父，继续走我的路，我也还会闭上眼睛，以图恢复对它们的感悟力。我会全神贯注地回忆那个屋顶的准确线条和那块石头的确切颜色，虽然我并不能理解其中的缘由，但我觉得它们随时都会向我展示、为我提供那可望从

1 《罗恩格林》，德国作曲家威·理·瓦格纳（William Richard Wagner，1813—1883）写的歌剧。

2 Carpaccio（约 1455—1525），意大利画家。

它们那里大量涌出的秘密宝藏，而这些屋顶和石头不过是这些宝藏的外壳而已。任何这一类的感觉都肯定不能、也不会使我恢复那已经失去的将来成为作家的希望。因为这些印象全都和这样或那样的物体相联系，不具备任何精神上的价值，也透现不出任何哲理。”作者在这里所加以比较对照的，是作为真正艺术的感觉文学和唯有来自感觉才能成其为真正艺术的观念文学。对于这个意义深刻的联系，马塞尔视而不见。他错误地认为他必须写那种有精神价值的东西，然而实际上，使他在潜移默化之中成为一位真正的作家的，正是他当时所产生的那一系列的感觉。

在一次驾车前行过程中，教堂的主题三次往复出现，使他得到了一些启示。“在路上的一个拐弯处，当我看到马丁维尔教堂的那一对尖顶时，忽然感受到一阵前所未有的快感。那对尖顶有落日余晖嬉乎其上，而车身的运动和道路的蜿蜒又使它们显得在不断地变换着位置，接着，第三个尖顶，老维克教堂的尖顶，也出现了。虽然它与前两个尖顶之间隔着一座小山和一个山谷，而且是立在远处更高一些的地面之上，然而看上去仍好像是同那两个在一起并排而立。

“在看清并注意到这些尖顶的形状、它们在各个角度上的变化，以及它们那被晒暖的表面的同时，我觉得我并未完全悟透我得到的感觉，并且觉得在这运动性和光照里似乎存在着某种它们所含有而同时又为它们所掩蔽的东西。”

普鲁斯特此时做了一件非常有趣的事，他使他现在的风格与过去的风格两相对峙。马塞尔要来一张纸，写下一篇叙述者当时着手再现的关于那三个尖顶的描述。这是马塞尔在写作上的初次尝试，写得颇为动人，尽管作者有意使有些比喻——诸如写花和少女的——显得较为幼稚。然而叙述者刚刚从他优越的角度所描写的尖顶和马塞尔初试写作时描写的尖顶恰成对照。他的初次试笔只是肤浅的描述，没写出他因见到那些尖顶而心中乍有所感时所寻求的那一层深意。因而所谓写下这篇东西“就使我心中对那尖顶的执著迷恋得到排遣”的说法就有着双重的意义。

卷中写贡布雷的部分是关于他童年时的感觉，这部分以始于卷首的一个主题为结束，即他在不眠之夜躺在床上，重现自己在贡布雷的那个房间的主题。在后来的生活里，他只要夜不成寐，便感到自己回到了贡布雷的那个房间：“所有这些记忆接踵而来，凝为一个实体。不过还并未完全结成一体，我虽然不能从三个层次（我最早的、本能的记忆，其他在近些时候由某种味道或‘香水’诱发的记忆，以及实际是他人的而又间接为我所有的记忆）中辨认出那些裂缝以及位置上的误差，却至少能从中辨认出在某些岩石和大理石上的、可说明其来源、年代，以及结构形成的纹路和色痕。”在这里，普鲁斯特写的是印象的三个层次：（1）作为有意识行为的简单记忆；（2）由现在体验到的某种昔日感觉所诱发出的旧时记忆；（3）记忆中对他人生活的了解，尽管这是间接得到的。这里的关键仍在于，不能依赖简单记忆重现往事。

卷中关于贡布雷的部分属于前两种记忆，而本卷第二大部分则主要以第三种记忆为内容。这一部分题为“斯万的爱情”，其中，斯万对奥黛特的爱情导致了马塞尔对阿尔贝蒂娜的理解。

此卷的后一部分有几个重要主题。其中一个就是“音乐小短句”。一年前，斯万曾在一次晚会上听到一支小提琴和钢琴曲。“他突然透过不绝如缕的、美妙的、感情充沛的小提琴演奏部分，觉出了那在一泻而出的高音部分中试图占据上风的，似洪波涌起、惊涛拍岸的大段钢琴演奏。那琴声音色绚烂、紧凑连贯、音调均稳。琴音的交响就像大海上紫红色巨浪腾喧，而又在月光的魔法作用下变成了小调。这个发现使他激赏不已。”而且，“还没等斯万感受到的那种美感消失掉，他的记忆就立刻为他提供了一个真实的、临时性的，然而又能容他在音乐进行之中去对之敛神思量的总结回顾，就在他敛神思量的同时，音乐也演奏得十分感人，当同样的印象再现时，那曲调已经不再是难以捕捉的了，……这一次，他清楚地听出了一个出现于那起伏的旋律之中的短乐句。他立时感到这短句是向他发来的一个邀请，请他去分享一种发自内心的欢乐。在他听到这个短句之前，他做梦也不曾想到世间会有这种欢乐存在。他觉得除了这个乐句之外，无论什么都无法将他带入这种欢乐之中，因此他心中充满了对它的热爱，也充满了一种新的、奇异的渴望。

“一个节奏徐缓的乐章，把他的思绪时而带向这里，时而带向那里，令他心游万仞，把他带往一个崇高的、不可理喻的，然而又能使他明显意识到的幸福境界之中。然后突然之间，音乐在进行到一个他已料到后面的旋律将怎样继续的地方时，来了一个短短的休止，便突然改变了方向。随后以一个更快、更富于变化和情感、更有持续性、更柔美的乐章把他带向了一个未知的欢乐世界。”

由于斯万已变得很迟钝，他的这种对一个乐句的热爱可能会导致他生活中青春活力的恢复。但由于他没能了解到作曲者是谁，也无法保留下这音乐的声音，因而他后来就不再去想它了。但是他为了和奥黛特在一起，便从韦尔迪兰夫人家的聚会上走了出去，就在这时，他听出了一位钢琴手弹奏的一支曲子，并且了解到了那是由凡特伊作曲的一支钢琴、小提琴奏鸣曲中的行板乐章。了解到这些情况，斯万觉得自己已把这个短句完好地保存在心里了，这与叙述者所梦想的要保存他看见过的那片景象同出一理。在小说的后部，这个乐句不仅又与斯万对话，而且还在叙述者生活的某个阶段中，为他带来了快乐。请记住，斯万这个人物是叙述者本人形象的一种奇特的折射。斯万确立下模式，叙述者随之实践。

书中描写斯万在奥黛特窗前的那一段是另一段重要情节，也是普鲁斯特叙事手法的一个例子。斯万于晚上十一点之后去看望奥黛特，她已然疲劳，懒于答话了，请他只待了半小时，然后就离开。“她求他走前把灯熄掉，他把她床周围的帘子拉好后，就走了。”但是一个小时之后，他出于一阵嫉妒，突然疑心她想摆脱他是因为她在等另一个人。于是他搭上一辆出租车，在几乎正对着她家的地方下了车。这里，普鲁斯特用金果来作比喻。“眼前那一排窗子都是漆黑的，里面的灯早就灭了。而他却看到了一扇窗户，也仅有一扇，从它的窗板缝中渗出了照亮屋内的明亮灯光。那紧闭的百叶窗就像一个水果压榨机那样罩压着里面的那个神秘的金色果体。有多少个夜晚，当他拐入街角时，从远处一看见这灯光，就会因它所传达出的信息而感到高兴。那信息就是：'她在那儿呢——在期待着你。'然而，现在它传达的信息却折磨着他：'她在那儿，和她方才期待的那个男人在一起。'他一定得搞清那人是谁。于是他沿墙踮脚走到窗下。但是百叶窗的斜板使他什么也看不见，只能在这寂静的夜中听到谈话的低语声。"

尽管他很痛苦，他在精神上却感到了一种快乐，一种求真的快乐，这就是托尔斯泰所追求的那种超乎于感情的深层真理。他感到了"像自己当年学历史时所怀有的那种求知的渴望。他把那些自己在这以前看作是可耻的行为——如今晚的窗外窃听，以及就他所知，明天可能去干的，向当时偶然在场的人巧妙地提些刺激人家兴趣的问题，或贿赂仆人，隔门偷听，等等——如今都完全等同于辨认手稿、甄别材料、解释文献等诸多科研手段，它们都具有确切的学术价值，是追求真理的合法方法"。下面的一个隐喻把金色灯光的想象和寻求知识的纯学术考察结合起来，即亮着灯光的窗口的秘密与诠释古代文献这两点结合起来。"但是他对于了解真相的渴望更为强烈，在他看来也比对她的渴望更为高尚。他知道，他想不惜任何代价去确切得到的那某些事情的全部真相，只能在那扇透出一道道灯光的窗子里面才会得到，这就和学者要从那装有金光闪闪的封面的原稿中才能得到他所要得到的真相一样。当看到这文献中所蕴藏的丰富的艺术宝藏时，学者是不可能无动于衷的。他渴望着了解到真相之后的满足感，这是那样的令他心潮难平，而那真相就藏在那个简单的、若隐若现的、宝贵的誊本之中，在那半透明的、温暖而美丽的书页上。再者，他感到自己对他们的优势（这是他极想要感觉到的）与其说是在于他知道真相，倒不如说是在于他能向他们显示自己已知道了真相。”

他敲了敲，发现从窗内向他望过来的是两位老绅士。原来他敲错了窗子。“因为每当他很晚来找奥黛特时，他都是从那排完全一样的窗子中找出唯一亮灯的一扇来确认她家，这已经形成了习惯。而这一次，他凭借着灯光，却敲了她家旁边一家的窗子。”斯万的这个错误，可以拿来同叙述者的错误相比较。在书中关于贡布雷部分的结尾处，叙述者试图全凭记忆，借黑暗中的微光来构想出他房间的样子，而当白昼到来时，他发现自己把所有的东西都安错了位置。

在巴黎的香榭丽舍公园里，“一个头发稍红的小姑娘正拿着羽毛球拍玩羽毛球，这时，一个正在穿斗篷、给板羽球拍套上套子的小姑娘，从小路那边尖声尖气地叫道：‘再见，吉尔伯特，我要回家了。别忘了今天晚饭后我们去找你。’吉尔伯特这个名字真切地响在我的耳边，由于方才这幕并不是像人家谈论某个不在场的人那样，只是提到这个人，而是直接地在同这个人对话，因而这个名字在我心中就更为强烈地唤起了叫这个名字的人的形象”，于是，这名字就令人从对这个小女孩的记忆，联想到她与其他人共处的所有时刻，这些时刻不为外人所知，马塞尔也不包括在内。在描述的开头处的，是那个关于

名字的抛物轨线的隐喻，后面接着就是一个关于名字的香味的隐喻。吉尔伯特的朋友“高高兴兴地一声呼唤，把这个名字抛向了空中，使得大气中香气四溢，这香气是因准确地触及了两个女孩，而从斯万小姐生活中的某些不为人所见之处提取出来的”。在行文之中，作者把那名字的超凡性比作“普桑[1]画的小云朵，它色调细腻，就像那盘在普桑笔下的花园上空、宛如歌剧中那裹挟着大量战车战马、细致入微地反映出神的生活的某些幻象的云朵”。除去这些形象，作者又在括号里增加了时空的形象。其中值得注意的是马塞尔遇见小女孩那天的时间和地点，时间是下午，地点是一个草坪，她打羽毛球则起到了掌握节拍的作用。“在不平整的草地上，就在她站着的那个地点（在一块草色已枯的草坪上，美丽的运动员在下午某一时刻不断地把她的羽毛球打上去以接住，直到一位帽子上插蓝羽毛的女家庭教师叫她走时，她才住手）。”那名字如流云飘逝，为马塞尔洒下“一小段奇妙的、紫红色的光”，然后，作者用一个深层的比喻，写它把草坪变成了一个魔毯。

这段光是紫红色的，这种紫罗兰的色彩贯穿了全书，它正是时代的色彩。这种玫瑰紫色、粉红紫丁香色、紫罗兰色，在欧洲文学中，都与某种繁缛的艺风相连。这是一种叫凯特雷亚的兰花的颜色（这种兰花是以一位严肃的英国生物学家威廉·凯特雷命名的），这种兰花在今天我们这个国家里，常在俱乐部举行庆祝活动时被用来戴在女总管胸前，而在上个世纪九十年代的巴黎，它是一种非常稀有而昂贵的花。它在一

1 Nicolas Poussin（1594—1665），法国画家。

个著名但描写得十分可信的场面中，为斯万的求爱起到装饰作用。从这种紫色到关于贡布雷的那些章节中的那种娇艳的粉红色中，可看到普鲁斯特那红通通的棱镜中的全部细微差别。我们应回想一下多年以前在阿都菲叔叔家的那位漂亮夫人（奥黛特·德·克莱希）穿的那件粉红衣裙，以及如今关于她女儿吉尔伯特的联想。此外还请注意，作为结束这一段落的惊叹号，是那个小姑娘的女教师在帽子上插着的蓝羽毛——而这正是那男孩的保姆所缺乏的。

在马塞尔认识吉尔伯特之后，并和她在公园里一起玩耍的那一段里，我们可观察到更多的隐喻套隐喻。在天要下雨时，他就担心吉尔伯特家里会不让她到香榭丽舍来。“于是，只要天气看上去像要下雨，我就从清早起便不停地反复观察，注意着每一个征兆。”只要他看见路对面那座住宅里的夫人戴上帽子，他就希望吉尔伯特也能这么做。但是天气变得阴暗了，而且一直阴暗着。窗外的凉台是灰色的。于是我们看到了一连串的深层比喻：〔1〕“突然，在［凉台］阴沉的石头上，我看到了实在消极得不能再消极的色彩，不过我觉得它是避免变得更为消极的一个努力，〔2〕一道犹犹豫豫、但竭力焕发其光明的光芒的脉搏。〔3〕过了一会儿，凉台显得如同清晨的一潭死水那样苍白、明亮。而且有四条来自凉台铁栏杆的影子映在上面。”接着又是一些深层比喻：一阵风吹散了那些影子，石头又暗了下来，〔1〕“但是，［那些影子］就像驯化了的动物一样，又回来了，它们开始不易觉察地亮了起来，〔2〕并且，那些影子像音乐中的序曲末尾那样，随着一段最后带有一个最强音的持续性渐强演奏，迅速经过所有中间阶段，我看见它终于进入了晴日那固定不变的一片金光之中。〔3〕此时，铁栏杆的影子轮廓分明，颜色是黑的，像奇形怪状的植物。……”比喻结束于象征快乐的事物：“[影子的]细梢末节的轮廓全都映得分毫不爽，就好像是有意之举，是艺术上的满足，同时，在庄重、幸福的总体宁静之中，有一朵轮廓那么鲜明、质地如此柔嫩的花，这一切使那些倒映在阳光之湖中的多叶的大片影子似乎意识到，它们象征着快乐的誓约与心灵的宁静。”最后，这些精致华丽、宛如常春藤的铁栏杆影子变得“十分像吉尔伯特的影子。她现在可能已在香榭丽舍，而且一旦我到达那里，我们一见面，她就会对我说：‘咱们这就开始吧。你和我是一伙儿’”。

吉尔伯特的浪漫观点还转移到她父母身上。“与他们有关的任何事情都持久地令我关注，以至于有时候，就像今天这样，斯万先生（许多年前，当他还和我父母交情很好时，我也曾多次看见他，但他却并未引起我的好奇）到香榭丽舍来找吉尔伯特，待到由他那戴灰帽、披带有头罩的斗篷的身影在我心中引起的狂跳平息下来时，他的形象仍像一个你所刚读完一系列与之有关的书籍，并怀着极大热心去了解其生活中最微小的细节的历史人物一样，深深印在了我的脑海。……斯万的身份对于我来说也已变了，他首先是作为[吉尔伯特的]父亲，而不是作为贡布雷的斯万，因为我今天赋予他名字的意义已不同于他名字在过去所代表的一系列事物中含有的意义。如今每当我想到他，那些过去的意义都已不起作用。他已成为一个新人，成为另外一个人。……”马塞尔甚至试图模仿斯万：“我试图使自己像他，我把坐在桌子前的时间都用来拿手指沿着鼻子擦来擦去，还揉眼睛。我父亲总是喊：‘这孩子是个十足的傻瓜，他现在变得真叫人讨厌。’”

在本卷中间部分，那些关于斯万爱情的论述表露出叙述者对于找到自己与斯万之间的相似之处的渴望：在整部小说的居中一卷里，在关于叙述者同阿尔贝蒂娜的爱情描写中，斯万在妒火煎熬之中的那种极度痛苦的感觉再次出现。

《去斯万家那边》结束于叙述者在十一月的一个早晨对布洛涅森林的重访。此时他已长成大人，至少有三十五岁了。这里，我们可读到关于他的印象及记忆的一段不同凡响的记述。在远处是一片黑暗的树林，有些树还有叶子，还有一些则已光秃了。在这个背景衬托下，两排橘红色栗树“就像在一幅画家刚开始动笔，还未及着色于其他部位的油画中一样，似乎是唯一好的景物。”……那外形犹如人工使然：“森林看上去就像一个尚未完工的、不自然的临时人工育苗园或公园。在那里面，不知是出于植物学方面的目的还是为装点什么盛典，在那些尚未被移植他处的普通树木当中，种着一些稀有的品种，它们的叶子奇形怪状，看上去就好像是在那里给自己的周围清理出一块空间，腾出地方，散发空气、漫射光线。”在此清晨时刻，从地平线射来的阳光照在树顶，就像它在黄昏时的照射一样，“如同点亮一盏灯，远远地从叶子上方投来温暖的、人工般的光辉，点燃了树顶的那几个枝杈，而树本身却始终不变，是这火焰光芒下一个沉静的、不可燃的烛台。在一处地方，那光

线变得像砖墙一样坚实，又像有蓝色图案的黄色的波斯砖石建筑，它胡乱地向蓝天涂抹着栗树叶的形状。在另一处，这光线将这些树叶同它们那卷曲的金手指所指的天空切割开来”。

森林就像一张彩色地图，上面各个不同的地方全都有迹可辨。多年来，这些树木曾与那些当年在它们的叶下散步的漂亮夫人们共同生活过：“它们多年来被迫同那种女性气质相接，就像是经过了某种嫁接处理一样，因而它们使我联想起当年在树下经过时，曾受它们的枝叶蔽护的林中仙女，一位容貌姣好的凡人，她衣着艳丽、步履轻疾。她也同它们一样，不得不承认岁月的力量。它们向我回忆着我当年的幸福时光。那时，我年轻，有信念，总爱急急忙忙跑到那无知无觉的、只能提供栖息之地的树杈下面。在那里，女性优雅的种种典范常常幻影成形。”他现在在林中遇到的那些粗俗的人们回忆起他从前知道的事。“当年，我在冬日的早晨，可碰到步行的斯万夫人。她身穿一件海豹皮大衣，戴一顶毛线帽，上面插着形如刀剑的鸟羽。同时，她又是裹在来自自己房内的那一团人工创造的温暖之中，这从她胸前佩戴的一束紫罗兰花中即可看出。那生意盎然的蓝花衬着铅灰色的天空、霜意浓重的大气和光秃秃的树枝，就像是在利用季节和天气来给自己作背景，就像是真正生长在人的世界中、生长在这个女人的世界中，同养在她客厅里的炉火旁和缎面沙发前的花瓶花盆之中，透过关紧的窗子眺望外面漫天飞雪的那些花朵一样，有着如此迷人的效果。我是否能够使这些人理解我在这些早晨里与她相遇时所怀有的感情呢？”

这一卷以叙述者对过去的时空看法为结束。“太阳藏起了

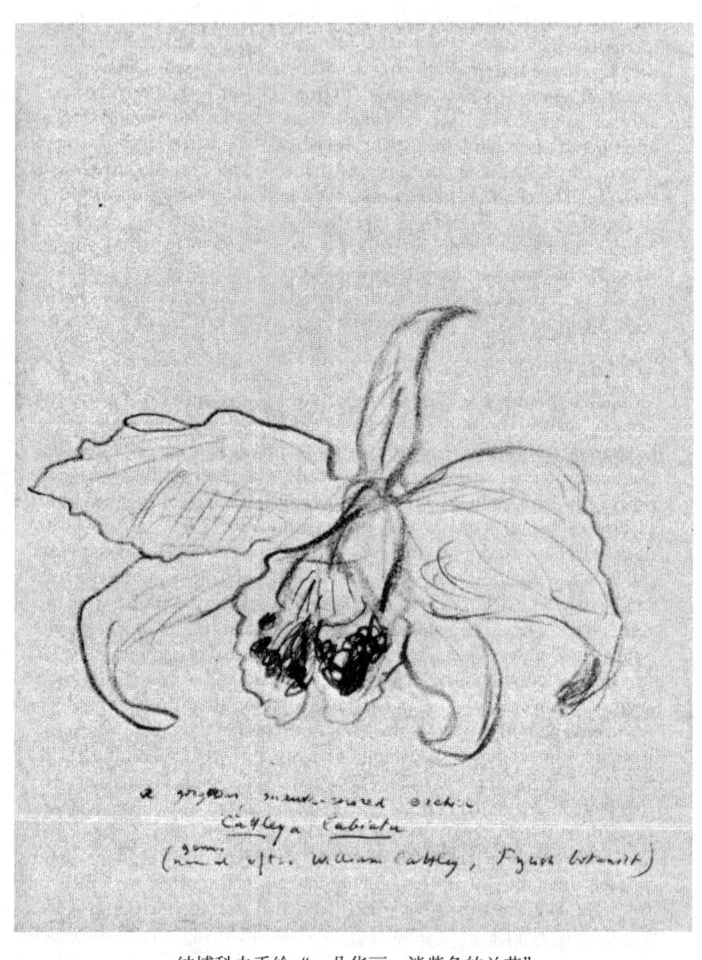

纳博科夫手绘“一朵华丽、淡紫色的兰花”

脸。大自然开始重新统治这片森林，所有关于这里是女人的乐园的意念都在这里绝迹了。……”这片人工林恢复了现实的外貌，它“帮助我理解了，在现实寻觅那些藏在自己记忆中的图画是多么地自相矛盾。它们必然会失掉那来自记忆本身、因而不会为感觉所把握的魅力。我所知道的那个现实已经不复存在了。对于整个这条将要改变的街道来说，斯万夫人没有在同一时刻穿着同样的衣服出现，这也就足够了。我们所知的那些地方，不仅仅属于我们为了自己的方便而为之构置的那个小小的空间世界。它们不过是构成我们彼时生活的相邻印象间的一个微薄的夹层；某种特定形式的回忆只能是对某一特定时刻的遗憾；而房屋、道路、大街——唉，它们都如同岁月，稍纵即逝”。

他在这里所要说的是，简单的记忆，即在回忆中想象出某一事物的形象，并不是正确的方法，它并不能使往事重现。《去斯万家那边》的结尾只是观察往昔的不同角度之一，这些角度在马塞尔的逐渐觉悟过程中，是他的那次最后经历的铺垫。这次的经历向他提示了他在整部作品中始终追求的那种现实。此事发生于末卷——《寻回的时光》——中那宏伟的第三章：“盖尔芒特公爵夫人收到了”，此时他发现了简单记忆为什么是不够的，也发现了需要的是什么。这一过程始于马塞尔前去参加那最后一个聚会的路上。他走进盖尔芒特公爵宅第的院子，在急忙躲避迎面而来的车辆时，“在后退的时候，我的

脚碰到了通往车房的不甚平整的石板路上的石头。为了恢复平衡，我把脚落在比旁边一块石头略低的石头上，顿时，我的沮丧心情消失了，取而代之的是一种快乐感。我曾在我生命中的其他时刻感受过这种快乐感。例如当我在巴尔贝克驱车时看到我觉得自己辨认得出的那些树木时，或是在看到马丁维尔教堂尖顶时，或是尝到蘸了茶的玛德莱娜蛋糕时，或是在我已经提到过的、似乎已经在万特伊的最后作品中得到综合的许多感觉里那样，所有对于未来的、所有理智上的疑虑，全都烟消云散了。刚才还一直困扰我的那种对我的实际文学天赋乃至文学本身的忧虑，一下子魔术般的消除了。不过这一回，我下定决心，不解决这个问题决不罢休了（就像那天我尝到了蘸了茶的玛德莱娜蛋糕时那样），定要弄清为什么片刻前看来还无法克服的困难，现在却变得无足轻重了，而我却根本不曾作出任何新的推论或找到任何明确的论点。我适才感到的快乐感同我在吃玛德莱娜蛋糕时的感觉完全一样。而那一次，我则把寻找深藏于其中的根由一事搁置了起来。”

叙述者现在能确认出，他那源于过去经历的感觉原是出自他一次在威尼斯圣马可教堂的圣洗堂中站在两块高低不平的石头上时所得的感觉，“而随这个感觉到来的，是所有在那天与它有关的其他感觉。它们都各就各位伺伏在一连串被遗忘的时日里，直到某种突然发生的事情把它们迫切地召唤出来。玛德莱娜蛋糕正是以同样方式使我回想起贡布雷”。这一回，他决心要刨根究底。就在他等着进客厅时，他的感觉处于高度灵敏的状态。羹匙碰盘子的叮当声、一块浆过的餐巾的触摸，乃至热水管内的嘈杂水声，都能为他打开记忆的闸门，使他回忆起一系列过去所感受到的类似感觉。“甚至就在此刻，就在盖尔芒特公爵的宅第里，我都能听见我父母送别斯万先生的脚步声以及那带回音的小铁铃没完没了的、不和谐的、尖锐的叮当声，这铃声说明斯万先生走了，妈妈终于要上楼来了——我现在又听见了这些声音，这声音与过去的铃声一模一样，丝毫不差。尽管它们发自遥远的过去。”

但是叙述者知道这还不够。“无论是在圣马可广场或是在我对巴尔贝克的重访期间，或是在我回汤松维耶去看吉尔伯特的路上，我都不会捕捉住那过去的**时间**。这次由幻象再次向我作出暗示的旅行，表明那些旧的印象存在于我的身体之外，在某一广场的某一角落里，它们不是我正在索求的手段。……像这些我尽力去分析、判别的印象，一遇到某种不能使它们重新存在的物质享受，就会消失殆尽。要想从这些印象中获取更多的快乐，唯一的方法就是要争取在可望能发现它们的地方，即在我的内心里，去完全了解它们，并把它们彻底理清。”尚需解决的问题是，如何在现时的压力下保证这些印象不消失。一个解决办法就是他的新认识：找出现时与往日之间的连续性。“我必须再次深入到我的意识深处。那么，想必是［斯万离开时的］铃声还在那里，而且在它与此刻之间，还存在着我一直不知不觉地贮藏在心中的、无限延展的过去时光。当那铃声响起时，我已经存在了，而自那天晚上起，为了使我能够再听见那声音，一定有一个毫无片刻间断的连续性在起作用，我一定片刻也不曾停过，我的存在、我的思想、我的自我意识都不曾须臾中止它们的延续，因为那一距今遥远的过去时刻，至今仍陪伴着我，我只消更进一步地挖掘自己内心就可以得到它，回到它那里去。我现在决心在这本书中大胆表现的，正是这种具象化的时间概念、这种认为过去的时光仍为我们的内心所紧紧把握住的观念。”

然而，不管记忆多么生动、多么连续不断，除记忆之外还有着某种其他的东西。必须找到内中的含义。“比起生活用印象的形式不知不觉向我们透露的真理来，那些我们可用理智直接无碍地从一切都很简单明白的外部世界中获得的真理是不够深刻、可有可无的。这些印象是通过我们的感觉为我们所知的，但我们能辨析它们的深层意义。简言之，这个例子同那一个一样，无论是在我看到马丁维尔教堂的尖顶时所得的客观印象，还是在关于那两块高低不平的石阶，和玛德莱娜蛋糕的味道的主观记忆中，我都必须把这些感觉视为相应的规律和观念的征象，我必须试图去思考，也就是说，试图把我所感觉到的东西从朦胧处摄取出来，并把它转化为相应的精神因素。”他在这里所认识到的是，仅仅从理智上考察过去的记忆或感觉，未能使他窥见它们的深意。他已经作了多年的努力：“甚至在贡布雷的时候，我就经常在心中十分关注那些闯入我的注意力的事物—— 一片云、一个三角形、一个尖塔、一朵花、一颗卵石，因为我觉得在这些形象之内可能会有着某些完全不同的、我应该努力去发现的东西，或者是某些思想，这些思想是用象形文字的形式记录下来的，而人们认为它们代表的不过是具体的事物。”

他现在看到的是这样一个道理：若在理智上努力去恢复过去，他是不能自由地为了考察去选择记忆的，“但是它们一窝蜂地涌上我心头。我觉得这肯定标志了它们是真实可信的。我还不曾去寻找院子里那两块碰了我的脚的石板。但是我正是以这种偶然而又不可避免的方式，获得了确保往昔之真谛的感觉，这种感觉重现了过去以及关于过去的内心想象，因为我们感到了这感觉力图重现的努力和重新把握现实的激动。这感觉能确保我们得到那存在于全部由当前印象构成的画面之中的真谛，这些印象由感觉一起带来，其中光与阴影间的比例、被强调部分与被忽略部分的比例，以及被记住和被遗忘部分的比例，都安排得恰到好处，而这是有意识的记忆和观察所永远达不到的”。有意识记忆只能再现出“那一连串不确的印象，其中，我们的真实经历已经荡然无存。而这经历却是我们的思想、生活和现实世界之本。此外，那种所谓‘摄取于生活的艺术’总是再造这类谎言。这是一种和生活一样单薄、一样贫乏的艺术，没有任何美感，是对我们的眼睛所见、智力所识的事物的重复”，而“与此相反，那真正艺术的崇高则在于……去重新发现、重新把握并展示在我们面前那种业已远离我们而去的现实，这种现实随着我们所用以取代它的有条理的认识不断地增加和严密化，而离我们越来越远——这种现实就是，确实存在着我们到死也不知道什么是生活的极大危险，我指的是真正的生活，是被最后揭示出来、被弄清面目的生活。”……

马塞尔在当时发现的连接过去与现在的桥梁是：“我们称之为现实的，乃是那同时萦绕着我们的记忆与感觉这二者之间的某种关系。”简而言之，要想重现往事，就必须有某种非属记忆作用的其他事物出现：必须有现实的感觉（尤其是味觉、嗅觉、触觉、听觉）与关于一个过去的感觉的追思和回忆之间的结合。用戴瑞克·利昂的话说就是："在这再现的时刻［例如威尼斯城在盖尔芒特家院中两块不平石头上的再现］，我们并非消除现实，相反却能够继续意识到现时的存在；如果我们既能保持自我意识，同时又能完全生活在那个我们长久以来一直认为已经不复存在的时刻当中，那么，也只有在那时，我们才能最终完全占有那逝水年华。"换句话说，当一连串的现实感觉加上关于过去某事或某个感觉的意象时，感觉与记忆就结合到了一起，逝水流年就被再次找回。

于是，当叙述者认识到艺术作品是我们重现往事的唯一手段时，那启示就完全实现了，为了这个目标，他献出了自己的精力，因为"通过种种记忆来再造那些业已深埋于它们之中的印象，把它明朗化并转化为相应的精神，这不正是像我所创造的这种艺术作品的精髓吗……"。并且他最后终于发现，"所有这些用于文学创作的材料都无非是我过去的生活，它们是在我处于轻松快乐、悠闲自得的时刻，通过柔情、通过忧伤，来到我心头的。而且我当时把它们贮存起来时，却并不知它们的最终用途，甚至不知道它们已幸存了下来，就像种子贮存起自身的养料，却不知那是为了日后滋养秧苗一样。"

他最后写道："这并不是说，我就似乎应有力量在生活道路上更为长久地拖带着那延伸如此久远的、我的内心如此吃力地保留着的往日！如果上天至少能假我以时日去完成我的作品，我就必然要在作品上打上**时间**的印记，在今天对这个**时间**的理解给我留下的印象是那样的强烈，我要从这个方面去写人们（尽管这样写可能会使他们显得像个巨形怪物），写他们在**时间**里占有的疆域比从空间里所得到的那一点点地盘要大得多。他们的这块疆域与那空间地盘相反，是无限延伸的，它像巨龙一样，远远地向距此久远的昔日年华探伸过去，使人们能同时接触到自己生活中的不同时代——其间有无数时光插入，而在**时间**上，这些时代彼此相隔得那样遥远。”

罗少丹　译

弗朗茨·卡夫卡

（一八八三—— 一九二四）

《变形记》

（一九一五）

当然，无论一个故事，一首乐曲，或者一幅画唤起多么激烈的、多么热心的讨论和分析，仍然会有某些人思想一片空白，感情不为之所动。当初李尔王怀着多么大的渴望为自己和考德丽娅的命运说出了“让我们接受事物的神秘吧”这句话，而这正是我要给予每一位严肃地对待艺术的人的忠告。一个可怜的人大衣被抢走了（见果戈理的《外套》）；另一位可怜人被变成了甲壳虫（见卡夫卡的《变形记》）——那又怎么样呢？对于这个“怎么样”没有标准的答案。我们可以把故事拆开，找出各个部分如何衔接，结构中的一部分如何呼应另一部分；但是，在你身上必定得有某种细胞，某种基因，某种萌芽的东西因着某种既不可解释又不能置之不理的感觉而震颤。美加怜悯——这是我们可以得到的最接近艺术本身的定义。何处有美，何处就有怜悯。道理很简单，美总要消失，形式随着内容的消失而消失，世界随着个体的死亡而消亡。如果你读了卡夫卡的《变形记》后，并不认为它只是昆虫学上的奇想，那么我就要向你祝贺，你已加入了优秀而伟大的读者行列。

我下面要谈谈幻想和现实，谈谈它们之间的相互关系。如

The Metamorphosis

I

As Gregor Samsa awoke one morning from uneasy dreams he found himself transformed in his bed into a gigantic insect. He was lying on his hard, as it were armor-plated, back and when he lifted his head a little he could see his dome-like brown belly divided into stiff arched segments on top of which the bed quilt could hardly keep in position and was about to slide off completely. His numerous legs, which were pitifully thin compared to the rest of his bulk, waved helplessly before his eyes.

What has happened to me? he thought. It was no dream. His room, a regular human bedroom, only rather too small, lay quiet between the four familiar walls. Above the table on which a collection of cloth samples was unpacked and spread out—Samsa was a commercial traveler—hung the picture which he had recently cut out of an illustrated magazine and put into a pretty gilt frame. It showed a lady, with a fur cap on and a fur stole, sitting upright and holding out to the spectator a huge fur muff into which the whole of her forearm had vanished!

19

纳博科夫《变形记》讲稿的开篇摹本

果我们把《化身博士》的故事看作一个关于人人身上皆有善恶之争的寓言，那么这个寓言便是幼稚的，枯燥无味的。对于那类能在这个故事中看出寓言的人，寓言的意义同样要以具体实际的事件为基础，而这些“事件”以常识来看则是不可能的。但是事实上，就故事的背景来说，普通人初一看去似乎并没有违背一般生活经验的地方。但我要提醒大家的是：仔细看一下就会发现故事的背景确与一般人的生活经验相矛盾。出现在杰基尔周围的厄特森以及其他的人，从某方面说，同海德先生一样怪异。如果我们不从这一点来看他们，他们也就失去了魅力。一旦巫师离开了，只剩下讲故事的人与说教者，他们就不会配合好。

杰基尔和海德的故事写得相当漂亮，但却是一个陈旧的故事。故事本身对善与恶都没有真正描写，因此其寓意很特别。从总体上看，小说中善与恶被视为众所周知，因而未加描述，这样一来，两者之间的斗争就在两个空架子间展开，斯蒂文森小说艺术的迷人之处只在作品的结构。但是我要提醒的是：既然艺术和思想、形式与内容是不可分割的，那么故事的结构也必然存在同样的情形。不管怎样，咱们还是谨慎些。如果我们把形式和内容分开来看，我仍然认为这个故事在艺术效果的实现上还存在着不足。而果戈理的《外套》和卡夫卡的《变形记》就没有这方面的缺憾。斯蒂文森的故事背景中怪诞的一面——厄特森、恩菲尔德、普尔、兰尼昂以及他们所在的伦敦——与杰基尔变形的怪诞一面不属同一性质。因而故事在描绘上存在某种断裂，缺乏整体感。

《外套》、《化身博士》及《变形记》三篇小说通常都被称为荒诞的幻想。在我看来，任何一部杰出的艺术作品都是幻想，因为它反映的是一个独特个体眼中的独特世界。然而当人们称这三篇故事为荒诞的幻想作品时，他们仅仅是指故事在题材方面与我们通常称为现实的东西不一致。为了搞清楚所谓的幻想是以何种方式、在何种程度上与所谓的现实相区别，还是先让我们来看看现实到底是什么。

那么我们就拿三类不同的人走过同一风景区作为例子吧。假定第一个人是位有相当不错的职业的城市居民，第二位是职业植物学家，第三位是当地的农民。第一位城市居民是所谓现实的、有常识的、讲求实际的人。在他眼里树就是树。他从地图上得知他走的那条路是通往纽顿的一条相当不错的新路，据他同一办公室的朋友推荐，那里还有一家不错的饭馆。那位植物学家四周看看，以极其准确的植物学术语，精确的生物学的分类单位来把握他周围的环境，例如某种特定的花草树木以及特定的蕨类植物。对他来说这就是客观现实，而那位无知的旅游者（他分不清哪棵是橡树，哪棵是榆树）的世界，在他眼里，倒像是一个想象的、模糊的、梦一般的、并不存在的世界。最后，那个本地农民的世界与前两者的世界又不同。他的世界与个人的经验紧密相连，具有强烈的感情色彩，因为他在那里出生、成长，熟知每一棵树，每一条小径，熟知斜映在每条小径上的每个树影。所有这一切与他的日常生活，他的孩提时代，他的许许多多的琐事和习惯紧密相关，而另外两人（那个无聊的旅游者和植物分类学家）在此时此地对这一切根本不可能知道。我们这位农民不会知道周围的植物在植物学概念上的意义；同样那位植物学家也不会知道这个谷仓或那个古老的田野，或者那个有着棉花秆屋顶的旧房子对这位农民具有多么重要的意义，这些东西对于一个生于斯长于斯的农民来说，似乎总漂浮在他的记忆中。

这样，我们这儿就有三个不同的世界——三个人，有着不同的现实的普通人——当然，我们还可以举一些其他的例子，比如一个带着狗的盲人，一个带着狗的猎人，一条和主人在一起的狗，一个到处周游寻找落日景象的画家，一位怒气冲冲的姑娘——对每一个人来说，这都是一个完全不同于其他人的世界，因为大多数客观词汇，例如树，路，花，天空，谷仓，大拇指，雨，等等，各自都有完全不同的主观含义。事实上，人们的这种主观生活是如此的强烈，以至于它能使所谓客观存在成为一个空洞的、破碎的外壳。回到客观现实的唯一办法是：我们取若干个个人世界，把它们完全混合成一体，然后从中取其一份，称它为客观现实。如果经过这个地方的是一个精神病人，我们便可以从中品到一分疯狂；如果一个人凝视着这片可爱的田野，想象那是一个生产纽扣或炸弹的工厂，我们还会从中品到一分纯粹的、想当然的胡说八道。然而，总的看来，在那种被取作观察对象而被放入试管中仔细研究的客观现实的标本中，这些疯狂的因素就被稀释了。更重要的是，这种客观现实将包含某些超越视力幻觉和实验室试管的东西。它里面有多种因素：有诗歌，崇高的情感，精力与努力（在此纽扣大王也能找到他合适的位置），同情，骄傲，激情——甚至包括在被推荐的路边小吃店嚼一大块牛排的欲望。

因此，当我们说到现实，我们实际上想到的是所有这一切，是一个小小的整体，是将许许多多个体现实混合后的一份标本。正是在（人类现实的）这个意义上，我用了现实这个术语，并把它置于不同的背景上进行对照，比如:《外套》、《化身博士》和《变形记》的世界，它们都是独特的幻想。

在《外套》和《变形记》两篇小说中，各有一位中心人物被赋予令人怜悯的凄楚命运。在他的周围是一群怪诞，无情，或可笑，可怖的人物，还有像斑马一样行走的驴，或兔子和老鼠杂交的后代。在《外套》里，主要人物表现出的人性与卡夫卡的故事中的格里高尔所表现的不属同一类，但这种令人同情和怜悯的性质在两个人物身上得到同样的表现。《化身博士》里就没有这种令人怜悯的性质，没有令人动情得喉头哽咽的故事，也没有那种那只燕八哥说“我出不去了，我出不去了”时的伤心的语调（而这在斯特恩的幻想小说《感伤旅行》中却是如此令人心碎）。不错，斯蒂文森用了许多篇幅描写杰基尔困境的恐怖，但这种东西毕竟只是一场高级的《庞奇和朱迪》[1]一类的滑稽木偶戏。而卡夫卡和果戈理笔下的个人梦魇的美在于他们的中心人物与他们周围的非人性的人物同属于一个荒诞的世界，但那个中心人物却总是努力脱离那个世界，扔掉假面具，超越那件外套或那个背上的硬甲壳。斯蒂文森的小说里则根本没有这种统一，也没有这种对照。厄特森们、普尔们以及恩菲尔德们是有意被描写为日常生活中的普通人的；事实上，他们是来自狄更斯小说的人物。这样，他们就构成了本不属于斯蒂文森本人艺术现实的幻景，这正如斯蒂文森小说中的雾来自狄更斯的写作间，却笼罩了一个世俗的伦敦。我认为杰基尔

1 《庞奇和朱迪》是英国著名的木偶戏。

的魔药实际上比厄特森的生活更真实。另一方面，幻想的杰基尔-海德主题似乎应该与这个世俗的伦敦形成对照，然而它只构成了一种哥特式的中世纪主题与狄更斯主题之间的区别，而不是区别荒诞的世界与可怜而荒诞的巴施马奇金的命运，或区别荒诞的世界与可悲而荒诞的格里高尔的命运的那种不同。

杰基尔-海德主题与其背景有些不和谐，因为主题的幻想与背景的幻想属于不同的类型。在杰基尔身上没有丝毫特别的哀婉情调和悲剧色彩。我们津津有味地欣赏作者的高超手法和奇妙的情节安排的每一个细节，但并不产生艺术情感的悸动。对一个优秀读者来就，杰基尔与海德谁占上风完全无关紧要。我谈的是非常微妙的区别，要想用简单明了的语言来说明这种区别是很难的。曾有一位思路清晰但略显肤浅的法国哲学家请思想深奥且晦涩的德国哲学家黑格尔用简明的方式表达他的思想，黑格尔粗暴地回答他说，"这些问题既不能简洁地，也不能用法语来表达"。我们不必追究黑格尔的这种说法对与不对，还是试试用尽可能简洁的语言来说清楚果戈理-卡夫卡式的故事与斯蒂文森式的故事的区别。

在果戈理和卡夫卡的小说里，荒诞的中心人物属于围绕着他的那个荒诞的世界，但可怜而可悲的是，他苦苦挣扎要跳出这个世界，进入人的世界，结果却绝望地死去。而斯蒂文森小说中的不真实的中心人物属于与其环境不相同的非现实的世界。他是一个狄更斯小说背景中的哥特式人物。当他挣扎着最后死去时，其命运也只具有通俗意义上的感伤。我一点也不认为斯蒂文森的小说是败笔，相反，我以为就其自身的传统形式而言，它还不失为一部小小的杰作。但它只具有二维的性质，而果戈理-卡夫卡式的小说有五维或六维。

弗·卡夫卡一八八三年出生于捷克斯洛伐克的布拉格，一个讲德语的犹太人家庭。他是我们时代的最伟大的德语作家。与他相比，像里尔克一类的诗人，或者像托玛斯·曼一类的小说家不过是侏儒或者泥菩萨。卡夫卡曾在布拉格的德语大学里攻读法律，从一九〇八年起在一家保险公司里当小职员，就在果戈理描写的那种办公室里工作。他所有的著名小说，如《审判》(一九二五)、《城堡》(一九二六)，几乎都是在他死后发表的。他的最杰出的短篇《变形记》(德文为 Die ver-wandlung)于一九一二年秋写成，一九一五年十月发表在《莱比锡》杂志上。一九一七年他开始吐血，以后的七年，即他生命最后的时期，完全是在欧洲中部的疗养地度过的。在他短暂生命的最后几年里（他四十一岁卒），他得到了幸福的爱情，一九二三年他和情人一起住在柏林，离我当时的住处不远。一九二四年春，他去了维也纳附近的一个疗养地。同年六月三日病逝于该地，死于喉结核。他被葬于布拉格的犹太人公墓。去世前，他曾要求他的朋友麦克斯·布罗德把他写的所有的东西甚至已出版的东西都烧掉，幸而布罗德没有遵从他朋友的意愿。

在谈论《变形记》之前，我要清除两个观点。首先我要彻底清除麦克斯·布罗德的观点，他认为卡夫卡的作品只适合从圣徒的角度而不是从文学的角度去理解。卡夫卡首先是位艺术家，虽然可以说每个艺术家在某种意义上也是圣人（我自对此深有感受），但我认为不能用任何宗教涵义来解释卡夫卡的天才。我要清除的另一个观点是弗洛伊德观点。那些持这种观点的传记家们，如内德在《冰冻的海》(一九四八）里所写的那样，认为《变形记》是以卡夫卡与他父亲的复杂关系以及伴随他一生的罪孽感为背景的。他们还认为在以象征为特点的神话里，儿童通常是以虫来替代的——我怀疑是否如此——，那么按照弗洛伊德批评家们的假定，卡夫卡以甲壳虫的形象来代表儿子。他们说，甲壳虫把他在父亲面前所感受到的那种无足轻重的感觉恰当地形象化了。在此我只对甲壳虫感兴趣，对空话毫无兴趣，因此，我拒绝接受这种胡说八道。卡夫卡本人对弗洛伊德的观念极其不以为然。他认为心理分析是“一个不能自圆其说的错误”(我用他的原话)，他还认为弗洛伊德学说是非常模糊、非常粗糙的图画，它在对待问题的细节，或者进一步说，在对待问题的实质方面都有失公正。这也就是我为什么要清除弗洛伊德的分析方法，而集中在艺术本身的探讨上的另一个原因。

对卡夫卡影响最大的是福楼拜的文学创作。福楼拜厌恶过分讲究词藻的散文，因此肯定会赞赏卡夫卡的创作态度。卡夫卡喜欢运用法律和科学方面的术语，给这些词汇以讽刺性的精确，而且从不介入作者个人的感情；这正是福楼拜的手法，福楼拜运用此法达到了一个纯粹的诗的效果。

《变形记》的主角是格里高尔·萨姆沙（读作 zamza)，他是布拉格市的一个中产阶级夫妇的儿子，这对夫妇就像福楼拜笔下的市侩，只对生活中的物质方面感兴趣，且欣赏趣味低俗。大约在五年前，老萨姆沙失去了他的大部分钱财，于是他

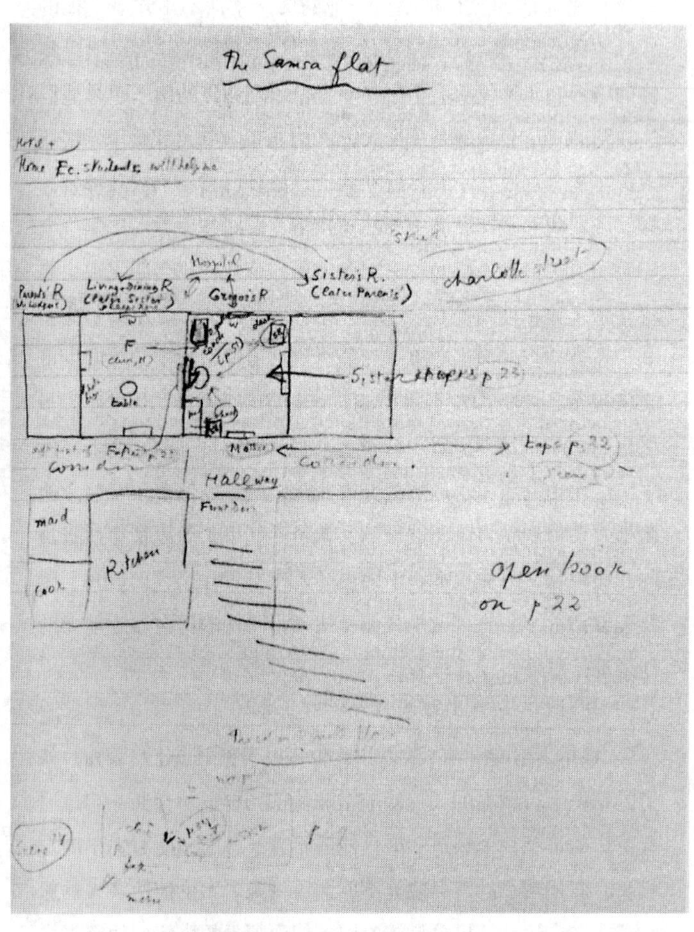

纳博科夫手绘格里高尔·萨姆沙公寓布局草图

的儿子格里高尔在父亲的一个债权人手下谋得一个职位，成了一个推销布匹的旅行推销员。他的父亲索性不工作了。他的妹妹格丽特还太小不能工作，而母亲又得了气喘病。所以年轻的格里高尔不仅养活全家，而且全家现在住的房子也是他设法找到的。这套房间是一个大公寓中的一个单元，位于夏洛特大街，被分割成几小间，就如同他自己日后被分割成几部分一样。现在我们是在欧洲中部的布拉格，时间是一九一二年。当时雇用人很便宜，萨姆沙家因此雇了一个女仆，名叫安娜，年仅十六（比格丽特小一岁），还雇了一个厨子。格里高尔几乎老是在外旅行，但当故事开场的时候适逢他两次出差之间，可在家里待一晚上。正在这期间，可怕的事发生了。“早晨，当格里高尔从一场不舒服的梦中醒来时，发觉自己躺在床上变成了一个可怕的虫子。他的背变得非常坚硬，好似盔甲一般。他微抬起头可看见自己圆鼓鼓的，棕色的肚子，肚皮被多层折皱隔成条块状，原先盖在身上的被子几乎盖不住了，而且马上就要全部滑落了。许多条与身体相比细得可怜的腿在他眼前无助地闪动［摇曳 + 闪烁］着。

“我这是怎么了？他想，这绝不是梦……[1]

“格里高尔转眼看了看窗户，他可以听见雨点正打着窗户外边的铁框上，倒霉的天气使他十分忧郁。再睡一会儿，忘掉这些荒唐的事吧，他想道。但是他睡不着了，因为他习惯于向右侧睡，而他现在的情况使他不能侧过身来。无论他使多大劲把身子扭向右边，结果总是被迫回到仰面朝天的姿势。他至少这

1　本文中的《变形记》引文均由译者本人翻译。

样试了一百回，同时闭上眼睛[1]以免看到他那些摆动的腿。直到他的体侧感到了一种从未有过的隐痛，他才停止了这种努力。

“唉，天呐！他想到，我找的工作多累人啊！从早到晚地在外旅行。在路上遇到的烦恼比坐在办公室多得多。怕换不上火车的担心，粗劣而不规则的饮食，结识那些永远不会再见、永远不会成为亲密朋友的偶然之交，所有这些都见他的鬼去吧！他觉得肚皮上有点痒，就躺着慢慢地蹭到床头边，这样他可以较容易地抬起头来；他看清了痒的地方覆盖着一些小白点，他不清楚这些小白点到底是什么，就试着用一只脚去碰碰，当他的脚刚一触到肚皮就浑身打了一个冷战，于是他马上把脚缩了回来。”

现在我们来看，可怜的格里高尔，倒霉的推销员，所突然变成的那个“甲壳虫”究竟是什么。很显然，他属于一种“多足虫”(节肢动物)，蜘蛛、百足虫和甲壳虫都属于此类。如果小说开头提到的“许多条腿”指的是多于六条腿，那么从动物学的角度来说格里高尔就不是昆虫了。但我想一个人一觉醒来发现自己有六条腿在空中乱蹬，一定会觉得“六”这个数字足可以用“许多”来形容了。因此，我们可以假定格里高尔有六条腿，他是一只昆虫。

下一个问题是：什么虫？一些注释家说是蟑螂，这显然不

---

1 纳博科夫在自用的那本小说的空白处注道：“正常的甲壳虫没有眼睑，因此不可能闭眼睛—— 一只有着人的眼睛的甲壳虫。”针对整个这一段他批注道：“在德文版原文中，这一串睡意蒙眬的句子有着动听流畅的节奏。他似醒非醒——他意识到自己的困境，但却没有感到吃惊，而是孩子气地接受这一切，同时他仍然保持着人的记忆和人的经验。变形的过程这时还没有最后完成。”——原编者注

对。蟑螂是一种扁平的有着长腿的昆虫，而格里高尔的形状绝不是扁平的，他的腹背两面都是凸出的，而且腿很细小。他与蟑螂只有一处相似，即他的颜色是棕色的。只此一点。除了这一点以外，他还有一个极大的凸出的、被折皱分成一条条块状的肚皮，他还有一个坚硬的圆鼓鼓的背，使人想到那底下可能有翅膀。甲壳虫在身上的硬壳下藏着不太灵活的小翅膀，展开后可以载着它跌跌撞撞地飞上好几英里。奇怪的是，甲壳虫格里高尔从来没有发现他背上的硬壳下有翅膀。（我的这一极好的发现足以值得你们珍视一辈子，有些格里高尔们，有些乔和简们[1]就是不知道自己还有翅膀。）另外，他有强有力的硬颚，他就是用这些器官去转动插在锁上的钥匙，同时用他的两只后腿直立，即他的第三对腿（一对有力的小腿）。这就使我们知道了他的身体长度，大约有三英尺。随着故事的发展，他渐渐习惯使用他的新器官——他的脚和触须。这个棕色的、鼓鼓的、像狗一般大小的甲壳虫长得很宽大。我想象他应该是这样的：

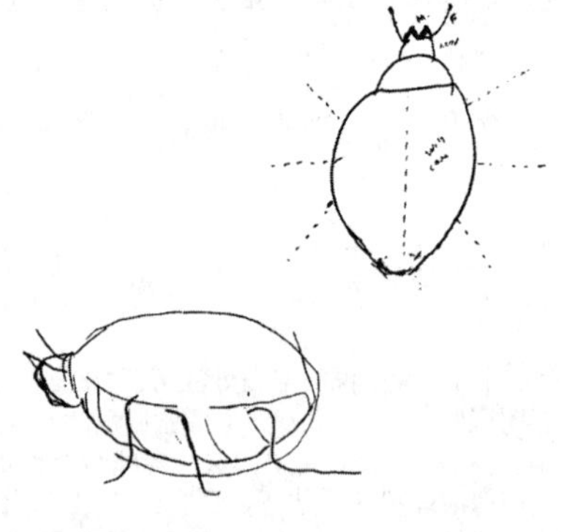

1　这两个名字在英语国家中很普通，代表普通的男男女女。

在原来的德文版中，那个老女仆把他称为Mistkafer，一种“屎壳郎”，显然这位好心的女人加上这个形容词并非恶意。从技术术语上说，他不是屎壳郎。他就是一个大甲虫。（我必须附加说明，无论是格里高尔还是卡夫卡都没有看清楚这个大甲虫。）

让我们更仔细地观察一下变形的过程吧。虽然令人震惊，令人感到刺激，但变化并不像初看时感觉的那么怪。一个颇具常识的评论者（保尔·L. 朗德斯贝格[1]，在《卡夫卡问题》这本书［一九四六年，安杰尔·弗洛里斯编］里）解释说：“当我们在一个陌生的环境中睡觉，很容易在一觉醒来时产生片刻的迷糊，一种突然的非现实感。而这种经历肯定会在一个商品推销员的一生中多次反复地出现，他们的生活方式不能给予他们稳定感。”而现实感恰是以持续性和稳定性为基础的。但无论如何，醒来时把自己当成虫子与醒来时把自己当成拿破仑或乔治·华盛顿之间并无太大区别。（我认识一个人，他醒来时自以为是巴西皇帝。）另一方面，在所谓现实的生活中感到孤独，感到陌生，这常常是艺术家、天才、发明家气质中的共同特点。萨姆沙一家围着那只怪诞的虫子无异于凡夫俗子围着一个天才。

第一部分

下面我将分析小说的结构。小说的第一部分可以分为七个

1　Parl L. Landsberg（1901—1944），德国哲学家、社会学家。

场景或段落。

第一场景：格里高尔醒来，他单独一个人。这时他已经变成了甲虫，但在他身上随着变化而得到的虫的本能中仍然掺杂着人的知觉。故事在引进仍属人的感觉的时间因素后，第一场景也就此结束了。

“他看着橱柜上的闹钟嘀嗒嘀嗒地走。天哪！他想。已经六点半了，指针还在默默地前移，半点钟都过了，快到六点三刻了。闹钟没有响吗？下一班火车是七点钟开，要赶上这趟车他得发疯似的快跑，可他的推销样品还没有装进包里，他自己也感觉得不那么精力充沛。即使他赶上了这趟车，也免不了要同老板吵一顿，因为公司的情报员肯定会等五点的那趟火车，可能早就向老板汇报，说他没有到。”他考虑着是否向公司说明自己病了，但结论是保健大夫会证明他十分健康的。“他这次会不会真的病了呢？除了昏昏然的睡意外，格里高尔感觉很好，而这种睡意在睡了这么长一觉以后是完全没有道理的，他甚至感觉到异常地饿。”

第二场景：家里其他三个成员敲他的门，并分别从过道、起居室和他妹妹的房间对他讲话。格里高尔的家庭成员都是附在他身上的寄生虫，剥削他，从里向外蛀食他。甲壳虫身上的痒从人的角度看正是指这种情况。而那种在背叛、冷酷和肮脏的现实中寻求保护的迫切需求是形成他的硬甲，即虫壳的因素。这层甲壳最初似乎很硬，很安全，但最终却发现原来与他的不健康的人的肌体及精神一样软弱无力。他的三个寄生虫（父亲、母亲、妹妹）中，哪一个最残忍呢？开始似乎可以说是他的父亲。但他不是最坏的，最坏的是他的妹妹，格里高尔最爱她，但她却背叛了他，这个过程从故事中间部分的家具一场开始。第二场景中门的主题是这样开始的："在他的床头后面传来了小心的敲门声。'格里高尔'一个声音说道——是他母亲的声音——'已经六点三刻了，你不赶火车了吗？'多么柔和的声音！当格里高尔听到自己的回答时吓了一大跳，没错，就是他自己的声音，但却是那么可怜巴巴，又尖又细，固执而微弱。'……对，对，谢谢你，母亲，我这就起床。'一定是因为他们之间隔了一个木门，他的声音变化才没有引起外面人的注意……但是这一短短的交谈使家庭的其他成员知道了格里高尔还在屋里，这出乎他们的预料。于是他的父亲便在另一个边门上敲开了，虽然敲得不重，但用的却是拳头。'格里高尔，格里高尔，'他叫着，'你怎么了？'过了一会儿他又用更深沉的声音叫道：'格里高尔！格里高尔！'他妹妹在另一个边门外用轻轻的悲哀声音说，'格里高尔？你病了吗？你需要什么吗？'他立即回答了他俩：'我马上就好了'，并努力地发清每个字，在字与字之间停顿片刻，尽可能地使自己的声音听起来显得正常。于是，他的父亲便回去吃早餐了，但他的妹妹仍在柔声地说：'格里高尔，开门吧，开开吧。'然而，他根本不想开门，幸好他在长期旅行中养成了谨慎的习惯，晚间锁上所有的门，即便在家中也是如此。"

第三场景：起床这一难关是由仍然属于人的头脑设想而由甲壳虫的身体来行动的。这时格里高尔仍旧在用人体的观念考虑自己的身体，但现在人的下半身已是甲壳虫的后半部了，人的上半身是甲壳虫的前半部。对格里高尔来说，人的四肢似乎相应于甲壳虫的六条腿。他现在还没有完全明白自身的状况，坚持着要用他的第三对腿站立起来。"他还以为自己可以用下半身从床上爬起来。这时他还没有看见自己的下半身，也还没有对它形成清楚的概念，只觉得它行动起来太困难，而且太慢了。最后，他鼓足全身的力气，不顾一切地翻身起床，可惜没计算好方向，重重地撞到了较低的床头木板上，灼热的疼痛使他知道了他的下半身的感觉此时此刻最敏感……但随即他就对自己说：'钟打七点一刻以前我必须下床，不能再拖了。到那时，公司派来了解我情况的人可能已经到了，因为公司七点以前就上班了。'他立刻开始有节奏地摇动整个身子，希望能借助惯性把自己甩下床去。如果他让自己那样翻下床的话，他可以把头向胸前弯成小于九十度的角度，这样可以保护头部不受损伤。他的背似乎很硬，落到地毯上大概不至于摔得很疼。他最担心的是他无法避免摔在地上的响声，这响声可能会引起门外家人的担心，如果说不是恐慌的话。但他必须冒一次险……尽管门是锁着的，他还是想到了；……嗯，是不是应该叫人帮一下呢？尽管他非常痛苦，他仍然忍不住对这一念头微微一笑。"

第四场景：当家庭主题或者说门的主题又一次开始时，格里高尔还在挣扎。在这一场景里他终于从床上掉下来了，发出了一声闷响。这个场景中的对话有点像希腊戏剧中的合唱。格里高尔办公室的主任被派来看看格里高尔为什么还没有到车站。这种对稍有疏忽的雇员迅速严格的检查和监督带有噩梦的特点。第二场景里的那种隔着门的对话又开始了。请注意次序：办公室主任从左边的起居室里对格里高尔讲话；格丽特，他的妹妹在右边的屋子里对哥哥讲话；他的父亲和母亲加入了办公室来人，一起在起居室里讲话。这时格里高尔还能说话，但他的声音已变得越来越模糊不清了，很快他的话就无法听懂了。（在二十年后詹姆斯·乔伊斯写的《芬尼根的守灵夜》里，两个隔着河谈话的洗衣妇渐渐变成了一棵粗壮的榆树和一块石头。）格里高尔不明白他妹妹为什么在右边屋子而不和其他人在一起。"她大概刚起床，还没来得及穿好衣服。那她为什么哭呢？因为他没有起床请主任进屋？因为他有失业的危险？还是因为老板会向他父母催逼那笔该死的旧债？"可怜的格里高尔已经习惯于作全家人的使用工具，以至于从来想不到可怜自己，他甚至也不希望格丽特同情他。母亲和妹妹隔着格里高尔的房间互相呼唤。妹妹和仆人被派去请医生和锁匠。"但此时格里高尔平静多了。显然他的话已不再能被人听懂了，虽然这些话对他本人来说是清楚的，甚至比以前更清楚，这也许是因为他的耳朵已习惯于这种声音了。但是，不管怎样，人们已经断定他出事了，正准备帮助他。这些初步采取的积极措施给了他很大的安慰。他感到自己又一次被拉进了人的圈子，希望医生和锁匠的帮助能带来好的、显著的效果，他并没有对医生和锁匠作清楚的区别。"

第五场景：格里高尔开门。"慢慢地，格里高尔把椅子推到门边，然后松开手，扶住门——他的腿根下有点黏糊糊的东西——靠着门歇了会儿，待缓过劲来后，他开始用嘴拧锁上的钥匙。不幸的是，他似乎根本没有牙齿——他用什么抓住钥匙呢？——但另一方面他的硬颚很有力；靠着硬颚的帮助，他成功地使钥匙转动了，但没有注意他硬颚的某个地方被损坏了，一种棕色的液体从他的嘴里流了出来，流在钥匙上，滴到地板上。……由于他必须把门向自己这边拉开，所以当门大开时，他还未被发现。他不得不慢慢地绕过挡住自己的那半扇门，还得小心翼翼地做，否则他就会仰面摔在门槛上。他还在艰难地挪动身子，还没来得及看任何东西，突然他听到主任大叫一声'啊'——这声音听起来像一阵风——然后他看见了那个人，他离门最近，站在那儿，一只手捂着张开的嘴，慢慢地向后退着，好像被什么看不见的力量推着似的。他的母亲，——尽管主任在她家，头发还是没梳，乱糟糟地蓬着——先是双手合十，看着他的父亲，继而向格里高尔走近两步，摔倒在她蓬开的裙子上，脸深深地埋在胸前。他的父亲砸着拳头，一脸凶样，好像要把他一拳打回屋里去，但最终只是茫然地环顾了一下起居室，用手捂住脸，直哭得宽大的胸脯一上一下地起伏。"

第六场景：格里高尔极力想使主任冷静，使他自己不至于被开除。"'哎，'格里高尔说，他很清楚地知道，现在只有他一个人还保持着镇静，'我马上穿衣服，收拾好我的推销样品就立即出发。你能让我去吗？你看，先生，我不是不听话的人，我很愿意工作；虽然旅行很辛苦，可我不能没有这份工作。您去哪，先生？去办公室？是吗？您能不能把我的情况真实地反映一下？一个人暂时有点不适是可能的，但这只是短暂的，他马上就会记起以前的工作，等不适过去以后，还会决心今后更加积极，更加专心地工作的。’”但处于惊恐中的主任似乎已经魂不附体，正踉跄着向楼梯逃去。格里高尔开始向他走去——这一段很精彩——用的还是他的第三对腿，“但是，当他摸索着要找一个支撑时，轻轻地叫了一声，随即便倒下了，他的许多只脚都着地了。他刚一倒下就感到了身体上一阵轻松，这种感觉还是今早以来第一次。他的许多脚都站在坚实的地板上；他高兴地注意到它们都很听他的指挥，它们甚至能够带他到他想去的任何方向，这使他相信最终解脱他的苦恼的时刻就要到了”。他的母亲跳了起来，在后退中碰翻了早餐桌上的咖啡壶，于是咖啡洒在了地毯上。“‘母亲，母亲’，格里高尔小声地叫着，抬头看着母亲。主任的事此刻暂时从他脑子里消失了，看着流淌着的咖啡，他忍不住地咂巴起嘴来。这使他的母亲又尖叫起来。”这时，格里高尔又开始寻找主任，他“跳了一下，尽可能地想撵上他，主任肯定看出了他的意图，三步并两步地跳下楼梯，没影了。他还在叫着‘呜！’这声音在整个楼道里回荡”。

第七场景：他父亲跺着脚，一手舞着棍子，一手挥着报纸，粗暴地把格里高尔赶回屋子。格里高尔要穿过半开着的门有困难，但在父亲的驱赶下，只得用力向门里挤去，结果被门卡住了。“在门口他身子的一边抬了起来，形成了一个倾斜角度，身体侧面已经擦伤了，肮脏的黏液污染了白色的门。很快他就被紧紧地卡住了，要是不去管他，他一点也动弹不得，身子一边的脚不停地在空中划动，另一边的脚艰难地刨着地板——这时他父亲从背后猛力推了他一把，这一推实在是解救了他，他被抛到了屋子里，一时血流不止。父亲用棍子钩住门把手，‘砰’的一声把门关上了，终于一切都安静下来了。”

第二部分

第一场景：喂已经变成甲壳虫的格里高尔的最初尝试。开始人们觉得他只是交了厄运，不是不治之症，随着时间的推移会好起来的，所以给他的食品是按病人的需要给的，因此他得到一份人吃的牛奶。我们总会注意到那几扇门，它们总是在黄昏时偷偷地打开又关上。一阵轻柔的脚步声从厨房出来，穿过过道，到了格里高尔房间临过道的门口，这是他妹妹的脚步，它把他从睡梦中惊醒，随后发现一只盛有牛奶的盆已经放在了他的屋里。他的一条细腿在和他父亲的那场冲突中被弄伤了，腿是会好起来的，但在此时他跛着，拖着那条受伤的残腿。他是所有甲壳虫中最大的一只，但他比人小得多，也脆弱得多。格里高尔艰难地爬向牛奶。唉，可怜！他那个仍旧属于人的头脑虽然急切地想要这种甜甜的牛奶和浸着牛奶的面包，但他甲壳虫的胃以及甲壳虫的味觉器官却拒绝接受哺乳动物的食物。虽然他很饿，但却厌恶牛奶，他只得又爬回屋子中间去。

第二场景：门的主题还在继续，又插进了时间的主题。我们开始读到格里高尔在一九一二年这个奇幻的冬天的日常生活，以及他发现了沙发底下这个安全地带。还是让我们和格里高尔一起透过左边起居室的门缝来看一看，听一听吧。他的父

(3 theme) Triptych theme

Triad theme

Add. One

It begins in the scene second (of the First Part) p. 15-16 – the scene that strangely flows in one sectional paragraph, when Father from LR on the left and Mother with from bedroom on the right talk to Gregor

The three main rooms correspond to the division of his body.

Gregor's family consists of three people Father, Mother, Sister.

They are Gregor's parasites, exploiting him, eating him out from the inside. This is his beetle itch in human terms. The pathetic urge to find some protection from betrayal, cruelty and filth – this is the factor that went to form his carapace, his beetle shell which at first seems hard and secure, – but eventually is seen to be as vulnerable as his sick human flesh and spirit had been.

Who of the three parasites – Father Mother Sister is the most cruel? at first it would seem – the Father. But we know it is not he, the worst, – it is the Sister, whom Gregor loves most and who betrays him, beginning with the furniture scene in the middle of the story

纳博科夫关于《变形记》三位一体主题的笔记

亲过去常给他的母亲和妹妹读报纸，当然现在这种活动已被打断了。这套房子里虽然还住着人，但却很安静，总的说来，这一家人正在慢慢习惯这种新的状况。现在作为儿子，作为哥哥的格里高尔落入了一种可怕的变化，这个变化本来足以把他一家人吓得跑到街上去哭喊着请求帮助，但现在这一家人，三个市侩庸人，却不声不响地默认了这一切。

不知你们是否在两年前的报纸上读到过关于一个十几岁的女孩和一个男孩杀了女孩的母亲的故事。这个故事的开始很有些像卡夫卡小说里的情景：女孩的母亲回家后，发现女儿和一个男孩在卧室里，男孩用锤子砸了母亲好几下，并把她拖开。但那妇女被拖到厨房后仍在翻滚和呻吟，男孩对他的情人说："把锤子递给我，我还得再砸她几下。"但女孩没有把锤子给他，却递给他一把刀，男孩就用刀在女孩母亲身上捅了多次，直到把她捅死。——也许他还以为这一切就像是在一部喜剧连环画中发生的那样：你用锤子砸某个人，这人眼前出现许多星星和感叹号，但在下一期中，他又渐渐地活过来了。然而，真正的人是没有下一期的，所以不久男孩和女孩只好着手处理母亲的尸体。"噢！用熟石灰可把她的尸体彻底熔化掉！"当然，主意极妙，把尸体放入澡盆，上面盖上熟石灰，就万事大吉了。这时母亲的尸体还躺在石灰下面（他们的计划并没实现，可能是由于石灰的种类不对），男孩和女孩就举行了几次啤酒宴会。多么有趣啊！美妙的盒式音乐磁带，美妙的听装啤酒。"但是，伙计们，你们可别去洗澡间，那里一塌糊涂。"

我是想说明在所谓的现实生活里，有时我们也能发现与卡夫卡幻想故事极其相似的情景。请留心一下卡夫卡小说中庸人们的奇怪心理，尽管就在他们中间发生了可怖的怪事，但他们却仍能津津有味地读晚报。"'我们家的生活多么安宁啊，'格里高尔自言自语地说，此时他一动不动地坐在那里盯着黑暗的前方，他为自己能给双亲和妹妹提供这样安逸的生活，让他们住在这么好的房子里而感到非常骄傲。"房间很高，很空，作为甲壳虫的格里高尔开始统治作为人的格里高尔了。在这高高的房间里"他必须平躺在地板上，这给他一种不可名状的恐惧，因为这在过去的五年里一直是他自己的房间。一半是出于下意识，同时也感到有点羞愧，他钻到了沙发底下，一钻进去他立刻感到一阵舒适。虽然他的背有点受挤，而且不能抬起头来，但他唯一的遗憾是自己的身子太宽大，不能完全躲进沙发底下"。

第三场景：格里高尔的妹妹拿进来一些食物。她取走了牛奶盆，不是光着手，而是垫了一块布，因为那个盆被那个令人恶心的怪物碰过了。但是，她毕竟是个聪明的人儿，她带来了一系列的东西——烂菜叶子，陈奶酪，粘着干得发白的调料汁的骨头——格里高尔对着这丰盛的食品发出吡吡的叫声。"眼里噙着感激的泪，他一样一样地很快吞下了奶酪、菜叶和调料汁。新鲜的食物反而对他没有吸引力，他甚至不能忍受这些食物的气味。他还把爱吃的东西拖到远一点的地方去吃。"妹妹慢慢地在锁里转动钥匙的声音对他像是警告，他该退回去了，她进来收拾，而格里高尔则吃得饱饱的，向沙发底下躲去。

第四场景：妹妹格丽特承担了一个新的重要任务。是她每天为甲壳虫喂食；她一个人出入甲壳虫的住房，常常叹息，不时地请求圣灵保佑——这是一个如此虔诚的基督教家庭。在一个精彩的段落中，女厨子跪在萨姆沙太太的面前请求辞职。她眼里含着泪水，感谢萨姆沙一家人允许她离去——好像她是一个被解放的奴隶——在没有任何敦促之下，严肃认真地发誓说，关于萨姆沙家发生的事她决不对任何人提起一个字。“格里高尔每天喂两次，一次是在大清早，那时她父母和女仆都还在睡觉，第二次在大家吃完午饭以后，因为那时他父母要睡午觉，女仆可以被他妹妹支使出去干一些事。家人这样喂他当然不是故意要让他挨饿，也许是因为除了传闻之外，他们不可能了解他吃东西的习惯。也许是由于他妹妹想尽可能地减少大家的担心，因为她觉得就目前这样的情况，大家都已经够受的了。”

第五场景：这是极其痛苦的一幕。在这一幕里泄漏了这样一个事实，当格里高尔还是人的时候就受到家人的欺骗。格里高尔之所以在那个噩梦般的公司里干这份倒霉的差事，完全是为了帮助他那五年前就破产的父亲。“他们简单地习惯了这一切，家庭一方和格里高尔本人都是如此；他赚来的钱家里乐于接受，他也愿意给，但这里丝毫不带有什么特别的温情。只有对他的妹妹，他还保持着亲密。他有一个秘密的计划，即明年送她上音乐学校去学习，因为她喜欢音乐，不像他那样对音乐没有灵感，而且她还能动情地演奏小提琴。尽管实现这个计划要花很多钱，但钱总能设法挣回来。每当他在家短暂逗留时，与妹妹谈话时常常提到音乐学校，但总像是个永远实现不了的美梦。他们的父母一听到他们天真地谈论这些就泼冷水。但是格里高尔的决心已定，并打算在圣诞节那天庄严地宣布这个计划。”现在格里高尔无意中听到了父亲的谈话“有一笔投资，虽然数目很小，在破产中未受影响，而且还有了增加，因为红利还没动过。此外，格里高尔每月带回家的钱——他自己只留下几块钱——还从来没有被用完过，现在加起来也算得上一小笔数目了。格里高尔在门后不住地点头，庆幸他父亲的节俭和远见。当然，本来他可以多还几个钱给老板，早早还清父亲欠的债，这样也可以盼到早一天辞去那个职务，但现在看来，他父亲的安排无疑更好”。家里人都认为这笔钱不能动，应该放起来等到处境更困难时再用，但现在怎样支付生活开销呢？父亲已有五年不工作了，再不能指靠他干什么。母亲有气喘病更不能工作。“他妹妹是否应该自食其力呢？她只是一个十七岁的孩子，到现在为止她一直是在糖水里泡大的：穿着漂亮，迟迟不起床，只是偶尔帮助做一些家务，有时参加一些小型的晚会，最多的还是拉小提琴。起初，格里高尔一听家里人谈到需要挣钱糊口时，就会松开门把手，让自己摔倒在放在门边的凉凉的皮沙发上，由于羞愧，悲伤，他感到非常燥热。”

第六场景：兄妹之间建立了一种新的关系，这次是与窗户，而不是与门有关。格里高尔“用足了浑身的劲把一张扶手椅推到窗下，然后爬上窗框，撑在椅子上，靠着窗玻璃，显然回忆起了过去每当看窗外时就有的那种自由的感觉”。格里高尔，或者卡夫卡，似乎认为格里高尔爬向窗子的欲望是一种对人的经历的回忆。事实上，这是昆虫具有的典型的趋光性。人们可以在靠近玻璃窗的地方看见各种小虫子：一只死蛾子，一只跛脚的蚱蜢，几个在角落里被蜘蛛网粘住的小虫子，一只嗡嗡飞着，企图穿过玻璃的苍蝇。格里高尔的视力变得越来越弱，他已经看不见街对面的情景了。此时人的具体的感觉就让位于虫的笼统的概念了。（但是我们最好自己不要变成昆虫，让我们先来仔细研究故事中的各个细节，只要我们掌握了所需要的一切材料，这个笼统的概念是什么也就自然而然地清楚了。）他的妹妹不知道格里高尔尚保留着一颗人的心，人的感觉，人的体面感、羞耻感、屈辱感，以及可怜的自尊心。她那样急急忙忙，乒乒乓乓打开窗户通风的举动使格里高尔极度不安，她丝毫不想掩盖她对甲虫窝的那股难闻的气味表现出来的恶心。即使当着他的面，她也不掩饰对他的厌恶。大约在格里高尔变形一个月后的一天，"对她来说已经实在没有理由一看到他就吓一跳了，她比平时来得略早一点，发现他一动不动地凝视窗外，这种姿势看上去完全像一个鬼怪。……她好像受了惊吓一样，突然跳起来，并'砰'的一声关上了门。她的样子让一个陌生人看见，一定会以为他在门里等着咬她呢。虽然他立刻就缩回到了长沙发底下，但还是等到中午她才又来，她好像比平时更不自然"。这种事情刺伤他的感情，而且没人清楚这种事情是怎样刺伤他的。出于感情微妙的流露，为了使妹妹免得看见他厌恶，一天，格里高尔"用背拖了一张布单到长沙发上（这花了他足足四个小时的劳动），他用单子铺在沙发上，使布单能够完全遮住藏在下面的他，这样即使她弯下腰也看不到他，……当他用头小心地把布单掀开一丁点以便看看妹妹对新的安排有何反应时，格里高尔甚至幻想可以从她的眼神里看到一丝感激的神情”。

我们应当注意到这可怜的小怪物是多么善良，多么好心眼。他的甲壳虫身份虽然扭曲和贬低了他的身体，但却把他内心人的美好一面全都体现出来了。他彻底的无私精神，总是替别人着想的品质与他自身可怕的灾难形成强烈的对比。卡夫卡的艺术在于他一方面逐步积累格里高尔的虫的特征，包括他的虫的外表所有的可悲的细节，另一方面又生动地、清晰地向读者展示了格里高尔善良的、体贴入微的人的本性。

第七场景：在这一场里发生了搬动家具的情景。两个月过去了。到目前为止只有妹妹来看他，但格里高尔却对自己说，妹妹只是一个孩子，她承担照顾我的生活完全是出于孩子似的无知。母亲应该更清楚我的情况。现在，在这一场景中，患有气喘病的，身体虚弱，脑子糊涂的母亲将第一次进入他的房间。卡夫卡精心安排了这一场景。为了消遣，格里高尔已经养成了在墙上和天花板上爬行的习惯。他正处于一个甲壳虫身份能带给他的有限快乐的顶峰状态。“他妹妹立即向母亲报告了格里高尔为自己发明的新的娱乐——他爬到哪里，哪里就留下了他脚上那种黏液的痕迹——她有了一个想法，应该给他尽可能大的空间让他自由地爬，把那些阻碍他爬行的家具搬走，尤其是橱柜和写字台。”因此母亲进入了房间，来帮助搬家具。她来到他的门口，带着高兴的急切心情想看看儿子，但当她进入这间神秘的房间时，这种矛盾的、不由自主的反应被沉默所代替了。“当然格里高尔的妹妹先进屋，她先看看房中是否一切妥当，然后才让母亲进来。格里高尔急忙把布单拉得更低一点，并把它弄得很皱，让人看去像是随便扔到沙发上的。这次他没有掀开床单往外偷看，他牺牲了能够看到母亲的快乐，他为母亲终于来了而高兴。'进来吧，他躲起来啦'，他妹妹说着，显然是牵着母亲的手领她进来的。"

母女俩艰难地搬着沉重的家具，忽然他母亲提出了一个想法，虽然天真但却出于好意，虽然不是高见却不乏感情，她说"这样搬走他的家具，看起来不是好像向他显示我们已经放弃了他会好起来的希望，把他冷冷地丢在这儿不管了吗？我想最好还是把他的房间按原样保持着，这样等他恢复后他会发现所有的东西都没变，那就更加容易使他忘记这期间所发生的事"。此时，格里高尔正受着两种情绪的纠缠。他的甲壳虫身份告诉他空屋子和空墙更便于他爬行，他只需要一个可供藏身的地方——他必不可少的长沙发，否则的话他可以连这也不要，这些家具显然都是为人提供方便的摆设。但他母亲的声音使他想起他的人的身份。不幸的是，他妹妹已产生了一种奇怪的自信心，已经习惯于把自己看作是处理格里高尔事务的专家，根本不顾她父母的意见。"另一个原因恐怕就是少女期的热情，这种性情总是抓住各种机会表现自己，现在它导致格丽特过分地夸张她哥哥处境的可怕，以便表明她为哥哥做的事比实际上的多得多。"这里有一个有趣的提示，我们会联想到这样一种文学类型：专横跋扈的妹妹（或姐姐），童话故事里的强有力的妹妹（或姐姐），在愚人之家里称王称霸的、漂亮的爱管事的姑娘，灰姑娘的两个骄傲的姐姐，在灾难和废墟中象征健康、青春、美貌的残酷的标志。最后他们决定无论如何还是把家具搬出去，当然在搬橱柜时费了很大的力气。格里高尔非常紧张、痛苦。在橱柜里有他的线锯，他过去在家闲着的时候就用这线锯做一些小玩意儿，这是他唯一的嗜好。

第八场景：格里高尔试图至少把他用珍爱的线锯做的那幅镶在镜框里的画保留下来。甲壳虫每次被家人看见时总处于一个新的姿势，某个新的地点，卡夫卡用这种多变的方式达到不同的效果。这一场里格里高尔从藏身的地方冲出来，爬上墙，把他又热又干的肚皮紧贴在镜框那光滑清凉的玻璃上，用自己的身体盖住那张画。母女俩此时止用力地搬着写字台，因而没有看见他。搬这样的家具，母亲实在帮不了什么忙，还得格丽特照顾她。格丽特总显得体力充沛，而他的哥哥以及父母却很快（在扔苹果的场景之后）陷入一种昏昏欲睡、木然衰弱的状态中，但格丽特正值青春期的健康体质却使他们强撑起来。

第九场景：尽管格丽特努力不让母亲看见哥哥，但母亲还是看见了格里高尔，一个“巨大的棕色的团块扒在花墙纸上，在她还没有意识到自己看见的就是格里高尔时，就用嘶哑的嗓门大叫起来：‘啊，上帝，啊，上帝！’像是绝望似的，她两臂一伸，倒在了沙发上，不再动弹了。‘格里高尔！’他妹妹冲他喊着，挥着拳头，眼睛狠狠地盯着他。自从他变形以来，这是妹妹第一次对他直呼其名。”妹妹冲进起居室，想找些什么药以便把母亲从昏迷中救醒。“格里高尔也想帮点忙——反正还有时间保住那幅画——但他被玻璃牢牢地吸住了，只得使劲把自己从玻璃上扯开。然后他跟着妹妹冲进了隔壁的屋子，好像过去一样，能给她什么指导似的。然而这次他只能无能为力地站在妹妹身后。此时她妹妹正在翻弄各种小瓶子找药，当她转过身来看见格里高尔时吓了一大跳，一只瓶子从手里掉在了地上，摔碎了，一块碎片飞起来划破了格里高尔的脸，一种带有腐蚀性的药水溅了他一身。这时格丽特飞快地抓起所有她能拿走的瓶子，跑到母亲那里去，并用脚一蹬把门关上了。格里高尔现在和母亲隔开了，由于他的缘故母亲可能快要死了，他不敢去开门，怕把妹妹也吓跑，而妹妹现在必须和母亲在一起。除了等待，他无事可做。自我谴责，为母亲的担心，使他痛苦万分，于是他开始乱爬，任何东西上面他都爬，墙上，家具上，天花板上。他绝望了，整个屋子似乎都在他周围旋转，最后他从天花板上重重地掉在了一个大桌子的中间。”这时家庭成员各自的位置发生了变化。母亲（在沙发上）和妹妹在中间屋子，格里高尔在左边屋子的角落里。正在这时他父亲回到家走进了起居室。“格里高尔逃跑似的爬到自己屋子的门口，靠着门蜷缩着，为了让他父亲从大厅一进来就能看见他的儿子很想好好地回自己的屋，而不必赶他进去，而且只要门是开的话他会立即躲到屋里去的。”

第十场景：扔苹果的一幕现在开始了。格里高尔的父亲已经变了，正处于力量的顶峰。他已不是从前那个常常无精打采地躺在床上，与人打招呼时几乎连手都不抬一下的人了，已不是那个出门就得拄着根歪把拐杖、拖着双腿艰难地挪动的老头了，“现在他站在那里显得体型很好。穿着合身的、缀着金扣子的蓝色制服，就像银行听差们穿的那样。他的胖胖的双下巴鼓在笔挺的制服硬领上，浓密的眉毛下的黑眼睛炯炯有神，他那曾经乱糟糟的白发被仔细地、准确地梳成中分，既平整又光亮。他摘下帽子，上面钉着一个金质的交织图案，大概是某银行的徽章，用力一扔，帽子便穿过整个房间落在对面的沙发上。他把制服的下摆向后一撩，双手插进裤袋里，然后表情严厉地向格里高尔走去。很可能连他自己也不知道想干什么。总之他的脚抬得特别高，格里高尔完全被他那巨大无比的鞋底震住了。”

像通常一样，格里高尔对人的腿的动作以及又大又厚的脚特别感兴趣，它们与他的细弱的肢体相比大不一样。我们在这里看到慢动作主题的重复。（那办公室主任，拉着双腿向后退却也是慢动作。）现在父亲和儿子慢慢地在屋子里转：由于动作太慢，整个过程看上去一点儿也不像追捕。这时，父亲开始用起居室兼饭厅里仅有的炮弹——苹果，小小的红苹果——向格里高尔开火。格里高尔被赶回到中间屋子，退到了他甲壳虫的心底里去了。“一只扔得不太有力的苹果擦着格里高尔的背飞向了一边，没有伤着他。但紧接着的另一只苹果正好击中他的背，陷进了肉里。格里高尔想往前爬，似乎只要往前爬，这惊人的、令人难以置信的疼痛就会被甩在背后。但他好像被钉在原地似的，平平地趴着，所有的知觉完全模糊了。在他完全失去知觉之前，他看到他的房门被拉开了，母亲在尖叫着的妹妹前面冲出来，她只穿着内衣，因为她女儿为了使她更自如地呼吸，更快地恢复知觉，解开了她的衣服。他看到母亲冲向父亲，松开的衬裙一件件地滑落在地板上，她磕磕绊绊地踩着自己的衣服直奔他父亲，拥抱他，完全与他结合在一起。——此时格里高尔的视觉已模糊不清了，她用双手抱住父亲的脖子，好像求他饶了儿子一命。”

第二部分在这里结束。现在我们来总结一下。妹妹已明确地变成了敌视哥哥的人。她可能爱过他，但现在对他只有厌恶和愤怒。萨姆沙夫人的气喘病与感情在争斗。她是一个十分机械的母亲，对儿子有某种机械的爱，但我们很快就发现她也准备丢弃他。正如已经提到的，父亲的体质上和残忍上已达到某种顶点。从一开始他就急于伤害他那个无能为力的儿子的身体，现在他扔的苹果已嵌在了可怜的格里高尔甲壳虫的肉体里了。

第三部分

第一场景：“由苹果造成的重伤使格里高尔一个多月动弹不得。由于没人敢冒险去取下那个苹果，它就一直嵌在他的身上，像是一个明显的纪念物。看样子格里高尔的重伤甚至使父亲也记起了他还是这个家庭的成员，尽管他现在变成这种倒霉的、令人厌恶的形状；不该像对待敌人那样对待他，相反，家庭责任要求克制厌恶、多点耐性。没有别的，就是要忍耐。”从这里开始，门的主题又出现了。晚上，从格里高尔的黑屋子通往亮着灯的起居室的门开着。这是一个微妙的情景。在前一场里，父亲和母亲达到了他们精力的最高点。他，父亲，身着笔挺的制服向格里高尔扔苹果炸弹，这些小小的红苹果便是丰满成熟、男性力量的象征。她，母亲，尽管呼吸器官虚弱，到底还是帮着搬家具了。但过了这一顶峰后，便是低潮，他们都逐渐衰弱了。父亲看上去几乎到了散了架的份上，也快要变成懦弱的甲壳虫了。通过开着的门似乎有一股奇怪的暗流在流动。格里高尔的甲壳虫病是传染性的，他父亲似乎已经染上了，变得软弱，干巴，肮脏。“每天刚吃过晚饭，他父亲就在沙发椅上打起瞌睡来了；这时他母亲和妹妹就会相互示意不要发出声响。母亲弯着腰凑近灯光，为一家内衣公司缝一件做工精细的活。妹妹已经找到了一份售货员的工作，晚上便学点速记和法语，以便有机会找到更好的工作。有时候父亲醒来，好像根本不知道自己一直在睡觉，对母亲说：‘你今天做的针线活可真多啊！’接着马上又睡着了。这时，母女俩便会彼此交换一个疲倦的微笑。

“格里高尔的父亲以一种顽固的态度坚持穿着制服，即使在家里也不肯脱。他的睡衣一直挂在衣帽钩上没有用，而他却总是穿着整齐地坐着睡觉，好像随时准备听候吩咐，甚至在这儿也准备随时听从上司的召唤。结果，他的制服，本来就不是崭新的，现在则开始变得肮脏了，虽然他的母亲和妹妹对父亲关心备至，常使他的制服保持干净。格里高尔常常整整一个晚上盯着制服上的斑斑油渍看。制服上擦得铮亮的金扣子闪着微光，老头子穿着这身衣服坐着睡觉极不舒服，但他却睡得十分平和。”每天该睡觉的时候，尽管母亲和妹妹不断地催促，父亲总是拒绝上床睡觉。最后，母女俩只好架着他的两只胳膊把他从椅子上拉起来。“倚着两个女人他会吃力地让自己站起身来，好像他自己的身体对自己来说都是个沉重的负担。他只允许她们把自己带到门口，然后就挥手让她们离去，自己独自一个人走。然而结果往往是：母亲放下手中的针线活，妹妹放下笔，两人再追上父亲，重新架上他走。”父亲的制服已经十分近似于甲壳虫的特大外壳，只是略显灰暗了点。工作过度，疲惫不堪的母女俩还得把他从一个房间架到另一个房间，并把他弄上床。

第二场景：萨姆沙家的解体还在继续。他们辞退了年轻的女仆，另请了一个较便宜的打杂女工，她是一个又瘦又高的女人，来做粗活的。你们必须记住，在一九一二年的布拉格，打扫卫生、做饭做菜的活比起在一九五四年的伊萨卡来说要难做得多。他们被迫卖掉了家里的许多装饰品。“但是，使他们最感伤心的是：他们不能离开这套房子，然而这房子就他们目前的境况来说显然是太大了，可是他们想不出任何方法来搬运格里高尔。但是格里高尔很清楚，为他着想并不是阻碍搬家的主要困难，他们满可以把他放进一只合适的箱子里，只需在箱子上扎一些通气孔就行。阻碍他们搬入另一套住房的真正原因是他们自己彻底绝望了，以及他们相信他们是上帝挑选出来承受这种从未发生在他们亲属和熟人身上的不幸。”这个家庭十足地自我中心，除了完成每日必做的事情外，已不再有任何多余的力量了。

第三场景：格里高尔脑子里闪过了最后一片人的记忆，这是由他仍然存在的想帮助家庭的欲望触发的。他甚至记起了过去那些似有似无的情人们，“但是她们非但不帮助他和他的家庭，个个都那么不可接近，他很高兴她们都离开了”。这一场主要写的是格丽特，她现在完全成了反派角色。“他妹妹不再为带给他什么东西会使他高兴而花心思了，只是在早上和中午上班前急急忙忙地拿一点现成有的食物，用脚往屋里一踢，到晚上再用扫帚一把扫出来，根本不看食物是否只被尝了一点，或者多数情况下根本没动过。她现在都是在晚上打扫格里高尔的房间，扫起来快得不能再快。一条条脏痕留在墙上，到处是一堆堆灰尘和污物。起初，格里高尔看到妹妹进来时，总是待在某个特别脏的角落，也就是要以此来指责她。但是他即使在那个脏地方呆上几个星期也不可能使她的工作改进一点。她和他一样清楚地看见脏，但她只是决心不去管它。但她却以一种以前没有过的敏感，嫉妒地维护自己作为格里高尔房间的唯一管理人的权力，这种敏感似乎也感染了全家。”有一回，他母亲用了好几桶水对屋子作了一次彻底的清扫——湿气使格里高尔很不舒服——随之而来的便是一场奇怪的家庭纷争。他妹妹放声嚎啕起来，他父母则在一旁被惊得不知所措。“过了一会儿，两位老人也开始行动起来，父亲一面指责在他右边的母亲没有把打扫格里高尔屋子的事留给妹妹做，一面又冲着在他左边的妹妹叫喊说永远也不让她再打扫格里高尔的屋子了。父亲气得不可自制，母亲用力把他拉回自己的屋子，而妹妹则一边抽泣，一边用小拳头捶打桌子。格里高尔这时生气地发出响亮的‘咝咝’声，因为他们没有一个人想到要把他的门关上，别让他看到这种情景，听到这种吵闹。”

第四场景：在格里高尔和那个瘦高个的女杂工之间建立了一种有趣的关系。她觉得他很有意思，一点儿也不可怕，事实上她相当喜欢他。“来吧，你这个大屎壳郎”，她这样说。外面正在下雨，也许这是春天的第一个信息吧。

第五场景：房客到了，三个留着胡子，凡事喜好井井有条的寄宿者。他们是一些机械的人，他们的胡子是体面的面具，但这些表情严肃的绅士们实际上是些冒牌货，是一些混蛋。在这一场里这套住房发生了很大变化。房客们占了最左边的父母的卧室，也就是起居室左面的一间。父母搬进了妹妹住的那间，即格里高尔房间右边的那间。格丽特只好睡在起居室。但现在由于房客们在起居室吃饭而且晚饭后还要在那里休息，因此妹妹实际上没有自己的房间。再则这三位房客又往这套带家具的公寓里搬进一些他们自己的家具。他们还特别讲究表面上的整洁，所有他们不需要的零零碎碎就都搬进了格里高尔的房间。这与第二部分第七场中发生的搬家具的情况正好相反，那次是设法把格里高尔屋里的所有东西都搬出来。那时我们看到家具的退出，现在则是家具的回流，丢弃的货物又都流回来了，所有的旧货都涌了进来。奇怪得很，格里高尔虽然非常虚弱，苹果创伤已经开始化脓溃烂，加上他又一直挨饿，但他觉得在这些肮脏的破烂家具上爬来爬去很惬意。在第三部分的这一场里发生了许多变化。这里描写了家里就餐情况的变化。蓄着胡子的机器人的机械举动与萨姆沙家的自动调节反应正好相配。房客们“把自己安置在餐桌的上首，这原来是格里高尔和父亲、母亲吃饭时坐的地方，他们打开餐巾，一手拿刀，一手拿叉。这时他的母亲在另一个门口出现了，手里端着一盘肉，她身后紧跟着妹妹，手里端着一盘堆得高高的土豆。这些食物冒着热腾腾的蒸汽。房客们俯身向着面前的食物，好像要在吃前好好检查一下，事实上中间的那位，看上去已被另外两位公认为头儿，从盘子里切下一片肉，显然是要看看肉是否已煮烂了，还是应该送回厨房。他表示了满意，一直在旁边担心地看着他的格里高尔的母亲和妹妹这时松了一口气，笑了”。格里高尔对大脚的那种敏感的、嫉妒的兴趣还会出现。现在没有牙齿的格里高尔对牙齿也发生了兴趣。“在从桌面上传来的各种各样的声音中，格里高尔总能清楚地分辨出牙齿咀嚼的声音，这看起来实在令人惊讶。好像这种声音在提醒格里高尔人吃东西需要牙齿，没有牙齿的硬颚，即使是最棒的也什么都干不了。‘我真够饿的，’格里高尔伤心地对自己说，‘但我并不要吃那种食物。这帮房客们可真能填自己的肚子，而我在这儿都快饿死了！’”

第六场景：在这重要的音乐一场中，房客们听到格丽特在厨房里拉小提琴，出于对音乐娱乐价值的机械反应，他们请她为他们演奏。三位房客和三位萨姆沙共聚在起居室。

我不想贬低音乐爱好者，但我确想指出，一般意义上的音乐，就像它的消费者理解的那样，与文学和绘画相比，只属于艺术等级上的较原始，较具动物性的形式。我指的是广义上的音乐，是从音乐对一般听众的影响这方面来考虑的，而不是指个人的创造、想象、作曲，这些当然完全可以与文学艺术和绘画艺术相比。一位伟大的作曲家与伟大的文学家、画家一样，是兄弟。但我认为一般化的原始形态的音乐对于其听众产生的影响比起一本一般化的书或一张一般化的画对其欣赏者产生的影响来说，质量要低得多。我要特别指的是音乐对一些人起的那种安抚、催眠、消沉的作用，就像收音机或唱机播放的音乐那样。

在卡夫卡的故事里，这只是一个女孩子可怜巴巴地在小提琴上锯来锯去。这种音乐与今天的盒装音乐或者一插插头即可听的音乐一样。卡夫卡对一般音乐的感受同我刚才的阐述一样，具有使人迟钝、麻木和动物般的性质。在理解下面一句很重要的话时，我们头脑里必须有这种音乐观。许多译者就曾误解了这句话的原意。从字面上看，句子是这样的："格里高尔是一只会如此受到音乐感染的动物吗?"这是说，在他具有人形时，他不喜欢音乐，但在这一场，在甲壳虫的身份下，他被音乐征服了："他感到在他眼前展现出一条通向他渴望的、未知的食粮的路。"这场戏是这样开始的。格里高尔的妹妹开始为房客们演奏。格里高尔被音乐吸引，把头伸进了起居室。"他对自己现在越来越不考虑别人丝毫不感到惊讶，有一段时期他为自己总是替别人着想而感到骄傲。在现在这种情况下他更应该躲藏起来，因为他屋里的灰尘已积得很厚，只要稍稍一动就会使尘土飞扬起来，而且他自己身上也盖满了灰尘。尘团、毛发、食物渣子蹭在他的背上和体侧，他走到哪里就把它们带到哪里。他现在对任何事情都太无所谓了，他再不会像过去那样，仰面翻在地毯上把身子蹭干净，而过去他每天要这样做好几次。尽管他现在的模样很脏，但没有什么羞耻心能够阻止他爬到起居室一尘不染的地板上去。"

起初没人注意到他。房客们由于当初期望听到好的小提琴演奏，因而感到失望，正聚集在窗前窃窃私语，盼着音乐快点结束。然而对格里高尔来说，他妹妹演奏得棒极了。他"又往前爬了一点，把头低下去以便有可能看见妹妹的眼睛。是因为他是动物音乐对他才具有这样的影响吗？他感到眼前展现出了一条通向他渴望的、未知的食粮的路。他决心再向前挪，一直爬到妹妹跟前，拽一下她的裙子，好让她知道她应该带着小提琴到他屋子里去，因为在这儿没人能够像他那样欣赏她的演奏。他将永远不让她离开他的屋子，至少在活着的时候。他可怕的面孔第一次变得对他有用了，他会马上把屋子的所有的门都看好，唾那些来犯者。但他妹妹应该不受限制，她应该出于自愿和他在一起。她应该坐在床上，坐在他旁边，弯下腰，把耳朵凑到他嘴边听他说，他一直都有坚定的愿望要送她上音乐学校，要不是他的不幸，去年圣诞节那天——圣诞节真的早就过去了吗？——他肯定会对大家宣布这一决定，而且不允许有任何异议。听他说完这些以后，他妹妹一定会非常感动，甚至热泪盈眶，这时格里高尔就会站起来，趴在她的肩上，吻她的脖子。因为妹妹现在要外出工作，所以脖子上没系任何丝带或穿任何领子”。

突然，中间的那位房客看到了格里高尔，但他父亲并没有马上把格里高尔赶出去，而是设法使房客们平静下来（与他往常的做法正好相反），他这时“张开双臂，一边催促他们回到自己的房间去，一边挡住他们的视线，使他们看不到格里高尔。房客现在真的开始生气了，分不清是由于老头子的行为让他们生气呢，还是因为他们刚刚才清楚以前他们一直糊里糊涂地与格里高尔这样一个怪物为邻。他们要求父亲作出解释，他们像他那样挥动双臂，不安地扯着自己的胡子，很不情愿地回到自己的屋子去了”。妹妹迅速地跑进房客的房间为他们铺床，但“他父亲又一次像着了魔似的被顽固的自信左右，以至于忘记了对房客应表示的尊敬。他对他们不断赶啊赶，直到那位中间的房客在卧室门口用力地跺地板，他才停住。那个房客举起一只手，同时还看着母亲和妹妹说：‘我要声明，由于在这所房子和这个家庭里的这种令人恶心的情况’——他朝地板上狠狠地吐了一口——‘我当场通知你们。我自然不会为我自己住在这里的这些天付你们一个铜板；相反我在考虑是否对你们提出起诉，要求赔偿损失，请相信，我这种要求是有根据的，而且轻易就可证明。’他讲完了，两眼直直地看着前面，好像等待着什么。事实上，他的两位朋友立即插上来说：‘我们也当面声明。’这时他抓住门把手用力把门关上了”。

第七场景：妹妹完全撕下了面具。她的背叛是绝对的，对格里高尔来说也是致命的。“我不会在这个东西面前叫我哥哥的名字。我所要说的就是：我们必须把它甩掉。……”

“‘我们必须把它甩掉’，因为母亲咳得太厉害听不清别人说的任何话，妹妹就明确地对父亲这样说，‘这样下去你们两人都会完的，我知道会这样的。一个人如果不得不像我们这样玩命地干活，他肯定受不了家里的这种长期折磨。至少我再也忍受不了。’她爆发出一阵大哭，眼泪落在了她母亲的脸上，她又机械地把它们擦掉。”父亲和妹妹都认为格里高尔不能理解他们的苦衷，要与他达成协议是不可能的。

“‘他必须走，’妹妹嚷道，‘这是唯一的解决办法，爸爸。你必须设法打消这东西就是格里高尔的念头。我们长期相信这一点，这就是我们所有麻烦的根源。它怎么能是格里高尔呢？

如果他就是格里高尔，他早就应该知道人是不能同这种东西生活在一起的，早就会自觉自愿地离开了。这样虽然我就不会有哥哥了，但我们可以继续生活，在心里怀念他。事实上，这东西在害我们，赶走了我们的房客，显然想把整个房子都占为己有，而要我们都睡到阴沟里去。’”

作为人的哥哥的他已经消失了，现在作为甲壳虫的他也应该消失，这对格里高尔来说是最后一击。他已非常虚弱而且受了伤，他痛苦地爬回了自己的房间。到门口时他回过头来，视线落到了母亲身上，可她差不多睡着了。“没等他完全爬进屋门，门就一阵风似的被关上了，插上了门销，还上了锁。身后这突如其来的关门声吓了他一跳，他身下细小的腿一软，瘫了下来。这样急忙关门的正是他妹妹。她早已等在一边，一看他进去就轻跳过来把门一关。格里高尔甚至没有听见她过来。她一边上锁，一边对父母大声说：‘可算进去了！’”在他的黑屋子里，格里高尔发觉自己已经爬不动了。他虽然有伤痛，但疼痛似乎渐渐地感觉不到了。“他背上的烂苹果和周围的感染区域都被软乎乎的灰尘盖住，几乎不那么使他难受了。他以温和柔爱的心想念着他的家人。如果有可能的话，他也希望自己马上消失，而且这种愿望比他妹妹的还要强烈。在这种茫然平和的沉思中，他一直等到次日清晨塔楼上的钟敲了三点。窗外的第一线曙光再次进入了他的意识，随后，他的头自己耷拉到地板上，他从鼻孔里呼出了最后一丝微弱的气息。”

第八场景：格里高尔死了，女杂工第二天早上发现了他干瘪的尸体，得到解脱后的热烈气氛渗透了这个卑鄙家庭的虫的世界。下面这一点需仔细地，以爱的眼光来观察。格里高尔是在虫的外壳掩盖下的人，他的家庭成员则是装扮成人的虫。格里高尔一死，他们虫的灵魂突然意识到他们可以自由自在地享受生活了。"'进来吧，格丽特，坐在我们边上待一会儿'，萨姆沙[1]太太呼唤着女儿，露出颤颤的微笑。格丽特回首望了一眼死尸，跟着父母进了他们的房间。"女佣把窗户开得大大的，空气已有点温和了，那是三月底，正是昆虫从冬眠中醒来开始活动的时候。

第九场景：当房客们阴沉着脸要早饭吃时，萨姆沙一家不但没给他们早餐，反而让他们去看格里高尔的尸体，这里我们看到了房客们非常有趣的表演。"于是，他们进去了，站在屋子中间尸体的周围。他们把手插进自己破旧衣服的口袋里，这时阳光已把房间照亮了。"这里哪个词最关键？破旧在阳光里。这就如同在童话故事里那样，在大团圆的结尾中，罪恶的魔法随着巫师的死而消除了。房客们看上去无精打采不再具有威胁性，而萨姆沙一家则又恢复元气，又有了力量和生气。这一场以重复楼梯的主题结束。就像当初办公室的主任紧紧抓住扶梯的栏杆，一步步地慢慢后退。老萨姆沙下令他们必须离开，房客们个个唯唯诺诺。"他们三个人到大厅里从衣帽钩上取下帽子，从伞架上取下手杖，默默地低头示意后，便退出了房子。"他们现在开始下楼了，三位蓄胡子的房客，机械人，上了发条

1　纳博科夫在自用的那本小说中有一个注：格里高尔死后，书中便不再出现"父亲"、"母亲"的字样，而只是萨姆沙先生和太太了。——原编者注

的木偶；萨姆沙一家依在扶梯上瞧着他们下去。楼梯穿过公寓住房蜿蜒向下，就像昆虫多关节的腿。随着一个平台，一个平台，一个关节，一个关节地越走越下，房客们忽儿消失，忽儿又出现。在楼梯的某处，他们与一个正在上楼的肉铺小伙计相遇，他挎着一只篮子。开始他向他们迎面走上来，然后超过了他们，一脸骄傲的样子，篮子里装满了鲜红的排骨和鲜嫩的内脏——红红的生肉，肥硕的苍蝇的滋生地。

第十场景：最后一场就其讽刺性的简洁来说是最精彩的。明媚的春光环绕着萨姆沙一家人，他们正在写三封信——多节的腿，幸福的腿，三个昆虫在写信——分别炮制借口向他们的雇主请假。“他们决定利用这一天休息一下，还要出门远足，他们不但应该休息一天，而且他们绝对需要这样。”女杂工做完早上的活准备离开时，一边告诉这家人，一边和气地咯咯笑着：“‘你们不必为如何清除隔壁房间的东西而费心，已经处理完了。’萨姆沙夫人和格丽特又写起信来，好像很专心。萨姆沙先生猜出了她很想详细描述一下处理的过程，赶忙挥手制止了她……

“‘今晚就必须让她知道’，萨姆沙先生说，但他夫人和女儿都没有接他的话，女佣的话似乎又打破了他们刚刚得到的平静。她们站起来走到窗前，站在那儿，紧紧地搂在一起。萨姆沙先生从椅子上转过身来看着她们，安静地端详了一会儿。然后叫道，‘来吧，快点儿。让过去的事都过去吧。你们也许该照顾点我吧。’两位女士马上听从，跑过来亲抚他，而后很快地把信写完了。

"然后三个人一起离开了公寓，他们已经好几个月没这样做了。他们坐电车到了空旷的郊外。电车上充满了阳光，他们三人是车里仅有的乘客。三人舒舒服服地靠在椅背上，开始绘制将来的前景。仔细想想，这倒也不坏，三个人所找的工作——虽然到目前为止他们一直没有相互讨论过——都不错，而且将来都颇有前途。他们目前状况的最大的、最迫切的改善，莫过于搬一次房子了。他们想要一套比格里高尔当初选的那所房子略小一点，便宜点，但地段要好，且易于整理的房子。三个人就这么谈着，萨姆沙夫妇都意识到女儿越来越旺盛的青春活力，几乎是在同时，他们注意到，尽管这段时间里的一些不幸使她的脸显得苍白，她已经出落成一个体态丰腴的大姑娘了。萨姆沙夫妇话渐渐地少了，有意无意地交换一下会心的眼色，一致同意该是尽快地给她物色个好丈夫的时候了。就像是这个新的梦想和美好意愿的一部分似的，到了他们的目的地，女儿第一个跳起来，伸展开她年轻的肢体。"[1]

下面让我来总结一下故事的几个重要主题。

1."三"这个数字在故事里起相当大的作用。故事被分成三部分。格里高尔的房间有三个门。他的家庭包括三个人。在小说的进程中共出现了三个用人。三个留胡子的房客。三个萨

1 纳博科夫在带注释的卷宗里写道："灵魂和格里高尔一起死去；年轻健康的兽性统治了一切。寄生虫在格里高尔身上养肥了自己。"——原编者注

姆沙写三封信。我特别注意在讲象征意义时不要过分，因为一旦你把象征从小说的艺术核心中分离出来，你就失去了全部的愉悦感。因为有富有艺术性的象征，也有陈腐的、虚假的，甚至愚蠢的象征。在那些对卡夫卡的作品进行心理分析和神话研究的批评中，以及在那些时髦的、取悦于平庸头脑的性与神话分析相结合的批评中，你会找出许多这类荒唐可笑的象征。换句话说，象征可以是有创见的，也可以是愚蠢和陈腐的。一部成功的艺术品的抽象的象征价值绝不应该凌驾于作品美的、燃烧的生命之上。

因此，在《变形记》中，唯一的具有标志或纹章意义而不是象征意义的地方是对于三的强调。它的确有种技术上的意义。三位一体[1]，三连音符，三和弦，三幅一联的图画或雕刻等，显然是艺术形式，比如说，由青春、成熟的岁月、老年组成的三幅画，或者其他任何三重的题材。三幅一联是指由紧连着的三部分组成的画或者雕刻，而这正是卡夫卡利用，如故事开头的三间房间——起居室、格里高尔的卧室、妹妹的房间，以格里高尔卧室为中心——所取得的效果。而且，三重的形式暗示了一个由三幕组成的戏剧。最后，我们必须注意卡夫卡的幻想是相当有逻辑的，还有什么比正论、反论、综合这三步更具典型的逻辑性呢。因此，我们只把卡夫卡“三”的象征限制在美学意义和逻辑意义方面，而对在那个维也纳巫医指导下的性神话分析的任何空话置之不理。

2. 另一个线索就是门的主题，即贯穿整个故事的开门、关

1　即宗教中视圣父、圣子与圣灵为一体的观念。

门的主题。

3. 第三个主题线索是关于萨姆沙家庭境况的盛衰，以及他们的兴旺状态与格里高尔的绝望和可怜状态之间微妙的平衡。

书中还有几个次要的主题，以上几点则是理解这个故事所必须弄清楚的关键。

你们要注意卡夫卡的风格：它的清晰、准确和正式的语调与故事噩梦般的内容形成如此强烈的对照。没有一点诗般的隐喻来装点他全然只有黑白两色的故事。他的清晰的风格强调了他的幻想的暗调的丰富性。对比与统一、风格与内容、形式与情节达到了完美的整合。

张艳华　译

詹姆斯·乔伊斯

（一八八二—— 一九四一）

《尤利西斯》

（一九二二）

詹姆斯·乔伊斯于一八八二年生于爱尔兰，在二十世纪最初的十年里离开爱尔兰，大半生的时间寄居国外，生活在欧洲大陆上，直至一九四一年在瑞士逝世。《尤利西斯》是一九一四年至一九二一年间在的里雅斯德港[1]、苏黎世和巴黎完成的。一九一八年，部分内容开始在所谓的《小评论》上刊登。《尤利西斯》是一本字数超过二十六万[2]的大部头作品，它内容丰富，用词三千左右。都柏林的环境主要根据《汤氏都柏林词典》中的资料，另一部分则由流放者的记忆所提供的资料构成。文学教授们在讨论《尤利西斯》之前，都暗自拿这本词典来武装自己，这样就可以用乔伊斯本人用来装备自己的知识去震一震学生。他还在全书中使用了都柏林的一家报纸：一九〇四年六月十六日、星期四的《电讯晚报》，价格是每份半便士。这份报纸刊登了当天的各种新闻，其中有在阿斯科特举行的金杯赛马比赛（这场比赛的优胜马匹是不大可能获胜的思罗奥威），震惊美国人的一场灾难（斯洛克姆将军号游轮起火），以及在德国洪堡举行的戈登·贝内特杯摩托车赛。

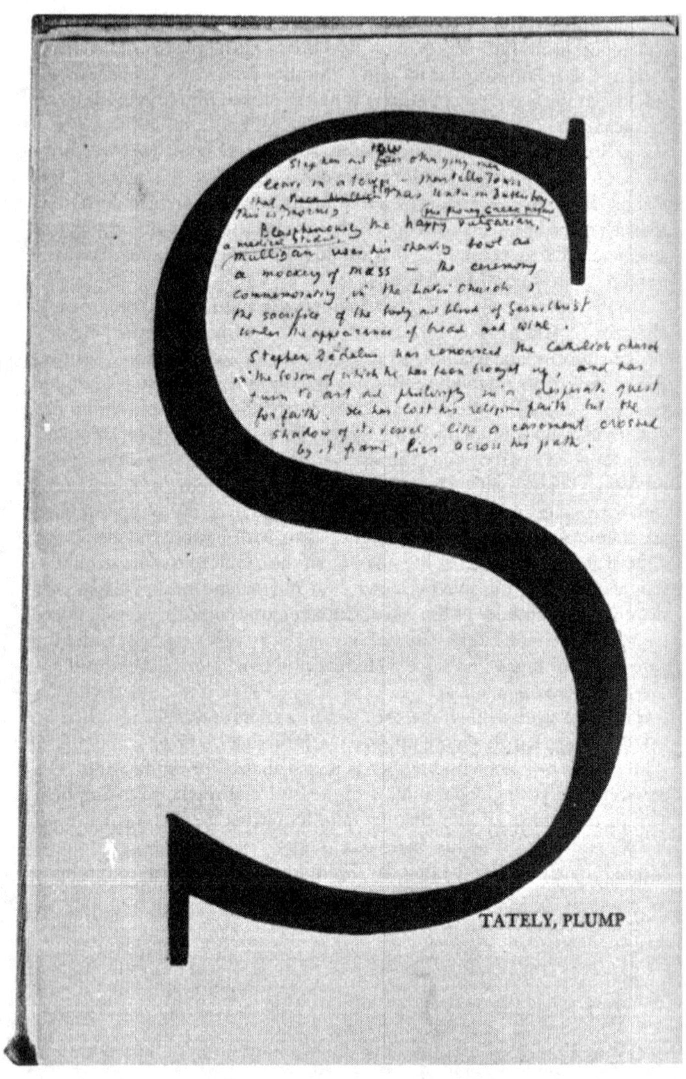

纳博科夫《尤利西斯》讲稿的开篇摹本

I

Buck Mulligan came from the stairhead, bearing a bowl of lather on which a mirror and a razor lay crossed. A yellow dressinggown, ungirdled, was sustained gently behind him by the mild morning air. He held the bowl aloft and intoned:

— *Introibo ad altare Dei.*

Halted, he peered down the dark winding stairs and called up coarsely:

— Come up, Kinch. Come up, you fearful jesuit.

Solemnly he came forward and mounted the round gunrest. He faced about and blessed gravely thrice the tower, the surrounding country and the awaking mountains. Then, catching sight of Stephen Dedalus, he bent towards him and made rapid crosses in the air, gurgling in his throat and shaking his head. Stephen Dedalus, displeased and sleepy, leaned his arms on the top of the staircase and looked coldly at the shaking gurgling face that blessed him, equine in its length, and at the light untonsored hair, grained and hued like pale oak.

Buck Mulligan peeped an instant under the mirror and then covered the bowl smartly.

— Back to barracks, he said sternly.

He added in a preacher's tone:

— For this, O dearly beloved, is the genuine Christine: body and soul and blood and ouns. Slow music, please. Shut your eyes, gents. One moment. A little trouble about those white corpuscles. Silence, all.

He peered sideways up and gave a long low whistle of call, then paused awhile in rapt attention, his even white teeth glistening here and there with gold points. Chrysostomos. Two strong shrill whistles answered through the calm.

— Thanks, old chap, he cried briskly. That will do nicely. Switch off the current, will you?

He skipped off the gunrest and looked gravely at his watcher, gathering about his legs the loose folds of his gown. The plump shadowed face and sullen oval jowl recalled a prelate, patron of arts in the middle ages. A pleasant smile broke quietly over his lips.

— The mockery of it, he said gaily. Your absurd name, an ancient Greek.

He pointed his finger in friendly jest and went over the parapet, laughing to himself. Stephen Dedalus stepped up, followed him wearily halfway and sat down on the edge of the gunrest, watching him still as he propped his mirror on the parapet,

[5]

纳博科夫《尤利西斯》讲稿的开篇摹本

《尤利西斯》描写了一九〇四年六月十六日、星期四的一天，以及几个都柏林人物的生活情形，他们在这一天当中以及第二天凌晨数小时之内的散步、坐车、谈话、坐着、喝酒、做梦，以及一些次要的和主要的心理及哲学活动。为什么乔伊斯偏偏选择了一九〇四年六月十六日这一天？在《惊人的旅行家：詹姆斯·乔伊斯的〈尤利西斯〉》这本用心良好但粗劣蹩脚的书中，理查德·卡因告诉我们，乔伊斯是在这一天与他未来的妻子诺拉·巴纳克尔相识的。对作者的兴趣到此为止。

《尤利西斯》由围绕三个主要人物而展开的若干场景所构成，这三个主要人物当中，占统治地位的人物是利奥波尔德·布卢姆，一个广告业的小商人，确切地说，是一个广告推销员。他一度在文具商威兹德姆·希利商行当吸墨水纸的旅行推销员，但现在他已经自立门户，做广告宣传，但生意不太好。乔伊斯赋予他匈牙利—犹太人的出身，其中的原因我很快就会谈到。另两个主要人物是斯蒂芬·代达勒斯，乔伊斯早在《艺术家青年时期写照》（一九一六）中就已经描写过他；还有布卢姆的妻子，马里恩·布卢姆，即莫莉·布卢姆。如果说布卢姆是中心人物，斯蒂芬和马里恩就是三张相连的图画中那两张侧面的图画：小说以斯蒂芬开始，以马里恩结束。斯蒂芬·代达勒斯[3]的姓氏出自神话中古代克里特岛上那座皇城诺萨斯迷宫以及其他一些传说中的新发明的制造者，这些发明包

1　的里雅斯德港位于意大利东北部。

2　此为英文字数。

3　希腊神话中的人物。建筑师和雕刻家。除了为克里特王弥诺斯（宙斯和欧罗巴之子）建造了迷宫，还为西西里国王科卡罗建造水渠、堡垒，发展木工和金属技术等。

括给他自己和儿子伊卡洛斯[1]做的翅膀。斯蒂芬二十二岁，是都柏林的年轻教师、学者和诗人，在他读书时，他一直受到耶稣会教育的教规约束，现在则猛烈地反抗这种教规，但是从根本上讲，他的本性仍是形而上学的。他是一个挺深奥的年轻人，甚至在喝醉酒时也还是个教条主义者，一个将自我束缚起来的自由思想家，一个聪慧绝顶、会出其不意说出许多格言或警句的人，他身体羸弱，和圣人一样不洗澡（他最后一次洗澡是在十月，而现在已是六月了），一个好抱怨、爱生气的年轻人——读者从来都无法想象他的真正形象，他是作者精神的具象化，而不是由艺术家的想象力创造出来的活生生的新生命。批评家倾向于把斯蒂芬看作年轻时的乔伊斯，但是这一点他们没有说清楚，而我并不准备说明。不过哈里·莱文说过："乔伊斯失去了他的宗教信仰，但是却保留了信仰的种种类别"，斯蒂芬也是如此。

布卢姆的妻子马里恩（莫莉）· 布卢姆，父亲是爱尔兰人，母亲是西班牙犹太人。她本人是音乐会歌唱家。如果说斯蒂芬是具有高度文化修养的人，布卢姆是具有中等文化修养的人，那么莫莉 · 布卢姆肯定是一个具有低级文化修养而且极为庸俗的人。但是，这三个人都有各自的艺术情趣。就斯蒂芬而言，他的艺术情趣高雅得几乎不真实——任何人在"真实生活"中都不会遇上一个近乎具有斯蒂芬所应具备的那种对日常随便的言语进行完美的艺术控制的人。与斯蒂芬相比，具有中等文化

1　代达勒斯之子，他因飞近太阳，用羽毛和蜡制成的双翼遇热融化，坠海而死。

教养的布卢姆较少艺术气质，但是他的艺术气质却比批评家们所发现的多得多：事实上，他的思想活动方式有时非常接近斯蒂芬的思想活动，这一点我将在后面加以说明。最后一个是莫莉·布卢姆，尽管她平凡、粗俗，尽管她的念头具有传统特性，但是她能够对生活中肤浅的可爱事物表现出丰富的情感反应，我们可以在作为全书结尾的那段不平常的独白中的最后部分看到这一点。

在讨论这部作品的内容和风格之前，我还要就主要人物利奥波尔德·布卢姆说几句话。当普鲁斯特描写斯万时，他把斯万写成一个独立的人，一个具有独特的个性特征的人物。斯万既不是一个文学典型，也不是一个种族的代表，尽管他碰巧是一个犹太籍证券经纪人的儿子。在塑造布卢姆这个人物时，乔伊斯的意图是，在他的故乡都柏林所特有的爱尔兰人当中，置入一个和乔伊斯本人一样的爱尔兰人，一位和乔伊斯本人一样的流亡者，一个羊群中的败类。因此，通过选择一个典型的局外人，一个流浪的犹太人，一个流放者的代表，乔伊斯逐渐推出这个合理的方案。然而，在积累和强调所谓的种族特性的方法上，乔伊斯有时是不成熟的，这一点我以后再作说明。与布卢姆有关的另一点想法是：许多写过大量关于《尤利西斯》的文章的人要么是非常纯洁的人，要么是十分堕落的人，他们倾向于把布卢姆看作一个生性极为平常的人，并且认为乔伊斯显然想把他刻画成一个普通人。然而有一点是明显的：布卢姆在性生活方面如果尚未接近精神错乱，也起码是一个有着各种各样稀奇古怪的并发症的、具有极端的性成见与性反常的良好的临床实例。当然，他的病症是完全的异性爱的，不像普鲁斯特笔下大多数女士和先生们的同性恋（“homo”是希腊文的“相同”，而不是某些学生所认为的拉丁文的“男人”）。在他对异性爱的广泛界定之内，从动物学和进化论的意义上看，他所沉迷的行为与梦境也肯定是逊常的。我不想列举他的稀奇古怪的欲望来使你们厌烦，不过我想提出这一点：性的主题在布卢姆的头脑里和乔伊斯的书中不断地同厕所的主题混合缠结在一起。老天爷知道，我对小说中的所谓直率是绝不反对的，正相反，这种直率还太少，而已有的这些经过所谓的硬汉作家、图书俱乐部的宝贝们和俱乐部的女会员的宠儿们的使用，已经变成因袭的、陈腐的了。不过我确实反对把布卢姆看作一个很普通的公民。一个普通公民的思想持续地细细思考生理事物是不真实的。我反对的是这种持续性，而不是它的令人生厌的那一面。在这样一个特殊的前后关系中，所有这些特殊的病理学的材料似乎都是不自然的、没有必要的。我建议你们当中好吹毛求疵的人以绝对超然的态度对待乔伊斯的这种特殊的成见。

《尤利西斯》是一个杰出的、永久的整体结构，但是，那类对思想性、普遍性和表现人性诸方面比对艺术作品本身更感兴趣的批评家们，又把它的价值估计得稍高了一些。我尤其要告诫你们，不要把利奥波尔德·布卢姆在都柏林的某一夏日中无聊的闲逛和小小的冒险看作是对《奥德赛》的准确的滑稽的模仿，把广告推销员布卢姆看作是扮演足智多谋的奥德修斯或者是尤利西斯的角色，布卢姆的通奸的妻子代表贞洁的珀涅罗珀[1]，而斯蒂芬·代达勒斯则扮演了忒勒玛科

1 奥德修斯的忠实的妻子。

斯[1]。很明显，就像作品题目所暗示的，在布卢姆四处闲逛的主题里面，是有一种非常含糊非常笼统的荷马史诗的回声，在整个作品中，在众多的暗指里有不少是对古典文学的暗示；但是，在书中的每一个人物身上、每一个场景当中寻找这种准确的相似，完全是浪费时间。没有什么比以陈腐的神话为基础而引申并延续下来的寓言更使人厌烦的了。当小说分章节刊登出来之后，乔伊斯看到那些真学究和假学究们想做的文章，干脆删除了各章所用的拟荷马史诗的标题。还有一点，一个名叫斯图亚特·吉尔伯特的学究，被乔伊斯本人假模假式地列出的一份书单所引入歧途，结果在每一章中都发现了一个占统治地位的特别器官——耳朵、眼睛、胃，等等。对于这种单调无味的废话我们也应该不予理睬。在某种意义上说，一切艺术都是象征性的，但是对于那些有意将艺术家的精妙象征改变成书呆子的陈腐寓言——将一千零一夜变成朝圣者的聚会——的批评家，我们要说一声"捉贼"。

那么，这部作品的主题是什么？主题很简单。

1. 绝望的过去。布卢姆的儿子出生不久就死去了，这件多年前他亲眼目睹的事件一直保留在他的身心之中。

2. 可笑可悲的现实。布卢姆依旧爱恋着他的妻子莫莉，可是他听凭命运的摆布。他知道，在六月中旬的这天下午四点半，莫莉的那位打扮漂亮的经理、音乐会代理人鲍伊岚，将来拜访莫莉——而布卢姆对此却不加任何阻止。他想方设法避开命运的安排，可实际上，在那一整天里，他总是不断地和鲍伊

1　奥德修斯和珀涅罗珀的儿子。

岚相遇。

3. 忧郁的未来。布卢姆也总与另一位年轻人——斯蒂芬·代达勒斯相遇。布卢姆逐渐认识到，这也许是命运所给予的另一个小小的关注。假如他的妻子必须有情人，那么敏感而热爱艺术的斯蒂芬要比粗俗的鲍伊岚强得多。事实上，斯蒂芬可以给莫莉讲课，帮助她改进意大利语的发音，当好歌唱演员，简而言之，他会对她施以好影响，这是布卢姆悲哀的想法。

这就是主题：布卢姆和命运。

每章的写作风格各不相同，或者确切地说，主要风格各异。为什么要如此——为什么这一章采用直接叙述法，另一章则采用汩汩流水般的意识流手法，第三章又采用多棱镜似的揶揄式模仿——并没有特殊的原因。尽管没有特殊的原因，但是通过辩论可以证实，视角的不断变化传达了更为多样的消息，来自这个方面或那个方面的新鲜生动的细节。假如你曾经试过站着把头弯下来，把脸的上下颠倒过来，从两条腿中间朝后看去，你就会以一个完全不同的眼光看到世界。在海滩上试一试：当你头朝下、脚朝上地看人时，他们走路时的样子十分好笑。他们的每一步似乎都在使双脚摆脱地心引力的吸附，却又不失其威严。好了，这种变换情景的把戏，这种变换视角的戏法，可以用来比喻乔伊斯的新的文学技巧，这是一种新手法，通过这种手法人们看到的是更为鲜绿的青草、更为清新的世界。

在都柏林某日的旅行中，这些人物被不断地聚集到一起。乔伊斯从未对他们失去控制。真的，他们来来去去，相遇又分手，然后又相遇，就像一场命运的慢步舞中精心安排的活的组成部分。这部作品最引人注目的特色之一，是某些主题的重复出现。与我们在托尔斯泰和卡夫卡的作品中所看到的主题相比，这些主题鲜明得多，也更为细心地为人们所领会。我们将逐步认识到，整个《尤利西斯》是关于不断再现的主题和琐事同时发生的一个深思熟虑的典范。

乔伊斯的写作风格主要有三种：

1. 独到的乔伊斯：坦率、清晰、富有逻辑性、从容不迫。这是第一部分的第一章和第二部分的第一章、第三章的主要成分；其他章节中也有清晰、富有逻辑性和从容不迫等特点所写成的部分。

2. 描绘所谓的意识流，或者最好说是构成意识的手段的那种不完整的、急促的、不连贯的语言表达方式。这类例子在多数章节中都可以找到，尽管通常只与主要人物有关。在讨论第三部分第三章里莫莉的最后独白，也就是本书最著名的例子时，就会看到这一手法是如何运用的了；不过有人会说，这段独白夸大了思想的可以表达的一面。人并不总通过言语思维，也通过形象思维，但是意识流的先决条件是，言词的流动是可以标明的：不过很难相信布卢姆总是在不停地自言自语。

3. 对各种各样非小说形式的揶揄式模仿：报纸的标题（第二部分的第四章），音乐（第二部分的第八章），神秘剧和粗鲁的滑稽剧（第二部分的第十二章），问答教学法式的考题及回答（第三部分的第二章）。还有对文学风格和作者的揶揄式模仿：第二部分第九章中的滑稽叙述者，第二部分第十章中妇女杂志类的作者，第二部分的第十一章中一系列具体作家和文学期刊，以及第三部分的第二章中优美的新闻文体。

乔伊斯能随时在某一特定的范畴内通过改变文体强化气

氛：采用和谐抒情的笔调、头韵以及轻快而富有节奏的方式等，总的说来都是为了描绘各种愁闷的情绪。与斯蒂芬相关的文体通常是富有诗意的，但是与布卢姆有关的这类例证也是有的，例如，当他扔掉玛莎·克利福德[1]寄信用的信封时："走到铁路拱门下面时，他掏出信封，飞快地将信封撕成碎片，然后把碎片散扔在路上。碎片飘开去，在阴湿的空气中消失：一片飘动着的白色，随后就全部消失了。"[2]另外，数句之后还有一段关于洒了的啤酒四处流去的景象，结尾是这样的："弯弯曲曲地流遍了平坦大地的泥滩，一个正在缓缓形成的酒的旋涡随着泡沫般的大酒花转动着。"[3]然而，在其他时候，乔伊斯又会随时动用各种各样的语言把戏，如双关语，词序变换，文字重复，成对动词的滥用，以及对声音的模仿。在这些以及过多地对当地情况的提及和外语词句的使用中，产生了不必要的晦涩，因为许多细节未被充分明晰地表示出来，而只是为那些知识渊博的人作出暗示。

第一部分　第一章

时间：一九〇四年六月十六日，星期四，上午八点左右。

1　布卢姆没见过面的女友。布卢姆早上接到她的来信。

2　这段引文中"飞快地"（swiftly）、"碎片"（shred）、"散扔"（scatter）、"消失"（sank）；"掏出"（take out）、"撕"（tear），以及"飘"（flutter）、"飘动"（flutter）等三组词各押一个头韵。

3　这段引文中"平坦的"（level）、"大地"（land）、"缓缓"（lazy）、"酒"（liquor）等词押头韵。

地点：都柏林湾，沙湾，马特洛塔楼—— 一座确实存在的建筑，与国际象棋中的木车有些相似——在十九世纪最初的十年里为抵御法国入侵而建造的一群塔楼中的一个。“当法国人从海上入侵时”，巴克·马利根说，政治家威廉·皮特，那个小皮特，[1] 指挥建造了这些塔楼（有歌词为证：“噢法国人从海上来了［以下是爱尔兰语］，可怜的老妇人说”，这是指爱尔兰），不过，马利根又说，马特洛塔楼是塔楼的核心，中心，机体的中枢，也是这部作品的起点和中心，以及古希腊特尔斐市神殿神龛的所在地。斯蒂芬·代达勒斯，巴克·马利根和英国人海恩斯在这个塔楼里寄宿。

人物：斯蒂芬·代达勒斯，年轻的都柏林人，二十二岁，大学生，哲学家，诗人。一九〇四年初，他刚刚从巴黎回到都柏林，他曾在巴黎待了一年。他现在已经在学校（丁吉的学校）教了三个月的书，在每月中旬的后一天[2] 领工资，每月的工资是三点一二镑，相当于现在的二十镑不到。他是被他父亲发的一份电报从巴黎召回来的：“母临终归家父”，回来后才知道母亲将死于癌症。当她要他在为临终者祈祷的地方下跪祈祷时，他拒绝祈祷，这是全书中斯蒂芬所阴郁沉思的悲痛的根源。他把他新近发现的精神自由置于他母亲的最后的要求、最后的安慰之上。斯蒂芬放弃了培养和教育他的罗马天主教的信仰，转向艺术和哲学，极度渴望寻求到某种能填补信徒们对上帝的信仰所腾出的空间。

1　William Pitt the Younger（1759—1806），英国政治家。其父 William Pitt（1708—1778）也是英国政治家。

2　即十六日这一天。

在第一章中出现的另两个男角色是巴克·马利根（“马拉克·马利根，两个长短短格[1]……带着古希腊语的声调”），一个医学大学生，还有英国人海恩斯，牛津大学学生，他来游览都柏林，收集民间传说。塔楼每年的租金是十二镑（相当于当时的六十美元），我们得知，付房租的一直是斯蒂芬，巴克·马利根是一个快乐的寄生虫和篡夺者。在某种意义上，他是斯蒂芬的滑稽的模仿者和怪诞的影子，因为假如说斯蒂芬是一个灵魂受到折磨的严肃的年轻人的典型，一个认为失去或改变信仰就是悲剧的人，那么另一方面，马利根就是快乐的、粗鲁的、渎神的俗人，一个冒牌的希腊异教徒，一个有着惊人的记忆力、喜爱华而不实的章句的人。在本章的开头部分，他手里拿着剃须钵，上面放着交叉作十字状的镜子和剃刀，口里唱着拙劣模仿弥撒音乐的曲子，出现在楼梯顶端。在天主教中，这种仪式相当于用耶稣基督的血肉作祭品，其表现形式是面包和果酒。“他高举剃须钵，拖着长音吟咏道：

“‘我将走到神的祭坛前。[2]’

“他停住脚步，注视着黑暗的盘旋式楼梯的下面，粗声粗气地叫道：

‘上来，金奇。上来，你这个胆怯的耶稣会会士。’”

马利根给斯蒂芬取的绰号是“金奇”，在爱尔兰方言中其意为“刀片”。马利根的存在，他的一切，都使斯蒂芬反感、难以忍受。在这一章中，斯蒂芬告诉马利根他为什么对他

1　长短短格是诗歌中的韵脚形式之一。

2　原文为拉丁文。

反感。

“听着自己的话音斯蒂芬感到沮丧，他说：

“‘你还记得在我母亲死后我第一天去你家的情形吗？’

“巴克·马利根马上皱起眉头说：

“‘什么事？在哪儿？我可什么都不记得了。我只记观念和知觉。怎么了？以上帝的名义，发生了什么？’

“‘你在泡茶，’斯蒂芬说，‘我到楼梯平台那边去取热水。你母亲和某位客人从起居室里走出来。她问你谁在你的房间里。’

“‘是吗？’巴克·马利根说。‘我说了什么吗？我忘记了。’

“‘你说，’斯蒂芬答道，‘噢，就是刚刚令人厌恶地死了母亲的代达勒斯。’

“巴克·马利根的脸颊涨得通红，这使他显得更加年轻、更加可爱。

“‘我说了这种话吗？’他问。‘嗯？这有什么害处？’

“他不安地摆脱着紧张的感觉。

“‘可死又是什么呢，’他问道。‘你母亲的或你的或我的死？你只看到了你母亲的死。我每天都在梅特和里奇蒙看到人们死去，然后又在解剖室里被开膛破肚。这就是令人厌恶的，别的什么都不是。这根本没什么大不了。你母亲临死时要你为她祈祷，可是你连下跪都不愿意。为什么？因为你生来就有那可恶的耶稣会会士的气质，只不过它走错了方向。在我看来这都是可鄙的、令人厌恶的。她的脑叶不再运行了。她叫来医生彼得·蒂泽尔，从被子上拿走金凤花。满足她的愿望，直到她死去。你使她临终时的最后一个愿望没能实现，可又来对我发脾气，就因为我不像从拉鲁耶特那里雇来的人那样呜呜地发出哀鸣。真荒唐！我猜我确实说过这话。可我并不是想伤害你怀念母亲的感情。'

"他越说胆子越大。斯蒂芬掩盖住这些话在他心上重又撕开的伤口，非常冷静地说：

"'我想的不是对我母亲的伤害。'

"'那又伤害了什么呢？'巴克·马利根问。

"'伤害了我。'斯蒂芬说。

"巴克·马利根在脚跟上转了一个圈。

"'噢！真是个不可救药的人！'他叫道。"

巴克·马利根不仅［瘫痪］了斯蒂芬的核心，他还在住处有个朋友，就是那个搞文学的来旅游的英国人海恩斯。海恩斯没有什么特别的错处，但是对于斯蒂芬来说，他代表了那个可恶的篡夺者英国，又是那个篡夺他本人钱财的巴克的朋友，巴克的粗革厚底皮靴正穿在斯蒂芬的脚上，他的马裤斯蒂芬穿着也还算合适，而且这个巴克将并吞这座塔楼。

情节：这章的情节以巴克·马利根剃须为始——还借来斯蒂芬的沾满清鼻涕的脏手帕来擦刀片。马利根剃须时，斯蒂芬对海恩斯住在塔楼里表示反对。海恩斯在梦中胡言乱语地说要枪杀一只黑豹，所以斯蒂芬害怕他。"如果他继续住在这儿，我就走。"这一段还提到了海、爱尔兰，又一次提到斯蒂芬的母亲，以及学校将要付给斯蒂芬的三点一二镑。然后，海恩斯、马利根和斯蒂芬在极为开胃的场面中吃早饭。一位送牛奶的老妇人送来牛奶，这时有一段令人愉快的对话。三个人一起去海滩。马利根马上下海游泳。海恩斯在早饭消化之后也迅速下水，但是，就像布卢姆酷爱水一样，斯蒂芬极为厌恶水，他不游泳。不久，斯蒂芬就离开了两个伙伴，到距离海滩不远的他教书的那所学校去。

文体：第一部分中的第一、二章是用被我称作正常的文体写作的；就是说，正常的叙述文体，清晰、富有逻辑性的乔伊斯风格。确实，流畅的叙事文体时而被内心独白的方法稍稍中断，这种方法在本书的其他章节中极大地模糊和破坏了作者的用词风格；不过在这一章里面富有逻辑性的流畅的文体占据着统治地位。第一页上就有一个意识流的简短例证，那是马利根要剃胡子的时候："他从侧面朝上面看去，吹了一声低而长的口哨叫人，然后等了一会儿，全神贯注地等待着，整齐雪白的牙齿闪着几点金色的光亮。金牙。平静中两声回答他的强而尖的口哨。"这是一个典型的乔伊斯手法，它在书中多次重复，并得到极大的发挥。金牙，"金嘴巴"，自然指的是四世纪君士坦丁堡的高级主教约翰。但是为什么这个名字会突然出现在这里？很简单：这是斯蒂芬的思绪对描述的干扰。斯蒂芬看到并听到巴克在朝下面吹口哨，要叫醒海恩斯，并且停下来全神贯注地等待；斯蒂芬看到了巴克的金牙在阳光中闪烁——金，金牙，预言者马利根，雄辩的演说家——教堂神父的形象短暂而迅速地掠过斯蒂芬的脑海；随后叙述又马上以海恩斯吹口哨应答而继续下去。这被巴克宣布为奇迹，他现在又要上帝切断电源。

这是一个简单的例证，本章还有其他一些简单的例子，不过我们很快就会发现，斯蒂芬的思绪又一次不可思议地干扰了故事情节。斯蒂芬刚刚冒出了一句妙不可言的警句，深深地迷住了马利根。斯蒂芬指着巴克从一个女仆的房间里偷来的那个又破又小的剃须镜子，尖刻地说："这是爱尔兰艺术的象征。一个用人的破镜子。"马利根建议斯蒂芬以一个畿尼的价格把这个警句卖给"公牛似的家伙"海恩斯，又说，他，即马利根，和斯蒂芬一起——他表示信任地握了握斯蒂芬的胳膊——能用清新而富有生气的思想来将爱尔兰希腊化。下面就是斯蒂芬的思想之流："克兰利的手臂。他的手臂。"第一次阅读《尤利西斯》几乎不会对理解这句话有任何帮助，不过读第二遍的时候我们就会知道克兰利是谁了，因为后来有一处间接地提到了他，一个斯蒂芬少年时代的假朋友，他常带斯蒂芬去看比赛——"要我快点儿发财……在押了赌注的人们朝他们选中的马的高声呐喊中寻找可能获胜的马"，因为马利根现在正在建议他们通过出售聪明的格言迅速致富："价钱公平的'美叛逆'[1]，一赔十。我们追随着马蹄和色彩缤纷的骑装、骑帽，匆匆路过骰子摊、扣碗摊，还路过一个脸上肉嘟嘟的妇女，她是肉店的老板娘，正渴不及待地把嘴凑到一块橙子上去啃。"这老板娘是马里恩·布卢姆的表姐，是对那个好色的女人的预先一瞥。

在这个流畅的第一章中，还有另一个关于斯蒂芬的思绪的好例子，它出现在斯蒂芬、马利根和海恩斯快吃完早饭的时候。马利根转向斯蒂芬，说："'说正经的，代达勒斯，我一个钱也没有了。快去你们学校的金库，给我们带回点儿钱来。游吟诗人们今天要喝酒、宴请，爱尔兰要求每个人在今天都履行职责。'

1　一匹在一九〇二年赛马中获胜的马匹名。

“‘这倒提醒了我，’海恩斯一边说着一边站起身，‘今天我得去参观你们的国立图书馆。’

“‘咱们先游泳，’巴克·马利根说。

“他转向斯蒂芬，温和地问道：

“‘今天是你每月一次的洗澡日吗，金奇？’

“然后他对海恩斯说：

“‘这位不干不净的游吟诗人决心一个月洗一次澡。’

“‘整个爱尔兰都被海湾水流冲洗干净了。’斯蒂芬说，一滴蜂蜜正从面包片上淌下来。

“海恩斯在把一条围巾轻松地系在网球运动衫的宽松领口上，他在角落里说：‘如果你允许，我想收集你的格言，编个集子。’

“是在对我说话。他们洗呀、泡呀、擦呀的。Agenbite of inwit.[1] 良心。可这里还是有一个污点。

“‘用人的破镜子是爱尔兰艺术的象征，这句话就好极了。’”

斯蒂芬的思想是这样闪现的：他在对我说话——那个英国人。英国人洗呀擦的，因为他们对他们所欺压的国家感到内疚，然后他想起了麦克白夫人和她的内疚——这里有一点血迹她洗刷不掉。“Agenbite of inwit”是中古英语，意为法文的“remords de conscience”，即良心的伤痛，懊悔。（这是十四世纪一本宗教小册子的标题。）

这种意识流的技巧当然具有简洁的优点。这是由大脑草草

1 中古英语，语意见下文。

记下的一系列简短的信息。然而对于读者来说它确实比普通的描写要求得到更多的关注和共鸣，比如说这样：斯蒂芬意识到海恩斯在对他说话。是的，他想道，英国人总要洗，也许就是试图擦掉他们良心上的污点，老诺思盖特把这称作“agenbite of inwit”，等等。

在思考者的头脑里，外界的影响引起精神活动，并使其上升到表面，由此导致有意义的词语联系和字句的连贯。举个例子，海的概念是如何引出藏在斯蒂芬无比痛苦的心灵深处的思想的。剃胡子时，马利根注视着窗外的都柏林海湾，轻声地谈论说：“天啊……这海不就是阿尔吉［即阿尔杰农·斯温伯恩，英国后期浪漫派的次要诗人］说的：一个阴郁温柔的母亲吗？”（注意温柔的一词。）我们伟大的温柔的母亲，他补充说，仿佛是通过在“grey”（阴郁的）一词的词尾上加了“t”而改成的[1]。他继续说，我们非凡的母亲，这次改动用的是一个漂亮的头韵[2]。然后他提起斯蒂芬的母亲，以及斯蒂芬的不幸的过失。我姑妈认为你害死了你的母亲，他说。——不过你是一个多可爱的哑剧演员（也就是mime）[3]啊，他轻声说（注意看一个个的头韵是怎样引出一个又一个意识的：非凡的母亲，哑剧演员[4]，轻声说）。斯蒂芬听着那保养良好的声音，母亲和非凡的淙淙

1　即使“grey”［grei］变作“great”［greit］（伟大的）。

2　“非凡的母亲”原文为“mighty mother”，都由“m”开头。

3　“哑剧演员”，乔伊斯在此处用的是“mummer”一词，纳博科夫用“mime”一词加以说明。mime的含义也是哑剧演员，源于希腊、罗马摹拟真人真事的笑剧中的演员。

4　在英文中，“母亲”、“哑剧演员”和“轻声说”三词都是以“m”开头的。

作响的温柔的苦涩的海水似乎渐渐合为一体，融合在一起的形象还不止这些。“环形的海湾和地平线拥抱着一大片暗绿色的液体。”这在斯蒂芬的思想里暗自变作“在她临终前睡的那张床的床边放着一个白瓷钵，里面盛着她在一阵阵大声呻吟呕吐后，从有病的肝脏中咳出来的粘绿色的胆汁”。温柔的母亲变成苦涩的母亲[1]，继而变作苦胆汁，痛苦的懊悔。然后巴克·马利根用斯蒂芬的手帕擦刀片：“‘啊，可怜的打杂工’，他友好地说，‘我得给你一件衬衫和几块手帕。’”这又将鼻涕绿色的海水和斯蒂芬的脏手帕以及钵中的绿胆汁联系到一起；还有胆汁钵和剃须钵以及海水，苦涩的泪水和咸咸的黏液，所有这一切都在一瞬间融为一个形象。这是乔伊斯写得最精彩的一例。

顺便提一下，注意可怜的打杂工这个词[2]。在整部书中，可怜的狗的象征始终和斯蒂芬联系在一起，如同形体轻盈的猫和带爪垫的豹的象征和布卢姆联系在一起一样。而这一点将引出我的下一个观点：海恩斯关于黑豹的噩梦在某种程度上向斯蒂芬预示了布卢姆的形象，到现在为止斯蒂芬还未与布卢姆相遇，而布卢姆将默默地放轻脚步跟在他的后面，像一个猫似的又黑又模糊的影子。你们还会注意到，斯蒂芬在那天夜里做了一个不安的梦：看到一个东方人送给他一个女人，而布卢姆也做了一个梦，梦见莫莉身穿土耳其装束，跻身于东方奴隶市场上的服饰当中。

1　在原文中，“sweet”（温柔的）亦可译作“甜甜的”。下面两个词组中的“苦”和“痛苦”以及此处的“苦涩”在英文中都是“bitter”，这个词在这一连串的词中起着联想的关键词作用。

2　此词的原文为“poor dogsbody”，意为打杂工、最低级的水手等。这个复合词的中间部分是单词“狗”（dog）。

第一部分　第二章

时间：同一天的九点至十点。因为是星期四，放假半天，十点钟下课，然后是玩曲棍球。

情节：斯蒂芬在教一个高中班古代历史。

"'你说，科克兰，什么城市请他[1]？'

"'塔林敦[2]，老师。'

"'很好。为了什么？'

"'有一个战役，老师。'

"'很好。在什么地方？'

"孩子的茫茫然的脸转向白茫茫的窗户求助。[3]"

接下来是斯蒂芬的意识流："是记忆的女儿们[4]编造的寓言。然而即使不和记忆编造的寓言一样，也还是有一定的根据的。那么，是一句不耐烦的话了，是布莱克的过分的翅膀[5]的一阵扑击。我听到整个空间的毁灭，玻璃稀里哗啦地粉碎，砖瓦成片地倒塌，而时间则成了惨淡无光的最后一道火焰。留给

1　指希腊北部伊庇鲁斯的国王皮洛士（Pyrrhus，前319—前272）。

2　塔林敦即今意大利南部城市塔兰。公元前三世纪初罗马军队进逼时，塔林敦向皮洛士求援。

3　这段引文译文参照金隄选译的《尤利西斯》(《世界文学》1986年第一期)，这一部分中的几段引文亦出自金隄译本。

4　"记忆的女儿们"典故出自英国诗人布莱克（1757—1827）的《最后审判的景象》："寓言或讽喻是由记忆的女儿们编造的。"按照希腊神话，九位掌握各种艺术（包括历史、诗歌等）的女神，都是大神宙斯和记忆女神所生的女儿。(引自金隄译《尤利西斯》节选，《世界文学》1986年第一期，下面几个亦同。)

5　布莱克主张听任想象力自由驰骋，主张以过分的行动去抵消另一种过分。他说："鸟飞不愁高，只要它用的是自己的翅膀。"

我们的是什么?”

在一会儿工夫的时间里，当一名学生由于茫茫然的头脑而停顿片刻时，斯蒂芬的活跃的思想唤起历史的激流，破碎的玻璃，倒塌的墙壁，青灰色的时间之火。给我们留下了什么?显而易见，只是忘却的安慰:“我忘了地点，老师。公元前二七九年。

“‘阿斯库伦[1],’斯蒂芬说着，朝画得破破烂烂的书上的名字和日期瞥了一眼”(红墨水，血污斑驳的历史书)。

一个男孩子正在吃的无花果卷是一种我们叫作无花果冻夹心蛋糕的东西。这个小傻瓜说了一个蹩脚的双关语:皮洛士——栈桥。斯蒂芬说出一个典型的警句。栈桥是什么?一座失望的桥梁。并不是所有的学生都能理解此话。

在这一章中，学校里发生的事件总被打断，或者最好说在被斯蒂芬的内心活动的意识流加着注释。他想到海恩斯和英国，想到他在巴黎的图书馆里“不受巴黎的罪恶的侵袭，一夜又一夜地”阅读亚里士多德。“灵魂在某种意义上说就是全部存在:灵魂是形式的形式。”灵魂是形式的形式将成为下一章的重要主题。斯蒂芬说了一个谜语:

公鸡打鸣儿
天空见蓝色
天上有钟儿

1　今意大利南部一地名，皮洛士战胜罗马军队的两个战役之一在此进行。

可怜的灵魂儿

到时候了，该归天了。

那天上午十一点，斯蒂芬的父亲的一位朋友帕特里克·狄格南将被下葬，而斯蒂芬依然摆脱不了对去世不久的母亲的怀念。她也葬在那个墓地里；有人看见他的父亲在狄格南的葬礼上路过妻子的坟墓时在啜泣，可是斯蒂芬不去参加狄格南的葬礼。他说出的谜底是："是狐狸在冬青树下埋葬自己的奶奶。"

他继续沉思着他的母亲和他的内疚心理："一个可怜的灵魂升了天：而在闪烁不已的繁星下，在一块荒地上，一只皮毛带着劫掠者的红色腥臭的狐狸，眼中放射出残忍的凶光，用爪子刨着地，听着，刨起了泥土，又听了听，又刨，又刨。"诡辩家斯蒂芬能够证明任何事物，例如哈姆雷特的祖父是莎士比亚的阴魂。为什么是祖父而不是父亲？因为前面那句关于狐狸的话里说的是祖母，对于他则意味着母亲。在下一章里，斯蒂芬在海滩上行走，看见一条狗，关于狗的想法和关于狐狸的想法合二为一，因为那条狗像狐狸似的刨着沙子，听着，因为他埋葬了什么东西，他的奶奶。

男孩子们玩曲棍球的时候，斯蒂芬和校长戴汐先生谈话，并领到了他的工资。研究一下乔伊斯描写这笔交易的优美详尽的方式。"他从上衣口袋里掏出一个用细皮条扎住的皮夹，啪的一声打开，取出两张钞票，其中一张还是由两个半张拼接起来的，然后小心翼翼地摊在桌子上。

"'两镑。'他说，重又扎好皮夹收起来。

"现在他该动他的金库了。斯蒂芬的不好意思的手，轻抚着堆在冷冷的石钵里的各式各样的贝壳：峨螺、子安贝、花豹贝：这个旋涡形的像埃米尔的头巾，这个扇形的是圣詹姆斯的扇贝[1]。老朝圣者的宝藏，死的珍宝，空壳。

“一枚亮晶晶的崭新的金镑，落在台面呢的柔软绒面上。

“‘三镑。’戴汐先生说，手里转动着小小的储蓄盒。‘这种玩意儿，有一个真方便。瞧，这是放金镑的，这是放先令的。放六便士的。放半克朗的。这里是放克朗的[2]。瞧。’

“他从盒子里倒出两个克朗，两个先令。

“‘三镑十二先令，’他说，‘你看一看，我想没有错。’

“‘谢谢你，先生。’斯蒂芬说，腼腆地急忙把钱敛成一堆，一股脑塞进了裤子口袋里。

“‘根本不要谢，’戴汐先生说，‘这是你应得的报酬。’

“斯蒂芬的手又自由了，又去摸那些空壳。也是美的象征和权力的象征。我口袋里有了一小把，被贪婪和苦难玷污了的象征。”

你们会带着一点儿痛快的感觉注意到圣詹姆斯的贝壳，普鲁斯特笔下的蛋糕的原型[3]，一种圆形小蛋糕，圣雅各[4]的贝壳。这些贝壳被非洲人当作钱币使用。

戴汐要斯蒂芬把他刚用打字机打好的一封信带走，把它登在《电讯晚报》上。戴汐先生是一个庸人，爱管闲事，和福楼

1　圣詹姆斯神祠在西班牙，是中世纪欧洲朝圣胜地之一。该祠采用扇贝作为标志，朝圣者佩戴以为纪念。

2　克朗、先令都是英国当时通用的钱币，按当时英国币制，一镑合二十先令，一先令合十二便士。克朗是一种值五先令的银币。

3　“贝壳”一词在英文中亦有蛋壳之意。

4　据《圣经·新约》，雅各是耶稣的十二门徒之一。

拜的《包法利夫人》中的郝麦有相似之处。戴汐先生在他的信中自负地谈论当地的一场牛瘟。戴汐满口是关于政治的错误的陈词滥调，对少数民族进行市侩们通常使用的挖苦。他说英国“在犹太人手里。……情况再明白不过了，犹太商人已经在下毒手了”。对此斯蒂芬非常实事求是地回答说，商人就是贱买贵卖，不管他是犹太人还是非犹太人：这个回答是对资产阶级的反犹太主义的一个绝妙的反驳。

第一部分　第三章

时间：上午十点至十一点。

情节：斯蒂芬沿着海滩，即沙丘海滩向市里走去。当我们去参加狄格南的葬礼时，当布卢姆、坎宁安、帕尔和斯蒂芬的父亲赛门·代达勒斯坐着马车去墓地时，我们又将看到斯蒂芬，他仍在稳稳当当地走着；之后，我们在他的第一个目的地，《电讯晚报》报馆，再次遇见他。斯蒂芬在海滩上行走时，沉思了许多事：那些“可见的、不可避免的形式”，不可避免的意思是“无法阻挡的”，形式的意思是“与物质相对的形式”；他还遇见了两个老妇人，接生婆；海扇采摘者的口袋和接生婆的口袋之间的相似之处；他的母亲，他的叔叔里奇；戴汐信中的许多段落；被流放的爱尔兰革命者伊根；巴黎；大海；他母亲的去世。他看见两个采海扇的人，两个吉卜赛人（“埃及人”意即“吉卜赛人”），一男一女，他的头脑马上为他提供了流浪汉的行话的实例，流浪汉的语言，吉卜赛人的隐语[1]。

雪白的双手红红的唇，
轻巧秀丽的好身段。
和我一块儿躺下来，
躲在黑暗中亲个嘴儿。

一个人刚刚溺水而死。马利根和海恩斯游泳、斯蒂芬在旁观看的时候，船工们已经提起过他；这个人物还会再次出现。"在五英寻[2]之外。你父亲躺在整整五英寻半的深处。他曾经说过的。发现已经溺死。都柏林海湾水位高。它推动着漂在前面的一堆松散的破瓦，大群扇状的鱼，失去知觉的带甲壳的软体动物。从底流中升起一具被咸咸的海水泡得发白的尸体，上下漂动着朝陆地移去，一下一下地，像海豚。在那儿。快把它钩住。但愿他沉到水底。我们钩住他了，现在慢慢来。

"一包尸体的可燃气浸泡在污浊的海水里。大群的小鲤鱼，轻软的精美食物中的佳品，裤子的纽扣遮布裂口后面的闪亮物。上帝成为人成为鱼成为北极鹅成为因轮藻丛生而形成的羽毛状湖底山峦。我活着时呼吸死者的气息，踩踏死者的葬身地，吞吃着所有死人的带尿味的内脏。他被直挺挺地拖在船缘上，他向上呼出他那绿色的坟墓的恶臭，他的患麻风病似的鼻

1　下面这首民谣用的是土语，纳博科夫在讲稿中加了注，指出他使用了乔伊斯写作《尤利西斯》时用过的词典，从中找到了词义。这段民谣的译文根据纳氏的注释译出。
2　长度单位，一英寻等于 1.829 米。

孔朝着太阳打鼾……

“我的手帕。他把它扔了。我记起来了。我没把它捡起来吗?

“他的手在一个个口袋里徒劳地摸了一遍。没有。我没捡。最好再买一个。

“他把从鼻孔里挖出的干鼻涕小心地涂到一块岩石的突出部分上。剩下的看哪个瞧得见。

“后面。也许有什么人吧。

“他把脸转向一边，*从肩膀上朝后看去*[1]。一条三桅船的高高的桅杆在空中移动着，船帆用卷帆索卷在桅顶横桁上，在归途中，逆流，静静地前进，一条静静的船。”

在第二部分的第七章中，我们了解到这条船是从布里奇沃特来的罗斯维恩号纵帆船，船上装的是砖。墨菲随船而来，他将在出租马车驾驶人停车处和布卢姆相遇，就像两只船在海上相遇一样。

第二部分　第一章

文体：明晰而富有逻辑性的乔伊斯文体。

时间：上午八时，与斯蒂芬的上午同步。

地点：埃克尔斯街七号，布卢姆在城里西北部的住宅；紧邻上道赛特街。

1　这个短语的原文是法文。

主要人物：布卢姆；布卢姆的妻子，偶然遇到的人物有：和布卢姆一样来自匈牙利的肉店老板德鲁戈兹，住在埃克尔斯街八号的邻居、伍兹家的女仆。布卢姆是何许人？他是把自己的名字改成布卢姆的匈牙利犹太人鲁道夫·维拉格（在匈牙利语中意为“花朵”）和祖先是爱尔兰人和匈牙利人的埃伦·希金斯的儿子。三十八岁，一八六六年出生在都柏林。在埃利斯夫人开办的一所学校上学，然后升入万斯任教的中学，并于一八八〇年毕业。布卢姆的父亲因妻子死后染上神经痛且感到寂寞孤独，遂于一八八六年自杀身死。布卢姆与布赖恩·特威迪之女莫莉相遇，在迈特·狄龙家玩的音乐椅子的游戏中，他俩被结成一对。一八八八年十月八日，他与她结婚，当时他二十二岁，她十八岁。他们的女儿米莉于一八八九年六月十五日出生，儿子茹迪于一八九四年出生，十一天后就夭折了。布卢姆先是为威兹德姆·希利的文具商行做代理人，还曾经为家畜市场上的一家牲口商行工作过。从一八八八年至一八九三年，他住在隆巴德街，一八九三年至一八九五年，住在雷蒙德巷，一八九五年住在昂泰里奥巷，在这之前还有一段时间住在市纹章旅馆，后来在一八九七年，住在霍尔斯街。一九〇四年，他们住在埃克尔斯街七号。

他们的住宅狭窄，临街的三层楼各有两扇窗户。这幢房子已然荡然无存了，而在一九〇四年，这幢房子实际上是空着的。十五年之后，乔伊斯在和他的一位亲属、约瑟芬姑妈通信之后，为他虚构的布卢姆一家选择了这处住宅。当芬纳兰先生在一九〇五年接管这幢房子时，他没有想到（为我提供情报的帕特里夏·哈钦斯写了一本极好的书，评论《詹姆斯·乔伊斯的都柏林》[一九〇五]，他说芬纳兰先生没有想到）文学中的幽灵将来会在这里生活。布卢姆夫妇住在他们租来的（从前面看是）三层楼房的门厅那一层（从前面看，即从埃克尔斯街看是一楼，从后面看则是二楼），厨房在地下室（从后面看是一楼）。客厅是正房，卧室在另一面，那边还有一个小小的后花园。这个公寓房没有热水，没有洗澡间，只在楼梯平台上有一个盥洗室，后花园里还有一个肮脏破烂的厕所。布卢姆夫妇家上面的两层楼空着，等着出租——事实上，布卢姆夫妇一楼正房的窗框上放了一张硬纸片，上面写着"无家具房间出租"。

情节：布卢姆在地下室厨房里为妻子准备早饭，同时对猫咪可爱地谈着话，然后，当小猫侧身坐在火旁，"单调地蹲坐着，伸着舌头"时，他走到过道里，在卧室门外告诉莫莉说，他要到街角处去一趟，因为他决定给他自己买一个猪腰子。一个睡意浓浓的声音轻轻地咕哝着回答："嗯。"有一张纸条安全地压在他的帽子的皮带子下面，"帽顶上那份被汗水浸湿了的说明默默无声地告诉他：普拉斯特的高级帽"（汗水把"子"字抹掉了）。这张纸片上写着一个假名：亨利·弗劳尔，在下一章里，布卢姆将在西地路邮电分局用这个假名取一封玛莎·克利福德的来信，玛莎也是一个人使用的假名，他和她在进行着由《爱尔兰时报》失恋专栏发起的秘密通信。他把钥匙忘在平日穿的裤子口袋里了，因为他今天要参加狄格南的葬礼，换了一身黑套装，葬礼在上午十一时举行。可他没有忘记把一向带在身边的一个马铃薯放进臀部的口袋里，这是一个吉祥物，一个护符，可怜的母亲的万应药。（这天晚些时候，在一辆撒满沙子的有轨电车里，这个马铃薯帮了他大忙。）他的意识流慢慢地流经一块块鹅卵石般的思绪。“吱嘎作响的衣柜，搅醒她也没有用。那次她困得翻了个身。他随手将门厅的门无声无息地带上，然后更加轻手轻脚地，直到门上的弹簧慢慢地和门槛合到一块，一个软帽。看上去像关上了似的。反正到我回来不会出事。”他转过多赛特街的街角，和店老板打招呼；边走边说“好天气”，然后走进肉店，看到隔壁家的女仆在柜台那里买香肠。他和德鲁戈兹都是匈牙利人，他们应该互相以同胞相称吧？布卢姆又放弃了这个念头。不，改天吧。他阅读一家在巴勒斯坦的种植公司的广告，他的思绪向东漫游，想到东方。与此同步的云：“一片云开始慢慢地把太阳全部遮住。变灰了。一大片。”这是一个显示同步的手段。斯蒂芬在吃早饭之前也看到了这片云：“一片云开始缓缓地遮住太阳，把海湾笼罩在深绿色的阴影中。它在他身后伸展着，一湾苦涩的水。”在斯蒂芬的头脑里，绿色是一个苦涩的记忆，而对布卢姆来说，云朵的灰色暗示着灰蒙蒙的荒凉，东方的不毛之地，而不是广告上面的那个适于逸乐的果园。

他拿着腰子回家；邮件同时送到，两封信和一张明信片。“他弯下腰去拾起了信件。马里恩·布卢姆夫人。他那颗迅速跳动着的心脏马上放慢了速度。粗大的字迹。马里恩夫人。”（字迹粗大，马里恩夫人则是一个大胆的人物[1]。）为什么他的心脏少跳了一下呢？很好，我们很快就发现，这封信是马里恩的经理布莱泽兹·鲍伊岚写来的。他下午四点钟左右来给她送

1　原文“bold hand”可作两解：字迹粗大，大胆的人物，此处是双关语。

下一次巡回演出的节目单，而布卢姆有一种预感，如果他这个做丈夫的那天下午不予干涉，采取回避态度，四点钟将证明是一个关键的时间标志：鲍伊岚将在这个下午成为莫莉的情人。注意布卢姆的宿命论态度："一阵轻轻的带点疑虑不安的悔恨，从他的脊柱传遍全身，越来越强。将要发生，是的。阻止。没用：动不了。姑娘的甜美明亮的双唇。也会发生。他感觉到那传遍全身的不安占据了他的整个身心。现在动也没用了。嘴唇亲吻，正在吻着吻完了。丰满的胶质的妇人的双唇。"

另一封信及那个明信片是布卢姆的女儿米莉写来的，她现在住在爱尔兰中部西密思县的马林格。信是写给他的，明信片是写给她母亲的，感谢她在六月十五日送给她的生日礼物，一盒可爱的奶油巧克力。米莉在信中说："我现在正在拍摄业余游泳照。"当马利根在早饭之后游泳时，一个年轻朋友告诉他，他接到班农从西密思县寄来的明信片："他说他在那儿发现了一个甜美的小东西。他叫她照片上的人儿。"米莉的信继续讲："星期六在格雷维尔湾有一场音乐会。一个叫班农的年轻的大学生有时晚上到这里来，他有几个表兄什么的可了不起了，他唱鲍伊岚的……海边姑娘的歌儿。"在某种意义上，对于布卢姆来说，莫莉在四点钟的情人布莱泽兹·鲍伊岚就像巴克·马利根对斯蒂芬来说一样，是一个快乐的篡夺者。乔伊斯的所有细部都互相吻合了：莫莉，班农，马利根，鲍伊岚。你们会欣赏极富于艺术性的那几个段落，那是全部文学中最美妙的段落之一，即布卢姆给莫莉送早饭时的那段。这个作家写得多么优美！"'信是谁写来的？'他问。

"粗大的字体。马里恩。

“‘噢，鲍伊岚，’她说。‘他要来送节目单。’

“‘你准备唱什么歌？’

“‘和J. C. 多伊尔唱《到那边去》[1]，’她说，‘还有《古老甜蜜的爱情之歌》。’

“她那喝着茶的丰满的嘴唇微笑着。那些隔天的香水留下一股不新鲜的气味。像难闻的花露水。

“‘把窗户打开一点儿你看好不好？’

“她把一片面包放进嘴里一咬两半，问道：

“‘葬礼是在几点钟？’

“‘我想是十一点，’他答道，‘我没看报纸。’

“随着她的手指的指点，他从床上拉起她穿过的一条内裤的裤腿。不是？那么，缠绕在一只长统袜上的一个扭扭弯弯的灰色吊袜带：压皱了，发亮的袜底。

“‘不，是那本书。’

“又一只长统袜。还有她的衬裙。

“‘书肯定掉在地上了，’她说。

“他这里摸摸那里摸摸。

“不知道她能不能正确地发音：我要和我不要[2]。不在床上。一定是滑下去了。他俯下身子，掀起床沿挂布。那本掉下来的书摊在地上，靠在以橙色为基调的便壶的突出部位。

“‘打开这页，’她说，‘我在那儿做了一个记号。那儿有一个词我想问问你。’

1　歌名原文为意大利文。

2　原文为意大利文。

“她从没有把手的杯子里喝了一口茶水，又在毯子上轻快地擦了一下手指尖，然后拿着发夹开始在书本上寻找起来，直到找到了那个词。

“‘遇见他什么？’他问。

“‘在这儿，’她说，‘这是什么意思？’

“他弯下身去，顺着她的涂了指甲油的大拇指读着。

“‘转生？’

“‘对。他在家里时是什么人？’

“‘转生，’他皱着眉头说，‘这是希腊文，是从希腊文衍生来的词。意思是灵魂的轮回。’

“‘噢，真是灾难！’她说，‘对咱用明白话说。’

“他笑了，斜眼看了一下她的嘲笑的眼光。依旧年轻的双眼。[1]字谜游戏后的第一夜。海豚谷仓。他翻着污迹斑斑的书页。红宝石：戒指的骄傲。喂，插图。手拿马车鞭的凶猛的意大利人。赤裸裸地躺在地上的肯定是那个红宝石的骄傲。仁慈地给了条被单。残忍的马菲咒骂着住了手，把受害者用力抛到一旁去。这后面都是残酷。服了兴奋剂的动物。亨格勒那里的高秋千。得从那边找。人群目瞪口呆。折断你的脖子，笑破我们的肚子。有许多他们的家族。早早地剔了他们的骨头，这样他们就会转生了。我们死后仍然活着。我们的灵魂。那是人死后的灵魂。狄格南的灵魂……

“‘你把书读完了吗？’他问。

“‘读完了，’她说。‘这书根本不猥亵。她一直在爱着头一

1　以下这段话是布卢姆在翻阅书时的心理活动。

个人吗？’

“‘没读过这书。你想看别的书吗？’

“‘想。再弄一本保尔·德·科克的书。他的名字好。’

“她又朝杯子里倒茶，斜眼看着茶水向杯子里流。

“必须续借卡佩尔街图书馆的那本书，否则他们会写信给我的保证人卡尼。灵魂的再生：就是这个词。

“‘有些人相信，’他说，‘我们死后会在另一个躯体里继续活下去，还相信我们以前也曾经有过生命。他们把这称作灵魂的再生。就是说，成千上万年以前，我们就在地球或是别的星球上生活过。他们说我们把这些都忘记了。也有的人说他们记得从前的生活。’

“奶油在她的茶杯里懒懒地盘旋着，快要凝结住似的转着圈。最好提醒她那个词：转生。最好是举个例子。一个例子吗？

“床上方墙上的画《仙女的沐浴》。《摄影小集》上的复活节日期使它露了馅：艺术色彩方面的杰出名作。放进牛奶之前的茶。与她把头发散下来的样子挺相像：更苗条些。我要的画框是三乘六的。她说把画挂在床的上方会很好看。赤身裸体的仙女：希腊：比如说当时生活在那里的所有的人。

“他翻动着书页。

“‘转生，’他说，‘是古希腊人的说法。比如说，那时候人们都相信，人可以变成动物或植物。举例说，他们把一种人叫作仙女。’

“她的勺子停下来，不再搅动糖。她直盯盯地向前方看去，鼓起的鼻翼吸着气。

“‘一股糊巴味儿，’她说。‘你在火上做着什么？’

“‘腰子！’他突然叫道。”

这一章的结尾也同样颇有艺术性。布卢姆从后门走进花园，到用泥土来覆盖粪便的厕所去。他的帽子是一些思绪的媒介。他在内心里听到德拉戈的钟声，那是一家理发店（实际德拉戈理发店在道森街的最南端），还在心中看到长着满头光亮的棕色头发的鲍伊岚洗了澡又吹好头发之后，从店里走出来，这向布卢姆提示该去塔罗浴池洗澡，不过布卢姆准备去莱因斯特街洗澡，而不是塔罗浴池。

厕所里的场面描写得很美；布卢姆在那里阅读杂志上的短篇小说《麦恰姆的妙举》，这篇小说的回声将在《尤利西斯》全书中回响。这个老伙计布卢姆有点儿艺术家的气质，例如他坐在暖烘烘的马桶座位上想象着时间的舞蹈。“傍晚时光，身穿灰色薄纱的姑娘们。然后是身佩短剑头戴假面的黑衣人的夜晚。富有诗意的粉红色的念头，还有金色的、灰色的和黑色的。对于生活来说也是真实的。白昼，然后才是夜晚。

“他用力地撕下那篇一流作品的半页纸，用它把自己擦干净。然后他提起裤子，系上裤带，扣好扣子。他带开屋外厕所的那扇摇摇晃晃、很不稳当的门，从阴暗处走到露天里。

“在明亮的阳光中，他眼前亮了起来，大腿处也凉快了，他仔细地审视了一番他的黑裤子，裤脚，膝盖，和腿弯。葬礼在几时？最好看看报纸。”

钟敲响了八点三刻。狄格南将在十一点入葬。

第二部分　第二章

时间：六月十六日上午十点至十一点。

地点：通向从西至东流经都柏林的利菲河南岸的各条街道。

人物：布卢姆；布卢姆的熟人麦考伊，麦考伊在街上叫住布卢姆，请他代他在狄格南的葬礼上签名，因为他无法去参加葬礼了："在沙湾淹死的那个人可能会浮上来，尸体被发现后我和验尸官就得到现场去。"麦考伊是一个歌唱家，但是还比不上马里恩·布卢姆。在本章结尾处，还有另一个人和布卢姆在街上谈话，此人叫班塔姆·莱昂斯，一会儿讲到赛马的主题时我还要说到他。

情节和文体：布卢姆的首次露面是在利菲河南岸的圣约翰·罗杰森码头上，他是从埃克利斯街步行到这里的。他的家在利菲河的西北方向，距此有一英里路。他在路上买了一份晨报《自由人》。这一章的主要手法是意识流。布卢姆从码头向南走，到邮局去，他把写着地址的卡片从帽子的帽带底下拿出来，转移到马甲的口袋里。他的思绪从东方茶叶公司的窗口漂向充满鲜花和香味的世界。邮局里有一封寄给布卢姆的信，它是那位无人知晓、我们也永远不会遇上的玛莎·克利福德写来的。布卢姆和麦考伊说话时，他的目光四处转动，盯住了一位正要上马车的女人。"看！看！银光闪闪的长统袜，多么华丽！多么洁白！看哪！"在一九〇四年，踝骨可不像在今天这么常见。但是，一辆沉重的有轨电车响着喇叭停在布卢姆注视的目光和那个女人中间。"看不见了。你这个该诅咒的吵吵闹闹的翘起来的扁鼻子。感觉好像被它锁在了外面。天堂和美女。总是发生这种事。正在当口儿上。星期一那天尤斯塔斯街的那个姑娘在门厅里整理吊袜带。她的朋友挡住了她的表演。身体的精灵[1]。好啦，你一直盯着什么瞧呢？”

布卢姆走在坎伯兰街上，读着玛莎的来信。信中带有感伤的粗俗语言影响了他的意识，他的思绪转向温柔的乐事。他在一座铁路桥下走过。都柏林的主要出口物、一桶桶的啤酒，通过在他头上隆隆驶过的火车得到暗示，正如大海对在海滩上行走的斯蒂芬暗示着装进桶里的黑啤酒一样。“它从岩石的杯中溅出：扑扑地响着，溅出来，拍打着岩石：局限在桶里。然后，筋疲力尽了，它停止了谈话。它潺潺地流着，四处流着，上面漂浮着一层泡沫，正在开放的花朵。”这与布卢姆对流淌着的啤酒的想象十分相近。“一辆开往市里的火车在他的头顶上发出沉重的当啷声，一个车厢接着一个车厢。啤酒桶在他的头脑中互相撞击着：暗淡的黑啤酒在里面流淌着、翻腾着。桶口裂开了，一大股暗淡的液体漏出来了，流向一处，弯弯曲曲地流遍了平坦大地的泥滩，一个正在缓缓形成的酒的旋涡随着泡沫般的大酒花转动着。”这是又一个同步标志。应当注意到，这一章将以“花”这个词结尾，这个段落是关于布卢姆洗澡的，与斯蒂芬对那个淹死的人的想象有些关联。布卢姆预见到：“他的躯干和四肢被细浪支撑着推过来，微微地向上浮起，柠檬黄的颜色：他的肚脐，肉的蓓蕾：看到他的蓬松的黑发乱成一团，发卷漂动着，一串漂动的头发围绕着成千上万的生灵

1　原文为法文。

的柔弱的父亲，一个缓缓浮动的花。”这一章就以“花”这个词结尾。

布卢姆读完了玛莎的来信，继续在坎伯兰街上行走，在经过一座天主教堂时，他进去待了一会儿。他的思绪继续流动着。几分钟之后，大约是十点一刻的时候，他顺着韦斯特兰路走进一家药店，为他的妻子订购一种洗手剂。甜杏仁油和二苯乙醇酮酊，以及橘花水。他买了一块肥皂并说他晚些时候再来拿洗手剂，不过他后来忘记来取了。而那块肥皂则将在故事中扮演一个重要的角色。

让我在这里强调一下本章的两个主题——那块肥皂和阿斯科特金杯赛。这块肥皂是巴林顿厂的产品，柠檬香型，价格是四便士，有一股甜甜的柠檬蜡味儿。布卢姆洗完澡后，坐在马车里去参加葬礼，这块肥皂放在他的裤子的后兜里。“我坐到什么硬东西上了。啊，是那块在我裤子后袋里的肥皂。最好把它从那儿拿开。等有机会时吧。”当他们到达前景公墓时，机会到了。他下了车。这时候，他把和包装纸粘在一起的肥皂从裤子的后袋里转移到装手帕的上衣内兜里。葬礼之后，他在报馆里掏出手帕，在这里，柠檬香水的主题和玛莎的来信以及他的妻子的不忠诚混合在一起。再往后，在下午早些时候，布卢姆在基尔代尔街的图书馆和博物馆附近突然看到了布莱泽兹·鲍伊岚。为什么是在博物馆附近呢？原来布卢姆完全是出于好奇，决定调查一番大理石女神像的解剖学细节。“阳光中的草帽。棕黄色的皮鞋。卷边的裤腿。是他。是他。

“他的心轻轻地跳动。向右。博物馆。女神。他突然转向右边。

“是吗？几乎可以肯定。不去看。我脸上的深红色。我这是为什么？太暴躁了。对，是他。那步态。没看见。没看见。走吧。

“他急匆匆地迈着大步走向博物馆。他抬起眼睛。漂亮的建筑。托马斯·迪恩爵士设计的。没跟踪我吧？

“也许没看到我。他眼中的火花。

“他的呼吸颤抖着，随着一阵短短的叹息呼出来。快。冷冷的雕像：这里挺安静。一分钟的安全。

“不，没看到我。两点钟过后。就在大门口。

“我的心！

“他的眼睛跳动着，凝视着石头上米色的纹路。那座古希腊建筑是托马斯·迪恩爵士设计的。

“寻找什么东西我。

“他的手匆匆伸进口袋，又拿出来，读一张展开来的报纸。我放在什么地方来着？

“匆匆忙忙地寻找。

“他迅速地把那张报纸放回口袋。

“下午她说。

“我在找那个。对，是那个。摸摸所有的口袋。手帕。《自由人》。我放在哪里了？啊，是了。裤子。钱包。土豆。我放在什么地方了？

“快点儿。稳稳当当地走。又一会儿了。我的心。

“他的手寻找着我放在哪里了的东西，在他的裤子的后袋里发现了肥皂与订购洗涤剂不冷不热的纸粘上了。啊，肥皂在这儿呢！是了。大门。

"平安无事了!"

四点钟时，书中提到肥皂在他的裤子后兜里黏黏糊糊的，后来午夜时分，在名声很坏的地方妓院的那场惊人的喜剧性噩梦里，一块新的干干净净的柠檬皂出现了，它向四周散发着光明和香气，一个带香味的月亮，在广告中达到天堂般的生活，实际上，这块肥皂在飞向广告员的天堂时还唱着歌呢：

我和布卢姆是顶好的一对儿，
他照亮大地，我润饰天空——

肥皂的主题在这里和四处漫游的肥皂等同起来。这块肥皂最后被布卢姆用来在家里洗他的脏手。"他把装着半壶水的水壶放到此刻正在燃烧的煤上之后，为什么又返回到正流着水的水龙头这里?

"来洗他的脏手，用巴林顿牌的柠檬味香皂，一块已经用掉一部分的香皂，纸仍旧粘在肥皂上（十三个小时以前，用四个便士买来的，尚未付钱），在新鲜的、冰冷的、永远不变、始终变化着的水里洗手，然后再在一条挂在转动木轴上的镶红边的长长的荷兰麻布上擦干它们：脸和手。"

在第二部分第二章的结尾处，第二次阅读这部作品的读者会发现，有一个主题在这里开始，这个主题贯穿着这部书中的这一整天——

金杯赛，这场比赛将于一九〇四年六月十六日下午三点钟在英国伯克郡的阿斯科特荒原举行。金杯赛的比赛结果一小时之后，即四点钟时，传到都柏林。这场比赛以及参赛马匹在所谓的现实中确有其事。一些都柏林人在参赛的四匹马上下了赌注，这四匹马是：一匹去年获胜的法国马马西第二，在埃普索姆的赛马场举行的加冕典礼杯比赛的表演之后，成为众人喜爱的马匹津范代尔，以及体育编辑莱纳汉押赌的对象权杖，最后是不大可能获胜的马匹思罗奥威。

现在我们来看一下这个主题是怎样在整部书中逐渐展开的。我已经说过，它是在布卢姆的第二章的结尾处开始的：“在他的腋窝底下，班塔姆·莱昂斯的嗓子和手一起说道：

“‘你好，布卢姆，有什么头号好消息吗？是今天的吗？让我们看上一分钟。’

“啊！又把他的小胡子剃掉了。冰冷细长的上唇。为了显得年轻。他看上去的确傻头傻脑的。比我年轻。

“班塔姆·莱昂斯的留着黑指甲的黄手指头下面，露出一截警棍。也需要洗洗了。洗掉那些毛糙的污垢。早上好，你用过皮尔斯牌肥皂吗？他的肩上有头屑。头皮缺油。

“‘我想看看今天参赛的那匹法国马，’班塔姆·莱昂斯说。‘那个没用的家伙在哪儿？’

“他沙沙地翻动着起褶的报纸，突然在他的高高的衣领上蹭了一下下巴。须癣。领口太紧会使他掉发的。最好把报纸留给他，也好摆脱他。

“‘你可以留下它，’布卢姆先生说。

“‘阿斯科特。金杯。等等，’班塔姆·莱昂斯咕哝着说。‘就一会儿。马西第二。’

“‘我刚才正要扔了它呢，’布卢姆先生说。

“班塔姆·莱昂斯突然抬起眼睛，淡漠地斜眼看了他一下。

“‘你说什么？’他的尖嗓子说。

“‘我说你可以留下它，’布卢姆先生答道。‘我刚才正要把它扔掉。’

“班塔姆·莱昂斯犹疑了一下，斜眼看着，然后把展开的报纸塞到布卢姆的胳膊弯里。

“‘我准备冒冒险，’他说。‘给你，谢谢了。’

“他匆匆地向康韦角走去。上帝祝短尾巴兔一路平安。”

除了对意识流技巧的优美表现之外，这段文字中还有什么需要我们注意的？两个事实：（1）布卢姆对这场比赛没有丝毫兴趣（而且也许对此绝对无知）；（2）班塔姆·莱昂斯和布卢姆只有数面之交，他错把布卢姆的话当作是关于思罗奥威的暗示[1]。布卢姆不仅对阿斯科特金杯赛漠不关心，而且始终毫不知晓他的话被误解为一种暗示。

现在看一下这个主题的展开。《自由人》的比赛版在下午印出，体育编辑莱纳汉选中了权杖，布卢姆当时在报馆里听到了这个暗示。两点钟时，布卢姆正站在食品柜台旁吃快餐，身边站着一个非常愚蠢的家伙诺西·弗林，此人正在谈论竞技状态一版。“布卢姆先生站着吃着，听到他的叹息声，抬头看了他一眼。笨蛋诺西。我告不告诉他莱纳汉下赌的那匹马？他已经知道了。最好让他把这事忘掉。去了会输得更多。笨蛋和他的钱。露珠又流下来了。他吻女人时鼻子是凉的。可她们仍然会喜欢。她们喜欢扎人的胡子。狗的凉鼻头儿。市纹章旅馆里

1　参赛马匹思罗奥威的名字恰好与“扔了它”一词的发音相近，故引起莱昂斯的误解。

的赖尔登老太太和那只肚子咕咕响的匐狗。莫莉把它抱在膝上爱抚。噢，那个汪汪汪汪汪汪叫的大狗！

“抹了芥末的面包卷的芯在酒里泡了一会儿变软了像令人作呕的奶酪。这酒挺好。因为我不渴品起来味道更好。当然是洗澡的缘故。就一两口。然后大约六点钟时我就能了。六,六。那时时间就会消失。她……”

布卢姆离开饭馆后，班塔姆·莱昂斯才姗姗来迟，他对弗林暗示说他打了一个好赌，将亲自押上五先令，不过他没有提思罗奥威，只是说这个暗示是布卢姆说给他的。当体育编辑莱纳汉闯进赛马赌注登记处去了解权杖的起价时，他在那里遇到了莱昂斯，并且劝阻他不要在思罗奥威上下赌注。在描写奥蒙德酒吧的那个了不起的章节中，莱纳汉在下午四点钟左右告诉布莱泽兹·鲍伊岚，他肯定权杖会轻易地取胜，而正在去与莫莉·布卢姆约会的鲍伊岚则承认说，他已经为一位女友（莫莉）下了一点赌注。此刻关于比赛结果的电报随时都可能传来。在描写基尔南酒吧的章节里，体育编辑莱纳汉走进酒吧，神情沮丧地宣布说思罗奥威以“二十比一的赌注获胜，一匹十足的没有希望获胜的马……脆弱，你的名字叫权杖”。现在看一下这一切是如何给布卢姆带来重大影响的，尽管无论怎么说，布卢姆对金杯赛都丝毫不感兴趣。布卢姆离开基尔南酒吧，步行去法院履行一项仁慈的责任（与去世的朋友帕特·狄格南的人身保险有关），这时莱纳汉在酒吧里说：“‘我知道他去哪儿，’莱纳汉一边说着，一边把手指按得噼啪作响。

“‘谁？’我问。

“‘布卢姆，’他说，‘法院不过是个挡箭牌。他在思罗奥威

身上下了几个先令的赌注，他是去大笔收钱的。’

“‘就是那个白眼睛的异教徒吗？’那位公民说，‘那个一辈子生气时也从来没有在马匹上下过赌注的人。’

“‘他就是去那儿了，’莱纳汉说。‘我遇见过班塔姆·莱昂斯，他正要在那匹马上下赌注，不过被我阻止了。他告诉我布卢姆给过他暗示。不管你怎么说，我敢跟你打赌，他可以从下赌的五先令上拿到一百先令。他是都柏林唯一下对了赌注的人。一匹黑马。’

“‘他自个儿就是一匹该死的黑马，’那家伙说。”

在基尔南酒吧一节中的“我”，是一个不知名的叙述者，一个头脑糊涂的醉汉，有点儿好嘲讽。布卢姆的温柔举止和富有人情味的常识刺激了他，此刻，这个不知名的叙述者因疑心一个犹太人由于在黑马思罗奥威身上下了五先令的赌注，并且赢了一百先令而愤怒起来。不知名的叙述者高兴地看到继而发生的吵闹，一个无赖（那个所谓的公民）把一个饼干罐扔向布卢姆。

比赛结果后来登在《电讯晚报》上，布卢姆在结束他的这个漫长的一天时，在马车夫休息室读着这份报纸。报上还登着关于狄格南的葬礼的报道，戴汐的信也登在上面；这是一份总结全天事件的报纸。最后，在全书的倒数第二章里，布卢姆终于回到家中，我们注意到两件事：（1）他在厨房食具柜的挡板上发现了两张被撕成四片的红色赌单，这是来看望莫莉的布莱泽兹·鲍伊岚在听说权杖没有获胜时，盛怒之下撕掉的；（2）仁慈的布卢姆满意地回想着，他没有冒险，没有失望，也没有在吃午饭时劝弗林把赌注下在莱纳汉选中的权杖上。

让我在第二部分的第二章和第三章之间，就布卢姆的性格说几句话。他的主要特点之一是，对动物仁慈，对弱者仁慈。尽管他在那天的早饭上津津有味地吃了动物的内脏，那个猪腰子，而且在想到稠稠的、甜丝丝的、热气腾腾的血肠时能够确实强烈地感到饥饿，尽管他具有这些带有几分粗俗的癖好，他对受人贬低、受人伤害的动物抱有强烈的同情心。读者会注意到早饭时他对他的小黑猫的友好态度："布卢姆先生好奇地、友好地注视着那个柔软的黑形体。看上去真干净：柔滑的皮毛的光泽，尾巴根下面的白点，闪闪发亮的绿眼睛。他两手拄着膝盖朝它弯下腰去。

"'给小猫咪的奶，'他说。

"'喵呜！'猫咪叫道。"

还有他对狗的理解，例如他在去墓地的路上，回忆他的已故父亲的狗阿索斯。"可怜的老阿索斯！利奥波尔德，好好待阿索斯，这是我的最后的愿望。"而阿索斯在布卢姆心目中的形象是一个"安静的畜生，老人们养的狗通常都是这样"。布卢姆的头脑中展现出一幅幅动物的生活寓意画，显示了他对动物的同情心和理解，而这些画面的艺术价值和人性价值与斯蒂芬对狗的理解是针锋相对的，比如在沙丘海滩的那个场面。同样，布卢姆在与麦考伊相遇之后，在马车站附近路过几个垂着头，吃挂在脖子上的草料袋里的草料的马匹时，也经历了一阵极度的怜悯和温情。"他走近一些，听到一阵嘎吱嘎吱咬嚼金色燕麦的声音，从容地大声咀嚼的牙齿。他从它们身边走过时，它们的圆圆的眼睛注视着他，周围是甜甜的燕麦味和马尿臭味。它们的理想国。可怜的傻瓜们！让它们所知道的和所关心的一切都和它们伸在草料袋里的长鼻子一起见鬼去吧。对于语言来说太强烈了。不过它们仍然有饭吃有觉睡。还要被阉割：一截黑色的硬塑料在它们的腰腿之间无精打采地摆动着。即使如此，也许同样会快乐。它们好像是可怜的好畜生。不过它们的嘶鸣还是会很烦人的。”（乔伊斯对膀胱的稀奇古怪的兴趣也被布卢姆分享了。）布卢姆对动物富有同情心，他甚至还给海鸥喂食，我个人认为海鸥是一种长着醉汉般眼睛的讨厌的鸟。书里还有他对动物友好的其他例子。他在午饭前散步时，在爱尔兰议会大楼前看到一群鸽子，他在此刻的短暂思绪挺有意思，他的定义“它们在饭后的小小嬉戏”的口吻与斯蒂芬在海滩上的沉思的语调及韵脚完全一致：“穷人的简朴的乐趣”（对托马斯·格雷[1]的《乡村墓地的挽歌》[一七五一]的讽刺性歪曲），当时有一只狗，听到有人叫它，抬起后腿“往一块没有尿味的石头上短促而迅速地撒了一泡尿”。

第二部分　第三章

文体：乔伊斯的明晰的、富有逻辑性的文体，读者很容易跟上布卢姆的思想。

1　Thomas Gray（1716—1771），英国诗人，《乡村墓地的挽歌》是他的名诗之一。

时间：刚过十一点。

地点：布卢姆在莱因斯特街洗完澡之后，乘坐一辆电车向东，去狄格南的住宅；利菲河东南方的盘旋大道九号，葬礼就从这里开始。葬礼队伍没有直接向西朝都柏林市中心走，然后转向西北去前景墓地，却通过爱尔兰城，向东北转弯，再向西去。这是一个良好的古老习俗，先让狄格南的尸体从爱尔兰城经过，走过盘旋大道北面的特里顿维尔路，只有经过了爱尔兰城之后，才向西拐，经过环沙路和新布伦斯威克街，然后跨过利菲河，走向西北方向的前景公墓。

人物：十几个送葬的人，其中有和气的好人马丁·坎宁安，他坐在四座马车车厢里的后排座位上，坐在他旁边的是帕尔，他不假思考地当着布卢姆的面谈论着自杀；他俩的对面坐着布卢姆和斯蒂芬的父亲赛门·代达勒斯，这是一个绝顶聪明并且凶猛古怪的天才人物。

情节：这一章节的情节十分简单，容易阅读。我想从几个主题的角度来讨论这一章。

布卢姆的父亲是匈牙利籍犹太人（这一章中提到了他的自杀），他娶了一个名叫埃伦·希金斯的爱尔兰姑娘，她的父亲是信基督教的匈牙利人，本人是一个新教徒，所以布卢姆是作为新教徒接受的洗礼，只是后来为了和马里恩·特威迪结婚才改信了天主教。而马里恩的父母也是匈牙利和爱尔兰的混合血统。在布卢姆的祖先里，过去还曾经有一个金发碧眼的奥地利士兵。尽管有这些复杂的情况，布卢姆认为他自己是一个犹太人，而反犹太主义则是全书始终笼罩在他身上的阴影。他总是处在受侮辱受伤害的危险之中，甚至那些在其他方面都很体面的人也在伤害他；他还被视为局外人。我查了一下这个问题，发现在我们书中讲述的一九〇四年的都柏林，生活在爱尔兰的四百五十万人口中，犹太人大约有四千。布卢姆在他充满危险的那一天当中遭到的大多数人是受恶意的或是传统的偏见驱使的。在去墓地的马车上，赛门·代达勒斯起劲地奚落犹太放债者鲁本·詹·多德，这人的儿子差点淹死。布卢姆急切地企图先讲这件事，为的是控制一下形势，避免含沙射影。在全书中，种族迫害的主题始终纠缠着布卢姆：在倒数第二章中，就连斯蒂芬·代达勒斯也用一首歌粗暴地伤害布卢姆的感情；这首歌是对一首十六世纪的歌谣的拙劣模仿，歌中讲到林肯郡的年轻圣人休，早些时候他被认为是在十二世纪被犹太人钉死在十字架上的。

时间上的同步与其说是主题，不如说是一种手法。人们在书中不断地相遇——道路相交又分开，然后又交叉在一起。从特里顿威尔路转向环沙路时，车里的四个人超过了赛门的儿子斯蒂芬·代达勒斯，他正从沙湾步行去报馆，他走的路线和葬礼队伍所走的路线大致相同。后来，在离利菲河不远的布伦斯威克街，正当布卢姆沉思着鲍伊岚下午要去他家的事时，坎宁安看见走在街上的鲍伊岚，鲍伊岚接受了和布卢姆坐在同一辆马车上的人们的致意。

无论怎么说，穿棕色雨衣的人是一个主题。在书中所有的非主要人物中，这个人物对乔伊斯作品的读者来说具有非常特殊的趣味。我不必重复，每一类新作家逐渐造就一类新读者，每一位天才引出一批年轻的失眠症患者。我想到的这位非常特殊的次要人物，是那个所谓的穿棕色雨衣的人，他在书中以这样或那样的方式被间接地提到了十一次，可是却没有被指名道姓。就我所知，评论家们还没有弄清他的身份。我们来看看是否能搞清他的身份。

他在帕迪·狄格南的葬礼上首次露面，没人知道他是谁，他的出现是突然的、出乎预料的，在这个漫长的一天里，布卢姆先生将不断地把念头转到这件小小的、但却令人烦恼的神秘事件上来：这个穿棕色雨衣的人是谁？他是这样出现在葬礼上的：掘墓人把棺材的前部放在墓穴的边缘上，把两边的板子抽出去，将棺材放入穴中，此刻布卢姆思念着死去的狄格南。“埋葬他……他不知道谁在这里也不在乎。”这时布卢姆的目光巡视了一会那些“在这里”的人，在场的一个他不认识的人吸引了他。意识的流动有了新变化。“那边那个穿雨衣的看上去又瘦又高的年轻人是谁？我想知道他是谁？我挺想知道他是谁。总会有一个你做梦也想不到的什么人出现。”这个念头断断续续地持续着，不久他又数起葬礼上那一小群人的数目。“布卢姆先生站得很靠后，手里拿着帽子，数着没戴帽子的脑袋。十二。我是第十三个。不。那个穿雨衣的家伙是十三。死亡的数目。他究竟是从哪里冒出来的？他不曾在教堂里，这个我敢肯定。关于十三的愚蠢的迷信。”布卢姆的思绪又转到其他事情上去了。

那么，这个恰好在帕特里克·狄格南的棺材正要放入墓穴的时刻，不知从哪里冒出来的瘦高个儿子是谁呢？让我们继续调查。葬礼结束时，记者乔·海因斯正在记下参加葬礼者的姓名，他问布卢姆：“‘还有，’海因斯说，‘告诉我，你知道那个穿……’”但是正在这时，他发现那个人不见了，他的话也就没有说完。那个没说出来的词当然是“雨衣”。然后海因斯又继续说：“那家伙站在那边，穿着……”他也没有说完这句话，便又向四处看去。布卢姆代他补充句子的结尾：“麦金托什[1]。是的，我看到他了……他现在在哪儿？”海因斯误解了，他以为那人的名字是麦金托什（拿这与马匹思罗奥威的主题作一比较），就将它记了下来。“‘麦金托什，’海因斯一面说着，一面写着。‘我不知道他是谁。这是他的名字吧？’”海因斯走向旁边去，四下看看，看看他是不是记下了所有人的姓名。“‘不是的，’布卢姆先生开口道，一面转过身来，他停住脚步。‘听我说，海因斯！’

“没听见。什么？他去哪儿了？不见一丝踪影。嗯，全没影儿。这里有谁见到过？K，E，两个L。无影无踪了。老天爷，他怎么了？”就在这时，布卢姆的思绪被第七个掘墓人打断了，他走到布卢姆身边，来拿一把没人用的铁锹。

在第二部分的第七章中，最后一些段落被用来描写那天下午三点钟时，在都柏林各条街道上形形色色的人物同时做的事情，我们在此发现了关于这个神秘人物的又一个暗示。爱尔兰的统治者总督，正在去为默塞尔医院募捐的迈勒斯义市主持开幕式的路上（在第十章里，当夜幕降临时，义市上放了不少颇有意义的烟火），总督及其随从驱车路过一位瞎眼的年轻人，然后，“在下蒙特街上，一个穿棕色雨衣的行人一面啃着干面包，一面在总督的车马前面快步横穿马路，安然而过”。这里

1　胶布雨衣（mackintosh）正是以其发明者，苏格兰人查尔斯·雷尼·麦金托什的姓氏命名，故有其后海因斯的误解。

提供了什么新的线索？很好，这个人毕竟存在，是一个活生生的人，他穷，他走起路来步履轻快，他的傲慢冷淡的姿态有些像斯蒂芬·代达勒斯。但是他当然不是斯蒂芬。英国和总督都无法伤害他——英国无法干扰他。一个活生生的人，同时又像鬼魂一样轻盈——他到底是谁呢？

另一处的提及是在第二部分的第九章，在那一节里，友好温和的布卢姆在基尔南酒吧受到一个无赖、那个无名公民的纠缠，以及格蒂的祖父的那只可怕的狗的纠缠。犹太人布卢姆以非常温和严肃的语调（这使他高于本书其他部分中那个过于自然的、个人水平的自我）说："而我也属于一个种族，'布卢姆说，'属于那个被仇视、受迫害的种族。现在也一样。就在此刻。就在现在。'那位公民讥笑他：'你在谈论新耶路撒冷吗？'那位公民说。

"'我在谈非正义，'布卢姆说……

"'可是这是丝毫无用的，'他说。'力量，仇恨，历史，所有这一切。对于男人和女人来说，侮辱和仇视不是生活。人人都知道，正是这个的反面才是真正的生活。'

"酒吧老板阿尔夫问：'那是啥？'

"'爱，'布卢姆说。"顺便提一句，这是托尔斯泰哲学的主要论据：人生即为神圣的爱。酒吧里头脑简单的人把爱理解为性爱。但是在各种诸如此类的陈述——"十四号A字警察爱玛莉·凯利。格蒂·麦克道尔爱那个有自行车的男孩子……国王陛下爱王后陛下"——当中，我们的神秘人物又出现了一下："那个穿棕色雨衣的人爱一位已经死去的女士。"我们注意到，他在这里因和其他人物形成显著对比而十分突出，如与那位警察，甚至与“戴着助听器的、爱着眼睛向里翻的弗斯科伊尔老太太的老弗斯科伊尔先生”。这个神秘的人物身上又增加了某种诗意一类的东西。但是他是谁？这个在书中的关键之处出现的人，他是死亡？压迫？迫害？生活？爱？

在第十章中海滩手淫一场的结尾处，布卢姆看着义市的烟火，短暂地回忆了一下他在墓地看到的那个穿棕色雨衣的人；然后，在第十一章，就在十一点闭店时间之前，在一个位于妇产医院和妓院之间的酒吧里，那个神秘的人物在一片醉意之中短暂出现：“天哪，那个穿雨衣的年轻人到底是谁？脏兮兮的罗兹，瞧一眼他的衣服。真了不得！他要的什么？大羊肉。牛肉汁，我的天。真太想吃了。没穿鞋的能吗？穿得破破烂烂的里奇蒙的畜生？那儿有点夹生！想必是他在阴茎里存着一块铅。中看不中用的蠢东西。我们叫他面包巴特尔。先生，那是个曾经挺幸运的公民。娶了个可怜的姑娘男人就四分五裂、破破烂烂了。真的，她使了圈套。这会儿看看失去的爱。在人迹稀少的路上行走的麦金托什。塞一塞折进去。安排好时间。对那些长角的啥也不给。什么？今天在葬礼上见过他，经过检查他是你们的朋友吗？”[1] 这一段就和本章中最后一个场面一样，具有不必要的晦涩难解，不过此处清楚地提到，那个人贪婪地吃着博乌利尔牛肉汁，提到他的沾满灰尘的鞋子，破袜子，以及失去的爱人。

在第十二章，这个穿棕色雨衣的人出现在妓院里，这一段

1　这是一个醉汉说的话，其中不仅言语不连贯，甚至把词说倒了、用错了，因此较难弄懂其中的含义。

是对布卢姆头脑中闪现的零碎思绪的荒诞夸张：零碎的思绪是在暗淡的舞台上进行表演的一场噩梦般的喜剧。不必严肃地对待这一节，我们也不必严肃对待布卢姆的那个短暂的想象：他想象穿棕色雨衣的人否认他是信仰基督教的母亲的儿子："他说的话你一个字也别信。那人是利奥波尔德·麦金托什，臭名昭著的纵火犯。他的真实姓名是希金斯。"布卢姆的母亲出生时取名埃伦·希金斯，是朱利叶斯·希金斯（出生时名为卡罗利，一个匈牙利人）和范妮·希金斯（出生时名为赫加蒂）的第二个女儿，她和松博特海伊[1]、维也纳、布达佩斯、米兰、伦敦和都柏林的鲁道尔夫·维拉戈结了婚。在这场噩梦里，布卢姆的祖父利波蒂（利奥波尔德）·维拉戈被塞到几件大衣里，外面又罩上一件显然是从那个神秘人物那里借来的棕色雨衣。午夜之后，当布卢姆在马车站（第一章第三部分）为斯蒂芬要来一杯咖啡时，他拿起一份《电讯晚报》，并在报上读到由乔·海因斯写的一篇关于帕特里克·狄格南的葬礼的报道：参加葬礼的有——以下是一串名字，最后一个是麦金托什。最后，在最后一部分的第二节中，在以问答为形式的段落里，有下面这样一段文字："布卢姆［在一面脱衣服，一面收拾衣服的时候］在自寻烦恼、却并不理解的纠缠自我的谜是什么？"

"谁是麦金托什？"

这是我们最后一次听到这个穿棕色雨衣的人。

我们知道他是谁吗？我想是知道的。线索出现在第二部分第四章中那个图书馆的场景里。斯蒂芬在议论莎士比亚。他

1 匈牙利西部的城市。

断言莎士比亚本人就出现在他的，即莎士比亚的作品里。他激动地说到莎士比亚："他把他自己的名字藏了起来，就是那个好听的威廉，藏到剧本里，却以一个跑龙套的或是小丑的角色在这里或那里出现，就像过去的意大利画家把他自己的脸画在画布的黑暗角落里一样……"乔伊斯正是这样做的：把他的脸画在这块画布的黑暗角落里。那个穿着棕色雨衣经过书中梦境的人不是别人，正是作家自己。布卢姆瞥见了他的创造者！

第二部分　第四章

时间：中午。

地点：报馆，位于纳尔逊纪念柱的《自由人》日报和《电讯晚报》，纳尔逊纪念柱在利菲河北岸的市中心。

人物：本章中的人物有布卢姆，他是为安排出版亚历山大·凯斯的广告一事而来的；高级特许建筑：酒店或酒吧。后来，在第五章里，他还要去国立图书馆，取一个交叉的钥匙的设计，这个设计源于一个传说，即钥匙之家，这是曼克斯国会的名字，是对爱尔兰自治的影射。斯蒂芬带着戴汐那封关于口蹄疫的信也来到这家报馆，但是乔伊斯没有让布卢姆和斯蒂芬相遇。但是布卢姆感觉到了斯蒂芬的在场。其他公民也在报馆里露了面，其中包括斯蒂芬的父亲，他是和布卢姆一起从葬礼回来的。记者中有莱纳汉，他说了一个双关语的谜："什么歌剧像铁路线？"谜底是"卡斯蒂尔的玫瑰"（扔掉的排排钢铁）[1]。

文体：在本章这几节里，有许多模仿报纸标题的幽默题目。我认为这一节似乎不太平衡，斯蒂芬对这一节没有特别机智的贡献。你们可以只泛泛地读一读。

第二部分　第五章

时间：下午一点钟之后。

地点：纳尔逊纪念柱南面的几条街道。

人物：布卢姆和同他偶然相遇的几个人。

情节：布卢姆从纳尔逊纪念柱向南，朝利菲河的方向走去。一个面色忧郁的基督教青年会成员，把一张题为“先知以利亚就要降临”的传单塞到“布卢姆先生的一只手里”。为什么用这么古怪的结构“布卢姆先生的一只手里”？因为对于散发传单的人来说，手就是手，一只可以放入某物的手，而手属于布卢姆先生则纯系偶然。“心灵对心灵的谈话。

“血……我？不。

“羔羊之血。

“他那缓慢的脚步将边走边读的他带向河边。你被拯救了吗？所有的人都在羔羊之血中洗浴过。上帝需要流血的祭品。出生，处女膜，殉难者，战争，建筑物的基础，祭品，烧煳了的祭品腰子，占卜者的祭坛。先知以利亚正在降临。约翰·亚

1　在英文中这两个词组的读音相似。

历山大·道威博士，锡安山[1]教会的重建者，正在降临。

正在降临！正在降临！！正在降临！！！

全体衷心欢迎。”

我们马上就去追踪那个被称作思罗奥威（即“扔掉”——译者注）的传单的命运。

布卢姆在进城去吃午饭的路上遇到几个人。斯蒂芬的妹妹在狄龙拍卖行门外出卖一些旧物。斯蒂芬母亲已去世，他的四个姊妹和他，还有他们的父亲，一个老利己主义者，一贫如洗，可是他们的父亲似乎并不介意。布卢姆走上奥康内尔桥，看到海鸥拍击着翅膀盘旋着。他的手里仍旧拿着那张基督教青年会成员给他的传单，上面写着道威博士以先知以利亚正在降临为题所做的布道。此刻布卢姆把传单揉成一团，从桥上把它扔出去，看看那些海鸥是否来吃它。“以利亚正在以每秒钟三十二英尺的速度降临。”（精确的布卢姆）海鸥没有理睬这个纸团。

我们简短地追随一下三个章节中以利亚的主题，即那个纸团的命运。它落入流动的利菲河水，并且将被用来作为标志时间流逝的工具。纸团在大约一点半钟时向东，朝着大海的方向开始了它在河上的旅程。一小时之后，纸团轻盈地顺着利菲河水漂下来，向东经过距离其起点两个街区远的环线桥：“一只小舟，一个被揉皱扔掉的纸团，先知以利亚正在降临，轻盈地

1 耶路撒冷圣地名。

顺着利菲河漂下，经过环线桥，冲过冲刷着桥墩的激流，又向东经过海关旧码头和乔治码头之间的锚链和船体。”几分钟后，“北方墙和约翰·罗杰森爵士码头的船体和锚链，一只小舟，向西漂去，一个被揉皱扔掉的纸团，在渡口的冲积物上轻轻摇动着，先知以利亚正在降临”。最后，刚过三点钟，纸团到达都柏林湾：“先知小舟，轻飘飘的被揉皱扔掉的纸团，向东航行，漂过新瓦平街，过了本森渡口，穿过海洋船舶和拖网渔轮之间的软木塞群岛，又经过从布里奇沃特运砖来的罗斯维恩号三桅纵帆船。”几乎与此同时，法雷尔先生在这位福音传教士即将演讲的“大都市会堂门前张贴的先知以利亚的名字”前面皱了一阵眉头，然后又在经过一个瞎眼睛的年轻人时撞了他一下。

在另一个表示同步的主题中，有一队身穿白色罩衫、身前身后都挂着广告牌的人，他们在西莫兰街附近缓缓地走向布卢姆。布卢姆正在沉思着莫莉即将背叛他的行为，同时也想到了广告。他刚刚在一处小便池上看到一个招牌：禁止招贴，有人把“招贴”改成了“药片”[1]。这引得布卢姆惊恐地想到如果鲍伊岚患有淋病怎么办？这些身上挂着广告牌的人是在为威兹德姆·希利的文具店做广告，这一行人的行走将贯穿全书。在布卢姆的头脑里，他们与他幸福的过去联系在一起，那是他婚后的最初几年，当时他在希利文具店里工作。

还是在这个第五章，布卢姆在往南走、去吃午饭的路上，遇到他过去的一位老情人，她过去的名字是约瑟芬·鲍威尔，

1　英文中“招贴”是“bills”，“药片”则是“pills”。

现在叫丹尼斯·布林太太。她告诉他，某位不知名的开玩笑的人寄给她丈夫一张有辱人格的明信片，上面写着“U.P.”，“up”，（对这两个字母的说明是“U.P.”拼作笨蛋，意为某人完蛋了[1]）。布卢姆改换话题，问布林太太看到博福伊太太没有。她纠正他说，你说的是普里福伊吧，米娜·普里福伊。布卢姆的口误是由于他把普里福伊这个名字和那个取了一个冒充一流姓名的家伙菲利普·博福伊搞混了，后者就是布卢姆早饭之后去上厕所时，随身带着的那份《珍品》中的一流珍品《麦恰姆的妙举》的作者。布卢姆在和布林太太谈话的同时，甚至还记起了小说中的一部分。谈话中提到米娜·普里福伊住在妇产医院，正在经历着极其艰难的分娩的剧痛，这暗示了富有同情心的布卢姆将去产院看望她，他在八小时之后，在第十一章里，去产院看望她情况如何。在这部不可思议的作品里，一件事引出另一件事。与现在是布林太太的约瑟芬·鲍威尔相遇，在布卢姆头脑中引起一连串的回顾，他第一次遇到莫莉时的幸福的过去，以及苦涩、丑恶的现实。他记起不久前的一个晚上，他、莫莉和鲍伊岚正沿着都柏林附近的托尔卡河散步。她在小声哼唱歌曲，也许就是那个时候，她的手指和鲍伊岚的手指接触了，接着提出了一个问题，而回答则是肯定的。莫莉的变化，他们的爱情的变化，是在大约十年前发生的，那是一八九四年，他们的小儿子刚刚出生，几天之后就死去了。他在想，也许在九月八日莫莉过生日的那一天，可以送给她一个针插作礼物。“女人不愿意拾针。说它伤害爱。”“爱情”一

1 “up”一词实际意为“完蛋”。

词中的“情”字被删掉是为了表明发生的事情。但是他无法阻止她和鲍伊岚的私通。“除非回家去。非回来不可。全都告诉我。”

布卢姆走进伯顿餐馆，然而餐馆里面拥挤、嘈杂、肮脏，他便决定不在那里吃饭。但是他特别小心，不愿得罪任何人，甚至包括那个满身臭气的伯顿。好心的布卢姆出自个人的礼貌，说了一套前言不搭后语的话。“他疑惑地举起两个手指，放到唇边。他的眼睛在说话。”

“不在这里、没看到他。”

这是一个编造出来的人物，一个为了离开那个地方而找出的托辞，是这个心肠极好、极易受伤害的布卢姆的癖性。这也是他在这章结尾时的举动的预演：他与鲍伊岚偶然相遇，这时他便假装正在口袋里面找东西，为的是表示他没有看到他。最后，他在公爵街的伯恩酒吧吃了一顿快餐：一个意大利羊乳干酪三明治和一杯勃艮地葡萄酒。他在酒吧里和诺西·弗林谈话，每个人的脑子里想的都是金杯赛。他把色彩鲜亮的酒倒进嘴里，同时想到莫莉给他的第一个吻，那是在都柏林北面的豪思山的山凹处，那里长满野生的蕨类，还有杜鹃花，还有她的双唇和胸脯。

他继续走，现在是去艺术博物馆和国立图书馆，他想在图书馆找一份登在旧《基尔肯尼报》上的广告。“在公爵巷，一条贪婪的㹴狗扑到鹅卵石上一堆令人作呕的反刍物上，带着新的热情舔食这堆东西。恶心。充分消化了内容之后感激地回来了……布卢姆先生小心翼翼地向前走去。反刍动物。它的第二道菜。”可怜的狗东西斯蒂芬，也将在图书馆的那个场面里，用与此很相似的方法吐出关于文学理论的才华横溢的言谈。布卢姆一面在街上走，一面想着过去和现在，以及《唐璜》中咏叹调里的“teco”是否意为“今夜”（不是的，它意为“和你”）。“可以给莫莉买一件这种丝衬裙，和她的新吊袜带一个颜色。”[1] 但是，鲍伊岚在四点钟，即就在两个小时之后的阴影插了进来。“今天。今天。别想。”他装作没有看到鲍伊岚走过去。

接近本章结尾时，你们会注意到一个次要人物的首次露面，这个人物将在几个章节中走来走去，充当书中许多个表示时间同步的工具之一，这些工具是书中的人或物，他们在地点上的变换标志了那个特殊的一天中时间的流逝。“一个瞎眼睛的年轻人站在那里，用一根细棍子敲击着路边石。看不到电车。想横穿马路。

“‘你想过马路吗？’布卢姆先生问。

“瞎眼的年轻人没有回答。他那张冲着墙的脸上微微皱了一下眉头。他拿不准地摆了摆头。

“‘你在道森街，’布卢姆先生说。‘对面是莫尔斯沃思街。你想过马路吗？路上没有障碍。’

“棍子哆哆嗦嗦地向左边移去。布卢姆先生的目光顺着它一路看去，又见到那辆印染厂的运货车停在德拉果［理发馆］门前。我那会儿就是在这里看到［鲍伊岚的］上了发油的头发。马低垂着头。约翰·朗的车夫。在解渴。

1　莫莉的新吊袜带是紫罗兰色的，布卢姆早上去买早饭吃的腰子时，在路上回忆起他关于东方的幻想的情景，我们是从这里了解到这一点的。——原编者注

“‘那里有一辆运货车，’布卢姆先生说。‘不过车没走。我来扶你过去。你想去莫尔斯沃思街吗？’

“‘是的，’年轻人回答说。‘南弗雷德里克街。’[实际上，他要去克莱尔街。]

“‘走吧，’布卢姆先生说。

“他轻轻地触了触他的消瘦的肘部，然后握住那只有气无力地四处摸索的手，领它向前走去……

“‘谢谢，先生。’

“知道我是男的。嗓音。

“‘现在向右走吗？先向左拐。’

“瞎眼的年轻人敲着路边石，向前走去，收回棍子，然后再去摸索。”

一点半钟左右，布卢姆从另一座桥上再次跨过利菲河，然后向南走，遇上布林太太，他们两人很快又一起看见精神不正常的法雷尔先生大步走过。在伯恩酒吧吃完午饭后，布卢姆继续步行，去国立图书馆。就在这时，他在道森街帮助了那位年轻人过马路，年轻人继续向东去克莱尔街。与此同时，从基尔代尔街走来、已经到达梅里恩广场的法雷尔，又折了回来，从瞎眼年轻人身边走过。“当他大步冲过布卢姆先生[另一个布卢姆]的牙科诊所橱窗时，他那晃动的风衣把一根斜拄着敲打路面的细棍子粗鲁地带了起来，同时一阵风似的撞了一下一个瘦骨嶙峋的身体，继续大步向前走去。瞎眼的年轻人把他的苍白的面孔转向那个大步走去的背影。

“‘天主诅咒你，’他狠狠地说，‘不管你是谁！你比我还瞎吗，你这个狗杂种！’”

疯狂与盲目就这样相遇了。不久以后，总督坐着马车去为义市揭幕，“在布罗德本特水果店对面遇到了一个瞎眼的小伙子”。再往后，这个瞎眼的年轻人将一路敲打着往回走，向西去奥蒙德饭店，他曾经在那里为钢琴调音，把音叉忘在那里了。在描写奥蒙德饭店的章节中，我们将在四点钟左右始终听到由远而近的敲击声。

第二部分　第六章

时间：两点钟左右。

地点：国立图书馆。

人物：斯蒂芬给巴克·马利根发了一封电报，暗示他应该把塔楼交给他，与此同时，他在图书馆里和一群主张爱尔兰复兴[1]的作家和学者等人讨论莎士比亚。这群人当中有托马斯·利斯特（真实姓名），他在这里被称作教友派教徒、图书馆管理员，因为他戴了一顶宽檐帽，来遮盖秃顶的大脑袋。坐在阴影里的那位是乔治·拉塞尔，笔名A. E.，一个高身量、穿一套带芒刺的土布衣服的爱尔兰著名作家，在前一章里，他从布卢姆身边路过时，布卢姆看到过他。一个名叫约翰·埃格林顿的人也在这里，这是一个生性快活的清教徒。还有理查德·贝斯特先生，他被莎士比亚死后留给其妻安妮·哈撒韦的那张第二好的床搞得稀里糊涂（这位贝斯特被描写成一个有些

1　十九世纪末的爱尔兰民族解放运动在文化方面的表现。

肤浅的传统的文人）。不久，好嘲弄人的马拉基·马利根身穿一件淡黄色马甲，拿着刚刚收到的斯蒂芬的那封含义模糊的电报，也来到这里。

情节：斯蒂芬在论述莎士比亚，他论证：（1）《哈姆雷特》中的鬼魂实际上是莎士比亚本人；（2）哈姆雷特实为莎士比亚的小儿子哈姆尼特；（3）威廉·莎士比亚的兄弟理查德与莎士比亚的妻子安妮私通，这是《哈姆雷特》剧中怨恨的缘由。当有人问他，他是否相信自己的理论时，斯蒂芬马上回答说：不。这本书里的一切都是乱七八糟的[1]。这段讨论属于这类情况：它对于写作的作家来说比对读书的读者来说更为有趣，因此不必去细究它的细节。然而，就是在这一章中的图书馆里，斯蒂芬首次意识到布卢姆的存在。

在乔伊斯笔下，斯蒂芬和布卢姆两个人物形象的关联要比一般人想象的密切得多。早在布卢姆在图书馆大门前的台阶上与斯蒂芬迎面而过之前很久，他们之间的联系就开始了。它始于一场梦。还没有人注意到这一点：说真的，关于真正的乔伊斯、艺术家乔伊斯的文章还写得不多，因此还没有哪位评论家注意到，《尤利西斯》和托尔斯泰的《安娜·卡列尼娜》一样，有一个意味深长的双重的梦，即由两个人同时做同样的一个梦。

在书的前部分，斯蒂芬对正在剃胡子的马利根抱怨说，海

1　弗·纳博科夫在后来删掉的下列文字中这样说：那些出自艺术的好奇心而阅读第十二章中妓院一段的人会发现，布卢姆曾经在某一时刻照镜子，镜子里同时照出他头的上方有一个鹿角式的衣帽挂：这个被戴了绿帽子的人的脸在一瞬间和莎士比亚的脸很相似，布卢姆的背叛者和莎士比亚的背叛者在妓女的镜子中合二为一。——原编者注

因斯在夜里说梦话，胡言乱语地说他射到了一只黑豹，把斯蒂芬吵醒了。这只黑豹以其黑色与布卢姆以及他的黑猫联系在一起。它们之间的联系是这样的：戴汐付给斯蒂芬工资以后，斯蒂芬沿着海滩走，他看到采海扇的人和他们的狗，这只狗刚才把腿跷到岩石上，享受了一番穷人的简朴乐趣。他回想起给学生猜的那条关于狐狸的谜语，他的意识流一开始带有内疚的色彩："然后它用后爪扒开沙子，再用前爪去扒呀、挖的。它在那里埋下了什么东西，它的奶奶。它在沙子里面寻找着，这摸一摸，那刨一刨，然后停下来朝天空倾听，然后又用爪子急切地挖起沙子，不久又停下来，一只豹，一只黑豹，吸一口配偶的气息，吞食着死者。

"和昨晚［海恩斯］把我吵醒之后的那场梦是一样的，是不是？等一下。敞开的门厅。妓女街。记得。哈隆和拉奇德。我几乎和它差不多了。那人领着我，说话。我没害怕。他把他的赃物举到我面前。笑了：奶油水果味。这是规矩，还说。在。进来。铺着红地毯。你会看到是谁的。"

这是一场具有预示性的梦。不过我们来注意一下，接近第十章第二部分的结尾时，布卢姆也在海滩上，他简短而模糊地回忆了他做过的梦，在这场梦里他看到了斯蒂芬在梦中见到的同一个夜晚，他的意识流首先注意到一个广告，然而就徘徊在他的老情人、现在已经上了年纪、不再具有吸引力的布林太太身上，她的丈夫被人玩弄了，他去找律师解决他收到的那封侮辱人的匿名信。"女士专用的灰色棉法兰绒灯笼裤，三先令一条，惊人的廉价货。素色的，受人喜爱，永远喜爱，他们说。丑陋：没有哪个女人认为自己丑。爱，撒个谎，大方些，因为我们明天就死。有时看见他四处走动，企图找出那个开他玩笑的人。U.P.：完蛋。这是命运。他，不是我。商店也经常受到注意。咒骂似乎总跟着它。昨晚做梦了吗？等一下。有点乱套了。她穿着红色的拖鞋。土耳其式样。穿着马裤。”随后，他的思绪游离到另一个方面。在第十一章，即妇产医院一章里，又有一个与其有关的提及悄悄地插了进来，尽管它并未提供更多的细节：“布卢姆由于倦怠在那里待了一会儿，现在好些了，他晚上做了一个奇怪的梦，梦见他的妻子莫莉太太穿着一双红色拖鞋，一条土耳其式马裤，那些懂行的人认为这是一种变化……”

就这样，从六月十五日到六月十六日的夜里，斯蒂芬·代达勒斯在沙湾的塔楼上，布卢姆先生在埃克利斯街上他房中的双人床上，做了同样的梦。那么，乔伊斯描写这个双人梦的意图何在？他想表现斯蒂芬在他的东方之梦中预见到，一个陌生人将主动向他献上他的——那个神秘的陌生人的——妻子的迷人丰姿。这个神秘的陌生人就是布卢姆。我们看一下另一个段落。布卢姆在早饭前去买腰子的路上，想象出一幅与此梦非常相似的东方幻象：“在东方某地，清晨，黎明时出发，迎着太阳四处行走，这一天抢在他之前。永远坚持下去在技术上一天也不老化。沿着海滩散步，陌生的国度，走近一座城门，那里有哨兵，也是老兵，老特威迪［莫莉的父亲］的大胡子倚在一种挺长的矛上。在有遮篷的街上漫步。一张张裹着穆斯林头巾的脸庞从身旁经过。地毯商店的幽暗洞穴，身材高大的男人，可怕的土耳其人，跷起二郎腿坐着，吸着一个圈状烟斗。街头小贩的叫卖声。喝的水带一股茴香味，果子露的味。闲逛了一整天，也许会遇上一两个强盗。好吗，遇上就遇上吧。太阳快下山了。清真寺的影子映在柱子上：用拿纸卷的修士。树木颤抖了一下，信号，是晚风。我继续走去。渐渐消失的金色天空。一位母亲在门口向外看。她用他们的神秘语言叫孩子回家。高高的墙：墙那边传来弹奏的乐曲。夜空中的月亮，紫罗兰，莫莉的新吊袜带的颜色。乐曲。听。一个姑娘弹奏着一种这样的乐器，你们管这种乐器叫什么：扬琴。我走过去。”

两点钟左右，布卢姆去国立图书馆，斯蒂芬和马利根一起从图书馆里走出来，在这一天当中第一次看见了布卢姆。马利根认识布卢姆，但是和他并不熟悉。斯蒂芬在这里见到了梦中的陌生人布卢姆：“一个人从他们中间走过，鞠躬问候。

“‘日安啦，’巴克·马利根说。

“那个门廊。

“我在这里观察鸟儿们的征兆。它们飞去又飞来。昨夜我飞了。飞得毫不费力。人们奇怪。后来是妓女街。他拿给我看一个奶油水果西瓜。里面。你会见到的。[1]

“‘那个流浪的犹太人，’巴克·马利根带着小丑式的敬畏悄声说。‘你看到他的眼神了吗？’”然后他说了一个猥亵的笑话。几行之后是：“一个黑色的背影走在他们前面。豹子的脚步，向下，走出大门，在吊门的倒刺下面。”

“他们跟在后面。”

1　纳博科夫在这一段的空白处做了一个注释：“注意，当他看到布卢姆鞠躬问候时，斯蒂芬回忆起他的梦。”——原编者注

布卢姆的黑色背影，他的豹子般的脚步。他们之间的联系就此完整无缺了。

再往后，在关于妓院的那个噩梦般的一章中，我们还会发现布卢姆–斯蒂芬的双人梦的回声。那段舞台说明[1]是："([布卢姆]向上看去。在她的枣椰树幻景的旁边，一个身穿土耳其服装的俊俏女子站在他面前。丰富的曲线撑开了她的鲜红色裤子，短上衣的开口处缝着金线。一个宽宽的黄色腰带束在腰间。一个在夜里是紫罗兰色的白色双层面纱蒙在她的脸上，只露出一双黑黑的大眼睛和乌黑的头发。)"布卢姆喊道："莫莉！"之后，在同一个场面里，斯蒂芬对那群女人中的一个说："听我说。我做梦梦到了一个西瓜。"那女人对此的回答是："去国外，爱一个外国女士。"斯蒂芬梦见的瓜实际是别人给他的奶油水果，最后它们与第三部分中问答式的第二章里的莫莉的丰满曲线合二为一："布卢姆吻了吻她的臀部的丰满的柔美的黄色的香味的瓜，吻了那两个丰满的圆鼓鼓的半球，还有它们中间的柔美的黄色的垄沟，那朦胧的持久的挑逗人的带着甜味的瓜样的圆鼓鼓的吻。"

斯蒂芬和布卢姆的双人梦被证实是有预见性的，因为在全书的倒数第二章里，布卢姆的意图和在斯蒂芬梦中的那个陌生人想做的事一模一样，就是说，布卢姆想把斯蒂芬和布卢姆自己的妻子马利恩拉到一块儿，把这当作取代鲍伊岚的手段。在第三部分开头的那段关于马车行一段文字中，这个主题得到特别的强调。

1　这一章采用的是模拟戏剧的写法。

第二部分　第七章

这一部包括十九个小部分。

时间：差五分三点钟。

地点：都柏林。

人物：五十个人物，包括我们的所有朋友，以及在六月十六日下午三点钟左右这段有限的时间内，这些人物的各种各样的活动。

情节：这些人物以极为复杂的对照方式一再交叉穿过他人的足迹，这是对福楼拜的对位式主题的极端发展，如同《包法利夫人》一书中农业展览的场面。使用的是同步的方法。它以位于上加德街的耶稣会圣泽维尔教堂的康眉神父：一位乐观而雅致的、将这个世界与另一个世界令人愉快地结合在一起的教士为始，以总督、爱尔兰的统治者驾车驶过城市为结束。我们一直追随康眉神父四处巡视的足迹，看到他为独腿水手祝福，走路时与教区居民一一打招呼，路过奥尼尔殡仪馆，直到他在纽科门桥跨上了去豪斯路站的电车，来到都柏林东北部的马拉海德路。这天风和日丽，令人神爽乐观。在一块田里，一个满脸通红的青年从树篱的缺口钻出来，后面随着又钻出一个年轻女子，手里拿着摇摆着的野菊花。我们后来知道，那个年轻人是个医科大学生，叫文森特·林奇，他粗鲁地将帽子举起表示敬意；那个年轻女子突然弯下腰，仔细地从她那轻飘飘的裙子上摘下一根细细的小树枝（了不起的作家）。康眉神父神色庄严地为两人祝福。

同步法在第二部分开始。在纽科门桥附近的奥尼尔殡仪馆，殡仪馆主的助手刚刚负责办完狄格南葬礼的凯莱赫合上流水账簿，和警察聊天，这位警察和几分钟之前路过康眉神父身边并向神父致敬的警察是同一个人。此时约翰·康眉神父已经向桥上走去，这工夫，就在描写凯莱赫的那几句话的同时（同步！），他正在纽科门桥上上电车。看懂这种手法了吧？现在是三点钟。凯莱赫吐出一道无声的干草汁抛物线（此物出自刚才他在看流水账簿对账、康眉神父从门前经过的时候，他正咀嚼着的一根干草），凯莱赫从嘴里吐出这道无声的抛物线，与此同时，在城里的另一处（第三部分），东北方向三英里以外的地方，一只慷慨的白色臂膀（莫莉·布卢姆的手臂），从埃克利斯街的一扇窗户里，向此刻已经走到埃克利斯街的独腿水手扔出一枚硬币。莫莉正在为与布莱泽兹·鲍伊岚的约会梳洗打扮。同时发生的事情还有：杰·杰·奥莫洛依得知，内德·兰伯特带着一个来访者到了仓库，这个访问将在后面第八部分中谈及。

时间和篇幅使我们无法一一讨论此章十九个部分里面的所有详细表示同步的手段。我们只能讲一些重点。在第四部分，斯蒂芬的妹妹们（他共有四个妹妹），凯蒂、布棣和玛吉·代达勒斯空着手从当铺回来，与此同时，康眉神父在克朗高士草地上散步，草茬把他穿着薄袜子的脚踝刺得痒痒的。那张揉皱了的小舟先知以利亚在哪里？找到它的去处。谁的男仆摇着什么铃——嘭唧！狄龙拍卖行的人。

三点一刻左右，我们开始跟随布莱泽兹·鲍伊岚，他已经登上去看望莫莉的小小旅途，在大约差一刻四点的时候，他将乘坐一辆短途游览车到达莫莉·布卢姆的家。不过，现在仍是

Note: the translator's ... p. 245

3

Buck Mulligan and Haines discuss Stephen. p. 245

Synchronized in this section you will find the one-legged sailor growling his song, now in Nelson street and at the end of the section the crumpled pamphlet Elijah meeting in the bay a homecoming ship.

Section 17 p. 246 Stephen's Italian teacher's walk, and so does the demented gentleman with the long name, Cashel ... Farrell. We shall soon realize that the most important synchronizing agent in the whole chapter is the blind youth, the blind piano tuner, whom Bloom helped to cross a street, in p. 178 ... an hour ago in an eastward direction in Chapter Five.

Ormond Key

Liffey R.

See better map in Chapter Five of these notes

Frederick

Nassau

Clare St

Kildare

Duke

Molesworth

Farrell walks now westward in Clare street grinding his fierce word about "whiling to compel". The blind youth is walking eastward in Clare st still unaware he has left his tuning fork in the Ormond Hotel. In Clare street opposite number eight, the office of a ... Bloom a dentist Mr Bloom — no relation to our Bloom, mad Farrell brushes against the frail body of the blind youth, who curses him.

纳博科夫对《尤利西斯》第二部分第七章情节发展的笔记

三点钟左右（他将在奥蒙德饭店停留一会儿），他正在桑顿水果店，派人乘电车把水果送给莫莉。这要花十分钟的时间。那几个身前身后挂着广告牌的希利文具店的人，此刻正从水果店门前脚步沉重地走过。布卢姆这时在米塔尔桥附近的商人拱门下面，弯着腰，背影黑黑的，看着活动书摊上的一本书。这章的结尾告诉我们水果店中那朵红色石竹花的来历，在这一章中鲍伊岚始终用牙齿咬着这支红花的花茎。他要来这朵石竹花的时候，曾请求使用一下电话机，后来我们知道，他是给他的秘书打电话。

斯蒂芬现在正在散步。在三一学院附近，他遇上了以前教过他意大利语的老师，阿尔米丹诺·阿蒂凡尼，他们用意大利语活跃地交谈着。阿蒂凡尼责备斯蒂芬为了理想而牺牲了青春。斯蒂芬微笑着说，这是不流血的牺牲。第七部分与第五部分同步。鲍伊岚的秘书邓恩小姐在读一本小说，此刻在接鲍伊岚从水果店打来的电话。她告诉鲍伊岚体育编辑莱纳汉一直在找他，并说他在四点钟到奥蒙德饭店。（我们将在后面的一个章节里与他们相遇。）这部分里还发生了另外两个同步事件。一个圆片顺槽而下，然后现出数字"六"，它冲着观望者瞪着大眼；这指的是一台打赌用的机器，登记赌注的汤姆·罗奇福德后来在第九部分中在作表演。然后，我们跟随那五个戴着白色高帽、身前身后系着广告牌的人，在他们到达终点、莫尼彭尼商号的街角之后，像鳝鱼一样转回来，开始往回返。

在第八部分，内德·兰伯特和杰克·奥莫洛依一起，带领一位来访者、一位新教的牧师、可敬的洛夫，参观他的仓库，这座仓库实际上曾经是圣玛丽大教堂的会议厅。此刻，和那个医科大学生一起在郊外小巷的姑娘，正从裙子上摘下小树枝，康眉神父刚刚从他们身边走过。这是一个同步指示：当此事在此处发生时，彼事在彼处发生。过了三点钟以后，（第九部分）登记赌注的罗奇福德给莱纳汉表演他的新玩意儿，圆片顺槽而下，露出一个“六”字。与此同时，法律职员、斯蒂芬的舅舅里奇·古尔丁走了出来，在下一章里，布卢姆将和他在奥蒙德饭店吃饭。莱纳汉和麦考伊一起离开罗奇福德（当麦考伊无法参加葬礼时，他曾请布卢姆把他的名字登记在狄格南的葬礼上）两人去找另一个登记赌注的人。他们在去奥蒙德饭店的路上在莱纳姆那里停了一下，看一看权杖的起价，随后他们看到布卢姆先生：“利奥波尔德，青稞开花了”——莱纳汉先生嘲弄地说[1]。布卢姆在浏览小贩书摊上的书。莱纳汉步行去奥蒙德饭店，与莫莉将“无家具房间出租”的纸牌重新放在窗户上，是同时发生的，这张纸牌是她推开窗户扔给独腿水兵一枚硬币时碰掉的。这样说来，与此同时，凯莱赫在和警察聊天，康眉神父刚上了电车，所以我们可以带着一丝艺术家的愉快心情下结论，第二、三、九等部分中的事件是在不同的地方同时发生的。

三点钟之后，布卢姆先生仍在闲散地翻阅着那些出租的图书。最后，他为莫莉租了一本《偷情的乐趣》，这是一部用老式风格写作的有伤风化的美国小说。“他信手翻到一个地方读起来。”

1　莱纳汉说的是一个歌曲的名称，其中“开花”一词与布卢姆名字的拼法与读法相同。

“‘她把丈夫给她的钞票全都上街花掉了，买了奇妙的衣裙和最昂贵的装饰品。为了他！为了拉乌尔！’

“行。这本吧。这儿。试试。

“‘她的嘴巴紧紧地贴在他的嘴上，给了他一个甜蜜的、性感的吻，同时他的双手伸到她的睡衣里面，去摸那丰满的曲线。’

“行。就要这本。结尾呢。

“‘你晚了，他声音嘶哑地说，眼睛盯着她，闪出怀疑的光芒。’

“‘美貌的妇人脱掉貂皮镶边的外衣，露出王后般的肩膀和隆起的丰盈体态。她镇定自若地转过身来对着他，鲜花般的嘴唇边游动着一丝难以察觉的微笑。’”

迪莉·代达勒斯是斯蒂芬的第四个妹妹，她一直在狄龙拍卖行周围转悠，因为布卢姆在大约一点钟的时候在那里见过她，还听到拍卖行的手摇铃在拍卖处叮当地响起。迪莉的父亲，老赛门·代达勒斯路过狄龙拍卖行，迪莉从他那里要来一先令两便士。这件事与总督的车马驶出凤凰花园的大门同步，凤凰花园在都柏林的西郊，总督的车马在向市中心行进，然后将向东转，去沙丘，主持义卖的开幕式。他们从西向东穿过整个城市。

三点钟刚过，茶叶商汤姆·克南出外散步，他为刚刚接到的订货单而高兴。这位克南先生是个自负而微胖的新教徒，在狄格南的葬礼上，布卢姆就站在他的身边。克南是书中的次要人物，他的意识流在第十二部分中得到详细的描述，受到如此描绘的次要人物在全书中只有少数几个。在这部分里，赛门·代达勒斯在大街上遇见一位牧师，考利神父，他们两人很熟，互相只称名不道姓。先知以利亚顺着利菲河漂流而下，经过约翰·罗杰森爵士码头，而总督的车马正路经彭布罗克码头，克南刚好错过总督的车马。

在下一部分，布卢姆离去不久，斯蒂芬在贝德福德路上的书摊前停住脚步。康眉神父此刻正在穿过唐尼卡尼小村，口里念诵着晚祷。斯蒂芬的妹妹迪莉耸着高肩膀，穿着破旧的衣裙，在他旁边停下来。她用从她父亲那里要来的一个便士买了一本法语入门书。心不在焉的斯蒂芬尽管十分清楚他的四个妹妹在受苦受难，却似乎忘记了他的衣袋里还有一枚金币，那是他作为学校老师所得的工资的剩余。后来，在下面的一章里，当他喝醉了酒之后，他毫无道理地把这枚金币顺手送给了别人。这一部分以他为迪莉难过结束，*agenbite*，我们在第一大部分第一章中听见他说的"内疚"一词，又在这里重复出现。

在第十四部分里，我们再次看见赛门·代达勒斯和考利神父互相打招呼，他们的对话也记录在此。神父正为钱的问题和放高利贷的茹本·杰·多德以及房东闹纠纷。这时本·多拉德走来，这位业余歌唱家正在设法帮助考利神父对待那两个代理人。卡什尔·博伊尔·奥康纳·菲茨莫里斯·蒂斯德尔·法雷尔，一位发狂的绅士，口中正在念念有词、目光呆滞地大步走过基尔代尔街，他就是从正与布林太太谈话的布卢姆身边走过的人。人们提及的考利神父的房东，正是可敬的恪夫先生，他曾经和兰伯特以及奥莫洛依一起参观那座改做仓库的教堂，他已经为租金写好了文书。

在下一部分，坎宁安和帕尔（都是参加葬礼的人）一起讨论为狄格南的寡妇筹集资金一事，布卢姆为此捐献了五先令。这里也提到了康眉神父。我们还首次见到两个女招待，肯尼迪小姐和杜丝小姐，她们在后面的第八章里还会出现。总督现在经过国会街。在第十六部分，爱尔兰爱国者帕涅尔的兄弟，正在一家咖啡馆里下棋，巴克·马利根把他指给研究民歌的牛津大学学生海恩斯看。两个人谈论斯蒂芬。这部分中表示同步的是独腿水手，他正拄着拐杖在纳尔逊街上一悠一悠地走着，直着嗓门唱歌，那张揉皱了的先知以利亚传单，在渡口与返航的“罗斯维思号”船相遇。

然后，在第十七部分，斯蒂芬的意大利语老师在散步，那个名字很长的疯绅士法雷尔也在散步。不久我们就将认识到，在整个这一章中，表现同步的最重要的人物是那个瞎眼青年，那位调试钢琴的盲人，在大约两点钟的时候，布卢姆曾经帮助他过马路，向东边走去。现在，疯子法雷尔在沿着克莱尔街向西走，此刻那位瞎眼青年正在同一条街上向东走，尚未记起他把调音叉忘在了奥蒙德饭店。牙医布卢姆先生早在描写葬礼队伍时有所提及，他与利奥波尔德没有亲戚关系。在他的门牌号是八号的诊所对面，疯子法雷尔撞到瞎眼小伙子的柔弱身体上，瞎子骂了法雷尔。

第十八部分专门描写已故狄格南的儿子小派特里克，他是一个大约十二岁的男孩子，正沿着威克洛巷向西走，手里拿着家里派他来买的猪排。他一路游荡，看橱窗里挂着的两个拳师的照片，不久前，这两个拳师在五月二十一日刚进行过比赛。读者在第九章会看到一段对新闻报道的令人愉快的模仿，这是对拳击比赛的一段描写：这位体育文体学家始终变换着形容词汇，这个段落是这部妙趣横生的作品中最优秀的段落之一：都柏林的宠物羊羔，军士长，醉汉，士兵，爱尔兰的格斗士，英国兵，都柏林人，波尔图贝洛拳击家。在都柏林市里最欢快的街道、格拉夫顿街上，狄格南少爷注意到一个穿戴漂亮的家伙嘴里衔着一朵红花，这个人当然是鲍伊岚。我们可以比较一下男孩子对死去的父亲的想法以及第一章中斯蒂芬对他的母亲的想法。

在最后一部分，总督的车马得到栩栩如生的描绘，而且它有助于把我们在前面各部分中跟随过的所有的人都集中到一起，除此之外还有几位其他人物，他们或是向总督致敬，或是不理睬他。在这部分里露面的有：克南，里奇·古尔丁；奥蒙德饭店的酒吧女招待；赛门·代达勒斯，他奴性十足地把帽子摘下来，低低地向总督鞠躬致意；歌蒂·麦克道尔，我们将在关于岩石的第十章里遇上此人；可敬的休·洛夫；莱纳汉和麦考伊；诺兰；罗奇福德；弗林；快活的马利根和严肃的海恩斯；约翰·帕涅尔，他的眼睛没有离开棋盘；手里拿着《法语入门》的迪莉·代达勒斯；长着两只牡蛎眼睛的门顿先生；布林太太和她的丈夫，以及那些身前身后挂着广告牌的人。布莱泽兹·鲍伊岚戴着草帽，身穿靛青色套服，系着一条天蓝色的领带，嘴里仍衔着那支红色石竹花，正在前往奥蒙德饭店，然后再去埃克利斯街；他直盯盯地看着马车上的女士们；疯子卡什尔·博伊尔·奥康纳·菲茨莫里斯·蒂斯德尔·法雷尔戴着眼镜，怒气冲冲地越过马车瞪着奥匈帝国领事馆窗内的某人。还有三一学院的清洁工霍恩布洛尔，布卢姆在去洗澡的路上遇见过他，以及小派迪·狄格南；两个采海扇的人，和阿尔米丹诺·阿蒂凡尼。这队车马在朝下蒙特街驶去，路过那个瞎眼的调试钢琴者，他此刻仍在向东走着，不过他很快就会记起他把调音叉忘在刚才工作过的地方了，然后他将转回来向西走，去奥蒙德饭店。这串人物中还有那位身穿棕色雨衣的人，即詹姆斯·乔伊斯，同步艺术的大师。

在这一天里，布卢姆在三个地方三次遇上鲍伊岚（上午十一点、下午二点以及下午四点），而鲍伊岚一次也没有看见布卢姆。第一次是在第二部分的第三章，布卢姆和坎宁安、帕尔，以及代达勒斯坐在一辆马车里去参加葬礼，时间是刚过十一点，布卢姆此刻正好看到女王剧院附近的广告牌上刚刚贴上的、湿漉漉的、色彩鲜艳的海报。他看到鲍伊岚从经营海产的红岸餐厅的大门里走出来，当车内其他人和鲍伊岚打招呼时，布卢姆端详自己的指甲。鲍伊岚看到了葬礼队伍，但是没有注意他们这辆马车。

第二次是在第二部分第五章，两点钟刚过，布卢姆在去国会图书馆的路上来到基尔代尔街，他刚刚帮助那位瞎眼青年过马路去弗莱德里克街，“可能是去调莱文斯顿舞蹈学院的钢琴”，如果他确实是去那里的话，他就并没有丢失他的调音叉，因为在第七章里，我们见到他仍在向东走。布卢姆看见鲍伊岚：“阳光中的草帽。棕色皮鞋。”然后他就向右转，朝与图书馆相邻的博物馆走去。

第三次是在第二部分第八章，布卢姆穿过奥蒙德码头（从威灵顿码头那边跨过横贯利菲河南北的埃塞克斯桥），到戴利文具店买几个记事本，这时他一扭头，看到鲍伊岚坐在一辆时髦的出租马车里，正沿着布卢姆刚刚走过的路线驶来。鲍伊岚和莱纳汉碰了一会儿头，便走进奥蒙德饭店的酒吧。布卢姆决定和碰巧在门口遇上的里奇·古尔丁一起去餐厅。布卢姆在餐厅里观察鲍伊岚。现在只差几分钟就到四点了，鲍伊岚不久就离开奥蒙德酒吧，去埃克利斯街。

第二部分　第八章

本章中的人物有：

1. 在饭店的沙龙和酒吧里：两名女招待：古铜色头发的利迪娅·杜丝和金色头发的米娜·肯尼迪；海军士兵，以及一位给他们送茶的时髦青年；斯蒂芬的父亲赛门·代达勒斯；体育编辑莱纳汉不久也走进酒吧，在此等候鲍伊岚；去和莫莉约会的鲍伊岚本人；肥胖的本·多拉德和瘦瘦的考利神父，后者走到正在弹钢琴的赛门·代达勒斯身边；追求杜丝小姐的律师利德韦尔先生；自负的茶叶商汤姆·克南；还有两个不知名的绅士，他们在用大酒杯喝啤酒；最后，在本章结尾处，那位瞎眼的调试钢琴者回来取调音叉。

2. 在紧挨着酒吧的餐厅里：侍者帕特（秃顶的聋子帕特），布卢姆，以及里奇，古尔丁。他们听着酒吧里的歌唱，布卢姆瞥着酒吧的女招待。

在第八章的展开过程中，我们一直在感觉着三个人的来临，直到他们确实走进了奥蒙德饭店。这三个人是布卢姆、鲍伊岚，以及回来取调音叉的瞎眼青年。他的棍子在人行道上越来越近的敲击声——他的主导主题乐——在全章中时时可以听到，这些敲击声在这里或那里出现，在后面一页又得到加强：嗒、嗒、嗒，接下来是重复四下。他那把放在钢琴上的调音叉被赛门·代达勒斯看见了。他在戴利文具店的橱窗旁时，人们就感到了他的来临，最后，“嗒。一个年轻人走进奥蒙德饭店空无一人的大厅里”。

人们不仅能够感觉到布卢姆和鲍伊岚的来临，也能感觉到他们的离去。鲍伊岚一面喝着乏味的黑刺李汁杜松子酒，一面和莱纳汉谈论着参赛马匹，同时看着假装害羞的杜丝小姐拉起吊袜带啪的一声打她的大腿，以此模仿钟表的铃声，随后鲍伊岚急不可待地离开酒吧，去看莫莉，不过莱纳汉也准备和他一起走，要告诉他汤姆·罗奇福德的事。喝酒的人继续在酒吧里喝酒，吃饭的人继续在餐厅里吃饭，与此同时，鲍伊岚的叮当作响的时髦的两轮马车渐渐走远了，对此布卢姆和作者两人均有感觉，而他坐在这辆短途游览车（也被称作时髦车）上前往埃克利斯街的进程，通过这类的简短评论表现出来：“一辆两轮马车叮叮当当地前进”，或者“马车驶过码头。鲍伊岚在蹦蹦跳跳的车胎上懒散地伸开四肢躺着”，或者“颠簸行进的两轮马车带着布莱泽兹·鲍伊岚，路过巴切勒路的人行道，一个单身汉，在太阳下面，在热气中，牝马光滑的臀部快步移动着，鞭子轻轻击着，车胎蹦蹦跳跳：四肢伸展地坐在热乎乎的车座上的鲍伊岚急不可待，热烈而大胆”，或者“从格雷厄姆·莱蒙的松树岩旁，从埃尔维瑞的大象旁，两轮马车颠簸向前”。马车的行进速度要比布卢姆头脑中想象的慢：“两轮马车经过约翰·格雷的纪念碑，一只手的霍雷肖·纳尔逊，可敬的西奥博尔德·马修神父，就像刚才说过的那样坐在短途游览车里前进着。快步走，在热气中，坐在热乎乎的座位上。钟。正在那边敲响。钟。正在那边敲响。[1]牝马在拉特兰广场的圆形建筑物旁走过时，因为是上坡而放慢了速度。对于鲍伊岚来说太慢了，感情迸发的[2]鲍伊岚，急不可待的鲍伊岚，牝马轻轻地颠摇着。”然后“两轮马车走进多赛特街”，越来越近了，“一辆号码为三二四的出租马车，车夫是唐尼溪哈莫尼大道一号詹姆斯的巴顿，车上坐着一位乘客，一个年轻的绅士，身穿样式时髦的靛青色哔叽套服，这套衣服出自伊顿码头五号的成衣商兼裁剪师乔治·罗伯特·梅西俄斯之手；他头戴一顶特别时髦的草帽，这是在大布伦斯威克街一号的帽商约翰·普拉斯托的店里买的。哦？这就是那辆叮叮当当、轻轻颠摇的两轮马车。在德卢加克兹猪肉店旁，阿根代兹明亮的管道，跑过一匹臀部健壮的牝马”。这辆两轮马车甚至影响了正在饭店里给玛莎写回信的布卢姆的意识流：“两轮马车，你有？”略掉的那两个字当然是“喇叭”，因为布卢姆正在头脑里跟踪着鲍伊岚的行踪。事实上，在布卢姆的动荡不安的想象里，早在鲍伊岚的行动之前，他已经想象到鲍伊岚到了他家，在向莫莉求爱。正当布卢姆听着酒吧里的音乐和里奇·古尔丁的谈话时，他的思绪漫游起来，其中的一部分是：“她的波浪起伏起伏起伏沉甸甸起伏起伏伏伏伏伏伏的头发被散开”——意思是：在布卢姆的急躁的头脑里，她的情人已经把她的头发散开了。实际上，此刻鲍伊岚不过是刚刚到达多赛特街。鲍伊岚终于到了：“轻

1　原文为法文。
2　“感情迸发的”（blazes）一词实为鲍伊岚的名字“布莱泽兹”，只是后者作为名字以大写字母开头。

轻颠簸的两轮马车缓缓地停下来。花花公子鲍伊岚的华丽的棕黄色皮鞋带着织绣花样的天蓝色袜子轻轻地落到地上……

“有人在敲门，有人在一扇门上敲了一下，他敲了保尔·德·考克，用门环大声地、得意地敲，用一个开关卡拉卡拉卡拉开关。开关开关。”

酒吧里面有人唱了两支歌。第一支歌是赛门·代达勒斯唱的，他是一个极好的歌唱家。歌曲是法国歌剧《玛尔塔》中莱昂内尔[1]的咏叹调“如今一切都失去”，这出歌剧是由德国作曲家弗洛托于一八四七年创作的，剧本是用意大利文写的。“如今一切都失去”恰当地反映了布卢姆对妻子的感情。布卢姆在毗邻的餐厅里给他的神秘的通信人玛莎·克利福德写回信，并且使用她给他写信时所使用的忸怩语言，还在信中附了一笔小小的汇票。接着，本·多拉德唱了一支民歌“剃平头的小伙子”，我们可以看一下这首歌的开头：

正是早春、早春时光，
鸟儿们婉转甜美地歌唱，
林间传来它们变幻无穷的歌喉，
唱的是古老的爱尔兰自由解放。

（剃平头的小伙子指的是一七九八年爱尔兰的造反者们，他们把头发剪短，以示支持法国革命。）

歌还没有唱完，布卢姆就离开了奥蒙德饭店。他先去一

1 莱昂内尔是《玛尔塔》中的男主角。

家最近的邮局，然后去一间酒吧，他曾经和马丁·坎宁安以及杰克·帕尔约好在那里见面。他的胃开始咕咕作响。“那种苹果酒气太多，还会引起便秘。”他注意到，一位他认识的妓女正和一顶黑色的水兵草帽在码头上，他避开了她。（这天夜里她将在马车夫休息室里短暂地露面。）他的胃又一次咕咕作响。“肯定是那杯苹果酒，或许是那杯葡萄酒”，这是他在吃午饭时喝的。他的胃咕咕作响与他刚刚离开的酒吧里的谈话同时进行，到最后，爱国主义的谈话和布卢姆的胃乱作一团。布卢姆端详着莱昂内尔·马克斯窗内的爱尔兰爱国者罗伯特·埃米特的画像，此刻酒吧间里的人开始谈论他，并为埃米特祝酒，瞎眼青年也在这时到达。他们引用约翰·凯尔斯·英格拉姆[1]的诗《对死者的纪念》（一八四三）中的诗句：“你们是真正的男子汉”。伴随布卢姆内心困扰的那些文字，是埃米特的遗言，布卢姆在看他的画像时，在画像的下方看到了这行字：“海花，正在开放的脂肪花，看到了遗言。轻轻地。当我的祖国在世界各国中。

“扑扑。

“肯定是那黏糊糊的玩意。

“呼。噢。啊扑。

“有了应有的地位。后面没有人。她走过去了。那时候，尚未到那时。电车。克唧，克唧，克唧。好机会。克唧当儿克唧克唧（电车的噪音）来了。我敢肯定是那杯葡萄酒。就是。一，二。作为我的墓志铭。克拉拉拉拉拉拉拉。写完。我已经。

1　John Kells Ingram（1823—1907），爱尔兰经济学家、学者、诗人。

“扑噢呼啊扑夫。

“完了。”

尽管乔伊斯是个天才，但是他对令人作呕的事物有一种反常的爱好，像他这样用充满了音乐、爱国主义的情感、令人心碎的歌曲以及排出的肠鸣音的段落，和埃米特的遗言以及布卢姆心满意足的喃喃低语“完了”[1]一起来结束一章，确是有些邪恶。

第二部分　第九章

那位无名的叙述者，收债人，和都柏林大都市警察局的老特罗伊闲逛了一阵之后，又遇上了另一位朋友，乔·海因斯，这个海因斯就是在狄格南的葬礼上记录送葬者姓名的记者，他们两人走进巴尼·基尔南的酒吧。在那里我们看见本章中的反面人物，那位被叫做“公民”的人。公民带着一条凶猛的癞皮狗加里欧文，这只狗的主人是公民的岳父老吉尔特拉普。吉尔特拉普是格蒂·麦克道尔的外祖父，这位女士将是下一章中的女主人公，她在下一章里想着外公的可爱的狗。这样看来，这位公民就是格蒂·麦克道尔的父亲。在前一章里，格蒂在观望总督车马的时候，视线被一辆从她身旁开过的电车挡住了，当时她正从她父亲的办公室里取回信件。（他从事软木和漆布的

1　纳博科夫在注释中写道：“另外，‘作为我的墓志铭’一句与关于风儿自由了的著名打油诗联系在一起，而结束本章的‘完了’一词意思远不止一个。”——原编者注

生意。）我们在下一章里得知，她的醉鬼父亲因为痛风而无法参加狄格南的葬礼。

这一章的时间是五点钟左右。我们必须假定，公民麦克道尔的痛风并没有阻止他缓慢而费力地走进他最喜欢的酒吧，然后，收债人和记者同他凑到一起，在酒吧的柜台旁喝啤酒，酒吧招待特里·奥赖恩给他们端来三品脱的啤酒。然后又进来一位顾客，此人名叫阿尔夫·伯根，他发现鲍勃·多兰在一处角落里打鼾。他们谈论死去的狄格南，伯根拿出一个古玩给大家看，还有刽子手写给都柏林高级行政司法长官的申请信。就在这时，布卢姆走进酒吧间寻找马丁·坎宁安。随后又有两个人进来，一个是杰克·奥莫洛依，我们曾在报馆和兰伯特的仓库里见过此人；另一个是内德·兰伯特本人。约翰·怀斯·诺兰和体育编辑莱纳汉加入了他们的行列，莱纳汉拉长着脸，因为他在“权杖”身上赌输了。布卢姆到街角上的法院，看看坎宁安是否会在那里，还没等布卢姆回来。马丁·坎宁安和杰克·帕尔就来到了酒吧。布卢姆回到酒吧，三个人一起从那里出发，即都柏林的西北部，坐马车去位于码头上的狄格南的住宅，即城市的最东南角。他们去拜访狄格南的寡妻，商谈狄格南的保险金，此事不知为何在布卢姆的意识中略去了。

本章主题在布卢姆离开酒吧之前展开。它们是阿斯科特金杯赛和反犹太主义。这是三场颇带偏见的关于爱国主义的讨论，布卢姆企图将其引向合情合理的轨道却徒劳一场，“公民”把这场讨论变成了一场对骂。全章充满了模仿的口吻和对传奇行为的荒唐歪曲，最后以公民把一个空饼干桶扔向驶去的马车作为全章的结束。

第二部分　第十章

时间：大约五点钟时，在基尔南酒吧里“和一位好战的遁世者的争吵”，与这个第十章之间，有一段时间上的空白，其中包括坐在马车上的一段旅行和对位于都柏林东部的、正在办丧事的狄格南寡妻家的拜访，此地离沙丘不远；不过这次拜访没有得到描写。当情节在第十章中得以继续时，已经是晚上八点钟的日落时分了。

地点：都柏林东南部的都柏林湾，沙丘海岸，斯蒂芬曾于本日上午在此散步，附近是星状的海边教堂。

人物：三个姑娘坐在岩石上：其中两个姑娘的名字马上就被点出。锡西·卡弗里，“一个特别忠实的姑娘，尚未享受生命的甘美，她那双吉卜赛人似的眼睛里总是带着笑意，她那熟樱桃似的红嘴唇上总挂着欢乐的字眼儿，一位极可爱的姑娘”。这段语言的文体有意模仿妇女杂志中商业化的英语散文。埃迪·博德曼是一个小个头儿的近视眼。第三位姑娘是本章中的女主角，她的名字在本章第三页上才出现：“可是格蒂是哪一个？”我们在这里了解到，格蒂·麦克道尔坐在同伴的旁边，陷入了遐想：她“真的像每个人所能期望见到的，是爱尔兰迷人的姑娘中一个美丽的典范”，这段文字绝妙地模仿了这种陈词滥调的描写。锡西·卡弗里带着她的两个小弟弟，双胞胎汤米和杰基，“还不到四岁”，他们当然生着鬈发；埃迪·博德曼带着尚是婴儿的弟弟，他躺在婴孩推车里。还有一个人也在场，他坐在对面，只有数块岩石之遥。第三页和第八页提到了他，不过直到后来才指明，他就是利奥波尔德·布卢姆。

情节：本章的情节很难同它的非常特殊的文体分开。在回答本章中发生了什么事这个简单的问题时，我们可以简单地回答：两个小男孩玩玩吵吵，吵吵玩玩，小婴孩咯咯地笑，又尖声地哭，锡西和埃迪关照各自的弟弟，格蒂在做白日梦，附近半透明的教堂里传来唱歌的声音，暮光出现了，义市（总督坐车去的地方）上开始放烟火，锡西和埃迪带着她们的弟弟沿着海滩向远处的住房跑去，想在房子那边看烟火。然而格蒂没有马上和她们一起去：如果说她们可以像马一样飞快地跑，而她就可以坐在原地看烟火。布卢姆一直坐在对面的一块岩石上盯着格蒂，后者尽管具有少女的忸怩，却十分清楚地意识到，在他的凝视背后还有某种其他东西，她终于往后躺下，毫不害羞地露出吊袜带，此刻"一个烟火出现了，它嘭的一声从后面射出来，噢！然后罗马烛式烟火喷出来，就像一个'O'！人人都狂喜地喊道噢！噢！它像一阵金丝雨一样喷涌着，又落下来，啊！它们全是绿色的露珠般的星星和金色的星星一齐落下来，噢这么美！噢多么轻盈，美妙，轻盈"。不久，格蒂便站起来，沿着海滩慢慢走去。"她以她特有的某种宁静的庄严姿态走着，而且小心翼翼极为缓慢，因为，因为格蒂·麦克道尔是……

"鞋太小了吗？不。她是个跛子！噢！

"布卢姆先生注视着她一瘸一拐地走远，可怜的姑娘！"

文体：本章包括写作技巧迥然不同的两个部分。首先，在描写这三个姑娘在海滩，坐在岩石上，以及描写她们照看的弟弟时，恰当地模仿了妇女杂志和小说的散文风格，那些陈词滥调以及不真实的优雅[1]。然后布卢姆先生的意识流主宰了第二部分；这部分使用的是人们所熟悉的不连贯的方式，是各种印象和回忆的大杂烩，直到全章结束。

模仿部分充满了精彩有趣的陈词滥调，那些关于优雅生活的老生常谈和冒充的诗歌。"夏日的夜晚开始用它那神秘的拥抱笼罩世界……短暂白昼的最后一丝光辉迷人地徘徊在大海和海滩上……而且，最后但并非最不重要，在……

"这三位女友坐在岩石上，享受着傍晚的景色，空气清新但并不寒冷……她们时常来到这里，到她们喜爱的偏僻之处，在波光闪闪的海边亲如手足地谈天，谈一些女性所关心的事情。"（为了优雅而将形容词放到名词之后，这当然是《美丽的住宅》所具有的特殊风格。）

结构本身也属过时的陈词滥调："汤米和杰基·卡弗里是一对双胞胎，还不满四岁，是一对吵吵闹闹的被宠坏了的孩子，不过有时候，这两个可爱的小家伙的生气勃勃兴高采烈的笑脸，使他们确也有令人喜爱的方面。他们像所有的孩子们那样，用小锹和小桶玩沙子，或者玩那个大彩球，他们的快乐和白昼一样持久。"那个婴孩自然是胖乎乎的，"那个小绅士高兴得简直咯咯笑起来"。不光是咯咯地笑，而且是简直咯咯地笑，这种写法是多么调皮、多么忸怩。在本章长达二十页的这一部分里，可以发现不少这类有意收集的优雅的陈词滥调。

1　纳博科夫后来用铅笔在字行中加了一段评论："这是五十年前的事。在我们这个时代、这个国家，它们相当于《星期六晚邮报》上那些关于金发碧眼的办公室女郎和小伙子长相的总理的故事一类拙劣的作品。"——原编者注

当我们说起陈词滥调、老一套、陈腐的假充优雅的句子时，我们主要是指那些第一次在文学作品中使用时，独特而意义生动的字句。事实上，这类词句之所以变得陈腐平凡，就是因为它们曾经意义生动而简洁，富有吸引力，所以就被一用再用，直到变成老一套的陈词滥调。因此，我们可以这样给陈词滥调下定义：一些已经失去生命的词汇和正在腐烂的诗句。然而，书中的这段模仿时常中断。乔伊斯在这里想做的是，使那些失去生命的腐烂玩意儿在此处或彼处再现其活泼生动的根源，它们最初的新鲜感。诗意仍然在此处或彼处活着。教堂的礼拜明晰地掠过格蒂的意识，这段描写具有真正的灵感和富有启发性的哀婉动人的魅力。暮光的温柔也如此，关于烟火的描写当然也不例外——前面所引的那段是高潮——的确微妙美好：那新鲜的诗意在变为陈词滥调之前深入我们的心田。

可是乔伊斯设法做到了比上述目的更为微妙的事。你们会注意到格蒂那四处流动的意识流是在何时开始的，她的思绪十分强调她的自身的尊严以及具有审美力的衣着，因为她是《美女》和《女士画报》等杂志所建议的各类时装的爱好者："一件自己用捣衣杵染色的简朴雅致的铁蓝色罩衫（因为据《女士画报》预料，铁蓝色服装即将流行），时髦的'V'字形领口开得很低，开到装手帕的口袋那里（她总在这个口袋里装一块洒着她最喜欢的香水的棉絮，因为她的手帕装着不合身），那条将腿遮住四分之三的裙子剪裁合理，完美地显示出她的苗条优美的身段"，等等。但是，当我们和布卢姆一起意识到，这个可怜的姑娘是个无法医好的跛子时，那些表现她的思绪的陈词滥调便蒙上一层哀婉动人的色彩。换句话说，乔伊斯设法用他所模仿的那些失去了生命的公式来逐步形成某种真实的东西：痛苦、怜悯和同情。

乔伊斯表现的远不止这些。正当这段模仿文字沿着它那甜滋滋的轨道悄悄滑行时，作者带着刹那间的魔鬼般的快乐，把格蒂的思绪引向几个与生理学情况有关的主题，这些情况当然是充斥在格蒂意识里的那类文学作品绝不会涉及的："她的身段苗条而优雅，甚至带有几分柔弱，不过她近来服用的铁剂对她大有益处，比寡姆韦尔奇的妇女药强得多，她过去常有的排泄物和那种疲劳感现在都好多了。"不仅如此，当她感觉到身戴重孝的绅士"脸上现出……萦绕于心头的痛苦的内情"时，她的头脑里产生了一个罗曼蒂克的想象："这就是她如此经常梦想的人。他才是真正重要的，她的脸上现出幸福的表情，因为她需要他，因为她已经凭直觉感到他与众不同。她那颗少女的心飞到了他的身旁，她的梦想中的丈夫，她马上就明白了她需要的人就是他。假如他遭受过苦难，假如他所受到的惩罚远比他所犯的过失多，或者即使，即使他本人过去就是一个罪人，一个坏人，她也不在乎。即使他是一个新教徒或是一个卫理公会教徒，只要他真的爱她，她也能轻而易举地使他皈依……然后他也许会轻轻地拥抱她，像一个真正的男子汉那样，把她的柔软的躯体拉向他的怀抱，然后爱抚她，属于他的姑娘，只爱她一个。"不过，这个富于浪漫色彩的想象还伴随着关于下流的绅士的极为现实主义的念头，在她的头脑里十分坦率地持续着。"他的脸和双手都在动着，一阵战栗传遍她的身体。她尽量向后仰去，朝天上看烟火，她用双手抱住膝盖，这样一来朝上看时就不至于摔倒。没有人看得见，只有他和她，这时她以那种姿势露出整个形状优雅美丽的大腿，柔软光滑线条纤细，她似乎听得到他的心脏的跳动，粗重的呼吸，因为她知道男人们的这种欲望，热血沸腾，因为伯莎·萨普尔曾经绝对秘密地告诉过她，还要她发誓不要改变对那个男房客的看法，那个和她们一起在人口拥挤地区委员会外边逗留的人，他有从报上剪下来的裙舞和踢腿舞的照片，她说他过去常干那种你想象得到的有时在床上发生的不太美的事情。但是这和那种事情可是一点都不一样，因为他是截然不同的，她几乎能感觉到他把她的脸拉到他的面前，还有他第一次匆匆地用他的漂亮的双唇接触她。此外，只要在结婚前不做那种事就没有罪。”

关于布卢姆的意识流，不必多说。你们明白他的生理状态——保持距离的爱（布卢姆主义）。你们看得出，表现布卢姆的思想、印象、回忆和情感，与本章第一部分中有意模仿文学作品里的少女的样子之间在文体上的对比。他的思绪像蝙蝠一样，在暮色中振动着，曲折盘旋。当然，在他的思绪里总是有着鲍伊岚和莫莉；他还在开始的时候想到了莫莉在直布罗陀时的第一个爱慕者，他是马尔维中尉，在花园旁边的摩尔式墙下，他亲吻了十五岁的莫莉。我们还带着因为同情他而产生的痛苦认识到，原来布卢姆在报馆一章中，确实看到了纳尔逊纪念柱旁的报童模仿他的走路姿态。布卢姆给蝙蝠下的定义具有高度的艺术性（他长着两只小手，像一个身披斗篷的小个子），绝对迷人，他关于太阳的想法也同样迷人，同样具有艺术性：“比如先像鹰一样盯着太阳看，然后看一只鞋，就会看见一个微微发黄的污迹斑。想把他的商标贴到每一件东西上。”

这种比喻和斯蒂芬的思想一样高明。老布卢姆具有艺术家的气质。

这一章的结尾是布卢姆稍稍打了一会儿瞌睡，附近牧师房里壁炉架上的钟（教堂里的礼拜已经结束）用“咕咕、咕咕、咕咕”的声音宣告着布卢姆的灾难：戴绿帽子的人[1]。很奇怪，他发现他的手表在四点半钟时停下不走了。

第二部分　第十一章

时间：夜里十点左右。

地点：第一行爱尔兰语的意思是：“我们到［利菲河］南岸的霍利斯街去，”布卢姆正是向那里漫步。第二段里关于霍霍恩的双关语指的是霍利斯街妇产医院的院长安德鲁·霍恩爵士，一个真实的人。在下面一段里，我们在“呼呼沙男孩一个男孩”的话中，听到一个概念化了的接生婆举起一个概念化的新生儿。布卢姆到医院去看望正遭受生产痛苦的普里福伊太太（她的婴儿在本章里出生）。布卢姆没能见到她，却在医院食堂里吃了一份啤酒和沙丁鱼。

人物：和布卢姆谈话的护士卡伦；住院医生狄克逊，他曾为布卢姆诊治过蜂螫。为了和本章古怪的史诗口吻相一致，这只蜜蜂被夸大成一只可怕的龙。这里还有形形色色的医科大

1　在英文中，“咕咕”（cuckoo）一词和“戴了绿帽子”（cuckold）一词发音相似。

学生：文森特·林奇，我们和康眉神父在下午三点左右时，看到他和一个姑娘一起在市郊的一块田里，还有马登，克罗瑟斯，庞奇·科斯特洛，以及酩酊大醉的斯蒂芬，他们都坐在一张桌旁，布卢姆也在这张桌旁坐下。不一会儿，巴克·马利根和他的朋友亚历克·班农也来了，第一章里的那张明信片就是他写来的，他在明信片上说，布卢姆在马林加的女儿米莉吸引了他。

情节：狄克逊离开这群人去照看普里福伊太太。其余的人坐在那里喝酒。“这确实是一个豪侠的场面。克罗瑟斯穿着那件醒目的高原服装，坐在桌子的末端，盖洛威的马尔地方咸咸的空气使他的脸上闪着红光。坐在他对面的是林奇，过早地通晓世故和年纪轻轻就染上的堕落行为，已经在他的脸上留下了印记。在苏格兰人旁边就座的是怪人科斯特洛，在他旁边的是呆头呆脑、平静安然的矮胖子马登。壁炉旁边的主人座椅一直空着，椅子两侧坐着班农和马利根，班农穿一套勘探者的粗花呢短衣裤，说一口咸海水加牛皮味的爱尔兰土腔，和玛拉基·罗兰·圣约翰·穆利根的樱草花般的优雅与城市熏陶的举止形成鲜明的对照。最后是坐在桌首的那位年轻诗人，他在这里的苏格拉底式讨论的欢乐气氛中，找到了躲避当老师的辛劳和形而上学的探究的安身之地。他的右边坐着那个能说会道的预言家，他刚刚从赛马场回来［莱纳汉］；左边坐着警觉的流浪汉［布卢姆］，旅行和战斗的尘土弄脏了他的衣服，洗刷不掉的耻辱的泥点玷污了他的心灵，然而，任何诱惑或危险、威胁或贬黜都不能从他那坚定不移的内心里抹去那个激起情欲的可爱的形象，拉斐特［给莫莉照过相的摄影师］的那支富有灵感的笔为未来的年岁勾画出她的形象。”

普里福伊太太的孩子出生了。斯蒂芬提议，大家一起去一家酒吧：伯克酒吧。我发现，对酒吧间里的喧闹场面的描写方式是荒诞的，夸张的，不完整的，临摹式的，并采取了双关语的文体，这是作者下一部，即最后一部作品的风格，这部《芬尼根的守灵夜》(一九三九）是文学中的巨大败笔之一。

文体：引用理查德·莫·卡因在《惊人的旅行家》（一九四七）一书中的话：“本章的文体是一系列的模仿：从盎格鲁–撒克逊时代的英语散文到当代英文中的俚语……[1]

“至于它们的价值，可以说，最重要的模仿都被搜集在此了：盎格鲁–撒克逊时代的文体，曼德维尔[2]，马洛里[3]，伊丽莎白时代的文体，布朗[4]，班扬[5]，佩皮斯[6]，斯特恩，哥特式小说，查尔斯·兰姆[7]，柯尔律治，麦考利[8]，狄更斯（最成功的作家之一），纽曼[9]，拉斯金[10]，卡莱尔，当代俚语，福音派教会的演讲。

“这些年轻的医科大学生用斯蒂芬的钱饮酒作乐，此时散文跌跌撞撞地变为声音、回声和不完整的词，……对醉酒后不省人事的表现。”

---

1 纳博科夫补充说：“而且并不成功。”——原编者注

2 Mandeville（1400—？),《约翰·曼德维尔爵士游记》的作者。

3 Sir Thomas Malory（1395—1471？)，英国作家，代表著作《亚瑟王之死》。

4 William Browne（1591—1645)，英国诗人。

5 John Bunyan（1628—1688)，英国作家，著有名作《天路历程》。

6 Samuel Pepys（1633—1703)，英国作家。

7 Charles Lamb（1775—1834)，英国散文家。

8 Thomas Babington Macaulay（1800—1859)，英国作家。

9 John Henry Newman（1801—1890)，英国作家。

10 John Ruskin（1819—1900)，英国作家。

第二部分　第十二章

我不知道有哪一位评论家正确理解了这一章。我当然完全彻底地排除精神分析法的解释，因为我不属于弗洛伊德派，不相信那些贩来的神话、破阳伞和黑暗的后楼梯。把这一章节看作是醉酒后的反应或者是布卢姆的下意识中的欲望也是不可能的，原因有二：

1. 布卢姆完全清醒而且当时并无性欲。

2. 布卢姆不可能知道在本章中作为幻象出现的一系列的事件、人物和事实。

我提议把第十二章看作是作者的幻觉，是他的形形色色的主题的有趣的变形。这部书本身就是做梦[1]，就是看幻象；此章不过是一种夸张，是书中人物、物体和主题的梦魇式的进化。

时间： 十一点与午夜之间。

地点： 都柏林东部，利菲河北岸，码头附近，从麦波特街入口处开始的夜市，准确地说，在埃克利斯街西边一英里的地方。

文体： 一场噩梦般的喜剧，其中暗示了对福楼拜的《圣·安东的诱惑》中幻象的借用，福楼拜的这部作品写在《尤利西斯》问世之前五十年左右。

情节： 情节可分为五个场面。

1　纳博科夫在另一处写下这样一段注释："萧伯纳在给《尤利西斯》的出版商西尔维亚·比奇的一封信中谈到《尤利西斯》，说它是一首幻想曲——也是对文明的令人作呕的那一面的真实记录。"——原编者注

第一场：主要人物：两个英国士兵：卡尔和康昔顿，他们将在第五场里攻击斯蒂芬。一个妓女假冒第十章中的那个天真无邪的锡西；卡弗里，还有斯蒂芬以及他的朋友、医科大学生林奇。两个士兵在第一场中已经开始诘难斯蒂芬："给牧师让路。""嗨，干什么，牧师！"斯蒂芬在为母亲服丧，看上去像一位牧师。（斯蒂芬和布卢姆两人都穿黑衣服。）另一个妓女长得像埃迪·博德曼。卡弗里家的双胞胎也露面了：街头顽童的幻象与双胞胎相似，他们爬上街灯。值得注意的是，这些联想并非发生在布卢姆的头脑里，他在海滩上的时候也没有注意锡西和埃迪，而且在本章第一场中他并未出场；而斯蒂芬虽然在场，却不认识锡西和埃迪。第一场中发生的真正事件是，斯蒂芬和林奇随着其他人一起到夜市的一家妓院去，其中还有巴克·马利根，不过他们走散了。

第二场：布卢姆出现在一个舞台上，舞台显示着一条倾斜的街道和数盏倾斜的路灯。他在为斯蒂芬担忧，正在跟踪他。开场的一段是对一个真正的入口的描写：因为追踪斯蒂芬，布卢姆跑得气喘吁吁，他在屠夫奥特豪森那里买了一只猪蹄和一只羊脚，而且刚好躲过一辆电车，没被轧着。然后，他的已经去世的父母出现了——这是作者的幻觉，也是布卢姆的幻觉。布卢姆认识的另几位妇女，其中包括莫莉、布林夫人，以及格蒂，都在这一场中露面，还有那块柠檬香皂，那些海鸥，以及其他偶然遇到过的人物，甚至包括《珍品》上那篇小说的作者博福伊。这里也提到了宗教。你们会记得，布卢姆的父亲是一个皈依了新教的匈牙利籍犹太人，而他的母亲是一个爱尔兰人。布卢姆出生时为新教教徒，却接受了天主教教徒的洗礼。很偶然，他是一个共济会成员。

第三场：布卢姆来到妓院。身穿天蓝色长衬衣的年轻妓女佐伊，在下蒂龙街的街口遇上布卢姆。下蒂龙街的标志如今已经没有了。在作者的幻觉里，布卢姆，世界上最伟大的改革者（影射布卢姆对改善各种公民现状的兴趣），很快就被都柏林的市民们封为皇帝，他向他们讲解他的社会复兴计划。然后他又被痛斥为残忍的怀疑论者，最后又被宣布是一个女人。狄克逊医生（妇产医院的住院医生）朗读他的健康证明书："布卢姆教授是新女性式的男人的完美例证。他的道德本质单纯可爱。许多人都认为他是一个可爱的男人，可爱的人。总的说来，他是一个颇为古怪的人，从医学角度讲，忸怩但不意志薄弱。他给保护自新牧师协会宗教法庭写过一封真正美妙的信，这封信本身就是一首诗，它澄清了所有问题。实际上，他是一个滴酒不沾的人，我还能肯定，他睡在草铺上，吃的是简朴的食物，杂货店里又冷又干的豆子。不论冬夏，他只穿一件毛衣，每个星期六他还要鞭笞他自己。据我所知，他过去曾经一度是格伦克瑞教养院里的一个一流的行为不端分子。另据报告，他是一个真正的遗腹子。我以我们的发音器官所能说出的最神圣的字眼的名义，呼吁仁慈与宽厚。他很快就要生产了。

"（普遍的骚动与同情。妇女们昏了过去。一个富有的美国人在街头为布卢姆筹款。）"

等等。在这个场面的结尾处，在书中的现实中，布卢姆跟随佐伊走进妓院，去寻找斯蒂芬。我们现在才发现这一章是如何设计安排的。真实的细节突然变成精心安排的生活，幻觉开始按照它的原样作为事实而存在。因此，佐伊和布卢姆在妓院门口的“真实的”谈话被不断打断，目的是在布卢姆走进妓院之前，插入“布卢姆的盛衰”。

第四场：布卢姆在妓院里与斯蒂芬和林奇相遇。出现各种各样的幻象。作者凭幻想描绘出布卢姆的祖父利奥波尔德·维拉戈。在作者的又一个幻觉里，又高又胖的老鸨贝拉·科恩长着一撮胡须，唤起了布卢姆的过去的过失；在有趣的交换性别的过程中，老鸨对没有性能力的布卢姆极为残忍。水泽仙女和瀑布与乔伊斯特别喜爱的水的音乐主题一同出现。随后是一段现实。布卢姆从佐伊手里要回吉祥物土豆。斯蒂芬想挥霍掉他的钱。（注意：斯蒂芬和布卢姆对他们身边的女人都没有兴趣。）布卢姆设法索回钱，为斯蒂芬保存下来。斯蒂芬说：一镑七先令“啥用没有”。接下来又是作者的幻觉——就连鲍伊岚和马里恩也在幻象中出现。在这一场的真实生活里，斯蒂芬极其滑稽地模仿巴黎人说的英文。然后，作者的幻觉开始骚扰斯蒂芬。斯蒂芬的母亲可怕地出现。

“母亲[1]：（带着死亡的疯狂的微妙笑容。）我过去是美丽的梅·戈尔丁。我已经死了。

斯蒂芬：（恐惧地）狐猴，你是谁？这是哪个怪物的

1　本章使用了剧本的对话式文体。

把戏?

巴克·马利根:(摇摇他的卷曲的滑稽演员系铃帽)这件事够多嘲弄!金奇杀了她的狗身子母狗身子。她死掉了。(融化的奶油泪从他的眼中落入烤饼)我们的伟大的温柔的母亲!在黑色的大海上![1]

母亲:(走近,把她的带着湿气的骨灰味儿的呼吸轻轻地吹到他的脸上)所有的人都得经历它;斯蒂芬。世上的女人比男人更多。你也会。会有这一天的。

斯蒂芬:(惊吓、懊悔和恐惧使他说不出话来)他们说是我杀死了你,母亲。他冒犯了你死后的名声。是癌症引起的死亡,不是我。命运。

母亲:(绿色的胆汁像小溪一样从她的嘴角细细地淌下来)你给我唱了那支歌。《爱的苦涩奥秘》。

斯蒂芬:(热切地)告诉我那个字,母亲,如果你现在知道。那个所有男人都知道的字。

母亲:那天夜里你和帕迪·李在达尔基跳到火车里时,是谁救了你?当你在陌生人中间感到悲伤时是谁可怜你?祈祷是最有力的。厄休拉[2]手册里为受苦的灵魂的祈祷,还有四十天的免罪。悔悟吧,斯蒂芬。

斯蒂芬:这个好做恐怖事情的人!阴险的人!

母亲:我在另一个世界里为你祈祷。每天晚上你做完用脑的工作后,让迪莉给你煮大米粥吃。噢,儿子,我爱了你多少

1 原文为希腊文。
2 厄休拉,传说中五世纪时的一个基督教圣徒。

年、多少年啊，我的头生子，当你还在我的肚子里时我就爱着你。”

在这场很长的对话之后，斯蒂芬用手杖打碎了灯。

第五场：斯蒂芬和布卢姆离开妓院，此时正在离妓院不远的比弗街。仍然酒醉未醒的斯蒂芬大声地胡言乱语，那两名英国士兵判定他辱骂了他们的国王，国王爱德华七世（此人也在作者的幻觉中出现）。士兵之一卡尔进攻斯蒂芬，把他打倒在地。更夫隐隐出现。这是现实。殡仪馆的助手凯莱赫也碰巧在现实中出现在附近，他帮助他们说服更夫，斯蒂芬不过是出来狂饮——孩子终归是孩子。在这场结尾处，布卢姆弯下身来，看倒在地上的斯蒂芬，斯蒂芬喃喃地说：“谁？黑豹吸血鬼”，然后引用了叶芝的《谁与弗格斯同去》的片断。本章以布卢姆的幻觉结束：布卢姆的死去的儿子鲁迪以十一岁的优雅男孩的形象出现，一个被暗中偷换后留下的婴孩，他在别人无法看见他的地方注视布卢姆的眼睛，还从右至左地亲吻那本他正在阅读的书的书页。

第三部分　第一章

时间：子夜之后。

地点：仍在夜市附近，都柏林东北边的艾米恩斯街附近，靠近码头和海关；然后是巴特桥旁的马车夫休息室，据说休息室的管理人是“剥羊皮”的菲茨哈里斯，他曾经参加过凤凰公园的政治暗杀活动。菲茨哈里斯是所谓的“无敌者”之一，他们于一八八二年在凤凰公园谋杀了部长先生弗雷德里克·卡文迪什勋爵和副部长先生托玛斯·H. 柏克。菲茨哈里斯不过是马车夫，而且，即使连这一点我们也不能肯定。

人物：布卢姆和斯蒂芬，他们现在终于在孤寂的夜间单独在一起了。他们在夜里偶然遇到的人物有墨菲，这个红胡子水手是其中最为生动的人物，他刚刚乘返航的三桅船“罗思维恩号”回来，先知以利亚最后被冲入海湾时遇上过这条船。

文体：本章大部分内容又是模仿，模仿对象是充满关于男性的陈词滥调的时髦新闻文体，本章除了用关于男性的陈词滥调来代替格蒂·麦克道尔一章中妇女杂志的陈词滥调外，其他方面与其完全相似。

情节：在这一章里，好心的布卢姆从始至终竭尽全力对斯蒂芬表示友好，但是斯蒂芬却带着一丝傲慢的冷淡对待他。乔伊斯在本章和下一章里，细心地勾画并描述了布卢姆和斯蒂芬两人在性格、教养、口味等方面的种种差异。他们之间的差异远远超出他们的主要相似之点：两人都抛弃于自己的父亲所信仰的宗教。[1] 然而，总的说来，斯蒂芬的形而上学的警句与

1　在附有注释的原文中，纳博科夫在下一章布卢姆检查第二个抽屉里的东西一处作了标记，那个抽屉里有一只信封，上面写着“给我的亲爱的儿子利奥波尔德”，这使他回忆起他父亲临终时的遗言。乔伊斯问道：“为什么布卢姆体会到一种悔恨的情感？”然后他回答说：“因为当他还不成熟、性格尚很急躁时，他对某些信仰和习俗采取了不恭敬的态度。”纳博科夫在页边加注：“比较斯蒂芬。”这段话继续：

“比如？ （转下页）

布卢姆的伪科学的口头禅并非毫无关联。这两个人的眼睛和耳朵都异常敏感，两人都热爱音乐，都关注手势、色彩、声音等细节。在这个特殊的一天里的种种事件中，门钥匙在这两个人的生活中发挥了同样奇特的作用——如果说布卢姆要应付鲍伊岚，斯蒂芬则要应付马利根。两个人对各自的过去都怀有恐惧，对失去和背叛的反思。布卢姆和斯蒂芬两人都深感孤独；不过，斯蒂芬孤独并非是因为他与家庭的信仰发生争执，以及厌恶平庸等，而且肯定不是（像布卢姆那样）由于任何社会情况所带来的后果，而是因为他被作者塑造成一个含苞欲放的天才人物，而天才必须是孤独的。两个人都看见了他们在历史上的敌人——对布卢姆来说，这是非正义，对斯蒂芬来说，则是形而上学的监狱。两个人都是流浪者和流放者，最后，两人的身上都流着他们的创造者、詹姆斯·乔伊斯的富有乐感的血液。

粗略地讲，他们的不同之处在于，布卢姆是个只有中等文化素养的人，斯蒂芬则是具有高度文化修养的人。布卢姆欣赏实用科学和实用艺术，斯蒂芬欣赏纯艺术和纯科学。布卢姆是“信不信由你”专栏的热情读者，斯蒂芬是深刻的哲学警句的创造者。布卢姆是流水型的人，斯蒂芬是乳光石型的人。他

（接上页）“禁止在一顿饭上吃动物肉与牛奶，每周做一次弥撒，不协调地抽象的、非常热心地具体的、商人的、共存的宗教上的全体同胞的座谈会；给男婴割除包皮；犹太教《圣经》的超自然特性；对四个字母组成的词的避讳；安息日的神圣不可侵犯。

“如今他对这些信仰和习俗作何感想？

“并不比它们当初更合理，也不比如今那些其他的信仰和习俗更不合理。”——原编者注

们还有感情上的差别。布卢姆温和，缺乏自信，是一个高尚的唯物主义者；斯蒂芬聪明绝顶，很难相处，是一个禁欲主义者，一个好抱怨的自我主义者，他在抛弃上帝的同时也抛弃了人类。斯蒂芬的形象建立在对比之上：他的肉体令人厌恶，他的才智高雅敏锐。乔伊斯强调他在行动上的怯懦，身体的肮脏，牙齿的损坏，不整洁的生活方式，或者说是令人厌恶的生活方式（对他的脏手帕的充分表现，以及后来在海滩上他根本就没有手帕），他对物质的贪欲和令人感到羞辱的贫困，以及与贫困有关的种种卑劣的暗示。然而，与此形成鲜明对比的，是斯蒂芬的高尚思想，他的迷人的、富有创造力的想象力，异常丰富精妙的精神世界，思想的自由，坚定而自豪的正直与诚实，以及所有这些所需要的精神上的勇气和达到顽固程度的独立性。如果说布卢姆略具一丝市侩气质，那么斯蒂芬则稍有一丝无情的狂热分子的气质。斯蒂芬用尖刻的警句反驳布卢姆充满焦虑和父亲般的慈爱的问题。布卢姆用本章优雅的新闻文体说："'我丝毫不想擅自对你发号施令，可是你为什么要离开你父亲的住宅呢？'

"'为了寻求不幸，'斯蒂芬回答。"（顺便说一句，我们来看一看优雅的新闻文体的特点之一——"他说"一词的各种同义语：评论，答复，突然说，回复，重复，冒昧地说出，等等。）

布卢姆对他自己的肤浅的文化非常缺乏信心，他不连贯地谈着，想尽量对斯蒂芬表示友好。他用简单实际的方式启发斯蒂芬；只要你工作，你就可以在你的祖国生存。斯蒂芬回答说：我除外。布卢姆急忙解释，是最广义上的工作，文学劳动……用脑的诗人和用体力工作的农民一样，享有完全同等的生活权利：诗人和农民都属于爱尔兰。斯蒂芬似笑非笑地反驳道：你是不是以为因为我属于爱尔兰，我就可能是重要人物了，可我认为因为爱尔兰属于我，所以它肯定重要。布卢姆大吃一惊，以为斯蒂芬误解了他。而斯蒂芬颇为粗鲁地说："我们无法改变国家。让我们改变一下话题吧。"

本章的主要话题是莫莉，我们很快就会在本书的最后一章里与她相遇。布卢姆把莫莉的照片拿给斯蒂芬看，他的动作和那位长期在海上航行的水手给别人看秘鲁的风景明信片或者他胸部的文身花纹的动作一样："小心地避开口袋里的那本书《……的妙趣》，这使他顺便想起卡普尔街图书馆的书已经逾期，他掏出皮夹，飞快地翻过其他的物品，最后他……

"他一边沉思地挑选出一张褪了色的照片，把它放到桌上，一边说：'顺便问一句，你认为她是西班牙类型的女人吗？'

"很明显，这话是对斯蒂芬说的，斯蒂芬低下头来看照片，照片上是一个大块头女人，她以一种公开的方式表露着她的显而易见的肉体的魅力。她正处于女性的青春期，身穿一件胸口开得很低的夜礼服，露出部分不止是双乳，为的是照相时能充分炫耀她的胸部。她的丰满的双唇张开着，显出几颗完美的牙齿，外表庄重地站在一架钢琴旁，照片的其余部分是用漂亮的字迹写的一首歌谣名：《在古老的马德里》，这是当时流行的一首歌。她（那位女士）的眼睛又黑又大，瞧着斯蒂芬，好像马上要对某件值得赞赏的东西露出笑意。都柏林一流摄影艺术家、西莫兰街的拉斐特艺术摄影作品。

"'布卢姆太太，我的妻子，音乐会的主唱演员，马利恩·特威迪女士，’布卢姆指着照片说。‘几年前照的。大约是一八九六年。很像她那时的样子。’”

布卢姆发现，斯蒂芬的最后一顿饭是在星期三吃的。有一个夜里布卢姆曾把一只伤了一条腿的狗（品种未知）领回了家，现在他决定把斯蒂芬领回埃克利斯街。尽管斯蒂芬有些冷淡——感情毫不外露——布卢姆却邀请他去家里喝一杯可可茶。“他提示道：‘我的妻子喜欢热闹，又极喜爱所有形式的音乐，会非常高兴和你相识的。’”他们一起向布卢姆家走去——而这也将我们引向下一章。

第三部分　第二章

“上一章里蓄意安排的沉闷此刻变成完全不具个人口吻的问题，这些问题以科学的方式提出，并以同样冷冰冰的方式得到回答。”（卡因语）问题以问答教学法的方式提出，措辞与其说是科学的，不如说是假冒科学的。我们以情报和概要的形式获取许多材料；也许，从它所包含的事实出发来讨论本章将是最为明智的。这是一个非常简单的章节。

本章的事实有些是书中早已详尽阐述或简要说明过的情况，有些则是新的。例如关于布卢姆和斯蒂芬的两个问答：

“共同进行管理的二人在预定行程中商议了什么问题？

“音乐，文学，爱尔兰，都柏林，巴黎，友谊，女人，卖淫，饮食，煤气灯或弧光灯和辉光灯对毗邻的偏日性树木生长的影响，公司企业的那些暴露在外的紧急垃圾桶，罗马天主教会，教士的禁欲，爱尔兰民族，耶稣会的教育，职业，医学研究，过去的日子，安息日前的犯罪影响，斯蒂芬的虚脱。

“布卢姆发现他们在各自对经历的相似或不同的反应中，所表现出来的相似的共同因素没有？

“两人对艺术效果都很敏感，喜欢音乐胜过造型及绘画艺术……两人都由于家庭的早期教育而变得顽固不化，而遗传的反抗异端的固执则表示了他们对许多正统的宗教、民族、社会和伦理学说的不相信。两人都承认异性魅力能交替产生既激励人又给人以缓和的影响。”

布卢姆与斯蒂芬在马车夫休息室里的谈话表现了布卢姆对公民责任（对读者来说）的突然兴趣，这种兴趣可以追溯到在数年以前与形形色色人物的讨论当中的提问与回答，这些讨论最早始于一八八四年，并通过各种其他场合延续至一八九三年。

“在他们到达目的地之前，布卢姆对什么问题的思考与这些不规则的日期：一八八四、一八八五、一八八六、一八八八、一八九二、一八九三以及一九〇四年有关？

“他思考个人发展与经历的范围的逐渐扩大总是递减地伴随着对个人与个人之间关系的逆范围的约束。”

到达埃克利斯街七号的时候，布卢姆意识到他忘记带钥匙了，钥匙被他忘在另一条裤子的口袋里。他爬过围栏，经过碗碟贮藏室走进设在地下室的厨房，然后：

“与此同时，斯蒂芬看到了哪些支离破碎的形象？

"他靠在围栏上，透过厨房透明的窗玻璃看到一个男人在调节一个十四支烛光强度的煤气火，一个男人燃起一支蜡烛，一个男人逐个脱下两只靴子，一个男人拿着一根一支烛光强度的蜡烛离开厨房。

"这个男人又在别处出现了吗？

"间隔了四分钟之后，他的蜡烛光透过大厅那扇半圆形、半透明的玻璃楣窗出现了。大门在折叶处慢慢转动。过道的空间再现出那个男人，没戴帽子，拿着一支蜡烛。

"斯蒂芬服从了他的手势吗？

"是的，他轻手轻脚地走进去，帮他关上并锁好门，然后跟随此人的背影和听得见的脚步，以及点燃的蜡烛，轻手轻脚地顺着大厅走去，经过大厅左侧从一条裂缝透出的光亮［莫莉没有关掉卧室里的灯］，小心翼翼地走下起码有五个阶梯的一个转角楼梯，来到布卢姆家的厨房。"

布卢姆为斯蒂芬和自己准备可可茶，这里多处提及他对各种新发明、谜语、巧妙的装置、组词游戏的喜爱，以及连他的名字也受到玩弄的字谜游戏，他在一八八八年写给莫莉的离合诗[1]，还有他已经开始作曲但尚未完成的一首主题歌，这是他为狂欢剧院的圣诞节舞剧《水手辛伯达》中的一场而作的。两人的年龄关系是：一九〇四年时，布卢姆三十八岁，斯蒂芬

1　一种诗体。其中诗句的头一个词的首字母或最后一个词的尾字母能组合成词。

二十二岁。后面几页提到了他们之间的谈话和回忆。我们了解到他们双方的父母亲，以及关于他们的洗礼的颇值得可怜的事实。

在整个章节里，两个人都敏锐地意识到他们之间在种族和宗教方面的差别，而乔伊斯则有些过分地强调了这种意识。古希伯来语的诗词片断和古爱尔兰语的诗歌片断由主人对客人、客人对主人吟诵着。

“两个各自掌握的关于已经死亡的和重又复兴的语言的知识是理论上的还是实际的?

“理论上的即局限在词法和句法的某些语法规则，实际上不包括词汇。”

下一个问题是：“在这两种语言和说这两种语言的人民之间存在哪些联系点?”答案揭示了犹太人和爱尔兰人之间存在着一种自然的联系，即两个种族都是被征服的种族。在就两个文学的种类进行的假冒博学的谈话后，乔伊斯结束回答道：“刑法和犹太人服装条例禁止他们的民族服装：复兴锡安的大卫王国，以及爱尔兰政治自治或授权代理的可能性。”换句话说，犹太人重建家园的运动和爱尔兰的独立运动具有同等意义。

但是，伟大的间离者——宗教——这时候介入了。布卢姆引用了希伯来语的两行表示哀悼的诗句，又解释了其他几行诗，作为回答，斯蒂芬带着他通常的那种超然的冷酷，背诵了一首中古时期的小民谣。民谣讲的是一个身穿绿衣裙的犹太人的女儿，她把小基督徒、男孩圣休诱上了十字架，随后，斯蒂芬从颇为荒唐的形而上学角度讨论这首民谣。布卢姆感到受了伤害，很是悲伤，可是与此同时他仍在追求他对斯蒂芬的难以理解的幻想（“他在一个熟悉的青年男性的灵敏形象上看到了未来的命运”）：教给莫莉正确的意大利语发音，也许还能和布卢姆的女儿、金发碧眼的米莉结婚。布卢姆提议斯蒂芬在起居室过夜：

“布卢姆、昼游者、米莉的父亲、梦游者向斯蒂芬、夜游者提出了什么建议？

“在厨房的正上方、男主人和女主人卧室的紧邻房间、一个临时小卧室里，以睡眠的方式度过（介于严格意义上的）星期四和（正常标准上的）星期五之间的数小时。

“这种即兴提出的延长能够或可能带来哪些益处？

“对于客人：安全的住处和隐居的学习。对于主人：智力的更生以及由于能够产生共鸣而感到的满足。对于女主人：摆脱感情上的纠缠，学到正确的意大利语发音。

“客人与女主人之间临时发生的几件偶然事件为什么不可能是一支序曲，或者说成为一个男学生和一个犹太人的女儿之间作为永久结局的调和性婚姻的序幕？

“因为通向女儿的道路经过母亲，通向母亲的道路经过女儿。”

我们在这里得到一个提示，了解到布卢姆的一个模糊的想法：对于莫莉来说，斯蒂芬将是一个比鲍伊岚强的情人。“摆脱感情上的纠缠”一句大概是说莫莉对鲍伊岚失去热情，而对下面的回答尽管可以作单纯的理解，但是也能传达一种隐秘的含意。

斯蒂芬谢绝了布卢姆的提议，不过显而易见，斯蒂芬确实同意指导布卢姆的妻子学习意大利语，尽管提议和接受提议均以一种稀奇古怪的令人产生疑问的方式表达出来。而且斯蒂芬很快就准备离开。

“对于什么动物来说，出口处也是入口处？

“猫。

“当主人在先、客人在后，悄悄地经过走廊，从朦胧中，从房子的后部，走进花园的明暗交界处时，这对黑影看到了什么情形？

“天上的群星之树长着湿气浓重的夜蓝色水果。”在那一瞬间，两人看到了同样的天空。

两人分手之后，我们将永远无法发现流浪者斯蒂芬是怎样度过此后的这段夜晚的。这时几乎是凌晨两点钟了，可是他既不想去他父亲的家，也不想回塔楼，他已经把塔楼的钥匙交给了马利根。布卢姆有点儿想留在室外，等待黎明的降临，而后他又想最好还是回到房里，随后我们看到一段对起居室内部景物的描写，以及一个关于他的藏书的极好的目录，这个目录清楚地反映了他的杂乱的文化素养以及他的渴望获取知识的愿望。他逐项开出一九〇四年六月十六日的收支预算，一共花了两英镑十九先令三便士。每一项支出都在这一天的漫游中有所描写。在那段关于他检查两个抽屉里的东西的著名描写之后，是一段关于那一天的劳顿的扼要重述：

“在他起身之前，了解了缘故之前——布卢姆在起身之前默默地概括了哪些已经过去、按顺序逐渐形成的疲劳的原因？

"准备早餐（烧焦了的祭品）；肠内充血和预先计划好的排便（至圣所）；洗澡（约翰的仪式）；葬礼（撒母耳的仪式）；亚历山大·凯斯的广告（尤里姆和瑟敏）；不丰盛的午餐（梅尔奇瑟代克的仪式）；去博物馆和国立图书馆（圣地）；沿威灵顿码头商人拱门处的贝德福德路寻找图书（西姆查瑟·托拉）；奥蒙德饭店里的音乐（希拉·希利姆）；在伯纳德·基尔南酒吧里与好战的遁世者进行的争吵（燔祭）；一段时间空白，其中包括坐车，拜访一户正在服丧的家庭，告别（荒芜）；由女性表现裸露行为引起的性冲动（俄南的仪式）；米娜·普里福伊太太的拖延许久的生产（胀鼓鼓的祭品）；造访下蒂龙街八十二号，贝拉·科恩太太的骚动的宅第，以及随后发生的争吵和在比弗街的偶然混战（阿马杰顿）；夜间漫步去巴特桥的马车夫休息室并回来（偿赎）。"

布卢姆从起居室走进卧室，散扔在四处的莫莉的服装和室内家具都得到恰当的描述。房里点着灯，莫莉在打盹。布卢姆上床。

"当他慢慢地伸展开四肢时，他的四肢接触到了什么？

"新洗净的亚麻布床单，其他的气味，一个人体的存在，女性的，她的，一个人体的痕迹，男性的，不是他的，一些面包屑，一些罐装肉的碎片，重新烧过的，他把这些都扫掉。"

他上双人床的动作弄醒了莫莉：

"这不出声的动作之后是什么？

"催眠的祈祷，不太困倦后的认出识别，刚刚出现的兴奋，问答法的讯问。”

与莫莉在下一章里的长篇沉思相比，布卢姆对那个暗示着你这一整天干了些什么的问题的回答，只占去了异常短的篇幅。他有意略去三件事：（1）玛莎·克利福德和亨利·弗劳尔之间的秘密通信；（2）在基尔南酒吧里的争吵；（3）格蒂的表演所引起的他的手淫反应。他说了三个谎：（1）他去过狂欢剧院；（2）他在温氏饭店吃的晚餐；（3）他把斯蒂芬带到家中小歇的原因是，斯蒂芬在饭店进行体操表演时，由于一个不适当的动作而引起了暂时性脑震荡。后来，在莫莉的内心独白中还可以发现，布卢姆还告诉了她三件真事：（1）关于葬礼；（2）关于遇见布林太太（即莫莉的旧时朋友乔希·鲍威尔）；以及（3）关于他想要斯蒂芬给她上意大利语课。

本章以布卢姆渐渐入睡作为结尾。

“以什么姿势？

“听者［莫莉］：向左，半侧半倚地，左手放在头下，右腿伸成一条直线；压在屈曲的左腿上，一副完美的、躺着的吉－特勒斯的姿态，怀着种子。叙述者：侧卧着，向左，左右两腿弯曲，右手的食指和拇指放在鼻梁上，一副由珀西·阿普约翰照的快照上所描绘的姿态，疲劳的孩子气男人，子宫中男人气的孩子。

“子宫？疲劳？

“他休息了。他刚刚旅行过。

“和谁？

“和水手辛伯达[1]和裁缝廷伯达和监狱看守杰伯达和捕鲸人韦伯达和制钉者纳伯达和失败者费伯达和舀船舱水的宾伯达和提桶人平伯达和邮寄者明伯达和欢呼者汉伯达和抱怨者林伯达和吃菜汤的丁伯达和胆怯者文伯达和耶勒令伯达和弗塞勒津伯达。

“何时？

“睡到黑暗的床上那里有一个结实而匀称的水手辛伯达是白天的人达金伯达的所有大鹏的海雀中的大鹏的海雀在夜的床上。

“何地？”

下面没有回答。不会有答案了——他睡着了。

第三部分　第三章

现在是凌晨两点钟或稍晚些时候。布卢姆以胎儿的姿态入睡了，可莫莉却在长达四十页的过程中一直醒着。此章的文体是持续不变的意识流，它流过莫莉的俗艳的、粗俗的、乱哄哄的头脑，一个有些歇斯底里的女人的头脑，这个女人的观点陈腐，或多或少有些病态的淫荡，具有丰富的音乐气质以及用不间断的内心独白之流回顾她的整个一生的、很不正常的能力。一个以这样的冲动和连贯性匆匆忙忙进行思考的人不是一个正

1　这段文字实为一种玩弄头韵、尾韵的语音游戏。

常的人。想截断本章意识流的读者需要一支尖细的铅笔，把句子分开，就如同下面引用的这段本章开头的文字："是的／因为他以前从不做那样的事／要人把他的带几只鸡蛋的早饭端到床上来／自从他过去常用有气无力的声音躺在市纹章饭店里的床上装病之后／摆出一副高贵模样使那个柴捆子似的赖尔登太太觉着他有趣儿他认为他强得多而她什么也没给我们留下／全为她自已和她的灵魂做弥撒了／最大的吝啬鬼／实际上是害怕为她的用甲醇变性的酒精做四天的殡葬准备／告诉我她的全部灾啊病的／她的老一套东西太多了关于政治的地震的还有世界末日的／咱们还是先乐一乐吧／如果女人全都是她这样儿的上帝来拯救世界吧／只剩下游泳衣和低领衣服了／当然没有人想让她穿／我猜她是本分的因为没有一个男人会看她第二眼／我希望我永远别像她一样／奇怪的是她不想让我们把脸都蒙上／但是她当然是一个受过良好教育的女人／还有她关于这个赖尔登先生那个赖尔登先生的饶舌的话／我猜他才高兴让她闭上嘴呢／还有她的狗一直在嗅我的皮衣尤其那会儿还一直蹭我的衬裙想钻进去／我仍然喜欢他［布卢姆］的那一点／对老太太那类人还有侍者还有乞丐都彬彬有礼／他从不无缘无故地骄傲但是也不总那样"等等。

意识流的手法给读者留下了不适当的深刻印象。我想提出以下几点想法。首先，这种手法并不比其他手法更"现实主义"或更"科学"。事实上，如果只描写莫莉的某些思绪而不是全部，它们的表现将会使人感到更加"现实主义"，更加自然。关键在于，意识流是一种常规文体，因为很明显，我们并不连续地用语言思考——我们也用形象思考，但是从语言到形象转换只能靠直接语言来记录，只能在本章里的这种语言被排除之后。还有一点：我们的一些思考来去匆匆，还有一些却逗留在脑际，它们就那么杂乱无形、呆滞缓慢地停在那里，而那些流水般的思绪和小小的念头在绕过这些思想的礁石时，是需要花费一些时间的。对记录思想进行模仿的障碍是时间因素的模糊，以及它对印刷格式的过分依赖。

这些乔伊斯式的记录已经产生了巨大的影响。在这种印刷文字的营养抚育下，许多小诗人诞生了：伟大的排字工詹姆斯·乔伊斯是小小的卡明斯[1]的教父。我们不应将乔伊斯描绘的这种意识流看作一种自然活动。迄今为止，它只是在作为反映了乔伊斯的思考以及本齐的精神时，是一种现实。这本书是由乔伊斯创造的一个新世界。在这个世界里，人们通过词句的方式进行思考。他们的内心联想主要受本书结构的需要和作者的艺术目的及计划主宰，我还要补充一句，如果哪位编辑在文中加上了标点符号，莫莉的沉思也不会真的变得不这么有意思、不这么富有乐感。

布卢姆在入睡之前还告诉莫莉一件事，这件事在前一章的床边报告中没有提及，它对莫莉颇有触动。布卢姆在睡觉前冷静地要莫莉在明天早上把他的饭端到床上来——要有几只鸡蛋。我猜测，既然莫莉背叛他的危机已经成为过去，所以布卢姆认为，仅就他知道此事这个事实，并心照不宣地不咎此事，而且还允许他的妻子在下个星期一和鲍伊岚继续进行这种卑鄙

1　e. e. cummings（1894—1962），美国诗人。

的私通，他，布卢姆，从某一方面讲，已经占了上风，对莫莉也有了几分权力，因此不必再为她的早餐操心了。让她把他的早饭端到床上来吧。

莫莉的独白就是以她对他的要求感到吃惊开始的。在整个独白中，她又曾数次回到这个念头上来。例如："然后他开始吩咐我们要蛋要芬登茶还要涂了黄油的热吐司我猜我们会要他像一国之王那样坐着勺柄朝下地拿着照着鸡蛋就戳去他是从哪儿学来的……"（你们在这之前会发现，布卢姆喜欢各种各样的特殊的小发明和讲究条理的习惯。我们从莫莉的独白中得知，在莫莉怀孕时，布卢姆企图把她的奶放到他的茶里，而他睡觉的姿势以及跪着往夜壶里撒尿等一些小习惯，当然都是他本人的癖性。）莫莉无法摆脱他对早餐提出的要求，鸡蛋则变成了刚下的鲜蛋："然后是他的茶和吐司两面都涂着黄油还有新下的蛋我猜我再也不重要了。"这个念头后来又在她的头脑里冒了出来："还有我得在厨房里懒洋洋地干活为爵爷他准备早餐而他像个当妈妈的蜷缩在那儿我还真能呢你们什么时候见我跑过我倒真想看看我自己干这事对他们表示关心而他们待你像一钱不值的东西……"不过这个念头总算消失了，莫莉想到，"我想有一只又大又多汁的梨，让它现在就融化在你的嘴里就像我过去常处在渴望的时候那样然后我就把蛋扔给他还有盛在她给他的那个触须杯里的茶让他的嘴巴更大我猜他还会喜欢我的好奶油……"然后她决定对他特别温柔，让他给她一张几英镑的支票。

在莫莉的独白过程中，她的思绪穿梭在各种人物、男男女女的形象之间，但是我们会马上注意到一件事，即不论就其考虑的时间还是考虑的深度来说，她对她的新情人鲍伊岚的回顾性沉思，要比她对她的丈夫和其他人的考虑少得多。这是一个在几小时之前有过兽性的但或多或少却令人满足的、肉体上的经历的女人，然而她的思想被不断回到她丈夫身上来的单调的回忆所占据。她不爱鲍伊岚。如果她爱什么人的话，此人就是布卢姆。

我们来快速研究一遍这篇内容过多的章节。莫莉欣赏布卢姆对老妇人的尊敬和他对侍者及乞丐的礼貌态度。她知道布卢姆在写字台抽屉里保存着一张肮脏的照片，上面有一个斗牛士和一个修女模样的女人；她还怀疑他在写求爱信。她思忖他的弱点，不相信他告诉她的他在那一天里的某些活动。她回忆布卢姆和他们过去用过的一个女仆之间刚要进行却未能实现的私通的某些细节："像我们过去在昂泰里奥街雇的玛丽那样的荡妇把她的屁股垫得鼓起来吸引他坏透了从他身上闻到荡妇的气味有一两次我怀疑他要他到我身边来当时我发现在他的大衣外面有一根长头发当时我走进厨房他假装正在喝水对于他们一个女人根本不够那当然是他的错诱奸仆人那时候他提议在圣诞节时她可以和我们同桌吃饭如果你乐意的话噢不谢谢你在我家可不行……"她的思绪有一阵又转向鲍伊岚，转向他第一次抓住她的手的时候，这和歌曲中的唱词混在一起，她的思绪经常如此。但是她随后又想到了布卢姆。渴望做爱的种种细节占据着她的注意力，她回忆起一个相貌颇有男子气概的牧师。她似乎在比较布卢姆的独一无二的习惯，一个想象出来的异教徒的优雅习惯（为斯蒂芬的主题作准备），以及那个牧师的带香气的祭服——她似乎在将所有这些习惯与鲍伊岚的粗鄙的习惯作对比："我想知道他对我是否满意有件事我不喜欢他在大厅里走过去时拍我的屁股一副熟人的样子尽管我笑了可我不是马也不是驴对不……" 可怜的女人，她渴望优雅的温柔。鲍伊岚在奥蒙德饭店品尝过的醇厚美酒，随着他的呼吸散发出香味，她想知道这是什么酒："我想抿一点这种样子醇厚的绿色的黄色的昂贵的饮料这些从后台入口进进出出的花花公子用歌剧帽喝这种东西。" 这时还提到了罐头肉，布卢姆上床时碰到了肉渣："我们最后一次吃葡萄酒和罐头肉时，肉有一种咸滋滋的好味道，吃完以后他竭尽全力防止他自己睡着觉。" 我们还得知，布卢姆在医院一章里听到十点钟那场雷雨的雷声，莫莉在鲍伊岚走后睡了一觉——午夜前的酣睡——但被这雷声惊醒了，这是乔伊斯使用的同步器。她回忆了与鲍伊岚做爱有关的种种生理上的细节。

她的思绪又转向约瑟芬·鲍威尔，即现在的布林太太。布卢姆告诉她，他在白天遇上了她。她想到布卢姆在婚前对约希[1]的兴趣，感到嫉妒，因为她想象这种兴趣是会持续下去的。随后她回忆起结婚前的布卢姆，以及他的谈话，比起她来这都是高出一个层次的文化。她还想到他的求婚，但是此刻她对布卢姆的回忆全都和她对约希的不幸婚姻的充满妒意的满足混淆在一起了，她还想到约希的丈夫，这个疯疯癫癫的人似乎不穿着沾满污泥的靴子就不上床睡觉。她还回忆了一起杀人案，一个女人毒死她的丈夫。这之后我们又回到她和布卢姆的浪漫史的开头，以及一个吻过她的歌唱家，布卢姆那时候的模样，他

1 约希是约瑟芬的昵称。

的棕色帽子和吉卜赛风格的色彩鲜艳的围巾。然后，在提及她和布卢姆最初的调情时，书中首次提到加德纳，此人是莫莉过去的情人，布卢姆不知道的一个人。我们听到关于她与布卢姆结婚的回忆，以及他送给她的八朵罂粟花，因为她出生于一八七〇年九月八日，而婚礼在一八八八年十月八日举行，当时她十八岁，好一堆乱七八糟的“八”字。加德纳又被作为比布卢姆强的情人进入她的回忆，然后她的思绪又转向与鲍伊岚约定的下一次幽会，星期一的四点钟。此处对各种事件都作了暗示，有些我们知道，如鲍伊岚送给她的罂粟花和桃子，代达勒斯家的姑娘从学校回家，以及唱歌的独腿水手，莫莉还扔给他一个便士。

她想到了计划中的旅行音乐会，坐火车旅行的念头使她想起一件有趣的事：“那次去玛丽市听马洛的音乐会［布卢姆］为我们俩要了热汤这时候铃响了他端着四处飞溅的汤走到月台上来还一勺一勺地喝呢他可没这胆儿侍者跟在后面真让我们出洋相机车准备启动时的刺耳声和混乱可他就是不付钱直到他把汤喝完三等车厢里的两位先生说他完全正确他是正确当他一心要做什么的时候他也真顽固他用刀把车厢门撬开这事干得棒否则他们就把我们送到科克了我猜这是为了出口气噢我爱坐火车或马车旅行靠在柔软可爱的垫子上我不知道他［鲍伊岚］会不会让我坐一等车厢他可能想上车以后再这么干通过给列车员一大笔小费……”斯坦利·加德纳是中尉，他早在五年前因患肠热病死于南非，他以及他们最后一次接吻均得到美好的回忆：“他是个惹人喜爱的家伙穿着军装身高正好配得上我我敢肯定他还很勇敢那天晚上他说我可爱我们在运河的水闸那里互相吻别我的爱尔兰美人儿因为要离去了他兴奋得脸色发白……”我们又回到鲍伊岚身上以及关于这些或那些热情的令人作呕的某些细节，还有鲍伊岚的怒气：“他拿着登有最新消息栏的那张报纸回来后的几分钟里完全像一个魔鬼撕碎那些赌票气得直骂人因为他输掉了二十镑他说他栽在那个不太可能获胜的获胜马匹身上那钱有一半是为我赌的因为听信了莱纳汉的暗示咒他下到地狱的最底层……”她回想起莱纳汉是怎样“在格伦克里宴会后从羽床山那边一路颠簸往回走我们在市长大人后头他对我放肆用他那双下流的眼睛看着我”，莱纳汉曾经把这段经历高兴地讲给麦考伊。接下来是数起一件又一件女内衣以及威尔士亲王对她度过童年和青年时代的直布罗陀的访问：“我出生那年他在直布罗陀我敢打赌他也在他种树的地方发现过百合花他活着的时候种下的不止是一棵树他要是来得早些也许会安置我的那么我就不会像现在这样待在这儿了……”金钱问题又插了进来：布卢姆“应当扔掉自由民的那几个微不足道的小钱儿他该离开那儿然后进一家事务所什么的在那拿固定工资要么去银行他们可以把他放到宝座上让他一天到晚地数钱当然他宁愿在家里转悠这样你就不能随便从哪方面惹他……”生理学和解剖学方面的细节也在她的脑子里翻腾着，甚至连转生一词也一掠而过，莫莉在早上读书时，布卢姆给她端来早饭，这时她问布卢姆这个词的意思：“这个词遇上了有长筒袜的什么东西他说了几个难发音的字是关于人体化的他从来不会用人能明白的简单方式解释一件事后来他就走了把他做腰子的锅底全烧煳了……”然后又是生理学和解剖学，还有一列火车拉着汽笛从黑夜里驶过。又回到直布罗陀，一个叫赫斯特·斯坦厄普的女友（她的父亲还追求过莫莉一阵子），然后是马尔维的照片，马尔维是莫莉的第一个恋人。此处还提到了威尔基·考林斯的小说《月亮宝石》（一八六八）和笛福的小说《摩尔·弗兰德斯》（一七二二）。

之后是关于招牌、广告词和信的种种情况，并由此而想到马尔维少校的情书，这是她收到的第一封情书，那还是在直布罗陀："当我沿着卡利·瑞尔街走从橱窗里看到他跟踪我时我想喊住他这时他从我身边走过塞给我一个东西我从来没想到他会写信和我约会我把它放进衬裙的紧身围腰那儿那一整天我在每一个能躲藏的地方和每一个角落都读一遍它当时爸爸在训练场做指导认出笔迹或者是邮票上的语言唱着歌我记得我是不是应该戴朵白玫瑰花而且我想拿上那只又老又笨的钟来掌握时间他是第一个在摩尔式墙下吻我的人当时一个男孩子我的心上人我从来没想到过接吻是怎么回事直到他把他的舌头伸进我的嘴巴他的嘴像小孩嘴巴一样甜我把我的膝部放到他身上几次学学那种样子我告诉他啥了我开玩笑说我和一个名字叫唐·米古尔·德·拉·弗罗拉的西班牙贵族的儿子订婚了他相信我在三年以后就和他结婚……"弗罗拉有些像布卢姆，当然她在那个时候还不认识布卢姆，但是"真的开玩笑地说了许多话那有一朵盛开的花……"此处十分详细地回忆了她和年轻的马尔维的第一次约会，可她很难记起他的名字："他叫我莫莉亲亲他叫什么名字来着杰克乔哈里马尔维对吗是的我想是个中尉……"她的杂乱无章的联想从马尔维跳到她闹着玩地戴着他的尖帽，然后又跳到一个年老的主教身上，这位主教谈论妇女的高级作用："关于现在的姑娘们骑自行车和戴尖帽子还有新式的女式灯笼裤上帝赋予他情理赋予我更多的金钱我猜它们都按照他起的名字我从来没有想到过这会是我的姓布卢姆[1]……你的模样像一朵盛开的花儿[2]我嫁给他之后乔希常这样说……”然后她的思绪又回到直布罗陀，那里的胡椒树和白杨，以及马尔维和加德纳。

又一列火车鸣笛而过。布卢姆和鲍伊岚，鲍伊岚和布卢姆，旅行音乐会等又闪现在她的头脑里，然后又是直布罗陀。她猜测此时已经是凌晨四点钟了，可是以后才知道此时不过才是两点多。还提到了猫和鱼——莫莉喜欢吃鱼。她回忆了与丈夫一起吃的一顿野餐，她又想到了女儿米莉以及因为女儿无礼她打女儿的两记狠狠的耳光。她想象着布卢姆把斯蒂芬领进厨房的情景，不久，她意识到月经来了。她从叮当作响的床上下来。“当心”一词重复了五六遍，它指的是她害怕她会把坐在底下的那个东西压坏了——这些描写都是非常没有必要的。我们还知道，布卢姆不坐在那东西上，而是跪在它上面。最后一个“当心”之后，她又回到床上。她又想了一阵布卢姆，然后是布卢姆参加的狄格南的葬礼。这又引得她想起赛门·代达勒斯和他的好嗓子，并由此而想到斯蒂芬·代达勒斯，布卢姆告诉她斯蒂芬看过她的照片。鲁迪今年就十一岁了。她想象着斯蒂芬的模样，他还是小孩子的时候她见过他。她以她对诗歌的理解考虑着诗歌，还想象了与年轻的斯蒂芬的私通。她还想起与之形成对比的鲍伊岚的粗俗，以及他们刚刚有过的亲热。她

1　英文的“女式灯笼裤”一词与“布卢姆”一词发音相似。

2　“盛开的花”一词亦与“布卢姆”一词发音相似。

的丈夫躺在那里，把脚放在应该放脑袋的地方。他喜欢这样："看在迈克的面上把你的那身胖肉抛到一边去"，莫莉回想道。失去了母亲的斯蒂芬又回到她的思绪里："想想看他要是和我们住在一起该有多热闹为啥不呢楼上的房间还空着呢还有后房里米莉的床他可以在那个房间里的桌上写东西看书他［布卢姆］就在那儿写写画画的还有如果他［斯蒂芬］也像我似的早上想在床上读书那么反正他［布卢姆］得为一个人做早饭他也可以为两个人做早饭我肯定我不会为他从大街上找来一个房客要是他把这种客人领进家里我倒是乐意和一个聪明的受过良好教育的人长谈一次我会买一双漂亮的红拖鞋就像那些戴着土耳其帽的土耳其人过去常卖的那种［布卢姆和斯蒂芬两人做的同样的梦！］或者是蓝色的还有我特别想要的一件漂亮的半透明的晨衣……"

这天早上她该为布卢姆做的那顿早餐继续钻进她的思绪，当中还混有一些她所熟悉的其他事物——布卢姆以及他所不了解的事物，斯蒂芬（鲍伊岚的粗俗的性欲此刻已被排除在外），以及马尔维和直布罗陀——在她也昏昏沉沉地睡去之前，都出现在浪漫的莫莉的最后的肯定的祈祷中[1]："几点一刻什么缺德钟点大概中国那边人们现在正起床梳辫子准备开始一天的生活吧修女们快敲晨祷钟了她们睡觉倒没有人去打扰除非偶然有一两个教士去做夜课要不然隔壁的闹钟鸡一叫就闹当啷啷啷简直要把它自己的脑袋都震破了我来试一试看是不是还能睡一会儿一二三四五……最好把灯弄低一些再试试好早点起床我去芬勒

1　以下这一大段引文参见金隄的译文（《世界文学》1986 年第一期）。

特食品店时也要到旁边的兰姆水果鲜花店弯一下叫他们送些花束好把屋子布置一下要是他明天带他来呢我是说今天不好不好星期五不吉利首先我要把屋子收拾好灰尘不知道怎么就自己长出来了大约是在我睡觉的时候吧然后我们可以来点音乐抽抽香烟我可以给他伴奏我得先用牛奶擦洗钢琴的键盘我穿什么衣服好呢要不要佩戴一朵白玫瑰……当然桌子中央得来盆儿好花我到哪儿去弄便宜些的花等等这是什么地方不久前我见过我爱花恨不得这屋子整个儿都漂在玫瑰花的海洋里天上的天主呀大自然才是没比的崇山峻岭还有海洋白浪翻腾还有美丽的农村一片片的燕麦田小麦田各种各样的东西一群群肥牛悠然自得对身心有好处看着河流湖泊鲜花数不尽的形状和香味和颜色连小沟里也生出了报春花和紫罗兰这就是大自然至于那些人说什么天主不存在我说他们的那些学问还不值我两指一打打响个榧子呢……他们还不如去试试挡住太阳让它明天别升起来呢他［布卢姆］说太阳是为你放光的那是我们在豪思山头上躺在杜鹃花丛中的那一天他穿的是灰色花呢套服戴着那顶草帽那天我引他向我求婚真的我先嘴对嘴地给了他一点儿芝麻饼那年是闰年和今年一样真的……他说我是一朵山花真的我们女人全是花朵女人的身体真的这是他这辈子说出的一次真情还有太阳今天是为你放光真的我就是因为这个才喜欢他因为我看出来他懂女人知道女人是怎么回事还有我知道我永远能指挥他我尽力让他享受一切快乐引他开口直到他求我答应可是我不想马上答应只是望着海洋和天空我想到了许许多多他不知道的事儿想到马尔维想到斯坦厄普先生想到赫斯特想到父亲想到格罗夫斯老舰长……还有总督府门前站岗的头上戴个白色头盔有一道箍可怜的家伙

晒得半死不活还有西班牙姑娘们披着披肩头上插一把高高的梳子……还有可怜的驴子半睡不醒的净滑跤阴暗处影影绰绰的有人裹着斗篷躺在台阶上睡觉还有牛车的大车轮子还有几千年的古堡真的还有那些英俊的摩尔人一身白脑袋上缠着头巾好像是国王还请你在他们小不点的铺子里坐下还有朗达[1]那里的西班牙式房屋的古老窗户两颗明亮的眸子藏在窗格子后面叫她的情人去吻铁条还有夜间还半开着门的酒店还有响板还有那天晚上我们在阿尔赫西拉斯[2]没赶上渡轮打更的提着灯笼安然地转悠噢还有可怕的深处潜流噢还有海洋深红色的海洋有时像火一样还有壮观的日落还有阿拉梅达[3]的花园里的无花果树真的还有所有那些别致的小街和一幢幢粉色和蓝色和黄色的房子还有那些玫瑰园还有茉莉花和天竺葵和仙人掌还有少女时代的直布罗陀我在那儿是一朵山花真的那时我像安达卢西亚的姑娘们那样在头上插一朵玫瑰花要不我戴一朵红色的真的还有他［马尔维］在摩尔城墙下是怎样吻我的还有我也想到他［布卢姆］和别人一样并不差然后我用目光叫他再求真的于是他［布卢姆］又问我愿意不真的说愿意我的山花而我先用胳膊搂住他真的把他拉向我这样他能感觉到我的乳房芳香扑鼻真的还有他的心疯了似的狂跳然后真的我说愿意我愿意真的。”

真的：这个早上布卢姆将在床上吃早餐。

申慧辉　译

---

1 2　西班牙的城市。

3　直布罗陀半岛上的一个地区。

文学艺术与常识

有时，在事物进程中，当时间的溪水变成一股混沌之流，历史的洪荒漫过我们的地窖，认真的人们总要在作家与国家或宇宙体之间寻求内在关系，而作家自己也开始为他们的职责而忧心忡忡。我说的作家是一种抽象类型的。那些我们能够实实在在想象得到的，尤其是那些颇上了点年纪的，对自己的天赋过于自负，或对自己的平庸过于满足，都不至为责任所困扰。尚在中途，他们对自己注定的命运就已经一清二楚——或是大理石一隅或是石膏壁龛。但是让我们看看一位时时好奇而忧虑的作家吧。他会钻出他的小屋去巡视天空吗？领导地位怎么样了？他能够，他应该，是一位出色的交际家么？

对于偶尔随大流，有不少可说的；否认靠专门和外人密切接触，能获得观察、幽默和同情的财富，那他就是一位愚蠢而又目光短浅的作家。同样，对一些迷惘的、总想找寻如其所望为病态主题的作家来说，这也许是一剂良药，可以振作他们回到家乡小镇甜美的安详中或操着简省的语言和当地的爱斯基摩人——如果有的话——交谈。然而总之，我仍然应该介绍一座早被用滥了的象牙之塔，不是作为作家的监狱，而是仅作为一个固定的地点，当然还要假设里边附有电话、电梯，以防万一哪天夜里想跑出去买份晚报或邀请朋友来对弈，电梯这一项怎么说呢，要视某人住所的形状和构造而定了。这样，这就是一个令人愉悦又清爽怡人的地方，视野宽阔，书籍琳琅，还有不少精巧的小机械。但某人在营造象牙之塔之前，他必得碰到杀戮许多大象的麻烦。而我为着给那些想知道这一切怎样做的人看而收集的上好标本，颇令人难以置信，恰好是象与马的杂交种。他的名字——常识。

一八一一年秋天，诺·韦伯斯特在为《大词典》不辍工作时，为“常识”所下的定义是“理智的寻常看法……不受感情偏见或知识局限的……常识”。对这造物来说，这是奉承话了，因为常识的自传是一本讨人厌的读物。常识毁灭了众多温文尔雅的、为过早出现的一些真理之一线月光而欣喜异常的天才；常识对罕见的美妙画面吹毛求疵，因为在意味深长的马蹄上长出一棵蓝色大树简直是疯了；常识还愚蠢地蛊惑强国去征服与之平等而柔弱的邻居，历史的断沟提供了这样的机会，如果不去奴役便是可笑。常识根本是不道德的，因为人类的自然品性就像魔术仪式一样毫无理智可言，这种仪式早在远古的时间朦始就存在着。从最坏处说，常识是被公共化了的意念，任何事情被它触及便舒舒服服地贬值。常识是一个正方形，但是生活里所有最重要的幻想和价值全都是美丽的圆形，圆得像宇宙，或像孩子第一次看到马戏表演时睁大的眼睛。

这样想是有益的：没有任何一个在这间屋里的人，或因其他缘故在世上任何一间屋里，能避免在历史空间—时间上某个美妙的点，那里和那时，这里和这时，不被基于常识的公众在正义的愤怒中处死。一个人的宗教色彩，以及领带、眼睛、思想、举止和言语的颜色，不知在什么时间或地点定会遇上某个恨透了那种声调的暴徒的致命反击。这个人越是聪慧，越是超凡，离火刑柱就越近。“陌生人”和“危险”二词是押韵的[1]。谦和的先知、穴居的巫士、愤愤不平的艺术家、不守规章的小学生全分承着同样神圣的危险。既然如此，让我们为他们祈祷，让我们祈祷异想天开；因为在生物自然进化中，如果猿家族没有异想天开，那么猿可能永远也不会变成人。任何人如果他的大脑足够骄傲而不再养育真实，他的脑后就会秘密地驮上一枚炸弹；所以我建议，只为有趣，把那枚私藏的炸弹小心地投在模范的常识城市上。在这阵光芒四射的安全爆炸中，许多有意思的事定会发生；较为稀罕的感觉，在一小段时间里就会取代最有威势的粗坯，在外在自我和内在自我之间的任意角力中，紧掐住水手的脖子。我把隐喻成功地混在了一起，因为只有当隐喻循着自己玄奥的关联次序时，才能表现出它们真正的蕴意。——这在一个作家，就是对常识的打击取得的第一个积极结果。

第二个结果是对人性美德的直觉信任（对这一点，那些诙谐、狡诈、被称为"事实"的家伙坚决反对）变得比摇晃的空想主义哲学基础更为重要。它变成一个坚实的、彩虹般的事实。这意味着，美德成为个人世界里中心的、可触知的部分，第一眼看那世界，像是很难联想到某位现代报纸编辑或其他聪明的悲观者，这些人会告诉你，平心而论，在被称为警察政府或某种主义什么的、企图把地球变成五千万平方公里的谬误、愚蠢和带刺铁网的时候，为美德的高尚而欢呼是不合逻辑的。或许他们还会补充道，在一个暴露的、衣食足而后礼仪兴的国度最为隐匿的角落，让自我世界大放光彩是一回事；要设法

1 二词英文为"stranger"、"danger"。

在墙坍楼倒的轰轰旋转的夜晚，保持神经正常简直就是另一回事。但是处在不可动摇的特别不逻辑的世界里——我宣传说它是灵魂的家园——战争之神是不真实的，不仅因为它们在物理空间上很便利地远离书写台灯的现实以及钢笔墨水的实在，而且因为我不能想象（这已经说了不少了）这种情况将侵害到这个静静地存在着的可爱而又动人的世界，但是我又很能想象得出我的年轻的梦想家们，上千成万地浪迹地球上，在肉体的危险、苦痛、尘雾、死亡最黑暗却又最斑斓的岁月里，保持着同样非理性和神圣的标准。

这些非理性标准意味着什么呢？它们意味着细节优越于概括，是比整体更为生动的部分，是那种小东西，只有一个人凝视它，用友善的灵魂的点头招呼它，而他周围的人则被某种共同的刺激驱向别的共同的目标。对冲进大火救出邻家孩子的英雄，我脱帽致敬；而如果他还冒险花五秒钟找寻并连同孩子一起救出他心爱的玩具，我就要握握他的手了。我记起一部卡通片描写一位扫烟囱者从一座高楼顶上跌落时看见标志牌上有一个字母拼错了，在他头朝下的飞行中还疑惑为什么没人想起去改正。从某种意义上说，我们都是从出生的最高处跌向墓地平坦的石碑，带着一部不朽的《爱丽丝漫游奇境》，在通道的墙壁处徘徊。这种为琐物而疑虑的才能——置即将来临的危险于不顾，这些灵魂的低喁，这些生命书册的脚注，是意识最高尚的形式，而且正是在这种与常识及其逻辑大相径庭、孩子气十足的思辨状态中，我们才能预想世界的美妙。

在神圣而荒诞的头脑世界里，数学符号并不盛行。它们的反作用，无论进行得多么顺利，无论它要模仿我们梦境的脑回，以及我们大脑的联系数量多么尽责忠实，具有创造力的大脑的主要乐趣是给予表面上决定一切的普遍性所具有的表面上不合适的特殊性以统治权，就这点而言，数学符号的反作用永远也不能如实地说明与它们的本质完全相异的事物。当常识和它的计算机一起被罢黜，数字就不再侵扰大脑。统计学拽走了它们的衣裙并狂怒地清扫了一切。二加二不再等于四，因为毋须让它们等于四，如果在我们过去的艺术的、逻辑的世界里它们是等于四的话，那也只是一种习惯而已：二加二等于四就像邀请客人吃饭希望是个偶数一样。但是我邀请的是赴一次无聊的野餐会，因此没有人会在意二加二是否等于五或五减去什么古怪而有趣的分数。人类在发展的一定阶段发明了算术，为着一个纯粹实际的目的，就是在被神祇统治的世界里建立起人的秩序，因为无论何时只要神祇喜欢，人就不能阻止他们把他的算术题破坏得一团糟。他接受了不可回避的、被他们偶尔加以介绍的非定命论，又称魔术，并且进而平静地用在洞穴墙上画粉笔道的办法来计算他交换了多少兽皮。神祇们也许会侵犯，但他至少有决心遵循那套他发明的、目的很明确就为着遵守的方式。

上千个世纪缓缓流过了，神祇们或多或少有一笔足够的养老金而退休；而人类的计算力越来越像艺术，数学超越了它的原始阶段，好像成了世界自然的一部分而并非只是被这世界使用而已。过去总是把数建立在它们偶然适合的特别现象上，因为我们自己就是偶然适合我们所捕捉到的样式；但现在不同了，整个世界逐渐变成建立在数之上，并且没有人看上去为外部网络变成内在骨骼的奇怪现实而大惊小怪。确实，在靠近南美洲胸线的什么地方稍稍挖深一点，一位幸运的地理学家有一天就可能发现赤道上那圈坚硬的桶箍，因为他的铁锹一碰上金属就铃铃响。有一种蝴蝶，尾翅上有一巨大眼状斑点，模拟一滴液体，逼真异常，甚至连它越过尾翅时的那条线都隐隐地显现在它所经过的空间——或说它所处的地点上了：线的这部分好像被折光转变了，就像真有一个圆点在那儿会发生的一样，我们透过它能看到翅膀的花斑。正是通过科学，经受了从客观向主观的奇异变形，从这个观点看，还有什么能阻止我们设想有一天一个真实的水滴坠落下来并以某种方式纯系植物性地保留下来？然而，也许我们对数学的有机性过度信任的最好结果多少年前就已经显示了，那时一位充满想象力、有创造精神的，并且有发明天才的天文学家想到，可以用几英里长的巨大光线组成一些简单的几何图案来吸引火星居民——如果存在的话——的注意，具体想法是，如果他们能觉察到我们知道我们的三角形何时出现，何时不出现，火星人就会得出结论：或许有可能和这些如此聪明的地球人建立联系。

在这点上，常识就悄悄地缩回去了，并用沙哑的嗓音小声说道，不论我喜欢与否，一个星球加上另一个星球等于两个星球，一百美元比五十美元多。如果我反驳说众所周知另一个星球正要分裂成两个，或说有一种叫通货膨胀的事物一夜之间就使一百少于十了，常识就会指责我用具体取代了抽象。但这同样又是我请你去审视的这个世界中的一种重要现象。

我说这个世界是好的——“好”是一种非理性的具体的东西。从常识的角度看，举例说，某种食物的“好”就像它的“坏”那么抽象，两者都是不能像实在而完整的物体那样用正常的判断就能理喻的质。但当我们表现必要的心智失常时，这很像学习游泳或射出一发子弹，我们发现“好”就是一种圆而甜腻的东西，美丽而红润的，是裹在洁净的睡衣里赤裸着温热的手臂而使我们心荡神摇的东西，一句话，是一种真实得像广告提到的面包或水果一类的东西，而最妙的广告总是由狡猾的人编写的，他们知道怎样点燃个别想象力的火箭，这是商业的常识，运用非理性感觉的手段以达到它自己准确无误的理性目的。

现在“坏”对我们的内在世界来说还是陌生者；它不为我们所知；“坏”实际上是缺少什么而不是一种有害的存在；所以抽象的和无形的在我们内心世界中并不占有实在的空间。罪犯通常是缺乏想象力的人，因为想象即使在常识最低限度上的发展也能阻止他们作恶，只要向他们灵魂的眼睛展示一幅描绘手铐的木刻；有创造性的想象力就能引导他们从虚构作品里找到排泄口，并且让书中人物做得比他们自己在真实生活中能拙劣做到的更彻底。缺乏真正的想象力，他们就会处在半聪明的老套子里，仿佛看见自己荣耀地坐在那辆盗来的漂亮小汽车中，带着那位绝对棒的金发女孩——她协助杀死了汽车的主人——驶入洛杉矶。是的，这可能成为艺术，如果艺术家的笔能把它与现实沟通；但就它本身来说，犯罪正是陈腐之事的胜利，而且它越成功，看上去就越是愚蠢。我从来不曾认为作家的职业是改良他的国家的道德，和站在街头演戏台的高度指出高尚的理想，以及靠匆匆写就二流作品来提供第一级的帮助。作家的说教很危险，和印刷拙劣的低级浪漫传奇差不多，而那些被评论家称为力作的，一般不过是一堆胡编臆造的陈词滥调，或是拥挤不堪的海滩上一座沙制的城堡，没有什么比看到它泥淖的壕沟在度假人离散而去，在冰冷、静如鼠的海浪小口小口吞食孤寂的沙滩时毁坏消失更令人悲哀的了。

然而，有一种改良，是一位不那么明智的真正作家带给他的世界的。在变邪恶为荒诞的时尚中，那些被常识视为无意义的琐物，或可笑的、风马牛不相及的夸大之词而遭弃置的事物，为具有创造力的大脑所应用。变恶棍为丑角不是你可信赖的作家既定的目的：犯罪是遗憾的闹剧，无论对这一点的强调能否有助于社会；一般来说是会的，但那不是作家的直接目的或责任。当作家注意到杀人犯的下唇极蠢地低垂时，或当他看见一名暴君独自一人在他奢华的卧室里用短粗的食指挖他肥大的鼻孔，他的眼中便有一道光闪过，这种光比蹑手蹑脚的谋叛者的手枪更能惩罚你。反过来说，没有什么是发号施令者像痛恨那道不可抗拒的、永远捉摸不透的、永远煽动人心的光芒那样痛恨的了。那位勇敢的俄罗斯诗人古米列夫三十年前被暴徒处死的一个主要原因，就是在整个严酷的审讯过程中，在迫害者昏暗的工作间里，在拷讯室里，在通往卡车的旋转走廊上，在送他去刑场的卡车上，甚至在刑场，在满是笨拙而沉郁的射手们拖沓的脚步声中，诗人始终颔首微笑。

人类生命只是连绵不断的灵魂的第一次刊载，个人的秘密在地球的毁灭过程中不被丢失，当我们记起只有常识拒绝承认不朽时，这一切就变得比乐观的臆测更重要，甚至比宗教忠诚更重要。一位具有创造性的作家，他的创造力表现在我即将探讨的特殊意义上，会禁不住觉得在他拒不理会实际世界时，在他和非理性、非逻辑的、不可言喻的、基本上是好的站在一边时，他就是基本上做着与［此处缺了两页］相似的事，在阴郁的太白星和浓云密布的天空下。

常识在这点上可能会打断我道，进一步强化这类幻想也许要将我们引至彻底的疯狂。但这种说法只在这类幻想的病态夸张不能与具有创造力的作家冷静且审慎的创作结合起来时才能成立。一个狂人不情愿看镜子里的自己，因为他看见的脸并不是他自己的，他的个性被砍去了，而艺术家的个性却是增强了。疯狂只是常识的有害部分，而天才则是最伟大而明达的灵魂——犯罪研究专家隆布罗索在试图找到它们的亲和力时陷入了不妙的混乱：他没有发现欲念和灵悟、蝙蝠和鸟、枯死的树枝和树枝状的昆虫之间解剖学上的异处。癫狂者之为癫狂正是因为他们彻底地、不顾一切地肢解一个熟悉的世界，却没有能力——或丧失了能力——去创造一个像过去的那么和谐的新世界。而艺术家却能从他的欲念中解脱，这么做时，他很清楚他内心中某种东西非常明白结果是什么。当他检查他已完成的力作时，他感到，无论什么下意识的机械思考被卷入创作，这最后的结局总是既定计划的结果，那计划早已被包含在最初的冲动中，正像一个活生物的未来发展据说总是包含在胚胎的遗传因子中。

从无联系阶段向有联系阶段过渡，总被一种灵魂的震颤标志出来，这在英语里有一个非常随便的词汇“灵感”。恰好在你注意到泥坑里映出一根树枝的时刻，一位过路人吹起了曲子，一时间，它使人联想起一座旧花园中湿漉漉的绿叶和亢奋的鸟儿，老朋友，死了许久了，突然从过去走出来，微笑着，闭上了他嘀嘀嗒嗒的雨伞。所有这一切只停留了璀璨的一秒钟，印象和意象的变幻是那样迅速，你竟不及核对一下促成它们识别、形成以及彼此联系的确切规律——为什么是这个池塘而不是别的，为什么是这种声音而不是另一种——以及这几部分究竟是如何关联上的；这就像拼板玩具在你的大脑中突然组合起来，而大脑本身已经不能思索拼板是为何如此组合的，你体验到一次令人颤栗的感觉，是狂热的魔术产生的，是某种内心的复活生发的，就仿佛一个死去的人被光彩熠熠的药物所救，药物在你面前迅速融化了。这种感觉就是被称为灵感的出发点—— 一种为常识所非难的境界。因为常识将指出，在地球上的生命，从甲壳动物到鹅，从最谦卑的寄生虫到最可爱的女性，都是在大地恭敬地凉却下去的时候，通过酵母的刺激从胶质含炭黏土中生出的。血液可能是血脉里志留利亚纪的海洋，我们都准备好至少像一个普通的分子式接受进化。帕夫洛夫教授的蹦蹦跳跳的小老鼠和格里菲斯博士的摇摇摆摆的大老鼠可能使大脑感到愉快，而汉伯富的人工阿米巴或许能成为一个娇滴滴的小宠物。但是同样，试着去找到生活的联系和步履是一回事，努力去理解生活和灵感的现象究竟是什么实在是另一回事。

在我选择的例子中——曲子，树叶，雨——包含了一个较为简单的震动形式。许多人，不一定必须是作家，对这样的经历都很熟悉；其他人则从未注意过。在我的例子中，记忆尽管无意识地起着极重要的作用，任何事物却都建立在过去和现在的完美结合中。天才的灵感还得加上第三种成分：那就是过去、现在以及未来（你的书）在突然的闪光中结合在一起；所以整个的时间之环都被感觉到了，这就是时间不再存在的另一种说法。让整个宇宙进入你的身体，以及你自己在包围你的宇宙中彻底分解，这是一种紧密联系的感觉。是包围本我的牢狱之墙突然崩溃而非我从外边冲进来救出了坐监人——他已经在露天里舞蹈了。

抽象词汇较为贫乏的俄罗斯语言，为灵感提供了两种定义：*vostorg* [1] 和 *vdokbnovenie* [2]，可解释成“狂喜”和“记忆”。它们之间的差别主要是气候上的，前一个是热的、短暂的，后一个是冷的、持续不变的。暗指现在的是“狂喜”的纯粹情感，最初的狂喜，它没有有意识的目的，但是它在瓦解过去的旧世界和建立新世界之间的连接上是最重要的。当时间成熟，作家安下心来编写他的书，他就会依靠第二种宁静和始终不断的灵感，“记忆”，这个可信赖的助手会帮助回忆并重建世界。

被卷入灵感最初冲动的力量和本源与作家即将写作的作品的价值直接成正比。在最低限度内，一种非常平静的震颤能够被未成年的作家所体验到，比如说，注意到工厂冒烟的烟囱、院子里矮小的紫丁香花丛，与面色苍白的儿童间的内在联系；但这种联系太简单了，这三重象征太明显了，意象之间的桥梁在文学朝圣者的足下、在标准观念的重负下实在是太破旧了，而这世界也追溯得太像一个平常的世界，致使正在创作中的虚构作品不得不具有谦逊的价值。另一方面，我不想说伟大创作的最初冲动常常是在高雅趣味的、为艺术家而艺术的无目的漫游过程中所看见的、听见的、嗅到的、尝到的或触摸到什么东西的结果。从散乱的线索中突然形成和谐的图案，尽管这

1 2　用拉丁字母转写的俄语。

种个人发展的艺术从未遭到蔑视，并且，尽管一部小说的明确主旨，像马塞尔·普鲁斯特那样，可以从一种真实的感觉——如在舌头上嚼化饼干或脚下的人行道的粗糙——生发出来，结论还是很快就能得出：所有的小说创作应该建立在某种有光彩的生理体验上。特别的气质和天赋有多少，最初的冲动就能分解成多少部分。它或许是一系列实在而无意识的惊诧情绪的积累，或者可能是没有任何确定的物理背景的一些抽象观念受灵感启示而得到的联想。但是，非此即彼，这个过程可能仍然被降低到创造性震动的最自然形式—— 一个突然生动的意象在一道闪光掠过彼此生疏的组合时建立起来，这些组合在大脑被骤然照亮的一刹那变得明了了。

当作家安心投入他的再创作时，创造性的体验告诉他在缺乏判断力的特定时刻需要避免什么，判断力的缺乏有时会在生有肿瘤的肥硕的创造精灵或者被称为“填沟者”的狡黠的小鬼试图爬上他的桌子腿时，甚至抛弃最伟大的东西。炽热的狂喜已经完成了他的工作，冰冷的记忆戴上了她的眼镜。纸上仍是空白，但是那儿有一种对语言神奇的感觉，是用看不见的墨水写下来的，并且闹着要隐匿起来。如果你愿意，你或许能够添加这幅画的任何部分，因为关于结尾的想法就作家来说实际并不存在。结尾的产生只因为单词只能在一张接一张的纸上连续不断地写下去，就像读者至少在第一遍读书时肯定有时间从头读到尾。时间和结果不能存在于作家的脑中，因为无论时间因素还是空间因素都不能抑制最初的想象力。如果大脑是一种随意性的结构，而一本书能像眼睛吸收画面那样去读，就是说没有从左向右的麻烦，没有开头结尾的荒谬，那将是欣赏小说的理想方式，因为这样作家在构思的时候就能看到它的整体。

如此，他现在就准备好去写了。他全副武装。他的墨水笔恰好注满，屋子里静悄悄，香烟和火柴放在一起，夜还早……我们将在这愉快的情景中离开他，轻轻地溜出去，关上门，坚定地离开那屋子，我们走时，冷酷的常识怪兽迈着笨拙的脚步吵闹着抱怨这本书不是为一般大众而写，这本书将永远不能，永远不能——就在这时，就在它脱口冲出那个词：s，e，两个ll（出售）时，荒谬的常识应该被枪毙了。

于晓丹　译

跋

在目前这种极端令人烦恼的世界形势下，你们当中会有一些人觉得研习文学，尤其是研习结构与风格，是对精力的一种浪费。我的看法是，对于某种性情的人来说——我们都有不同的性情——无论在哪一种环境里，研习风格都会是浪费精力。除此而外，我觉得任何头脑，无论有艺术倾向或实际倾向的，总会有某种感知的细胞能够接受超越日常生活可怕烦扰的事物。

令我们吸收了养分的这些小说不会教给你们用来处理生活中任何显而易见的问题的方法；它们也不会在办公室或军营、厨房或婴儿室里帮上什么忙。事实上，我试图和你们分享的这些知识不过是纯粹的奢侈品。这些知识既不会帮助你去理解法国的社会经济，也不会帮助你去明白一个少女或少男的内心秘密。但是，如果你听从了我的教导，感受到了一个充满灵感的精致的艺术品所提供的纯粹的满足感，这些知识就帮到了你们。而这种满足感转过来又建立起一种更加纯真的内心舒畅感，这种舒畅一旦被感觉到，就会令人意识到，尽管生活中有各种各样的跌跌撞撞和愚笨可笑的错误，生活内在的本质大概也同样事关灵感与精致。

在这门课中，我试图揭示这些精彩玩偶——文学名著——的构造。我试图把你们造就成优秀的读者。读书不是为了幼儿式的目的，把自己当作书中的人物；也不是为了少年人的目的，学习如何去生存；更不是为了学术的目的，沉迷于各种各样的概念当中。我试图教给你们为了作品的形式、视角和艺术去读书。我试图教给你们去感受艺术满足的颤栗，去分享那份作者的情感，而非是作品中人物的情感，那种创造的喜悦与艰难。我们没有围绕着书去谈论关于书的事，我们直接走到一部部名著的中心，走到作品活生生的心脏当中。

现在这门课就要结束了。和这班同学一起研习，我的声音源泉与你们的耳朵花园之间互动特别愉快。这些耳朵有的倾听着，有的紧关着，大多数具有很强的接受能力，少数几个则仅仅是摆设，但是所有的都颇通人情，神圣不凡。你们当中会有人在毕业以后继续阅读名著，也有人则不再问津。如果有人认为他无法培养起阅读大师作品的乐趣的能力，那么他根本就不必阅读。毕竟在其他领域里也有其他的刺激：纯科学的刺激和纯艺术的愉悦同样令人愉快。关键是去体验在任何思想或情感领域里的激情。假如我们不知道如何激动，假如我们不去学习如何将我们自己比平常时的我们稍稍提高一点点，进而去品尝人类思想所能提供的最珍奇最成熟的艺术之果的话，我们就可能失去生活中最美好的东西。

申慧辉　译

附录

考　试　题

下面是纳博科夫为《荒凉山庄》和《包法利夫人》的考试所出的例题。

《荒凉山庄》

1. 狄更斯为什么要为埃丝塔安排三个求婚人（戈匹、庄迪斯和伍德考特）？

2. 如若将戴德洛克夫人和斯金坡尔作一比较，你认为哪个人物被作者描写得更为成功？

3. 评论《荒凉山庄》的结构和文体。

4. 评论约翰·庄迪斯的住宅。（甜菜？受惊的鸟？）

5. 评论对钟院的访问（尼克特的孩子们，以及格里德利先生）。

6. 就《荒凉山庄》的“儿童主题”最少举出四个例子。

7. 斯金坡尔的性格是否也是“儿童主题”的一个代表？

8. “荒凉山庄”是一个什么样的地方？最少写出四个描述性的细节。

9. “荒凉山庄”位于何处？

10. 最少举出四个狄更斯式的比喻（比较，生动的形容，等等）。

11.“鸟的主题”是如何与克鲁克联系起来的?

12.“雾的主题”是如何与克鲁克联系起来的?

13. 狄更斯大声疾呼的时候会使我们想起哪位作家的文体?

14. 在小说的进程中，什么是埃丝塔美貌的真情?

15. 就《荒凉山庄》的重点主题及其互相联系的线索，讨论它的结构系统。

16. 狄更斯期望读者（小读者或大读者、温情的或批评式的读者）从《荒凉山庄》中获得何种感受?

17. 狄更斯处理人物的方法之一，是通过他们的举止和说话的方式来表现他们的个性。列举《荒凉山庄》中的三个人物，并描述他们的习惯用语。

18.《荒凉山庄》中最薄弱的方面是社会面（“上层阶级”与“下层阶级”等)。乔治先生的兄弟是谁?他扮演了什么角色?即使这些人物很单薄，成年读者是否可以对这些篇幅略过不读?

19. 约翰·庄迪斯的荒凉山庄:列举几个特殊的细节。

20. 分析狄更斯的文体以及艾伦·考德科特夫人的文体。

21. 描述戈匹先生在《荒凉山庄》中的行踪。

《包法利夫人》

1. 郝麦对爱玛的服毒是怎样说的?描述这个事件。

2. 简要描述福楼拜在农村集市一场中使用的多声部配合法。

3. 分析福楼拜在农业展览会一章中使用的手法（人物的

组合，主题的互相影响）。

4. 回答下列五个问题：

①《基督教真谛》的作者是谁？

② 赖昂对爱玛的第一眼印象是怎样的？

③ 罗道耳弗对爱玛的第一眼印象是怎样的？

④ 布朗热是如何将他的最后一封信转给爱玛的？

⑤ 费利西·朗普勒是什么人？

5.《包法利夫人》中有诸多条主线，例如“马”、“石膏牧师”、“声音”、“三个医生”等。简要描述一下这四个主题。

6. 举出下列场景中“多声部配合法”的主题的细节：① 金狮② 农业展览会③ 歌剧④ 大教堂。

7. 讨论福楼拜对“以及（and）”这个词的使用。

8.《包法利夫人》中的哪个人物在有些相似的情况下，与《荒凉山庄》中的一个人物采取极为相同的行动？主题线索是“献身”。

9. 在福楼拜对白尔特的孩提及童年时代的描写中，是否有狄更斯式的气氛？（具体描写。）

10. 范妮·普赖斯和埃丝塔的相貌是模糊的，但这种写法令人感到愉快，爱玛的情况则不同。描述她的眼睛、头发、手及皮肤。

11. ① 你是否认为爱玛的本质既冷酷又肤浅？

② “浪漫的”但非“艺术家的”？

③ 她会喜欢布满废墟和牛群的景色，还是与人群不产生任何联想的景色？

④ 她喜欢她所处的山间湖泊有一条孤零零的轻舟，还

是没有轻舟？

12. 爱玛读过什么书？最少举出四部作品及其作者。

13.《包法利夫人》的所有英译本都存在不少错误，你已经纠正了其中的一些。请试着正确描述爱玛的眼睛、双手、阳伞、发型、衣着以及鞋子。

14. 跟踪描写半瞎流浪人在《包法利夫人》中的足迹。

15. 什么使郝麦这个人物既可笑又可憎？

16. 描述农业展览会一章的结构。

17. 爱玛努力要达到的理想是什么？郝麦努力要达到的理想是什么？赖昂努力要达到的理想是什么？

18. 尽管与狄更斯的前期作品相比，《荒凉山庄》的结构有长足进步，然而狄更斯仍旧不遵守连载作品的种种苛求。福楼拜写作《包法利夫人》时置与艺术无关的所有因素于不顾。举出《包法利夫人》的几个结构特点。

申慧辉　译

译后记

申慧辉

弗拉基米尔·纳博科夫（Vladimir Nabokov，一八九九—一九七七）是一位世界知名的作家，一个语言天才。他出生在俄国，儿时就掌握了英语和法语，对语言有十分敏锐的感受力。这种能力对他后来的文学创作颇有影响。在他的文学创作中，生动、典型的人物形象，幽默诙谐的语言风格，及至揶揄的模仿，扑朔迷离的象征，深藏若虚的暗示，以及随心所欲、变化多端的技巧，为当代英语文学增添了一抹丰富的色彩。

纳博科夫早年用俄文从事文学创作，一九四〇年移居美国后开始转用英文写作。一九五五年《洛丽塔》问世，为他带来广泛声誉。此后他专事创作，并将早期作品译成英文。他是一位多才多产的作家，一生创作了长篇小说十七部，诗歌四百余首，短篇小说五十多篇，并有诗剧、散文剧及译著数部，其中包括对译著的研究和详注。

纳博科夫曾自诩为康拉德式的大作家，这也许可以算作他的自我评价。实际上，他和康拉德是不同的。谈到康拉德，人们首先想到的是他对生存的严肃探究，对人性的深刻认识，而说到纳博科夫，最突出的莫过于他的幽默和机智，以及他那超群的语言才华。然而，仅仅看到纳博科夫的文学才华和创作成就还不足以了解其人其作。他毕竟是一个社会的人，他的社会存在和生活经历对他有着不容忽略的影响。他是一个“白俄”，苏联十月革命爆发后随全家流亡国外。这段经历决定了他的政治立场，使他敌视社会主义苏联，尽管这并未妨碍他对俄罗斯文学的热爱。不过，他在文学创作中不涉及政治，避免正面谈论人生哲学，大概与他的这些经历不无关系。

纳博科夫崇尚纯艺术。他称文学作品为神话故事，强调作品的虚构性。这从一个方面说明了他的艺术观。对于他的艺术观，也许可以这样概括：在文学创作中，艺术高于一切，语言、结构、文体等创作手段和表现方式，要比作品的思想性和故事性更重要。拿这个观点去分析他的作品，无论是曾被冠之以“淫书”的《洛丽塔》，还是迷津遍布、极尽嘲弄讽刺之能事的《微暗的火》，就都不至于感到迷惑或不解了。

了解纳博科夫的艺术观，有助于阅读这部《文学讲稿》。不同于他的文学创作，在这部《文学讲稿》中，纳博科夫以简洁明晰的语言、深入浅出的方式，明确地表达了他对所讨论作品的看法。可以说，观点鲜明、独到是这部《文学讲稿》的一个特点。《文学讲稿》的另一个特点，是从本文出发，从分析作品的语言、结构、文体等创作手段入手，抓住要点，具体分析，充分突出了作品的艺术性，点明了作品在艺术上成功的原因。《文学讲稿》还有一个特点，即较多地引用了作品的原文。这一方面保留了此书原为课堂讲稿的本色，另一方面也具体说明了作者的见解是如何形成的。饶有意味的是，经过纳博科夫的讲解，作品中那些原来并未显示出深长意味和特殊价值的文字，就像突然暴露在阳光之下的珍珠，骤然发出绚丽的光彩。

说到这里，似乎有必要重提一下纳博科夫的才子气质。纳博科夫是一个聪慧敏感、才气四溢的艺术家。他的文学及语言修养是超乎常人的。不仅如此，他在昆虫学方面的研究工作又培养了他的逻辑性和严谨性。因此，在他的身上，艺术家的气质和科学家的特点巧妙而和谐地结合在一起。也正是他的这些品质使他分析起结构复杂、内容丰富的文学名著时，如鱼得水，应付自如。无论是普鲁斯特对逝去年华的繁复追忆，还是乔伊斯笔下错综迷离的人物、事件，都能得到明白的解析。不仅如此，纳博科夫以其聪睿的感知力，在分析具体作品的同时又点出了作品之间的承继关系，使我们从中了解到《尤利西斯》这部奇书的出现不仅应归功于它的作者乔伊斯，它也是历代文学家多年的创作经验和成就的积累与沉淀；而福楼拜在《包法利夫人》中运用的多声部手法，无疑是一个不可或缺的因素。

《文学讲稿》是以纳博科夫在二十世纪五十年代的文学课讲稿为基础的。那个时代正是新批评理论在西方文评界盛行的时候。可以说，《文学讲稿》注重对本文的分析恰好反映了那个时代的特点。那么，对于二十一世纪初的中国读者来说，《文学讲稿》能够给予我们什么提示呢？它也许会促使我们进一步增加将文学理论的研究具体运用于作品批评的自觉性。许多有识之士都已经注意到，国外文评的新流派、新理论已经被陆续介绍到我国，理论专著也已有不少被译成中文。但是，在如何具体运用现代语言学等新学科给文学批评带来的各种新角度、新方法和新成就方面，我们的介绍工作做得还很不够，这就使我们无法真正了解和借鉴他们的那套“方法学”。《文学讲稿》可说是运用新批评理论对作品进行具体分析的一个范例。

它的作者是当代的著名作家，被评论的作品都是世界知名作家的传世佳作，而且讲稿观点鲜明，分析具体，是具有较高的借鉴价值的——尽管此书本身并非没有短处。

倘若这部书能给读者以启迪和思索，能使更多的人认识到，作为艺术手段之一的语言是多么的丰富，又是多么的富于变幻，它具有多么复杂的功能和可以开掘的表现形式，在文学艺术的殿堂里发挥着何等重要的作用，那么，我们翻译此书的目的就实现了。